Mitten in den englischen Rosenkriegen erlernt die junge Isabel Lambert die Kunst des Seidenhandels. Sie entwickelt einen wagemutigen Plan: Sie will das italienische Monopol brechen und Englands erste eigene Seidenweberei gründen. Dafür braucht sie einen machtvollen Förderer. Ein gefährliches Spiel beginnt, denn Isabel bittet Richard, den Herzog von Gloucester und Bruder des Königs, um Unterstützung. Aus ihrer geheimen Abmachung wird eine heimliche Liebe. Während alle Welt Richard als düsteren Intriganten sieht, erlebt Isabel ihn als Kämpfer für Gerechtigkeit. Aber ihre Liebe wird auf eine harte Probe gestellt. Um König Richard III. zu werden, muss dieser einer Prinzessin den Hof machen – und Isabel soll sie in Seide kleiden ...

»Auf jeden Fall eine mitreißende Geschichte; so farbig und leichtfüßig erzählt – sie kommt fast schillernd-schwebend daher!« *MDR 1*

»Die Britin Vanora Bennett, die bereits mit ihrem Debüt ›Bildnis einer jungen Frau‹ ein fesselndes Sittengemälde Englands im 16. Jahrhundert malte, beschreibt in ›Die Seidenprinzessin‹ das Ende der Rosenkriege.« *Nordkurier*

Vanora Bennett stammt aus London. Nach dem Universitätsabschluss in Literatur ging sie als Journalistin für Reuters ins Ausland und berichtete aus Angola, Kambodscha, Russland und Simbabwe. In London arbeitete sie dann als politische Redakteurin für »The Times«, in »TimesOnline« schreibt sie weiterhin eine wöchentliche Kolumne. Vanora Bennett lebt mit ihrem Mann und zwei Kindern in London. Ihr historischer Roman ›Bildnis einer jungen Frau‹ ist im Fischer Taschenbuch Verlag erschienen.

Weitere Informationen, auch zu E-Book-Ausgaben, finden Sie bei:
www.fischerverlage.de

Vanora Bennett

Die Seidenprinzessin

Historischer Roman

Aus dem Englischen von
Karin König

Fischer Taschenbuch Verlag

Für Luke und Joe

Veröffentlicht im Fischer Taschenbuch Verlag,
einem Unternehmen der S. Fischer Verlag GmbH,
Frankfurt am Main, März 2011

Lizenzausgabe mit Genehmigung des Krüger Verlages,
einem Unternehmen der S. Fischer Verlag GmbH,
Frankfurt am Main
© 2008 by Vanora Bennett
Die Originalausgabe erschien unter dem Titel
»Figures in Silk« im Verlag HarperCollins, London
© S. Fischer Verlag GmbH, Frankfurt am Main 2009
Satz: Pinkuin Satz und Datentechnik, Berlin
Druck und Bindung: GGP Media GmbH, Pößneck
Printed in Germany
ISBN 978-3-596-18394-4

Inhalt

Erstes Buch
Seide
7

Zweites Buch
Coup
121

Drittes Buch
Schach
233

Viertes Buch
Liebe
329

Erläuterungen
426

Ahnentafel
428

Danksagung
430

Erstes Buch

Seide

1

London, Frühjahr 1471

Isabel kniete am Boden. Sie kannte die Kirche nicht, aber sie merkte, wie im Hintergrund Menschen schemenhaft umherliefen oder in Nischen beteten. Es waren nicht viele, denn das Sext-Gebet war vorbei, und für die Non war es noch zu früh. Die meisten Leute gingen ihrer Arbeit nach. Sie hob die Hände zum Gesicht, blickte auf die langen, ungeschmückten Finger hinab, schloss alles andere aus, bis sogar die Erinnerung ihrer Augen an den Glanz der Kerzen vor ihr verblasste. Hatte ihr Vater wirklich vor, sie mit Thomas Claver zu verheiraten?

Ihre Lippen bewegten sich in den lateinischen Worten des Gebets. Sie bemühte sich, das Bild zu verbannen, wie Thomas Claver mit gespreizten Schenkeln auf einer Fensterbank im *Tumbling Bear* saß und sein Mund dieses schlaffe, begehrliche Lächeln zeigte, während er und sein Onkel mit ihren Trinkkrügen einem verlegenen Schankmädchen zuprosteten und einander anzüglich anstießen. Sie erschauderte, aber vielleicht nur, weil das Gebet, das ihr in den Sinn gekommen war, so düster klang. »O lieblichster Herr Jesu Christ, wahrer Gott«, murmelte sie und richtete ihren Blick auf die Schwielen und Nadelstiche an ihren Fingern. Diese zeugten davon, dass sie sich anders als Thomas Claver nicht zu fein war, trotz ihrer wohlhabenden Herkunft das Handwerk ihres Familienbetriebes zu erlernen. »Der vom allmächtigen Vater in die Welt geschickt wurde, um Sünden zu vergeben, Gefangene zu erlösen, sich um die im Herzen Reuigen zu kümmern, die Traurigen zu trösten und jene in Kummer und

Bedrängnis zu leiten, gewähre mir die Erlösung von Drangsal, Versuchung, Kummer, Krankheit, Not und Gefahr, die mir drohen, und erteile mir deinen Rat.«

Aber so sehr sie sich auch auf ihre Fingerspitzen und die Bewegungen ihres Mundes konzentrierte, konnte sie doch nicht im Dunst des Weihrauchs und der Kontemplation versinken, die sie suchte. Vor ihrem geistigen Auge sah sie, wie Thomas Claver auf sie zukam, die Hände ausgestreckt, um sie zu packen. Sie erstarrte in der Totenstille panischer Angst, als er über ihr aufragte, und es hatte keinen Sinn zurückzuschrecken, auch wenn jede Faser ihres Körpers danach verlangte: die Tür war verschlossen, und es gab keine Fluchtmöglichkeit.

Irrlichternde Stimmfetzen kamen ihr in den Sinn. Die ihres Vaters: »Eine Ehre für die Familie ...« und »... wichtig für die Familie, Alice Clavers Wohlwollen zu erringen ...« und »... sie hat gute Verbindungen, weißt du. Sie wird dich Leuten vorstellen, die dir im Leben helfen können ...« und »... Ich verlasse mich darauf, dass du das Richtige für die Familie tust.« Das eilige, besorgte Flüstern ihrer Amme, um Versöhnung bemüht: »In deinem Alter glaubst du, alles drehe sich um die Liebe, aber in Wahrheit sind alle Männer gleich ... Ich weiß, er ist derzeit ein wenig wild, aber du wirst ihn im Handumdrehen auf den richtigen Weg bringen, ihn zum Arbeiten bewegen ... Es ist wichtig, einer guten Familie anzugehören.«

Isabels Schultern zuckten. Die Brust schwoll ihr bis zum Bersten an. Und bevor sie etwas dagegen tun konnte, schlug sie die Hände vors Gesicht, drückte hilflos auf die geschlossenen Lider, um die hervordringenden Tränen aufzuhalten, ihre Finger salzig und nass und ihr Atem so rasch und beklommen, als liefe sie um ihr Leben. Ich weine, dachte sie ruhig. Sie betrachtete sich wie von ferne, umfasste ihre Schultern mit beiden Armen und kauerte sich so fest zusammen, dass ihr Kopf fast den Steinboden berührte.

Ein Schatten bewegte sich in der Nähe. Schritte blieben wenige Fuß entfernt stehen. Sie hörte das leise Klacken von Sporen. Es kümmerte sie nicht mehr. Nun da sie sich hilflos und zornig ihren Empfindungen hingegeben hatte, war der Sturm in ihrem Inneren nicht mehr aufzuhalten, selbst wenn sie es gewollt hätte. Die Schritte entfernten sich wieder. Aber nicht weit genug, um sie zu vergessen. Sie wollte keine neue Kerze in dem ungewissen Schummer um das Bild der Jungfrau aufflackern sehen. Und doch genügte es, ihren stockenden Atem einen Moment zu beruhigen, und sie wurde still, bemühte sich, zu schlucken, um ihr Schluchzen zu beherrschen, und wartete darauf, dass der unerwünschte Mit-Kirchgänger mit den Sporen rasselnd davonginge.

Aber das tat er nicht. Er kam zurück und stellte sich unmittelbar neben sie. Als sie zwischen den Fingern hervorlugte, konnte sie die Sporen und den Schlamm an seinen Stiefeln sehen. Sie hielt den Kopf entschlossen gesenkt. Bestimmt ging er bald, dachte sie mit quälender Ungeduld. Sie musste nur ruhig bleiben.

Einen langen Atemzug herrschte Stille. Dann spürte sie angstvoll eine Hand auf ihrem abwehrend gebeugten Rücken: eine warme Hand, eine intensive, tröstliche Liebkosung mit dem Handballen. Sie zog sich tiefer in sich zurück, aber erst nachdem sie die beruhigende Geste gespürt hatte. Als die überraschend angenehme Bassstimme unmittelbar über ihrem Kopf murmelte: »Verzeiht, aber geht es Euch gut?«, zerstreute der Gedanke an diese sanfte, männliche Berührung, die sie künftig vielleicht niemals wieder spüren würde, ihre Verärgerung darüber, dass jemand sie in ihrem privaten Kummer störte.

Elend, ergeben, hob sie den Kopf. Das Gesicht, das zu ihr hinab sah, wirkte schmal und dunkel und hart. Aber es wurde von einem Ausdruck der Sorge gemildert. Er konnte nur wenige Jahre älter sein als sie: vielleicht achtzehn oder neunzehn, wie Thomas Claver. Aber er war ein Erwachsener, mit einem beschatteten Kinn und der drahtigen Kraft eines Mannes, die sich in der geschickten Bewegung seiner Arme zeigte, als er sich näher zu ihr beugte, in dem zartfühlenden Verständnis, dass er sie nicht berühren sollte und deshalb die Hände ineinander verschränkte, als wolle er sich daran hindern. Die Freundlichkeit in jenen schmalen Augen wärmte sie auf seltsame Weise.

»Ich bete nur«, sagte sie mit einem Rest an Würde. Er antwortete nicht, sondern sah sie nur weiterhin unverwandt an, und es lag etwas Fragendes auf jenem Gesicht, an dem sie erkennen konnte, dass es gewohnt war, neue Situationen rasch einzuschätzen. Sie hob eine Hand, wischte sich energisch über die Wangen, versuchte, sich zu beherrschen, und war überrascht, dass dieser Blick genügte, um ihr Schluchzen zu bezwingen. Sie brachte sogar ein schiefes Lächeln zustande, während sie sich auf die Knie aufrichtete. »Nun, ich *habe* gebetet«, fügte sie trotzig hinzu. »Und ich habe einfach auch geweint, das ist alles.«

Er lächelte jetzt, und obwohl er dünne Lippen hatte, war es ein anziehendes, aufrichtiges Lächeln. Sie merkte, dass sie es erwiderte, während ihre Hände wie von selbst Gesicht und Haar betupften und in Ordnung brachten.

Er kommentierte ihr Erscheinungsbild nicht. Er sah ihr nur weiterhin in die Augen, die Erinnerung eines Lächelns in den seinen und sein Körper angespannt und still. Sie mochte seine Stille. Sie war sich des an seinem Gürtel befestigten Schwerts, des einfachen Reiseumhangs bewusst. Er musste etwas mit den Truppenbewegungen zu tun haben, dachte sie, ein Edelmann in jemandes Gefolge sein. Aber seine Gegenwart war so tröstend, dass sie nun hoffte, er möge nicht so bald davoneilen.

Das tat er auch nicht. Schließlich murmelte er: »Ich vergesse, dass ich auch zum Beten hierherkam.« Und er sah sie intensiv an, während sich ein weiteres Lächeln andeutete. »Wie Ihr. Manchmal scheinen die Sorgen so groß, dass nur Gottes Rat zu genügen scheint. Und selbst der ...« Er brach ab und senkte den Blick, und sie spürte Traurigkeit in ihm, eine Hilflosigkeit, die ebenso groß schien wie ihre eigene, ohne dass sie diese verstehen musste. »Darf ich mit Euch beten?«, fragte er, ein flüsternder, samtiger Bass.

Sie nickte, im Moment gefangen, glücklich, ihn in der Nähe zu haben. Er kniete sich mit einer fließenden Bewegung neben sie, beugte den Kopf über die Hände und schloss die Augen.

Isabel verschränkte ebenfalls die Hände und führte die Fingerspitzen zusammen, aber sie betete nicht mehr. Sie wollte die gemurmelten Worte hören, die sich von den Lippen des Fremden lösten. Sie wollte wissen, wofür er betete. »Dennoch, Herr Jesus Christus, Sohn des lebendigen Gottes, gewähre mir die Befreiung von jeglicher Beschwernis, von Kummer und Drangsal, in die ich gestellt wurde, und von den Verschwörungen meiner Feinde«, murmelte er gerade, ein ebenso düsteres Gebet wie ihres. »Und schicke mir den Erzengel Michael gegen sie zu Hilfe, und gewähre es mir, Herr Jesus Christus, ihre üblen Pläne zunichtezumachen, die sie schmieden oder gegen mich schmieden wollen, ebenso wie du den Rat Achitophels zunichtegemacht hast, der Absalom gegen König David aufstachelte ...«

Und seine Stimme verklang zu einem lateinischen Singsang und schwieg dann ganz. Als sie einen heimlichen Seitenblick auf ihn warf, bewegten sich seine Lippen immer noch. Sie glaubte, auch auf seiner Wange eine Träne glitzern zu sehen. Er schien es nicht zu merken. Er war der Welt verloren.

Sie beobachtete ihn weiterhin. Es war erkennbar, dass er zu einem Entschluss fand. Sein Kiefer spannte sich an. Dann, ohne Vorwarnung, senkte er die Hände, hob den Kopf an und blickte zu Isabel, so rasch, dass sie keine Zeit hatte, ihre neugierigen Augen niederzuschlagen. Sein strahlender Blick hielt ihren ohne Vorwurf fest. Ihr war, als erschüttere ein Schock ihren Körper.

»Wollen wir also beide darauf vertrauen, dass Gott für uns sorgt?«, fragte er und grinste, ein wenig anzüglich, wirkte plötzlich heiter und zum Aufbruch bereit. Er erhob sich und streckte ihr eine Hand hin. Sie nahm sie, ohne nachzudenken, und mühte sich ebenfalls hoch. Seine Hand war warm und trocken, mit kräftigen Fingern. Sie ging mit ihm. Zu ihrer Überraschung traten sie beide mit gleichem Schritt durch den hellen Bogengang zur Straße.

Solange ich unterwegs bin, muss ich nicht nach Hause gehen, dachte Isabel mit der flüchtigen Zufriedenheit, die entsteht, wenn man in ein unerwartetes Abenteuer verstrickt wird, während der Wind ihre Röcke flattern ließ. Solange mich hier niemand sieht, muss ich nicht entscheiden, was ich tun soll. Also folgte sie dem Fremden brav in das *Bush*-Gasthaus, einige Schritte die Aldersgate hinab, wo er direkt auf einen Tisch in einem gewölbten Alkoven unter einem Fenster zueilte. Darauf stand noch das schmutzige Geschirr eines anderen Gastes, daneben ein Schachspiel auf einem Stuhl. Als der Wirt vorbeikam, bestellte er einen Krug Rotwein und kaltes Fleisch. Dann stand er da, blickte auf das zu Karos gefügte Holz hinab und betastete abwesend die Figuren, die an der Seite des Brettes standen. Isabel ging um die Tische und Stühle herum auf ihn zu, jäh außer Atem durch ihre seltsame Kühnheit, sich mit einem Fremden zum Essen niederzulassen. Aber wenn er ihr Unbehagen spürte, zeigte er es nicht. Er lächelte über irgendeinen Gedanken, hielt ihr eine der geschnitzten Figuren entgegen, als sie sich ihm näherte, und sagte leichthin: »Vielleicht ist trotz allem keiner der Züge, um die wir uns im Leben so sehr sorgen, so wichtig, wie wir glauben.« Er steckte die Figur in den dafür vorgesehenen Beutel. »Wir enden alle gleichermaßen unten in einem Sack, nicht wahr?«

Isabels Nervosität schwand mit den Schachfiguren, die er in ihren ledernen Ruheplatz steckte. Sie lachte und setzte sich hin. »Ich will einfach nicht warten, bis ich sterbe, bevor meine Probleme gelöst werden«, antwortete sie und wünschte, sie könnte denselben gleichgültigen Tonfall annehmen. »Ich hoffe, dass etwas sie jetzt aus der Welt schaffen wird.«

Ihrer Natur nach war sie nicht gelassen, und so gelang es ihr nicht so recht, das zu tun, was sie wollte – mehr über ihr Gegenüber herauszufinden. Sobald das Schankmädchen zwei Holzbretter vor sie hingestellt hatte und noch bevor er den Wein zu Ende eingegossen hatte, merkte Isabel, dass sie stattdessen die Geschichte ihrer Sorgen ausplauderte.

Sie erzählte ihm, wie ihr Vater im Gildehaus in Ungnade gefallen war, weil er bei einer Versammlung die Beherrschung verlor – so schlimm, dass er zu brüllen und Gott zu lästern begann –, während er erfolglos versuchte, die Stadt davon zu überzeugen, König Edward und sein Heer der York-Anhänger in den Kriegen zu unterstützen. John Lambert hatte die übrigen Händler für scheinheilig gehalten, weil sie dem rivalisierenden Heer aus Lancaster nachgaben – jenem Heer, das der verrückte, bedauernswerte König Henry aus der vom Earl of Warwick – einst König

Edwards engster Freund – erzwungenen, zehn Jahre andauernden Waffenruhe geholt hatte, um seine letzten Schlachten auszufechten. John Lambert hatte wirklich recht gehabt. Es war abscheulich gewesen. Und London stand bis auf den letzten Mann hinter der York-Partei, schon seit Jahren. Aber das Heer aus Lancaster hatte hier vor den Toren gestanden, und der Konsens der Versammlung hatte »Alles für ein ruhiges Leben« gelautet. Also war John Lamberts Ausbruch nicht nur missachtet worden, sondern hatte ihn auch seine Stellung gekostet.

Isabel beschrieb den gequälten Blick ihres Vaters, als die Männer des Bürgermeisters kamen und den gestreiften Stab draußen vor dem Lambert-Haus fortnahmen – seinen Ratsherren-Stab, sein geschätztes Amtssymbol, den Stab, an den Ratsherren ihre Bekanntmachungen anschlugen. Sie erzählte dem Fremden, wie ihr Vater sich dann auf die Idee versteifte, den Streit mit den Oberen der Stadt beilegen zu wollen, indem er sie und ihre Schwester verheiratete. Sie erzählte verbittert, wie sie beide dem Ehrgeiz ihres Vaters geopfert wurden. Es war nicht fair, sagte sie. Er hatte seinen Töchtern ihr ganzes Leben lang versprochen, dass sie, innerhalb der durch die Vernunft gesetzten Grenzen, frei wählen könnten, wen sie heirateten. Aber als es soweit war, brach er dieses Versprechen.

»Ich weiß, ihm erscheint das sinnvoll«, endete sie. »Aber er begreift anscheinend nicht, dass es seinem Ansehen in der Gilde nicht helfen wird. Die Leute werden in ihm doch nur den Mann sehen, der den Bürgermeister anschrie. Und wir werden für immer mit diesen Tröpfen verheiratet sein. Es ist unrecht. Ich bin zu jung, um verheiratet zu werden. Ich bin erst vierzehn. Und Thomas Claver wäre ohnehin der letzte Mensch, den ich jemals wählen würde.«

Es war leicht, mit dem unbekannten Mann aus der Kirche zu reden. Er betrachtete sie während ihres leidenschaftlichen Monologs unverwandt. Er nickte verständnisvoll, als sie traurig wirkte, und seine Augenwinkel kräuselten sich belustigt, als sie sich in der Hoffnung, ihn zu unterhalten, phantasievoller auszudrücken begann, was sie normalerweise nicht versucht hätte. Und doch hatte Isabel, als sie innehielt, das beklommene Gefühl, dass irgendetwas nicht stimmte. Er ließ sich von ihrer Empörung nicht anstecken. Er wirkte nur nachdenklich.

»Ich verstehe, warum du unglücklich bist«, sagte er schließlich, und sie erglühte bei der Wärme in seiner Stimme. Er sah nicht allzu gut aus. Seine hageren Züge waren nicht so kühn und ebenmäßig wie zum Beispiel die ihres Vaters oder der gottähnlichen, strahlenden Lynom-Jungen. Das Gesicht dieses Mannes war hager und ernst, zur Besorgnis geschaffen. Wenn er nicht so aufrecht dasäße und seinen drahtigen Körper so fließend bewegte, und sähe er sie nicht mit so unverwandter Aufmerksamkeit an, könnte sie ihn vielleicht mit einer Ratte vergleichen. Aber seine durch sie hindurch vibrierende, volle Stimme verlieh ihm Magie. »Ihr seid in einer schwierigen Lage«, sagte er gerade. »Ihr meint, Euer Vater fällt schlechte Entscheidungen.«

Sie nickte und nahm einen Schluck von ihrem Wein, um zu verbergen, dass eine Welle der Dankbarkeit ihr Gesicht rötete.

Er beugte sich vor. Stützte die Ellenbogen auf den Tisch. Sie dachte, er würde sie vielleicht berühren, sie trösten. Sie errötete stärker und wartete.

Er tat es nicht. Er legte nur die Hände zusammen, stützte nachdenklich das Kinn auf die Daumen und sah sie weiterhin ruhig an. »Darf ich Euch einen Rat geben?«, fragte er.

In dem Versuch, seiner Förmlichkeit zu entsprechen, nickte sie erneut und versuchte, nicht allzu offensichtlich ihre Hoffnung zu zeigen, dass er einen leichten Ausweg für sie fände.

»Ihr müsst heiraten, wie es die Umstände erfordern«, sagte er so sanft, dass sie es kaum ertragen konnte. »Nach dem, was Ihr mir erzählt habt, wisst Ihr, dass Euer Vater Euch liebt. Er sagt, er versucht das zu tun, was das Beste für Eure Familie ist. Und es ist die Aufgabe eines Vaters, gute Ehen für seine Kinder zu arrangieren. Auch wenn er Eure Gefühle nicht vollkommen versteht, weiß er vielleicht mehr über eure Familienumstände als Ihr.«

»Aber«, stammelte sie, in Enttäuschung verloren. »Aber ...«

»Ich weiß«, sagte er traurig, »es ist nicht das, was Ihr hören wolltet.«

Er senkte den Blick. Sie tat es ebenfalls, während sie sich wütend auf die Schweineschwarten und Fleischstücke auf ihrem Teller konzentrierte, das Brennen in ihren Augen fortzwang.

»Es kann eine Familie zerstören, wenn ein Vater *nicht* darüber nachdenkt, wie er seine Kinder verheiraten soll, wisst Ihr«, sagte er gerade, irgendwo hinter der Röte ihrer Augenlider. »Das hat meine Familie fast zerstört.« Sie schaute überrascht auf. Sein Blick ruhte noch immer auf ihr, obwohl er jetzt ungerichtet wirkte, weit weg, weniger in ihre Seele schaute als in einen dunklen Teil seiner eigenen. »Mein Vater hat sein ganzes Leben im Krieg verbracht, und er war ein guter Soldat. Aber als wir hörten, dass er getötet worden war, standen wir da: eine Brut von Waisen, über das Land verstreut, ohne eine einzige Ehe in Aussicht, die uns sechs Kindern einen neuen Beschützer beschert hätte. Er hatte nie erkannt, dass es ebenso wichtig ist, Ehen für seine Familie zu stiften wie Schlachten zu gewinnen, dass man Freunde braucht, um seine Feinde zu besiegen – eine Strategie fürs Leben, nicht nur eine fürs Sterben.«

Er lachte, mit einem Hauch tiefer Verbitterung. Isabel schwieg, weniger um ihn nun endlich geschickt so aus der Reserve zu locken, wie sie es sich vorgestellt hatte, sondern weil sie nicht wusste, wie sie antworten sollte. Sie erkannte erschreckt, wie wenig sie von der Welt außerhalb der Mercery, des Stoffhandels, wusste, von der Welt, in welcher der Krieg stattfand. Es hatte ihr stets die Gewissheit genügt, dass der Krieg anderen Leuten zustieß. Aber nun, da sie mit jemandem sprach, der selbst damit in Berührung gekommen war, fühlte sie sich zum ersten Mal selbst von zahllosen Gefahren niedergedrückt. Sie wusste nicht, wie man die schwache Anspannung in ihrem Bauch nannte, oder die Düsterkeit, die durch ihre Adern sickerte, aber sie dachte, es könnte Angst sein.

»Nun, wir haben überlebt. Aber wir hatten seitdem mit der Wahl unserer Ehepartner wenig Glück«, fuhr er fort, mit verzogenen Lippen, was sein Gesicht streng und hart wirken ließ. »Mein ältester Bruder lief mit einer Kriegswitwe davon, die dümmstmögliche Liebesheirat, gerade als der Rest, der von unserer Familie noch übrig war, endlich eine angemessene Ehe für ihn arrangiert hatte. Wir erleben eben erst das Ende der Jahre voller Hass, der dadurch ausgelöst wurde. Und dann heiratete mein zweiter Bruder, um den ältesten Bruder zu ärgern, bewusst gegen seine Wünsche angehend. Und das bedeutete noch mehr Schwierigkeiten ...«

Er seufzte, blickte auf die ordentlichen Fleischquadrate hinab, die seine Hände geschnitten hatten, während er sprach, und schob eines mit seinem Messer behutsam auf sich zu. Dann spießte er es auf. Isabel nahm einen weiteren Schluck des starken, dunklen Weines und fragte sich, an welchen Bruder er gedacht hatte, als er es aufgespießt hatte. »Ich bin froh, dass es nun vorüber ist«, wagte sie sich vor und schaute auf, »Eure Familienprobleme, meine ich.«

Vielleicht war es, weil ihre Stimme so leise klang, dass seine Augen wieder sanft dreinblickten.

»Fast vorüber«, korrigierte er sie und sah sie erneut genau an. »Es muss noch immer meine Ehe arrangiert werden.«

Seine Stimme klang eine Sekunde lang so liebevoll, dass ihr Herz einen Satz tat. Sie hielt den Atem an und beugte sich hinter ihrem Becher eifrig vor. Da spürte sie, wie ihr ein Seufzer entkam, während er rauer fortfuhr: »Und nun, da ich an der Reihe bin, gibt es nichts, was ich mehr will, als eine Ehe einzugehen, die gut für meine Familie sein wird – aber mein zweiter Bruder versucht mich aufzuhalten. Er kämpft so heftig, dass ich glaube, dass sich selbst mein Bemühen, das Richtige zu tun, als falsch erweisen könnte. Ich habe mich bei dem Gedanken ertappt, dass ich einen Rückzieher machen sollte ... um ihn zufriedenzustellen.« Er spannte den Kiefer an, wie er es auch schon in der Kirche getan hatte. »Das werde ich jedoch nicht tun«, fügte er entschieden hinzu. »Das würde auch nicht helfen. Aber ich frage mich manchmal, ob wir im Krieg jemals aufhören, Waisen zu sein, eigenwillige Kinder in Männerkörpern, die einander töten, während wir die Dinge in Ordnung zu bringen versuchen, die unser Vater hätte entscheiden sollen.« Er seufzte. »Nun versteht Ihr gewiss, warum ich glaube, dass es nichts Wichtigeres gibt, als im besten Interesse Eurer Familie zu heiraten, oder?«, fügte er energischer hinzu. »Man muss zusammenarbeiten, um seine Pflicht zu tun, sonst ist man verloren.«

Sie schüttelte den Kopf, von einer Düsterkeit erfüllt, die heraufkroch und sie aufwühlte.

»Ihr seid jung«, hörte sie ihn hinzufügen und glaubte, Mitgefühl herauszuhören. »Ihr müsst langfristig planen. Dies ist nur Euer erster Schachzug. Ihr werdet später mehr Wahlmöglichkeiten bekommen.«

Das Schankmädchen zündete in den hinteren Nischen Kerzen an. Menschen strömten von den Märkten herein. Sie brachte es nicht fertig, auch nur zu nicken. Das »Für immer« gähnte vor ihrem vierzehnjährigen Geist wie eine Grube. Sie erhob sich. Draußen war es bestimmt kalt. Sie konnte nirgendwo anders hingehen als nach Hause.

»Danke für Eure Gesellschaft«, murmelte sie, starrte auf ihre Füße und wandte sich der Tür zu.

Er sprang als dunkler Wirbel auf, war neben ihr, eine Hand an ihrem Rücken. »Es ist nicht leicht, ich weiß«, flüsterte er. »Ich hatte Glück, dass wir uns heute begegnet sind. Ihr habt mir geholfen zu erkennen, was ich tun soll. Also vielen Dank. Und viel Glück. Ich hoffe, ich habe Euch auch geholfen, das Richtige zu tun.«

Sie war sich seines abwärts gewandten Gesichts unmittelbar über ihrem bewusst. Sie spürte, wie nah sein Arm an ihrem Rücken war, sie fühlte sich wie benommen vom harmonischen Zusammenspiel ihrer Körper. Oder verstand sie es falsch? Bevor sie recht wusste, was geschah, geschah es schon nicht mehr. Er schritt sehr rasch auf das Schankmädchen zu, tastete das Bein hinab nach seiner Geldbörse, schaute kurz zu ihr zurück, mit noch immer halbgeschlossenen, sehr bedachten Augen, und murmelte: »Auf Wiedersehen, Isabel.«

Sie stand einen weiteren Moment da. Erstaunt, die Wärme seiner Hand noch auf ihrer Haut zu spüren. Sah seiner sich entfernenden Gestalt nach. Dann wappnete sie sich für die Abendkälte und trat in den Sternenschein hinaus. Sie glaubte, ihn sich umwenden zu sehen, um ihr nachzublicken, aber sie konnte nicht sicher sein.

Jeder Schritt, der sie zu ihrem Zuhause zurückführte, fühlte sich mühevoll an. Dieser letzte Moment war ihr noch gegenwärtig, blieb bei ihr wie die langanhaltende Erinnerung des Auges an die Kerzenflamme: der Mann mit den sanften Augen und dem harten Geist, der über eine hagere Schulter zu ihr zurückblickte und sich dann so rasch entfernte, dass die Kerzenflammen, die seine Gestalt umrissen, zurückwichen, als wehte ein düsterer Wind über sie hinweg, während er mit seiner dunklen, samtigen Stimme ein Adieu murmelte. Sie kannte nicht einmal seinen Namen. Sie würde ihn niemals wiedersehen.

Es blieb nur die Erinnerung an den Moment, da sie nahe genug bei ihm gestanden hatte, um die Wärme zu spüren, die sein Körper ausstrahlte. Und es blieb nur die Hoffnung, dieses Strahlen eines Tages wieder zu spüren und darin wie ein Seidenfaden in der Sonne aufzuleuchten. Der Gedanke musste ihr helfen, die düstere Zukunft zu ertragen, die ihr Vater für sie plante.

2

Isabel heiratete Thomas Claver eine Woche später, an einem strahlenden Aprilmorgen, auf den Stufen von St. Thomas of Acre. Die kleinen Leute, die über die Cheapside hinweg zur Kirchentür spähten, lächelten bei dem Anblick, während sie am Brunnen ihre Eimer füllten oder die Köpfe aus einer der vielen Arkaden in der Straße der Tuchhändler und den sich dort drängenden Ständen hervorstreckten, wo einfache Seidenfrauen nähten oder webten oder Fäden zwirbelten und mit angestrengten Augen das Treiben verfolgten, während sie arbeiteten. Zwei alte Weiber stießen einander an und begleiteten die kleine Prozession mit dem spöttischen Lachen der Alten bis zur Tür. Aber sie bemerkten wahrscheinlich nur John Lambert, in seiner blauen, pelzgesäumten Samtlivree der Tuchhändler, der zwischen den beiden jungen Frauen, deren Zukunft er bestimmte, so großartig und stolz wie ein Prinz wirkte.

Isabels Herz schlug so laut, dass sie von dem Wummern und Dröhnen des Blutes in ihren Ohren atemlos war. Sie konnte ihre schmalen, unscheinbaren Glieder, die so sehr denen ihrer toten Mutter ähnelten, nur mit Mühe ruhig halten, und ihr sommersprossiges Gesicht wirkte verängstigt. Als sie vor dem Aufbruch in den gehämmerten Kupferspiegel ihrer Mutter geblickt hatte, war der übliche aufmerksame, gut gelaunte Ausdruck in den dunkelblauen Augen erloschen. Nichts ließ in diesem Gesicht erkennen, dass seine Besitzerin für gewöhnlich gesprächig und fröhlich war und zu allem, was sie sah, wissbegierige Fragen stellte. Es war in diesen reinlichen, symmetrischen Zügen nichts von dem Liebreiz zu sehen, der Menschen veranlasste, sie mit einem verhaltenen Lächeln anzusehen, selbst wenn sie nicht versuchte, sie zu umgarnen. Das Gesicht, das sie nun anblickte, schien nicht hübsch: nur ruhig, sogar gelassen. Ihr rotgoldenes Haar war ordentlich unter dem Schleier zurückgenommen. Es war das Beste, was sie unter den Umständen bewerkstelligen konnte.

Sie konnte Jane nicht ansehen, die so schlank und strahlend war wie immer. Jane trug genau wie Isabel eines der gelben, mit Seidenblumen bestickten Gewänder, in denen John Lambert sie an seinem Verkaufsstand auf dem größten Markt, dem Crown Seld, zur Schau gestellt hatte. Sie arbeiteten dann an den schweren Bandstickereien mit Goldfaden, die später üppige Kirchengewänder säumen würden. Der Anblick der beiden Mädchen, so frisch und hübsch, sollte Laufkundschaft anziehen. Isabel hatte sich ständig darüber beklagt, dass sie mehr tun wollte, als nur zu nähen, während sie in den Arkaden arbeitete, aber ihr Vater war stets unnachgiebig gewesen – Kirchengewänder zu besticken war die einzige für eine junge Dame ihres Standes passende Betätigung im Tuchhandel. Jane war ganz die Tochter ihres Vaters, mit den smaragdgrünen Augen, dem edlen Profil und der Pose perfekter Selbstbeherrschung unter Druck. Isabel sank in sich zusammen, als sie einen verstohlenen Blick auf ihre Schwester warf, und wünschte, sie könnte auch so selbstsicher wirken. Isabel mochte die Bräutigame nicht ansehen – Will Shore, irgendwo dort drüben am Rande ihres Sichtfeldes hinter Jane, eine schüchterne Bohnenstange in violetter Hose, und Thomas Claver, untersetzt, mit rötlichen Haaren, neben ihr. Aber sie spürte, wie Thomas' Blicke hin- und herzuckten zwischen den Zuschauern und ihrem Vater und seiner matronenhaften Mutter, deren rötliches Gesicht über ihrer schlichten, dunklen Kleidung heiter wirkte. John Lambert hatte sich in den letzten Tagen mehr als einmal laut gefragt, ob Alice Claver – die bekanntermaßen nicht auf Förmlichkeiten achtete – den Anstand besäße, sich für diese Gelegenheit angemessen zu kleiden. Sie enttäuschte seine Erwartungen, indem sie nur einen hellblauen Umhang über ihre übliche Markttracht geworfen hatte, als erwarte sie Regen. Wenn Isabel irgendetwas in dieser Menschenansammlung Trost spendete, dann war es Alice Claver, die sich in diesem geschniegelten Umhang unwohl fühlte.

Isabel hatte nicht viel Zeit gehabt, sich an ihre Situation zu gewöhnen, weil König Edwards Heer in die Stadt einmarschiert war, die Ausgangssperre nun schon vor Sonnenuntergang galt und ihr Vater zum Führer einer der Stadtpatrouillen berufen wurde, um Ausschreitungen gegen die Bürger zu verhindern. Am Ende des ersten Tages, als sich die Leute etwas entspannten, weil sie sahen, dass dieses Heer, das jetzt überwiegend außerhalb der Stadtmauern in Moorfields lagerte, keinen Ärger bereiten würde, und als eifrige Weinhändler und Fischhändler herbeieilten, um Verträge zur Versorgung der Soldaten abzuschließen, bis sie wieder gen Norden zögen, hatte ein aufgeregter John Lambert den Ruf erhalten, mit dem König und seinen Generälen die Erntedankmesse zu feiern, die in St. Paul's abgehalten würde. Seine Vorbereitungen darauf, bald mit dem Hof in Berührung zu kommen, hatten die Planung für die Hochzeiten verzögert.

John Lambert hatte nur ein einziges Mal Zeit gehabt, Isabel zum Haus der Clavers in der Catte Street mitzunehmen, ein großartiger Ort, dessen luftige Hallen und Räume selbst das Familiendomizil der bedeutenden Lambert-Familie um die Ecke an der Milk Street in den Schatten stellte, auch wenn es mit weniger Wandteppichen und Teppichen geschmückt war. An jenem Morgen wurden dem Heer die Tore geöffnet. John Lambert trug bereits seinen Harnisch, bereit, mit der Patrouille hinauszureiten. Er hatte mit Alice Claver eilig die geschäftliche Seite der Hochzeit geregelt, an einem Ende der großen Halle, während am anderen Ende das verlobte Paar kurz Gelegenheit bekommen hatte, einander kennenzulernen, wobei sie sich steif auf Bänken gegenübersaßen.

Isabel hatte, wie sie glaubte, ewig gebraucht, um die Kraft aufzubringen, den Blick anzuheben. Als sie es tat, war sie über das Bild erstaunt, das der junge Mann ihr gegenüber bot. Er trank nicht von dem Becher Wein, den seine Mutter ihm hingestellt hatte, bevor sie sich taktvoll zurückzog. Er saß eingesunken auf seiner Bank, das rötliche Gesicht im Schatten, mit Haaren, die merkwürdig abstanden. Er blickte angestrengt auf seine Füße, zupfte mit geschäftigen Fingern an der Geldbörse, die an seinem Bein baumelte, und biss sich auf die Lippen.

Er sieht völlig verängstigt aus, hatte Isabel plötzlich gedacht und sich bei der Erkenntnis aufgerichtet. Ängstlicher als ich. Es war ihm wahrscheinlich nie gelungen, eines der Wirtshausmädchen zu berühren, die er im *Tumbling Bear* und im *Lion* begehrlich angestarrt hatte, erkannte sie blitzartig. Das verwöhnte einzige Kind einer reichen Witwe, das niemals zu einer Ausbildung in einen anderen Haushalt geschickt wurde und auch das Gewerbe seiner Mutter im eigenen Haus nicht erlernte, wirkte wie ein großer Junge, der den Tränen nahe war. Er war wahrscheinlich noch nie mit einer Frau seines Alters allein gewesen. Und nun holte ihn das alles ein. Sie hatte überrascht gemerkt, dass sie beinahe Mitleid für ihn empfand.

Sie hatte sich vorgebeugt, hatte ihn so sehr trösten wollen, dass sie beinahe seine Hand getätschelt hätte. Aber das einzige Thema, von dem sie dachte, es könne das Eis brechen, war das Geschäft. Ihr Vater hatte gesagt, Alice Claver plane, ihren Sohn in dieses Gewerbe einzukaufen und ihm Waren im Wert von eintausend Pfund zu beschaffen, damit er die Ausbildung – die zehn Jahre dauernde Lehre, welche die meisten Jungen absolvierten – vollständig umgehen und sofort selbständig Handel treiben könnte, sobald er verheiratet wäre. Sie müssten bei seiner Mutter leben, solange er sein Geschäft aufbaute. Aber in Alice Clavers Heim gäbe es so viele Räume, dass es keine Beschwernis wäre. Vielleicht beruhigte es Thomas Claver, wenn man ihn an seine Aussichten erinnerte, die so glorreich waren im Vergleich zu den zehn Pfund hier und fünf Pfund da, die so viele junge Händleraspiranten schnorrten, um das Grundkapital zusammenzukratzen, das sie brauchten, um selbst Handel zu treiben. Es könnte ihm das Gefühl geben, sein Schicksal unter Kontrolle zu haben. »Ihr müsst erfreut darüber sein, in den Beruf einzusteigen«, hatte sie sich zögernd vorgewagt und ihr Bestes getan, um ermutigend zu lächeln.

Aber er hatte nur die Füße aneinandergerieben und die Stirn

gerunzelt. »Ach, das. Das sind nur die Fäden, die meine Mutter zieht«, sagte er mürrisch. »Es bedeutet nichts. Es bedeutet nicht, dass ich wirklich das tun kann, was ich tun will. Sie wird ihre Nase vom ersten Tag an überall in mein Geschäft stecken, wartet nur ab. ›Thomas, tu dies; Thomas, tu das; Thomas, tu das nicht.‹« Endlich schaute er auf, aber nur, um sie mit düsterem Groll anzustarren, bevor er wieder mit den Füßen scharrte und die Stirn runzelte. »Und es wird nicht lange dauern, bis sie sich auch bei Euch einmischt.«

Isabel kannte Alice Claver nur vom Hörensagen. Die Seidenhändlerin wurde auf den Märkten respektiert und als eine Naturgewalt geschätzt, eine robuste Frau mittleren Alters mit einem breiten Gesicht und einem noch breiteren Lächeln, wenn ihr danach war, obwohl sie sich auch nicht scheute, finster dreinzublicken und harte Worte zu äußern. Alice Claver eilte durch die Arkaden, wo sie ein halbes Dutzend Verkaufsstände und Marktbuden und Truhen besaß, wo sie Seidentuche aus Italien und Seidengarne aus aller Welt verkaufte sowie die zum Stücklohn gefertigten Bänder und Kleinwaren, die von ihren Arbeiterinnen in London hergestellt wurden. Sie trieb ihre eigenen Leute unermüdlich an, ging den Tuchhändlern um den Bart und verkaufte Kunden ihre Waren mit solch natürlicher Beredsamkeit, dass sie kaum wussten, wie ihnen geschah, bevor sie sich schon von ihrem Geld trennten. Sie hatte nach dem Jahre zurückliegenden Tod ihres Ehemannes nicht wieder geheiratet, aber sie hatte sein Geschäft weitergeführt. Und sie hatte dabei mit Luxusgütern genug Geld verdient, dass sie weiterhin das prunkvolle, große Haus, in dem sie gemeinsam gelebt hatten, von den Tuchhändlern mieten konnte, wobei jede Seidenfrau auf dem Crown Seld wusste, dass die fürstliche Jahrespacht für dieses Domizil acht Pfund, dreizehn Schillinge und vier Pennys betrug. Sie hatte amtlich eintragen lassen, dass sie in ihrem eigenen Namen Handel treiben wollte, als alleinstehende Frau, die für ihre Verbindlichkeiten einstand. Anders als John Lambert hatte sie nichts dagegen, Mädchen auszubilden – sie schulte jüngere Seidenfrauen, als wären sie regelrechte männliche Lehrlinge, lehrte sie alles darüber, wie der Handel betrieben wurde. Das Einzige, was die ausgebildeten Seidenfrauen nicht tun konnten, war, sich der Tuchhändler-Gesellschaft anzuschließen – das blieb den Männern vorbehalten –, aber sie konnten sich niederlassen und, wenn die Dinge für sie gut liefen, sich behaupten, ohne von einem Ehemann abhängig zu sein. Für Alice Claver liefen die Dinge gut. Sie verkaufte der königlichen Kleiderkammer edle Seidenwaren. Sie besuchte Textilmärkte in den Niederlanden und kaufte die edelsten Tuche in Mengen, die manche Händler vor Neid erblassen ließen. Sie hatte sogar erreicht, dass die anderen Frauen des Seidengeschäfts sowie einige der einflussreichsten ihrer Tuchhändler-Ehemänner gemeinsam mit den unverheirateten Seidenfrauen beim Parlament eine Petition einreichen, gemäß derer ihr Handel vor fremder Konkurrenz geschützt werden müsse. Und sie war in ihrem Umkreis für ihre Wohltätigkeit bekannt. Sie besaß vielleicht nicht sehr viel physische Anmut, aber sie hatte mehr Energie als die meisten Frauen, die nur halb so alt waren wie sie – genug Energie, dachte Isabel mit überraschendem Mitgefühl, um einen Sohn, der keine allzu große Lust zum Arbeiten hatte, zu erdrücken.

Also lächelte Isabel weiterhin. »Oh, nun«, sagte sie strahlend und dachte daran, dass eine sanfte Antwort Zorn abwenden kann, »wir werden ihr gewachsen sein, keine Sorge.« Sie klang zuversichtlicher, als sie sich fühlte. Es war bestimmt schwer, Alice Claver zu trotzen. »Ihr werdet bald selbst lernen, wie man die Dinge in Angriff nimmt. Und ich kann helfen. Zumindest«, korrigierte sie sich und lächelte bei dem Gedanken ein wenig kläglich, »kann ich es ein wenig. Mein Vater weigerte sich stets, die Frauen seiner Familie das Geschäft erlernen zu lassen. Er sagte, er müsse an seine Position denken, und es sei nicht nötig, nun, da er so reich sei. Aber in Wahrheit ging es darum, dass meine Mutter nie genug über die Seidenarbeit wusste, um uns selbst zu unterrichten oder ihren eigenen Stand in den Arkaden zu haben, und nachdem sie gestorben war, hätte es bedeutet, das Gesicht zu verlieren, wenn er seine Gepflogenheiten geändert und uns ausgebildet hätte. Er hält ohnehin nicht viel davon, Mädchen auszubilden. Also ist das

Einzige, was er mich je hat tun lassen, die Stickerei. Aber darin bin ich gut.«

Sie richtete ihren Blick weiterhin auf sein Gesicht. Sie spürte eher, als dass sie es sah, wie seine Bedrückung etwas wich, als sie sich sanft über ihre Familie lustig machte.

Also blieb sie dabei, wollte, dass er mit ihr lachte: »Er sagt: ›Hübsche Mädchen mit langen Fingern sollten Kirchengewänder besticken‹«, und sie imitierte die rollende, einschmeichelnde Stimme ihres Vaters gut genug, dass sich seine Mundwinkel nach oben bogen. »Es ist das Einzige, was er als ausreichend damenhaft für uns erachtet.«

Plötzlich schaute er auf und sah ihr in die Augen, so direkt, so intensiv und so lange, dass sie glaubte, sie hätte ihn mit ihren Worten verletzt. Sie erwiderte den Blick erstaunt. Was könnte es gewesen sein? Aber dann erkannte sie, dass er nicht verletzt war, sondern nur seine Schüchternheit überwand. Sein Gesicht nahm langsam weichere Züge an. Sie konnte in seinem erleichterten Lächeln Charme erkennen. »Ihr seid nicht halb so erhaben, wie ich glaubte«, hatte er gesagt. Isabel dachte, dass sie wohl beide flüchtig die Möglichkeit gespürt hatten, ein Bündnis zu schmieden: die Jungen und Machtlosen gegen die Familien, die sie kontrollierten.

Ob Thomas Claver ihr jetzt, an der Kirchentür, noch immer freundlich gesinnt war, konnte Isabel nicht sagen. Ihr Blick war starr auf die Nägel der Tür gerichtet, während der Geistliche seinen Text murmelte.

Ihr Vater musste sie heimlich anstoßen, als es soweit war, die Ringe zu tauschen. Sie zog ihren vom Finger und hielt ihn vor sich hin. Ihre Finger waren feucht, und sie konnte ein Kribbeln auf dem Rücken spüren, aber sie zögerte nicht.

Thomas hatte weniger Glück. Sie merkte, wie er zog. Nichts geschah. Er zog erneut. Dieses Mal löste sich der Ring, glänzte in ihrem Augenwinkel, und segelte dann auf die Pflastersteine hinab. Er prallte zwei Mal auf. Er drehte sich wie ein winziger Reifen. Sie hörte eher, als dass sie es sah, wie er zu ihren Füßen liegen blieb.

Alle wurden still. Ihr Vater sog den Atem ein. Seine Mutter zischte: »Thomas!« Isabel warf ihm unter ihrem Schleier einen Seitenblick zu. Er war zutiefst errötet. Sein beschämtes Gesicht war feucht, seine Augen voller Entsetzen über seine Ungeschicktheit. Alice Claver stieß ihn in die Rippen, deutete zu Boden und drängte ihn mit Gesten, sich vorzubeugen und den Ring aufzuheben. Aber er stand wie angewurzelt. Auch alle anderen wirkten erstarrt.

Auf einmal vergaß Isabel ihre Angst. Sie beugte sich hinunter, hob den vorwurfsvoll daliegenden Ring selbst auf und steckte ihn sich an den Finger. Dann griff sie nach Thomas Clavers regloser Hand, zog sie zu sich heran und ließ ihren Ring auf seinen Finger gleiten. Die Gruppe schien noch immer den Atem anzuhalten. Sie tat einen tiefen Atemzug, hob die Augen langsam und beobachtete, wie sein Blick von einer ehrfurchtsvollen Betrachtung der Hand, die sie mit ihrem Ring geschmückt hatte, ihren Arm hinauf zu ihrem Gesicht wanderte. Er war offensichtlich entsetzt, weil er den Verlauf der Zeremonie so gestört hatte, dass man darin ein schlechtes Omen sehen könnte, und weil er seine Mutter mit seiner Ungeschicktheit blamiert hatte. Doch dahinter erkannte sie, wie in ihm eine stille, verzweifelte Hoffnung aufflackerte, eine Hoffnung, dass sie ihn irgendwie retten könnte.

Ohne wirklich zu wissen, was sie tat, hob sie ihm ihr Gesicht entgegen, nahm den Moment der Zeremonie vorweg, in dem Braut und Bräutigam aufgefordert wurden, einander zu küssen. Und als er ihren Blick nur erwiderte, als hätte er keine Ahnung, was als Nächstes zu tun sei, streckte sie kühn die Hand aus, die nun seinen Ring trug, um seinen Hinterkopf zu umfassen, stellte sich auf die Zehenspitzen und küsste ihn fest auf die Lippen.

Lautes, anerkennendes Lachen erklang von einer der Alten, die hinten an der Wasserrinne stand. Dann konnte Isabel, sogar aus der unbeholfenen Umarmung heraus, die Augen geschlossen und ihr Körper in einem gewissen Abstand von der großen, heißen Gestalt ihres Ehemannes, spüren, wie sich die Lamberts und Clavers und Shores alle entspannten, wie Atem ausgestoßen wurde, Körper sich bewegten, leises Murmeln und glückliche

Laute erklangen. Als sie die Augen öffnete und zurücktrat, sah Thomas Claver sie noch immer verwundert an. Sein Gesicht war noch immer gerötet und feucht. Aber er lächelte.

Isabel tanzte beim Fest. Als sie mit Thomas tanzte, war sie plötzlich wieder scheu und mied seinen Blick, spürte die Feuchtigkeit seiner Hände und bog sich nervös von seinem großen Körper weg. Sie tanzte unbeschwerter mit jedem Tuchhändler, der ein Freund ihres Vaters oder ihrer frisch gebackenen Schwiegermutter war. Sie ließ ihre Röcke wirbeln und ihre Knöchel aufblitzen; passend für den Tag, dachte sie, mit jäher, hektischer Fröhlichkeit, während sie ihren Weinbecher leerte. Sie fühlte sich plötzlich wie von einer Last befreit, von ihrem Vater erlöst. Sie war natürlich nervös wegen dem, was nach dem Tanz käme. Aber es war früh genug, sich über heute Nacht Gedanken zu machen, wenn heute Nacht kam. Als der dritte Gang hereingebracht wurde, riesige Pyramiden schwankender Flammeris, ließ sie sich von ihrem Tanzpartner William Pratte, einem alten Freund Alice Clavers mit wachen Augen, zu seinem Platz führen und naschte von den Leckereien.

Thomas brachte William Prattes Frau Anne zum Tisch zurück und verließ dann den Raum. Er sah Isabel flüchtig an. Sie fing den nervösen Blick auf, war aber zu schüchtern, um das Lächeln zu erwidern. Erst nachdem er sich unsicher der Tür zugewandt hatte, zogen sich ihre Mundwinkel nach oben. Sie saß atemlos still zwischen den Freunden seiner Mutter und fühlte sich erwachsen. Sie hörte, wie Alice Claver und die plumpen, verständnisvollen, eifrigen Prattes neben ihr plauderten. Sie sprachen leise, warfen vorsichtige Blicke in alle Richtungen, aber sie versuchten eindeutig nicht vor ihr zu verbergen, was sie sagten.

»Nun, natürlich kämpfen sie unehrenhaft«, sagte William Pratte gerade mit einem boshaften Schimmern in den Augen. »Der Adel war niemals auch nur halb so edel, wie seine Angehörigen gerne behaupten. Sie sagen, König Edward hätte die letzte Schlacht ebensowenig gewonnen, wie er die anderen in den Mühlteich gejagt und ertränkt hätte.«

Alice Claver schnaubte respektlos. »Wie Kätzchen«, sagte sie. »Ich kann nur sagen, es ist gut, dass wir ihn los sind.«

»Dennoch. Es ist nicht wie Camelot, oder?«

John Lambert führte Jane durch die Reihe erhobener Arme in die Mitte des Raumes hinab. Er strahlte, glücklich darüber, seinen Plan verwirklicht zu haben, schlug ausgelassen die Hacken zusammen und lächelte jedermann an, dessen Blick er begegnete. Und doch musste er erkennen, dass der Raum nur zur Hälfte gefüllt war, überwiegend von den Angehörigen der Clavers und der Shores, nicht von den Oberen der Stadt, die er hatte anlocken wollen, dachte Isabel. Wenn sie ihm bereits vergeben hätten, wäre der Bürgermeister hier. Die Ratsherren. Ihre Erleichterung darüber, dass die Tortur der Hochzeit vorüber war, war so gewaltig, dass sie fast Mitleid für ihn empfand.

»Glaubt ihr, es stimmt, was sie sagen?«, flüsterte Anne Pratte gerade, mit den Lidern kokett flatternd. Diese Leute schienen weitaus despektierlicher und scharfzüngiger als ihr Vater, dachte Isabel mit aufflackerndem Interesse. Zu Hause wurde über die königliche Familie in York nur in leisem, ehrerbietigem Tonfall gesprochen. Redeten sie immer so? »Über den jüngsten Bruder, den Herzog von Gloucester, wie er tötete ...«

Anne senkte die Stimme. Isabel hatte das Gefühl, dass sie wieder die üblichen Geschichten hören würde. Aber im Moment lenkte eine Bewegung am anderen Ende des Raumes sie ab; Unruhe an der Tür. Thomas? Sie schaute auf.

Dort drüben bildete sich gerade eine Menschentraube. Sie hörte draußen den Klang von Hufen und Metall. Weitere Menschen betraten den Raum, gingen um die Gruppe herum, und sie konnte sehen, dass einer von ihnen der Ratsherr John Brown war. Mitten in der Menge war ein lohfarbener, unbedeckter Kopf zu sehen, der über die Übrigen hinausragte.

William Pratte flüsterte noch immer verschwörerisch, sprach spannendere Themen an, hob eine Hand von seinen plumpen Knien und schloss Isabel, worüber sie leicht erschrak, in seinen wachen Blick mit ein. Es war fast so, als ob diese Leute mittleren Alters mit ihrer verständnisvollen Art und ihrem heiter verräterischen Gerede nicht erkannt hätten, wie jung und unerfahren Isabel war. Wäre es nicht gänzlich undenkbar, hätte sie fast geglaubt, sie versuchten bewusst, sie mit einzubeziehen, versuchten, Freunde zu sein.

Die Menschenmenge an der Tür regte sich und löste sich dann auf wie vom Wind zerstreute Wolken. Isabel konnte über die drei gebeugten Köpfe vor ihr hinweg eine Sekunde lang erkennen, wie ihr Vater auf Knien lag und wie irre den Boden anlächelte, während ihm ein großer Mann auf den Rücken klopfte, dessen Kleider im satten Nachmittagslicht golden zu schimmern schienen.

»Schaut«, sagte sie. Ihre Stimme klang vor Überraschung heiser.

William Pratte folgte ihrem Finger. »Großer Gott«, stieß er hervor. »Alice, schau.«

Alice Claver wandte den Kopf und erstarrte, den Blick zum Eingang gerichtet. Aber Anne Pratte unterhielt sich noch immer flüsternd.

»Aber Alice, das ist genau das, was sie sagen«, murmelte sie eifrig. Und dann schaute sie auch auf, sah, wie Alice Claver sich langsam erhob, noch immer wie gebannt, und riss den Mund auf wie ein erstaunter Fisch. »Es ist der König!«, sagte Anne Pratte törichterweise – törichterweise, weil nun auch andere auf die Knie sanken, herandrängten: der Bürgermeister, plötzlich und auf wundersame Weise anwesend, Will Shores Eltern, die Prattes, Alice Claver. Nun mühte sich John Lambert hoch, um aus dem Gedränge der Knienden hinaus zu gelangen, tänzelte wie in Panik rückwärts, um einen Ehrenplatz für den Monarchen zu schaffen, der sein Haus mit diesem außergewöhnlichen Besuch beehrte. Bestürzte Lehrlinge und Bedienstete, welche die Neuigkeit hörten, eilten hierhin und dorthin, um die Essensreste abzuräumen und eilig frische Teller aufzudecken sowie die Tafel mit Rosenblättern zu bestreuen. Und jeder entblößte Kopf war gesenkt, aber aller Augen waren angehoben und auf König Edward gerichtet.

»Nun«, sagte der König, der zwanglos durch den Raum auf

Isabels Vater zuschritt und erneut dessen Rücken tätschelte, während alle in bewundernder Anerkennung seinen Worten lauschten: »Wie könnte ich meinen besten Freund in der Stadt London seine Töchter verheiraten lassen, ohne zu kommen und ihnen alles Gute zu wünschen?«

John Lambert war vor Freude errötet, sein Lächeln zog sich über das ganze Gesicht. Dieses eine Mal wirkte er nicht stattlich und distinguiert. Seine gebeugte Haltung und dieses Lächeln wirkten schlicht unterwürfig. Es schien, als danke er Gott dafür, dass er ihm im Laufe der Jahre die Gelegenheit gegeben hatte, König Edward eintausendzweiundfünfzig Pfund und zehn Schillinge zu leihen, die Summe, die, wie er seine Töchter so häufig und gerne erinnerte, ebenso hoch war, wie der Herzog von Gloucester in einem Jahr an Pacht bekam und mehr, als die meisten Ritter in ihrem ganzen Leben erhoffen konnten. Es schien, als sei ihm die Anwesenheit des Königs hier und jetzt Lohn genug, um jene Schulden zurückzuzahlen, selbst wenn er nie einen Penny des Geldes wiedersähe (was leicht geschehen könnte). Aber niemand wirkte neben diesem König stattlich, erkannte Isabel. Edwards goldene Gegenwart überstrahlte immer alle um ihn herum.

Der König und sein Freund – ein dunkler, lachender Adliger, der fast so groß war wie Edward selbst und die eindrucksvollste Person im Raum gewesen wäre, wenn er allein gekommen wäre, und den Anne Pratte Isabel gegenüber als Thomas, Lord Hastings, den engsten Freund des Königs, benannte – wirkten, als wollten sie länger hier verweilen. Der König aß ein Stück Rindfleisch. Er trank einen Becher Rotwein. Er lächelte Jane zu, bis sie errötete. Er gratulierte Will zu seiner Braut. Er erbat die Erlaubnis des Bräutigams, mit ihr zu tanzen. Er führte Jane, die federleicht schwebte, durch einen gesamten Basse Danse. Warum sie, warum nicht mich?, dachte Isabel, ohne den Gedanken wirklich zu verstehen. Sie spürte deutlich, dass sie Angst davor gehabt hätte, die Person des Königs zu berühren. Aber jedermann wandte sich zuerst Jane zu. »Da, seht Ihr«, plapperte Anne Pratte an Isabel gewandt mit glühendem Gesicht, ihr despektierliches Geschwätz von vor wenigen Momenten vollkommen vergessend, verdrängt durch die Erhabenheit der Majestät, »Euer Vater steht in der Gunst des Königs ... welch eine Ehre ... könnt Ihr Euch das vorstellen? Ich habe noch nie zuvor von so etwas gehört ... König Henry hätte man niemals dazu bringen können, sich unter Händler zu mischen, dieser Trottel ... Ich habe immer gesagt, dass Loyalität es verdient, belohnt zu werden.«

Nun eilte John Lambert zu Isabel, um sie dem König vorzustellen. Der Ausdruck des Triumphes auf dem Gesicht ihres Vaters machte sie verlegen, aber sie ließ es zu, dass er ihre Hand nahm. Wie schnell ihr Herz auch schlug, hielt sie den Blick gesenkt, während er sie an der Seite des Tisches entlangführte und murmelte: »Sire« und »Wenn es Euer Gnaden gefällt« und Kratzfüße machte. Sie verfiel in ihren tiefsten Hofknicks und erhob sich wieder, den Blick noch immer gesenkt. Sie wollte nicht mit in die Begeisterung hineingezogen werden. Aber sie war ansteckend. »Aha, noch eine Lambert-Schönheit«, sagte der König. Und seine Stimme klang so tief und voll unerwarteter Schönheit, dass sie überrascht aufschaute. Sie dachte eine Sekunde lang an die Stimme des Fremden, dem sie in der Kirche begegnet war. Eine Sekunde lang, als sie dem Blick des Fremden begegnete, war sie enttäuscht darüber, ein größeres, volleres und attraktiveres Gesicht zu sehen. Aber irgendetwas ließ sie weiterhin in diese Augen blicken, die voller trägem Lachen waren, sah seinen sinnlichen Mund, der an einem Mundwinkel aufwärts zuckte, als lachte er über einen geheimen Scherz, den er mit ihr teilen wollte. Vielleicht war es der goldene Schein der Nachmittagssonne, aber in der Wärme seines Blickes hatte sie das Gefühl, als würde die Zeit stehenbleiben. Sie nahm nichts mehr um sich herum wahr. Sie war sich nur noch des Blickes des Mannes bewusst, der ihren festhielt, dabei röteten sich ihre Wangen vor Freude und ihr Mund verzog sich zu einem breiten Lächeln, als sie, überrascht, merkte, dass sie lachte. Ein Lachen voller ehrlicher Freude.

Während an der Rückseite des Raumes Kerzen angezündet wurden, fragte sie sich, wo dieses ungeheure Glück, das sie verspürte, so plötzlich herkam.

Dann war alles vorbei. Es wurde nicht mehr getanzt. Der

König winkte Thomas gratulierend zu, als dieser gerade in den Raum trat. Er sah noch bestürzter drein als alle anderen. Dann warf er einen beunruhigten, bangen Blick zu seiner Mutter und stolperte bei dem Versuch, aufs Knie zu fallen, fast über seine eigenen Beine. John Lambert drängte, sich noch immer verbeugend und lächelnd, Isabel rasch zu ihrem Tisch zurück. Nur ihr Hochgefühl blieb.

Während John Lambert sie wieder zu ihrem Platz zurückbrachte, murmelte er, unfähig, seine Begeisterung zu zügeln: »Ein wundervoller Mann, ein König, auf den man stolz sein kann. Wir leben in glücklichen Zeiten, dir wurde eine Ehre zuteil ... eine Ehre ...« Als sie nach ihrem Becher griff, bemerkte sie mit einem leichten Stich, den sie selbst vor sich nicht als Eifersucht erkennen wollte, dass der König erneut mit Jane tanzte.

»Eines ist sicher. Niemand wird sich jemals an den Ring erinnern«, sagte Thomas glücklich, strich mit einer Hand über ihr schönes Haar und richtete sich auf einem Ellenbogen auf, um im Morgenlicht ihr Gesicht auf dem Kissen zu betrachten. Er war nicht dick, wie sie es erwartet hatte; sie wusste jetzt, dass sein stämmiger Körperbau, der zweimal so breit war wie ihrer, nur aus starken Muskeln und Kraft bestand.

Sie murmelte etwas Undeutliches und versuchte dabei ihre Verlegenheit und die glücklichen, brennenden Erinnerungen an die überwältigenden Momente beiseite zu schieben, die sie und er in diesem Bett erlebt hatten. Sie wollte an das wahrhaft erstaunliche Ereignis von gestern denken, worüber nun jeder sprechen würde – die Anwesenheit des Königs bei ihrem Hochzeitsfest.

Der König von England war bei ihrer Hochzeit gewesen, dachte sie mit verschlafener Verwunderung. Der gerade zurückgekehrte König Edward! Vor einem Jahr war er noch verängstigt davongelaufen, von König Henrys Heer aus dem Land gejagt. Er musste mit dem Schiff in die Niederlande flüchten, nachdem er in irgendeiner Schlacht bei Doncaster geschlagen wurde. Danach war er bei Nacht mit seinem Bruder und seinen engsten Freunden über den Wash marschiert, während die Flut hereinkam und seine Männer schreiend ins Meer zog, in jenes Meer, von dem sie gehofft hatten, dass es sie retten würde, wenn sie nur einen Hafen erreichen könnten, um ins Ausland zu fliehen. Kein Wunder, dass die anderen Händler damals geglaubt hatten, es wäre das Beste, König Henrys Heer zu empfangen, selbst wenn es ihnen in den zehn Jahren von Edwards Regierung gutgegangen war, selbst wenn sie die früheren Zeiten von König Henrys richtungsloser Regierung als ein Abgleiten in die Anarchie in Erinnerung hatten, als nichts die Piraten und Raubritter aufhalten konnte, als die Weinflotte nicht mehr kam und es gefährlich war, den Kanal mit Schiffsladungen zu überqueren. König Edward schien vor einem Jahr noch kaum eine Chance gehabt zu haben. Aber er war ein vom Glück Begünstigter, ein Mann mit Geschick. Er hatte noch nie endgültig eine Schlacht verloren. Er hatte Geld aufgetrieben, hatte ein weiteres Heer ausgehoben und sich seinen Weg nach London zurückerkämpft. Und nun zeigte er, wie er zu regieren gedachte, sobald er schließlich die noch im Binnenland befindlichen Heere besiegt hatte – als Freund der Händler. Er war zu ihrer Hochzeit gekommen.

Niemand hatte jemals so etwas erlebt. Kein anderer König war jemals zu einem Händlerfest gekommen. Aber andererseits hatte auch kein anderer König so viel von der Stadt leihen müssen, um seine Kriege zu finanzieren, die er beinahe verloren hätte. Und es gab niemanden, von dem er mehr geliehen hatte als von John Lambert. Isabel dachte an das fieberhafte Knicksen und die Kratzfüße, welche die Gesellschaft ergriffen hatten, als König Edward durch die Tür schritt. Die Ehrfurcht. Das kriecherische Lachen. »Oh ... das Gesicht meines Vaters ...«, dachte sie und lachte, nicht das höfliche Kichern, mit dem sie den Nettigkeiten der erwachsenen Händler und ihren Frauen begegnete, sondern einer der großen, mächtigen Heiterkeitsausbrüche, die sie und Jane sich seit Kinderzeiten gönnten, wenn niemand sonst zuhörte.

Thomas Claver fiel schallend in ihr Lachen ein. »Und meine Mutter«, griff er den Gedanken auf. »Ich konnte regelrecht sehen, wie sie sich wünschte, sich dieses eine Mal angemessen gekleidet zu haben. Aber da war sie nicht die Einzige. Ich glaube, jede Frau in diesem Raum hätte alles dafür getan, seine Aufmerksamkeit zu erregen.« Er beugte sich über sie und lächelte mit einem Selbstvertrauen zu ihr herab, das an ihm neu und unvertraut wirkte. »Vielleicht sogar du. Hm?« Sie schloss die Augen, scheute sich, ihn von so nahem zu betrachten, jetzt, da sich seine Brust gegen ihre presste und sich seine Beine zwischen ihre schoben. Er zog ihr spitzbübisch eine Haarsträhne über das Gesicht. »Sag mir, war der König der Mann deiner Träume?«

Sie schüttelte den Kopf und lächelte über die raue Sanftheit seiner Stimme. Wenn sie weiterhin so zärtlich zueinander blieben, wäre es leicht, glücklich darüber zu sein, jemanden an ihrer Seite zu haben, der sie niemals kritisieren oder mehr von ihr verlangen würde als scherzhafte Antworten auf seine kindlichen Fragen: »Was sind deine drei Lieblingsfarben?«, »Dein Lieblingsessen?«, »Deine schlimmste Erinnerung?«, »Dein Schutzheiliger?« Aber seine Fragen erweckten einen Teil in ihr wieder, der von Thomas Claver unabhängig war. Ein Teil, der wusste, dass dieses unbeschwerte Strecken der Glieder, und selbst die ersten Pulsschläge ihrer Erregung, als sie sein Gewicht noch stärker auf sich spürte, ihre Sinne nicht ausfüllte und die Farben der Luft auch nicht so veränderte, wie diese wenigen magischen Sekunden mit dem fremden Mann aus dem Gasthaus.

»Nein«, flüsterte sie lachend, »natürlich war er das nicht.« Und sie streckte ihren Körper unter Thomas einladend, begegnete seinen Lippen mit ihren und versuchte dabei, dieses andere Gesicht – die durchdringenden, schwarzen Augen, die wie ein Kreuz gewölbten Augenbrauen, die dunkle, samtige Stimme – in die ferne Ecke ihres Kopfes zu verbannen, wo es hingehörte. Ich bin gesegnet, so viel Glück gefunden zu haben, sagte sie sich. Es wäre eine Sünde, mehr zu verlangen.

»Wer war es dann?«, unterbrach Thomas Clavers Stimme ihre Gedanken, während er mit den Lippen über ihr Gesicht zu ihrem Ohr fuhr. Sie hauchte die Antwort, die er hören wollte, und glaubte sie beinahe selbst: »Du.«

Danach, während sie sich auf den Kissen streckte, hob sie träge den Kopf, als Thomas sagte: »Wir sollten bald frühstücken gehen.

Man muss kräftig bezahlen, wenn man nicht bis zur Morgendämmerung unten ist.«

»Wir müssen heute nicht alles tun, was sie wollen. Sie werden es verstehen«, erwiderte sie murmelnd und streichelte seine Schulter. »Sie wären enttäuscht, wenn wir heute so früh zum Essen kämen.«

Sie freute sich, als sein Gesicht wieder freudig entspannt aussah – und dann fiel ihr plötzlich ein, was wohl der absolut sonderbarste Teil des ganzen seltsamen Tages gewesen sein mochte, den sie gerade durchlebt hatte.

Es war Jane. Jane, die nie etwas anderes zeigte als ein vollkommen sonniges Gemüt, immer das Richtige tat und alle damit zufrieden stellte. Jane, die stets nach etwas Ausschau hielt, was sie auch in der elendsten aller Situationen glücklich machen konnte. Jane, welche die Wahl des Ehemannes durch ihren Vater mit so viel weniger Aufhebens akzeptiert hatte als Isabel. (»Es kann nicht so schlimm sein – zumindest werden wir niemals wieder auf diesen schrecklichen Stühlen im Crown Seld sitzen müssen und halb blind beim Verzieren irgendeines alten Bischofsgewandes werden, während jeder Marktbengel uns angafft, als hätte er nie zuvor ein Mädchen gesehen.«) Die Jane, von der sie erwartete hatte, dass sie sofort die perfekte Ehefrau sein würde, die in der Küche mit den Dienstboten und den Kindern lachte, die am Tisch des Bürgermeisters vornehm lächelte, die ihrem Ehemann durch ihren Liebreiz ein hohes Amt verschaffte, die mit ihrem Verstand und ihren hübschen Gliedern wie durch Zauberkraft Verträge mit Kunden zustande brachte.

Gestern Abend war Jane nicht so liebenswürdig pflichtbewusst gewesen. Sobald der König sich verbeugt und ihren Mann um die Erlaubnis gebeten hatte, sie beim Basse Danse zur Partnerin zu nehmen, war sie aufgestanden, ohne überhaupt auf Will Shores gestammelte Zustimmung zu warten, und war strahlend mit dem König durch den Raum davongeschwebt.

Eine Stunde später, als Isabel und Thomas gingen, saß Jane noch immer, von einem Strahlen umgeben, beim König und ignorierte ihren Ehemann, der tief in eine Unterhaltung versunken war. Isabel erinnerte sich jetzt an unbehagliche Blicke in der Dunkelheit. Es waren John Lamberts Augen, die bewundernd den König betrachteten, aber auch die Augen des Freundes des Königs, Lord Hastings, die hungrig auf Jane gerichtet waren. Und dann noch Will Shores Augen, verwirrt und ratlos. Er blickte von einem Gesicht zum anderen, als frage er sich, ob er sich von der Aufmerksamkeit des Königs seiner frisch Angetrauten gegenüber geschmeichelt fühlen sollte oder einfach ignoriert wurde.

Letztendlich standen sie gerade rechtzeitig auf, um zu Alice Clavers Essen zu gehen. Es gab ein einfaches Rindfleischgericht mit Brot und Bier, was jedermann nach den gestrigen Exzessen bewältigen konnte. William und Anne Pratte waren mit Alice da. Waren sie überhaupt fort gewesen?, fragte sich Isabel. Sie schienen mit diesem Haus so vertraut, als lebten sie hier, obwohl Isabel wusste, dass sie in der Nähe von Janes neuem Zuhause an der Old Jewry ein eigenes Heim hatten. Sie plauderten, wie sie es auch gestern getan hatten, und Anne erzählte sofort von dem Trubel, den sie am vorigen Abend verpasst hatten. Wie sich weitere Höflinge dem König angeschlossen hatten, nachdem das Ehepaar gegangen war, einschließlich des Bruders des Königs, dem Herzog von Gloucester, der, klein und hässlich, darüber missgestimmt schien, dass Jane mit dem König bis in die Nacht getanzt hatte.

Vielleicht lag es an der Arbeitsteilung, die es bei vielen Tuchhändlerfamilien gab – der Ehemann kümmerte sich um den Handel, während die Ehefrau kleine Luxusartikel fertigte, sie verkaufte und sich um die Lehrlinge kümmerte –, dass dieses Paar sich so ähnlich sah. Sie waren beide klein, rundlich und fröhlich. William Prattes Haar war dünn und grau, sogar beide Augenpaare waren grau. Dennoch schauten sie so lebendig und neugierig wie die von Eichhörnchen. Sie beendeten gegenseitig ihre Sätze – sogar Alice Clavers Sätze. Dies wäre am häufig schweigsamen Lambert-Tisch unmöglich gewesen, aber hier schien es niemanden zu stören.

Die Drei bemühten sich so sehr, die frisch Verheirateten höflich mit in ihre Erwachsenenkonversation einzubeziehen, und mieden angestrengt alle Anspielungen auf die Freuden des Ehebettes. Selbst das geringste frivole Lächeln oder eine Bewegung der Augenbraue wurde höflich übersehen. Isabel verbrachte die gesamte Mahlzeit abwechselnd damit, zutiefst zu erröten oder vor Scham zu erstarren.

Ihr Magen rebellierte zeitweise so stark, dass sie das harmlose Gespräch über die Hochzeitsfeier, das sie führten, nur halbwegs wahrnahm. John Brown, der Vertreter ihres Vaters als Ratsherr, wurde kahl und wirkte fett. Ihr Vater sah unanständig gut aus – was hatten ihn seine Gewänder wohl gekostet? Sie spürte dankbar Thomas' Hand, die ihre unter dem Tisch drückte. Seine Hand war feucht, seine Miene verlegen. Er war bestimmt ebenso nervös wie sie.

»König Henry wäre bei einer Händlerhochzeit niemals erschienen«, flüsterte die kleine Anne Pratte Alice Claver zu. Isabel wartete darauf, dass Alice Claver, das Oberhaupt dieses Haushaltes, Anne warnend ansehen würde. Es gehörte sich nicht, über Könige zu tratschen. Aber die größere Frau kicherte nur ermutigend und erwiderte: »Nein, niemals. Man gebe mir jederzeit einen großen, gut aussehenden Helden als König, besonders wenn er ein angemessenes Interesse an uns zeigt ...«

»... und die Italiener daran hindert, uns zu betrügen«, schaltete sich William Pratte hoffnungsvoll ein. »Und der Hanse ein wenig Vernunft einbläut. Vielleicht sogar währenddessen die französischen Piraten erwischt. Ich werde für das Haus York stimmen, wenn König Edward sich wirklich dazu durchringen sollte, der Stadt zu helfen. Kein Herumlungern mehr, während jeder Lord im Land wild herumgaloppiert und unsere Geschäfte vor die Hunde gehen. Ich sage euch, an meinem Tisch wird jeden Morgen ›God save the King‹ und ›Hallelujah!‹ erklingen, wenn Edward es weiterhin besser macht ...« Er kniff das Gesicht zusammen, streckte die Zunge heraus und ließ sie wie die eines Verrückten kreisen. Das Straßenjungen-Zeichen für den schwachsinnigen Henry.

Isabel blickte erstaunt. Dieses – wie ihr Vater es sicherlich genannt hätte – »verräterische Gerede« hätte ihr Angst machen sollen. Aber da war etwas an dem zwanglosen Übermut rund um den Tisch, was sie bestimmt mochte, wenn sie erst Zeit hatte, sich daran zu gewöhnen.

»Nun, dann sollten wir hoffen, dass er siegt«, sagte Alice Claver munter. »Er muss immer noch Warwick überrunden.«

»Nun«, fuhr sie lebhaft fort und wandte sich plötzlich an Isabel und Thomas. »Ihr beiden. Da wir gerade davon sprechen, dass unser Geschäft vor die Hunde geht, ist es da nicht an der Zeit, dass ihr euch an die Arbeit macht?«

Alice Clavers Art hätte vielleicht schroff wirken können, wenn ihre Augen nicht so fröhlich gezwinkert hätten, so dass Isabel sich nicht angegriffen fühlte. Zumindest einen Moment lang. Dann erkannte sie, dass Thomas neben ihr vor Zorn bebte, und überlegte kurz, ob sie die Stimmung vielleicht missverstanden hatte.

»Beweg deine hübschen Beine in den Lagerraum, Thomas!«, fuhr Alice Claver stichelnd fort, gefolgt von einem rauen, grollenden Lachen in ihrer Stimme. »Zeig Isabel, wo alles ist.«

Isabel senkte den Blick, als sie bemerkte, dass sich die Prattes einen weiteren ihrer scharfen Blicke zuwarfen. Das genügte, um ihr zu zeigen, dass es nicht das erste Mal war, dass sie Alice Claver ihrem Sohn gegenüber diese Art Bemerkung machen hörten und dass sie keinen positiven Ausgang erwarteten. Isabel erwiderte den Druck von Thomas' Hand. Falls er sich schikaniert fühlte, wollte sie ihn ihren Beistand spüren lassen.

»Ach, Ma«, hörte sie Thomas antworten. Es war das Jammern eines Kindes, und seine Augen zeigten einen gewitzten Ausdruck, der verriet, dass er heute nicht die Absicht hatte zu arbeiten und alles sagen würde, um es zu vermeiden. Isabel lockerte ihren Griff wieder. »Wir haben doch erst gestern geheiratet.«

Alice Claver wirkte unbeeindruckt. »Nun, ihr hattet den ganzen Morgen zum Faulenzen, oder?«, sagte sie, und nun klang ihre Stimme schroffer. Isabel errötete. Die Prattes sahen einander erneut an. Sichtlich ungeduldig fuhr Alice Claver fort: »Du weißt, dass William dir freundlicherweise angeboten hat, dich in den Arkaden herumzuführen. Dir das Warenangebot zu zeigen, das du brauchst, um deine Geschäfte anzufangen. Dich den Menschen im Gildehaus vorzustellen, die dich beraten könnten.«

Sie hielt inne, als würde dies Thomas' Erinnerung nachhelfen. Aber Thomas schwieg stur.

Anne Pratte meldete sich mit ihrer zarten Stimme zu Wort. »Du brauchst dir keine Gedanken um Isabel zu machen, Thomas. Ich werde mich den Nachmittag über um sie kümmern. Ich will zu Alices Stickgeschäft. Es wäre nützlich für Isabel, es kennenzulernen. Sie kann mit mir kommen …«

Isabel erkannte, dass beide Angebote hilfreich wären, denn wenn Thomas als Händler zu arbeiten anfinge, würde sie bereits die Namen und Gesichter der Seidenfrauen kennen, die ihr möglicherweise bald Arbeit geben würden. Sie drückte erneut seine Hand, sah ihn unter den Wimpern hervor ermutigend an und gab ihm zu verstehen, dass er ja sagen sollte. Aber Thomas runzelte nur noch stärker die Stirn.

»Ma«, wiederholte er mit Ungeduld. »Ich habe es dir eben schon gesagt. Wir haben gerade erst geheiratet. Und Isabel möchte das Heer des Königs hinausbegleiten. Wir wollten ein Picknick veranstalten.«

Aller Augen wandten sich Isabel zu, woraufhin sie errötete. Thomas' Tonfall hatte sie sehr in Verlegenheit gebracht. Wie ungezwungen die Menschen in diesem Haushalt vielleicht miteinander umgingen, konnte es gewiss nicht richtig sein, seiner Mutter auf diese Art zu widersprechen. Außerdem hegten sie keinerlei Pläne für ein Picknick oder einen Ausflug. Sie wusste nichts über Soldaten, außer dass sie gefährlich waren. Warum Schwierigkeiten heraufbeschwören? Und sie wollte gewiss nicht Thomas' Alibi dafür sein, sich vor einer Vereinbarung zu drücken, die seine Mutter für ihn getroffen hatte. Das würde nur bewirken, dass Alice Claver sie ablehnte, und das wollte sie auch nicht.

Aber sie war jetzt Thomas' Frau. Es war ihre Pflicht, ihm beizustehen. Und ihr gefiel die Art nicht, wie Alice Claver die Prattes als Publikum benutzte, um Thomas öffentlich zu erniedrigen. Sie würde einen Weg finden müssen, ihn unter vier Augen zu überreden, das zu tun, was seine Mutter wollte. Im Moment konnte sie nur Alice Clavers anklagendem Blick trotzen, sich um ein halbherziges Lächeln bemühen und beten, dass die heiße Röte in ihrem Gesicht wich.

Es entstand eine lange Pause.

»Nun, wenn es das ist, was *Isabel* will«, sagte Alice Claver kalt und wandte sich ab. Sie beendete den Satz nicht. Und dieses Mal beendete ihn auch niemand anderer für sie.

»Komm, Isabel«, sagte Thomas, erhob sich und zog sie mit sich.

Isabel schaute vom Eingang aus zurück. Die Prattes sahen einander schweigend an. Aber Alice Claver blickte noch immer direkt zu ihr, und kalter Zorn stand in ihren Augen. Isabel erkannte schweren Herzens, dass sie sich eine Feindin gemacht hatte.

Wie viele Londoner wollten Isabel und Thomas die Soldaten zwar dankbar angaffen, weil sie in ihre Stadt gekommen waren, ohne sie auszurauben oder zu schänden. Aber die beiden trauten sich nicht nahe an die bewaffneten Männer heran, die vor den Stadtmauern lagerten. Stattdessen gingen sie zu der Menschenmenge, die in den dortigen Gemüsegärten herumstand, unter den Obstbäumen, aßen Brot und genossen den leichten Nervenkitzel, im friedlichen Schatten der Obstbäume auf die Soldaten zu starren. Aber in die gewaltige, sonnenerleuchtete Szenerie von Reitern und scharfen Klingen wagten sie sich nicht vor.

Sie und Thomas hatten nicht mehr miteinander gesprochen, seit sie das Haus verlassen hatten, und waren in der Sonne schweigend umher spaziert. Der Rhythmus des Gehens hatte Isabel geholfen, ihr Gefühl des Unbehagens zu mildern. Wenn sich Thomas erst einmal beruhigt hätte, hoffte sie, einen Weg zu finden, über die Arbeit zu sprechen und ihn zu überreden, die Aufforderung seiner Mutter zu befolgen.

»Du bist so winzig«, murmelte Thomas Claver plötzlich, zog sie in seine Arme und blickte sanft zu ihr hinab. Sie reichte ihm kaum bis zu den breiten Schultern.

Er liebkoste mit den Lippen ihr Ohr.

»Thomas«, murmelte sie und wandte das Gesicht zu ihm hoch, wusste aber nicht so recht, wie sie fortfahren sollte, und wünschte, sie hätte mehr Übung darin, Menschen von etwas zu überzeugen.

Er küsste sie leicht auf die Stirn. »Ich will dein Stirnrunzeln fortküssen«, flüsterte er.

Sie lächelte unsicher. Dann wagte sie den Sprung. »Werden wir morgen anfangen zu arbeiten?«, fragte sie bange. »Ich möchte nicht, dass deine Mutter denkt, ich hätte einen schlechten Einfluss auf dich.«

Er erwiderte ihr Lächeln, aber sein Blick schweifte ab.

»Ich möchte einfach ein paar Tage mit dir allein verbringen«, sagte er sanft. »Das ist nicht zu viel verlangt, oder?« Dann fuhr er in dem Versuch, nonchalant zu klingen, fort: »Meine Mutter wird uns das ohne große Mühen gewähren. Mach dir keine Gedanken über sie. Sie ist eine zähe, alte Dame, aber ich weiß, wie ich mit ihr umgehen muss.« Er legte seine Lippen auf ihre. Sie schloss die Augen und ließ sich von seinem Kuss hinwegtragen.

Aber während sie den Kuss genoss, drängten sich ihr die schwierigen Fragen auf. War dieser Kuss nur seine Art, sie am Reden zu hindern? Und wie lange wollte er diese »paar Tage« der Muße ausdehnen?

»Wir fangen nach dem Maifeiertag an«, sagte Thomas. »Das ist noch früh genug.« Das hatte er jeden Tag, bei jeder Mahlzeit, eine Woche lang immer wiederholt.

Die Prattes sahen einander an.

Alice Claver warf Isabel ihren inzwischen schon zur Gewohnheit gewordenen ablehnenden Blick zu. Wenn sie ärgerlich war, wurde ihr rundes Gesicht tiefrot, und ihre Augen wirkten dann fast schwarz. Ihre Lippen verzogen sich zu einem höhnischen Schlitz.

Isabel erwiderte ihren Blick trotzig. Wieso geben mir alle die Schuld?, fragte sie sich hilflos. Er hatte noch nie gearbeitet. Ihr habt ihn auch nie dazu angehalten. Es ist nicht meine Schuld, dass er es auch jetzt nicht machen will.

Sie konnte sich kaum noch an den geschwätzigen Charme dieses ersten Abendessens erinnern. Die Atmosphäre im Haus war so giftig geworden, dass sie fast erleichtert war, wenn sie nach jeder morgendlichen Auseinandersetzung mit Thomas draußen sein konnte. Boot fahren. Angeln. Ihn bei den Bogenschießständen beobachten. In Gasthäusern zu speisen, die weiter von der Mercery entfernt waren, als sie jemals zuvor gewesen war: in Westminster, in so weit entfernten, am Fluss gelegenen Dörfern wie Kew oder in der Wildnis von Haringey Park. Sie hatte in dieser Zeit der anfänglichen physischen Nähe genau gespürt, wie sich sein Gesicht, sein Haar und seine starken muskulösen Glieder in diesen intimen Momenten bewegten, dass sie das Gefühl hatte, sie wären einander wirklich nahe gekommen. Sie hatte fast aufgehört, seinen Körper mit ihren Erinnerungen an den Mann in der Kirche zu vergleichen. Aber diese Ausflüge, bei denen sich jeden Tag neue Seiten von Thomas' Leben offenbarten, die sie so in der Catte Street niemals kennengelernt hätte, zeigten, wie wenig sie ihn wirklich kannte. Es schien, als würde Thomas Gastwirte und zwielichtige Betrunkene in halb England kennen. Überall, wo sie hingingen, begegneten ihm die Männer grinsend. »Meine Frau«, sagte er dann stolz. Und sie begutachteten sie irgendwie abschätzig, so dass sie errötete. »Lässt es dir gutgehen, was, Tommy-Junge?«, fragte ihn fröhlich ein alter Schurke mit gebrochener Nase. »Nun, es war höchste Zeit, dass du sesshaft wirst.«

Was auch immer Thomas sagte, so glaubte sie keinen Moment, dass er sich nach dem Maifeiertag bemühen würde, seinen Beruf zu erlernen. Er würde eine weitere Ausrede finden, um es hinauszuzögern. Vielleicht hatte er Angst zuzugeben, wie viel er noch lernen müsste. Auch seine Mutter machte es ihm nicht leichter damit, indem sie ihn vor den Prattes immer drängte. So kann es jedenfalls nicht weitergehen, dachte sich Isabel. Thomas wird bald anfangen müssen zu arbeiten. Aber sie hatte bereits begonnen, seine traumähnliche, ziellose neue Existenz zu akzeptieren. Sie wurde mit jedem Mal trotziger, wenn Alice Claver sie mit einem ihrer eisigen Blicke ansah. Alles war besser, als unter diesen frostigen Blicken in der Catte Street leben zu müssen.

Als Isabel am Maifeiertag durch das laute Auffallen der Tür ihres Zimmers geweckt wurde und Alice Clavers schweren Schrittes hereinstürmte, war ihr erster verschlafener Gedanke, dass ihre Schwiegermutter nun endgültig beschlossen hatte, sie gewaltsam aus dem Bett zu zerren und sie beide sofort arbeiten zu lassen, ob Festtag oder nicht.

Sie zog sich rasch die Decke über den Kopf und stieß Thomas an, der murrend erwachte. Glücklicherweise waren die Bettvorhänge zugezogen. Sie lagen einander in der heißen Dunkelheit in den Armen, kaum atmend und auf verdächtige Geräusche lauschend.

Aber die Schritte polterten unmittelbar am Bett vorbei, direkt zum Fenster, und verhallten dort. Alice Claver musste sich wohl hinausgelehnt haben, um dem Gerede auf der Straße zu lauschen, dachte Isabel. Von ihrem eigenen Zimmer aus konnte sie es nicht hören. Aber warum? Da war doch nur ein Haufen Leute, die ihre Stände aufbauten und sich über den späteren Tanz um den Maibaum unterhielten. Thomas wölbte eine Augenbraue und warf Isabel einen neckischen Blick zu, der sie zum Kichern bringen sollte. Sie erwiderte sein Grinsen.

Aber als Alice Claver doch noch zum Bett stolzierte und die Vorhänge aufriss, war ihr Gesicht so bleich, dass ihrer beider Lächeln augenblicklich ausgelöscht wurde.

Alice Claver sagte mit monotoner Stimme: »Es heißt, Schiffe griffen vom Fluss aus an. Steht auf, schnell. Wir müssen zusperren.« Und sie hastete aus dem Raum.

Als die Tür zufiel, richteten sich Isabel und Thomas auf, nun hellwach. Er wirkt auch so aufgeregt, wie sie selbst es war, dachte Isabel. Ihnen war Beiden nicht wirklich bange. Dafür war die Erinnerung an König Edwards ritterliche Soldaten zu frisch. »Ich sollte hinausgehen«, sagte er. »Mich den Patrouillen anschließen.«

»Nein«, erwiderte sie rasch. Sie legte eine Hand auf seinen Arm. Ich möchte nicht, dass er etwas Gefährliches tut, dachte sie. Außerdem wollte sie in diesem Haus nicht allein gelassen werden.

»Ich muss«, sagte er, und sie erkannte einen neuen Ausdruck in seinem Gesicht: ruhig und entschlossen, als wäre er von allen

Unsicherheiten seiner Jugend befreit. Es nahm ihr den Atem. Fast schwindelig durch das, was sie für den ersten Schmerz wahrer Liebe hielt, senkte sie den Blick. »Ich bin ein guter Scharfschütze.« Er sah sie fast flehend an. »Ich möchte, dass du stolz auf mich bist.«

Sie nickte, akzeptierte seine Entscheidung widerwillig. Er hob sanft ihr Gesicht an.

Dann war er fort, bevor sie überhaupt ein Gebet für ihn sprechen oder ihm Liebesworte zuflüstern konnte. Sie stieg allein die Treppe hinab, um Alice Claver gegenüberzutreten.

Die ersten eiligen Arbeiten wie die Fensterläden zu schließen, die Türen zu verriegeln und Kisten davor zu ziehen sowie Wasser zu holen und alle Brotlaibe und Sülzen hereinzubringen, machten sie atemlos und brachten sie ins Schwitzen. Erst danach, im Halbdunkel sitzend, in dem sie den größten Teil der nächsten beiden Wochen verbringen sollten, setzte die Angst ein, und sie froren. Zuerst waren nur Isabel und Alice Claver sowie drei Bedienstete in der Stube, zitternd und trotz der Sommerhitze die Arme um sich schlingend. Aber dann, wenige Stunden später, hämmerte Anne Pratte ohne ihre übliche Scheu an die Tür.

William Pratte führte die Old Jewry-Patrouille an. Er hatte seine Frau an der Catte Street abgesetzt, als er mit seinem Trupp von Amateur-Bogenschützen zum Flussufer aufbrach. »Thomas wird sich ihm angeschlossen haben – keine Angst«, sagte Anne Pratte ruhig sowohl zu Alice Claver als auch zu Isabel und ließ sich mit ihrer Näharbeit auf einer Bank nieder. Isabel war erleichtert darüber, dass Thomas' Mut, hinauszugehen und seine Frauen und seine Stadt zu verteidigen, auch ihren eigenen Status in diesem Moment verbesserte.

Anne Prattes Ruhe erstaunte Isabel. Selbst aus der relativ sicheren Entfernung der Catte Street, ein gutes Stück von der Themse entfernt, konnte man die Explosionen und das Krachen einstürzender Gebäude am Fluss hören. Truppen aus Lancaster versuchten, König Henry aus dem Tower zu befreien. Die Piraten aus Kent und Essex, die bei ihm waren, wollten sich mit ihren Knüppeln und Mistgabeln nur in London austoben. Jeder polternde Schritt draußen könnte bedeuten, dass der Erste von ihnen eingetroffen war, und man konnte nichts anderes tun als zu beten. Jeder dröhnende Schlag ließ die nahe gelegenen Straßen vibrieren. Nicht nur wegen der klirrenden Fenster, sondern vor allem wegen der finsteren Furcht, die alle Menschen bei der Erkenntnis befiel, dass sie dem Tode schutzlos ausgeliefert waren. Und doch nähte Anne Pratte weiter und murrte sogar, als eines der Dienstmädchen zu wimmern begann, während Alice Claver im grauen Licht leise Gebete murmelte. Isabel hielt die Augen fest geschlossen und zwang sich, die Fassung zu wahren, während sie die dunkle Furcht in ihr aufflammen spürte. Sie bewunderte Anne Pratte für ihre Haltung.

»Ritter in schimmernden Rüstungen«, sagte Anne Pratte verärgert vor sich hin und biss den Faden ab, als wäre es der Kopf eines Mannes aus Lancaster. »Die Gesetze des Ritterstandes, von wegen. Es kümmert mich nicht, dass sie behaupten, Kriegsführung sei eine erhabene Kunst. Es ist nichts als Kämpfen. Sie sind Raufbolde mit Waffen und wir mittendrin gefangen.«

Natürlich verbrachte sie unter den gegebenen Umständen einen großen Teil dieser düsteren Tage damit, sich über die Männer aus Lancaster zu beklagen. Kaum etwas begegnete sie mit Gnade. Sie sagte auch schlimme Dinge über die Männer aus York. Mit König Edwards Frauengeschichten wurde kurzer Prozess gemacht, wie auch mit seiner habgierigen Königin, Elizabeth Woodville. »Sie hat keinen Tropfen königliches Blut in ihrem Körper, aber mehr als genug reinen Ehrgeiz, um das auszugleichen ... eine Schönheit, natürlich, aber härter als Diamanten.«

Sie verschwendete auch nicht viel Zeit auf König Edwards Brüder. Der Herzog von Clarence hatte sich auf die Seite des Grafen von Warwick gestellt und dessen Tochter, Isabel Neville, in der fehlgeleiteten Hoffnung geheiratet, Warwick würde das als ausreichenden Grund erachten, ihn zum König zu machen. Doch er war ein Opportunist und, schlimmer noch, ein »widerlicher, kleiner Verräter, der nicht besser ist, als er sein sollte.«

Was den jüngeren Bruder, den Herzog von Gloucester, anging

(ein achtzehn Jahre alter erfahrener Kämpfer, den John Lambert mit Ehrfurcht beschrieb, nachdem er ihn bei König Edwards Messe im April gesehen hatte), so war er nach Anne Prattes Ansicht ein Dieb durch und durch. Er hatte eine ältere Adlige entführt und sie gezwungen, schriftlich ihre Ländereien abzutreten. Anne Pratte hatte die Geschichte von Sir John Risley gehört, einem Leibritter des Königs, für den sie einige Seidenstücke gefertigt hatte. »Sir John sagt, die alte Gräfin fürchtete, dass der Herzog sie töten würde, wenn sie sich weigerte. Also hat sie es getan. Sie hat natürlich viel geweint, aber sie hatte ja keine Wahl. Sie besitzt nichts mehr, sagt Sir John. Sie nimmt Näharbeiten an, um die Nonnen zu bezahlen. Und als Sir John den König neulich fragte, ob er es für eine gute Investition hielte, wenn er das Haus von Gloucester kaufte, hat sich der König vor Verlegenheit praktisch gewunden. ›Rührt es nicht an, Risley‹, sagte er. Er weiß, dass sein Bruder es regelrecht gestohlen hat.«

Sie beugte sich vor, um Isabels Blick einzufangen. Sie genoss die Aufmerksamkeit der jüngeren Frau. Isabel stellte sich vor, wie der Herzog von Gloucester die alte Gräfin drangsalierte. In ihrer Vorstellung war der Herzog dunkel und dürr, mit einem verkniffenen Gesicht, das so hart war wie das des Mannes, dem sie in der Kirche begegnet war. Die alte Lady sah wie eine verängstigte, dünne Alice Claver aus. Isabel hatte ihre Näharbeit bei sich – eine Stickerei, aus der sie eine Geldbörse für Thomas fertigen wollte, wenn er zurückkäme –, die mit Herzen und Blumen in Blau- und Grüntönen sowie ihren ineinander verschlungenen Initialen verziert war. Doch sie rührte die Arbeit nicht an. Zwischen Isabel und Anne, die sich eine Bank teilten, entwickelte sich eine Art Waffenstillstand. Auf das unaufhörliche Geplapper von Anne brummte ihre Schwiegermutter nur hin und wieder etwas. Isabel konnte Alice Clavers Angst sehen. Dennoch konnte sie kein Mitleid für ihre Schwiegermutter empfinden, nicht nach all diesen Auseinandersetzungen und Blicken. Aber sie begriff, dass Anne Pratte ihre Freundin taktvoll zu trösten versuchte.

Drüben in der anderen Ecke räusperte sich jemand. Plötzlich dröhnte Alice Clavers Stimme laut und ordinär aus der Dunkelheit, dass Isabel fast zusammenzuckte: »Eine Schande. Macht einen fast stolz, nicht einer von ihnen zu sein, nicht wahr? Ehrenmänner, von wegen!«

Es lag Triumph in Anne Prattes Augen, weil sie ihre Freundin zu einer Aussage bewegen konnte. »Ja, in der Tat, meine Liebe«, antwortete diese freundlich. »Ich sage immer, dass all diese Kämpfe, an denen diese großen Herren so viel Freude haben, in Wahrheit nur eine Ausrede sind, um das Land eines anderen an sich reißen zu können, nicht wahr?«

Alice Claver begann zu lachen. Zuerst ein einzelner Laut, dann weitere Laute, dann stürmische Erleichterung. Es war ansteckend. Bevor Isabel wusste, wie ihr geschah, lachten sie und die Übrigen ebenfalls. Als sie sich irgendwann mitten in einem Lachanfall umwandte und Alice Clavers müdem Blick zum ersten Mal begegnete, bemerkte sie, dass der düstere, hasserfüllte Ausdruck verschwunden war. Daraufhin lachte sie aus Erleichterung und aus all den anderen Gründen auch, bis sie sich, wie Alice Claver, die Seiten hielt und stöhnte.

»Ooh«, stöhnte Alice Claver. Anne Pratte beobachtete sie voller Zufriedenheit über ihre blitzende Nadel hinweg. »Es tut weh. Ich sag dir was, Anne. Du solltest uns besser allen etwas von deinen Näharbeiten abgeben. Sie macht dich wohl ruhiger als uns alle zusammen.«

Anne Pratte hatte in ihrem Stapel nur Laken, die umgenäht werden mussten. Nichts, wofür man starkes Licht zum Sehen brauchte. Alice Claver stand auf, nahm eines von dem Stapel und setzte sich wieder hin, um einen Faden einzufädeln.

Sie wandte sich um und sah Isabel triumphierend an, als hätte sie einen neuen Grund gefunden, ihr etwas vorzuwerfen. »Sitz nicht einfach da«, fauchte sie. »Hol dir auch ein Laken. Arbeite etwas. Komm schon.«

Sie musste sich besser fühlen, weil sie wieder garstig wurde. Isabel blinzelte die Tränen fort, die in ihren Augen brannten. Hatte Alice Claver nicht gesehen, dass Arbeit bereits auf ihrem Schoß lag? Schweigend, so würdevoll wie möglich, hielt sie zur Selbstverteidigung das kleine Rechteck ihrer Seidenstickerei hoch.

Alice Claver erhob sich, entriss es ihr mit einer einzigen schroffen Bewegung und drückte ihr statt dessen ein Laken in die Hand. »Verschwendung von Seide«, sagte sie barsch. »Du würdest sie bei dem Licht nur verderben.«

Isabel senkte den Kopf. Wortlos, als hätte sie auch ein wenig Angst vor dem Zorn ihrer Freundin, reichte Anne Pratte ihr eine Nadel.

Als Alice Claver sich hinsetzte, wusste Isabel, dass ihre Schwiegermutter die konfiszierte Stickarbeit genau betrachtete, als suche sie etwas daran, was sie spöttisch kommentieren könnte. Schließlich betrachtete sie sie noch genauer und hielt sie ins Licht. Isabel hätte schwören können, dass sie überrascht wirkte. Nun, sie konnte eben gut sticken. Das hatte stets jedermann gesagt. Sie hielt den Blick auf die Nadel gerichtet, in die sie gerade den Faden einfädelte, ihr Rücken war angespannt, für einen neuen Angriff gewappnet. Aber es kam nichts. Sie nähte schweigend weiter.

»Er war nicht bei mir«, sagte William Pratte. »Ich habe ihn gar nicht gesehen.«

William Pratte war schmutziger, als Isabel sich hätte vorstellen können. Aber er wirkte glücklich und gesund, hagerer und muskulöser als vor zwei Wochen, und seine kahle Stelle rötlich braun gebrannt und die Wangen noch immer warm von der Sonne.

Die Erleichterung zu wissen, dass die Bedrohung vorüber war, ließ sie alle sich vor Freude darüber trunken fühlen, dass sie lebten. Die Dienstmädchen öffneten die Fensterläden und ließen Luft und Sonne herein. Nach einer stürmischen Umarmung ihres Ehemannes war Anne Pratte direkt in den Garten hinaus geeilt, um nachzusehen, ob es noch Salatblätter gäbe. »Ich denke schon seit Tagen an einen hübschen Teller Sauerampfer!«, hatte sie gerufen.

»Vielleicht ist er mit deinem Vater gegangen«, sagte William Pratte und kratzte sich. Isabel flüsterte: »Habt Ihr *ihn* gesehen?« Er nickte freundlich. »Oh, ja, macht Euch keine Sorgen um ihn. Ich sah ihn erst gestern auf dem Tower Hill. Will Shore war bei ihm. Hugh Wyche. Die Chigwells. Thomas habe ich nicht gesehen. Andererseits bin ich nicht stehen geblieben, um zu fragen. Aber Thomas wird schon irgendwo sein.«

Alice Claver strahlte, und nichts konnte ihre Laune verderben. »Nun, ich kann nur sagen: Gott sei Dank, dass wir das Tageslicht wiederhaben«, sagte sie glücklich und schloss Isabel in ihr Lächeln mit ein. »Thomas hatte schon immer seinen eigenen Kopf. Er wird auftauchen, wenn er es will. Und wir sollten dich besser baden, bevor er kommt, William. Ich habe niemals jemand so schmutzig gesehen.«

Niemand machte sich allzu große Sorgen darüber, als Thomas auch in dieser Nacht nicht auftauchte. Die Hälfte der Patrouillen feierte noch draußen. In den Schänken ging es hoch her.

Isabel ging ein wenig zögernd mit, als William Pratte die beiden Seidenfrauen unmittelbar vor Sonnenuntergang zur Begutachtung des zerstörten Gebietes am Fluss jenseits der Cordwainer Lane führte. Sie wollte nicht fort sein, wenn Thomas einträfe, aber Alice Claver warf ihr einen fast herzlichen Blick zu und sagte: »Wir werden vor ihm zurück sein«, und so gab sie nach. Frauen liefen den Strand entlang, betrachteten erstaunt die eingestürzten Gemäuer und die Brandspuren oder hörten ihren stolzen Männern zu: »Hier waren wir, als sie zu schießen begannen«, oder »Hier verbarg ich mich vor dem Lauffeuer.«

Die Piraten waren von der London Bridge zurückgedrängt worden. Sie waren den Fluss hinab nach Kew gezogen und hatten versucht dort zu landen. Aber die Verteidigung hatte standgehalten. Trunkenes Singen erklang überall: »Gott schütze König Edward!«

Als Alice Claver merkte, dass Isabel sich umsah, ob Thomas nicht plötzlich hinter irgendeiner Ecke hervorkäme, sagte sie: »Es wäre ungewöhnlich für Thomas, wenn er direkt nach Hause käme«, und blickte lachend in Richtung des *Tumbling Bear*. Isabel bemühte sich, nicht enttäuscht darüber zu sein, dass ihr Ehemann nicht an ihre Seite zurückgeeilt war. Aber, da niemand etwas davon gehört hatte, dass er verletzt wäre, und William Pratte sagte, es wären überraschend wenige Männer getötet worden, musste er wohl irgendwo feiern. Zum ersten Mal fielen ihr all die zwielichtigen Männer ein, die er in all jenen Schänken kannte, und ersetzte die schönen Bilder, die sie sich im Versteck so oft in Erinnerung gerufen hatte. Sein sanfter Blick, als er das letzte Mal aus der Tür ging, und seine gemurmelten Abschiedsworte: »Ich möchte, dass du stolz auf mich bist.«

»Ich liebe dich«, murmelte sie leise, um sich Mut zu machen, wie sie es während der Belagerung sooft getan hatte. »Ich liebe dich.« Aber sie spürte Zweifel aufkommen. Sie wusste, dass das Zuhause und die Arbeit für Thomas schwierig waren. Vielleicht hatte er jetzt, wo er die Freuden des Kampfes entdeckt hatte, eine aufregendere Möglichkeit gefunden, seiner Mutter aus dem Weg zu gehen, als sich hinter seiner frisch Angetrauten zu verstecken? Vielleicht war ihr anfänglicher Reiz bereits verflogen?

Isabel fühlte sich plötzlich so allein, dass sie erschauderte. Die Ausgangssperre würde bald beginnen. Er würde heute Nacht auch nicht kommen. Anne Pratte legte Isabel wortlos ihr Schultertuch um. Isabel sah sie dankbar an.

»Wir haben uns Mut gemacht, indem wir Laken umnähten, während ihr dort draußen gekämpft habt«, teilte Alice Claver William Pratte lauthals mit, als sie wieder in der Catte Street waren und beim Abendessen saßen. »Und Anne hat uns mit Plaudern Mut gemacht.« Sie wandte sich Bestätigung suchend Isabel zu. »Nicht wahr?«

Plötzlich wusste Isabel, was sie tun musste, bevor Thomas nach Hause kam. Sie wollte die Feindschaft mit Alice Claver beenden. Und heute Abend wirkte es, als wollte sie auch keine Feindschaft mehr. Der halbherzige Waffenstillstand, der eingesetzt hatte, könnte Bestand haben, wenn sie nachhalf. Thomas' Sturheit war der Grund dafür, dass die Dinge falsch gelaufen waren. Nun war ihre Chance gekommen, diese Dinge richtig zu stellen. Wenn sie als eine Claver glücklich werden wollte, würde sie in der Dämmerung aufstehen und anbieten müssen, für ihre Schwiegermutter zu arbeiten.

3

Alice Claver hegte denselben Gedanken. Als sie Isabel am Morgen sah, kommentierte sie Thomas' Nichterscheinen nicht einmal. Sie sagte nur: »Soll ich dir den Lagerraum zeigen?«

Isabel nickte und bemühte sich gleichermaßen um Sachlichkeit. Sie war kaum jemals im Lagerraum ihres Vaters gewesen. Er war sein kostbarstes Heiligtum. Zu kostbar für Kinder, sagte er.

Sie tappte hinter ihrer Schwiegermutter den Gang entlang und war insgeheim beeindruckt. Sie wollte, dass Alice Claver, die sich gerade mit den Schlüsseln an der Tür zu schaffen machte, sie mochte.

Alice Clavers Lagerraum erstreckte sich über die gesamte Seite des Hauses. Eine Art riesiger Schuppen, dessen hohe Dachsparren vom schräg einfallenden, frühen Sonnenschein beleuchtet wurden.

Es dauerte einige Momente, bis sich Isabels Augen an das Licht gewöhnt hatten.

Sie hatte noch nie so viel Luxus an einem Ort gesehen. Es war, als befände sie sich inmitten von Schneekristallen, die im Licht üppig schimmerten und strahlten. Die Farben gleißten und wehten, wo auch immer sie hinsah. Sie wurde von der Magie des Raumes berührt. Sie hatte schon viele Samttücher wie diese gesehen, wie die in den dunklen Farben gehaltenen aus Lucca oder mit den helleren Schattierungen aus Siena, aber noch nie so etwas Feines wie diesen Stoff in ihrer Hand. Das eine Stück fühlte sich von der Goldstickerei steif an und glitzerte. Der grüne Seidenstoff darunter war mit blau und purpurfarben schillernden

Pfauen verziert, und es gab Einhörner und springende Hirsche, die über den roten und goldenen Satin, Damast und Taft paradierten.

Sie wirbelte umher, drehte sich in den staubigen Lichtstrahlen, zog an einem Ballen, hielt einen anderen hoch, vollkommen in diesen Moment der Betrachtung versunken.

Sie bemerkte Alice Claver erst wieder, als diese sie mit einem Halblächeln auf den Lippen ansah. In dieser Schattenwelt von Scharlachrot- und Purpur- und Silberglanz wirkte Alice Claver nicht mehr so unnahbar und nüchtern wie sonst. Sie erschien plötzlich größer und geheimnisvoller, wie eine weise Frau, welche die Geister aus den Wäldern heraufbeschwor.

Nun führte Alice Claver Isabel herum, stöberte in Ecken, zog Dinge hervor und sprach dabei energisch. Die Seidenfrau gab in einer Geschwindigkeit Informationen von sich, dass Isabel kaum mitkam. Ihre Schwiegermutter sah sie streng an, als spüre sie, dass Isabels Aufmerksamkeit nachließ. Isabel nickte und versuchte, so viel Wissen aufzunehmen, wie sie konnte. Sie lernte in ihrer ersten Stunde in diesem Lagerraum mehr, als sie ein Leben lang als John Lamberts Tochter gelernt hatte. Es war ermüdend. Aber es war auch berauschend, so fesselnd, dass es ihre wiederkehrende Angst um Thomas in Schach hielt.

Alice begann mit Spulen, Strängen und Schlingen von Seidenbändern: gefärbt, verdrillt, gezogen, gesotten, unverarbeitet. Alle leuchteten in der Sonne und verströmten Düfte aus fernen Ländern, die Isabel neu waren. Sie lernte, dass persische Seide aus den geheimnisvollen Regionen in der Nähe des Kaspischen Meers kam: aus Ghilan, Shilan, Aserbaidschan. Da venezianische Händler, seit Konstantinopel an die Türken gefallen war, nicht mehr auf ihren alten Schwarzmeer-Märkten kaufen konnten, sandten die Perser immer mehr Seide – sowohl Tuch als auch Fäden – mit Karawanen nach Syrien, ohne jegliche Kontrolle der Türken, sodass die Venezianer nun ihre persischen Seidenlieferungen von den Märkten in Damaskus und Aleppo bezogen. Sie sah persische Seidenfäden, die *Ablaca*, *Ardassa* und *Rasbar* genannt wurden. Sie sah syrische Seidenfäden, die man *Castrovana*

Decara und *Safetina* nannte. Sie sah rumänische Seidenfäden, die *Belgrado*, *Belladonna* und *Fior di morea* hießen. (»Die meisten meiner Lieferungen kommen aus Venedig«, sagte Alice Claver, um die exotisch klingenden Namen zu erklären, »es ist noch immer der wichtigste Knotenpunkt in der Welt, wo der Osten auf den Westen trifft ... Und die schnellste Möglichkeit, etwas Italienisch aufzuschnappen, was du können musst – und natürlich Flämisch, das ist ebenfalls lebenswichtig.«) Sie ließ die Namen auf der Zunge rollen, als wären sie Gedichte. Isabel ahmte sie nach, so gut sie konnte. Spanische Seidenfäden: *Spagnola*, *Cattalana*. Fäden aus Süditalien: *Napoletana*, *Abruzzese*, *Pugliese*, *Calabrese*, *Messinese*. Die Seide aus den Maulbeerwäldern, die von alten, schwarzgekleideten Frauen in der Toskana bewirtschaftet wurden: *Nostrale*. Die Seide aus den Maulbeerwäldern, die von alten, schwarzgekleideten Frauen in Venedigs Einzugsgebiet Terraferma bewirtschaftet wurden: *Nostrane*.

Sie waren beide so in ihr Gespräch versunken, dass sie erschraken, als Anne Prattes rundes Gesicht in der Tür erschien. Obwohl sie auch vom Sonnenlicht angestrahlt wurde, zeigte sie nicht die gestrige lebhafte Fröhlichkeit. Sie wirkte grau und angeschlagen. »Alice«, sagte sie leise zu ihrer Freundin. Sie schien Isabel nicht einmal zu bemerken. »Alice. Es tut mir leid. Sie haben Thomas gefunden.«

Isabel verstand den Blick nicht, aber sie wurde schwach vor Vorahnung. Sie warf Alice einen verunsicherten und hilfesuchenden Blick zu. Alice umklammerte sehr fest den Seidenstrang, den sie ihrer Schwiegertochter gerade gezeigt hatte. Er war indigofarben, erinnerte Isabel sich später, von der dunklen Farbe von Trauerkleidung, die nun noch intensiver vor Alices fleckigen Händen wirkte. Alice machte keine unnötigen Worte, und sie sah, dass Annes Gesichtsausdruck die Frage, ob Thomas noch lebte, verbot.

»Wo?«, fragte Alice.

Er war nicht weit gekommen. Er war auf der Suche nach dem Ort der Kampfhandlungen vermutlich unter einem der ersten Gebäudeeinstürze an der Thames Street verschüttet worden. Die

Männer, die ihn ausgruben, hatten nur seinen Namen in seiner Geldbörse eingestickt gesehen und kamen, um die Nachricht zu überbringen. An der Tür trafen sie auf Anne, die sofort zu Alice eilte, um ihr die Nachricht schonender zu überbringen, als die Männer es gekonnt hätten.

Alice streckte wortlos eine Hand nach der Geldbörse aus, betastete sie selbst: Vertraue niemals blind – ein Marktgesetz. Die Indigoseide fiel zu Boden, hinterließ an ihrem Zeigefinger und der Handfläche rote Streifen. Aber Anne schüttelte den Kopf. Isabel, die ihre Mutter sehr früh verloren hatte, begriff, dass kein Trost in Annes Blick lag und dass keine Möglichkeit eines Irrtums bestand. »Es ist seine«, sagte Anne sanft. »Ich habe sie gesehen.«

»Ich habe diese Geldbörse selbst genäht«, sagte Alice Claver unerwartet ruhig. »Ich dachte, sie wäre hilfreich, wenn er irgendwo in einer Schänke einschläft, da sein Name so deutlich darauf steht.« Dann fing sie an zu zittern. Das Geräusch, das sie von sich gab, ähnelte in etwa ihrem Lachen vor ein paar Tagen: ein raues, trockenes Einsaugen des Atems, eine Art lautes und unmelodisches Prusten. Isabel – die so vollkommen still an der Seite ihrer Schwiegermutter stand, als wäre sie zu Stein geworden – brauchte scheinbar eine Ewigkeit, um zu erkennen, dass dieser seltsame, gellende Lärm Weinen war.

»Ruhig, meine Liebe, ruhig«, flüsterte Anne Pratte, als ihre Freundin in einer unbeholfenen und schwerfälligen Bewegung auf sie zu wankte.

Niemand nahm Isabels Anwesenheit zur Kenntnis. Es war, als wäre sie nicht da, als existiere sie nicht, als sei sie nicht mit Alice Clavers Sohn verheiratet gewesen, als hätte sie nicht gerade versucht, Alice Clavers Tätigkeit zu erlernen. Keine der beiden älteren Frauen sah sie überhaupt davongehen.

»Zumindest seid Ihr gut versorgt«, sagte Anne Pratte und tupfte Isabel das Gesicht ab. »Ihr werdet Euch keine Sorgen machen müssen. Ihr bekommt die Hälfte der tausend Pfund, die Alice zur Hochzeit für Thomas ausgesetzt hat. Ein recht gutes Witwengedinge. Euer Vater wird Euch mit offenen Armen empfangen.«

Warum sollte ich zu meinem Vater zurückgehen?, fragte sich Isabel, doch sie behielt den Gedanken für sich.

Anne Pratte war bei Einbruch der Dämmerung mit einer Schüssel Wasser heraufgekommen. Sie hatte gemurmelt: »Oh, Eure armen Augen« und »Alice sitzt bei ihm. Sie haben ihn in der Halle aufgebahrt. Möchtet Ihr Euch ihr anschließen?« und seufzte nur, als Isabel den Kopf schüttelte. Sie wusste es zu schätzen, dass Anne Pratte, mit ihrer Freundlichkeit und Güte, an sie gedacht hatte. Aber sie würde warten. Sie konnte Alice Claver jetzt nicht gegenüber treten.

»Ich weiß. Es war nicht leicht«, hatte Anne Pratte traurig gesagt und anstandsvoll danach geschwiegen.

Anne hatte noch einige Zeit gewartet, Isabels Augen und Schultern getätschelt und abgetupft, bevor sie räuspernd fragte: »Verzeiht, meine Liebe, aber ich weiß, dass Ihr verstehen werdet, warum ich …« Sie warf Isabel dabei ihren üblichen neugierigen Blick zu. Isabel erwiderte diesen, verstand jedoch nicht sofort, um was es sich handelte. Isabel fühlte sich verunsichert. Sie blickte auf die Wasserschüssel hinab, aus der das Tuch heraushing. Anne Pratte sah sie mit großer Geduld an. »Seid Ihr … zufällig …?« Sie nickte dabei mit dem Kopf, schwieg dann aber taktvoll. Dann hatte sie taktvoll innegehalten.

»Oh«, sagte Isabel tonlos. »Schwanger, meint Ihr? Nein.«

Anne seufzte. Und beide schwiegen erst mal.

»Soll ich nach Eurer Schwester schicken?«, fragte sie kurz darauf. »Oder nach Eurem Vater?«

Isabel konnte erkennen, was Anne Pratte bewegte: Sie wollte sie zu den Lamberts zurückdrängen, um ihre Freundin Alice Claver davor zu bewahren, ihr Zuhause weiterhin mit einem Ärgernis teilen zu müssen. Mit einem Mädchen, das sich niemals eingewöhnt und gearbeitet hatte und dessen ständige Gegenwart sie nur noch an ihren Sohn erinnern würde, den sie verloren hatte. Wenn Isabel ein Baby erwartet oder wenn sie und Alice sich einander angenähert hätten, wäre es vielleicht anders gewesen. Aber nun war es zu spät. Es war, wie es war.

Sie schüttelte erneut den Kopf. Eigensinnig. Verdrängte die

Gedanken daran, wieder in das Familienhaus zurückkehren zu müssen, als hätte diese Zeit mit Thomas niemals stattgefunden. Denn was mit der Rückkehr einherginge, wäre das Warten auf einen neuen Ehemann. Sie wollte sich Janes falschem Mitleid oder den unruhigen Blicken der Dienstboten noch nicht stellen. Sie wollte nicht vor die Wahl gestellt werden, entweder den Lamberts oder Alice Claver zur Last zu fallen. Für diese Entscheidung wäre morgen noch Zeit, nach der Beerdigung. Sie wollte einfach allein sein und sich später nach unten schleichen, um bei Thomas zu sein.

Sie war dankbar, als Anne Pratte ihr die Schulter tätschelte und ging.

Alice Claver schlief in einem Sessel, der neben Thomas geschoben war. Ihr Gesicht war zerfurcht. Sie schnarchte leise. Die Kerzen an seinem Kopf waren heruntergebrannt.

Isabel ging auf Zehenspitzen um sie herum und stellte leise einen Stuhl auf die andere Seite der beiden Bänke, auf die man Thomas gelegt hatte.

Sie hatten ihn gesäubert, aber der Geruch des Todes war so stark, dass ihr Magen rebellierte. Sein Körper war in Laken gewickelt. Man hatte sein Gesicht unbedeckt gelassen. Es war so vollkommen unbewegt, dass es irgendwie flacher und breiter zu sein schien, als sie es in Erinnerung hatte. Sie beugte sich vor, bemüht, keine Angst zu verspüren und nicht zu würgen. Sie berührte seine kalte Wange, beugte sich dann über sein Gesicht und küsste es, bis es ebenso nass war wie ihres. Aber es blieb ausdruckslos. »Ich liebe dich«, murmelte sie. Durch die Endgültigkeit dieses Gedankens so in Panik versetzt, vergaß sie alle Gebete.

Alice Claver bewegte sich. Isabel erstarrte in ihrer Haltung, atmete kaum, in der Hoffnung, dass ihre Schwiegermutter weiterschliefe.

Aber Alice Claver öffnete die geschwollenen Augen und sagte: »Ich habe ihn immer im Garten so lange gedreht, bis mir schwindelig wurde.«

Isabel war sich nicht sicher, ob Alice Claver mit ihr sprach. »Als er klein war«, fuhr Alice Claver mit derselben versonnenen, monotonen Stimme fort, »konnte er nicht genug davon bekommen. Er lag im Gras und schrie vor Lachen.«
»Als Richard noch lebte ...«, murmelte sie. »Als ich noch Zeit hatte.«
Ein Schatten zog über ihr Gesicht. »Ich hätte mir mehr Zeit nehmen müssen.«
Sie schloss die Augen wieder. Aber Isabel konnte erkennen, dass sie nicht wieder eingeschlafen war. Dafür war ihr Gesicht zu belebt: von schrecklichem Kummer und den Erinnerungen verwüstet.
Isabel hatte nicht gedacht, dass sich Alice Claver schuldig fühlen könnte.
Sie wünschte, sie besäße den Mut, Alice Claver ihr Mitgefühl zu zeigen. Hinüberzugehen und ihre Arme um die ältere Frau zu legen und mit ihr zu beten. Stattdessen drückte Isabel verunsichert einen letzten sanften Kuss auf Thomas' Lippen und schlich davon.
Ihr letzter Gedanke, bevor auch sie in unruhigen Schlaf fiel, galt der Rückkehr nach Hause.

Erst nach der Beerdigung am folgenden Tag dachte sie erneut darüber nach, nicht nach Hause zu gehen.
Es lag nicht an den irritierenden Überlegungen ihres Vaters bei der einfachen Mahlzeit aus Brot, Käse und Bier, welche die Prattes nach der Beerdigung in Alice Clavers Haus organisierten. »In einem Jahr wird deine Trauerzeit vorbei sein. Du könntest mit sechzehn wieder heiraten. Mit deinem Witwengedinge kannst du dir aussuchen, wen immer du willst« Als könnte sie wirklich glauben, dass John Lambert sein Wort diesmal halten und Isabel wählen lassen würde. Es lag auch nicht an der taktlosen Bemerkung ihres Vaters, der am Grab ihres Mannes fröhlich sagte: »Sogar einen der Lynom-Jungen könntest du wählen. Das wäre tatsächlich eine gute Verbindung.«
Es waren die anderen Gäste, die ihr die Rückkehr nach Hause

unmöglich machten: Thomas' Freunde von außerhalb der Mercery. Ein rotnasiger, schäbiger Mann nach dem anderen, einige vage vertraut, einige vollkommen Fremde, aber alle mieden sie ihren und Alice Clavers Blick. Alle schlurften stattdessen zu William Pratte, zogen ihn zu Privatgesprächen in Ecken, durchsuchten Taschen, Beutel und Geldbörsen nach schmutzigen Schriftstücken, um sie ihm zu präsentieren. Sie wollten mit einem Mann sprechen.

William Pratte war als Nachlassverwalter wohlbekannt. Er gehörte dem Komitee der Handelsspekulanten des Gildehauses an. Er wusste, wie man sich korrekt verhielt. Isabel beobachtete ihn aus dem Augenwinkel, während er jedem Gast für das Schriftstück dankte und es zusammenfaltete. Doch sein fülliges Gesicht, das bereits traurig wirkte, wurde jedes Mal länger, wenn ihm eine weitere Hand auf die Schulter klopfte.

Er wartete, bis alle fort waren, bevor er Isabel in Alice Clavers Arbeitszimmer führte und sie informierte. Sie konnte das Mitleid in seinen Augen sehen und es in der Sanftheit seiner Stimme hören. Thomas hatte Schulden. Er hatte während der vergangenen vier Jahre jeden Penny des Geldes, das seine Mutter für ihn ausgesetzt hatte, verpfändet. »Ich hatte keine Ahnung«, sagte William Pratte traurig. »Ich dachte, er stößt sich in den Schänken nur die Hörner ab.« Er zeigte ihr die Dokumente, auf denen Thomas' zahlreiche unausgegorenen Hoffnungen auf schnellen Reichtum schriftlich fixiert waren: eine halbe Beteiligung an einer gescheiterten Brauerei hier, einhundert Pfund für einen flüchtigen Verschiffer aus Southampton dort, fünfundachtzig Pfund für eine Lieferung zyprischer Goldfäden, die niemals angekommen war, Urkunden über ein Mietshaus in Southwark, das abgebrannt war, und Baisse-Spekulationen sowie Schänkenrechnungen in schwindelerregenden Höhen. Er hatte sogar ein Pferd gekauft. Jedermann hatte gewusst, dass Thomas gute Aussichten hatte. Anscheinend war er für alle Gauner in der Stadt leichte Beute gewesen. William Pratte erklärte zum Abschluss düster: »Und dies ist vielleicht noch nicht alles. Wir werden abwarten müssen, welche Rechnungen noch eintreffen.«

»Aber«, stotterte Isabel, ihr Kopf benommen, unfähig irgendwas zu begreifen, »er kann doch nicht so viel ausgegeben haben! Das ist eine Riesensumme.«

»Er muss gedacht haben, es wäre leicht, die Art Geld zurückzuverdienen«, sagte William Pratte und schüttelte den Kopf. »Jedenfalls zuerst. Später muss er erkannt haben, dass sie die Zahlungen von ihm zurückfordern würden, sobald Alices Anordnung bekannt würde, dass er sich ein Geschäft aufbauen sollte. Kein Wunder, dass er diesen Tag ständig hinausschob, der arme Junge. Ich mag mir gar nicht vorstellen, wie besorgt er gewesen sein muss.«

Plötzlich erinnerte sich Isabel an den klaren Blick, den Thomas ihr zugeworfen hatte, als er beschloss, sich den Kampfhandlungen anzuschließen. »Ich möchte, dass du stolz auf mich bist«, hatte er gesagt. Das Mitleid traf sie wie ein Stich in der Brust. War er deshalb gegangen?

Plötzlich rutschte ihr eine Frage heraus: »Mein Erbe?«

Doch sie kannte die Antwort bereits. Thomas hatte ihr Erbe verspielt.

»Ich werde jetzt Alice hereinrufen«, sagte William Pratte, ohne auf die Frage einzugehen. »Ich wollte es zuerst Euch erzählen.«

Als Alice hereinkam, wohl wissend, dass William Pratte nur schlechte Nachrichten bringen konnte, war Isabels Gesicht ebenso gefasst wie das ihrer Schwiegermutter. Es war schon im Voraus so offensichtlich, dass Alice sie für Thomas Clavers Verfehlungen verantwortlich machen würde, dass sie über den wütenden Blick der älteren Frau nicht einmal überrascht war. Sie wunderte sich nicht über die zornigen, anklagenden Blicke in ihre Richtung, die bebenden Nasenflügel, den schnaubenden Atem – Isabel blickte einfach auf ihre Füße und bemühte sich, Alice Clavers böses Murren nicht zu hören. »Thomas war naiv. Er hätte sich nichts davon jemals selbst ausgedacht.« Wenn Alice Claver über Thomas' Schulden einmal richtig nachdachte, müsste sie erkennen, dass es unmöglich war, dieses gewaltige Vermögen innerhalb der wenigen Wochen seiner Ehe auszugeben. Aber Isabel wusste, dass Thomas' geizige Mutter nicht zu einem ehrlichen Urteil fähig war. Eine bekannte Entwicklung: Die reichen Söhne wussten den hart verdienten Reichtum, den ihre Eltern sich erarbeitet hatten, oft nicht zu schätzen. Diese Wahrheit war für sie im Moment zu belastend. Es war leichter, den gesenkten Kopf des Mädchens vor sich anzusehen, sich aufzuregen und finster dreinzublicken und sich zu sagen: »Sie hat ihn vom rechten Weg abgebracht.«

Diese Ungerechtigkeit zerriss Isabel das Herz. Das Kind in ihr wollte vor Wut weinen, wie früher, wenn Jane ohne Strafe davonkam und sie für irgendein gemeinsames Fehlverhalten bestraft wurde. Aber sie war jetzt erwachsen und konnte so nicht mehr reagieren.

An diesem Abend blieb sie in ihrem Zimmer. Die Prattes waren unten bei Alice Claver.

Sie saß aufrecht, regte sich nicht, konzentrierte sich und überlegte, wie sie handeln sollte. Sie dachte an Thomas.

Er wollte, dass sie stolz auf ihn sei. Und wenn er nicht getötet worden wäre, hätte er sicher seine Schwierigkeiten irgendwie bereinigt.

Vieles von dem, was ihr durch den Sinn ging, war so schmerzvoll, dass es ihr Erleichterung verschaffte, ihre Gedanken zu dem dunklen Mann in der Kirche, seinen sanften Augen und seinen pragmatischen Ratschlägen wandern zu lassen. Es hatte keinen Sinn, von diesem Mann zu träumen und darüber zu grübeln, ob sie, wenn sie mit jemandem wie ihm verheiratet gewesen wäre, niemals diese Schwierigkeiten bekommen hätte. Sie musste einfach das Beste aus dieser Erinnerung machen. Er hatte mehr Weitblick bewiesen, als sie erwartet hatte, mit seiner Aussage: »Dies ist nur dein erster Schachzug. Du wirst später mehr Wahlmöglichkeiten bekommen.« Sie hatte nicht erwartet, dass dieser nächste Schachzug innerhalb weniger Wochen käme. Aber nun war es soweit. Und sie würde einen guten Zug machen müssen. Sie müsste ihn so sorgfältig durchdenken wie ein General, der eine Schlacht plante.

Bis zum Morgen hatte sie herausgefunden, was sie unter den gegebenen Umständen tun konnte. Es würde nicht leicht sein.

Aber es war richtig. Sie glaubte sogar, dass der Mann aus der Kirche es gutheißen würde.

Sie stand früh auf, reinigte ihr Gesicht, zog sich vernünftig an und wollte ihre Schwiegermutter abfangen, bevor diese zur Messe eilte.

Isabel konnte erkennen, dass Alice Claver lieber ohne sie gehen wollte. Aber sie ließ ihr keine Gelegenheit. »Kann ich mitkommen?«, fragte sie und hakte sich entschlossen bei ihr ein. Nach einem Moment anfänglicher Überraschung spürte sie, dass sich der Arm ihrer Schwiegermutter entspannte.

Alice Claver schien Isabels Tränen nicht zu bemerken, die ihr in der Kapelle die Wangen herunterliefen. Sie versuchte ruhig zu wirken.

Isabel wartete, bis sie wieder in der großen Halle waren. Dann führte sie Alice Claver zu einer Bank. Holte ihr das übrig gebliebene Brot mit Käse. Arrangierte es sorgfältig. Dabei pochte ihr Herz.

Alice Claver sah ausdruckslos aus dem Fenster. Ihr Gesichtsausdruck war nicht sonderlich vielversprechend.

»Ich wollte fragen …«, begann Isabel zögernd.

Jene dunklen Augen richteten sich widerwillig auf sie. Es kam Isabel zum ersten Mal in den Sinn, dass sich Alice Claver auch in ihrer Gegenwart unwohl fühlen könnte. Sie konnte Isabel eigentlich nicht weiterhin vorwerfen, sie habe ihren Sohn vom rechten Weg abgebracht. Es war stattdessen durchaus möglich, dass Alice Claver Isabel gegenüber verlegen war, weil sie einen Claver geheiratet hatte und nun als mittellose Witwe zurückblieb. Der Gedanke verlieh ihr Mut.

»… ich möchte hierbleiben«, sagte sie nun. »Bei dir leben.«

Nun hatte sie Alice Clavers volle Aufmerksamkeit. Womöglich ablehnende Aufmerksamkeit, aber das war besser als nichts.

»Warum?«, blaffte die ältere Frau.

»Ich kann nicht nach Hause gehen«, sagte Isabel eilig. »Mein Vater wird mich wieder verheiraten wollen. Aber da ich jetzt kein Witwengedinge mehr habe, will ich nicht, dass sie herausfinden, warum.«

Sie hielt inne, um den Gedanken sich festigen zu lassen. Die ältere Frau wandte sich ab. Isabel sah sie angestrengt nachdenken. Alice Claver wollte auch nicht, dass die Lamberts herausfanden, warum es kein Witwengedinge gab. Sie konnten sich beide das vernichtende Gerede auf den Märkten vorstellen. Es würde Isabels Chancen verderben, erneut zu heiraten, falls sie das jemals wollte, aber es würde auch Thomas' Namen für immer beschmutzen. Außerdem wäre es gar nicht gut für Alices Geschäft.

»Ich möchte nicht, dass die Leute schlecht über Thomas denken«, fuhr Isabel so überzeugend wie möglich fort. »Und wenn ich bei dir bliebe, bestünde keine Notwendigkeit, dass jemand irgendwas erführe. Jedenfalls so lange nicht, bis ich erneut heirate.«

Sie konnte spüren, wie Alice Claver innerlich nachgab. Sie wusste, dass die Frau die Möglichkeiten rasch gegeneinander abwog und so begreifen musste, dass Isabel ihr eine Chance bot, das Gesicht zu wahren. Ihre Antwort klang schon weniger heftig. »Du wirst arbeiten müssen, weißt du das? Hier ist kein Platz für Gnadenwitwen. Du kannst nicht einfach herumsitzen und dein Leben lang Picknicks abhalten.«

Isabel nickte, versuchte sich nicht ärgern zu lassen. Sie wusste, dass sie gewinnen würde. »Oh, ich werde schon arbeiten«, erwiderte sie mit allem Enthusiasmus, den sie aufbringen konnte. »Du weißt, dass ich das tun werde. Ich werde es jetzt auch müssen. Ich muss ein Witwengedinge zurückverdienen«, und obwohl sie ihre Stimme sanft hielt, spürte sie die ältere Frau erbeben. »Ich habe mir alles genau überlegt. Du brauchst dich nicht einmal auf mein Wort zu verlassen. Wir könnten einen Vertrag abschließen, wenn dir das lieber ist. Du könntest mich als richtigen Lehrling annehmen.«

Alice Claver starrte sie an. Ein Lehrling? Ein solcher Handel würde ihr zehn Jahre unbezahlte Arbeit einbringen.

Isabel wusste, dass es ein gutes Angebot war. Aber Alice Claver war eine zu gerissene Marktfrau, um ihre Verwunderung zu zeigen. Sie hob eine Hand an den Mund, um ihren Gesichtsausdruck zu verbergen, und sagte: »Das könnte ich.«

Isabel konnte ihre Ungeduld kaum zügeln.

»Also ... wirst du es tun?«, fragte sie.

Alice Claver zögerte ihre Antwort länger hinaus, als Isabel es aushalten konnte. Aber schließlich nickte sie, mit deutlichem Widerwillen, beugte sich dann auf ihre übliche Marktart vor und schüttelte Isabel die Hand, wie um den Handel zu beschließen. Isabel glaubte, ein zufriedenes Blinzeln in jenen geschwollenen, dunklen Augen zu erkennen.

4

»Aber ich möchte bei ihr bleiben«, sagte Isabel erschöpft. Die Unterhaltung schien ihr schon Stunden zu dauern. »Aber das kannst du nicht«, erwiderte ihr Vater erneut. »Nicht als Lehrling.«

Sie kannte seine Art der Argumentation. Es war die Art der Händler, sich zu wiederholen, ohne die Stimme zu erheben, bis die reine Langeweile der Diskussion beim Gegenüber zu widerwilliger Zustimmung führte. Er nannte es Konsens. Und seine Argumentation war: Du könntest mit deinem Witwengedinge jeden in der Stadt heiraten. Keine meiner Töchter muss jemals arbeiten. Ich habe dir im Leben die besten Möglichkeiten verschafft. Was werden die Leute denken? Sieh dir nur deine Hände an, die Hände einer Lady. Denk nur, wie sie aussehen werden, wenn deine neue »*Herrin*« dich Rohseide verzwirnen oder Garn in Farbtöpfe tauchen lässt.

John Lambert sah sich in seiner großen Halle um, als versuche er, sich von seinen üppigen Tapisserien und seinem Schrank voller glänzender Silberwaren inspirieren zu lassen. Er wollte sichtlich wieder zu erfreulicheren Themen zurückkehren. So hatte er damit prahlen können, dass Lord Hastings und der Herzog von Gloucester ihm an diesem Morgen im Crown Seld einen persönlichen Besuch abgestattet hatten – »Sie sind einfach hereingeschlendert. Seine Gnaden war so freundlich, sich vom Bankett des Oberbürgermeisters her an mich zu erinnern, zwei der größten Männer im Land ...« –, und sie hatten seine importierte, italienische Seidenkleidung betrachtet. Hastings hatte letztendlich per Handschlag versprochen, eine Länge grüne, gemusterte

Seide zu kaufen. Er stocherte in den Überresten seiner Mahlzeit herum.

»Schau«, sagte Isabel ungeduldig, »ich wollte ursprünglich keinen Claver heiraten, aber du hast darauf bestanden. Du sagtest, es wäre gut für dein Geschäft, eine Beziehung zu den Clavers aufzubauen. Nun möchte ich bleiben, aber du sagst, ich soll es nicht tun. Es ist erst ein Monat vergangen. Sage mir: Was hat sich geändert?«

»Das war eine Heirat«, sagte ihr Vater und klang schließlich ungeduldig. »Dies ist ...«, er rümpfte die Nase, »ein Geschäft. Und eine unangemessene Arbeit für eine junge Dame deiner Fähigkeiten, wenn ich so sagen darf. Eine Verschwendung deiner Französischkenntnisse ... deiner Lateinkenntnisse ... deines Lautenspiels.«

Isabel verzog ihre Lippen zu einem so verärgerten Lächeln, dass es wie ein Zähnefletschen aussah. »Nun, warum sollte ich den Beruf nicht erlernen?«, fragte sie. »Du übst ihn aus. Und viele Mädchen, die ich kenne, erlernen ihn auch. Wir Lamberts sind die Einzigen, die glauben, wir wären zu erhaben dafür. Aber was ist falsch daran, etwas Nützliches zu tun? Was ist, wenn ich tatsächlich eine Seidenfrau sein will? Was ist, wenn ich ...«, sie hielt einen Moment inne, »unabhängig sein will? Von den Launen anderer?«

»Das kannst du nicht tun«, sagte er hitzig. Beide Hände umklammerten die Tischkante.

»Warum?«, fragte sie und erwiderte seinen Blick dreist.

»Weil ich es dir verbiete!«, schrie er und erschreckte sie, indem er aufsprang. »Ich verbiete dir, die Lamberts zu erniedrigen und den Namen deiner Familie in den Schmutz zu ziehen!«

»Du kannst es mir nicht verbieten!«, schrie sie zurück und erhob sich ebenfalls. »Ich muss dir nicht mehr gehorchen! Ich bin eine Witwe! Witwen sind rechtmäßig für sich selbst verantwortlich! Ich bin jetzt keine Lambert mehr – ich bin eine Claver! Und ich kann meine Zukunft selbst wählen!«

Sie beäugten einander wie Kampfhunde. Es entstand ein langes, unheilvolles Schweigen. Sie hatte ihm noch nie zuvor den

Gehorsam verweigert. Er wirkte nicht so, als würde er ihr leicht vergeben, dass sie ihn in dieser lauten Auseinandersetzung im Stich gelassen hatte und dass er erneut, wie schon im Gildehaus, die Beherrschung verloren hatte.

Er wandte sich um und ging hinaus, ohne noch einmal zurückzublicken.

Isabel hatte geglaubt, Jane würde auf die Idee, auf den Märkten zu arbeiten, mit Verachtung reagieren. Aber als sie es ihrer älteren Schwester erzählte, reagierte diese liebenswert. »Zehn Jahre«, sagte sie sanft und versuchte zu verstehen. »Das ist eine lange Zeit. Was ist, wenn du es in einem Monat hasst?«

Isabel musste bei dem verständnisvollen Tonfall ihrer Schwester fast weinen. Sie war kurz davor, sich Jane anzuvertrauen, aber sie konnte es nicht tun. Sie wusste nicht, ob Jane – die jetzt, wo sie verheiratet war, noch wunderschöner strahlte als vorher – es ihrem Ehemann weitererzählen würde. Also zuckte sie nur die Achseln und bemühte sich, unbesorgt zu wirken.

»Es gäbe kein Zurück«, sagte sie lakonisch.

Jane versuchte es erneut. Sie legte eine Hand auf Isabels Arm und sah ihr liebevoll in die Augen.

»Ich weiß, dass du in Trauer bist«, murmelte sie. »Ich kann mir vorstellen, wie schrecklich es sich anfühlen muss ...«

Isabel nickte stumm, wandte den Blick ab, sah zu Boden und zwang sich, nicht zu weinen.

»Aber, Isabel«, fuhr Jane mit derselben liebevollen, vernünftigen Stimme fort. »Es war bloß eine arrangierte Ehe. Erinnerst du dich nicht? Vor einem Monat noch wolltest du Thomas Claver nicht als Ehemann. Du kannst doch nicht wirklich glauben, dass dein Herz nun so gebrochen ist, dass du dein halbes Leben seiner Mutter verpfänden musst.«

Isabel zuckte zusammen. Sie hatte gewusst, dass Jane es nicht verstehen würde.

»Selbst wenn du jetzt tatsächlich denkst, dass du immer so empfinden wirst, kann ich dir sagen, dass es vergeht«, sagte Jane. Isabel konnte den vertrauten, bevormundenden Große-Schwester-Tonfall in Janes Stimme hören. »Was ist, wenn ein Jahr vergeht und du wieder heiraten willst? Dann bist du ein Lehrling und musst warten, bis du vierundzwanzig bist. Und dann noch die Jahre, bis du ein Baby bekommst ...«

Vierundzwanzig, dachte Isabel. Das ist eine Ewigkeit. Plötzlich kam ihr der Gedanke, dass sie nicht wieder heiraten und die Geisel des Glückes eines anderen Menschen werden wollte. Es war nicht nur etwas, was sie aus Trotz ihrem Vater gesagt hatte. Auch nicht, weil sie keine andere Wahl hatte als die, Alice Clavers Lehrling zu werden, um die Erinnerung an Thomas zu schützen. Diese Zukunft könnte sich tatsächlich als das Beste herausstellen. Witwen waren rechtmäßig frei. Ihre Väter konnten sie nicht mehr kontrollieren. Sie konnten ihr eigenes Geld verdienen und es ausgeben, wie sie wollten. Alice Claver war eine starke Frau. Sie hatte die Freiheit der Witwenschaft benutzt, um sich ein gutes Leben aufzubauen. Vielleicht könnte sie Isabel dieses Leben lehren. Ich werde nicht wieder heiraten. Nicht bis es mir freisteht, jemanden zu erwählen, der mir das Gefühl gibt ... Sie wusste nicht, was das für ein Gefühl sein sollte. Das Erste, was ihr einfiel, war dieser kurze Moment in der Schänke, als die Berührung eines anderen Mannes sie wie ein Blitz durchfuhr. Sie lächelte, verschränkte die Arme vor der Brust und wiederholte: »Ich gehe nicht zurück.«

Jane seufzte. »Nun«, sagte sie traurig, »wir finden alle unseren eigenen Weg.«

Isabel erkannte, dass ihre Schwester nachgab. Sie überlegte kurz, ob sie Janes Einmischung vielleicht zu hart beurteilte, denn Jane wollte sicher nur ihr Bestes. Sie wollte sie bestimmt nicht ärgern.

Jane hielt Isabel ein dunkles Kleid an. »Du hast abgenommen«, sagte sie, den Mund voller Nadeln. »Du musst in Thomas Claver wohl mehr gesehen haben, als du zunächst erwartet hattest ...« Sie sah Isabel fragend an.

Isabel presste die Lippen zusammen und nickte. Sie fühlte sich den Tränen nahe. Um dies zu überspielen, antwortete sie selbst mit einer Frage: »Tut das nicht jeder?« Sie hatte Jane noch nicht einmal gefragt, wie sich die Dinge mit Will Shore entwickelten. Deshalb fügte sie hastig hinzu: »Ist dein Leben mit Will nicht auch besser, als du erwartet hattest?«

Es schien eine sichere Frage. Jane hatte keine Andeutungen gemacht, unglücklich zu sein. Sie war strahlender und schöner denn je. Ihre Haut schimmerte golden.

Jane lachte. Es war solch ein fröhliches Lachen, dass es Isabel beinahe ansteckte. Erst später, als sie zur Catte Street zurückging, das dunkle Gewand auf dem Rücken, dachte Isabel über Janes Worte noch mal nach: »Will ist genau das, was ich erwartet hatte.«

Er war nicht die strahlende Bestätigung des Eheglücks mit einem Mann, die Janes Haltung vermuten ließ.

Lord Hastings und der Herzog von Gloucester spazierten durch den Broad Seld, nachdem sie im *Tumbling Bear* eine Mahlzeit zu sich genommen hatten. Sie gingen nebeneinander, unterhielten sich und lachten gelegentlich über Bemerkungen, die niemand außer ihnen hören konnte. Anders als die meisten Fremden, die sich auf unbekanntem Terrain unbeobachtet fühlten, waren sich diese beiden Adligen der Blicke der anderen bewusst, die ihre Gestalt, ihre Schwerter und Sporen streiften. Aber es kümmerte sie nicht.

Hastings bemerkte etwas spöttisch: »... blond ... singt wie eine Nachtigall ... auch witzig ... und tanzt federleicht. Du solltest sie tanzen sehen. Und ihre Augen ... Vom selben Grün wie dieser Samt. Sie wird darin wunderschön aussehen. Ich werde ihn ihr schicken, sobald ich ihn bekomme.«

Seine langen Glieder waren für den Krieg geschaffen, aber die Worte erweckten eher den Eindruck, als sei seine Stimme für die Liebe gemacht. Der Gedanke an Jane Shores Haut und Lächeln hatte ihn wochenlang mit Sonnenschein erfüllt. Er blickte heiter zu seinem Begleiter hinab, der wenige Zoll kleiner und zwanzig Jahre jünger war als er: sein Schlachtgefährte, der Bruder seines liebsten Freundes, ein Junge, der zum Mann herangewachsen war und nun selbst zu einem Freund wurde. Die Ironie des Geschehens amüsierte sie, denn sie kauften üppigen Stoff von einem Händler, um diesen seiner eigenen wunderschönen Tochter zu schenken.

Aber Dickon hörte nicht richtig zu und sah Hastings nicht an. Es lag ein höfliches Halblächeln auf dem schmalen, blassen Gesicht des jüngeren Mannes, dessen Blick umherschweifte – von Stand zu Stand, von einer Stickerin zur nächsten, als suche er jemanden.

»Suchst du jemanden?«, fragte Hastings dann auch leichthin.

Dickon zuckte zusammen. Er wirkte einen Moment fast erschrocken. Dann lächelte er sein anzügliches Lächeln und schüttelte den Kopf. »Es verlangt uns nicht alle nach Händlertöchtern, Will«, sagte er beiläufig und fügte lachend hinzu: »Obwohl es genügend Leute nach deinem Mädchen zu verlangen scheint.«

Er sah sich erneut um und fügte lässig hinzu: »Und es gibt hier natürlich viele hübsche Mädchen.«

Dickons Augen wirkten niemals verloren. Seine Entschlossenheit war eine der Qualitäten, die Hastings an dem Herzog bewunderte. Hastings wusste, dass seinem eigenen Herzen eine fatale Schwäche innewohnte, die ihn eines Tages scheitern lassen könnte. Dies ließ ihn die heitere Rücksichtslosigkeit von Dickons Herangehen an das Leben noch mehr zu schätzen wissen. Dickons Unerbittlichkeit hatte ihn bereits ein Mal gerettet, in jener Nacht, in der sie eilig den Wash überquerten, nachdem in Doncaster alles schief gegangen war. Als die Flut unerwartet ihn und einige seiner Männer mitriss, Schlamm und Sand ihre nassen Stiefel festnagelten, hatten sie kaum mehr die Kraft, ihre erschöpften Beine zu heben, um sich in Sicherheit zu bringen. Der Edelmann unmittelbar hinter Hastings – Thomas de Teffont, ein Mann aus Wiltshire – wurde in das brodelnde Wasser zurückgerissen. Hastings konnte sich noch immer an den entsetzten Blick das jungen Mannes erinnern, als das geschah, die Augen geweitet, der Mund zu einem stummen Schrei geöffnet. Hastings wollte seinen eigenen Halt an den Gräsern riskieren, um sich nach Teffont auszustrecken, um den Jungen nicht dort sterben zu lassen, doch Dickon hinderte ihn daran. Dickon selbst hielt sich mit einer Hand an einem dürren Strauch fest, die andere Hand schwer an Hastings' durchnässtem Wams. Er sagte mit kalter Stimme: »Lass ihn. Es ist wichtiger, dich selbst zu retten.«

Dashalb erschien Hastings Dickons heute so frisch-fröhliche Art unecht. Die Stimme des Mannes, der niemals etwas vortäuschte, klang dieses eine Mal nicht ganz ehrlich. Sie vermittelte eine andere Botschaft als seine Augen. Hastings hörte mit Neugier zu, als der Herzog fortfuhr. »Wollte Lambert nicht ohnehin zwei Töchter verheiraten? Die Blonde, über die wir schon so viel gehört haben, aber auch noch eine andere – einen Rotschopf?«

Hastings nickte, in der Erinnerung versunken Er dachte an seine erste Begegnung mit Jane Shore bei jenem Hochzeitsfest in Lamberts großer Halle. Wie Edward mit ihr tanzte, bis sich ihre Wangen rosig färbten und ihr ein Lächeln auf ihr Gesicht zauberte, das ihn faszinierte.

Hastings hatte ihr einen Becher Wein eingegossen, während Edward sie neben ihn setzte. Er hatte sich vorgebeugt und ihr den Becher gereicht, und sie hatte seine Hand den Bruchteil einer Sekunde länger berührt, als nötig war, und ihn dabei mit sanften, glänzenden Augen angesehen.

»Nun«, fuhr Dickons Stimme ungeduldig fort, »wo ist sie jetzt?«

»Wer?«, fragte Hastings verwirrt. Doch antwortete dann leicht verlegen: »Ah – der Rotschopf.« Er schüttelte den Kopf und ließ ein charmantes Lächeln über sein Gesicht huschen. »Verheiratet«, erwiderte er und zuckte noch einmal die Achseln. »Wer weiß, wo sie jetzt ist …?«

Sie traten auf die Cheapside hinaus. Hastings konnte Dickon leise summen hören.

»Wolltest du nicht auch etwas kaufen?«, fragte er linkisch, als sie ihre Pferde erreichten. »Ich dachte, du hättest gesagt …«

Dickons Augen blickten ihn belustigt über die geknoteten Zügel hinweg an, als sei er erleichtert darüber, dass Hastings nicht zu verliebt war, um bemerkt zu haben, dass sein Freund mit leeren Händen gegangen war. »Es hat mich nichts begeistert«, antwortete er leichthin.

Isabel wollte nicht länger warten. Sie wusste, dass ihr Vater monatelang schmollen würde. Es kümmerte sie nicht mehr. Sie rief gleich am nächsten Morgen einen Notar vom Gildehaus herbei, um den Lehrlingsvertrag aufsetzen zu lassen. Sie wollte sich ihren Plan nicht ausreden lassen. Es wäre zu leicht nachzugeben und nach Hause zu gehen.

Der junge Mann, der in der Catte Street eintraf, war der Jüngere der beiden Lynom-Brüder, Sohn von Hugh Lynom, Seidenhändler an der Old Jewry. Alle Mädchen in der Mercery hatten stets davon geträumt, einen der beiden zu heiraten. Sie waren Zwillinge und einander so ähnlich, dass Isabel sie nie auseinander halten konnte, so dass sie vermutete, dass dieser hier Robert sei.

Der Ausdruck in seinen Augen spiegelte für sie die Entschlossenheit beider Brüder wider, nicht in das Geschäft ihres Vaters einzusteigen, sondern sich stattdessen als Anwälte ausbilden zu lassen. Ihr Vater lief umher und erzählte mit Wehmut und Gekränktheit den Leuten: »Sie sagen, es gäbe Chancen, für die ich zu alt wäre. Sie sagen, sie werden die Welt sehen und beruflich außerhalb der Mercery schneller vorankommen.« Thomas hatte seinem Vater erzählt, dass er mit all der Neuverteilung der Ländereien und Besitzungen, welche die Kriege mit sich brachten, schneller reich werden würde, wenn er Vereinbarungen für Grundbesitzübertragungen aufsetzte. Robert hatte seinem Vater erzählt, dass er schneller reich werden würde, wenn er in der Stadt bliebe, aber als Repräsentant der Stadthändler und des Gildehauses in Verhandlungen mit dem Royal Wardrobe einträte. Sie waren nicht die einzigen jungen Männer, die jenseits der Stadtmauern neue Horizonte erblickten. Und jedermann wusste, dass sich ihr Vater ohnehin danach sehnte, genug Vermögen anzuhäufen, um sich seinen Weg in den niederen Adel zu erkaufen. Doch die Tatsache, dass beide Söhne die Mercery verlassen hatten, sorgte für Gerede. In den Arkaden wurde wochenlang darüber getuschelt.

Isabel knirschte mit den Zähnen. So war es eben. Ein Lynom würde ihre Entscheidung nicht nachempfinden können, sich schriftlich für eine zehnjährige Lehrzeit im Seidengewerbe zu verpflichten. Wenn sie nicht aufpasste, könnte er die Dinge sogar verzögern, es ihren Vater wissen lassen, bevor die Papiere unterzeichnet und versiegelt wären.

Dieses eine Mal war sie dankbar für Alice Clavers direkte Art. »Setzt Euch, junger Mann, und nehmt die Vertragsbedingungen auf«, befahl ihre Schwiegermutter und unterbrach damit die förmlichen Beileidsbekundungen zum Tod in der Familie. Der Lynom-Junge setzte sich gehorsam an den Tisch und packte seinen Federkasten und das Pergament aus. Wäre Isabel sich nicht sicher gewesen, dass nichts Alice Claver nervös machen konnte, so hätte man meinen können, dass es die Seidenfrau noch eiliger habe als sie. »Dauer: zehn Jahre. Lehrgeld: fünf Pfund.«

Die gut gelaunten Augen des Lynom-Jungen lachten. Er konnte ihre Eile auch spüren. Und er war interessiert. Isabel dachte einen Moment, ob er hinter diesem Geschäft etwas sah, das er in den Arkaden erzählen könnte. Doch er hatte sein Leben geändert, um von den Arkaden fortzukommen. Vielleicht war er doch der Richtige, um dieses Dokument zu erstellen.

Wie sich herausstellte, versuchte er die Angelegenheit nicht zu verzögern. Er war Anwalt durch und durch. Er hielt die üblichen Zusicherungen in dem Dokument fest: dass Isabel die Interessen ihrer Herrin wertschätzen, ihre Waren nicht verschwenden oder ohne ihre Erlaubnis handeln, sich gut benehmen und sich nicht widerrechtlich aus ihrem Dienst entfernen würde. Alice Claver würde sie »lehren, sich um sie kümmern und ihren Lehrling in ihrem Gewerbe unterweisen«, sie gerecht bestrafen und Schuhwerk, Kleidung, ein Bett und alle anderen angemessenen Notwendigkeiten für sie zur Verfügung stellen.

Sie sah ihm über die Schulter. »Was ist das?«, fragte sie scharf, als er weiter schrieb. Er hielt inne, wirkte verwirrt und fuhr sich mit einer Hand durch sein dunkelblondes Haar. Er hatte begonnen, die letzte Standardformulierung bei Verträgen mit weiblichen Lehrlingen hinzuzufügen – dass Isabel *pulchrior modo* behandelt werden sollte, freundlicher als ein Junge. »Sie gehört zu meiner Familie«, bemerkte Alice Claver schroff. »Wie sonst würde ich sie wohl behandeln?« Sie lachte. Kurz darauf lachte auch Isabel. Der Lynom-Junge blickte von der älteren Frau zu der Jüngeren, beide in ihren schwarzen Gewändern. Dann lächelte er und strich die kränkende Zeile aus. Aber Isabel spürte seinen Blick neugierig auf ihr ruhen, während er seine Schreibutensilien wieder einpackte.

»Mein Honorar für die Niederschrift des Vertrages und die Registrierung beim Verwaltungsbeamten der Gesellschaft der Tuchhändler beträgt einen Schilling«, sagte der Lynom-Junge und bestreute das, was er geschrieben hatte, mit einer fließenden Bewegung mit Sand.

Alice Claver nickte. »Erledigt es heute«, sagte sie.

Der Lynom-Junge brachte ihnen zwei Tage später ordnungsgemäß beurkundete Kopien der Dokumente. Isabel empfing ihn und wunderte sich über das sanfte Mitgefühl in seinen Augen, als er ihr den anderen Brief gab, den er außerdem für sie mitgebracht hatte.

Es war ein kalter, kurzer Brief von ihrem Vater: die förmliche Mitteilung, dass er sein Testament ändern und Jane, »meiner einzigen pflichtbewussten Tochter«, seinen Besitz hinterlasse. Isabel konnte an Robert Lynoms Miene erkennen, dass er den Inhalt des Briefes kannte.

Sie überflog ihn kurz. Nickte knapp. Ließ die Hand, die den Brief hielt, zitternd sinken. Verbarg den Zorn, die Verachtung und den Schmerz, die in ihr brodelten. Sie wusste, dass ihr Vater sie provozieren wollte, aber sie würde nicht weinen oder zu ihm laufen und ihn anflehen, seine Meinung zu ändern. Sie würde sich nicht nötigen lassen. Sie lernte, sich ihre Gefühle nicht anmerken zu lassen.

Alice Claver und Anne Pratte rauschten herein. Als Alice Claver den jungen Anwalt sah, streckte sie die Hand nach den Dokumenten aus, die sie bereits erwartet hatte. Er lächelte, verbeugte sich höflich und reichte sie ihr. Sie las sie sorgfältig durch, brummte dann zufrieden und steckte sie in ihre große Tasche. Sie sah Isabel nicht an und fragte auch nicht, was der Brief enthielt, der sich noch immer in ihrer Hand befand.

Alice fixierte Robert Lynom mit einem grimmigen Lächeln. Nun, da das Geschäftliche erledigt war, hatte sie Zeit, sich zu unterhalten. »Ich höre, dass Lord Hastings in den Arkaden eingekauft hat. Persönlich. Beim«, sie deutete seitwärts auf Isabel, ohne sie dabei anzusehen, »Vater meines neuen Lehrlings.«

Isabel wandte den Blick ab. Vielleicht hätte sie Alice Claver selbst von Lord Hastings' Besuch erzählen sollen, aber ihr Streit mit ihrem Vater hatte es sie vergessen lassen. Wie dem auch sei, Robert Lynom wusste genug, um die Seidenfrau zufriedenzustellen. Er nickte leicht. »Das hat er in der Tat«, sagte er und schloss Isabel in sein Antwortlächeln mit ein, während er seine Papiere in der Mappe verstaute. »Grünen, gemusterten Samt. Aus Lucca, wenn ich mich recht erinnere. Es heißt, er hätte auch einen guten Preis dafür bezahlt.«

Es war nur natürlich, über dieses neue Phänomen zu sprechen. Es war für Adlige ungewöhnlich, die Märkte selbst zu besuchen. Wenn sie von königlichem Blut waren, führten sie Bestellungen an der Old Jewry gewöhnlich durch den King's Wardrobe aus, und Verwaltungsbeamte wie Robert Lynom fanden Händler, die ihre Ansprüche erfüllten. Sonst schickten Lords Repräsentanten auf die Märkte, um an ihrer Stelle Luxusgüter zu erstehen.

Aber ungewöhnliche Dinge waren geschehen, seit König Edward zurückgekommen war. Und Lord Hastings, sein engster Berater, war ohnehin ein ungewöhnlicher Adliger. Er hatte die Zeiten des Exils und der Armut überlebt, weil er sich stets auf seinen scharfen Verstand verlassen konnte. Er hatte seine kärglichen Erbländereien allmählich in den sagenhaften Reichtum eines Magnaten verwandelt. Nun, da sein Herr den Thron wieder innehatte, zeigte Hastings, dass er nicht dauernd auf seiner aristokratischen Würde bestand. Als Zeichen des königlichen Vertrauens war er kürzlich zum Gouverneur von Calais ernannt worden, und auf den Märkten kursierten Gerüchte darüber, dass er nicht nur plane, die dortige Garnison zu leiten, sondern auch persönliches Interesse an dem Handel des Hafens zeigte. Es hieß,

Lord Hastings umwerbe sogar die Stapelwarenhändler von Calais, die alle Exporte von Rohwolle aus England kontrollierten, indem er selbst ein Händler von Stapelware wurde. Es hieß, er besäße den Verstand und die Vorstellungskraft, mit jedermann zusammenzufinden, ob Adliger oder nicht. Isabel konnte sich vom Hochzeitsfest her an seine fröhlichen, freundlichen Augen erinnern (zumindest so lange, bis er begann, Jane so sehnsuchtsvoll anzustarren), und glaubte dem Ruf, der ihn umgab.

Alice Claver wollte mehr wissen, mochte aber nicht ihren Neid auf John Lamberts Handel zu offen zeigen. Sie fragte nicht nach dem Preis, den ihr Konkurrent für seinen Stoff berechnet hatte. Stattdessen fragte sie beiläufig: »Und hat seine Lordschaft gesagt, was er mit dem Samt anfangen will?«

Isabel versuchte, an nichts anderes zu denken, und sich an der Geschichte zu erfreuen. Sie hätte später genug Zeit, sich über ihren Vater zu grämen. Sie konnte in Bezug auf ihn ohnehin nichts ändern. Sie beugte sich ermutigend zu Robert Lynom.

»Das hat er nicht getan«, erwiderte der Lynom-Junge kurz angebunden.

Aber Anne Pratte wusste mehr. Sie wusste immer mehr. Sie saß still auf einem kleinen Fußschemel am Fenster, hielt eine Handarbeit in den Händen und folgte sehr aufmerksam dem Gespräch. Nun übernahm sie das Reden, indem sie sich begeistert zu Wort meldete: »Aber es wird natürlich geredet. Es heißt, er habe ihn als Geschenk an eine Lady geschickt, nicht wahr?«

Robert Lynom fühlte sich bei ihren Worten plötzlich unwohl. Er hielt inne, biss sich auf die Zunge und errötete. Isabel konnte nicht verstehen, was in ihn gefahren war. »Nun«, sagte Alice ungeduldig, »wer ist es? Ihr müsst es wissen. Ihr werdet das Schriftliche erledigt haben, nicht wahr? Spuckt es aus, Mann.«

Er murmelte etwas. Sogar seine Kopfhaut war knallrot. Er nahm seine Mappe hoch.

Alice Claver bewegte sich einen Schritt auf ihn zu und lächelte leicht bedrohlich.

»Lasst uns nicht im Ungewissen«, sagte sie, eher als Befehl denn als Bitte. »Für wen war der Stoff?«

Er sammelte sich. Wandte sich von Anne Pratte und Isabel ab und sagte: »Es heißt – obwohl ich nicht sicher bin, ob es stimmt –, für die Schwester Ihres neuen Lehrlings, Mistress Shore.«

Alice Claver stockte fast der Atem. »Nein«, sagte sie mit einer Mischung aus Schock, Unglauben, Neid und Belustigung. »Wirklich?« Plötzlich, als fiele ihr Isabels Anwesenheit ein, schlug sie Robert freundlich auf den Rücken und drängte ihn zur Tür. Anne Pratte folgte ihnen aufgeregt plappernd. Sie war normalerweise keine unfreundliche Frau, aber die Erregung wegen dieser Geschichte hatte jegliche Befürchtungen, die sie vielleicht wegen Isabels Gefühlen hegte, in den Hintergrund gedrängt.

Isabel wusste, dass er es nicht einmal wagen würde, zu ihr zurückzublicken. Er mochte das Marktgeschwätz nicht, und er kannte den Brief ihres Vaters. Er wusste sicherlich, dass er mit dieser Geschichte, zu deren Erzählen sie ihn genötigt hatten, ihren Kummer über ihre Familie noch verstärkt hatte.

Aber er blickte dennoch vom Eingang aus zurück. »Auf Wiedersehen, Mistress Claver«, sagte er tapfer. Und fügte eilig hinzu: »Es tut mir leid. Ich hätte nicht ...«

Sie begegnete seinem Blick und nickte, verzieh ihm. Und es war die Erinnerung an diesen Moment gegenseitiger Tapferkeit und die Dankbarkeit auf seinem Gesicht, die ihr den Mut gaben, nicht länger darüber nachzudenken oder gegen ihren Vater zu wüten oder Neid auf Janes Schönheit oder adlige Verehrer zu empfinden. Sie war jetzt eine Claver. Ihr Leben fand hier statt.

Wenn Isabel glaubte, sie würde direkt in Alices Allerheiligstes, den Seidenlagerraum, zurückgebracht, sobald sie sich als Lehrling verpflichtet hatte, so wurde sie an jenem Abend beim Abendessen eines Besseren belehrt. Der Lehrplan, den Alice Claver mit hartem Blick umriss, ließ keinen Raum für das Nachsinnen über die edelsten Luxusgüter der Zivilisation oder für das Planen umfassender Kaufstrategien. Er beinhaltete zunächst das Beherrschen aller anstrengenden, geringfügigen, sich wiederholenden, untergeordneten Kleinverkaufs-Seidenarbeiten – die Aufgaben, die Alice Claver den runzeligen, mageren Näherinnen und Spinnerinnen zuschob, die in fünf Fuß breiten Ständen arbeiteten, welche außerhalb der größten Verkaufsmärkte, der Crown and Broad Selds, entlang ihrer Straßenfronten und ihrer Seitentüren an der Soper Lane hinab kauerten. Sie spannen nicht nur importierte Rohseide zu Fäden, sondern verzwirbelten sie auch zu gebrauchsfertigen Garnen und spannen, färbten und wendeten Säume. Sie sollte jedes Stadium des Prozesses erlernen – vom Entnehmen der Rohseide-Fäden, die von italienischen Pflückern von Seidenraupenkokons gesammelt wurden, bis zum Verkauf fertiger Seide auf der Straße nach Unzen oder Pfund, als Nähseide, unbearbeitete Seide, Haspelseide oder grob gewebte Seide, jenem Gewebe, aus dem die Schlingen gefertigt wurden, an denen beim Weben die Kettfäden befestigt wurden, damit zwei Stränge entstanden, zwischen denen der Schussfaden verlief. Und sie sollte diese niedrigen Arbeiten nicht nur erlernen, sondern auch mit den gebeugten Näherinnen und Spinnerinnen und Färberinnen bei jedem Wetter draußen sitzen und von ihnen lernen.

Die Prattes warfen sich heimlich einen Blick zu. Isabel wusste, dass es ein Test war. Alice Claver tat dies bewusst. Sie konnte sich vorstellen, wie die Stimme ihrer Schwiegermutter mit grimmiger Zufriedenheit sagte: »Treiben wir ihr den Unsinn aus.« Sie erwartete sicherlich, dass Isabel protestierte. Aber das würde sie nicht tun. Sie hielt den Blick bescheiden auf ihre unberührte Mahlzeit gesenkt und nickte.

»Es ist nur für ein Jahr«, sagte Anne Prattes brüchige Stimme beruhigend, als versuche sie, Alice Clavers Schlag zu dämpfen. »Das nächste Stadium ist die Stickerei. Aber wir wissen bereits, wie gut Ihr darin seid. Also wird es nicht lange dauern, bis Ihr zu etwas Richtigem fortschreiten und das Weben erlernen könnt. Arbeiten an schmalen Rahmen. Bänder. Netze. Litzen. Londons Pracht. Die edelsten Seidenarbeiten des Christentums. Und«, sie beugte sich wagemutig vor und tätschelte Isabels Hand, »ich habe Alice gefragt, ob ich Euch das lehren darf.«

Isabel schaute auf, überrascht und berührt zugleich. Zwei Augenpaare der Prattes ruhten auf ihr, randvoll mit Freundlichkeit.

Beide Prattes ignorierten Alice Claver, die hinter ihnen immer noch finster dreinschaute.

Sie stand den ganzen Winter über im Dunkeln auf. Sie ging mit einer Kerze in aufgesprungenen, wunden Händen zur Arbeit, wie all die anderen armen Mädchen in brauner und grauer Wollkleidung, die in den Arkaden arbeiteten und deren Existenz sie sich bis jetzt nicht einmal halbwegs bewusst gewesen war. Sie war, wie sie, in jener Kleidung für jedermann aus den reicheren, fröhlicheren Familien der Mercery unsichtbar geworden – selbst für ihren eigenen Vater. Er lief auf der Straße unmittelbar auf sie zu, und sie hatte manchmal das Gefühl, wenn sie ihm aus dem Weg sprang, dass er direkt durch sie hindurchlaufen würde, wenn sie ihm nicht auswiche. Die hübschen Händlertöchter, mit denen sie aufgewachsen war, wollten sie nicht bloßstellen. Sie schwebten in ihrer frühlingsfarbenen, bauschigen Satinkleidung auf dem Weg zu ihren Stickplätzen in den Ständen ihrer Väter einfach an der stillen, graubraunen Maus vorüber. Sie konnten sie nicht sehen.

Manchmal fühlte sie sich wie ein lebender Geist – für jedermann, den sie jemals gekannt hatte, durchsichtig. Niemanden kümmerte es heutzutage, ob sich ihre Augen mit Tränen füllten, wenn sie gerade Seide spann oder verzwirnte oder einen Saum wendete, und dabei ihre Wangen im Herbstwind ebenso wund und aufgesprungen waren wie ihre Finger. Niemanden kümmerte es, weil niemand es bemerkte, solange sie die geforderte Anzahl Fäden oder Stapel von bunten, verzwirnten Garnen lieferte, wofür sie von schäbigen Herrinnen mit einem groben Tätscheln oder einem Brummen belohnt wurde. Und sie empfand die Wärme ihrer Tränen als Trost – ein Beweis, dass sie doch lebte. Nicht ganz so durchsichtig und aller Lebenssäfte beraubt, nicht ganz völlig unsichtbar.

Die Tränen galten Thomas. Wie auch der schrumpfende Schmerz, den sie unter ihrem Herzen spürte, als würde ihr Körper von einer Gefühlsflut überschwemmt, die sie in den Abgrund riss. Manchmal, wenn sich ihre Hände mit geschickter Lebendigkeit durch die Seide bewegten, dachte sie, dass die Tränen und der Schmerz nach allem doch ihr selbst galten.

Sie sprach im Geiste mit Thomas. Zumindest versuchte sie es. Versuchte ihn damit lebendig zu halten. Versuchte, Trost daraus zu ziehen, sich an seinen überraschten Ausdruck zu erinnern, als er aufwachte und sie neben sich vorfand, an sein zärtliches Kuscheln und die kleinen Küsse, die er auf ihre Hände oder ihre Stirn platzierte, wie Akte der Anbetung. Aber alles, was sie ihm erzählen konnte, abgesehen davon, wie sehr sie ihn vermisste, waren nur die Einzelheiten ihrer Plackerei in den Arkaden. Und was hätte er überhaupt davon verstanden?

Manchmal, wenn es ihr schwerfiel, Thomas zu erklären, warum sie demütig still blieb, wenn Alice Claver oder eine ihrer Untergebenen eine fertige Arbeit zerriss und ihr befahl, erneut anzufangen, sprach sie stattdessen im Geiste mit dem Mann aus der Kirche. Er hätte verstanden, warum sie die Zähne gegen die Kälte zusammenbiss, die ihr in die Knochen kroch, warum sie die Tadel und die Fehlversuche so geduldig hinnahm. Allmählich wurde es sein Gesicht, das sie heraufbeschwor, um mit ihm zu reden, in welcher Ecke auch immer sie arbeitete. In Wahrheit ein Fremder, aber jemand, der etwas von Zielstrebigkeit wusste, der gelassen vorausplanen konnte. »Er wäre stolz auf mich, wenn er mich jetzt sehen könnte«, dachte sie, »da ich das Richtige tue und dem Schicksal helfe, mir darüber hinaus eine bessere Zukunft zu ermöglichen.« Obwohl sie zu anderen Zeiten, vor allem in den Augenblicken der Verzweiflung, wenn sie aufhörte zu glauben, sie sei mehr als ein Paar Hände, das aus einem grauen Gewand hervorzuckte, oder wenn die Dunkelheit ewig zu währen schien, manchmal dachte: »Nein, er wäre entsetzt. Ich habe den falschen Weg eingeschlagen. Ich bin verloren.«

Sie kam meistens zu müde zu Alice Clavers Haus zurück, um nachzudenken. Und war so dankbar dafür. Alles, wofür ihre Energie noch ausreichte, war, sich allein auf ihrem großen, leeren Ehebett auf eine Seite zu rollen, ihre verkrampften Muskeln auszustrecken und mit Thomas zu flüstern, während sie wieder Wärme in ihre blauweißen Finger rieb.

Mit der Zeit stellte sie jedoch fest, dass es Trost gab. Lange nach dem Verlust ihres alten Lebens erkannte sie, dass sie ein neues gewonnen hatte: die geschäftige, raue, wimmelnde Welt der anderen hart arbeitenden Frauen in Braun- und Grautönen. Derjenigen, welche die Arbeiten verrichteten, aus denen andere ihr Vermögen machten, derjenigen, die zu bemerken sie selbst gerade erst begonnen hatte.

Isabel war am gepflegten nördlichen Ende der Mercery aufgewachsen – in den Straßen, die zur Catte Street und dem jenseitigen Gildehaus führten: die prachtvolle Milk Street und Honey Lane und Colechurch Lane, Old Jewry lag östlich jenseits von St. Thomas of Acre, wo die Prattes und Lynoms und Shores lebten und wo sich der Royal Wardrobe befand, das Depot für alle königlichen Tuchkäufe. Nun lernte sie auf Besorgungsgängen für Alice Claver auch jeden Zentimeter der industriellen Südseite von Cheapside kennen, die dunklen Windungen von Popkirtle, Thenwend und Gropecunt Lanes, hinter der Cordwainer Street, jedes Wohnhaus, Lagerhaus und jeden Flecken Garten sowie jeden Tuchhändler und jede Seidenfrau, jeden Standbesitzer, Bewohner und Stückarbeiter, die darin lebten und arbeiteten.

Jene Straßen waren für jeden, der bereit war zuzuhören, voller Geschichten.

Die Seidenarbeiter, an die sie ausgeliehen wurde, vergaßen rasch, sich ihr gegenüber befangen zu fühlen. Manchmal redete die unmögliche Katherine Dore auf sie ein, die Spinnerin, die ihren ehemaligen Lehrling Joan Woulbarowe vor Gericht brachte, weil sie Seide im Wert von 12 Pfund, 13 Schilling und 4 Penny gestohlen hatte. Manchmal wurde sie, irgendwo in der Soper Lane, von der hoch aufgeschossenen, resoluten Joan Woulbarowe selbst aufgehalten, die jetzt wieder aus dem Gefängnis freigekommen war und sich auf ihre nächste Berufungsverhandlung beim Gerichtshof vorbereitete, während sie bei ihrer Tante, Rose Trapp, in einem Wohnhaus in der Lad Lane wohnte. Joan Woulbarowe sagte, ihre Herrin hätte sie in ihrem Dienst behalten wollen, wenn ihre Freiheitsstrafe erst vorüber sei, und hätte die ganze Schwindelei nur erfunden, um sie als unbezahlte Hilfe zum Bleiben zu zwingen. Isabel kam der Geschichte niemals auf den Grund.

Manchmal erfuhr Isabel aus dem Markttratsch Dinge über ihre eigene Lambert-Familie. Als Agnes Langton in Stourbridge Fair starb, war ihre erschreckend herrische Mutter, Jane Langton, die Witwe eines Sattlers war und nichts vom Seidenhandel verstand, aus einem bis dahin unauffälligen Wohnhaus hinter der St. Benet Sherehog Church hervorgetreten und hatte Agnes' umfangreichen Geschäftsabschluss mit zwei genuesischen Händlern für Seidenwaren im Wert von 300 Pfund und 15 Schillingen zu Ende geführt. Dann hatte sie den gesamten Posten für unverschämte 350 Pfund an John Lambert weiterverkauft, was genug war, um es sich in ihrem hohen Alter bequem zu machen. »Dieser John Lambert sperrt die Ohren nicht auf«, sagte Agnes Brundyssch, die Spinnerin. »Das hat er nie getan.«

Aber niemand auf der Straße hatte etwas Schlechtes über Alice Claver zu sagen. Sie war die Heldin der Märkte. Alice Claver war die Beschützerin der Armen, weil sie die Gesuche schrieb, die jede Marktfrau verfasst wissen wollte: die *Haltet die Italiener auf*-Gesuche. Die grauen und braunen Frauen hassten die Italiener, welche die kunstvollen kleinen Seidenwaren aus London zu unterbieten versuchten, indem sie die importierten Waren ihrer eigenen Landsfrauen zu einem ermäßigten Preis verkauften. Isabel wusste, dass Alice Claver William Pratte als Hilfe heranzog, um die Gesuche zu schreiben, die sie und eine Schar unbedeutenderer Seidenfrauen dem Parlament regelmäßig präsentierten und dabei die angemessene rechtsgültige Sprache benutzten. Aber William Pratte kümmerte sie nicht. Er war für sie unsichtbar. Sie glaubten, es sei nur Alice Claver zu verdanken, dass sie vier Parlamentsakte durchgebracht hatten, die sie vor den gierigen Lombarden schützten, die schlimmer als die Franzosen, die Hanse und die Flamen zusammen waren. »Man muss zäh sein, um die Italiener aufzuhalten«, sagte Isabel Fremely und nickte Agnes Brundyssch zu. »Mistress Claver ist mehr als eine Frau. Sie ist eine Naturgewalt.«

Als der Winter zum Frühling wurde, ertappte sich Isabel dabei, dass sie tief einatmend dachte: »Ich bin immer noch hier« und »Ich habe es geschafft.« Und wenn sie das tat, war es das Gesicht des Mannes aus der Kirche, das ein ermutigendes Lächeln auf ihr Gesicht zauberte. Doch was sie alles geschafft hatte, abgesehen davon, den Winter zu überleben, war nicht einmal ihr selbst klar. Manchmal dachte sie darüber nach, wie sie es geschafft hatte, den Marktfrauen ihre persönlichen Sorgen, ihre Zeiten der Schwäche zu verschweigen und sich mit eisenharter Entschlossenheit an ihr Gelöbnis zu halten, Alice Claver ein guter Lehrling zu sein, ohne dabei in verdrossener Wut zu versinken. Als sie das Herannahen des Frühlings roch und den Respekt der robusten Frauen für ihre Herrin vernahm, erkannte sie, dass sie dem zustimmen musste. Sie hatte gelernt, deren widerwillige Bewunderung für Alice Clavers und die grenzenlose Hingabe an ihre Arbeit zu teilen.

Isabel ging Jane den ganzen Winter über aus dem Weg. Sie wusste nicht, was sie zu ihr sagen sollte. Sie überwand gerade erst die Wut auf Alice Claver und wollte sich nicht auch noch mit ihren Gefühlen für ihre Schwester belasten. Außerdem wäre es unerträglich gewesen, wenn ihre Schwester versucht hätte, Frieden zwischen ihr und ihrem Vater zu stiften.

Sie sah ihre Schwester an Sonntagen in St. Thomas of Acre, und jedes Mal, wenn Jane in der Kirche erschien, trug sie etwas Schöneres als beim letzten Mal, und ihre honigfarbene Haut war weicher und ihre Augen strahlender als jemals zuvor. Isabel war sich während der Gebete bewusst, dass Jane scheu herübersah, süß wie immer, als suche sie ihren Blick. Aber Isabel sah nicht hin. Und wenn sie hinterher auf der Straße stehen blieben, um sich zu unterhalten, war es schwer, das alte schwesterliche Empfinden füreinander wiederherzustellen. Jane erwähnte Will Shore kaum, der ohnehin stets irgendwo im Ausland war – in Brügge oder in Köln – und sein Geschäft aufbaute. Womöglich wollte Jane sie vielleicht nur nicht an ihren Witwenstatus erinnern. Wenn das Janes Vorstellung von Zartgefühl war, dann war sie dankbar dafür, aber sie mochte die leichte Unterhaltung über das verschwenderische Leben nicht, über das Jane stattdessen plauderte. Sie sagte, sie habe zu knüpfen begonnen. Sie arbeite an einem Wandteppich mit dem heiligen Georg, wie er den Drachen tötet. John Lambert würde sie als seine Geschäftspartnerin mit zu der Jagd nehmen, zu der König Edward ihn nach Eltham eingeladen hatte. Sie würde für diese Gelegenheit neue Ärmel für ihr gelbes Seidengewand bekommen. Und ihr Blick suchte den von Isabel, in der Hoffnung, Isabel würde ihre Freude am Leben teilen, und senkte sich enttäuscht dann wieder, wenn Isabel nicht reagierte.

Falls Alice Claver das zunehmende Schweigen zwischen ihr und ihrer Schwester bemerkte oder die abgebrochene Verbindung zwischen Isabel und ihrem Vater sah, so zeigte sie es nicht, auch wenn ihr Blick stets auf Isabel ruhte und sich sowohl in den Arkaden wie zu Hause in ihren Rücken bohrte. Sie sprach niemals über Thomas, obwohl sich Isabel schmerzlich danach sehnte, jemand anderen mit Liebe und Schmerz von ihm sprechen zu hören. Es war, als wollte Alice Claver ihre Erinnerungen an ihn nicht mit einem Mädchen teilen, das sie nun wie eine Fremde behandelte. Doch ihre Feindseligkeit löste sich langsam auf. Isabel vernahm stattdessen eine zunehmende Stille zwischen ihr und Alice Claver.

Nach dem Kirchgang an den Sonntagen füllte Isabel lieber ihre freien Stunden damit, an der gestickten Geldbörse zu arbeiten, die sie während der Belagerung für Thomas gefertigt hatte, anstatt ihre Familie zu besuchen oder mit Alice Claver zu den Prattes zum Essen zu gehen. Die kunstvolle Arbeit erweckte ihre tauben Finger wieder zum Leben. Sie saß allein an ihrem Fenster, beobachtete, wie die Nadel auf und ab blitzte, stickte winzige Stiche in seine Initialen und versuchte sich, jeden Stich als ein Gebet für die Seele ihres Ehemannes vorzustellen, als einen Akt des Gedenkens. Sie bat Agnes Brundyssch, ihr beizubringen, wie man eine Kordel für die Borte fertigte. Isabel Fremely besorgte ihr bei David Galganete, dem harten Genueser Händler, etwas übrig gebliebenen, zyprischen Goldfaden, um Quasten zu fertigen.

Sie stellte die Geldbörse rechtzeitig zu Thomas' erstem Todestag fertig. Aber als der Junimorgen kam und sie still ihre Gabe auf den Altar in St. Thomas of Acre legte, erkannte sie, dass Jane recht damit gehabt hatte, als sie sagte, dass ihre Gefühle für Thomas verblassen könnten. Sie war noch immer voller Schmerz, aber er war vage und diffus geworden, und das ohne Grund. Sie konnte sich jetzt kaum noch an sein Gesicht oder seine Stimme erinnern. Es war, als hätte sie ihre gesamten Erinnerungen in die Geldbörse eingearbeitet und es wären keine mehr übrig.

Sogar die Geldbörse, als Zeichen ihrer Liebe für ihn, war zu etwas anderem geworden. Sie hatte schon seit Monaten bemerkt, dass sie auf die Geldbörse als Probestück für die edle Seidenarbeit, die sie zu erlernen hoffte, stolz war. Was sie sich am meisten auf der Welt wünschte, war, dass Alice Claver ihre Arbeit vom Altar nahm und ausreichend bewunderte, um sie zum Unterricht zu Anne Pratt zu schicken. Isabel beugte den Kopf zum Gebet, als Alice Clavers Hand zu der Geldbörse wanderte.

5

Ein Zeitpunkt für alles, und alles zum richtigen Zeitpunkt. Alice Claver erduldete sie alle: Anne und William, Pater Ignatius, den hochtrabenden, wortreichen John Lambert und seine nutzlose ältere Tochter mit den strahlenden Augen und einem gefährlich in ein Mieder eingezwängten Busen, mit dem sie bei einem bescheidenen Gedenkgottesdienst der Stadt erschienen war.

Sie wusste genau, was sie sagen würde. Sie hatte es sich sorgfältig zurechtgelegt. Aber das hielt sie nicht davon ab, es einige weitere Male zu proben, während sie mit den Fingern auf die Tischplatte tippte und sich wünschte, dass Lambert und seine Familie nach Hause gingen.

Dennoch wusste sie nicht, als sie schließlich mit ihrem Schützling allein blieb, wie sie anfangen sollte. Es war nicht so, als würden Isabels bescheidenes Gewand, ihre bedächtig gesenkten Schultern und ihre wachsamen Augen tatsächlich etwas vermitteln, was sie als Vorwurf auslegen könnte. Es war eher so, dass die adrette Gestalt, die still im Haus ein und aus ging, vollkommen schweigend arbeitete und ihren Blick senkte, wann immer sie Alice Claver ansah, um ihre wunden Hände mit ihren purpurfarbenen und gelben Flecken vom Färben und ihren Schwielen von der Marktarbeit zu betrachten, Alice Claver unangenehm an ihr eigenes jüngeres Selbst erinnerte.

Alice Claver war stolz auf dieses unternehmerische jüngere Selbst. Sie war von einem Onkel in Derby aufgezogen worden, während ihre Eltern in Frankreich lebten und die Garnisonen mit Gütern versorgten. Sie hatte sich für ihre Pflegefamilie die

Finger wund gearbeitet, obwohl sie sich nie sehr nahe standen. Keine der beiden Seiten bedauerte es, als im Alter von zwölf Jahren ihr Seidenkönnen ausreichend bekannt war, dass ihr eine Lehrstelle bei Robert Large in London angeboten wurde. London hatte sich glanzvoll angefühlt: geschäftig, groß, belebt, voller Möglichkeiten und, was am besten von allem war, sicher. Die Mauern, Tore, Patrouillen und Fuhrwerke und das fröhliche Drängen und Schieben halfen, die Erinnerung an die triste Landschaft in Derbyshire zu verbannen: Die Brombeersträucher und das Gestrüpp, die das überwucherten, was einst Felder gewesen waren; der Vogelgesang und das Rascheln der Tiere; die Überreste von Herrenhäusern, die nach dem Schwarzen Tod vor langer Zeit verlassen wurden; an ihren Onkel, wie er über eine eingestürzte Mauer im Wald stolperte und ihr mit bitterem Beigeschmack erzählte: »Von hier kamen wir Boothes her. Genau hier. Wäre jetzt die Zeit von vor einhundert Jahren, hättest du hier Dutzende von Menschen gesehen, die arbeiteten, beteten, aßen, Kinder aufzogen. Unsere Verwandten. Und niemand hatte die geringste Ahnung davon, dass sie alle ausgelöscht werden sollten. Gott schenke ihren Seelen Frieden.«

Es war ihr Glück, hatte man ihr gesagt, dass die Menschen heutzutage noch immer mit jenem Geist lebten, so dass jedermann noch immer die Erinnerungen an die wärmeren, üppigeren, sichereren Zeiten in sich trug. Weil die Welt in dieses moderne Dämmerlicht der Geister und Erinnerungen eingegangen war, wurden so viele Mädchen ermutigt, sich in den Gilden ausbilden zu lassen. Rückblickend wusste Alice, dass der Handel sie gerettet hatte. Ihre Eltern, die sich abrackerten, um in der Normandie zu überleben, während ihre Tochter zu Hause aufgezogen wurde, waren während des Niedergangs Frankreichs verschollen. Es war nicht zu erfahren, ob sie ein Teil des Heeres der Vagabunden wurden, die nach England zurückstrebten, oder ob sie in den Straßen von Calais bettelten oder gar für eine Weile in den Wäldern überlebten. Doch damals, als Alice in den Zwanzigern war, hatte sie sich als Londonerin etabliert. Ihre Eltern waren für sie schemenhafte Erinnerungen. Der Betrieb in der

Catte Street war ihre wahre Familie geworden, mit den anderen Lehrlingen als ihre Brüder und Schwestern, die ebenso stolz waren, Teil eines der besten Betriebe in der Mercery zu sein. Wäre sie keine ausgebildete Seidenfrau gewesen und hätte sie nicht Richard Claver geheiratet und mit ihm daran gearbeitet, ihren eigenen Betrieb aufzubauen, wäre auch sie verloren gewesen.

Nein, ich habe harte Arbeit nie gefürchtet, und sie hat mich zu der gemacht, die ich bin, überlegte sie selbstzufrieden und dachte verärgert an das faulenzende, arbeitsscheue Shore-Mädchen, das verloren wäre, wenn sie jemals ein ehrliches Tagwerk zu verrichten hätte. So etwas würde sie niemals tun müssen, wie so viele Kinder der Reichen in London. Sie waren alle gleich: verdorben, faul und überzeugt, dass sie zu gut für so eine Arbeit waren …

Alice Claver richtete sich auf, während sie sich bemühte, nicht an Thomas zu denken. Sie betrachtete das Mädchen, mit ihrem ausdrucksleeren Gesicht und den Narben von der Arbeit an ihren jungen Händen. Ein Mädchen, das mit Erwartungen auf Reichtum und Bequemlichkeit aufgewachsen war. Eine junge Frau, die all das verloren und dennoch Alice Clavers harte Lehrzeit auf sich genommen hatte, ohne sich zu beklagen.

»Du hast alles gelernt, was du über die Märkte wissen musst«, sagte Alice Claver und spürte ihre Anspannung.

Isabel schaute auf.

»Du kannst morgen bei Anne anfangen. Es ist an der Zeit, dass du lernst, bearbeitete Waren herzustellen. Kompliziertere Arbeiten auszuführen.«

Isabel senkte den Blick wieder. Aber Alice Claver hatte das helle Schimmern in ihren Augen gesehen.

»Du wirst diese Woche meinen venezianischen Zulieferer kennenlernen. Goffredo D'Amico. Es ist eine wichtige Verbindung«, fuhr sie fort. »Er und ein anderer alter Freund von mir wohnen bei den Prattes. Sie werden hier essen. Ich möchte, dass du mit dabei bist …«

Das Mädchen schaute auf. Versuchte herauszufinden, was nun folgen würde.

»Ich möchte, dass wir Thomas' Todestag hinter uns bringen,

bevor wir mit der Arbeit mit D'Amico beginnen«, sagte Alice Claver. »Aber eines habe ich bereits mit ihm besprochen. Ich habe ein Darlehen vereinbart.«

Sie sah Isabel beinahe flehentlich an. Sie wollte nicht, dass das Mädchen dies als eine Art Entschuldigung verstand. »Über fünfhundert Pfund. Die Summe, die dein Witwengedinge betragen hätte.«

Isabel hob die Augenbrauen.

»Es ist an der Zeit, dass wir beide Bilanz ziehen.« Alice Claver sprach hastig. Sie wollte Thomas' Namen nicht erwähnen. Thomas hätte alles selbst geregelt, wenn Gott ihn nicht zu sich gerufen hätte. »In meinem Haus ist kein Platz für Drückeberger. Ich werde nach der Ausbildung einen Partner brauchen. Daher möchte ich, dass du weißt, dass für dich gesorgt ist. Ich werde dir die fünfhundert Pfund als ein Witwengedinge übertragen. Wenn du zu deiner Familie zurückgehen oder heiraten willst, dann steht es dir frei, das zu tun. Du hast das Geld. Ich kann unseren Vertrag auflösen. Aber du kannst«, und nun blickte sie auf ihre eigenen rauen Hände hinab, »dich auch immer noch entscheiden zu bleiben.«

Es entstand ein langes Schweigen. Sie verschränkte die Finger, wartete.

»Und arbeiten«, fügte sie schroff hinzu. »Hart arbeiten.«

Als sie den Blick wieder hob, war kein freudiges Entzücken auf dem kleinen, herzförmigen Gesicht vor ihr erkennbar. Isabel sah sehr ernst zu ihr hoch, die Augen leicht verengt. Es war der Ausdruck, den Alice Claver bekam, wenn sie über ein Angebot nachdachte. Mit Erschrecken stellte Alice Claver fest, dass Isabel diesen Ausdruck bei ihr abgeschaut haben musste.

Es überraschte sie fast zu sehen, dass Isabels Lippen die Worte »Ich würde gerne bleiben« formten.

Alice Claver spürte, wie sich das breite Lächeln, das sie normalerweise den Prattes und ihren anderen alten Freunden vorbehielt, auf ihrem Gesicht ausbreitete. Sie war plötzlich merkwürdig kurzatmig. Ich habe mich daran gewöhnt, sie um mich zu haben, sagte sie sich. Das muss der Grund sein. Irgendwann während des folgenden wirren Nachhalls, während sie sich hinsetzte und zwei Tassen eingoss und mit alltäglicherer Stimme begann, die morgige Arbeit zu beschreiben, spürte Alice Claver denselben Trost aufkommen, den sie bei ihren Freunden kannte.

Isabel konnte erkennen, dass Alice Claver beruhigt war, wieder in ihrem Lagerraum zu sein. Die diagonalen Streifen rötlichen und goldenen Lichts von den Fenstern ließen ihr Gesicht schimmern. Sie verwandelten Alice. Sie verlor ihre Schroffheit. Ihre Augen strahlten. In ihrer Stimme schwang Liebe mit.

Sie stellte einen strammen Zeitplan für Isabels restliche, freiwillige Lehrzeit auf. Zwei Jahre, um das Nähen jener kunstvollen kleinen Gegenstände zu erlernen, die den Ruhm der in London gefertigten Seidenarbeiten ausmachten – von durchsichtigen Haarnetzen, mit Edelsteinen und Goldfäden verziert, über Schnürbänder und Spitzen, die dazu benötigt wurden, um die kunstvollen Kleidungsstücke der Gewandmacher zusammenzufügen, bis zu mit Quasten und Stickereien versehenen und mit Edelsteinen verzierten Geldbörsen, den schweren Streifen glänzender Stickereien, Bandstickereien mit Goldfaden zum Umsäumen von Kirchengewändern und Bändern, auf einem kleinen, schmalen Webstuhl gewoben, so klein, dass man ihn an der Tischkante befestigen konnte – die einzige Vorrichtung, die in der englischen Seidenverarbeitung komplizierter als eine Nadel war.

Während dieser zwei Jahre sollte Isabel Alice Claver auch zu Treffen mit auswärtigen Seidenhändlern und adligen Kunden begleiten. Sie sollte zum Royal Wardrobe gehen, wenn Alice Claver einen Vertrag hatte, die Mitglieder des Königshauses zu beliefern, und lernen, wie man Arbeit anbot sowie die Formalitäten für deren Lieferung. Sie würde einige der Gesichter und Namen der mächtigsten Leute in dem Geschäft kennenlernen. Wenn die zwei Jahre vorüber wären, würde sie mit Alice Claver zu den Handelsmessen in Brügge und Antwerpen fahren. Dort sollte sie lernen, wie man die umfangreichen Großhandelsgeschäfte tätigte, die für einen Seidenhändler als der Inbegriff des Erfolges galten – den größten Luxus des Handwerks auszuwählen und zu kaufen, die gesamten Seidentuche, die im Osten und in Italien auf überbreiten Webstühlen gewoben wurden, eine in England unbekannte Kunst. Sie würde lernen, wie man diese Tuche importierte, die jede so viel Wert waren wie ein erheblicher Teil der jährlichen Pachteinkünfte eines Fürsten. Daraus sollte dann Kleidung für die reichsten Leute Englands gefertigt werden.

»Warum müssen wir außer Landes gehen, um ganze Seidentuche zu erwerben?«, wagte Isabel unsicher zu fragen. »Oder die Handelsspanne bezahlen, welche die Italiener hier nehmen? Könnten sie nicht in London gefertigt werden?«

Alice Claver warf ihr einen ernsten Blick zu, als hätte Isabel etwas Außergewöhnliches erkannt.

»Wir besitzen das Wissen nicht«, antwortete sie nach einer Pause.

»Warum nicht?«, fragte Isabel. »Es ist doch gewiss dasselbe wie Wolle zu weben?«

Sie spürte gleich, als sie das sagte, dass es dumm von ihr war. Aber ihre Frage schien ihr den Weg zu Alice Clavers Herz geöffnet zu haben.

In Alice Clavers Blick lag Begeisterung, doch sie schüttelte den Kopf. »Es ist weitaus komplizierter«, sagte sie entschieden. »Zum einen ist das Gewebe zarter. Venezianische Exportdamaste haben 9600 Seidenfäden auf einer einzigen Armesbreite, ein *Braccio*. Sogar Goldtuche und einfache Samttuche haben 7200 Fäden. Und um die Muster in den Stoff einzuweben, braucht man weitaus mehr als eine Reihe Kettfäden und eine Reihe Schussfäden. Es können bei einem einzigen Stoff jeweils ein halbes Dutzend sein, die alle anders behandelt werden müssen. Wenn man bedenkt, was Seide kostet, könnte es sich niemand leisten, einfach damit herumzuexperimentieren. Man müsste das Geheimnis kennen, bevor man überhaupt daran denken könnte, einen überbreiten Webstuhl – so lang wie zwei Menschen und so breit wie ein weiterer – zu bauen oder Seide guter Qualität darauf zu fertigen. Es könnte einen König zugrunde richten, aus dem Nichts heraus mit der Arbeit zu beginnen.

Und es ist nicht nur die Anzahl der Fäden. Es ist auch das Wissen, wie man die verschiedenen Importe mischt. Schau«, fuhr sie fort. Es war eindeutig, dass sie viele Male darüber nachgedacht hatte. Sie zog Tuchballen hervor, um Isabel zu zeigen, wie Fäden aus verschiedenen Ländern in demselben Seidenstoff vermischt werden konnten, wie ein einziger Ballen aus spanischen Seidenkettfäden und persischen Seidenschussfäden zu einem Satinstoff verarbeitet werden konnte, oder ein syrischer Kettfaden und griechische Seidenschussfäden für einen Damaststoff, wie zwei Arten von Seide aus unterschiedlichen Regionen zusammengegeben und zu einem einzigen Faden verzwirnt werden konnten. Sie erklärte, dass einige Seiden, solche wie *Orsogli*, speziell für Kettfäden geeignet wären, dass alle Arten Tuch Schussfäden aus persischem *Leggibenti*, *Catangi* oder *Talani* vertragen könnten, dass samtartige Satinstoffe Kettfäden der *Calabrese*-, der *Catanzana*- und der *Crespolina*-Fertigung benötigten, dass die *Siciliana* für schwere Satinstoffe das Richtige wären und dass mitteldicke Seidenfäden für etwas leichtere Stoffe *Di Donna* und *Granegli* genannt wurden. Isabel lernte, dass Seide aus Almeria für Taft- und Satinstoffe benutzt wurde und Seide aus den Abruzzen für *Zetani*, Stoffe, die mit einem Satingewebe und manchmal mit einem Samtflor gefertigt wurden.

»Dies ist nur ein kleiner Teil des Wissens, das ich während der Jahre des Erwerbs von Seide erworben habe«, sagte Alice Claver bescheiden. »Aber um einen Seidenstoff zu weben, der unverwechselbar und marktfähig wäre, würdest du all dieses und mehr beherrschen müssen. Viel mehr.«

Isabel überraschte der sehnsüchtige Ausdruck auf dem Gesicht ihrer Herrin.

»Um überhaupt die Chance zu haben, dies zu probieren, müsstest du ein Dreiecksgeschäft in einem Umfang abschließen, wie es in London noch nie jemand getan hat«, fuhr Alice Claver fort.

Sie hatte wirklich viel darüber nachgedacht, dachte sich Isabel. Alice Claver konnte ihren Wunsch, diesen großen Handel abzuschließen, nicht verleugnen.«Zunächst würdest du einen italienischen Meister brauchen, der bereit wäre, seine Geheimnisse mit dir zu teilen«, sagte sie brüsk, einen Finger hebend. »Und das geschieht selten, das kann ich dir versichern. Es wäre wohl leichter, ein Einhorn einzufangen.«

Sie hob einen zweiten Finger. »Als Nächstes würde er die Genehmigung seiner Stadtregierung in Italien benötigen, hier einen vollen Produktionsbetrieb mit Handwerkern zu errichten. Und die venezianischen Seidenämter lassen gute Leute nur sehr ungern gehen. Also müsstest du jahrelanges Bestechungsgeld für die Bürokraten mit einberechnen. Nichts geschieht in Italien schnell.«

Isabel nickte, widerwillig. Es klang einschüchternd.

»Aber das größte Problem wäre das Dritte«, sagte Alice und betrachtete düster den dritten Finger, den sie hob. »Das Geld. Selbst wenn du die anderen Teile des Handels regelst, wer würde das bezahlen? Du würdest in London einen reichen Geldgeber brauchen. Einen sehr reichen Geldgeber. Jemanden, der bereit wäre, jahrzehntelang jedes Jahr hohe Geldsummen zu verlieren, während ein vollwertiger Betrieb errichtet würde. Er würde vielleicht zwanzig Jahre keinen Ausgleich bekommen. Aber es wären die ganze Zeit Löhne, Häuser, Material und andere laufende Kosten zu begleichen. Seide ist nicht billig zu haben. Niemand, den ich mir denken kann – außer dem König –, könnte die Mittel aufbringen, es sei denn, dass sich stattdessen die gesamte Gilde der Tuchhändler wie durch ein Wunder zusammentäte, um das Ganze zu unterstützen.«

Die Seidenfrau lachte freudlos. »Und das werden sie gewiss niemals tun. Sie sind zu ängstlich. Die hiesigen Lombarden verdienen die Hälfte ihres Geldes dadurch, dass sie Seidentuche importieren, um sie an uns zu verkaufen, und den Rest, indem sie für Londoner Händler bürgen. Sie würden es nicht freudig aufnehmen, wenn Londoner versuchten, einen Betrieb aufzubauen, der in Konkurrenz zu ihnen stünde. Und da unsere Tuchhändler ihre Bankgeschäfte bei den Londoner Italienern tätigen, könnten sie ihre Pläne nicht durchkreuzen, ohne ihre eigenen Handelskonten zu gefährden«, sie schnippte mit den Fingern, »einfach so. Dieses Risiko würde niemand eingehen. Man könnte in zwanzig Jahren reich werden, indem man Seidentuche webt, aber wie sollte man bis dahin fertige Seiden in Antwerpen und Brügge kaufen, ohne jene Handelskonten?«

Sie zuckte die Achseln. Sie blickte auf die Seiden hinab, die sie hervorgezogen hatte, und faltete sie resigniert wieder ein, als packe sie gleichzeitig den unerfüllbaren Traum fort.

Dann hielt sie erneut inne. Sie mochte das Thema nicht so recht fallen lassen. Sie sah Isabel an. »Und während wir über das Unmögliche reden, ist da noch etwas«, sagte sie. »Das Gerede. Selbst wenn es dir gelänge, eine solche Möglichkeit zu finden, würdest du während all dieser Jahre des Aufbaus darauf achten müssen, deine Pläne vor jedem italienischen Händler in London geheim zu halten. Aber kannst du dir vorstellen, etwas so Großes zu beginnen, das so viele Menschen beschäftigen würde, ohne dass es auf den Märkten die Runde machen würde?« Sie brummte. »Es würde immer Gerede geben. Es ist unmöglich.«

Sie seufzte und betrachtete die noch immer um sie herum ausgebreiteten Grün- und Goldtöne, die im Sonnenuntergang leuchteten – die Farben der Träume.

Isabel sagte eigensinnig: »Es geht doch eigentlich ums Geld. Würde der König das nicht bezahlen?«

Alice Claver schnaubte. »Er?«, fragte sie knapp. »Er ist bankrott. Zu viele Kriege.«

Isabel seufzte. Alice hatte recht. Der König borgte sich stets Geld von der Stadt. »Jemand wird jedoch früher oder später herausfinden, wie ...«, sagte sie sehnsüchtig.

Das Gesicht ihrer Herrin erhellte sich. »Ja, und ein Vermögen verdienen«, stimmte sie Isabel energisch zu. »Zumindest hoffe ich das. Die Londoner Seidenfrauen sind die besten in der Christenheit. Es geht gegen unsere Natur, den Italienern den größten Anteil des Marktes zu überlassen. Es muss für uns mehr geben, als mit Quasten, Litzen und Bändern herumzuhantieren!«

Sie lachte schallend, als wären sie und Isabel alte Freundinnen. Erstaunt darüber, dass Alice Claver ihren Herzenswunsch mit ihr geteilt hatte, fiel Isabel zögernd mit ein.

6

lso stimmt es?«, fragte Anne Pratte, die Augen kokett auf ihre nervösen Finger gesenkt. »Was man über Eure Schwester sagt?«

Isabel hatte ihre Hände unbeholfen angehoben, jeweils eine Schlinge blauer Seide darum herum, und das andere Ende der blauen Fäden in sechs Fuß Entfernung an einem Nagel in der Wand festgebunden. Die Litzentechnik beinhaltete, Schlingen von einem Finger zum Nächsten zu wechseln, wobei man in einer komplizierten Bewegungsreihe vier Finger an jeder Hand benutzte und bei jeder Runde einen kunstvollen Knoten schuf, der die Fingerschlingen-Litze ein kleines Stück verlängerte. Sie hoffte, ihre neue Lehrerin mit ihrem Können in Erstaunen zu versetzen.

Sie hatte keine Ahnung, was Anne Pratte über Jane gehört hatte. Sie würde es jedoch gerne wissen. Isabel hatte erkannt, wie wichtig es war zu wissen, was die Leute redeten. Jedes Gerücht könnte eine versteckte Wahrheit beinhalten. Ein Geheimnis zu vermuten könnte interne Informationen bringen, die dann bei einem Handel zu vorteilhaften Bedingungen führen könnten. Wegen ihres angestrengten Nachdenkens ließ sie eine Schlinge fallen. Sie sog zischend den Atem ein.

»Nehmt sie auf, meine Liebe, schnell«, sagte Anne Pratte ruhig, das Gewirr von Fäden betrachtend. »Ihr seid gerade bei einer umgekehrten Schlinge. Nehmt die untere Seite auf, nicht die obere. Dann reduziert die Schlingen.« Ohne auch nur eine Sekunde in dem blitzschnellen Rhythmus ihrer eigenen Handbewegungen innezuhalten, fuhr sie in demselben nachdenklichen

Tonfall fort: »Es heißt, Jane Shore wird sich von ihrem Ehemann scheiden lassen.«

»Ach, herrje!«, fügte Anne Pratte kurz darauf gereizt hinzu und schaute wieder herüber. »Was habt Ihr jetzt mit dieser Litze gemacht?«

Anne Pratte ließ Isabel früher gehen, als diese erklärte, sie wolle ihre Schwester besuchen. Es besänftigte sie sichtlich, als Isabel ihr sagte, sie wolle Jane erzählen, dass sie ins Claver-Haus gezogen war, um das edle Seidenhandwerk zu erlernen.

Es war niemand im Shore-Haus an der Old Jewry. Es war verriegelt. Isabel fand Jane stattdessen im Garten von John Lamberts Haus vor, obwohl sich ihr Vater in den Niederlanden aufhielt. Sie saß auf einer Bank, mit bloßem Kopf – die Sonne verwandelte ihr hüftlanges, blondes Haar in eine weiß-goldene Flamme. Sie las eine französische Romanze, eine der von Gutenberg neu gedruckten. Sie trug ein grünes Samtgewand, mit einem Smaragdherz als Schmuckanhänger um den Hals. Ein leichtes Lächeln lag auf ihrem Gesicht, und sie summte.

»Du weißt wahrscheinlich mehr als ich«, sagte sie schüchtern, als Antwort auf Isabels hastige Frage. Sie schien nicht überrascht, nicht mehr als über Isabels plötzliches Erscheinen im Lambert-Haus – zum ersten Mal seit Monaten. Das alles schien für sie ganz natürlich. Sie war es gewohnt, dass Menschen über sie Bescheid wissen wollten. »Was sagt man?«

Isabel brauchte Stunden, um es aus ihrer Schwester herauszubekommen, in einem Wirrwarr aus Verlegenheit und Beschönigungen. Will Shore hatte seine Frau niemals geschlagen oder sie vernachlässigt (außer für seine Hauptbücher) oder war auf irgendeine schlimmere Art, als sie zu langweilen, grausam zu ihr gewesen. Aber er konnte den Akt der Liebe nicht vollziehen. »Wir haben niemals ... niemals ... du weißt schon«, murmelte Jane, und Isabel nickte und hatte den Geruch von Thomas' Körper plötzlich in ihrer Nase. Sie versuchte ihre Erinnerung zu verdrängen. Jane kicherte mit scheinbar mädchenhafter Verlegenheit.

Die vier Jahre Altersunterschied zwischen ihnen bedeuteten

gewöhnlich, dass Jane stets erwachsener und erfahrener erschien, was auch immer sie tat. Aber als Isabel jenes hübsche, klingende Lachen hörte, fühlte sie sich plötzlich reifer als ihre ältere Schwester. Jane schien die Bedeutung von Schmerz nicht zu kennen. Eine Scheidung würde Will Shore für immer öffentlich blamieren, dachte Isabel. Sie kannte ihn kaum, aber er schien nur allzu harmlos: spindeldürr, hart arbeitend und geistlos. Und sie konnte sich Katherine Dores und Agnes Brundyssschs Reaktion auf das Gerede nur allzu gut vorstellen. Das Entzücken. Die Verachtung. Die Gesten. Er wäre erledigt.

»Warum eine Scheidung?«, fragte sie. »Warum kannst du nicht einfach still und leise eine Annullierung bewirken? Wenn die Ehe nicht ... nicht wirklich ...« Sie fasste sich. »Es scheint grausam.«

Janes Antwort klang seltsam heiter. »Nun, er ist nach Brügge gegangen, um seine Blamage zu verbergen«, sagte sie beiläufig. »Er hat sich ohnehin geweigert, über eine Annullierung zu sprechen. Ich habe ihn gefragt. Er dachte wahrscheinlich, ich würde einfach den Mund halten, wenn er einmal nein sagt. Aber das werde ich nicht.« Sie fuhr trotziger fort: »Warum sollte ich auch? Der Nichtvollzug der Ehe ist ein Grund für eine Scheidung. Es ist der Zweck der heiligen Ehe, Frauen zu erlauben, Kinder zu gebären. Sich auf weniger einzurichten hieße, Gottes Willen zu leugnen.«

Isabel staunte. Diese Worte klangen wie die eines anderen Menschen. Jane war normalerweise nicht so hart. Wessen Rat befolgte sie?

»Wer bezahlt die Gerichtsverhandlung?«, fragte sie in dem Versuch, der Wahrheit auf den Grund zu kommen. Gewiss nicht Will? Und nicht ihr Vater. Er musste zornig sein, wie behutsam auch immer er stets mit Jane umgegangen war. Es würde ein Vermögen kosten, und er würde sich erniedrigen. Er hatte diese Ehe immerhin arrangiert.

Die Frage bewirkte, dass Jane unbehaglich den Stoff ihres Gewandes knetete. Isabel sah sie genau an. Jane konnte Geheimnisse nicht gut bewahren. Sie verbarg definitiv etwas. »Vater«, sagte Jane schließlich. Doch sie errötete bei diesen Worten.

»Warum?«, fragte Isabel verständnislos. Jane sah nur ernst drein und zuckte die Achseln.

»Er ist natürlich nicht glücklich ...«, erklärte sie. Und sie legte sanft eine Hand auf Isabels Arm. »Ich auch nicht.«

Jane Shore konnte nicht ernst bleiben. Alles drang stets mit einem Kichern und einem Achselzucken hervor, als glaube sie nicht so ganz an das, was sie sagte. So war es auch, als sie erwachsen wurde und Männer begannen, bei jedem ihrer Worte an ihren Lippen zu hängen. Dann wirkte sie auf einmal glücklich, um im nächsten Moment unerklärlicherweise böse auf sie zu werden. Alle nahmen an, sie müsse bewusst einen Einfluss auf Männer ausüben, wo sie doch in Wahrheit weder den staunenden, vernarrten Beginn ihres Angebots noch die folgende Verbitterung verstand. Sie fühlte sich einfach schuldig. Was sie wiederum dazu brachte zu kichern und die Achseln zu zucken, als entschuldige sie sich fortwährend. Was sie auch tat. Sie konnte jetzt an dem verständnislosen Gesicht ihrer Schwester erkennen, dass es ihr nicht gelang, die erbärmliche Realität ihrer Ehe zu vermitteln. Sie konnte es Isabel eigentlich nicht vorwerfen, dass sie es nicht verstand. Sie wünschte nur, sie könnte es besser erklären.

Es hatte mit der Hochzeitsnacht begonnen. Wills große Augen mit den schwarzen Schatten darunter, weit geöffnet und anklagend. Sein Mund, der klein und rund und hässlich war. Sie verhöhnte. Dann seine Bemerkungen. In jener ersten Nacht hatte sich alles um das Tanzen mit dem König gedreht. »Wenn du dich hättest sehen können. Niemand wusste mehr, wo man hinschauen sollte. Du hast ihn angeschmachtet wie eine läufige Hündin.« Aber was sonst hätte sie tun können, als mit dem König zu tanzen, wenn er sie aufforderte? Wenn er doch zu ihrer Hochzeitsfeier kam? Sie hatte ihn damals nicht gefragt, und Will bot keine Erklärung. Nach all der Fröhlichkeit und Lebenslust der Feier war sie so beschämt.

Danach schien sie immer irgendetwas falsch zu machen, und was auch immer sie tat, um die Dinge in Ordnung zu bringen, schien es sie immer noch zu verschlimmern. Es war nicht so, dass er sie nicht lieben konnte. Das Problem war, dass er es nicht wollte. Als sie das erste Mal versuchte, ihn zu küssen, ihre Beine mit seinen verschränkend, hatte er sie fortgestoßen. Sie hatte sich wie eine Hure gefühlt. Als sie versucht hatte, still an seiner Seite zu schlafen und ihn nicht zu stören, hatte er sie die Nacht über wiederholt aufgeweckt, sie boshaft geschüttelt und sie beschimpft: »Du schnarchst!«

»Aber Isabel hat mir nie gesagt, dass ich schnarche«, hatte sie sich zu verteidigen versucht. Er verzog bloß erneut die Lippen und flüchtete, in ein Laken gehüllt, in ein anderes Zimmer.

Sie fühlte sich mit jedem Mal abstoßender, wenn er seine Arme oder Beine einen weiteren peniblen Zentimeter von ihr fortbewegte, als würde sie stinken. Sein Gesicht nahm bei ihrem Anblick einen gequälten Ausdruck an, der ihr ans Herz ging. Einmal hatte er einen Korb mit Granatäpfeln mit nach Hause gebracht, und sie war in freudiges Lachen ausgebrochen. Das muss ein Friedenszeichen sein, hatte sie gedacht.

»Sind die für mich?«, hatte sie gefragt und ihn hoffnungsvoll angesehen. »Sollen wir sie uns teilen? Soll ich dir einen schälen?«

Und er hatte kalt gelächelt, bevor er antwortete: »Nun, liebe Ehefrau, ich wüsste nicht, dass du etwas getan hättest, um dir Naschereien zu verdienen«, und ging mit dem Korb lachend fort.

Manchmal beendete er eine Unterhaltung, in der sie einen Besuch, ein Abendessen oder einen Ausflug vorschlagen wollte, mit dem beiläufigen Satz: »Das wäre vielleicht schön – wenn ich dich lieben würde.« Manchmal sagte er ihr, dass sie das Brot zu grob gebrochen oder ihr Fleisch wie ein Bauer geschnitten habe, oder dass sie linkisch ging, oder zu viel trank, oder im Haushalt eine Schlampe sei, oder er wiederholte, wie verschieden sie beide wären, als wolle er sie dazu auffordern zu fragen, auf welche Weise denn. Sie lernte schnell, dies nicht zu tun, wenn sie nicht verletzt werden wollte. Und manchmal stieß er einen tiefen Seufzer aus und forderte sie auf, mit dem Jaulen aufzuhören, wenn sie beim Nähen leise sang.

Sie hatte es versucht. Sie hatte es wirklich versucht. Zumindest eine Weile lang. Aber es schien so bald alles hoffnungslos. Und als ihr Vater sie gebeten hatte, ihn zu einem oder zwei der Hofempfänge zu begleiten, zu denen er neuerdings eingeladen wurde, freute sie sich wie ein Kind darüber zu entdecken, wie einfach alles war, sobald sie aus der giftigen Atmosphäre ihres neuen Hauses (sie konnte es nicht als Heim ansehen) herauskam. Wie leicht es war, wieder zu strahlen und zu lachen.

Aber selbst das hatte die Dinge nur verschlimmert. Als ihr Ehemann es sich erst in den Kopf gesetzt hatte, sie schliefe mit dem König, war er nicht wieder zu beruhigen. »Du Luder, du Hure, du Hündin«, sagte er im Plauderton – es war die geschwätzige Alltäglichkeit seiner Stimme, die sie am meisten ängstigte –, »hast du kein Schamgefühl?« Es machte keinen Unterschied, welche Worte sie zum Leugnen benutzte, wie viele Male sie eine Hand flehend auf seinen Arm legte und sagte: »Aber es war nur eine Jagd«, oder, »Ich war den ganzen Tag mit meinem Vater zusammen.«

Daher war Jane unglaublich dankbar, dass die Gerichtsverhandlung beim Gerichtshof schon in zwei Wochen angesetzt war. Will wäre bis dahin aus Brügge zurück. Sie konnte nur beten, dass er tatsächlich auftauchte.

Sie konnte es kaum erwarten, dass alles vorbeiging. Sie wollte nicht mehr kichern und entschuldigend die Achseln zucken und sich weiteren strengen Blicken von Leuten aussetzen, die anscheinend glaubten, es müsse alles ihre Schuld sein. Selbst Isabel, von der sie wusste, dass sie ein mildes Herz besaß, hörte ihr entnervt zu. Sie schien in sich zurückgezogen wie eine kleine Katze, die Knie unter dem Kinn, die Hände um die Knie gelegt. Ihre Augen blickten hart und kalt drein. Kein Blinzeln. Keine Berührung. Kein Wort.

»Ist da noch etwas?«, fragte Isabel schließlich. Sie verstand noch immer nichts. »Etwas, was du vergessen hast, mir zu erzählen?« Es war Janes Art, manchmal Dinge zu vergessen.

Jane fuhr mit langen Fingern durch ihr wirres, blondes Haar.

Ein leichtes Stirnrunzeln war zwischen ihren perfekten Augenbrauen erkennbar. Aber die Verdrießlichkeit ließ sie nur noch bezaubernder wirken.

»Oh ...«, sagte sie niedergeschlagen. »So viele Dinge. Ich weiß nicht, wo ich anfangen soll. Ich will mich nicht über ihn beklagen, weißt du. Ich möchte einfach, dass es zu Ende ist.«

Und sie wirkte so zerbrechlich, dass Isabel Mitleid bekam und lächelnd das tat, was Jane sich wünschte: ihre Arme öffnete, um Trost zu spenden. Aber selbst in dem Gewirr von Armen und hübschem, tränenreichem Lächeln sorgte sich Isabel weiterhin darum, ob hier nicht mehr dahintersteckte, als oberflächlich erkennbar war. Es ergab einfach keinen Sinn.

Isabel konnte selbst auf ihrem kurzen Heimweg spüren, dass die Geschichte auf den Märkten ein Eigenleben annahm. Neugierige, abschätzende Blicke bohrten sich ihr in den Rücken. Isabel beschleunigte mit brennenden Wangen ihre Schritte.

Lautes Lachen kam ihr aus dem Claver-Haus entgegen. Männliches Lachen. Sie erstarrte. Zwei Fremde befanden sich in der Halle. Sie saßen auf den beiden Bänken, ein Schachbrett auf der kleinen Truhe zwischen sich aufgestellt, schauten aber nicht darauf. Sie sahen auch nicht zu Isabel, die in den Eingang zurückwich und hoffte, dass sie sich nicht auch über die Marktgeschichte um Jane amüsierten. Sie waren zu beschäftigt damit, sich auf die Oberschenkel zu schlagen und vor Heiterkeit zu stöhnen, um jemanden zu bemerken. Tränen liefen ihre Wangen hinab.

»Was ist bloß in euch gefahren?«, hörte Isabel Alice Claver vom Küchenende der Halle aus sagen. Eine Dienerin folgte ihr, mit einer Servierplatte mit Fleisch und Pastete und einem Krug Wein.

Sie richteten sich bei ihrer Stimme ein wenig schuldbewusst auf. Alice Claver war Respekt gewohnt. Aber keiner der beiden Männer konnte zu lachen aufhören. Der eine war ein großer Mann mit sandfarbenem Haar, mittleren Alters in blau-samtene Tuchhändler-Gewänder gekleidet, der andere gleichen Alters, ein ansehnlicher Bursche mit dem blau-schwarzen Haar und den dunklen Augen eines Italieners, der Goffredo D'Amico sein musste. Der dunkle Mann senkte den Blick, aber seine Lippen zuckten noch. Der andere wischte sich die Augen, versuchte sein Gesicht unter Kontrolle zu bringen und begann dann erneut hilflos, schallend zu lachen.

»Will«, sagte Alice Claver drohend. »Goffredo.« Zu Isabels Erstaunen verzog sich auch Alice Clavers Mund. »Kommt schon, erzählt es mir«, sagte sie so ausgelassen wie das Mädchen, das sie einst gewesen sein musste. Isabel konnte schwören, dass sie gleich in das Gelächter mit einstimmen würde.

»Du musst es dir vorstellen, Alice ...«, sagte Will durch sein Lachen hindurch. »Master Larges Gesicht, als er seine erste Lieferung aus Venedig erhielt.« Auf Alice Clavers Gesicht waren jetzt entschieden Lachfalten zu erkennen. Sie setzte sich hin, beugte sich auf den Ellenbogen vor und beteiligte sich mit solchem Genuss an der Geschichte für den italienischen Gast, dass Isabel bald kaum noch sagen konnte, wer welchen Satz prustend ausstieß. »Karmesinrot-purpurne Seide.« »Für die Krönungsrobe der französischen Königin gedacht.« »Als er erkannte, dass sie nicht mit dem angemessenen, teuren Kermes gefärbt war, für den er bezahlt hatte ...« »... weil all das billige Rotholz und Indigo, mit denen sie den Stoff in Venedig manipuliert hatten, beim Waschen, das er uns auftrug, zu färben begann ...« »... und er war so zornig ...« »... er stürmte aus dem Lagerraum, um es Mistress Large zu erzählen ...« »... die Hände tropften von dem Purpur des Betrügers ...« »... und versenkte seinen Fuß ...« »... direkt in ihren Eimer Hühnerfutter!« Und sie alle Drei warfen die Köpfe zurück und heulten bei der uralten Erinnerung vor Lachen. »Ha ha ha!«

Isabel lächelte in ihrer Ecke fast mit ihnen. Diese Zurschaustellung vertraulicher Kameradschaft, die zweifellos ein halbes Leben zurückreichte. Sie war sich jetzt fast sicher, dass der Mann namens Will jener Will Caxton sein musste, von dem sie wusste, dass er inzwischen ein Handelsspekulant war, in den Niederlanden ansässig oder vielleicht in Köln, aber einst in diesem Haus bei Alice in die Tuchhändler-Lehre ging. Es vermittelte ihr das

Gefühl, vom Leben ausgeschlossen zu sein, genauso wie es sich bei Jane angefühlt hatte. Sie verachtete sich für das stechende Selbstmitleid, das sie empfand, das Gefühl, dass ihr Leben klein, langweilig und einsam war. Sie merkte, dass sie sich nach Augen sehnte, die vor Freude aufstrahlten, wenn sie ihr Gesicht betrachteten, danach, dass Mädchen Maibaumbänder um sie schlangen, während sie geduldig darauf wartete, dass Männer sie aufgeregt in Gruppen lachender Freunde hineinzogen und ihr grünen Samt kauften.

»Ahhh«, seufzte Alice Claver und stützte den Kopf in die Hände. Das Lachen verklang.

Isabel regte sich. Sie schrak schüchtern zurück, als der Venezianer überrascht den Kopf zu ihr wandte. Er musste an die Vierzig sein, wie seine Freunde, aber er war so groß und muskulös, dass er in der Blüte seines Lebens zu stehen schien. Unter seinem schwarzen, zerzausten Haar konnte sie ein beeindruckendes Gesicht erkennen – mit Lachfalten von der Hakennase zum kräftigen Mund. Und weitere Lachfalten waren an den Rändern der dunklen, mit dichten Wimpern besetzten, leuchtenden Augen zu sehen, die nun auf ihr ruhten.

»So«, sagte er und hielt ihren Blick so lange fest, dass sie die grünen Farbsprenkel in seinen braunen Augen erkennen konnte. Es schien, als löse ihr Anblick ein bedächtiges, strahlendes Glücksgefühl bei ihm aus. Sie spürte die Wärme durch sich hindurch strömen. Er wandte den Blick nicht ab, obwohl seine Frage in kokettem, aber fremdländischem Englisch an Alice gerichtet war: »*Wen* haben wir denn hier?«

Und bevor sie wusste, wie ihr geschah, war er zu ihr herübergeschritten, hatte ihre Hand genommen und sich so dicht darübergebeugt, dass sie seinen Atem auf ihren Fingern spüren konnte. Er legte seine andere Hand um ihre Taille und schob sie vorwärts, damit sie sich Alice und Will anschließe. Isabel sah zu ihm hoch. Er war nahe genug, um sie küssen zu können. Er erwiderte fröhlich ihren Blick. Sie war noch niemals zuvor so angesehen worden. »Bitte, gesellt Euch zu uns«, hörte sie ihn sagen, und er verbeugte sich scherzhaft. »Ich kann mir denken, wer Ihr seid.

Alices neuer Lehrling. Wir haben Euch erwartet. Sie hat uns alles über Euch erzählt.« Er hielt inne und korrigierte sich: »Nicht wirklich alles.« Er grinste. Sie mochte seine Unverfrorenheit. »Eure Augen hat sie nicht erwähnt.«

»Nun, warum soll man nicht Zeit mit einer wunderschönen Frau verbringen?«, sagte Dickon gerade. Er schwang sich in den Sattel. »Daran ist nichts falsch, wenn es dich glücklich macht.«

Noch immer stehend, die Hände am Sattel, bereit aufzusteigen, blickte William Hastings prüfend auf. Aber Dickon war nur eine dunkle Silhouette vor der grellen Morgensonne. Er konnte den Ausdruck in den Augen des jüngeren Mannes nicht erkennen.

Erst als die Pferde mit langsamem Hufschlag aus dem Westminster-Tor kamen, die Ritter und Knappen im Gefolge, sprach Dickon erneut.

»Obwohl es natürlich mehr Sinn ergäbe, wenn die wunderschöne Frau, die du so sehr liebst, tatsächlich deine Geliebte sein könnte«, meinte er nüchtern. »Was hat es sonst für einen Zweck?«

Hastings seufzte. Er hatte geahnt, dass Dickon sich nicht für Jane begeistern konnte. Er hatte einmal mit ihr getanzt, ihr zugehört, als sie die Gambe spielte und sang, und dabei kühl gelächelt. Er bewunderte das grüne Samtgewand und hatte an ungefähr den richtigen Stellen gelacht, als sie ihre atemberaubenden, unschuldigen Kommentare abgab, für diejenigen geistvoll, die sie zu schätzen wussten. Und doch war sich Hastings der Tatsache bewusst, dass Dickons Blick niemals von dem sanften Feuer erfüllt war, das er in sich spürte, wenn er Jane betrachtete, und das er auch in den Gesichtern des Königs oder Thomas Dorsets sah. Dickon hegte keine zarten Gefühle, dachte Hastings bedauernd. Er war ein Kämpfer ohnegleichen, ein findiger Planer, ein unermüdlicher Wegbereiter, ein unterhaltsamer, fröhlicher, anspruchsloser Freund und unfehlbar treu. Aber alle seine Tugenden waren Kriegertugenden. Er war für den Krieg geschaffen.

Er verstand die angenehmeren Freuden des Friedens, der Musik und der Liebe einfach nicht.

Wie um Hastings' unausgesprochenes Urteil zu bestätigen, unterbrach Dickons tiefe Stimme seine Tagträumerei. »Ritter, die an der unerreichbaren Lady im Elfenbeinturm festhalten – als Zeichen ihrer Ergebenheit Wälder durchqueren und Riesen erschlagen – sind nur Geschichten, Romanzen«, sagte die Stimme mit schonungsloser Vergnügtheit. »Das weißt du. Stellen wir uns dem, Will. Sie ist vergeben. Du wirst sie niemals haben.«

Hastings lachte erleichtert und hob in gespielter Kapitulation die Hände. Dickons Sicherheit war ansteckend, und er hatte nach allem recht. Hastings wusste selbst, dass es Hirngespinste waren. Er konnte durchaus über die Torheit lachen, in die er sich hineinmanövriert hatte. Er war auch bis jetzt stets ein nüchtern denkender Mensch gewesen.

»Ernsthaft«, setzte er nochmals an, denn es war schwer, nicht über sie zu sprechen. »Was hältst du von ihr?«

Dickon hielt inne, um seine Gedanken zu ordnen. Hastings Erinnerung kehrte zu dem einen Gesprächsfetzen zurück, den er zwischen Jane Shore und dem Herzog aufgeschnappt hatte. Dickon hatte nach der Schwester gefragt, die gleichzeitig verheiratet wurde, und Jane hatte strahlend gelächelt und mit einem Hauch von Übermut erwidert: »Ah, meine ernste Schwester! Sie ist inzwischen verwitwet.« Er erinnerte sich, wie Dickon den Kopf zu ihr beugte und untadelig, höflich sein Beileid bekundete. Janes Gesicht verzog sich peinlich berührt, als sie erklärend fortfuhr: »Nun, es war nur eine arrangierte Ehe ... obwohl sie ein wenig merkwürdig geworden ist, seit er starb. Hat sich ihrer Schwiegermutter – eine schreckliche Frau, ein feuerspeiender Drachen – als Lehrling verpflichtet. Sie bestand darauf. Mein Vater war wütend. Also verbringt sie jetzt ihr Leben damit, auf Märkten Fäden abzuspulen ... armes Ding ...« Sie lächelte erneut strahlend, aber nicht lieblich genug, um ihren Worten die Schärfe zu nehmen. Hastings tat sie leid, doch Dickon zog sich still und mit einem Ausdruck des Abscheus zurück.

Jetzt, da sich Dickons an sie erinnerte, zeigte sein Gesicht denselben Ausdruck. »Hübsch«, sagte er knapp. Es war eigentlich kein Kompliment. Er fügte hinzu: »Aber nicht so sanft, wie sie gerne scheint.« Nach einem Schweigen, das nur durch das Knarren von Leder im Sonnenlicht, dem Klimpern von Metall und dem Atmen der Pferde unterbrochen wurde, sprach er erneut. »Meine ehrliche Meinung?«, und Hastings nickte. Dickon sagte: »Nun denn. Zu sehr davon angetan, im Zentrum der Aufmerksamkeit der Männer zu stehen. Zu viele Männer.«

»Du meinst, unmoralisch?«, fragte Hastings, aber Dickon war ein zu guter Freund, um die Liebe eines Freundes zu sehr zu beleidigen. Er lachte nur und trieb sein Pferd an.

»Du weißt, dass Goffredo keine Arglist kennt«, sagte Anne Pratte, Alices unheilvollem Blick folgend. »Lass ihn.«

Goffredo D'Amico war eine Woche lang zum Haus gekommen, ließ seine Augen strahlen und drückte Isabel zu nahe an sich, während er sie von Raum zu Raum, vom Haus in den Garten und wieder zurückführte. Alles Wege entlang, die Isabel durchaus gut genug kannte, so dass Goffredo nicht eine Hand auf ihre und die andere um ihre Taille legen musste, um praktisch mit ihr die Gänge entlang zu tanzen. Besonders wenn ohnehin keine Notwendigkeit für all diese Tête-à-Têtes bestand, die inzwischen so schnell aufeinander folgten, dass sie zu eng zu werden drohten. Nun, das Haus hatte schon alle möglichen Arten merkwürdiger, delikater Verbindungen hervorgebracht. Es gab so viele Körbe mit Feigen, Rosinen, Backpflaumen, Kapern, Granatäpfeln, Orangen, Gewürzen und Neunaugen in der Küche, dass man fast unwillkürlich mit dem Fuß in einem davon landete. Blumensträuße standen auf jedem Tisch. Isabel hatte eine neue Batisthaube und Hollandstoff als Halstücher. Goffredo, der fröhlich zwinkerte, während er seine überschwänglichen, nicht direkt aufdringlichen Komplimente machte, hatte es sich angewöhnt, Weinpunsch zu mischen und zum Haus zu kommen. »Süßes für die Süßen«, sagte er, während er übertrieben die nächste Schüssel mit Mandeln oder Datteln anbot, oder »Hommage an die Schönheit« oder »Augen wie Tautropfen«.

»Das ist alles schön und gut«, sagte Alice Claver verdrießlich. »Und die Turteltauben im Obstgarten klingen wunderschön. Aber was, in Gottes Namen, sollen wir mit diesem Paradiesvogel machen, den er gekauft hat?«

Anne Pratte ignorierte die rhetorische Frage. »Er findet Vergnügen daran«, antwortete sie. »Es ist ein Spiel, Alice. Und es ist höchste Zeit, dass das Mädchen ein bisschen Freude verspürt. Das hält sie nicht davon ab, ihre Arbeit bei mir gut zu erledigen. Und du kannst nicht leugnen, dass du wolltest, dass sie eine Beziehung zu ihm aufbaut ...«

Alice Claver räusperte sich. »Eine *geschäftliche* Beziehung! Kein großartiges, schwülstiges Rosen-und-Mondlicht-und-hörst-du-die-Nachtigallen-Techtelmechtel«, sagte sie empört.

Aber als sie sah, dass Anne Pratte die Hände in die Hüften stemmte, hielt sie inne. Es stimmte, dachte sie. Venezianer waren vielleicht verschlagen, aber der Charme des gutaussehenden Goffredo wirkte so routiniert und harmlos, dass sie wirklich nicht glaubte, dass er es riskieren würde, seine unsterbliche Seele der Verdammung anheim zu geben und darüber hinaus seine beste Partnerschaft in London zu schädigen, indem er versuchte, ihren Lehrling zu verführen. Bestimmt nicht. Dennoch hinderte sie das natürlich nicht daran, sein weiteres Gehabe sorgfältig im Auge zu behalten. Man konnte bei einem Italiener niemals wirklich sicher sein.

Dämmerung. Rosen, die auf dem Fensterbrett welkten. Mücken, die in der Nähe der Flammen tanzten. Die beiden Williams saßen auf ihrer Bank und genossen Goffredos Weinpunsch und Orangen, während William Pratte Will Caxton über den Londoner Klatsch auf den neuesten Stand brachte. Er erzählte gerade die Geschichte, wie König Edwards Bruder, der Herzog von Gloucester, letztes Jahr im Tower – vielleicht – den alten König Henry getötet hatte. »Wir werden es natürlich niemals erfahren. Wir können nur sicher sagen, dass die offizielle Erklärung nicht einmal halbwegs genügte. Wer wäre naiv genug zu glauben, dass Henry aus ›reiner Melancholie und Verdruss‹

gestorben sei?«, sagte William Pratte. »Halten sie uns für Narren?«

Als Antwort war ein unheilvolles Schimmern in Will Caxtons Augen getreten. Alice hatte den Raum verlassen, schloss gerade die Werkstatt ab. Anne Pratte, die widerwillige Ersatz-Anstandsdame, hielt den Blick eifrig auf ihre Arbeit gerichtet und verschloss ihre Ohren vor dem subversiven Gerede, dem Alice Claver vielleicht zugehört hätte.

Goffredo stellte gerade mit langen, braunen Fingern und einem trägen Lächeln das Schachbrett auf. »Schach: ein Spiel für Liebende, heißt es«, murmelte er und warf Isabel einen verstohlenen Blick zu.

Sie schloss die Augen, fühlte sich irritiert, wie es ihr bei Goffredo immer häufiger erging und bemühte sich, es zu verbergen. Seine Aufmerksamkeit war auf eine Weise willkommen – sie hatte ihr Zugang zu dem bezaubernden Kreis von Abendbesuchen durch Alice Clavers Tuchhändler-Freunde verschafft. Niemand war mehr überrascht, sie an diesem Tisch zu sehen. Sie gehörte zum ersten Mal zu den Mächtigen. Und sie war dankbar dafür. Aber musste er so sehr aufdringlich sein – sie ständig berühren, während er sie von einer Seite zur Nächsten zog, seine Hand auf ihre legen, bei jeder Gelegenheit zu nahe zu ihr zu treten? Es war nicht nur, weil sie spürte, dass es Alice Claver fast unerträglich ärgerte, wann immer er sich heranmachte. Sein Anblick, sein Flüstern und die Berührungen, bevor sie überhaupt reagieren konnte, ließ sie sich unbehaglich fühlen. Sie wusste nicht, wie sie reagieren sollte.

Und wieder versuchte er es, indem er das Schachbrett in ein Instrument der Tändelei verwandelte. Als er ihr die Elfenbeinfiguren reichte – als glaubte er, sie könne spielen –, streiften seine Finger die ihren. Sie errötete und zog ihre Hand ein Stück zurück. Sie fühlte sich töricht, als sie Will Caxton von seiner Unterhaltung aufblicken und ihren verwirrten Ausdruck bemerken sah. Goffredo blieb trotz ihrer kleinen Zurückweisung unerschrocken. Er murmelte nur: »Wenn die Dame ihre Schönheit ausspielt, reagiert der Liebende mit seiner Aufmerksamkeit.« Will

Caxton beobachtete sie jetzt genauer. Ihn ignorierend, murmelte Goffredo: »Oder mit seinem Verlangen.«

»Venus und Mars«, schaltete sich Will Caxton ein, der ihrer Unterhaltung anscheinend folgte. »Venus spielt mit Ehre, Schönheit, Sittsamkeit, Verachtung und Mars mit ...« Isabel war von der Art beeindruckt, wie er Goffredo im Ausdenken phantasiereicher, geschraubter Anspielungen übertraf. Goffredo rettete sich in kleinlaute Ausflüchte. Will Caxton sah ihn über den Tisch hinweg anklagend an und sagte: »Goffredo, du bist schamlos. Du hast mein *Scachs d'Amor* gelesen. Du zitierst.«

Konnte ein so dunkelhäutiger Mann wie Goffredo überhaupt erröten?, fragte sich Isabel. Sie lachte darüber, wie geschickt Will Caxton den Venezianer aus der Fassung brachte, ohne ihn dabei zu beleidigen. Er hob ergeben die Hände. »Ich gebe es zu«, sagte er. »Es fiel mir auf. Es klang jedoch beeindruckend, oder, *Cara*?«. Es kümmerte sie nicht mehr, nun wo Will Caxton ein Auge auf ihn hatte. Sie erwiderte das Lächeln. Es gab nichts, wovor sie Angst haben musste, dachte sie. Es war nur Goffredos Spiel.

Sie hatte bisher nicht sehr auf Will Caxton geachtet, den Tuchhändler, der zum Import-Export-Spekulant wurde. Sie hatte keine Gelegenheit dazu gehabt, da der gut aussehende Venezianer sie so energisch belagerte. Will Caxton war ein Mann, der im Hintergrund blieb. Sie war sich seiner freundlichen Gegenwart gerade erst bewusst geworden. Ein Mann mit klugen Augen, der das unaufhörliche Gerede über die Stadt London aufsaugte, als hätte er Heimweh.

Aber nun konnte sie sich für ihn begeistern, als er zu ihrem Ende des Tisches trat, sich neben Goffredo setzte, ihm herzlich auf den Rücken schlug und, an sie gewandt, sagte: »Ihr müsst Goffredo für einen Narren halten«, und dann an seinen Freund gewandt herzlich hinzufügte: »Weil du den Narren gespielt hast, D'Amico, gib es zu.« Caxton ließ seinen Arm auf Goffredos Schulter, wandte sich aber nun wieder an Isabel. »Aber ich hoffe, Ihr werdet ihm seine italienische Art vergeben, wenn Ihr ihn besser kennenlernt«, fügte er hinzu.

Ihr gefiel die Schlichtheit dieses Appells, genauso wie sie Goffredo jetzt, wo er leicht beschämt wirkte und keine Avancen mehr machte, mehr mochte. Sie nickte und lächelte unsicher. »Er ist ein besserer Mensch, als Ihr bisher erkennen konntet«, sagte Caxton und grinste den Italiener an. »Zum einen ist er der einzige zuverlässige Italiener in London. So ehrlich wie der Tag lang ist. Und er weiß mehr über Seide als jeder andere Mensch, dem ich je begegnet bin. Ein Meister.«

Goffredo beugte den Kopf. Caxton fuhr fort: »Er weiß auch, wie man Geld verdient.« Er pfiff durch die fahlen Lippen, woraufhin sie beide vor Erleichterung lachten. »Mit vollen Händen. Ich verlasse mich diesbezüglich auch selbst auf ihn«, fügte er hinzu. Er nickte Isabel mit einem freundschaftlichen Ausdruck in den Augen zu und begann, die Schachfiguren ordentlich auf dem Brett aufzustellen. Als Goffredos Augen unter ihren großen, dunklen Augenbrauen bei der Aussicht auf ein Spiel zu glänzen begannen, schnalzte Caxton an den Venezianer gewandt mit der Zunge und sagte: »Dich kann ich nichts lehren, mein Freund. Aber ich denke, es ist an der Zeit, dass unsere Mitarbeiterin hier ...« und er deutete mit dem Kopf in onkelhafter Art auf Isabel »ein wenig Strategie lernt.«

»Ich werde sie lehren«, bot Goffredo an. »Ich wollte es ohnehin gerade tun.«

Caxton lachte nur. Er antwortete: »Du? Was, und sie in dem Glauben lassen, dass die Figuren Aufmerksamkeit, Verlangen und Geringschätzung genannt werden?«

Goffredo gab anmutig nach. Er lachte und erhob sich. »In Ordnung, in Ordnung«, sagte er, und Isabel gefiel es, wie mühelos er die Niederlage eingestand. »Ich werde Alice suchen gehen.«

Sie konzentrierte sich so gut wie möglich auf Will Caxtons Erklärungen. Sie wollte ihn zufriedenstellen, und man konnte leicht von ihm lernen. Er schien ihr mehr als die konkreten Regeln zu erklären – etwa dass sich der Alphin stets seitwärts bewegt. Sie hatte das Gefühl, er vermittelte auch allgemeine Prinzipien: wie man klar denkt, wie man die Kniffe anderer Menschen versteht und wie man sich durchsetzt – Dinge, die sie vielleicht wissen müsste, um erfolgreich zu sein.

Es wurde dunkel. Als er sich vorbeugte, um eine Kerze anzuzünden, musste sie plötzlich wieder an den Mann aus der Kirche denken.

»Jemand hat es mir einst erzählt«, sagte sie nachdenklich, und obwohl ihre Stimme so leise klang, als spräche sie mit sich selbst, schaute Will Caxton sofort auf. Ermutigt fuhr sie fort: »... einen Scherz über Schach. Nun, eine Art Scherz. Er räumte die Figuren weg. Und er sagte: ›Wir verbringen unser Leben alle in dem Versuch zu siegen, aber wir enden alle gleichermaßen unten in einem Sack.‹«

Caxtons Mundwinkel verzogen sich, obwohl er nicht so amüsiert wirkte, wie sie gehofft hatte. »Ah«, sagte er, »das ist nur allzu wahr – obwohl das Leben aus mehr besteht, als nur Spiele zu spielen.«

Er setzte sich und betrachtete das Schachbrett, doch sie konnte an seinem Blick erkennen, dass er mit seinen Gedanken ganz woanders war. Sie schwieg respektvoll.

»Wohlgemerkt«, sagte er nach einer Weile in das Schweigen hinein, »gibt es heutzutage viele Schriften über Schach. Es ist nicht mehr nur ein Strategiespiel für Edelleute. Viele Menschen spielen es. Wenn Ihr auf dem Kontinent lebtet, könntet Ihr viele Bücher sehen – wie dasjenige, aus dem Goffredo gerade zitierte –, die sich dem Schachspiel widmen. Es ist eine Allegorie für den Krieg. Es ist eine Allegorie für die Liebe.« Nun sinnierte er. Sie hielt den Atem an. »Ich könnte etwas übersetzen ... es könnte sich verkaufen.«

Übersetzen? Verkaufen?

Er lachte, als er ihre Verwirrung schließlich bemerkte. Er tätschelte ihr die Hand. »Da stürme ich voran wie ein alter Narr«, sagte er reumütig. »Und Ihr habt keine Ahnung, wovon dieser alte Narr redet, oder? Nun, wie könntet Ihr auch? Ihr hättet mich aufhalten und mich fragen sollen, was ich meinte. Ich hätte nichts dagegen gehabt.«

Isabel lächelte, fühlte sich plötzlich selbstsicher und sagte keck: »Nun dann, was *habt* Ihr gemeint?«

Caxton besaß nicht diese verkniffene Vorsicht der gewöhnlichen Händler, was Isabel überraschte. Sie hatte in den letzten Tagen herausgefunden, dass er einst der Gouverneur der Engländer in Brügge gewesen war und noch immer ein bedeutender Tuchhändler und Spekulant war. Ihm wohnte kein Argwohn inne. Seine Augen mit den Lachfältchen waren voller Hoffnung, sein Geist voll der großen Ideen eines jungen Mannes.

Im stillen Wissen über Goffredos unternehmerische Fähigkeiten hörte Isabel aufmerksam zu, während Caxton ihr von seinem Traum erzählte. Er wollte in London ein vollkommen neues Geschäft aufbauen und bekam dabei Goffredos Unterstützung. Schon seit der Zeit in Brügge, wo Belesenheit schick war und jeder Edelmann und Gutsherr eine Bibliothek unterhielt, war Caxton von den Druckerpressen, die der Deutsche Johannes Gutenberg erfunden hatte, fasziniert. Er hatte seine eigene Druckerpresse mit Goffredos Darlehen in Köln gekauft und hatte gelernt, wie man die kleinen Metalllettern in einen Setzwinkel setzte; wie fertig gestellte Zeilen zu einem Block zusammengefügt wurden, der dann eine Schriftseite ergab; wie man die Form mit Druckerschwärze versah, die Druckerpresse bediente und mit Druckerschwärze versehene Abdrucke des Blocks auf Papier übertrug, das aus in Fetzen gerissenen, vergorenen Lumpen hergestellt wurde. »Es wird in Deutschland die schwarze Kunst genannt«, sagte Caxton und blickte auf seine Hände hinab, die wie die eines Färbers schemenhaft blau gefleckt waren. »Es ruiniert die Hände.« Er hatte bereits damit begonnen, Bücher nach London zu importieren, in denselben Behältern, welche die Tucheinkäufe beinhalteten, die er in der Mercery weiterverkaufte. Aber es drängte ihn, auch seine eigenen Bücher herzustellen: Texte auszuwählen, sie zu übersetzen, sie zu drucken, und sie zu verkaufen. Er wolle bald nach London zurückkommen, sagte er, um sich hier niederzulassen, seine Druckerpresse und seine Arbeiter mitbringen. William Pratte ebnete ihm den Weg beim Gildehaus. Er hoffte, Geld von der Stadt zu bekommen. Seine Augen weiteten sich bei dem Gedanken freudig.

Jane besaß drei gedruckte französische Liebesromane, erinnerte sich Isabel. Ein Luxus, jedes mehrere ihrer Lehrlingslöhne wert, aber dennoch weitaus preiswerter als ein handkopiertes Buch im alten Stil. »Dann werdet Ihr nur allzubald reicher sein denn je«, sagte sie in einem kultivierten Tonfall und fragte sich, warum ein – in seinem Geschäft so bewährter – Mann das alles wegwerfen sollte, um Traumgespinsten nachzujagen. Doch sie bewunderte seinen Mut.

Aber Caxton schüttelte nur den Kopf. »Reich wäre gut«, sagte er, aber ohne den Enthusiasmus, den sie als Reaktion erwartet hatte, »aber ich weiß nicht, ob das realistisch ist. Gutenberg hat nie viel aus seiner Druckerpresse und den beweglichen Lettern gemacht. Und es würde Jahre dauern, das Ganze hier in Gang zu setzen. Aber es ist ohnehin nicht der wahre Grund, warum ...« Seine Stimme verklang. Er dachte nach. »Es ist nur so, dass ich auf meinen Reisen so viele außergewöhnliche Bücher gesehen habe. Außergewöhnliche Geschichten, außergewöhnliche Gedanken, deren reine *Schönheit* ...« Er schüttelte den Kopf, als wäre ihm bewusst, dass er seinen Gefühle niemals genügend Ausdruck verleihen könnte. »Ich denke, es gibt viele Leute, die ebenso beeindruckt wären wie ich, wenn sie sie nur sehen könnten ...« Dann lächelte er plötzlich. »Ihr müsst mir vergeben. Ich schweife wieder ab. Ich lasse mich zu leicht davontragen. Das ist das Problem bei Träumen. Sie können einen Menschen so leicht zum Narren machen.«

Isabel sann einem Tagtraum nach, während ihre Finger geschickt über die geflochtene Litze strichen. Sie beherrschte die Methode jetzt. Sie konnte ihre Gedanken wandern lassen, während die Litze an Länge zunahm und sie ihren Stuhl allmählich immer weiter von dem Nagel an der Wand zurückschieben musste, an dem der Anfang der Litze befestigt war.

Ihre Gedanken wanderten zu Goffredos Beschreibung der fremden Adligen und Prinzen. Diese schickten Bevollmächtigte nach Venedig, um bei verschwiegenen, gediegenen Straßenausstellungen, *Parangons* genannt, für ihre Garderobe und ihre Paläste große Mengen feinster Seidenstoffe in Europa zu kaufen. Der Ablauf faszinierte sie, wie auch die bemerkenswerten und kunstvollen Stoffe selbst.

Die edelsten Stoffe wurden in Venedig und Genua gefertigt und am kompliziertesten mit Gold und Silber durchwoben. Sie wurden von sechs Seidenkontrolleuren für wert erachtet, in den Rest der Welt exportiert zu werden, und einmal in der Woche in der Nähe des Seidenkontors und in den Geschäften der reichsten *Setaioli*, an der Capella dei Veruzzi im Pfarrbezirk von San Bartolomeo gezeigt. Man nannte sie auch *Drappi da Parangon*. Alle anderen Stoffe waren rauer und preiswerter. Sie waren entweder als *Drappi domestici* für die Wandbehänge und Kleidung der eigenen Familien der Venezianer klassifiziert oder als *Mezzani* zum Verkauf in Stadtgeschäften, mit dem Löwen von St. Markus versiegelt, oder als minderwertige Stoffe, speziell für den Handel mit bestimmten Gebieten gewoben – *Da navegar* für die Levante und *Da fontego* für deutsche Händler.

Nachdem die *Parangon*-Stoffe aufgrund ihrer exquisiten Muster und reinen Farbstoffe für die Ausstellung vorausgewählt waren, wurden in ihre Webkanten Goldfäden eingewirkt, und sie wurden an jedem Ende mit einem Siegel und dem Symbol einer Krone des Ausschusses der Experten des Seidenhandwerks gekennzeichnet. Jegliche Stoffe, die nicht von diesen Experten abgesegnet wurden, waren Fälschungen, für die der Seidenhersteller von der Stadtregierung mit einer Geldstrafe bestraft und seine Stoffe konfisziert wurden. Waren schließlich alle Stoffe mit einer Nummer und dem Namen ihrer Hersteller gekennzeichnet, zogen sich die Aussteller auf eine Seite des *Parangon* zurück. Der Name kam von dem venezianischen Wort für »ausstellen«. Die Stoffe waren, im wörtlichen Sinne, »Ausstellungs«stoffe. Isabel konnte sich nicht vorstellen, dass es den Organisatoren auf irgendeinem Markt gelänge, die Händler daran zu hindern, die Vorzüge ihrer Waren hinauszuschreien, aber Goffredo sagte, dass diese *Cridori* in Venedig als *Modi disonesti* des Verkaufs angesehen würden. Die Vorzüge des Stoffes sollten für sich sprechen. Die Käufer flanierten durch die Stände, zusammen mit den *Parangon*-Kontrolleuren und einem Gefolge von Beratern, Zwischenhändlern, Schneidern und Kunsthandwerkern, um die Stoffe zu beurteilen. Wenn sie sich entschieden, was gekauft werden sollte, bestimmte der Kontrolleur anhand der an die Stoffballen gehefteten Nummern die Namen der Hersteller und rief einen nach dem anderen herbei, um einen Verkaufspreis mit den Kunden zu verhandeln. Sobald ein Geschäft abgeschlossen war, wurden die Berater gebeten zu gehen, und unter den strengen Blicken des Kontrolleurs begann das Zuschneiden der Stoffe. Wenn die Käufer fertig waren, gingen auch sie. Die Aussteller, die still im Hintergrund blieben, konnten ihre Waren einsammeln und den *Parangon* bis zur nächsten Woche abbauen.

Nun, wo Isabel mit Will Caxtons Hilfe Goffredos Tändelei unter Kontrolle bekam, genoss sie es mehr, den Venezianer über die Geschäftswelt auszufragen. Er wusste so viele Dinge, die für sie nützlich waren. Sie wollte alles darüber herausfinden, ohne sich Sorgen machen zu müssen, dass er versuchen könnte, ihre Hand zu halten, während er es ihr erzählte. Sie überlegte, ob er insgeheim auch erleichtert sei, jetzt wo er aufgehört hatte, sie mit Weinpunsch und Treffen zu belagern. Er musste wohl erkannt haben, welches Vermögen er für sie ausgegeben hatte. Und warum sollte es ihn stören, dass es eigentlich seine Geschichten über den Seidenhandel in Europa waren, die bei ihr Verwunderung auslösten? Er erzählte ihr immer mehr und genoss ihre Wertschätzung. Er rollte die Augen und übertrieb jede Geste, während er die Vorzüge der Seide pries.

»Ist es nicht offensichtlich, dass Seide alles schmückt?«, sagte er erst am vorigen Abend. »Ist es nicht Seide, welche die Kutschen, die Wagen, die Sänften, die Flussgondeln und die Pferde der Prinzen schmückt, mit Prunkgeschirren, Ausstattungen, Quasten, Fransen, Litzen, Kissen, Tuchen und eintausend anderen wunderschönen Dingen? Schmückt Seide nicht die Banner, die Standarten, die mit Brokatsamt und Fransen besetzten Hellebarden, die ummantelten Spieße, die Patronengurte, die Trompeten, die Uniformen der Soldaten im Krieg? Schmückt Seide nicht die Schirme, die Baldachine, die Messgewänder, die Prozessionsmäntel, die Bilder, die Pallien, die Sandalen, die Soutanen, die Dalmatiken, die Handschuhe, die Manipeln, die Bursen, den Flor für die Abendmahlskelche, die Auskleidung der Tabernakel, der Kissen, der Kanzeln und alle anderen Dinge der Kirche?«

Wenn er die Bedeutung seines Gewerbes sowie seine Verehrung dafür parodierte, war es nur eine leichte Übertreibung. Sie wusste, dass Seide selbst hier in London das ultimative Maß für Reichtum war: Seidenstoffe für wohlhabende Familien, oder Seiden behangene Wände, das Familienwappen in Gold und Silber darauf gestickt, oder Seidentuche, die zu Baldachinen, Mückennetzen, Bettdecken und Laken zusammengenäht oder als Auskleidungen oder Abdeckungen für Kisten, Truhen, Bücher, Stühle, Spiegel benutzt wurden. Sie verliebte sich gerade. Aber es war nicht die Art Liebe, über die sich Alice Claver kürzlich gesorgt hatte. Es war eine anwachsende Leidenschaft und dieselbe Liebe, die Alice Claver, die Prattes, Will Caxton und Goffredo beseelte: die Liebe zu dem leuchtenden, magischen Gewebe, das Erfolg, Würde, Ordnung, Glück und Zivilisation symbolisierte sowie die Fähigkeit von Männern und Frauen, die höchsten Formen der Schönheit aus etwas so Bescheidenem wie einem von einem Wurm gesponnenen Faden zu erschaffen.

Die Begeisterung darüber genügte beinahe, um sie ihre niedrige Stellung im Haushalt vergessen zu lassen. Goffredo hatte sie in Alice Clavers Abendzirkel eingeführt, und durch ihre eigene Findigkeit und Will Caxtons Hilfe, hatte sie den Italiener etwas gezähmt und ihren eigenen Einfluss auf diese mächtigen Verbündeten verstärkt, aber tagsüber war sie immer noch nur ein Lehrling, und noch dazu ein sehr junger. Sie hatte während der letzten Tage Alice Clavers wachsame Blicke bemerkt – ihre Herrin wirkte absolut nicht glücklich über Isabels zunehmende Kameradschaft mit dem angesehensten Seidenhändler Londons. Wenn Alice im Raum war, hielt Isabel den Blick daher gesenkt und tat alles, um zu zeigen, dass sie nicht zu hoch hinaus wollte. Alice tat im Gegenzug alles, um ihren Lehrling daran zu erinnern, dass sie zwar eine gute Fingerfertigkeit besaß, jedoch zu niedrig gestellt war, um so viel Aufmerksamkeit zu erlangen. Es sei denn, sie wurde gerade etwas gelehrt oder musste eine Besorgung erledigen.

Isabel bemühte sich stets sehr zu lauschen, wenn sie über große Geschäfte sprachen. Aber sie murmelten immer ein wenig zu leise, als dass sie die Worte verstehen konnte.

Anne Pratte betrachtete beiläufig Isabels Litze und nickte. Mit einer rhythmischen Stimme, beeinflusst von dem hypnotisierenden Zusammenziehen der Fäden, sagte sie: »Ja ... du brauchtest einfach Zeit. Die Spannung war zuerst ganz falsch. Viel zu fest. Aber jetzt lernst du sie zu handhaben.«

Isabel nickte, hörte aber nicht genau zu. Sie konnte Goffredo hinter Anne Pratte stehen sehen. Er beugte sich über den Tisch, die Tischkante mit den Händen umfassend. Er ragte über Alice Claver auf. Goffredo wirkte ernster als gewöhnlich. Und er sprach nachdrücklicher. »Wir sollten es auch tun«, sagte er gerade. »Du weißt, dass wir das sollten. Es kann nicht *so* schwer sein, Webstühle und Lehrmeister zu importieren. Die *Provveditori* würden mir die Erlaubnis geben. Dessen bin ich mir sicher. Wenn sie es in Tours tun können, warum dann nicht auch hier?«

Aber Isabel konnte an Alice Clavers Schultern erkennen, was ihre Miene zeigen musste. Selbst wenn es ihr Herzenswunsch wäre, eine Seidenweberei wie das italienische Unternehmen in Tours zu errichten, war sie nicht der Mensch, der so etwas tollkühn anging. Isabel spitzte die Ohren und hörte Bruchstücke der gereizten Antwort: »Kann nicht gelingen« und »Würde ein Vermögen kosten« und, dann lauter: »... braucht mächtige Unterstützung, und wo auf der Welt sollte diese, deiner Meinung nach, herkommen?« Sie sah, wie Goffredo Alice Claver mit seinem charmanten Lächeln beruhigte. Doch Alice Claver setzte sich darüber hinweg: »... und du wärest ein Narr, wenn du glaubtest, von der Handelsgesellschaft der Tuchhändler irgendwelche Hilfe zu bekommen. Du wärest erstaunt, wie kurzsichtig und wenig vorausschauend sie sein können, wenn sie glauben, du plantest etwas, was ihre begünstigten Lombarden verärgern könnte.« Erneut erklang der beruhigende Bariton, unterbrochen von ihrem schrillen Lachen. »Direkt zu Borromei? Jetzt bist du *wirklich* ein Narr. Du denkst, sie würden dir so viel leihen, dass du jeden anderen Italiener in der Stadt aus dem Markt drängen könntest? Ich sage dir: Wenn du nur einem Italiener in London einen Hinweis gibst, dass du hier Seidenwebstühle aufstellen willst, werden sie dich alle bei lebendigem Leibe verschlingen.«

Isabel konnte aus dem Augenwinkel erkennen, dass Goffredo niedergeschlagen wirkte.

»Diese Litze ist nun lang genug«, sagte Anne Pratte aus der Nähe und riss Isabel aus ihrem Tagtraum. »Ihr könnt sie verknoten. Heute werde ich damit beginnen, Euch zu zeigen, wie man Quasten fertigt.«

Isabel übertrug die Schlingen vorsichtig auf die Finger einer Hand und Anne Pratte zeigte ihr, wie sie die Litze fertigstellte, ohne dass sie sich wieder löste. Als sie dann jede Masche ordentlich zum Endprodukt beschnitt, schaute sie strahlend zu ihrer Lehrherrin hoch.

»Erinnert Ihr Euch, was man über die drei Mätressen des Königs sagte?«, begann diese. Es war eine Geschichte, die Anne selbst eifrig auf den Märkten verbreitet hatte, nachdem sie sie bei ihrer letzten Anprobe bei Sir John Risley, dem neuen Ritter der Krone, gehört hatte. Der König hatte Risley offensichtlich erzählt, dass er drei Mätressen hätte: die eine war die klügste, die andere die fröhlichste und die dritte die gottgefälligste Hure im Land. Es hatte Anne und die Hälfte der Frauen in den Arkaden tagelang beschäftigt, jenen Beschreibungen Namen zuzuordnen.

Isabel genoss Annes Geschwätzigkeit. Sie nickte. »Hmm«, sagte sie, ihre fertiggestellte Litze bewundernd. »Habt Ihr also herausgefunden, wer die drei Ladys sind?«

»O ja, meine Liebe«, sagte Anne. »Nun, weitgehend. Eleanor Butler ist natürlich die Gottgefällige, das ist nicht schwer zu vermuten. Und es heißt, Elizabeth Lucy sei die Kluge, obwohl, offen gesagt ...« Sie schüttelte den Kopf, als kenne sie diese Hofdamen persönlich und als ließe sie ihre Erfahrung an Elizabeth Lucys Anspruch zweifeln.

Sie warf Isabel einen weiteren wissbegierigen Blick zu. »Und natürlich weiß niemand wirklich, wer die Dritte ist, die Fröhliche«, fügte sie, mit dem richtigen Maß an Zweifel in der Stimme, hinzu, »aber ich habe Leute sagen hören ... es könnte Eure Schwester sein ...?«

Zweites Buch

Coup

7

Jane kicherte bloß verlegen, als Isabel sich unerlaubterweise eine weitere Stunde von der Arbeit fortstahl, um zu fragen, ob der König sie finanziell unterstütze, damit sie – ihren inzwischen abgelehnten – Scheidungsantrag in Rom stellen könnte.

»Es soll ein Geheimnis sein«, murmelte sie. Doch ihr Erröten verriet alles.

Isabel fragte nicht weiter nach, ob auch der Rest des Gerüchtes stimmte. Alles erklärte sich von selbst, angefangen bei Janes kostspieliger neuer Garderobe bis hin zu der Art, wie sie Isabel damals, als diese sich Alice Claver lieber als Lehrling verpflichtete als zu ihren Eltern nach Hause zurückzukehren, gesagt hatte: »Jeder erwählt sich seine eigene Flucht.« Das hatte Vater gefallen. Isabel bemühte sich, nicht böse auf ihn zu sein, weil er Janes Art der Flucht aus der Ehe so viel leichter akzeptierte als die seiner jüngeren Tochter. Die Sünde des Ehebruchs musste weniger sündig erscheinen, wenn sie der Familie einen Monarchen einbrachte. Und es fiel ohnehin schwer, den Begriff Sünde und Janes zarte, lachende Unschuld in Zusammenhang zu bringen. Isabel konnte verstehen, warum ihr Vater die Gunst eines Königs insgeheim höher wertete als ihr eigenes rechtschaffenes Gewerbe. Doch sie konnte nicht alles vergeben. Sie war immerhin enterbt worden.

Sich vage der Notwendigkeit bewusst, es wiedergutzumachen, dass sie nicht früher die Wahrheit gesagt hatte, legte Jane eine Hand sanft und vertrauensvoll auf Isabels Arm. »Er ist so …«, flüsterte sie, und obwohl ihre Stimme verklang, ohne den Satz zu beenden, erkannte Isabel an dem glückseligen Ausdruck auf dem

Gesicht ihrer Schwester, dass sie nicht ihren Ehemann meinte. »Es ist alles so ...«, fuhr sie im selben zärtlichen, verwunderten Tonfall fort. »Manchmal bin ich bei Hofe, und ich schaue mich um, und ich glaube einfach nicht, dass mir das alles wirklich widerfährt ...« Sie blickte lächelnd hinab. Mit einer Spur Trotz fügte sie hinzu: »Und er: so gütig, so freundlich.«

Isabel bemühte sich, sich für ihre Schwester zu freuen. Sie erinnerte sich daran, wie das Charisma des Königs, als er ihr in die Augen sah, auch sie überwältigt hatte. Wie hätte Jane widerstehen können? Und sie konnte nicht wissen, wie töricht sich Isabel gefühlt hatte, als sie den vorwurfsvollen Blick von Anne Pratte sah. Jane hatte keine Ahnung, wie sehr es Isabels Ansehen geholfen hätte, wenn sie besser informiert gewesen wäre. So versuchte sie ein Lächeln. Aber sie kam nicht umhin, verärgert zu sagen: »Ich wünschte nur, du hättest es mir eher gesagt.« Doch den Bruchteil einer Sekunde später kam ihr ein neuer Gedanke in den Sinn, der ein echtes Lächeln auf ihr Gesicht zauberte. »Jane«, hauchte sie, nun voller Aufregung, »würdest du mich einmal an den Hof mitnehmen?«

Jane war keine Närrin. Sie wusste, dass es einen Grund geben musste, warum ihre Schwester, die noch vor ein paar Monaten nur an Marktständen Fäden zwirnte, plötzlich bei Hofe sein wollte. »Nur um es mir einmal anzusehen«, sagte Isabel arglos. Sie kannte den Grund selbst noch nicht genau. Sie wusste nur, dass sie, auch wenn sie die Beziehung ihrer Schwester zum König nicht als Erste entdeckt hatte, zumindest die Erste sein könnte, welche diesen von Gott gesandten Vorteil für sich erkunden würde. Sie glaubte nicht, dass ihre Schwester vollkommen von ihrer Arglosigkeit überzeugt war. Aber das Thema wurde nicht weiter angesprochen.

Stattdessen begann Isabel, Janes dunkelgoldenes Samtgewand zu loben. »Aus Lucca«, sagte Jane lächelnd und drehte sich vor ihr. Jane liebte Komplimente. »Nicht billig.«

»Wenn wir nur hier in London Samt herstellen könnten«, fuhr Isabel fort, mit einem Hauch Wehmut in ihrer Stimme. »Und andere Seidenstoffe. Um die Hälfte günstiger, als die Italiener berechnen ... wenn nur jemand, vielleicht die Tuchhändler, das Geld auftreiben würde, um es zu versuchen ...«

Aber Jane rümpfte nur die Nase. »Welches Geld?«, fragte sie mit einer Spur Verachtung in ihrem Lächeln. »Der König hat ihr ganzes Geld ausgegeben. Ihre Taschen sind leer. Und ich bin mit dem Samt aus Lucca ohnehin sehr glücklich ...« Sie strich liebevoll ihre leuchtenden Röcke glatt. Isabel seufzte.

Isabel wollte gar nicht diesen Weg gehen, doch auf ihrem Heimweg merkte sie, dass ihre Schritte sie an John Lamberts Stand in den Arkaden vorbeiführten. Erst als sie schon in Sichtweite des Standes war und von Lehrlingsjungen angerempelt wurde, begriff sie, was sie eigentlich tat. Sie wollte ihm vorschlagen, Mittel aufzubringen, um ein Seidenweber-Gewerbe zu errichten und andere reiche Tuchhändler als Hilfe ins Spiel zu bringen, falls nötig.

Sie atmete tief ein und hörte in Gedanken bereits die überzeugenden Worte: »So könnten wir es tun ...« Doch dann verließ sie der anfängliche Mut, und sie verstand, dass sie erst Frieden mit ihm schließen müsste, obwohl er sie enterbt hatte. Er würde sich verpflichtet fühlen, nein zu sagen. Sie konnte sich vorstellen, wie er unverzeihliche Worte äußerte: *Du solltest aufhören, dir den Kopf über Geschäfte zu zerbrechen.* Oder: *Du solltest mehr wie Jane sein.* Der Stand war nur ungefähr zehn Meter entfernt, aber es waren zu viele Leute zwischen ihr und dem Stand, als dass sie ihn deutlich hätte sehen können. Sie empfand fast Erleichterung, als sie, nachdem sich die Menge zerstreut hatte, erkannte, dass er bereits zusammengepackt hatte und fort war.

Alice Claver hatte recht gehabt, dachte sie, während sie sich niedergeschlagen der Catte Street zuwandte und versuchte, das Bild von John Lamberts höhnischem Gesicht zu verdrängen. Sie würden die Stoffhändler von London niemals dazu bringen, einen Seidenweberbetrieb zu errichten.

Drei Wochen später saßen Jane und Isabel von der Sonne abgeschirmt in einer mit scharlachroten und blauen Seidenfahnen behängten Gartenlaube. Vor ihnen stand Wein, und Pagen hasteten herein und hinaus, um Teller mit Erfrischungen durch weitere zu ersetzen. Rund um sie herum befanden sich Dutzende anderer Gartenlauben, und der alte, königliche Palast des Bower ragte hinter ihnen auf, vom Waltham Forest halb verdeckt. In jeder Gartenlaube saßen weitere märchenhafte Ladys, ihre Ausschnitte so tief, wie ihre Kopfputze in den Himmel ragten. Sie alle zeigten fast unmöglich weiße Haut, fahle, weiche Hände und rosige Wangen. Das Picknick war schon seit sechs Uhr morgens im Gange. Jetzt war es fast zehn Uhr, Zeit, dass die Jagdgesellschaft zurückkehrte. Isabel spürte die Herdfeuer, da diese die Hitze noch verstärkten.

Sie trug ein geborgtes Gewand, das Jane besorgt hatte. Es war ein großartiger Stoff von golddurchwirktem Grün. Sie trug es über einem Hemd aus feinstem Batist, das mit winzigen scharlachroten Erdbeeren bestickt war. Sie versuchte ihr Bestes, nicht eingeschüchtert zu wirken. Sie schwitzte. Feuchtigkeit prickelte in ihrem Haar, und die Innenseite ihres Leibchens war durchtränkt. Sie wusste nicht, wie Jane, die ein fließendes, scharlachrotes Ensemble trug, das ihre Wespentaille betonte und so eng anlag, dass es darin unerträglich heiß sein musste, so gelassen und mühelos kühl wirken konnte. Nur ihre Finger, die still an ihren Ringe spielten, als wolle sie sie von ihrer Haut lösen, ließen eine Art Unbehagen vermuten.

Es war wunderschön gewesen, im Damensattel durch die Kühle der Dämmerung zu reiten, und es war sehr aufregend, die Falken von den Handgelenken der geschickten Jäger aufsteigen zu sehen. Später war es ein Vergnügen, sich in die Kissen zurückzulehnen und den Hörnern und Jagdhunden zu lauschen. Ein wenig kam es ihr so vor, als sei sie irgendwie in einen Wandteppich hineingeraten, als könnte sie, wenn sie genauer hinsähe, vielleicht erkennen, dass das Gras unter ihren Füßen mit Perlen bestreut wäre oder dass Zentauren vorüberzögen.

Aber Isabel fühlte sich auch angespannt und gelangweilt. Sie war sich unbehaglich der Tatsache bewusst, nicht annähernd so elegant wie die Ladys bei Hofe zu sein, und fühlte sich allein.

Bevor die Männer hinausgeritten waren, war es nicht so schlimm gewesen. Jane hatte noch mehr Bewunderer als nur den König, und die beiden Wichtigsten von ihnen hatten den ersten Teil des Morgens damit verbracht, um ihre Aufmerksamkeit zu wetteifern. Lord Hastings – dunkel, galant, mit edlen Zügen und äußerst leutselig – hatte sie vom Palast aus begleitet, Butterblumen gepflückt, um sie ihr ins Haar zu stecken, hatte scherzhafte Geschichten über die Hundekämpfe in der Küche erzählt, und Jane dazu ermutigt, seinen Falken zu nehmen. Dann hatte Lord Dorset – blond, galant, mit edlen Zügen und ebenfalls äußerst leutselig – ihnen zwei mit Edelsteinen besetzte Becher Wein gebracht, ihre Kissen gerichtet und sie mit einer Geschichte über Lord Hastings unterhalten, wie er von seinem neuen Pferd abgeworfen wurde und vor den Augen der Königin in eine Pfütze gefallen war. Erst nachdem die Jäger in den Wald davongaloppierten, begann Isabel, sich wirklich unwohl zu fühlen. Immer wenn sie ihre Gartenlaube verließen, um der stickigen Luft zu entkommen, trafen sie auf die perfekten Ladys, die sie und Jane kaum beachteten. Jane drückte ermutigend ihren Arm, als sie sah, dass Isabel zunächst bekümmert und schließlich brüskiert wirkte. »Achte nicht darauf«, flüsterte sie und lächelte tapfer. »Das ist Elizabeth Lucy. Sie mag mich nicht.« Sie zog Isabel tiefer an den Waldrand, wo mehr Schatten war, und deutete auf die spielenden Kinder. »Die Kinder des Königs«, murmelte sie. In ihrer Nähe befand sich ein kleines Mädchen von vielleicht fünf oder sechs Jahren mit kupferroten Haaren, das deutlich röter war als Isabels sanftes Erdbeerblond. Drei oder vier kleinere Mädchen, alle mit demselben flammenden Haar und sanften Gesichtern saßen still in der Nähe, als hätten sie in der Hitze keine Lust, sich zu bewegen. Ein Junge krabbelte auf ein geschnitztes Holzpferd zu, das auf einem riesigen Teppich stand, der so dick mit Kissen gepolstert war, dass Isabel sich nicht erklären konnte, wie er überhaupt vorankam. Auf einem Stuhl saß eine junge Frau in den Farben der Königin, stillte ein Kind und beobachtete ihn. Jane lächelte angetan, näherte sich aber nicht weiter. Isabel erkannte, dass sie, nach allem, doch noch nicht ganz in den Wandteppich eingetreten war. Und Jane auch nicht. Sie befanden sich noch immer davor und beobachteten, wie durch eine Glasscheibe. Ihre Stimmung hob sich erst, als sie das Donnern von Hufen hörte, gefolgt von Männern, die zwei Böcke und mehrere Hasen mit sich trugen.

Isabels erschrak, als Jane sie beiseite zog, sie nicht mit dem ersten Ansturm der Leute den Pavillon betreten ließ. »Was?«, flüsterte sie. »Warum nicht?« Aber Jane brachte sie nur mit einem nachdrücklichen Kopfschütteln zum Schweigen. Sie warteten unruhig, während die Ladys an ihnen vorüberzogen. Kurz darauf ließ Jane Isabel los, und sie schlossen sich der Vorwärtsbewegung an. »Ich habe dort vorne den Herzog von Gloucester gesehen«, flüsterte Jane mit mehr Abneigung, als Isabel jemals bei ihr vernommen hatte. »Der Bruder des Königs. Derjenige, von dem es heißt, er habe den Herzog von Clarence ermordet, den anderen Bruder. Lassen wir ihn weit vorausgehen. Er macht mir eine Gänsehaut.« Sie erschauderte. »Ein schrecklicher Mann. Ein Rattengesicht und kalte Augen.«

Jane lächelte freudig, als Lord Hastings, zerzaust und verschwitzt und noch besser aussehend als zuvor, eilig auf sie zu kam. Sie tastete in ihrem rechten Ärmel umher, während er herankam, und zog ein grünes Taschentuch hervor. Sein Pfand, das sie auf dem Ritt zum Wald heimlich angenommen haben musste und nun zurückreichte. Sie lachte ihn an, so verlockend und vertraut, dass Isabel sich anschloss, erleichtert über einen Moment wahren menschlichen Kontakts.

»Ich habe dafür gebetet, dass Ihr den Hirschbock erlegt«, erklärte Jane strahlend mit einer Kleinkinderstimme, »und seht nur, wie Gott gehandelt hat.«

Er führte das Taschentuch an seine Lippen, lächelte und ging davon.

Isabel war verwirrt, als Lord Dorset, zerzaust und verschwitzt und ebenfalls besser aussehend als zuvor, sein Pferd wenige Augenblicke später zu ihnen führte. Jane lächelte ihn überaus liebreizend an, griff erneut in ihren linken Ärmel und zog ein maulbeerfarbenes Taschentuch hervor – sein Pfand, das sie ihm zurückreichte.

»Ich wusste, dass Ihr die Hasen erlegen würdet«, schmachtete sie ihn an. »Bei Euren scharfen Augen. Ich habe für Euren Erfolg gebetet.«

Isabel sah nur mit offenem Munde zu, wie Dorset das maulbeerfarbene Taschentuch mit der gleichen Geste wie Hastings an seine Lippen führte und wieder zum König zurücktrabte, mit hoch aufgerichtetem Rücken und siegesgewisser Haltung.

»Jane«, flüsterte sie und wusste nicht, ob sie schockiert sein sollte.

Jane kicherte nur. »Nun, es hat sie beide glücklich gemacht«, erwiderte sie flüsternd. Jane fühlte sich niemals wirklich schuldig, wenn sie bei einer ihrer Listen ertappt wurde. Ihre Stimme klang flehend, aber ihr Lächeln wirkte so fröhlich und ansteckend, dass Isabel erneut zu lachen begann, aus reiner Erleichterung über diese Ungezogenheit inmitten all der Erhabenheit und ausdruckslosen Blicke. Jane fügte noch hinzu: »Und sie hassen einander so sehr. Sie hätten sich elend gefühlt, wenn ich den einen zugunsten des anderen abgewiesen hätte. Ich hätte nicht ein Pfand annehmen können, ohne auch das andere anzunehmen, oder?«

So ertrug Jane also die einsame Eintönigkeit, dachte Isabel. Wenn Jane dies überhaupt als langweilig oder einsam empfand. Vielleicht war dem gar nicht so. Jane hatte immer gewusst, wie sie sich mit irgendeinem kindlichen Unfug amüsieren konnte. Deswegen war Isabel nicht mehr überrascht darüber, dass Jane, weit unten am Tisch im Zelt sitzend, ein besticktes, karmesinrotes Taschentuch aus ihrem Mieder zog und dem König, der zerzaust wie ein Löwe auf sie zu schritt, verlockend zuhauchte: »Ich wusste, dass Ihr den größten Hirsch erlegen würdet. Niemand sonst kann sich mit dem Glanz der Sonne vergleichen ...«

Er lachte amüsiert, was erkennen ließ, dass er sich Janes Keckheit vollkommen bewusst war, diese ihn aber nicht im Geringsten störte. Nachdem er sein Pfand zurückgenommen hatte, beugte er sich herab, tippte Jane mit seinem Finger liebevoll auf die Nasenspitze und flüsterte ihr etwas ins Ohr.

Isabel wandte den Blick höflich ab. Sie rechnete damit, ignoriert zu werden. Doch der König war, anders als seine Höflinge, kein unhöflicher Mensch.

»Die zweite hübsche Lambert-Tochter«, sagte er, was sie zusammenfahren ließ. Er sah sie lange an. Dieser Blick gab ihr das Gefühl, dass er sie nicht nur gut kannte und bewunderte, sondern dass sie auch die schönste und geistreichste Person im Raum sei und er herzlich lachen würde, wenn sie ihren nächsten brillanten Scherz von sich gäbe. Sie hatte gehört, dass er immer diese ermunternde Wirkung habe. Anne Pratte vertrat in diesem Punkt eine eindeutige Meinung: Man konnte darauf vertrauen, dass König Edward über Titel, Anbaufläche und Mieteinnahmen jedes Edelmannes in jeder entlegenen Ecke seines Landes Bescheid wusste. Dies erklärte sich Anne Pratte einfach durch die Tatsache, dass er wissen musste, wie viel Darlehen er von den Edelmännern fordern konnte. Und der Grund dafür, warum man ihm auch nachsagte, er kenne den Namen jeder Ehefrau der Edelleute und Händler, mochte darin liegen, dass er mit ihnen allen schlief. Aber das waren nur Gerüchte, dachte Isabel verzaubert. Er sagte: »Ich war der unerwartete Gast bei Eurer Hochzeit«, als wolle er sie höflich an etwas erinnern, was sie vielleicht vergessen hatte. Dann fuhr er fort: »Es tut mir leid um Euren Verlust, Mistress Claver. Euer Ehemann starb mutig.«

Sie senkte den Kopf. Er und Jane blickten respektvoll zu Boden. »Ich danke Euch, Sire«, flüsterte Isabel.

Eine Flöte und eine Gambe begannen hinter ihnen einen Jig. Dem Rhythmus folgend, winkte der König und hob fröhlich die Augenbrauen. Der traurige Moment war vorüber.

»Wenn ich das sagen darf«, fuhr er fort, die Augen vor Vergnügen glänzend, »ist dies ein wunderschönes Seidengewand, das Ihr da tragt.« Er beugte sich herüber, um den grün-goldenen Überrock zu berühren, den Jane Isabel geliehen hatte. Die Geste brachte sein Gesicht auf gleiche Höhe mit Isabels, und sein großer Körper kam ihr so unbehaglich nahe, dass sie beinahe zurückschrak.

Er lächelte sie etwas anzüglich an, seine Augen waren nur Zentimeter von ihren entfernt, und er fügte beinahe flüsternd hinzu: »Vielleicht einer der eleganten Importe des Claver-Hauses aus Italien?«

Er musste doch wissen, woher es stammte, dachte sie benommen. Er hatte es wohl selbst für Jane gekauft. Plötzlich musste sie fast über sich selbst lachen. Könige brauchten keine Details zu bemerken, und durften mit den Schwestern ihrer Mätressen tändeln, genauso wie Jane nicht nur das Pfand eines Edelmannes annehmen musste. Warum war sie so ernst? Vielleicht wäre es einfacher, das Gespräch auf das Thema zu bringen, das sie diskutieren wollte.

Also erwiderte sie das Lächeln keck und schüttelte den Kopf. Irgendwo in ihrem Inneren konnte sie das erste Aufflackern einer Idee spüren. Sie hob ihren Blick.

»Ah, nein, er ist nicht aus Italien«, sagte sie neckisch und suchte den Blick des Königs festzuhalten. »Nicht dieser Stoff. Aber er ist wunderschön, nicht wahr? Er entstammt der neuesten Fertigung italienischer Seidenstoffe in Europa – aus Tours.«

Verrate mich nicht, flehte sie Jane lautlos an. Sie konnte spüren, dass Jane bei ihrer Lüge zusammenzuckte. Sie sah erleichtert, wie ihre Schwester in stillschweigendem Einverständnis die Schultern hob. Jane spielte Menschen ständig solche Streiche. Sie würde Isabel gewähren lassen und die Geschichte unterstützen.

»Tours?«, fragte der König. »In Frankreich wird jetzt Seide gefertigt?«

»O ja«, sagte sie mit außergewöhnlicher Ruhe. »Der König von Frankreich tut klugerweise alles ihm Mögliche, um das Weben von Seidenstoffen in Tours zu fördern ...«

Sie sah ihn mit ihrem überzeugendsten Blick an.

»Ihr fragt Euch vielleicht warum?«, fuhr sie fort.

Der König hielt inne. Isabel nahm Jane neben sich wahr, die kaum atmete.

Sie konnte sich vorstellen, was Jane denken musste. Der König war gutmütig, aber wie gutmütig würde auch der Toleranteste aller Könige bleiben, wenn er gelangweilt wurde? Dann, sowohl zur Erleichterung als auch zum Erstaunen beider Mädchen, lächelte er und begann, zumindest ein wenig fasziniert zu wirken. »Warum?«, fragte er.

»Weil«, fuhr Isabel konzentriert fort, »er begreift, dass die Errichtung eines Seidengewerbes in Frankreich zehntausend Menschen eine ehrliche und einträgliche Arbeit verschaffen wird.« Sie vergaß Jane neben sich. Doch Janes ganze Aufmerksamkeit war auf ihre seltsame kleine Schwester gerichtet. Isabels Stimme kam fast einem Singen gleich, dachte Jane. Als umwerbe sie ihn. Sie machte sich nicht nur einen Spaß, um sich zu amüsieren, wie Jane es tat. Es sah eher so aus, als hätte sie die Absicht, ihm etwas zu verkaufen. »Zehntausend Menschen«, fuhr Isabel fort, »aus allen Schichten, alle Arten von Menschen, Geistliche, Adlige, Nonnen, andere – alles Menschen, die zuvor müßig waren. Zehntausend Menschen – stellt Euch das vor. Das ist ein Fünftel der Bevölkerung Londons.«

Edward war nicht erbost. Tatsächlich sah er Isabel aufmerksam und mit einem Ausdruck an, der Jane so vorkam, als belustige ihn die Beredsamkeit dieser jungen Witwe.

»Darum breitet sich die Seidenherstellung über Italiens Grenzen schon seit zwanzig Jahren aus. Nach Spanien. Nach Flandern. Nach Frankreich. Weil Herrscher der Länder im ganzen Christentum zu der Erkenntnis gelangt sind, dass es allen in einem Gemeinwesen zugute kommt, ein Seidengewerbe zu errichten«, betonte Isabel. Also wirklich, dachte Jane schockiert, sie hypnotisierte ihn fast wie eine Schlange ihre Beute. Aber Edward schien bereit, sich hypnotisieren zu lassen. Zumindest setzte er sich auf die Bank und bedeutete Isabel, sich zu ihm zu setzen.

»Wie das?«, fragte er. Jane blieb stehen.

»Weil«, antwortete Isabel ruhig und setzte sich nun doch neben den König, ohne auch nur einen Moment aufzuhören, auf den König einzureden, »es im Seidengewerbe so viele Möglichkeiten gibt. Kinder und Frauen können die Seidenraupen aufziehen und die Seide pflücken und abspulen, die sie produzieren. Die Armen und die Alten können die Seide sortieren, sie glätten, sie weben und sie färben. Händler können Seidenbetriebe führen. Und jeder Bürger könnte Maulbeerbäume pflanzen oder Geschäfte mit den Händlern machen.«

Sie lächelte Edward selbstsicher an. »Und natürlich kann es nur gut für ihren König sein, wenn so viele Leute in eine ehrliche und einträgliche neue Beschäftigung gebracht werden«, fuhr sie fort. »Wie Euer Majestät natürlich verstehen.«

Er zog eine Augenbraue hoch und beugte sich vor. »Fahrt fort«, sagte er ernst. Selbst Jane, deren banger Herzschlag sich inzwischen beruhigte, so dass sie fast wieder normal atmen konnte, erkannte dies als ein eindeutiges Zeichen weiterzusprechen.

Isabel sagte entschlossen: »Ein neuer Betrieb zieht mehr Menschen in die Stadt – wie die fünftausend Neuankömmlinge, die nach Tours gekommen sind. Das bedeutet höhere Einkünfte – aus Steuern auf Getreide, Wein, Salz, Nahrung und Kleidung –, aber auch aus Zöllen auf die importierte und exportierte Handelsware. Diese werden sicherlich auch noch steigen, weil all diese Leute neue Häuser, Geschäfte, Webstühle und Werkstätten für sich bauen lassen müssen.« Sie ratterte ihre Zahlen mit wortgewandter Sachkenntnis herunter und lächelte dem hypnotisierten Edward eifriger zu. »Und vergesst nicht, dass der König auch in der Lage sein wird, durch die Anteile am Export der Textilien viel mehr zu verdienen als zuvor, wenn der Handel erst errichtet ist.«

Sie hielt betont inne. »Tatsächlich ist er äußerst einträglich«, fügte sie mit überwältigender Zuversicht hinzu. »Darum ist der kluge König bereit, die anfänglichen Ausgaben zu übernehmen. Der Handel kann natürlich nicht billig oder schnell errichtet werden. Aber Ihr werdet später Gewinne um ein Vielfaches einfahren.«

Woher weiß sie das alles?, wunderte sich Jane. Und hatte sie gerade gesagt »*Ihr* werdet später Gewinne um ein Vielfaches einfahren«? Was meinte sie damit?

Isabels Hände zitterten, aber nur aufgrund ihres aufkommenden Glücksgefühls, nicht vor Angst. Sie konnte nicht glauben, was sie gerade getan und gesagt hatte. Sie endete: »Schade, dass es kein englisches Seidenweber-Zentrum gibt.« Sie senkte bescheiden den Blick. »Noch nicht«, fügte sie hinzu.

Ein Mann, der hinter Jane stand, fing an zu lachen und zu klatschen. Isabel wandte sich um.

Lord Hastings nickte ihr zu. Er hatte die Füße weit auseinandergestellt, als wolle er einen festen Stand haben. Sein dunkles Gesicht zeigte dasselbe erfreute Lächeln, das sie auf König Edwards Gesicht erkennen konnte. »Wisst Ihr, Sire, ich denke, sie hat recht«, sagte er. »Es könnte funktionieren. Es könnte tatsächlich funktionieren.«

Der König lächelte Hastings zu. »Lord Hastings kennt sich mit dem Handel aus«, sagte er ungezwungen und hieß seinen Freund mit einer Geste in dem Kreis willkommen. »Ihr wisst das, nicht wahr? Er ist ein Geschäftsmann, wenn er in Calais ist. Einer von Euren Händlern, die mit Stoff ein Vermögen machen. Wenn er denkt, dass es funktionieren könnte, dann ...«

Lord Hastings ging an Jane vorbei, als sei sie nicht da. »Gut gemacht, Mistress Claver«, sagte er und verbeugte sich, während er sich zu ihnen auf die Bank setzte. »Wer hätte gedacht, dass Ihr Geschäftssinn habt? Und nun – was könnt Ihr uns über diese anfänglichen Ausgaben sagen?«

Sie ritt mit einer Gesellschaft von Edelleuten, die nach London zurückkehrten, nach Hause. Jane blieb zurück. Isabel genoss für einige Momente still ihre Einsamkeit. Dies war das erste Mal an diesem Tag, dass sie ihre Miene nicht beherrschen musste. Es war auch das erste Mal, dass sie Zeit hatte, über die anzügliche Art nachzudenken, mit der der Marquess von Dorset, Janes zweiter Bewunderer, sie in den Schatten des Zeltes gedrängt hatte, während Jane mit Lord Hastings tanzte. Dorset war gegen sie getaumelt und hatte seine Lippen grinsend auf ihre gepresst. Sie hatte ihn fortgeschoben, aber er hatte nur gesagt: »Oh, komm schon, du weißt, dass du es willst«, und »Du bist eine wunderschöne Frau, weißt du«. Begierde und Verachtung lagen gleichermaßen auf seinem Gesicht. Sie musste ihn hart vors Schienbein treten, während sie bemüht war, nicht dabei aufzufallen. Er hatte geflucht und war beiseite getreten. Wenn sie jetzt darüber nachdachte, verzog sie zum ersten Mal voller Verachtung das Gesicht. Warum duldete Jane ihn?

Aber es gab wichtigere Dinge, über die sie nachdenken musste. Erst als sie allein unterwegs war, auf dem Rücken ihres Pferdes, wurde sich Isabel der Tatsache bewusst, dass sie für die nachfolgenden Verhandlungen, die morgen bei Lord Hastings im Westminster-Palast stattfinden sollten, einen richtigen Seidenexperten brauchte. Sie hatte diese Verhandlungen bereits intuitiv so weit vorangetrieben, wie sie es wagen konnte, aber wie weit würde sie ihr Wissen bringen, das sie bisher bei Alice erworben hatte? Sie wusste nicht, worum sie als Nächstes bitten sollte.

Alice konnte sie nicht fragen. Sie würde einen Handel mit dem König vollständig an sich reißen. Anne Pratte konnte sie auch nicht fragen, weil Annes erste Regung wäre, es Alice zu erzählen. Isabel war sich dessen gewiss, ohne es erst versuchen zu müssen. Auch William Pratte konnte sie nicht fragen, wegen seiner Stellung bei den Stoffhändlern und seiner Treue zu Alice.

Sie hielt die Zügel zwischen den Händen und dachte nach. Sie dachte kurz daran, Goffredo zu fragen. Er wusste alles. Und er würde das Abenteuer mehr genießen als jeder andere. Aber dann dachte sie an die anstrengende Atmosphäre, die entstünde, wenn sie ein Geheimnis mit ihm teilte, auch wenn es nur für einen oder zwei Tage wäre. Sie hatte es gerade geschafft, dass er sie nicht bei jeder Gelegenheit anfasste. Sie wollte nicht, dass all das wieder von vorn anfinge.

Also blieb nur William Caxton. Er war mit Alice nicht geschäftlich verbunden, anders als Goffredo, so dass Alice sich keine allzu großen Gedanken darüber machen würde, wohin er ginge, wenn er sich am nächsten Morgen plötzlich entfernte. Und er war so unaufdringlich, so zurückhaltend. Isabels erster Impuls war, sich auf jemanden zu verlassen, hinter dessen Sachkenntnis sie sich verstecken könnte, jemand Extravagantes, einen Selbstdarsteller. Doch sie erkannte allmählich, dass es ihre eigene Selbstdarstellung war, die sie hierher geführt hatte. Sie brauchte die Extravaganz eines anderen Menschen nicht, sondern nur detailliertes Wissen und Erfahrung im Verhandeln. Und der behutsame Will, der weiß Gott ebenso viel wie Goffredo getan hatte, um sie in Alice Clavers Kreis einzuführen, und der sich stets respektvoll verhielt, so als wäre sie eine Freundin, würde ihr alles das liefern, und mehr. Und er würde auch nicht versuchen, ihr ihren Ruhm zu nehmen.

Sie richtete sich gerader auf und trieb ihr Pferd zu einem flotten Trab an. Es war beschlossen.

»Westminster? Warum nur?«, fragte Will Caxton verständnislos, als sie ihm ihre Bitte an jenem Abend zaghaft unterbreitete. Er wollte seine kostbaren letzten Tage in England nicht mit etwas Unnötigem verschwenden. Er hatte eigene Geschäfte abzuwickeln. »Es hat nicht noch etwas mit Eurer Schwester zu tun?«

Er war Jane nie begegnet. Aber niemand aus dem gesamten Kreis um Alice Claver hielt etwas von ihr.

Isabel erwiderte flüsternd: »Nicht genau ... obwohl ich Alice gesagt habe, dass es so wäre. Ich würde nicht fragen, wenn es nicht wichtig wäre.«

Er seufzte.

»Nun, ich hoffe, dass es das ist«, sagte er schicksalsergeben.

»Bitte, Will, ich brauche Euch wirklich«, murmelte sie und spürte, wie er nachgab. »Und bitte erzählt auch Alice nicht, dass Ihr kommt. Ich werde es Euch erklären, wenn wir erst auf dem Boot sind.«

Als sie beide sicher nebeneinander auf dem Jollensitz saßen und die anderen Boote im gleißenden Morgenlicht vorüberziehen sahen, erklärte sie ihm leise, was sie von ihm wollte. Will glaubte ihr zunächst nicht. Er wurde ihr gegenüber sogar ein wenig schroff. Sie spürte an seiner leichten Röte um den sandfarbenen Haaransatz, dass er böse wurde. »Ich habe keine Zeit für aussichtslose Unternehmungen«, sagte er streng, als bezweifle er, dass es überhaupt richtig war, zu einem so unerfahrenen Mädchen so freundlich zu sein. »Seid Ihr absolut sicher, dass Ihr dies nicht nur erfindet?«

Selbst als sie ihm das hingekritzelte *Laissez-passer* zeigte, das

Lord Hastings ihr gegeben hatte, um an den Palastwachen vorbeizugelangen, war er noch nicht sicher. Er kniff die Augen zusammen und betrachtete es mit offener Skepsis.

»Warum sollte er zustimmen, Euch zu sehen?«, fragte er nach einem langen Schweigen.

Sie konnte die Erbitterung nicht ganz aus ihrer Stimme verbannen, als sie, schriller als ihr lieb war, erwiderte: »Ich sagte Euch warum. Es stimmt.« Vielleicht überzeugte ihn das, aber er schwieg. Betrachtete das Dokument nachdenklich. Und als Westminster voraus aufragte – die Doppeltürme der Abtei und die großen, sich wölbenden Dächer des Palastes, das Märchenhaus der Priester und Prinzen –, konnte sie erkennen, wie er leise pfeifend Verhandlungspunkte auszuarbeiten begann. Nur für den Fall der Fälle.

Die Gänge, die sie durchschritten, waren nicht großartiger als diejenigen, die zu durchschreiten sie gewohnt waren, nur gab es wesentlich mehr davon. Der Palast schien eine ganze Stadt aus Stein zu sein. Sie wussten nicht, wohin sie gehen oder was sie den Soldaten sagen sollten, also warteten sie an den Toren schweigend, während sich die Soldaten berieten und bis sie von zögerlichen Untergebenen langsam die Gänge entlanggeführt wurden.

Schließlich trat ein großer, angespannt wirkender Mann, der ein wenig wie Lord Hastings aussah, auf den letzten Steingang hinaus und verbeugte sich. Ein Knappe verkündete mit Piepsstimme seine Titel: Ralph Hastings, Junker der Krone, Königlicher Stallmeister und Hüter der Löwen, Löwinnen und Leoparden des Königs. Isabel vermutete, dass dies Lord Hastings' Bruder sein musste. In dem Bemühen, nicht zu überwältigt zu wirken, versank sie in einen tiefen Hofknicks.

Ralph Hastings führte sie noch weitere Gänge hinab zu den Räumen des Oberhofmeisters. Er sprach, sehr ruhig und langsam, mit seiner fremdartigen, ländlichen Midlands-Stimme, die ihnen Wohlbehagen vermittelte. »Dies ist ein guter Moment, meinen Bruder aufzusuchen«, sagte er, »nachdem seine morgendlichen Pflichten beendet sind. Es ist der Zeitpunkt des Tages, zu dem er Zeit hat nachzudenken.«

Isabel wusste, dass Lord Hastings' Pflichten als Oberhofmeister vom Organisieren des Haushalts – die Mahlzeiten des Königs anzuordnen und Audienzen bei ihm zu arrangieren – bis zu Sekretärsarbeit und dem Ankleiden des Königs reichten.

Isabel fragte sich: Wie findet Lord Hastings die Zeit, die Garnison in Calais und die Midlands-Heere zu führen sowie neue Münzen zu schlagen, wenn er morgens auch noch alles das tun muss? Sie fragte neugierig: »Hat er keine Knappen, welche die Morgenarbeit für ihn erledigen könnten?«

Ralph Hastings schüttelte den Kopf, mit dem Erstaunen eines Höflings über die Ignoranz eines Außenstehenden, die Gepflogenheiten des Palastes in Frage zu stellen. »Die Person des Königs berühren?«, fragte er mit gewölbten Augenbrauen.

Sie war sich Will Caxtons Anwesenheit bewusst. Sie wünschte, er hätte nicht miterlebt, wie sie einen Narren aus sich machte. »Lasst mich«, murmelte er, »das Reden übernehmen.« Sie ärgerte sich einen Moment. Doch dann war sie doch erleichtert. Das war immerhin der Grund, warum sie Will mitgenommen hatte.

Der Raum, den sie betraten, war groß und luftig, aber schlicht: ein großes, längs unterteiltes Fenster, das zum Fluss hinausführte, die Spiegelungen des Wassers auf den kahlen Wänden reflektierte, ein großer, mit Papieren übersäter Tisch in der Nähe der Rückwand, zwei Schreiber, die daran saßen, und am Fenster Lord Hastings selbst, der in blauem Waffenrock und Hose prächtig wirkte. Er zog den Hut, richtete seinen lachenden Blick auf Isabel und beugte sich vor, während er sagte: »Ah, die junge Mistress Claver! Kommt herein, kommt herein ... wir haben, glaube ich, Geschäftliches zu regeln.«

Lord Hastings kannte Will Caxtons Namen, wie er jedermanns Namen zu kennen schien. Sobald Will Caxton von einem Knappen formell angekündigt wurde, wandte sich Lord Hastings mit großer Ungezwungenheit dem dürren Händler zu und sagte: »Wir sind uns noch nicht begegnet. Aber Ihr habt in Brügge großartige Arbeit geleistet. Natürlich weiß ich davon. Und wir haben alle den ausgezeichneten Vertrag bewundert, den Ihr mit den Händlern der Hanse vereinbart habt.« Dann, an Isabel gewandt, mit gleichem Respekt und derselben Höflichkeit: »Wie ich sehe, habt Ihr einen ebenso talentierten Kollegen, wie Ihr selbst es seid, mitgebracht. Es ist gut, einen solchen Freund zu haben.«

Will war gegenüber dem Adel selbstbeherrschter, als Isabel vielleicht erwartet hatte. Er verbeugte sich, antwortete auf förmliche Weise und nahm seinen Platz am Tisch selbstsicher ein. Es war leicht, sich seiner Führung zu überlassen. Als sie sich zum Gespräch niederließen, hielt sein Blick ihren nur einen kurzen Moment fest. Er nickte, schweigend anerkennend.

In der folgenden Stunde überraschte es sie mehrmals, wie versiert Will Caxton in Bezug auf das vorliegende Unternehmen war. Er umriss, klar und knapp, was nötig wäre, um einen Seidenweber-Betrieb zu errichten, und Lord Hastings stimmte gleichermaßen ruhig allem zu. Der Vertrag, der Isabel als Unternehmerin aus eigenem Recht benannte, zusammen mit Alice Claver, Goffredo D'Amico und den beiden Prattes, schloss nicht einmal Will Caxton mit ein. »Ich plane ein anderes Unternehmen«, sagte er, als Lord Hastings ihn einladend ansah. »Ich bin nur hier, um Rat anzudienen.«

Isabel konnte nicht glauben, wie leicht das, was sie wollte, dank Will in dem Dokument Gestalt annahm, das einer der Schreiber aufsetzte, während sie sprachen. Der Vertrag legte fest, dass der Seidenbetrieb, den sie aufbauen würden, fünfundzwanzig Jahre lang unter dem Schutz des Königs stünde. Dem juristischen Französisch des Schreibers nach, dem sie nur gerade so folgen konnte, war es dem Hause Claver erlaubt, mit einem Vollbetrieb venezianischer Färber, Spinner und Weber vertraglich zu vereinbaren, dass sie nach England einreisen würden.

»Wo möchtet Ihr Euren Betrieb errichten?«, fragte Lord Hastings Isabel.

Will Caxton antwortete, so rasch, als hätten sie dies vorher untereinander vereinbart: »Hier – in Westminster. Das wäre sicherer.«

Und weiter ging es zum nächsten Punkt: dass die Seidenweber in einem ruhigen, ungenannten Haus im Bezirk der Abtei untergebracht würden, weit von den neugierigen Blicken der Händler Londons entfernt. Goffredo sollte die englische Staatsbürgerschaft angeboten werden, falls er mit den venezianischen Obrigkeiten in London Schwierigkeiten bekäme. Die venezianischen Meister würden in dem Betrieb eine erste Gruppe englischer Weber lehren, wie man ein volles Sortiment Satin-, Damast-, Samt- und Taftstoffe herstellte. Niemand anderem würde es erlaubt sein, in Westminster oder London ein konkurrierendes Gewerbe aufzubauen, bis dieser ein Vierteljahrhundert andauernde Vertrag ausliefe. Für die Venezianer gälte zur Rückzahlung jeglicher Schulden, die zu Hause aufgelaufen wären, und jeglicher in London fälligen Steuern ein Stillhalteabkommen, genauso wie sie bei der Strafverfolgung von Verbrechen, die auf dem Kontinent begangen wurden, Immunität genössen. Der Betrieb wäre frei von städtischen Abgaben und Auflagen. Noch müsste er auf Importe jeglicher Roh- oder gesponnener Seide, Farbstoffe, Gold oder Silber, welche die Kunstgewerbler für ihre Arbeit brauchen, Zoll bezahlen. Der König würde die zehn Schillinge pro Jahr betragende Miete für das Haus bezahlen. Er würde auch Geld für Nahrung, Kleidung und die jährlichen dreißig Dukaten Löhne für die Fremdarbeiter verauslagen – ein Vierteljahrhundert lang als zinsloses Darlehen. Alles, was das Haus Claver tun müsste, wäre, die Ausrüstung zu kaufen: zwanzig Webstühle für Stoffe höchster Qualität, Spinnräder, Mangeln, Bottiche und Arbeitsgeräte für die Färberei. »Wir wissen nicht, wie wir den Preis für die Ausrüstung kalkulieren sollen«, sagte Lord Hastings entschuldigend. »Damit beschäftigt Ihr Euch am besten selbst.« Aber alles andere würde aus dem Geldbeutel des Königs bezahlt werden.

Alle schwiegen, während Will Caxton überlegte, ob noch weitere Punkte in dem Vertrag festgehalten werden müssten. Der Schreiber ließ Sand auf das Papier rieseln, um die Tinte zu löschen, und goß ihn dann zurück in das Sandgefäß. Lord Hastings lächelte. Er beugte sich vor, tippte Isabel auf die Schulter und wirkte plötzlich verschwörerisch.

»Ihr wisst es, nicht wahr«, sagte der Freund des Königs, »dass, obwohl es Seine Gnaden der König ist, der gerne die formelle Verantwortung für Eure Kosten übernimmt, in Wirklichkeit die einzige Möglichkeit, wie er das Geld dafür beschaffen kann, darin besteht, es von den Händlern der Stadt London zu leihen? Er ist schließlich kein reicher Monarch ...«

Isabel sah, dass sich Will Caxton als Antwort ein kleines Lächeln erlaubte. Er wusste es. Sie tat es ihm gleich.

»Im Grunde«, fuhr Hastings fort, ein Bein sportlich über das andere geschlagen, »werden Euer Vater und seine Freunde für Eure Unternehmung bezahlen, aber sie werden nicht wissen, dass sie es tun. Und doch wird Euer Haus Claver den Gewinn genießen, wenn es gelingt, wobei ich sicher bin, dass es so sein wird. Das habt Ihr gut gemacht, Mistress Claver. Dies ist für Euch eine gute Übereinkunft.«

Ihr Lächeln verstärkte sich, als dieser Gedanke in ihr Bewusstsein drang. Will Caxton schaute bescheiden zu Boden und genoss es auch. Lord Hastings sah sie freundlich an, als wäre er sich der größeren Komplexität ihrer Gefühle sehr wohl bewusst – als erkenne er, dass die Liebe zur Schönheit der Seide, die sie diesen Lebensweg beschreiten ließ, nun einer Wertschätzung für etwas wich, was sie bis jetzt nicht erkannt hatte: die Schönheit der Macht. Er erhob sich mit einer fließenden Bewegung. »Ich denke, das ist alles, nicht wahr?«, sagte er freundlich. Die Audienz war vorüber.

Draußen, als sie den Gang wieder hinabgingen, dieses Mal nur von dem Knappen begleitet, bemerkte Isabel, deren Blick strikt geradeaus gerichtet war und deren Kopf vom triumphierenden Gesang himmlischer Chöre erfüllt war, dass Will Caxton plötzlich vor Erleichterung leicht schwitzte, seinen Samthut in den Händen zerknitterte und dann mit den Händen durch sein dünnes Haar fuhr, bevor er den Hut wieder aufsetzte. Er begann erneut zu pfeifen, ganz friedlich und leise. Sie wandte den Kopf, lächelte ihm zu. Er zwinkerte, aber seine bedachten Körperbewegungen vermittelten ihr, dass es noch nicht angemessen wäre, laut zu jubeln. Stattdessen richtete sie ihren Blick auf die Jacke des Knappen vor ihr und lief weiter.

Will wartete, bis sie ein gutes Stück am letzten Soldaten vorüber waren, am Anlegesteg standen und auf ihr Boot zurück nach London warteten, bevor er einen tiefen Seufzer aufgestauter Zufriedenheit ausstieß. »Wir haben es geschafft!«, sagte er und legte eine Hand auf ihren Arm. »Wir haben es wirklich geschafft!« Seine Stimme klang hoch und gebrochen.

Begeisterung durchströmte sie, während sie sein Strahlen erwiderte und sich darüber freute, dass sie ihre Gefühle endlich zeigen durfte. Er wirkte nun wieder normal – unaufdringlich und erstaunt über seinen Erfolg. Er war nicht mehr halb so beeindruckend, wie er es im Palast gewesen war. Sie musste sich ermahnen, dass es dieser Mann war, der all das erreicht hatte. Sie hatte gut gewählt. »Will«, rief sie herzlich, »das war unglaublich! Ihr wart ... Ihr wart ...« Sie war so überwältigt, dass ihr kein auch nur annähernd ausreichendes Wort des Lobes einfiel. »Ihr wart so GUT«, endete sie freimütig.

Er lächelte verlegen. Er merkte, dass sie ihn hoch loben wollte. Und wer mochte kein Lob? Aber seine Stimme klang ruhig, als er bescheiden sagte: »Nun, ich habe jahrelange Erfahrung, wisst Ihr ...« Er nickte ihr gleichermaßen herzlich zu. »Und heute Morgen habe ich Euch noch nicht einmal geglaubt. Euch wie ein alter Bär angegrummelt. Ihr habt selbst etwas Außergewöhnliches geleistet, als Ihr die Gelegenheit gesehen und sie ergriffen habt.«

Nun war es Isabel, die errötete. Will Caxton wandte den Blick von ihr ab. Stattdessen betrachtete er anerkennend das Bild des Ufers: das sanfte Anschwellen der Flussniederung und die Dächer, die Priester und Sinnende beherbergten. »Und dies wird wirklich ein guter Ort sein, um herauszufinden, wie man etwas Neues angeht, nicht zu viel Getue und Geschäftigkeit«, sagte er nachdenklich. »Vielleicht sollte ich mich auch hier niederlassen, wenn ich zurückkomme ...«

Er blieb noch einen Augenblick länger stehen, betrachtete das Panorama und pfiff durch die Zähne. Dann lächelte er Isabel zu. Sie bemerkte den neuen Respekt in seinem Blick. »Ihr seid eine ungewöhnliche junge Frau, Mistress Isabel Claver«, sagte er nachdrücklich, »und Ihr dürft keinem glauben, der Euch etwas anderes erzählt. Alice sollte wissen, dass Ihr es wart, die dies alles auf die Beine gestellt hat. Ihr verdient alles Ansehen dafür, nicht ich. Ich war nur der Berater, nicht mehr. Ihr braucht nicht zu erwähnen, dass ich hier war. Ich werde Alice oder Anne gegenüber kein Wort erwähnen, wenn Ihr es nicht wollt.«

Er war sehr zufrieden mit seinem Angebot. Er wusste, wie großzügig es war. Und was Isabel betraf, so war sie zu überwältigt, um etwas zu sagen.

Alle wirkten überrascht, als einen oder zwei Tage später ein Bote im Haus erschien, um ein Schriftstück für Isabel abzugeben. Es war nicht an ihr, Schriftstücke zu erhalten. Sie war das Mädchen, das die Herstellung von Geldbörsen erlernte. Aber niemand fragte, von wem es war, als sie zur Tür eilte, um es entgegenzunehmen. Sie fragten nicht einmal, als sie kurze Zeit später in den Lagerraum zurückkam, die Augen gesenkt und mit geröteten Wangen. Sie waren Händler. Sie achteten auf gute Manieren und Privatsphäre. Sie warteten darauf, dass sie es von sich aus erzählte.

Isabel konnte den ganzen Tag nicht reden. Ihr Geheimnis fühlte sich an wie ein riesiger Kloß in ihrer Kehle. Sie wartete bis zum Abend, nachdem das Tagewerk erledigt war und alle das Lagerhaus verlassen hatten, bevor sie Alice den Vertrag präsentierte. Sie beugte sogar demütig den Kopf.

Schließlich streckte Alice eine Hand nach dem Schriftstück aus. Sie begann zu lesen. Sie musste das Gewicht des Dokuments bemerkt haben, sobald sie es aufnahm. Es war starr vor Wachssiegeln, und Alice wäre blind gewesen, wenn sie nicht das Wappen des Königs darauf gesehen hätte: drei flammende Sonnen und der königliche Leitspruch: *Confort et Liesse*. Trost und Freude. Dennoch sagte Alice lange Zeit nichts. Sie starrte nur auf die Worte, als tanzten sie vor ihren Augen.

Alices Gesicht war vollkommen unbewegt, als Goffredo den Raum betrat und sich neben sie an den Tisch setzte. Die Seidenfrau reichte Goffredo das Dokument und sagte nur ein Wort:

»Lies.« Sie hatte sich immer noch nicht dazu herabgelassen, ihren Lehrling anzusehen. Doch Isabel glaubte, ein zufriedenes Leuchten in ihren Augen wahrgenommen zu haben.

Goffredo blickte hinab. Er wirkte erstaunt. Dann legte er den Brief hin und begann zu lachen. Als Anne Pratte eintrat, das Dokument nahm und ihren Mann gereizt aufforderte: »Sag mir, was das bedeutet«, begann William Pratte es ihr zu erklären. Auch sie wirkte erstaunt. Goffredos Lachen wurde immer lauter, bis er sich auf die Schenkel schlug und sich die Seiten hielt.

»Einfach so«, gluckste er. »Er hat es uns gegeben, einfach so.«

Nun sprachen sie alle durcheinander. Unglaubliche Neuigkeiten. Alle sahen einander an. Alle beobachteten Goffredos Heiterkeit. Glaubten nicht ganz, dass es kein Scherz war.

»Nicht an allen Ecken und Kanten sparen«, sagte William Pratte.

Anne Pratte fügte hinzu: »Keine Kosten scheuen.«

Dann hielt Goffredo inne. Sah Isabel ohne Tändelei an, mit reiner Bewunderung.

»Dein Name steht darauf«, sagte er herzlich. »Es wurde dir zugesandt. Sage es mir. Was hast du gemacht?«

Sie errötete zutiefst. Senkte den Blick. Plötzlich überrascht darüber, dass sie erfolgreicher gewesen war, als sie es sich jemals hätte träumen lassen, wusste sie nicht, wohin mit sich. Sie wollte nicht, dass Alice sie für überheblich hielt. Sie war nahe daran, ihnen zu erzählen, dass Will Caxton den Handel für sie abgeschlossen hatte, damit sie im Hintergrund bliebe, aber sie verbot es sich gerade noch rechtzeitig. Will hatte gesagt, sie könne dies für sich beanspruchen, nicht wahr? Und ihr Wagemut hatte ihr den Handel eingebracht, oder?

»Ich hatte Glück«, murmelte sie. »Ich traf den König. Durch Jane. Ich habe ihn gefragt.«

Daraufhin mussten alle lachen. Konnte das Leben wirklich so einfach sein? Sie glaubten es allmählich. Reichten den Brief von einem zum anderen. Schüttelten verwundert die Köpfe. »Aber bis zu diesem Moment hatte ich Zweifel, ob es wirklich funktioniert«, murmelte sie.

»Seht sie Euch an«, staunte Goffredo. »Sitzt da so schüchtern und süß, als ob sie kein Wässerchen trüben könnte.« Er beugte sich vor. Tätschelte ihr Knie. »Schau glücklicher drein!«, befahl er. »Du hast gerade den Handel unseres Lebens abgeschlossen! Du darfst feiern, *Cara*!«

Und bevor sie wusste, wie ihr geschah, hatte er sie schon hochgezogen und tanzte mit ihr im Raum. Dieses Mal machte ihr seine Berührung nichts aus. Alle lachten, während die Fackeln flackerten, und selbst Alices murrendes »Goffredo, bitte!« klang nicht halb so griesgrämig wie sonst.

Aber Isabel konnte es selbst immer noch nicht glauben, nicht einmal als der Weinpunsch aufgetischt wurde, und Goffredos Zuckerwerk, und William Pratte den ersten Toast des Abends auf ihren zukünftigen Erfolg ausbrachte. Sie begriff erst so ganz, dass sie etwas Lohnendes vollbracht hatte, als Alice sie unmittelbar anlächelte und ohne die übliche Schroffheit, mit respektvoller Stimme sagte: »Isabel, würdest du gerne als Erste das Haus in Westminster besichtigen? Du kannst einen Tag frei nehmen. Du hast es verdient.«

8

Isabel lief an hellgrünen Getreidefeldern vorbei. Sie war zu sehr in Gedanken versunken, um sich die anderen Leute auf der Straße anzusehen. Der Dunst von London lag hinter ihr, selbst die bedrohlichen Bollwerke am Strand nur noch eine Erinnerung, solange sie sich nicht umdrehte. Sie war so frei wie das silberne Band des Flusses zu ihrer Linken, Westminster ein magisches Dorf unmittelbar voraus.

Sie verspürte Freude, während sie dahin wanderte. Die Bewegung klärte ihre Gedanken. Sie begann fast zu glauben, dass ihr Traum wahr geworden war. Ein Teil von ihr stellte im Geiste bereits ihre Lieblingsseidenfrauen ein, solche, denen man ein derartiges Geheimnis anvertrauen konnte.

Vielleicht werde ich einige von Vaters Seidenlehrlingen abwerben, dachte sie mit aufflackerndem Mutwillen. Ich weiß, dass sie gut ausgebildet sind. Isabel wusste auch, da sie selbst im Lambert-Haus aufgewachsen war, welche Frauen die reinlichsten Finger und das kargste Auskommen hatten. Wie sehr es ihn ärgern würde, wenn sie seine Dienste verließen und nach Westminster zögen.

Hauptsächlich dachte sie jedoch an Joan Woulbarowe. Sie stellte sich Joan Woulbarowe vor, wie diese sie ansah, ihre Augen tellergroß aufgerissen, wie sich ihr Mund langsam zu einem Lächeln verzog, das jeden einzelnen ihrer schwarzen Zahnstümpfe zeigte, und wie sie raue Worte der Dankbarkeit stotterte. Joan Woulbarowe verdiente nach all den mittellosen Jahren bei den Gerichten, vor denen sie gegen die Anschuldigungen ihrer ehemaligen Herrinnen ankämpfte, einen Neuanfang. Nun, dachte

Isabel, in ihrem Großmut schwelgend, ich kann ihr diesen Neuanfang gewähren. Sie kann bei mir neu anfangen.

Eine weitere vorteilhafte Tatsache kam ihr in den Sinn. Sie wusste, dass die in Ungnade gefallene Joan keine Verwandten hatte und unter den Seidenfrauen nur wenige Freundinnen. Diese hatten sich bei dem recht öffentlichen Disput in der Mercery klugerweise auf die Seite der reichen Katherine Dore gestellt. Joan Woulbarowe würde in der Soper Lane nicht vermisst werden. Und sie besaß flinke Finger. Sie würde schnell lernen. Sie würde dankbar sein und unermüdlich arbeiten. Isabel wusste auch durch ihren neuerworbenen nüchternen Instinkt einer unverheirateten Geschäftsfrau, dass es keine großen Gefahren barg, wenn Joan anfing, von Heirat und Kindern zu träumen. Selbst wenn sie töricht genug wäre, sich zu verlieben, war ihr Leben zu lange Zeit zu hart zu ihr gewesen. Ihr zerfurchtes Gesicht und ihr entstellter Mund würden jeglichen Flausen Einhalt gebieten. Jemand wie Joan würde für den Rest ihres Lebens einfach eine zuverlässige Arbeiterin sein.

Noch während Isabel in ihrer Joan Woulbarowe-Phantasie schwelgte, dachte sie auch an die italienische Seite der Abmachung. Goffredo würde sofort aufbrechen müssen, um seine Vereinbarungen mit der venezianischen Regierung zu treffen und mit dem Anwerben der Arbeiter zu beginnen. Sie wusste, dass dies Zeit erforderte. Die Provveditori della Seta, von denen er so häufig sprach, würden überzeugt werden müssen. Sie konnte sich vorstellen, dass viel Schmiergeld bezahlt werden müsste, bevor er seine Dokumente und Genehmigungen bekäme. Und er würde gewundene Wege finden müssen, die Webstühle nach England zu schmuggeln, Stück für Stück, getarnt, damit die Italiener in London nicht erfuhren, was er importierte. Würde Will Caxton vielleicht helfen, wenn er nach London zurückkehrte? Sie war von ihrem Erfolg so berauscht, dass sie sich ausmalte, wie Will, in einem Lagerhaus irgendwo in Deutschland, jedes Holzsegment eigenhändig sorgfältig in die Tücher einer seiner Stofflieferungen wickelte. Sich dabei fragte, ob er sie den Zöllnern gegenüber als Teile einer Druckerpresse ausgeben könnte.

Sie merkte, dass sie gelächelt hatte, denn die Männer am Tor verstummten und warfen einander bedeutungsvolle Blicke zu, als sie die Straße zwischen Palast und Abtei betrat. Einer nickte, und der andere tippte sich mit einem Finger seitlich an den Kopf und verzog das Gesicht zu einer verrückten Grimasse. Sie fasste sich und ging nun in schicklicherer Haltung über das Pflaster. Sie sahen wahrscheinlich nicht viele junge Damen in gelber Seide – sie hatte ihr bestes Gewand angelegt –, die in der Mittagshitze zu Fuß aus London kamen, mit gerötetem Gesicht und wie eine Närrin grinsend. Sie musste wohl auffallen. Hätte sie sich weniger farbenfroh kleiden sollen? Dann lächelte sie erneut und reckte lebhaft das Kinn. Man hatte ihr immerhin gerade ihren Herzenswunsch erfüllt. Sie konnte sich nicht vorstellen, glücklicher zu sein als an diesem perfekten Tag. Sie konnte lächeln, wenn sie wollte. Und Gelb tragen. Wen kümmerte es, wenn sie stierten oder sie für verrückt hielten?

Sie kannte sich in der Nähe von Westminster nicht aus. Der Bezirk der Abtei war größer, als sie gedacht hatte. Und die sauberen Straßen, in denen die Leute wohnten, die den Benediktinern und Höflingen dienten, waren zu dieser Tageszeit ruhiger, als ein Londoner erwartet hätte.

Sie blieb verwirrt stehen.

»In welcher Richtung liegt das Armenhaus?«, fragte sie die erste alte Frau, der sie begegnete. Sie scheute sich davor, an diesem unvertrauten Ort einen Mann anzusprechen, selbst wenn die Hälfte von ihnen Mönche waren. Aber das alte Weib erwiderte ihren Blick nur verängstigt und schlurfte hastig weiter.

Isabel zuckte die Achseln. Sie sah sich nach jemandem um, der ihr vielleicht die richtige Richtung weisen könnte.

Auf der schattigen Seite der Straße befand sich ein Reiter, der sein staubiges Pferd beim Trog saufen ließ. Er hatte sich am Pferdegeschirr zu schaffen gemacht. Die Zügel verknotet und den Sattelgurt gelockert, als wolle er nach einem langen Ritt ausruhen. Nun, noch immer mit dem Rücken zu ihr, tauchte er die Hände ins Wasser, nahm eine Handvoll auf und spritzte es sich ins Gesicht. Sie sah Tropfen in der Luft schimmern. Sie hörte ihn zu seinem Pferd fröhlich »Brrrr!« sagen und sah dann, wie er mit beiden nassen Händen durch sein Haar fuhr, die Finger verschränkte und die Arme kräftig über den Kopf streckte.

Er klang jung. Die Kleidung auf seinem drahtigen Rücken war dunkel und schlicht genug, um mit den Schatten zu verschmelzen, aber der Hut, den er am Trog abgelegt hatte, war aus schwarzem Samt guter Qualität. Kein Straßenräuberhut. Er wirkte nicht gefährlich. Was konnte heute ohnehin schiefgehen?

»Sir«, rief sie kühn. »Könnt Ihr mir den Weg zum Red Pale weisen, beim Armenhaus?«

Er wandte sich um. Wasser tropfte aus dem Haar auf sein nasses Gesicht. Er blinzelte es geschickt aus den Augen. Er tat zwei lange Schritte auf sie zu, ins Licht. »Ich kann nichts sehen«, sagte er, noch immer Tropfen von seinem Kopf schüttelnd. »Es ist so hell.«

Sie kannte diese Stimme. Sie war so dunkel und weich und wunderschön wie der schwarze Samt seines Hutes.

Sie sah hin. Blasse Haut, schwarzes Haar, ein drahtiger, muskulöser Körper und ein Mund, der vielleicht hart wirken würde, wenn er nicht solch sinnliche Freude darüber ausstrahlte, an einem heißen Sommertag kühles Wasser zu spüren und Arme und Beine zu strecken. Einfach glücklich darüber, am Leben zu sein. Sie spürte die heiße Luft auf ihrer Haut.

Plötzlich war sie wieder vierzehn, lauschte dieser Stimme in der Dunkelheit des Gasthauses, während sie sich über die von ihrem Vater getroffene Wahl eines Ehemannes beschwerte, spürte die Wärme seiner Hand auf ihrem Rücken. In diesem Moment schwand alles, was ihr seitdem widerfahren war, als wäre es nur eine Schlaufe an einer Litze gewesen, eine Schlaufe, die mit einem sorgfältig ausgeführten Stich befestigt und dann aufgerollt und gewendet und verknotet wurde. Nun war die Litze lediglich ein kleines Stück länger. Sie befand sich wieder da, wo sie angefangen hatte, wenn auch besser gestellt.

Sie rührte sich nicht, bis er wieder klar sehen konnte. Er blieb neben ihr stehen und hatte sie noch nicht erkannt. Er war ihr jetzt so nahe, dass sie seine Körperwärme spüren konnte.

»Das Red Pale«, sagte er. Er legte eine Hand auf ihr Schulterblatt, als wolle er sie umdrehen. Sie sog den Atem ein, demütig vor Behagen. »Ihr lauft in die falsche Richtung.«

Sie wagte es kaum, ihm in die Augen zu sehen. Was wäre, wenn er sich nicht an sie erinnern könnte? Aber sie kam nicht umhin, sich ihm langsam ganz zuzuwenden. Zuerst mit dem Kopf, dann mit dem Hals, dann mit den Schultern, mit verstörter Miene, aber das kümmerte sie kaum.

Er hielt inne. Seine Hand wurde ruhig, blieb aber, wo sie war. Sie liebte seine Stille.

»Isabel Lambert«, sagte er.

»Claver«, erwiderte sie rasch. Erleichterung ließ sie lächeln und drauflos plappern. »Ich habe Euren Rat befolgt.«

Er hielt ihren Blick fest und begann ebenfalls zu lächeln. Diese sanften, vergnügten Augen.

»Ich bin nun Witwe«, fügte sie hinzu. Im gleichen Moment wünschte sie sich, dass sein Anblick sie nicht wie ein übereifriges Kind erröten ließe, so wie vorhin.

Er hob die andere Hand, bekreuzigte sich höflich und murmelte mit einem formellen Blick zum Himmel: »Gott gewähre Master Clavers Seele Frieden«, bevor sein Blick wieder den ihren suchte, als könne er nur Frieden finden, wenn er seinen Blick mit ihrem verschmelzen ließe. Dieser Mann würde sie stets sehen und erkennen und in ihren Augen Trost suchen, was auch immer sie trug oder tat. Sein Blick hatte nichts mit Status, Kleidung oder den Belangen der Welt zu tun. Es war einfacher als das. Und die außergewöhnliche Zufriedenheit, die sein Blick bei ihr bewirkte, vermittelte ihr das sichere Wissen, dass alle koketten Blicke Goffredos in diesem Sommer nur bedeutungslose Spielereien waren.

Sie schaffte es nicht, traurig zu wirken, obwohl auch sie sich bekreuzigte. »Seit einiger Zeit«, sagte sie unwillkürlich, während sie die Hand wieder senkte. »Über ein Jahr.« Sie deutete auf ihre gelbe Seide, so leuchtend und feierlich. »Meine Trauerzeit ist vorüber.«

Er nickte, mit derselben Aufmerksamkeit, an die sie sich erinnerte. Sie wussten unangenehmerweise keine weiteren Höflichkeiten mehr auszutauschen. So musste er jetzt weiterreiten, und das würde zur Folge haben, dass sie ihn vielleicht niemals wiedersehen würde.

»Ich will selbst am Armenhaus vorbei«, sagte er. Lächelte, als wolle er die Dunkelheit verbannen. »Ich kann Euch das Red Pale zeigen.« Und er schritt über die Straße zurück, mit jenen knappen Bewegungen, ohne den Blickkontakt zu unterbrechen, und band sein Pferd los. Noch bevor sie wusste, wie ihr geschah, gingen sie schon gemeinsam die Straße hinab, das Klippklapp der Pferdehufe neben ihnen.

»Damals ... Ihr wisst schon, letztes Mal«, sagte sie und spürte, wie ihr Herz einen Satz tat, sprach aber so beiläufig, wie sie es wagte, über den mühelosen Rhythmus der Füße und Hufe hinweg. »Ich habe Euch noch nie nach Eurem Namen gefragt.«

Sie wartete und beobachtete, wie sich ihre Röcke in dem bisschen Schatten, den die Mittagssonne zuließ, vor ihr bauschten.

»Dickon«, hörte sie ihn schließlich sagen und spürte, wie sich ihr der Kosename mit der sanften Erregung des Entdeckens einbrannte.

Sie sah ihr Haus sofort. Es stand jenseits der Straße, vom Schild des Red Pale aus, hinter den Büros des Almoseniers am Rande der Abtei. Die Fensterläden waren geschlossen und verriegelt, aber sie konnte erkennen, dass es ein überaus ansehnliches Anwesen war. Anhand der hellgrauen Steinfassade, die zwei Stockwerke hoch war, mit einem Tor in der Seitenmauer, konnte sie die drei geräumigen Zimmer in jedem Stockwerk vor sich sehen und das Licht vermuten, das durch die oberen Sonnenfenster hereinströmen würde. Die Webstühle würden unten aufgestellt. Die Scheune seitlich des Hofes würde als Lager dienen. Die oberen Sonnenräume gaben bestimmt gute Schlafquartiere ab. Sie musste eine Liste von Dingen erstellen, die es zu kaufen galt: Betten, Küchenzubehör, Leinenzeug.

Dickon half ihr, die Fensterläden in dem ersten leeren Raum zu öffnen, woraufhin strahlender Sonnenschein hereindrang, die schale Luft trocknete und den Staub vergoldete. In einer Ecke lagen verschimmelte Lumpen. Ansonsten war der Raum von allen Spuren des Gewandmachers bereinigt, der, wie ihr gesagt worden war, zur Zeit des alten Königs Henry hier gelebt hatte. Sie führte ihn herum, in Erregung über ihre Begegnung und stolz darauf, die neue Hauseigentümerin zu sein. Er nahm alles kommentarlos auf und nickte verständnisvoll. Ein- oder zweimal brach er in Lachen aus, so als freue er sich über ihren Erfolg. Als sie erklärte, wie es dazu gekommen war, dass sie zwei Mal dem König begegnete, wirkte er einen Moment überrascht. »Jane Shore«, sann er laut. »Sie ist Eure Schwester ...« Aber er stellte keine weiteren Fragen. Jane war inzwischen als Geliebte des Königs wohlbekannt. Die Leute hatten begonnen, Anne Prattes Geschichte über den König zu glauben, und tratschten über seine drei Mätressen. Vielleicht war es unklug, so offen darüber zu sprechen. Es fühlte sich seltsam an, mit dem mädchenhaften Geplapper fortzufahren, welches ihr damals natürlich erschienen war. Alice Clavers Lehrling zu sein hatte sie mehr Vorsicht gelehrt, als ihr bisher bewusst geworden war. Doch sie spürte, dass es vollkommen gleichgültig war, was sie ihm erzählte. Nicht nur, weil er nicht zur Mercery gehörte und kein Händler war und daher nicht wissen würde, wem er ihr Handelsgeheimnis verraten sollte, sondern weil sie ihm instinktiv vertraute.

»Der König hat Euch Ehre erwiesen«, sagte Dickon unbeschwert. »Ihr verdient es.«

War das der Anfang eines Abschieds? Sie erstarrte.

»Nun, ich bin schon seit der Dämmerung unterwegs«, fuhr er fort, suchte ihren Blick und zerstreute ihre Ängste. »Ihr wisst es wahrscheinlich nicht, aber es gibt die Great North Road hinauf meilenweit keine guten Gasthäuser. Nur billiges Brot und übelriechenden Käse für Bauern, die ihre Herden in die Stadt bringen. Ich konnte es nicht ertragen, dort abzusteigen. Daher bin ich hungrig.«

Sie erlaubte sich ein Lachen.

»Aber dieser Ort«, und er deutete auf die ausladende Schänke gegenüber, »hat den besten Koch in ganz Westminster.«

Sie wartete, bemühte sich, nicht zu sehr zu hoffen.

»Ich komme häufig hierher, wenn ich in Westminster eintreffe. Es ist ein guter Ort, um eine Weile dazusitzen, wenn man fort war, und herauszufinden, worüber die Leute reden. Ich mag das«, fügte er spitzbübisch lächelnd hinzu. »Manchmal verbringe ich sogar die erste Nacht hier. Erhole mich von der Reise. Sie behandeln meine Pferde gut, und sie haben gute Betten. Sauberes Stroh. Keine Flöhe.«

Er zog einladend eine Augenbraue hoch. »Seid Ihr nach dem langen Spaziergang nicht auch hungrig?«

»Essen gibt es erst in einer Stunde«, sagte der Wirt und wischte sich die Hände an seiner Hose ab. Sein breites Gesicht war gerötet. Er grinste Dickon an. »Aber es gibt Euer Lieblingsessen: Rindfleischeintopf.«

Isabel konnte aus der Küche gebratene Zwiebeln riechen. Dickon antwortete: »Wir können warten.«

Sie sah das Emblem auf der Geldbörse, aus der er bezahlte. Es war in Seide gestickt: ein weißer Eber mit einer goldenen Halskrause.

Diese Schänke wirkte sauber und hell. Frisches Sägemehl war auf dem Boden ausgestreut. Die Fenster waren geöffnet, und Levkojensträuße, die in Vasen auf den Tischen standen, fingen das Licht ein. Es waren noch einige andere Gäste da – ein Mönch in Schwarz, der mürrisch allein bei der Tür saß und irgendeinen privaten Groll mit einem großen Ale begoss, und zwei Damen mittleren Alters, im dunklen Samt der ehrbaren Reichen, die sich im Hintergrund bei einem Krug Ale und einigen Scheiben Brot und Käse sowie kaltem Fleisch ruhig unterhielten. Das heiße Essen, das gerade zubereitet wurde, duftete einladend.

»Ich werde etwas zur Beschäftigung aus meiner Satteltasche holen«, sagte Dickon. »Karten, oder ein Spiel.«

Er ging auf die Straße hinaus. Der Eingang zu dem Zimmer, in dem er übernachtete, musste draußen sein.

Als Isabel sich an einem ruhigen Tisch unter einem Fenster niedergelassen hatte, brachte der Wirt einen Krug Wein und Becher. Er sah sie erwartungsvoll an, während er eingoss, bereit, sich zu unterhalten, wenn sie es täte. Das war ihre Chance.

»Also, er ist ein Stammgast«, sagte sie zögernd. »Dickon?«

»Mm.« Der Mann stellte den Krug ab. »Er kommt und geht.«

Sie wagte sich weiter vor: »Mit dem Herzog von Gloucester ...«

»Das ist richtig«, erwiderte der Mann. »Er bleibt, wenn der Herzog im Palast ist. Eine Nacht, manchmal zwei. Bis sie hier ein Quartier für ihn finden. Er sagt, es sei, weil mein Rindfleischeintopf so gut schmeckt.« Er strahlte und zog sich zurück.

Isabel dachte über die aufwendige Stickerei auf Dickons Geldbörse nach.

Dickon kehrte mit einem Beutel zurück. Er setzte sich ihr gegenüber an den Tisch. Ein erregendes Zittern überkam Isabel. Worüber würden sie reden, sie und dieser Fremde? Ihre Zunge war schwer wie Blei. Sie konnte seinem Blick nicht begegnen. Alle Fragen, die sie stellen wollte, waren ihr entfallen.

Einen Moment lang sprach niemand von beiden. Doch plötzlich setzten sie beide gleichzeitig an.

Sie sagte: »Die Blumen sind hübsch.«

Er sagte: »Ich war letztes Mal sehr nahe daran, Euch zu küssen.«

Vollkommen verwirrt fuhr sie fort: »Obwohl ich Rosen lieber mag.« Um dann plötzlich zur fragen: »Was bitte?«

Seine Augen fixierten ihre. »Ich wollte es nicht verderben. Ihr hattet andere Dinge im Sinn.« Er lächelte sein anzügliches Lächeln. »Es war besser, einfach zu gehen.«

Ihre Wangen glühten. Sie hätte den Blick abwenden sollen. Aber sie tat es nicht. Sie erwiderte seinen Blick weiterhin, mit einem Lächeln der Verwunderung. Wohl wissend, dass sie verloren war, aber in diesem Augenblick kümmerte es sie nicht.

Vielleicht war auch er verlegen. Er leerte seinen Becher und schüttete dann Figuren aus dem Beutel. Schachfiguren, wie sie sah, und sie hielt den Atem an. Glücklicherweise hatte Will ihr das Spiel ein wenig beigebracht.

Es war eine Erleichterung, die Hände zu beschäftigen. Sie bewegte eine Figur. Bewegte sie erneut. Sie konnte wieder normal atmen.

Dann sah sie erstaunt hin. Er nahm einen Fers, die schwache Figur des Wesirs. Sie kannte die Regeln: diese Figur durfte nur seitwärts ziehen, ein Quadrat auf einmal. Doch er hatte sie über das ganze Brett hinweg bewegt.

»Ihr schwindelt!«, sagte sie und sah ihn an, so erfreut über den Anblick seiner Augen, dass es ihr ein Vergnügen bereitete, ihn zu ertappen. »Ich habe es gesehen!«

Aber er lächelte nur und pfiff durch die Zähne. »Ahh«, sagte er leichthin, »nein, das tue ich nicht. Ich spiele nur das neue Spiel.«

Sie blickte ihn gespannt an. »Erzählt«, sagte sie, unsicher, ob er sie nur necke. Er lehnte sich zurück und schlug ein Bein beiläufig übers andere. Er wusste alles über Schach. In Spanien, sagte er, wurde, nachdem die kämpferische Königin von Kastilien ihren Kreuzzug gegen die Mauren begonnen hatte, ein neues Schachspiel voller mächtiger Frauen eingeführt. Die Figur, die Isabel als Fers kannte, hieß jetzt Königin und konnte die schlagkräftigsten Züge auf dem Brett ausführen. Eine Schachkönigin konnte sich überallhin bewegen, so weit sie wollte, in jede Richtung. Die Königin gut einzusetzen, war der Schlüssel eines Spielers zum Sieg und die beste Möglichkeit, den König der gegnerischen Seite zu vernichten – das Ziel dieses Spiels.

»Es ist sehr in Mode, dieses neue Spiel«, sagte Dickon und zeigte ihr seinen Zug erneut.

»Bei Hofe«, erwiderte sie unverfänglich, und er nickte, zu vertieft, um zu bemerken, dass er aus der Reserve gelockt wurde.

Dann schaute er auf, mit einem Ausdruck von Übermut auf seinen Lippen. »Noch eine neue Regel – sie wird Euch gefallen«, sagte er. Durch seine glänzenden Augen wirkte seine Stimme wie eine Liebkosung. »Ich habe Euch einmal einen Bauern genannt, erinnert Ihr Euch? Ich sagte, Ihr hättet keine andere Wahl, als vorwärts zu gehen, einen Schritt nach dem anderen?«

Sie nickte. Erinnerte sich genau. Dankte Gott dafür, dass das Dilemma vorüber und sie nun hier war.

»Nun«, sagte er, »in dem neuen Spiel wird auch ein Bauer zu

einer Königin, die über das ganze Brett ziehen darf – acht Züge –, um ans andere Ende zu gelangen.«

Sie erwiderte sein Lächeln. »Wenn ich also einfach weitergehe, kann ich eine Königin werden?«, fragte sie.

Er nickte.

»Auch wenn bereits eine oder zwei Königinnen auf dem Spielbrett vorhanden sind?«

Er nickte erneut und lachte zu ihr hinab. »In diesem Spiel kann es beliebig viele Königinnen geben«, sagte er heiter. »So viele Königinnen, wie es Bauern gibt – solange die Bauern ehrgeizig genug sind oder genug Glück haben, um die gesamte Distanz zurückzulegen.« Er lachte. »Tatsächlich genauso wie beim Leben am Hofe König Edwards«, fügte er hinzu. »Meint Ihr nicht? Wir haben nur eine offizielle Königin. Aber seht Euch alle diese Bauern an, die den König nun bedrängen: all jene Mätressen, die bei Hofe umherlaufen und um Gunst buhlen.« Er zwinkerte ihr zu. »Eure Schwester gehört dazu«, fügte er hinzu. »Ich glaube, die Fröhliche.«

Er schien sich bei Hofe auszukennen. War es möglich, dass er Jane tatsächlich kannte? Sie fand den Gedanken widerwärtig, bemühte sich aber, dies nicht zu zeigen.

Sie verdrängte die Gedanken an Jane und alles andere, als er ihre Hand berührte. Es fühlte sich wie die zarte Berührung eines Schmetterlings an. Es hätte zufällig geschehen können. »Jetzt seid Ihr auch auf dem Weg«, flüsterte er, und sein Lächeln wurde weicher. »Ihr werdet die Königin der Seide sein.«

Sie konnte seine Hand beinahe spüren. Sie lag noch immer unmittelbar neben ihrer auf dem Brett. Sie konnte sich die Wärme vorstellen. Wenn sie ihre Hand ein kleines Stück bewegte, würden sie sich erneut berühren. Er hatte eine Figur umgeworfen und es nicht bemerkt. Er war nicht mehr auf das Schachspiel konzentriert.

»Auf geht's!«, durchbrach der Wirt das angespannte Schweigen. »Vorsicht! Der Eintopf kommt!« Er und sein Schankmädchen hielten große Schalen Eintopf und Löffel für sie bereit, räumten lärmend das Spiel ab und servierten den Gästen das Essen.

Dickon lachte erfreut, während Isabel durcheinander war. »Der beste Rindfleischeintopf der Stadt«, sagte er und schob dem Wirt eine weitere Münze zu. »Danke, Hamo.«

Sie aßen. Der Wirt zog sich zurück, doch Isabel wusste, dass er irgendwo in der Nähe darauf wartete, herbeieilen zu können, um die Schalen fortzuräumen.

»Es gefällt mir hier«, sagte Dickon, während er Brot in seine Suppe bröckelte. »Keine Fragen ... niemand, der hinter dem Wandteppich herumspioniert. Es ist so, als wäre man unterwegs. Frei.« Er lachte und steckte sich dampfendes, durchtränktes Brot in den Mund. »Nur dass das Essen besser ist.«

Sie erzählte ihm von ihrem Jahr unter den Arkaden, als namenloses Mädchen, als keiner ihrer reichen Freunde (oder selbst ihr Vater) sie auch nur zu sehen schien, weil sie nicht mehr die leuchtende Seidentracht der Reichen trug. Wie dieses Unsichtbarwerden sie zu Anfang einsam gemacht hatte, aber auch, dass sie in der Kleidung einer bescheidenen Arbeiterin ein anderes Leben kennengelernt hatte. Wie sie die lebhaften, verschmitzten Mietshaus-Gespräche der ärmeren Seidenfrauen allmählich genossen hatte, darin eine Welt entdeckte, die sie sich niemals hatte vorstellen können, als sie noch bei ihrem Vater lebte. Sie sagte: »Daher weiß ich, was Ihr damit meint, unterwegs und frei zu sein. Ich habe selbst einen Weg gefunden, mich frei zu fühlen.«

Er nickte. Sie mochte die Versunkenheit, mit der er ihr zuhörte. »Eine gute Lektion«, sagte er. »Ich hatte während des Krieges meine Höhen und Tiefen. Es war sehr nützlich zu wissen, dass man von Zeit zu Zeit in den Hintergrund treten kann. Es kann einem das Leben retten, anonym zu sein. Eure Mistress Claver ist eine intelligente Frau, wenn sie Euch das gelehrt hat.«

»Ich bin ihr auch dankbar dafür«, stimmte sie ihm zu, fast überrascht über ihre Worte und die Zuneigung in ihrer Stimme. Sie wischte ihre Schale mit Brot aus. »Vermutlich ist das der Grund, warum Mistress Claver eine bessere Händlerin ist als mein Vater«, endete sie nachdenklich. »Obwohl sie eine Frau ist und niemals Zunftmitglied der Mercers' Company, des Stadtrats oder Bürgermeisterin von London werden kann. Er sieht nur das

Äußere. Aber sie sieht darüber hinaus. Sieht die Gesichter der Menschen, ihre Fertigkeiten, ihre Hoffnungen, ihre Seelen. Sieht, was sie tun können, oder könnten, wenn sie auch nur halbwegs die Chance dazu bekämen. Das gilt nicht für viele Leute in London. Niemand kümmert sich so wie sie um die armen Seidenfrauen. Dabei ist sie tatsächlich reicher als mein Vater. Obwohl man das niemals vermuten würde.«

Er lachte leise.

Eine Pause entstand. Er schob seine Schale zurück. Sie fühlte sich nun, da sie ein Gesprächsthema gefunden hatten, mutiger, und fragte, wie sie hoffte, beiläufig: »Habt Ihr das Mädchen also geheiratet, von dem Ihr mir erzählt hattet? Diejenige, gegen die Euer Bruder Einwände hatte?«

Sie dachte, sein Schweigen bedeute wohl, dass ihm die Frage nicht gefiel. Alles in ihr flehte ihn insgeheim an, nicht zu nicken.

Doch als er nickte, war sie nicht überrascht. Nicht über seine Antwort, denn das Schweigen hatte es ihr bereits angedeutet. Dennoch stahl sich eine stille Traurigkeit in ihr Herz.

Sie bemühte sich, das nicht zu zeigen, und zwang sich zu einem Lächeln. Sie fuhr tapfer fort: »Und war Euer Bruder verärgert?«

Er schaute mit jäh aufblitzendem Charme auf, als sei er dankbar, dass ihm vergeben wurde. »Ja«, sagte er lächelnd. »Sehr.«

Sie tastete nach ihrer Geldbörse. Sie wusste, dass sie gehen sollte. Er war verheiratet. Die Mahlzeit war vorüber. Aber sie konnte sich nicht recht dazu durchringen. Noch nicht.

»Es hat sich gut eingespielt«, fuhr er fort, als spürte er, dass sie ans Gehen dachte. »Sie ist eine reiche Erbin. Ich habe die Hälfte der Ländereien ihres Vaters erhalten. Ich bin nun im Norden ein großer Mann. Es ist eine ausreichend gute Partie, dass ich mir keine Sorgen darüber machen muss, was mein Bruder denkt.«

Sie fand die Geldbörse, klammerte sich daran. »Kinder?«, flüsterte sie angespannt und im Begriff aufzustehen.

Er schüttelte den Kopf. »Armes Mädchen«, sagte er leichthin. Sie dachte, dass er seine Frau meinte. »Nein.«

Sie erhob sich, verneigte sich und lächelte formell. »Danke für die Einladung«, sagte sie. »Ich sollte zurückgehen.«

Er wirkte bekümmert. Nahm den Krug hoch. »Es ist noch etwas Wein da«, sagte er bittend.

Sie schüttelte den Kopf und sah ihn ebenfalls traurig an. Dann trat sie einen ersten Schritt fort.

Eine Stimme im Kopf sagte ihr, es bestehe kein Grund, sich wie eine sitzengelassene Braut aufzuführen. Es war nichts Ungehöriges geschehen. Sie hatte gegessen und eine Unterhaltung genossen. Sie verbrachte die Hälfte ihres Lebens damit, mit verheirateten Männern wie William Pratte und Witwern wie Will Caxton zu reden. Es war nichts falsch daran. Es ging um Unabhängigkeit. Und dies war jemand, den sie hatte wiedersehen wollen. Ein Fremder, mit dem sie augenblicklich Freundschaft geschlossen hatte. Es war lediglich ein seltenes Glück, dass sie ihn nun gefunden hatte.

Sie hielt inne. Empfand angesichts der so einfachen Situation Erleichterung. Dies war überhaupt nicht nötig. Sie wandte sich zu ihm um.

»Ich werde häufig hier sein«, sagte sie. »Vielleicht könnten wir erneut zusammen essen, wenn Ihr das nächste Mal auch da seid?«

Er nickte. »Das würde ich gerne tun«, sagte er leise, und sie konnte die Freude in seiner Stimme hören. »Wir könnten einander unsere Geschichten erzählen ... Ich werde Euch hinausbegleiten.«

Nach ein paar Schritten waren sie draußen, blinzelten ins Sonnenlicht und standen neben der geöffneten Seitentür. Sie blieben stehen, verlegen darüber, wie sie sich wohl verabschieden könnten. Dickon war es, der eine Hand auf ihren Arm legte. Sie spürte ein plötzliches Feuer in ihrem Inneren. Sie zitterte. Sie konnte nicht anders, flüsterte: »Komm« und zog ihn durch die Tür, schaute zu ihm zurück und lachte. Er erwiderte ihr Lachen, und bevor sie wusste, wie ihr geschah, befanden sie sich wieder im schattigen Inneren, hinter der Tür, auf bloßen Bohlen, wo er sie küsste.

Sie suchte nach ihrer Wäsche. Der karge Raum bestand nur aus einem Bett, verputzten Wänden, hellen Eichenbalken und

Dickons Bündel an der Wand. Vor einer Stunde war das Zimmer noch ordentlich gewesen, doch sie hatten alles in ein wirres Durcheinander von Laken verwandelt. Sie konnte das frische Stroh in der Matratze riechen.

Sie lächelte bei der Erinnerung an die vergangene Stunde. Ihre Hitzigkeit machte sie nun etwas verlegen. Sie konnte nicht ganz glauben, was gerade geschehen war. Sie holte ihr Hemd aus dem Durcheinander hervor und zog es an. Dickon schlief. Sein Anblick ließ sie weich werden, sie liebte die dunklen Schatten von Muskeln und Haut auf dem Stoff.

»Bald wieder«, hatte er gemurmelt, als er sich neben sie legte. »Meine Seelenverwandte.«

»Du bist verheiratet«, hatte sie flüsternd erwidert und sich an ihn geschmiegt. »Wir dürfen das nicht tun. Ich hätte es nicht tun dürfen.«

Sie wussten beide, dass sie das Gegenteil meinte.

Das Leben änderte sich eben: Menschen starben, Ehefrauen veränderten sich. Im Moment musste es noch niemand erfahren. Es bestand immer eine Hoffnung auf morgen.

Sie müsste ihn aufwecken. Umherblickend sah sie ein Messer auf dem Boden liegen, neben dem geöffneten Messbuch und einem Kruzifix, das er auf dem eiligen Weg zum Bett gerade noch hatte abnehmen können.

Sie hob das Messer auf. Der Griff war metallen und kalt: in Elfenbein eingelegtes Metall. Sie legte es flach auf seine Stirn.

Er wachte erschrocken auf. Dann, als er sie so nahe über sich gebeugt sah, das hell rotgoldene Haar über sein Gesicht fallend, nahm seine Miene einen erleichterten und glücklichen Ausdruck an. Er zog sie auf sich. »Keine Überraschungen«, murrte er und küsste ihr Ohr, während er flüsterte: »Du hast mich einen Moment lang beunruhigt.« Aber er klang nicht verärgert darüber, dass er geneckt wurde. Und nun war er zu sehr davon in Anspruch genommen, mit seinen Lippen ihre Haut zu berühren, seinen Mund langsam ihren Hals hinab zu führen, um überhaupt noch zu reden.

Sie beugte sich lachend über seinen Kopf, um das Messer fortzulegen. Seine Zunge erkundete ihre Halsbeuge. Sie zitterte erwartungsvoll.

Aber sie konnte das Messer nicht einfach loslassen, nicht auf sein geöffnetes Buch fallen lassen. Obwohl es schlicht aussah, musste es kostbar sein. Es würde beschädigt, wenn es geöffnet dalag. Also ließ sie das Messer klappernd auf die Bohlen fallen und senkte ihre Hand, um das Kruzifix beiseite zu legen und das Buch zu schließen. Und da sah sie die drei Worte, die auf der geöffneten Seite geschrieben standen: »*Loyaute Me Lie*.«

Loyalität verpflichtet mich. Sie kannte diesen Leitspruch. Sie bestickte Ornate. Sie kannte sie alle. Dickons Zunge spielte nun am Rande ihres Hemdes, aber sie entzog sich ihm. Setzte sich auf.

Er wirkte überrascht. »Ich weiß«, flüsterte er, »du musst gehen. Aber noch nicht jetzt ...«

»In deinem Gebetbuch steht der Leitspruch des Herzogs von Gloucester«, sagte sie geradeheraus.

Seine Augen flackerten. Er setzte sich ebenfalls auf.

»Ja«, sagte er. »So ist es wohl.«

Er hatte eigentlich nichts verheimlicht, dachte sie. Ihre Gedanken schwirrten. Sie hatte die Geldbörse mit dem Emblem gesehen. Sie wusste, dass er hier war, um einen Moment der Anonymität zu genießen. Auch wusste sie, dass er im Norden Land besaß und dass sein Name Dickon war. Sie hatte einfach nicht daraus geschlossen, dass er Richard von Gloucester sein musste. Der Bruder des Königs.

Er hätte es mir sagen sollen, dachte sie erregt. Doch dann fragte sie sich: Warum eigentlich? Er hatte keine Zeit. Ich habe ihn verführt.

Das Nächste, was sie überkam, war reine Traurigkeit. Es war erst wenige Minuten her, als sie ihr Hemd angezogen und gehofft hatte – sündigerweise, wie sie nun erkannte –, dass seine Frau vielleicht sterben würde, dass Dickon, wenn er ihre Ländereien geerbt hätte, vielleicht ... Sie schüttelte den Kopf. Sie konnte den Gedanken nicht einmal zu Ende denken. Die Torheit dieser Hoffnung bewirkte, dass sie sich elend und angespannt fühlte.

Dann überkam sie die Scham. Sie hörte ihn, als sie noch unten waren, spöttisch sagen: »... seht Euch alle diese Bauern an, die den König nun bedrängen: alle jene Mätressen, die bei Hofe umherlaufen und Günste einfordern ...« und »Eure Schwester gehört dazu ... Ich glaube, die Fröhliche.«

Sie wollte nicht, dass er das Gleiche über sie dachte. Wie untertänig erfreut ihr Vater über die Beziehung seiner Tochter zum König insgeheim auch immer sein mochte, verachtete Isabel das leichte Leben, das er Jane zu führen erlaubte. Es hatte nichts mit den strengen Regeln der Bibel gegen Unzucht zu tun. Es war eher die Tatsache, dass Isabel Müßiggang nicht ertragen oder verstehen konnte. Sie wollte nicht als eine Frau bekannt sein, deren Lebenswerk darin bestand, wichtigen Leuten Gunstbeweise zu entlocken. Sie wollte nicht wie Jane sein.

Zu ihrem Entsetzen füllten sich ihre Augen mit Tränen. »Du wirst denken, ich wäre ...«, murmelte sie. Sie konnte zunächst nicht weiter sprechen. »Ich bin keine Mätresse«, sagte sie dann mit erstickter Stimme. »Ich habe keinen Gönner gesucht.«

Sie spürte seine Hände auf ihren.

»Ich weiß«, sagte er sanft und leise. »Du bist eine aufrichtige Frau, mit einem Lebensplan. Ich bewundere das ... und dich. Ich verstehe.«

Sie betrachtete seine Hand und versuchte sie sich einzuprägen. Sie würde sie vielleicht nie wiedersehen.

»Das tue ich«, fuhr er fort. »Du würdest nicht bei Hofe sein wollen, auf mich warten, unruhig sein, klatschen ... Beleidigungen ertragen ... um Kleidung und Schmuck betteln ... und alles andere ... und genauso wenig wollte ich, dass du es tust. Wir haben beide unser Leben. Wir können es nicht ändern.«

Sie schaute auf, durch seine Stimme getröstet. Und doch wartete sie auf die Abweisung, die nun kommen musste. Sie brachte ein schwaches Lächeln zustande.

»Aber ich möchte dich wiedersehen«, fuhr er fort, flehte sie mit seinen Augen an. »Wenn ich kann. Wenn du kannst. Und wir könnten es tun. Manchmal. Niemand muss es erfahren. Es könnte hier geschehen.«

Der matte Putz und die Eiche leuchteten wieder – die Farbe des Glücks.

Sie erwiderte schwach: »Aber die Leute würden reden. Es wäre nicht gut, für uns beide nicht.«

»Wer muss es erfahren?«, erwiderte er, und sie konnte ein Lächeln in seinen Augen aufkommen sehen. »Haben wir nicht gerade darüber gesprochen? Es ist nützlich, manchmal in den Hintergrund zu treten. Waren wir uns da nicht einig? Du wolltest diese Situation nicht«, fuhr er fort, und seine Stimme klang kräftiger, tiefer, mit jedem Wort überzeugender. »Ich auch nicht. Aber wir konnten nicht anders. Wir sind uns sehr ähnlich. Wir haben einander erkannt, und ich bin froh darüber.«

Seine Worte gaben ihr Kraft. Wäre er ein Händler gewesen, hätte sie sogar gewusst, wie sie das zu nennen hatte: eine Vereinbarung treffen.

»Man begegnet als Prinz nicht viel Aufrichtigkeit«, sagte er traurig. »Und meist ist der Ehrgeiz, der einem begegnet, dazu angetan, einem zu schaden. Ich vertraue nicht vielen Menschen um mich herum.« Er zog sie mit beiden Armen zu sich und drückte sie an sich. »Aber dir vertraue ich.«

Er atmete tief ein. »Also – willst du mir auch vertrauen? Mich einfach Dickon sein lassen? Einfach deine Liebe? Und wieder zu mir hierherkommen, wenn du kannst?«

Sie zögerte nicht, keinen Moment, sie wollte seinen Duft auskosten, die Berührung von Haut auf Haut, und wusste, dass es nicht das letzte Mal war, dass sie dies spüren würde.

Dies war es, was sie wollte. Sie nickte.

9

Frühjahr 1483

Es war zehn Jahre her, seit Isabel zuletzt im Palast von Westminster gewesen war. Und wenn sie auch in diesem Jahrzehnt zur Königin der Seide geworden war, fühlte sie sich an diesem kalten Februarmorgen doch immer noch von der schieren Größe dieser Welt aus Stein eingeschüchtert.

Sie versuchte, all das beiseite zu schieben, während sie vor dem molligen Mädchen mit dem blassen Gesicht, den geschwollenen Augen und dem rotgoldenen Haar kniete, der sie dienen sollte. Sie hob von einer Seite des Gewandes sachkundig ein Stück roten Brokat an, schloss ihre Lippen um einen Mundvoll Nadeln und versuchte herauszufinden, wo sie am besten schneiden sollte.

Prinzessin Elizabeth, König Edwards älteste Tochter, war im Gegensatz zu Isabels sechsundzwanzig Jahren erst sechzehn Jahre alt. Aber sie wirkte weitaus jünger, steif und ungelenk.

Das Kind hatte einen guten Grund, ernst dreinzuschauen, dachte Isabel ohne besonderes Mitgefühl. Prinzessin Elizabeth war es gerade verwehrt worden, Königin von Frankreich zu werden. Die englische Allianz ihres Vaters mit Frankreich war gescheitert. Der verschlagene französische König beschloss, die Hochzeit mit England nicht einzugehen und seinen Sohn stattdessen mit der Tochter des Herzogs von Burgund zu verheiraten. Die glänzende Zukunft der Prinzessin war an einem Tag zu Staub zerfallen. König Edward war aus vielerlei Gründen zornig. Einer davon war, dass der König von Frankreich ihm auch nicht mehr die üppige Pension zahlte, von der er seit Jahren lebte, und ein so armer König wie Edward konnte jeglichen Einkommensverlust nur schwer verkraften. Also war Isabel herbeigerufen worden, um die in dem nun plötzlich heftig verabscheuten französischen Stil genähte Aussteuer der Prinzessin aufzutrennen und zu entscheiden, welche Seidenstoffe zu einer weniger verärgernden Mode umgearbeitet und welche später für praktischere Zwecke wiederverwendet werden könnten. Das war König Edwards Art, seinem Zorn Luft zu machen und gleichzeitig Geld zu sparen. Jane Shore hatte es ihm vorgeschlagen und Isabel für diese Arbeit empfohlen.

Es war Elizabeth, die tapfer Isabel vorschlug, mit dem Hochzeitskleid selbst zu beginnen. Es war eine großartige Robe aus Brokat, mit einem so starren Gitter aus Goldfäden und Perlen bestickt, dass es von selbst zu stehen schien. Sie trug es jetzt. Aber selbst mit all dieser Pracht an ihrem Körper war sie nicht sehr ansehnlich, dachte Isabel. Das rote Haar, das sie von ihrer wunderschönen Mutter geerbt hatte, war ganz hübsch, doch sie hatte auch die kleinen Rosenknospen-Lippen ihres Vaters geerbt sowie grüne Augen, die in glücklicheren Zeiten vielleicht blank gewesen wären, die aber nun vom Weinen gerötet und geschwollen wirkten. Sie machte in der Stille dieses Vorraums immer noch einen weinerlichen Eindruck.

Isabel bemühte sich, nicht zu der zitternden Unterlippe der Prinzessin hinaufzublicken, als sie leise Geräusche hinter sich wahrnahm. Sie erstarrte. Ein Schauer überlief sie, denn sie spürte die Gegenwart einer weiteren Person im Raum. Es war die Königin: König Edwards Frau, Königin Elizabeth Woodville, die auffällige Rothaarige, die von jedermann in England gehasst wurde. Die Frau, deren eckige Schönheit den Charakter des Teufels persönlich verbarg.

Isabel bewegte sich kniend. Sie nahm die Königin nur als Farbschatten hinter sich wahr. Die Prinzessin begann flach zu atmen, als fürchte sie sich, und rührte sich kaum noch. Panische Angst stand in ihren geschwollenen Augen. Isabel war froh, dass sie bereits kniete, als die Königin hereinkam.

Sie hatte gehört, dass die Königin ihre Hofdamen drei Stunden am Tag schweigend stehen hieß, während sie dinierte. Es war nicht schwer zu erkennen, dass die einzige bürgerliche Königin, die England jemals hatte, besonders bestrebt war, Dienstboten demütigende Regeln aufzuerlegen. Regeln, welche die Erhabenheit einer Königin betonten, die aus dem Nichts emporgestiegen war. Auf die das Königreich vor langen neunzehn Jahren aufmerksam wurde, als sich der junge König Edward – über die Könige von Troja, die Gründer Roms und Brutus, den ersten König Britanniens, ruhmreich von Japhet, Sohn des Noah, abstammend –, davongeschlichen und sie während einer Jagd heimlich geheiratet hatte. Damals war sie nur die verarmte Witwe Sir John Greys gewesen, eines Mannes aus Lancaster, der umkam, als er bei der zweiten Schlacht von St. Albans auf der falschen Seite kämpfte. Es hieß, der König habe sie mit einem Dolch bedroht, um sie in sein Bett zu zwingen, aber sie habe ihm nur mit ihren kühlen, grünen Augen standgehalten und gesagt: »Ich bin vielleicht zu niedrig gestellt, um die Ehefrau eines Königs zu sein, aber ich bin mir zu schade, um Eure Hure zu sein.« Also hatte er sie stattdessen geheiratet, und sie war seither Königin geblieben, obwohl diese Heirat einen weiteren Krieg heraufbeschworen hatte.

Edward hatte letztendlich gesiegt und war nach einem Jahr nach London zurückgekehrt, um seine Königin aus ihrer Zufluchtsstätte in Westminster zurückzuholen. Königin Elizabeth Woodville hatte dort, im Hause des Abts, seinen Sohn, den kleinen Prinz Edward, geboren. Sie war durchaus furchtlos, doch sie würde niemals königlich genug sein, um sich in dieser Position ausruhen zu können. Sie würde stets grandiose Gesten der Ehrerbietung brauchen, um zu demonstrieren, wie weit sie in der Welt aufgestiegen war. Isabel wollte Demütigungen vermeiden, indem sie ihr aus dem Weg ging.

Die Schritte der Königin verstummten. Isabel hielt den Kopf gebeugt, so dass sie nur ihren eigenen Körper und ihre Knie sehen konnte, doch sie spürte den brennenden Blick auf ihrem Rücken.

Plötzlich wurde eine Hand vor ihr ausgestreckt: weiße, zarte

Finger. Isabel erstarrte. Sie wusste nicht, was sie tun sollte. In der Hoffnung, dass sie nicht schwanken würde, griff sie mit der rechten Hand danach und küsste die Fingerspitzen. Sie wagte es nicht, den Kopf zu heben. Sie wurde auch nicht dazu aufgefordert.

»Es heißt, Ihr hättet geschickte Finger, Mistress Claver«, hörte sie. Isabel hob den Blick so weit, wie es ging, ohne dreist zu sein. Die Königin mit ihrem perfekten Katzengesicht und dem wunderschönen Körper sah ihr direkt in die Augen, einen ihrer schönen Mundwinkel angehoben. Isabel hätte es nicht als Lächeln bezeichnet. Doch sie erkannte an diesem Blick, dass, was auch immer die Königin vor unterdrücktem Zorn fast beben ließ, nichts mit ihr zu tun hatte. Sie blickte kühner auf.

Die Königin deutete nachlässig in Richtung der Kleider, die gestaltet worden waren, um Königreichen Ehrfurcht einzuflößen und Gottes Segnung der Prinzessin als Seine gesalbte Königin von Frankreich zu zelebrieren. Sie sagte mit verwöhnter Leichtfertigkeit: »Nun, tut *damit*, was Ihr könnt«, und schritt geschmeidig zur Tür. Von dort sagte sie, ohne sich umzuwenden: »Ihr dürft aufstehen.«

Aber sowohl Isabel als auch die Prinzessin verharrten einige weitere Momente regungslos und lauschten auf die sich entfernenden Schritte. Isabel gewann den Eindruck, dass alles innerhalb dieses Palastes stets mit höchster Vorsicht ausgeführt wurde. Sie fragte sich, ob jeder, der ohne Schaden eine Begegnung mit der Königin überstand, ähnlich herzlich für seine Mit-Überlebenden empfand, wie sie nun für das elend wirkende Mädchen fühlte, das vor dem Wandteppich kauerte. Mit diesem Tiger von Mutter aufzuwachsen musste genauso beängstigend sein, wie Isabels erste Händel mit Alice Claver es gewesen waren.

Schließlich hob sie den Kopf und wagte es, die Prinzessin anzusehen. Prinzessin Elizabeth ließ sich zum ersten Mal dazu herab, ihren Blick unmittelbar zu erwidern, und Isabel war überrascht zu sehen, dass nichts Kindliches in den Augen des Mädchens lag. Elizabeth war die grauenerregende Wirkung von Demütigungen nicht fremd. Trotz all der Pracht um sie herum war die Prinzessin ein Mensch, der nicht viel vom Leben erwartete. Sie nickte niedergeschlagen. »Fahren wir fort«, sagte sie. »Sie wird vorerst nicht zurückkehren.«

Isabel heftete einige weitere Minuten schweigend den Stoff. Doch sie konnte diesen Blick, der ebenso wachsam war wie ihrer in den Jahren unter den Arkaden, so wenig vergessen wie die neue Erkenntnis, dass die Prinzessin sich ebenso hilflos fühlte, wie Isabel es einst empfand. Es war das Wissen, dass es vielleicht später nützlich sein könnte, den rechten Augenblick abzuwarten, die Phase der Machtlosigkeit zu durchleben und einfach auf ihre Chance zu warten, zuzuschlagen. So wurde das Schweigen herzlicher.

Schließlich wagte Isabel zu sprechen. »Dies muss sehr sonderbar für Euch sein«, murmelte sie durch ihre Nadeln hindurch und wurde mit genau dem Blick belohnt, den sie wahrscheinlich einer der Seidenfrauen, denen sie endlich näher gekommen war, beim ersten Zeichen der Herzlichkeit zugeworfen hatte. Elizabeth nickte bedächtig. »Sie schien so endgültig, meine Hochzeit«, sagte sie. »So lange Zeit. Wir spielten sie schon im Kinderzimmer. Mein kleiner Bruder Edward war der König von England, der mich zum Altar führte, um die Königin von Frankreich zu werden.«

Ihr Blick schweifte ab. »Und jetzt ... nichts«, fügte sie hinzu. Es lag leichte Bitterkeit in ihrer Stimme, als sie hinzufügte: »Ich meine, für mich. Obwohl Edward eines Tages dennoch König sein wird.«

Isabel konnte darauf nichts erwidern. Sie nahm vorsichtig die verbliebenen Nadeln aus dem Mund und legte sie wieder in ihre Schachtel. Dann rief sie die beiden Wächter. Während Elizabeth im inneren Raum aus dem Kleid stieg, beaufsichtigte sie die Männer, welche die abgetrennten Ärmel sowie die Schleppe aus dem äußeren Raum trugen. Diese bildeten den Rest des Ensembles, und jedes Teil steckte in einem eigenen gefütterten Samtbeutel. Die kostbaren Kleidungsstücke sollten mit einer Eskorte zur Catte Street gebracht werden. Es war ein gutes erstes Tagwerk.

Die Männer kehrten zurück, um auch das geheftete Gewand fortzubringen. Elizabeth stand in ihrem Unterkleid im Eingang und sah teilnahmslos zu. Mit dem erneuten Wunsch, sie zu trösten, sagte Isabel: »Vermutlich wird eine neue Heirat für Euch arrangiert werden, bevor wir auch nur die Zeit haben, irgendetwas hiervon aufzutrennen ...«

Die Prinzessin lächelte als Antwort frostig, erkannte Isabels Bemühungen, optimistisch zu bleiben, an, auch wenn sie das offenbar wenig beruhigte.

»Wenn es erlaubt ist«, sagte Isabel, der das Mädchen mehr denn je leidtat, »würde ich jetzt gehen. Bis nächste Woche. Ich möchte Euer Hoheit nicht ermüden ...« Isabel hob fragend eine Augenbraue. »Darf ich gehen?«

Zu ihrer Überraschung ließ diese Geste Elizabeth zum ersten Mal wirklich lächeln. »Ihr könnt eine Augenbraue einzeln bewegen!«, sagte sie mit kindlicher Freude. »Wie mein Onkel! Wir versuchen es stets, aber niemand von uns kann es.«

»Oh ...«, sagte Isabel gerührt, konnte sich nun plötzlich all diese jungen Prinzessinnen vorstellen, denen die Zeit so lang wurde und die natürlich in der Unschuld kindlicher Spiele Zuflucht suchten. »Nun, dann werde ich Euch das Geheimnis beim nächsten Mal verraten. Wir können es üben.«

War wirklich nicht mehr nötig, um das Eis zu brechen? Vielleicht konnten sie von jetzt an ein richtiges Arbeitsverhältnis aufbauen, das Isabel in der Zukunft weitere Aufträge einbrächte.

Isabel musste zudem innerlich über die Bemerkung der Prinzessin lachen, da diese nicht wusste, wie viel Wahrheit in ihren Worten lag. Dickon hob *tatsächlich* immer scherzend eine Augenbraue. Hatte Isabel diese Geste bei ihm abgeschaut? Oder er bei ihr? Sie wusste es nicht. Aber allein diese zufällige Erinnerung an Dickons Existenz – die Erinnerung an die lebhafte Mimik seines Gesichts, die Beschaffenheit seiner Haut, seinen Geruch auf den Laken – genügte, um sie zu berühren. Es erinnerte sie daran, dass sie ihn, wenn sie den Palast noch innerhalb dieser Stunde verließ – und das würde sie nun –, in dem Gasthaus treffen würde, bevor er morgen in den Norden zurückkehrte.

Sie nahm sich während des ganzen Rückwegs durch den Palast zusammen. Einen Gang hinunter, dann eine Wartezeit bei den

Wächtern, dann einen weiteren Gang entlang, eine weitere Eskorte und eine weitere Wartezeit, bis die nächsten Schlüssel und Sporen zu klirren begannen und sich die Tore öffneten. Aber als sie auf der Straße stand, konnte sie nicht mehr an sich halten. Die Luft fühlte sich plötzlich warm an und roch frisch nach Frühling. Sie raffte ihre blauen Satinröcke, um schneller voranzukommen. Als sie die Abtei erreichte, lief sie bereits.

Er wartete auf der Straße. Der ungeduldige Wind ließ den Umhang um seine Knöchel flattern. Es war schon fast dunkel.
»Komm«, sagte er mit rauer Stimme über einen Windstoß hinweg. Seine Augen glänzten. »Wir bleiben nicht hier. Es ist spät. Ich werde dich nach London zurückbringen. Deine Alice Claver wird sich sonst Sorgen um dich machen.«
Sie lachte. »Was meinst du?«, fragte sie. Sie musste fast schreien. Der Wind blies ihre Worte fort. »Es ist noch eine Stunde Zeit, noch mehr.« Aber er zog sie einfach mit sich, in die Richtung, aus der sie gekommen war, und lächelte. Er hatte eine Idee. Sie konnte nichts anderes tun, als sich damit abzufinden. Sie konnte niemals wissen, was Dickon als Nächstes vorhatte.
Als er das letzte Mal in den Süden kam, war es zu Dreikönig, vor gut einem Monat. Sie hatten sich einen einstündigen Spaziergang am Fluss entlang gegönnt, in der Dunkelheit Londons. Die Straßen waren noch voll vom Abfall der Feiern in der vergangenen Nacht. Er war auf seinem Weg zum Tower, wo Lord Hastings wartete, der sowohl sein wie auch Janes Freund war, um ihm die letzte Münze zu zeigen, deren Prägen er beaufsichtigte. In ihren dunklen Umhängen wirkten sie und Dickon an diesem Abend wie jedes andere Paar, das bei den Feiern der vorangegangenen Nacht etwas zu viel getrunken hatte. Sie klammerten sich aneinander und spürten die Hitze des anderen. Liebende, die nirgendwo hingehen konnten. Dieser Besuch war so schmerzlich, so kurz, so unerfüllt gewesen. Sie hatte mit beiden Händen seinen Kragen festgehalten. »Dein Umhang, der dich unsichtbar macht«, hatte sie traurig gesagt. »Wer würde jemals denken, dass du ein Prinz bist, wenn du auf den Kais gegen alte Flaschen

trittst?« Er sah sie mit demselben Verlangen an, das sie empfand, und sagte nichts, küsste sie nur vor All Hallows beim Tower ein letztes Mal und ging dann pfeifend davon.

Er musste wohl für diesen Abend etwas Besseres vorhaben, obwohl sie sich nicht vorstellen konnte, was schöner und unbeschwerter sein könnte als die warme Ruhe seines Schankraums. Ein sicherer Zufluchtsort, den sie so selten besuchen konnte. Auf dem Landungssteg, während eine Hand seine dunkle Kappe festhielt und die andere um Isabels Taille lag, nahm Dickon eine Geldbörse hervor und gab dem ersten Bootsführer, den er sah, zwinkernd eine Goldmünze. Der untersetzte, alte Mann betrachtete sie skeptisch. Sein knarrendes sechssitziges Ruderboot wäre nicht mal so viel Geld wert, wenn er es verkaufen würde. War der Gentleman betrunken?

»Holt Euer Boot morgen früh am Ankerplatz unter der Brücke ab«, sagte Dickon unbekümmert. »Ich nehme es bis dahin.« Der Mann wollte protestieren. Doch Dickon unterbrach sein jammerndes *Mein-Lebensunterhalt-mein-kostbarster-Besitz-da-ich-Gott-helfe-mir-ein-Vater-von-sechs-Kindern-bin*-Gerede mit einer weiteren Goldmünze und einer Geste. »Trinkt etwas auf mich«, fügte Dickon hinzu.

Der Mann riss die Augen weit auf. Als fürchte er, Dickon könne seine Meinung ändern, steckte er beide Münzen rasch ein und hastete den Landungssteg hinauf. Dickon warf den Kopf zurück und lachte über die Habgier in jenen wässrigen Augen. »Er konnte es einfach nicht glauben, oder?«, prustete er.

Von ihm angesteckt, lachte Isabel mit. Mit Dickon fühlte sich alles so leicht an.

Er küsste sie auf die Stirn. Sie hob das Gesicht zu ihm, aber Dickon trat unerwartet zurück und sagte in unterwürfigem Tonfall: »Euer Schiff wartet, Mylady.« Er half ihr in das alte Boot. Das schwarze Wasser spritzte wild um sie herum, während das Boot schwankte. Isabel sah sich atemlos um. War dies seine Überraschung? »Und Euer Bootsführer«, fügte er hinzu und stieg hinter ihr ins Boot. Er nahm die Riemen auf. Sie atmete tief ein. So war es immer mit ihm: Verzweiflung oder Euphorie, ohne Zwischentöne. Je besser sie ihn kennenlernte, desto deutlicher erkannte sie, dass es immer so bleiben würde. Er genoss es, ungeplant zu leben. Sie dachte, das sei der Grund, warum sie ihn mit dieser verzweifelten Einfachheit liebte. Dieses reine Verlangen, das ihr noch immer den Atem nahm und dessen Macht sie ehrfurchtsvoll zurückließ. Er lebte nicht mit der Förmlichkeit anderer Prinzen, weil er vielleicht nicht immer ein Prinz gewesen war. Er hatte im Verlaufe der Kriege so viel Auf und Ab erlebt: Adlig, bevor er königlich wurde, da Edward nicht in der Erwartung aufgewachsen war, König zu werden. Sowohl arm als auch reich. Nun ein Sieger, aber jahrelang auch ein Verlierer. Die Unsicherheit hatte ihre Spuren hinterlassen. Er liebte die Gefahr noch immer. Sie wusste jetzt, dass Dickon sich, als sie sich zum ersten Mal begegnet waren, gerade ein Jahr mit seinem Bruder auf dem Kontinent versteckt hatte. Sie waren nur durch ein Wunder aus England entkommen. Lord Hastings hatte die Männer aus Lancaster an der Schwelle seines Hauses abgewehrt, wo sie in die Enge getrieben worden waren. Der König und Dickon waren durch den Hinterausgang entkommen. Sie fanden ein Schiff, hatten aber kein Geld, um für ihre Überfahrt zu bezahlen. »Wir hatten keine Ahnung, wo wir hingingen«, erzählte Dickon einmal, während er ihr Gesicht streichelte, doch im Geiste in den Erinnerungen weilte, »und wir hatten nur die Kleidung, die wir trugen. Gott sei Dank besaß Edward einen mit Marderfell gefütterten Umhang. Der Kapitän nahm ihn als Bezahlung an.« Er hielt inne, blickte konzentriert auf sie hinab und lächelte schelmisch. »Das beste Argument für einen guten, robusten, dunklen Umhang, der mit etwas sehr Teurem gefüttert ist, das ich kenne.«

Auch der Umhang, den er jetzt trug, war mit Marderfell gefüttert. Er nahm ihn ab und legte ihn um ihre Schultern. Sie saß still auf dem Sitz vorne im Boot, mit aufgereihten, moderigen Kissen, und kuschelte sich in die Schwere des Umhangs. Er war noch warm von seinem Körper. Während Dickon sie in die Strömung hinausruderte, betrachtete sie zunächst den Sonnenuntergang und dann seine Muskeln, die sie durch das schlichte Hemd hindurch an seinem Rücken und an den Armen arbeiten sehen konnte. Das Wasser spritzte an den Seiten. Traumverloren lauschte sie seinem rhythmischen, schweren Atem und dem Rucken der Riemen in den Dollen. Es wurde langsam dunkel.

Er stellte das Rudern ein und blickte nach hinten – zu ihr oder aber zum Sonnenuntergang. »Wunderschön«, sagte er leise, mit einer Stimme, die sie erzittern ließ. Er zog die Riemen sorgfältig ins Boot und setzte sich zu ihr.

Sie lehnte sich gegen ihn. Leichter Schweiß lag auf seiner Stirn und auf seiner Brust. Es war zu dieser späten Stunde kaum sonst jemand auf dem Fluss. Er zog sie in einer zärtlichen Umarmung an sich und ließ ihren Mund seinen finden. »Ich wette darauf«, flüsterte er sehr leise und spitzbübisch, »dass du dies noch niemals zuvor getan hast« und zog sie sanft hinunter.

Sie sank in die Kissen. Er breitete den Umhang über sie beide. Sie murmelte: »Das kannst du nicht tun, nicht hier, auf dem Fluss!« Doch er ignorierte die verwirrten Worte, die sie flüsterte, und das zu Recht, da die Art, wie sie ihn auf sich zog, beiden verdeutlichte, dass sie ihre Worte nicht ernst meinte. Er begann unter dem Umhang erneut, mit dem Mund ihre Haut zu erkunden.

»Ein schwarzer Umhang. Darunter kann uns niemand sehen«, hörte sie ihn flüstern. Er fügte schelmisch hinzu: »Denke ich.« Aber da kümmerte es sie schon nicht mehr.

Als ihr schneller Atem Lachen gewichen war und sie sich aufsetzte, ihre Kleidung zusammenraffte und ihr loses Haar über die Schultern zurückstrich, flüsterte sie atemlos: »Du bist wirklich der sündhaftste Mann, den ich mir vorstellen kann.« Er küsste die Innenseiten ihrer Arme und antwortete: »Und du die hingebungsvollste Frau, die ich kenne – also passen wir gut zusammen.« Sie waren bereits eine halbe Meile stromabwärts getrieben, und die Dunkelheit hatte sich vollkommen herabgesenkt.

»O-o-oh«, sagte er rasch, schätzte ab, wo sie sich befanden, setzte sich wieder auf die Ruderbank und nahm die Riemen auf. »Dies ist der Zeitpunkt, an dem ich mir den eigentlichen Bootsführer zurückwünsche. Leider betrinkt er sich gerade mit mehr Geld, als er jemals in seinem Leben gesehen hat.« Er summte beim Rudern leise.

Er wirkt überaus zufrieden mit sich, dachte sie.

Als spüre er ihren Gedanken, sagte er vergnügt: »Wusstest du, dass ich das auch noch niemals zuvor getan habe?«

Doch sie sah ihn nur an, ohne Fragen, und vertraute dieses Scheibchen Glück ihrem Gedächtnis an, um sie zu all den Zeiten zu trösten, wenn er nicht da war.

Es bestand keine Hoffnung, dass sie jemals mehr von Dickon haben würde als jetzt. Er war noch immer ebenso schlank und agil wie der Jugendliche, den sie ursprünglich kennengelernt hatte. Nur sein Bruder der König wurde fett und maßlos.

Isabel wusste das ebenso durch Jane wie durch Dickon. Sie mochte es, wie ungezwungen Jane über den König sprach, der im Laufe der Jahre eher ihr Freund als ihr Geliebter geworden war. Janes Vertraulichkeiten erweckten in Isabel jedoch nicht den Wunsch, ihrer Schwester ihre eigene heimliche Liebe zu offenbaren. Es war offensichtlich, dass Janes trauliche Freundschaft nichts von der vollkommenen Zuneigung besaß wie das, was Isabel für Dickon empfand. Jane würde es niemals verstehen. Dennoch, jetzt da Isabel in London so erfolgreich war, dass sie sich nicht mehr mit Jane vergleichen musste, hörte sie gern die mit großen Augen erzählten Geschichten ihrer Schwester. Wie König Edwards Bauch schwabbelte, wenn er über etwas lachte, was Jane äußerte, wie er sich von seiner fordernden, anstrengenden Xanthippe von Frau erholte oder auf einem Hühnchen kaute oder es genoss, sich von Jane im Backgammon besiegen zu lassen.

Nun, da er diese einfachen Freuden zu sehr liebte, um noch seine eigenen Kriege bestreiten zu wollen, brauchte er Dickon dazu, alle seine Kämpfe auszufechten. Er wusste, dass sein Bruder nicht nur ein Kämpfer und hart im Nehmen war, nicht nur ein genialer Heerführer. Dickon war auch loyal. Und das bedeutete, dass er stets unterwegs sein würde.

Als Belohnung für Dickons militärische Erfolge in Schottland – Isabel lebte das ganze letzte Jahr über in qualvoller Ungewissheit, während er auf Feldzügen war – hatte der König seinem Bruder zusätzlich zu den bereits riesigen nördlichen Gebieten noch die Grafschaft Cumberland gewährt. Dickon war in allem außer dem Namen nach der König des Nordens. Er würde den Norden niemals verlassen, um in den Süden zu kommen. Das war ebenso undenkbar wie sein einstiger Vorschlag, dass Isabel in York ein Geschäft aufbauen sollte. Sie hatte nur gelacht: »Was würde ich in York tun?« Selbst wenn sie nicht an ihr ständig expandierendes Geschäft in London und den Niederlanden dachte, wussten sie beide, dass sie nicht im Schatten seiner Frau und seines Kindes leben wollte. Nicht dass sie eifersüchtig auf seine Frau war, aber sie hasste es, wenn er auch nur seinen Sohn, Edward, erwähnte, der inzwischen neun oder zehn Jahre alt sein musste. Sie spürte, dass das Kind, nicht die Mutter, ihr wahrer Rivale war. Sie wollte nicht daran denken, und sie bemühten sich beide, nicht über die Kürze ihrer gemeinsamen Zeit zu klagen. Dies war alles, worauf sie hoffen konnten. Es musste genügen.

Nun ging das Gerücht, der König würde bald einen weiteren Krieg mit Frankreich beginnen. Wenn er es täte, würde Dickon gewiss gehen müssen und Isabel würde noch mehr der Qual hilflosen Wartens ausgesetzt sein, wohl wissend, dass sie nur durch das Gerede auf der Straße herausfinden könnte, ob er verletzt oder getötet wurde. Denn niemand würde daran denken, es ihr zu sagen. Warum sollte irgendjemand glauben, dass sie es wissen wollte? Doch vorerst, während der nächsten paar Monate und bis der Krieg Gestalt annahm, käme er zum Hof. Es würde Nächte, halbe Tage oder zumindest Momente wie diesen geben, die man um jeden Preis genießen müsste, um sich in der langen Wartezeit daran erinnern zu können. Wenn das bedeutete, Alice Claver anlügen zu müssen – die formell noch immer ihre Herrin war, obwohl inzwischen Isabel alles leitete –, dann sollte es so sein. Sie hatte diesbezüglich keine Bedenken. Der Auftrag, persönlich für Prinzessin Elizabeth zu arbeiten, konnte nützlicher sein, als Jane sich dies möglicherweise vorgestellt hatte. Solange Alice Claver sie im Palast glaubte, würde sie niemals Fragen stellen, wenn Isabel kurzfristig nach Westminster aufbräche, um heimlich Dickon zu sehen.

»Glaubst du«, fragte sie in beiläufigem Ton, bemüht zu erfahren, wie sich ihre Zukunft gestalten würde, »dass man dich nach Frankreich schickt?«

Er antwortete nicht sofort. Aber ein Riemen flatterte heftig über die Wasseroberfläche, so dass sie beide nass wurden und das Boot seitwärts ruckte.

Er korrigierte es. Als er seinen Rhythmus wiedergefunden hatte, sagte er ernst: »Ich weiß es nicht. Hastings will gehen. Es ist bald Frühling: die Jahreszeit der Feldzüge. Aber ich weiß nicht, was Edward plant.«

Sie konnte sein Gesicht nicht sehen. Seine Stimme erklang aus den Schatten.

»Wenn ich und Hastings gingen und wir ein angemessenes Heer mitnehmen würden, dann wäre Edward hier mit allen Verwandten seiner Frau allein. Und das an einem Hof, an dem es vor Woodville-Asseln wimmelt.«

Isabel kicherte. Niemand mochte die emporgekommenen Woodvilles – all die aufs Geld versessenen Verwandten der bürgerlichen Königin, die sich zusammen mit ihr herangepirscht, geheiratet und sich Machtpositionen erschlichen hatten. Der Hof bestand aus zwei Lagern: die Woodvilles und alle, die sie hassten. Nur Jane stellte sich besonnen mit beiden Gruppen gut. Einer von Janes ausdauernden Bewunderern war Lord Hastings, ein Hauptakteur des alten Adels bei Hofe. Ihr anderer Bewunderer war Hastings erbittertster Woodville-Rivale, der hübsche, dreiste, blonde Marquess of Dorset. Doch Isabel war sich nicht sicher, ob er seiner keuschen Liebe zu Jane genauso treu war wie Hastings. Dorset war Elizabeth Woodvilles Sohn aus erster Ehe. Sein bierseliger, unverschämter Versuch vor langer Zeit, Isabel in einem Zelt zu betatschen, hatte ihre Empfindungen dem gesamten Woodville-Klan gegenüber bestimmt. Nun runzelte sie die Stirn und murrte: »Hmm. Wie zum Beispiel Dorset … Jane trifft ihn noch immer, weißt du …«

Dickon hatte gelacht, als er die Geschichte über diese Tratscherei hörte. Wenn sie mit ihm zusammen war, machte es ihr manchmal Spaß, ihn zu ermuntern, unfreundlich über Jane zu sprechen. Ein kindliches Vergnügen, wie sie wusste, aber ein

Zeichen dafür, dass sie es sich bei ihrem Geliebten erlaubte, vollkommen freimütig zu sein. Janes übertriebene Kleidung. Janes Trägheit. Janes Wunsch, Männer um den kleinen Finger zu wickeln. Janes Glaube, dass sich die Welt nur durch Lächeln und Torheit weiterdrehte. Isabel wusste tief im Inneren, dass Dickon dies nur mitmachte, weil sie ihn dazu anstachelte. Und manchmal war sie sich unbehaglich der Tatsache bewusst, dass er seinem Bruder gegenüber loyaler war als sie ihrer Schwester. Aber andererseits war sein Bruder der König, während ihre Schwester eine... Nun, auch eine königliche Mätresse war immer noch eine Hure, oder?

Heute ließ sich Dickon bestimmt nicht zu einer gehässigen Unterhaltung über Jane hinreißen. Sie konnte sehen, wie er mitleidig den Kopf schüttelte. Doch er sagte nur: »Ah, typisch Woodville... Du hast gewiss gehört, dass Dorset dem König letzte Woche erzählt hat, Hastings wolle Calais an die Franzosen verkaufen, oder?« Sie fiel in sein Lachen mit ein. Dann fuhr er mit einem eigenen Gedanken fort, entschuldigte die Unentschlossenheit seines Bruders Edward, ob er einen Krieg mit Frankreich anzetteln sollte: »Ein Palast voller Gesindel würde mich zögerlich machen, wenn ich Edward wäre. Er wägt die Dinge immer noch ab.«

Seine Stimme verklang. Das einzige Geräusch war das der Riemen auf dem Wasser.

»Nun denn«, sagte er plötzlich, durch das rhythmische Platschen hindurch. »Ich kann ohnehin noch nicht weg. Zuerst muss ich zu Hause noch etwas regeln.«

Sie hörte, wie angespannt seine Stimme jetzt klang. Dies war es, woran er in Wahrheit dachte.

Vorsichtig fragte sie: »Was?« Sie wollte es wissen, aber sie hatte Angst vor der Antwort. Seine Probleme erinnerten sie so oft an die Kluft zwischen ihrer beider Leben.

»Ein Landproblem«, sagte er und ruderte ruhig weiter. »In gewisser Weise.«

»In welcher Weise?«, fragte sie beharrlich weiter. Es war für sie wichtig, ihn zu verstehen, wie schwer es auch manchmal war.

Sie wollte das Wenige tun, was in ihrer Macht stand, um ihn zu beschützen. »Erzähle es mir.«

Als er begann, erkannte sie, dass es absolut nicht das war, was ihr Händlergeist ein Landproblem nennen würde. Dickons Neffe, ein Kind namens George Neville, lebte bei Dickon in Middleham. Er war krank, hatte Fieber, hustete Blut, siechte dahin. »Ich nehme morgen früh einen Arzt mit in den Norden«, sagte Dickon. »Darum kann ich nicht länger bleiben. Ich bin in Sorge, dass er stirbt.«

Sie murmelte etwas Nichtssagendes. Manchmal war es nicht gut, sein Unwissen zu zeigen. Sie würde sicher herausfinden, warum dies, für einen Aristokraten, ein Landproblem war, wenn sie ihn nur erzählen ließe.

Das tat er. George war das Kind von Verrätern. Wegen der Rebellion seines Neville-Vaters und seines Onkels vor zwölf Jahren war der Besitz, den der Junge vielleicht einst geerbt hätte, konfisziert worden. Er war stattdessen Dickon und seinem Bruder Clarence zugefallen, weil die beiden Brüder des Königs Neville-Frauen hatten, und der Neville-Besitz war (nachdem Clarence starb und Dickon auch der Rest des Landes zufiel) zum Kernstück von Dickons Domänen im Norden geworden. Dickon brauchte das Land, um den restlichen Norden unter seiner Kontrolle zu behalten. Aber – und hier war die Krux – wenn der kleine George Neville nun kinderlos sterben sollte, besagte das Gesetz, das Dickon die Ländereien nur lebenslang gehörten. Sein eigener Sohn, Edward of Middleham, würde sie nicht erben. Nach Dickons Tod würden sie an die Nevilles zurückfallen.

»Du siehst mein Problem«, sagte Dickon. Er hatte aufgehört zu rudern. Er nahm die Riemen aus dem Wasser und stützte sich mit angespannten Armen darauf. Er wandte den Kopf ratsuchend zu ihr um. »Er stirbt – und das schwächt meine Autorität im ganzen Norden und nimmt meinem Kind sein halbes Erbe.« Er verzog das Gesicht. »Und er stirbt *wirklich*. Das erkenne ich.«

Sie nickte. Sie überlegte insgeheim rasch, wie sie ihm Trost oder Rat bieten könnte. Es hatte keinen Sinn, Mitleid mit dem leidenden Neville-Jungen zu äußern. Sie hatte in der Erläuterung Dickons keinerlei Unterton des Bedauerns gehört, das angedeutet hätte, dass er seine Gesellschaft vermissen würde, falls er starb. Sie konnte auch nicht über die Perspektiven von Dickons Sohn sprechen, selbst wenn sie etwas Nützliches zu sagen hätte. Aber sie verstand, dass ihr Geliebter einen Rahmen brauchte, anhand dessen er planen konnte. Er wollte ihren Verstand.

»Wer ist der Arzt?«, fragte sie. Als Londonerin kannte sie zumindest Ärzte.

»Gigli«, antwortete er.

»Der Venezianer«, erwiderte sie nachdenklich. Sie wusste, dass Dr. Gigli manchmal den kleinen Prinz von Wales und seinen Bruder unterrichtete, wenn sie in Westminster waren. Und sie hatte ihn in St. Thomas of Acre im Gebet gesehen: Er wirkte gepflegt, mit glänzenden Augen und glatten Wangen. Die Londoner Lombarden gingen mit ihren Krankheiten alle zu ihm. »Nun, er hat einen guten Ruf.«

Dickon sah sie weiterhin aufmerksam an. Es war zu dunkel, um die gerunzelte Stirn oder das Kauen auf der Unterlippe zu sehen. Sie konnte nur seine Augen sehen. Aber sie las die stille Hoffnung darin, und einen Hauch von Verletzlichkeit, wie sie sie bei ihm zuvor noch nie bemerkt hatte. Es erfüllte sie mit Stolz, so gebraucht zu werden.

Sie versuchte ihrer Stimme alle ihr mögliche Sicherheit zu verleihen, beugte sich vor, so dass sie gerade nahe genug war, um eine Hand auf seine verspannte Schulter zu legen. Er legte wiederum seine Hand auf ihre. »Nun, bring Gigli zu dem Jungen. Warte ab, wie es ihm geht«, sagte sie in der Hoffnung, dass es auch ihn tröstete. »Gigli verändert vielleicht etwas.«

Sie ließ die Wärme in ihrer Stimme nachhallen. Doch Dickon war zu scharfsinnig, um sich mit dieser Antwort zufrieden zu geben. »Und wenn der Junge wirklich stirbt und es nichts gibt, was Gigli tun kann«, sagte sie freimütig, »ist es immer noch kein unlösbares Problem.

Schau, der König hat dir gerade die gesamte Pfalzgrafschaft Cumberland gewährt«, fuhr sie überzeugend fort. »Er will gewiss nicht, dass deine Ländereien aufgeteilt werden. Du hältst sein Königreich zusammen. Er wird dich bald nur noch mehr brauchen, um in Frankreich zu kämpfen. Du wirst diese Notlage nutzen müssen. Rede mit ihm, während er den Feldzug plant und dich braucht. Und nimm ihm dann das Versprechen ab, zum Schutz deines Sohnes einzuschreiten. Er wird verstehen warum. Er ist dein Bruder, er liebt dich. Und er ist der König. Er wird einen Weg finden.«

Dickon nickte zögerlich. »Jaaa«, murmelte er, atmete langsam aus, und seine Stimme klang bereits weniger angespannt. »Ich sehe ein, dass der französische Feldzug helfen wird, seine Gedanken zu konzentrieren ...«

Er begann wieder zu rudern, mit großen, leichten Zügen. Es wurde kalt. Isabel zog den Umhang fester um sich und wünschte, sie könnte das Bild aus ihrem Kopf verbannen: das magere, bleiche Gesicht eines Kindes mit mitleiderregenden Schatten unter den Augen.

Erst als sie bereits am Anlegesteg waren und Dickon sich in der Nachtluft vorbeugte, um sich am Tau zu schaffen zu machen, sprach er erneut. »Edward wird helfen«, sagte er.

Im Bewusstsein, dass ihre Trennung bevorstand, und ohne großes Aufheben darum machen zu wollen sprachen sie auf dem Weg durch die dunklen Straßen, bereits so kurz vor der Ausgangssperre, nur über Belangloses. Dickon fragte nach Isabels Begegnung mit der Prinzessin (»Sie sind gute Kinder«, sagte er, ohne besondere Herzlichkeit). Sie lachten über das erschreckende Auftreten Königin Elizabeths während der Anprobe. Dann sagte Dickon, er würde jetzt lieber von der Catte Street aus zum Tower hinaufgehen und Hastings um ein Bett bitten, als sein Haus in London, Baynard's Castle, aufzusuchen. Hastings wäre amüsiert darüber, ihn zu Fuß zu sehen und zu hören, dass er wie ein Bootsführer den Fluss hinaufgerudert war. Isabel unterdrückte den Wunsch, ihm zu folgen, und erzählte ihm von dem Handel zur Verschiffung von schwarzem Samt aus Lucca nächste Woche zum Preis von 45 Pfund. Dieser Vertrag mit Pieter Bruinvels aus Antwerpen machte sie stolz.

»Und wie geht es deinem Venezianer?«, fragte Dickon, als das Haus in der Catte Street in Sicht war. »Goffredo D'Amico?«

Die Frage beinhaltete eine Spur Unbehagen. Er hatte bis zum Schluss gewartet, um nach dem Seidenweberbetrieb zu fragen, der noch immer ihr größter geschäftlicher Traum war. Es war keine Skepsis auf seinem Gesicht erkennbar. Er zeigte bezüglich ihrer Arbeitsbelange betont Ernsthaftigkeit, genauso wie sie seine Belange ernst nahm, doch sie spürte irgendwo in ihm Unglauben lauern.

Sie wusste, dass Dickon schon vor langer Zeit aufgehört hatte, dieses Projekt ernst zu nehmen. Das durfte sie auch nicht überraschen, nach all diesen Jahren, in denen Goffredo nach London kam und ging, stets mit neuen Geschichten darüber, warum seine endlosen, langwierigen Verhandlungen mit den venezianischen Behörden noch keine Früchte getragen hatten, stets mit irgendeinem neuen bürokratischen Hindernis, das überwunden werden musste, das unerträglich langsame Tempo, in dem sie und Goffredo all die einzeln verpackten Teile all jener Webstühle und anderer Gerätschaften von Venedig exportiert und nach England importiert hatten und sie, unter einer Vielzahl von Tarnnamen, dem Haus Westminster liefern ließen, das voll von arbeitenden venezianischen Meistern sein sollte, was aber noch immer nicht der Fall war. Es gab Zeiten, in denen auch sie nicht mehr glaubte, dass der Produktionsbetrieb jemals in Gang käme. Wenn all das ihr Herz erfüllte, wenn sie an Goffredo dachte, der seine gutaussehenden Züge in bedauernde Falten legte und er seine neueste Entschuldigung darbot, so war es reine Enttäuschung. Es gab Zeiten, in denen nur Alice Claver Goffredo weiterhin verbissen zu vertrauen schien. Sie fauchte dann: »Hab Vertrauen«, und »Du erkennst es vielleicht nicht, aber was er dort drüben leistet, ist wirklich fast ein Wunder.« Die Realität musste jedoch sogar Alices Zuversicht bis zum Äußersten auf die Probe stellen. Dennoch wusste Isabel, dass es wichtig war, den Glauben daran nicht zu verlieren. Also unterdrückte sie das Seufzen, das ihren Lippen beinahe entglitten wäre, und sagte mit dem größten Enthusiasmus, den sie aufbringen konnte: »Nun, es wird sich ergeben! Goffredo ist letzte Woche nach Venedig zurückgekehrt, um die Weber abzuholen. Er sagt, sie werden zur Passionszeit hier sein. Der Produktionsbetrieb könnte bereits am Maitag laufen.«

Ihre Stimme klang sogar in ihren Ohren gezwungen. Ihr Lächeln wirkte angestrengt.

Dickon zog sie in seine Arme und berührte mit seiner Nase die ihre. Sie spürte seinen ganzen Körper an ihrem. Sie wollte nicht, dass er ging. »Passionszeit, hm?«, murmelte er, und das schiefe Lächeln auf seinem Gesicht war ein Abschiedslächeln. »Es wäre gut, wenn du dann häufig in Westminster wärst. Ich könnte auch dort sein.«

Und fort war er. Ein letztes Aufblitzen seiner Augen, und dann blieb nur noch ein die Mauer entlanghuschender Schatten.

Es dauerte stets einen Moment, die eine Welt abzuschütteln und die andere wieder zu betreten. Es war ein Moment der Benommenheit. Doch sie konnte die Frauen in der großen Halle hören, wo inzwischen ein Feuer brannte und wo sie bereits gegessen hatten. Die alten Seidenfrauen warteten auf sie.

Manchmal nahm der Klang dieser Stimmen Isabel alle Selbstsicherheit, die sie gelernt hatte, während sie Handel mit den größten Händlern Europas trieb. Manchmal führten die Stimmen dazu, dass sie sich wieder wie ein schüchterner, junger Lehrling fühlte. Heute Abend war es mal wieder so.

Isabel betrat seufzend ihre eigene Realität und stieß die Tür auf.

Anne Prattes Lippe zitterte, als Isabel von ihrer ersten erfolgreichen Begegnung im Palast erzählte. Sie sagte weiterhin, dass sie sich entschlossen hatte, wenn sie einmal in der Woche zu den restlichen Anproben nach Westminster zurückginge, auch einmal in der Woche eine Nacht dort im Seidenhaus zu bleiben. »So kann ich diese späte Rückkehr vermeiden«, bemerkte sie, während die Glocke zur Ausgangssperre draußen vor dem Fenster zu läuten begann, »im Dunkeln«, fügte sie hinzu.

Alice Claver wirkte wütend. Aber als Isabel das Gesicht ihrer Herrin betrachtete, um ihren Ärger einzuschätzen, fiel ihr auf, wie alt sie doch aussah. Eisengraues Haar, so viele Nuancen dunkler als Anne Prattes sanftes Weiß. Eine eng geschnürte Kehle. Falten, welche sich die Wangen hinab und an ihrem Mund vorbeizogen. Weitere Falten waren zwischen Nase und Mund von ihrer Angewohnheit, die Lippen zu einem kleinen, angespannten O zu verziehen. Fleckige, von dicken Adern durchzogene Hände.

»Aber«, sagte Anne Pratte zögernd, »das kannst du nicht. Du wirst die halbe Arbeitswoche fort sein.«

»Ganz unmöglich!«, blaffte Alice Claver. »Dann bist du viel zu lange unterwegs. Wir brauchen dich hier.« Sie hielt inne. Überlegte. Fügte hinzu: »Ich«, und nickte entschlossen, »brauche dich hier.«

Isabel sagte gerührt: »Aber ich werde immer noch hier sein.« Der Gedanke war ihr neu, dass ihre respekteinflößenden Lehrerinnen ohne sie einsam sein könnten, doch Alice Clavers zitternde Unterlippe machte herzzerreißend deutlich, wie abhängig sie inzwischen davon sein mussten, dass sie ihr Kind, ihre Hoffnung, ihre Unterhaltung war. Sie erwiderte mit sanfter Stimme: »Es ist nur eine Nacht pro Woche.«

Im Prinzip hätten sie begeistert sein und sie tun lassen sollen, was sie tun musste, um den Vertrag zu erfüllen. Die meisten Leute in der Mercery hätten für diesen Vertrag einen Mord begangen. Wenn Isabel erst zum Abmessen und zu Anproben im Palast war, konnte sie die vereinbarten Änderungen als Untervertrag ans Claver-Haus weitergeben. Die Bezahlung wäre ausgezeichnet. Und das Prestige, das sich daraus ergab, unmittelbar für die königliche Familie zu arbeiten, ohne vor den Beamten im Royal Wardrobe an der Old Jewry betteln zu müssen, war unbezahlbar.

Plötzlich erinnerte sich Isabel an Janes strahlenden, ermutigenden Blick, als sie ihrer Schwester von der zugesagten Arbeit erzählte. »Es ist dir überlassen«, hatte Jane freundlich gesagt, »dich so unentbehrlich zu machen, dass du weiterhin nach Westminster gerufen wirst, um weitere Arbeiten durchzuführen.« Sich an die Freundlichkeit in diesen wunderschönen Augen zu erinnern verursachte Isabel ein unbehagliches Kribbeln, da ihr bewusst wurde, dass sie ihrer Schwester gegenüber häufig lieblos war. Dank Jane würden keine der Vorwände mehr nötig sein, auf die sie bis jetzt zurückgegriffen hatte, um Dickons Aufforderungen nachzukommen, wie »morgen Mittag wird im Armenhaus geräuchertes Schweinefleisch verkauft« oder »Brennholz am Freitag«.

Es war immer so schwer für sie gewesen, von Alice und Anne fortzukommen. Ihr waren die Ausreden ausgegangen. Einmal hatte sie nach London zurückkehren müssen, bevor Dickon überhaupt in Westminster eingetroffen war. Er war aufgehalten worden. Sie hatte vorgegeben, die Küche im Seidenhaus in Westminster mit Pfannen auszustatten. Eine zweite Nacht zu bleiben hätte Alice Sorgen gemacht. Ein anderes Mal, nach einer weiteren Verzögerung auf der Straße von Middleham, musste sie sich auf Janes uninteressierte Barmherzigkeit verlassen und vorgeben, bei ihrer Schwester zu weilen. Stattdessen stahl sie sich nach Westminster zurück, wartete im leeren Seidenhaus, stopfte Lumpen um die Fensterläden, damit die Kerzenflamme nicht zu sehen waren, kaufte Pasteten mit halb von Schleiern verdecktem Gesicht. Manchmal blieb sie hungrig, zu sehr von der Hoffnung beherrscht, dass er bald da sein würde. Nun würde ihr die Arbeit, die Jane für sie gefunden hatte, ermöglichen, in der Nähe zu sein, wenn Dickon da war. Isabels Zuversicht und die Planung würden den Rest erledigen. Jane hat mir einen großen Gefallen erwiesen, dachte sie schuldbewusst.

»Aber, Liebes, du kannst diese Aufgabe ohnehin nicht angemessen erfüllen. Du bist keine richtige Gewandmacherin«, sagte Anne Pratte in klagendem Tonfall.

Ihr Ehemann, der so ruhig und still hinter ihr saß, dass Isabel fast vergessen hatte, dass er da war, meldete sich zu Wort.

»Aber, meine Liebe, das ist unwichtig«, sagte William Pratte mit übertriebener Geduld. »Es ist kein Problem, Handwerkerinnen zu finden. Darum geht es hier nicht. Dies ist eine großartige Gelegenheit für Isabel. Natürlich muss sie tun, was auch immer nötig ist, um ganze Arbeit zu leisten.«

»Nun, was ist mit der Petition?«, fragte Anne Pratte ihren Mann klagend. »Ohne sie werden wir nicht fertig.«

Isabel lächelte. Das war zumindest eindeutig gelogen. William Pratte oblag der Entwurf der nächsten beim Parlament einzureichenden Petition. Sie hatten dies vor dem Essen diskutiert. Selbst jetzt, wo das Licht fast ganz geschwunden war, konnte Isabel noch immer die Sätze auf der Vorderseite der Präambel erkennen, in seiner griesgrämigen Alt-Männer-Schrift geschrieben: »*Sylkewymmen and Throwestres of the Craftes and occupation of Silkewerk*...« »*... lyved full honourably, and therewith many good Householdes kept, and many Gentilwymmen and other in grete noumbre like as there nowe be more than a M, haue be drawen under theym in lernyng the same Craftes and occupation ful vertueusly*...« Er konnte im Schriftlichen umständlich sein. Aber jetzt war er es nicht. Er nahm einfach die Papiere hoch und streckte sie seiner Frau entgegen, die nun mürrisch wirkte.

»Sei keine Närrin, Anne«, sagte Alice Claver. »Das ist nicht der Punkt.« Sie sah Isabel anklagend an. »Goffredo ist es.«

Nun wandten sich alle Isabel zu.

Goffredos gegenwärtige Reise nach Venedig sollte die letzte der vielen Reisen sein, die er im Laufe der Jahre unternommen hatte, um ihr Geschäft aufzubauen. Wenn er zurückkäme, würde er die venezianischen Meisterweber mitbringen, die er vertraglich verdingt hatte: Gasparino di Costanzo, Alvise Bianco di Jacopo und Marino da Cataponte. Ihre Familien kämen ebenfalls. Wenn sie England erst erreichten, müssten sie ausgerüstet und im Westminster-Haus untergebracht werden, Dienstboten bekommen, genug Englisch lernen, um im Alltag zu bestehen, und mit Nahrungsmitteln, Brennholz, Seidenfäden und den unaufdringlichen, sorgfältig ausgewählten Lehrlingen aus London versorgt werden, denen Isabel bereits auf den Zahn gefühlt hatte. Es würde monatelang schreckliches Chaos herrschen, die Zeit, auf die sie sich so lange vorbereitet hatten. Sie könnte nun jeden Tag beginnen. Sie waren bereit und warteten auf Goffredo: Schulden waren beglichen, venezianische Reisegenehmigungen ausgegeben, die Taschen praktisch gepackt.

Zumindest sollte es so sein. Aber Isabel war gewiss nicht die einzige Person im Raum, die erkannte, dass sich zwangsläufig noch weitere Störungen und Hindernisse ergäben, wenn Goffredo erst hier wäre, selbst wenn er auf der Reise nicht in Stürme geriete. Es waren nur noch eineinhalb Monate bis zur Passionszeit. »Spätestens zur Passionszeit!«, hatte er versprochen – freudig und optimistisch wie immer. Doch sie erinnerten sich auch alle daran, dass Isabel ihn über den Tisch hinweg mit angehobener Augenbraue angesehen hatte. Er errötete und zuckte die Achseln, so als hätte sie ihn bei einer Lüge ertappt. Goffredo hatte seine großen Hände so weit gespreizt, dass die Edelsteine an seinen Fingern funkelten, um wie ein verschämter kleiner Junge hinzuzufügen: »Wenn ich irgend kann.« Isabel persönlich bezweifelte, dass er und seine Arbeitsgruppe vor dem Ende des Sommers in England eintreffen würden. Am Michaelistag. Oder möglicherweise, wenn die Dinge außergewöhnlich glatt verliefen, zu Petri Kettenfeier im August. Inzwischen, überlegte sie, hatte es keinen Zweck, lukrative Arbeit abzulehnen.

Sie zögerte, dachte darüber nach, wie sie Alice und Anne überzeugen und nicht erzürnen könnte. Sie wollte nicht, dass ihr dieses Geschenk, das ihre Schwester für sie errungen hatte, entrissen wurde. Sie fragte sich, wie Dickon mit dem Widerstand der alten Frau umgegangen wäre. Ließ ihre Beredsamkeit und ihren Instinkt die Führung übernehmen.

Letztendlich lächelte Isabel nur und sagte: »Es sind nur ein paar Monate. Ich muss die Arbeit nur für eine Weile beenden und dann wieder neu anknüpfen. Es ist eine wundervolle Verbindung, die man pflegen sollte. Und außerdem – wissen wir wirklich, wann Goffredo kommt?« Sie fügte sarkastisch hinzu: »Spätestens zur Fastenzeit!« Dann: »*Weennn mög-glich! Am Maitag, weennn nicht un-mög-lich! Oder zur Johannisnacht, oder zu Petri Kettenfeier! Oder zum Johannistag! Oder zu Weihnachten, wenn mein Schiff nicht sinkt!*«

Sie war eigentlich nicht sehr gut in Goffredos venezianischem *Braggadoccio*. Aber ihre Imitation brachte William Pratte zum Lachen – eine lautes Schnauben der Erleichterung. Als ihm schweigende Frauen zu beiden Seiten höchst furchteinflößende Blicke zuwarfen, schniefte er und hielt inne. »Nun«, sagte er, gehetzt, »sie hat recht, wisst Ihr. Er wird Monate brauchen. In Venedig dauert immer alles so lange.«

Zwei weitere tödliche Blicke trafen ihn. Aber er fuhr trotzig fort: »Seht mal, selbst wenn er bis zur Passionszeit hier ist, oder bis zu Mariä Verkündigung, ist es gewiss kein Problem. Isabel wird bereits eine Nacht pro Woche in Westminster verbringen. Sie wird bereit sein, wenn sie gebraucht wird.«

Ein weiteres schreckliches Schweigen entstand. Schließlich murrte Anne Pratte widerwillig: »Du hast vermutlich recht, Lieber«, und verzog die Mundwinkel zu einem zaghaften Lächeln. Und obwohl Alice Claver weiterhin schwieg und William Pratte weiterhin böse Blicke zuwarf, war ihre zornige Betrübnis über die geplante Veränderung ihrer Routine irgendwie nicht wichtig. Die Entscheidung, die Isabel wollte, war ohne Alice Clavers Einverständnis getroffen worden: ein Zeichen der Machtverlagerung im Haushalt. Voller Erleichterung und Freude merkte Isabel, dass sie mitleidig an den vereitelten Zorn der älteren Frau dachte.

Am Morgen ging Isabel zur Old Jewry, um Jane zu danken. Sie wusste, dass es richtig war, ihre Schwester zu besuchen. Und sie war ihr wirklich dankbar. Dennoch fühlte sie sich unbehaglich.

Sie wusste nicht, warum es ihr immer noch so schwerfiel, liebevoll, freundlich und liebenswürdig mit ihrer Schwester umzugehen. Sie sollte sich in Janes Gegenwart wohler fühlen, dachte sie, nun wo sie selbst über ein ausreichend reichliches Einkommen verfügte, um der Enterbung den Stachel zu nehmen. Isabels Gewinne aus dem Handel hatten es ihr ermöglicht, ungefähr ein Drittel ihres Kapitals in drei kleine Mietshäuser, sechs Geschäfte im Crown Seld, eine Gruppe Stände unten an der Soper Lane und das Wohnhaus, in dem Joan Woulbarowes alte Tante Rose Trapp lebte, zu investieren. Allein ihre Mieteinnahmen mussten allem gleichkommen, was John Lamberts Erbe Jane einbringen würde, besonders jetzt, da er den gefährlichen Kurs zum Reichtum einschlug. Er bestand darin, sich auf die Mieten aus Grundbesitz zu verlassen. Und da er dem König erlaubt hatte (aus Isabels Sicht törichterweise), all jene gewaltigen Bardarlehen mit Landgütern fragwürdiger Herkunft zurückzuzahlen – von Männern aus Lancaster in Zivil konfiszierte und in ganz Südwestengland verstreute Anwesen. John Lambert lebte jetzt in Somerset. Isabel sah ihn nicht. Jane sagte, er strebe danach, sich eine Ritterschaft zu erkaufen oder zu verdienen, um dem Adel beizutreten. Dennoch musste er sich Sorgen machen: Was wäre, wenn die Leute aus Lancaster, die er dort verdrängt hatte, eines Tages zurückkämen, um ihr Land zurückzufordern? Jane besaß das Haus an der Old Jewry, das ihr Anteil gewesen war, nachdem Will Shore schließlich Vernunft angenommen und die Aufhebung, die der König angeordnet hatte, akzeptierte. Und sie besaß die Geschenke und den Schmuck des Königs. Dennoch war Isabel gewiss reicher.

Aber es machte keinen Unterschied. Mit Jane zusammen zu sein ließ sie sich noch immer unbeholfen fühlen.

Es half nicht, dass sie, als sie die Ecke zur Old Jewry umrundete, buchstäblich in Will Caxton hineinstolperte, der auf der Straße stehen geblieben war, um sich vor einer offensichtlich wichtigen Zusammenkunft besorgt abzuklopfen. Sobald sie sich wieder voneinander lösten, zupfte er weiterhin imaginäre Flecke von seinem sorgfältig gebürsteten Wams und schien nicht zu bemerken, dass seine Ärmel so verschlissen waren, dass sie sich an den Ellenbogen bereits auflösten. »Isabel, in London, welch eine Freude«, sagte er. Dann verbeugte er sich mit der würdevollen Förmlichkeit eines Tuchhändlers, die er noch lange, nachdem er die Gilde verlassen hatte, beibehielt. »Ich wollte gerade Eure Schwester besuchen. Ihr auch?«

Sie lächelte ein wenig traurig und nickte. »Ich hätte erwarten sollen, dass Ihr auch in diese Richtung eilt, Will«, sagte sie und wünschte sich, dass Janes Wirkung nicht bei jedem Mann, dem sie begegnete, so zuverlässig wirken würde.

Schon seit Caxton nach England zurückgekommen war und wirklich seine Druckerei, und sein Heim, in Westminster, direkt neben Isabels Seidenhaus, aufgebaut hatte, ging sie unentwegt bei ihm ein und aus. Sie verließ sich darauf, dass er ein Auge auf ihr Haus hatte, dass er im Winter gelegentlich ein Feuer anzündete und im Sommer gelegentlich ein Fenster öffnete. Sie fragte ihn um Rat darüber, wie die Gerätschaften gelagert und zusammengestellt werden sollten, die Goffredo schickte, sowie über viele andere Dinge. Aber ihre Freundschaft ging darüber hinaus. Will Caxton lebte mit seiner neuen Druckerei bereits den Traum, den Isabel für ihre eigene Zukunft hegte. Sie saugte jede seiner Geschichten über das Auf und Ab seines Betriebes auf. Sie wahrte seine Geheimnisse. Sie zeigte Verständnis für die Einsamkeit und Sorgen seiner Arbeit. Sie vertraute seinem Urteil. Sie betrachtete ihn allmählich als Familie, beinahe wie einen älteren Bruder.

Aber sie konnte seine Gefühle für Jane nicht recht akzeptieren. Es war fünf Jahre her, seit der bejahrte Witwer zum ersten Mal seine Liebe zu Jane Shore erklärte, indem er ihr eines der Bücher widmete, die er nun ganztägig auf den Pressen druckte. Nicht namentlich – dazu war er zu schüchtern –, aber sie wussten alle, an wen er gedacht hatte, als er seine Chaucer-Übersetzung von Boethius 1478 mit der verschämten Wendung »*auf Bitte einer einzelnen Freundin gedruckt*« einleitete.

Isabel hatte zwei Jahre zuvor, als er nach England zurückkam, erkannt, dass er verliebt war. Er wohnte damals bei den Prattes, während er seine Westminster-Pacht regelte. Isabel wusste, dass er mächtige Freunde brauchte, wenn er einen neuen Betrieb aufbaute. Will Caxton war Jane nie begegnet und hatte es auch nie gewollt – Alice Clavers Missbilligung hatte ihm genügt. Doch Jane war jetzt als die Mätresse des Königs etabliert. Sie könnte Will vielleicht helfen, wie sie Isabel geholfen hatte. Also lud Isabel ihn und Jane impulsiv zu einem Picknick in Moorfields ein. Aber anstatt diesen kostbaren Kontakt klug zu nutzen, hatte Will einen Blick auf das große, blonde Mädchen in gelber Seide geworfen. Unter dem schwindenden, rötlich braunen Haar, das unter dem Hut hervorsah, den er nicht richtig aufgesetzt hatte, war er zutiefst errötet. Er reichte ihr mit anzüglichem Lächeln Leckerbissen, brachte ihr kleine Geschenke, sang mit brüchiger Stimme deutsche Liebeslieder, erzählte ihr mit seinem seltsamen Kent-Akzent Straßenklatsch und lachte zu laut und zu schnell über ihre Hofgeschichten. Er lungerte auf der Straße, wenn er hoffte, sie könnte vorbeikommen. Es gab keine Hoffnung für ihn, das wusste er. Aber er war anscheinend schon damit glücklich, sie auch ohne Hoffnung anbeten zu können.

Als Isabel sein altes Gesicht betrachtete, verwirrt und töricht vor Liebe, dachte sie, dass er vielleicht immer so bleiben würde. »Polieren wir Euch ein wenig auf«, sagte sie sanft, klopfte ihn ab und zupfte an Ärmeln und Säumen, bis er vor Freude errötete. An seinen schwarzen Fingern war nichts zu ändern. »Diese Ellenbogen müssen geflickt werden«, schalt sie liebevoll, bevor sie sich untergehakt gemeinsam zu Janes Tür begaben.

Jane freute sich, sie beide zu sehen. Zufrieden, Isabel solch einen guten Auftrag verschafft zu haben, hatte sie gehofft, dass ihre Schwester sie besuchen würde. Und nun war auch der gute, alte Will hier, mit dieser ausgebeulten Tasche, die zweifellos bedeutete, dass er um eine neue Buchdrucker-Gunst bitten wollte, und warf ihr einen seiner hinreißend inständigen Blicke zu. Sie könnte ihm die gute Nachricht mitteilen, die sie für ihn bereit hielt – und könnte damit Isabel zeigen, wie gut sie sich auch um die Freunde ihrer Schwester kümmerte.

»Kommt herein, kommt herein«, sagte sie und verteilte mit dem überspannten Verhalten, das sie durch den langen Umgang mit den Höflingen gelernt hatte, das sich aber in Gegenwart ihrer Schwester immer noch ein wenig unnatürlich anfühlte, Küsse, Umarmungen und Verbeugungen. Isabel sagte ihr manchmal höflich, dass es zu ihr passe, die Mätresse des Königs, oder was auch immer sie derzeit für Edward war, zu sein, und dass sie mit jedem Tag schöner würde, selbst im fortgeschrittenen Alter von achtundzwanzig Jahren. Doch ihre Seidenfrauen-Schwester äußerte diese Dinge stets mit einem ironischen Glanz in den Augen, der Jane vermuten ließ, dass sie es nicht ganz ernst meinte.

Also bemühte sich Jane nun, den Tanz ihrer Haare, Schleier, Arme und das Glitzern von Gold auf Seide zu bändigen, doch sie machte sich auch nicht allzu viele Sorgen darüber, ob Isabel sie heute als gekünstelt empfand, denn wenn Isabel erst herausfand, welche neuen Wunder Jane bewirkt hatte, würde sie ... Jane konnte sich nicht recht vorstellen, wie ihre Schwester mit dem unbewegten Gesicht und den wachsamen Augen ihre außergewöhnliche Freude ausdrücken würde. Aber dass sie so empfinden würde – daran konnte kein Zweifel bestehen. Sie wusste, dass Isabel sich auch um Will sorgte.

Will Caxton behelligte Jane stets wegen seiner Bücher. Er besaß eine unersättliche Gier nach Förderern. Jane hatte ihr Bestes getan. Sie besorgte ihm den offiziellen Titel eines Druckers des Königs. Obwohl ihm sein neuer Beruf nur einen Bruchteil dessen einbrachte, was seine ehemaligen Mercery-Geschäfte abgeworfen hatten, freute er sich wie ein Schneekönig darüber, Bücher übersetzen, Vorworte schreiben, seine Druckerei führen und mit seinem ausländischen Vorarbeiter Wynkyn an ihren seltsamen, scheppernden Maschinen herumbasteln zu können. Seine Druckmaschinen waren eine gute Tarnung für Isabel, nun, da die Teile der zwanzig Seidenwebrahmen während mehrerer Jahre umständlich in Stücken importiert wurden, damit niemand im Hafen von London ihren Zweck erkannte. Jane bewunderte die Art, wie sie das machte, und nun standen sie entlang der Wände des Seidenhauses aufgereiht, bereit, montiert zu werden.

Aber der arme Will sorgte sich noch immer unentwegt übers Geld. Jane nahm an, Isabel würde sich wahrscheinlich genauso sorgen, wenn das Claver-Seidenweber-Projekt jemals begänne – auch wenn Seide eine verlässlichere Einkommensquelle war als das gedruckte Wort. Die Sorge bezog sich auf den Preis, den jeder dafür zu zahlen hätte, diese riskanten neuen Manufakturen zu fördern. Obwohl Will nun wieder in England war und dachte, die Käufer würden zu seinen Büchern strömen, war es oft schwer, den Bestand zu wechseln. Er hatte noch immer Stapel der frühen Bücher liegen, für die er solch schlechte Widmungsträger gewählt hatte. Ihm fehlte anscheinend die Gabe, gute Protektoren für sich zu finden.

Bei dem ersten Buch, dem Schachbuch, das er in Brügge druckte, war er töricht genug gewesen, es dem zweiten Bruder des Königs, dem Herzog von Clarence, zu widmen. Dieser, wie ihm jeder Londoner hätte sagen können, wenn er sich die Mühe gemacht hätte zu fragen, mochte keine Bücher und war launisch, unbeständig, rachsüchtig und darüber hinaus ein gefährlicher Narr. (Und das war sogar noch vor der Zeit, als der Herzog wegen des Todes seiner Frau und seines Sohnes vor Kummer verrückt und letztendlich aufgrund all der düsteren Geschichten über Hexerei, Giftmord, Wachspuppen und Nadeln, die zunehmend mit ihm in Verbindung gebracht wurden, des Verrats beschuldigt wurde. Dann fand man ihn im Tower, wo er eingesperrt gewesen war, tot auf. Wären Janes Empfehlungen und Lob an den richtigen Stellen nicht gewesen, wäre Caxtons Geschäft schon gleich zu Beginn in ernsthafte Schwierigkeiten geraten.

Erst nachdem Jane begann, ihm zu helfen, konnte Caxton einige einflussreiche Freunde erwerben. Jane sprach mit Dorset, und innerhalb weniger Wochen bekam Caxton die Erlaubnis, dem gelehrtesten der Woodvilles, Dorsets Onkel und Königin Elizabeth Woodvilles Bruder, Graf Rivers, Bücher zu widmen. Rivers war inzwischen der Betreuer des Prinzen Edward und seines Bruders und verbrachte in Ludlow, an der walisischen Grenze, wo der Haushalt des Prinzen von Wales formell ansässig war, viel Zeit mit ihnen. Caxton und der gebildete Graf Rivers bauten eine Freundschaft unter Bücherliebhabern auf, und Caxton bekam mehrere Aufträge, die Übersetzungen des Grafen zu drucken. Es war ihm sogar gestattet worden, dem kleinen Kronprinzen selbst ein Buch zu präsentieren – er hatte die Geschichte von Jason ausgewählt, dem jugendlichen König, der von seinem teuflischen, bösartigen Onkel Pelias bedroht wird, welcher den Thron an sich riss, während er vorgab, Jasons Beschützer zu sein. Auf einen weiteren Anstoß von Jane hin hatte Caxton beide Jungen in jene blumige Widmung mit aufgenommen, die er dem König für dessen Beschreibung des Kreuzzugs des Gottfried von Bouillon widmen durfte.

Nur um sicher zu sein, dass Will Caxton auch Freunde unter den Woodville-Feinden besaß, hatte Jane ebenso dafür gesorgt, dass auch Will Hastings ein ihm gewidmetes Buch erhielt – *Mirror of the World,* von dem Goldschmied Hugh Bryce geordert, Will Hastings' Stellvertreter in der Königlichen Münzanstalt. Daher sollte Caxton gut gerüstet sein.

Doch Jane wusste, dass er an der Übersetzung von *The Golden Legend* gescheitert war, die Graf Rivers im letzten Herbst bei ihm in Auftrag gab. Er hatte zu viel Zeit darauf verwendet. Ihr gefiel die Vorstellung nicht, dass der arme Mann, dem die Mittel ausgingen, sich nicht traute, um Vorschuss zu bitten, und sich stattdessen das Haar auf diese unansehnliche Weise raufte, wann immer er sich sorgte. Daher hatte sie weitere Hilfe aufgetrieben.

In ihrem Gemach mit dem wundervollen, mit Perlmutt überzogenen Wandbehang, der den Jüngsten Tag darstellte, drängte Jane ihren Gästen höflich exotische Früchte und Wein auf, hörte mit zugeneigtem Stolz zu, während Isabel über die Begegnung mit der Prinzessin berichtete, kicherte bei deren Beschreibung des furchterregenden Auf- und Abschreitens der Königin, und beugte bescheiden und liebreizend den Kopf, als Isabel ihr dankte, weniger lakonisch als üblich, bevor sie ihre Neuigkeit verkündete.

»Will«, hauchte sie, ihr Blick so zuckersüß wie ihr Atem, »ich habe Euch zwei neue Aufträge besorgt. Gute Aufträge. *Sehr* gute Aufträge.«

Er riss die Augen auf. So begeistert und erleichtert, dass sie ihre Vermutung, er sei in Nöten, bestätigt fand.

»Der Marquess of Dorset möchte, dass Ihr ihm ein *Curial* druckt«, sagte sie, den nächsten Satz vergnüglich ausdehnend. »Er hat den Text bereits fertiggestellt.« Sie wusste, dass Will höchst erfreut wäre, das zu hören. Ein vorbereiteter Text bedeutete, dass dies eine schnell zu erledigende Aufgabe wäre, wahrscheinlich schnell genug, um die Rechnungen zu bezahlen, welche auch immer drängten. Will sagte etwas, sein Gesicht unter dem Haar gerötet – bald, dachte Jane traurig, würde sein Haar ganz weiß sein.

»Und wenn Ihr das erledigt habt«, fuhr sie unendlich höflich fort, »meint Ihr, Ihr hättet dann die Zeit, das Buch des Ritters vom Turm ins Englische zu übersetzen … und es zu drucken?« Es war grausam, nun innezuhalten, aber sie konnte dem nicht widerstehen zu warten, damit sie sich absolut sicher sein konnte, die volle Aufmerksamkeit beider Zuhörer zu haben. »Für Ihre Majestät die Königin?«

Die Reaktion erfolgte genauso, wie sie es erhofft hatte. Will küsste ihr die Hand und lachte so freudig und erleichtert, dass er praktisch schluchzte. Und Isabel war über alle Maßen erstaunt, dass Jane etwas so Praktisches für Will tat, ganz zu schweigen davon, dass sie einen Auftrag von der Frau bekam, die sie am Hof am meisten hasste.

Jane merkte, dass sie ihre Schwester auf irgendein verräterisches Zeichen von Liebe hin beobachtete. Vielleicht ein Beweis um ihren Hals, ein Kennzeichen auf ihrer Haut. Oder einfach ein Erröten. Aber selbst heute, als Isabel herzlicher als üblich lächelte, war da nichts.

Sie würde dies Isabel gegenüber natürlich niemals erwähnen, aber ihre geheime Hoffnung war, dass ihre kleine Schwester vom Geldverdienen abgelenkt würde, indem sie sich verliebte und heiratete und das Ganze aufgäbe. Es wäre so schön, wenn Isabel ihre Verschlossenheit verlöre und stattdessen vor Glück übernächtigt ausschaute. Manchmal dachte sie, dass ihr das eines Tages auch selbst gefallen könnte. Wenn sie andere Frauen dabei überraschte, wie sie die Kinder in ihren Armen ansahen, zwei Gesichter in einem Blick gemeinsamer, vollkommener Versunkenheit vereint, verspürte sie eine Einsamkeit, die sie nicht erklären konnte, nicht einmal sich selbst. Aber sie war noch nicht an der Reihe. Sie war zu gut etabliert, um daran zu denken, ihr Leben zu ändern. Edward brauchte seine Zeiten bei ihr. Sie konnte sich ein Leben ohne seine Besuche nicht vorstellen. Und zu viele ihrer eigenen Leute in der Stadt benötigten ihre Liaison mit Edward. Besonders ihr Vater. Auch wenn John Lambert die Hoffnung, Bürgermeister von London zu werden – der größte Traum seines Lebens –, schon lange aufgegeben hatte, tröstete er sich doch während der letzten Jahre mit seinem neuen Ehrgeiz, als Landadliger zu sterben. Es war natürlich ein harter Schlag gewesen, als seine gesamte Arbeitsgruppe ehemaliger Lehrlinge sein Seidenhaus innerhalb weniger Tage verließ, wobei ein jeder wenig glaubhaft erklärte, in die Provinz zurückfahren und sich um kranke Eltern kümmern zu müssen. Jane war eine Weile böse auf Isabel gewesen: Es gab immerhin so viele andere Seidenfrauen, die sie von ihren Meistern hätte abwerben können. Und ihr Vater war sehr bestürzt darüber. Dennoch konnte sie verstehen, warum Isabel diese Form der Rache gewählt hatte. John Lambert war zu ihr auch nicht nett gewesen, und sie waren beide so stur, dass man ihnen in Bezug auf ihre Fehde nicht mit Vernunft beikommen konnte. Also hatte Jane nach anderen Möglichkeiten Ausschau gehalten, ihrem Vater zu helfen. Der König hatte John Lambert seine Anleihen, mit ein wenig Drängen von Jane, mit einem Geschenk von 2000 Morgen Land im Südwesten Englands vergolten, das von der Courtenay-Familie aus Lancaster konfisziert worden war. Janes Vater stellte mit der Zeit fest, dass er seine neuen Landgüter in Devon und Somerset genoss, und wollte mehr. Er brauchte Jane genau dort, wo sie war. Also machte Jane von einem sorglosen Tag zum anderen weiter, tat hier einen kleinen Gefallen, spendete dort eine unbedeutende Freundlichkeit, ging auf die Jagd oder blieb zu Hause und spielte mit ihren Gästen Karten, ohne sich allzu sehr um das Morgen zu sorgen. Edward würde John Lambert bald in den Ritterstand erheben. Und was auch immer geschähe, dachte sie, Gott würde für sie sorgen.

Aber Isabel – sie hatte keinen Grund zu warten. Und Jane hatte es im Gefühl, dass da mehr an Isabels Reisen war als das quälend langsame Voranschreiten des Seidenweberprojekts es wirklich rechtfertigte.

Ein Teil von Jane verstand es. Es war offensichtlich, dass Isabel fern von diesem alten Drachen Alice Claver Zeit verbringen wollte. Diese wollte ihr ehemaliges kluges, kompetentes, loyales Lehrmädchen nicht verlieren. Jane half gerne dabei, Alice Claver zu hintergehen, indem sie vorgab, Isabel sei bei ihr, wann immer Isabel sie darum bat. Aber sie hoffte insgeheim, dass mehr an diesen Reisen wäre als das. Sie hoffte, dass es irgendwo in Isabels Leben eine Liebesgeschichte gab.

Das war der Grund, warum sie, als Edward das letzte Mal die Nacht bei ihr verbrachte, auf die Idee mit der Änderung der französischen Gewänder kam. Sie schnitt das Thema auch gerade im richtigen Moment an. Nachdem sie ihn geneckt hatte, schob er ihre Bettdecken fort und offenbarte seinen zunehmend umfangreichen Bauch. Sie hatte freudig ihren Kopf darauf gelegt und schelmisch geflüstert: »Noch immer ein stattliches Mannsbild!« Das war er auch, wenn man bedachte, dass er vierzig Jahre alt war. Er hatte gelacht, bis sich sein Bauch kräuselte, auf seine gutmütige Art zu ihr hinabgelächelt und sie wieder zu sich hochgezogen. Mitten in dem folgenden Kuss hatte sie erkannt, dass sie fragen musste, um Isabel so viel freie Zeit außer Haus zu verschaffen, wie sie brauchte.

Jane sah ihre Schwester zufrieden an, die nun so lebhaft mit dem guten, alten Will sprach. »Ich habe ihnen gesagt, dass ich von jetzt an Freitagnacht im Seidenhaus bleibe«, erzählte Isabel ihm gerade in dem schnellen Tempo, das sie stets einschlug, wenn sie aufgeregt war, »so dass ich gleich nebenan sein werde. Wir könnten häufiger in der Schänke zu Abend essen und vielleicht morgens zusammen frühstücken, wenn Ihr die Zeit erübrigen könnt, bevor ich nach London zurückfahre. Ich werde im Moment das Boot nehmen, noch keine Pferde. Es ist zu früh, um Dienstboten anzuheuern, bis wir wissen, wann die Seidenarbeiter hier sein werden. Ich möchte nicht allzu oft die Euren beanspruchen ...«

Isabels gewöhnlich blasse Wangen hatten ein wenig Farbe bekommen, dachte Jane. Aber nichts deutete auf mehr als Begeisterung bei dem Gedanken hin, tatsächlich im Seidenhaus zu schlafen – was die Vorstellung des Seidenweberprojekts für sie realer erscheinen lassen musste. Nichts, was auf eine geheime Liebe hindeutete.

Sie lächelte ihnen wehmütig zu. Die Möglichkeit, dass Isabel etwas vor ihr verbergen mochte, störte sie nicht, wenn es sie glücklich machte. Wenn sich herausstellte, dass sie in Westminster ein Geheimnis hatte, dachte Jane, die darauf vertraute, dass Gott in Seiner Zeit alles gut werden ließe, würde sie ihrer Schwester davon erzählen, wann immer der richtige Moment käme.

Goffredo war zur Passionszeit nicht zurückgekommen. Dickon auch nicht. Aber Isabels erfreuliche neue Routine der wöchentlichen Besuche bei der Prinzessin, des Abendessens mit Will Caxton im Red Pale und der Freitagnächte im Seidenhaus hatte sich für sie ausreichend gut bewährt, dass sie sich sogar an das einsame Knarren und Rascheln des Ortes gewöhnte.

Sie fühlte die milde Brise nach Ostern kaum. Sie ließ den Fluss unbeobachtet vorübergleiten. Sie war freudig mit der bevorstehenden Aufgabe beschäftigt: das Anbringen der Quasten und die Auftragsvergabe neuer Bänder und Spitzen für zwei karmesinrote, mit Lilien bestickte Damastärmel, die auch aufgetrennt und neu aufgearbeitet werden müssten. Vielleicht mit weißen Rosen?

Erst als sie in Westminster aus dem Boot stieg, erkannte sie, dass etwas nicht stimmte.

Es waren mehr Menschen unterwegs als üblich: Soldaten, Hausfrauen, Mönche – und es lag eine Atmosphäre der Verwirrung in der Luft. Was war bloß in sie gefahren?

Dann begannen die Glocken zu läuten. Abteiglocken. Ein dröhnender, düsterer Klang, immer wieder. Es fuhr ihr unmittelbar in den Kopf.

Halb taub, von einem Elend erfüllt, das sie noch nicht verstand, betrat sie das Pförtnerhaus, um nachzufragen. Draußen stand eine dicke Frau mit einem Korb voller Lebensmittel und schluchzte.

Der Torwächter hatte seinen Hut abgenommen. Er wirkte betroffen.

»Jemand ist gestorben«, sagte Isabel.

Der Mann bekreuzigte sich und erschauderte. »Gott gewähre seiner Seele Frieden. Er war doch nur erkältet«, murmelte er verwirrt.

»Wer?«, fauchte Isabel. Aber noch während sie fragte, ahnte sie bereits die Antwort. Und mit dem Wissen kam die Furcht vor all den unbekannten Konsequenzen, die dieser Tod mit sich bringen könnte – eine so intensive Furcht, dass sie fast in Tränen ausbrach. Als sich der Torwächter gefasst hatte, um zwei Worte zu murmeln – »Der König« –, war Isabel bereits auf dem Weg nach draußen.

Sie musste zurück nach London. Jane brauchte sie.

10

„Ich kann nur sagen«, keuchte Anne Pratte, die neben Isabel lief. Isabel hatte nur kurz genickt, als sie die weißhaarige Seidenfrau am Ludgate-Anlegesteg stehen sah, ohne ihren Schritt zu verlangsamen, weil sie jetzt nicht von den Frauen der Catte Street behelligt werden wollte. Sie wollte so schnell wie möglich zu Jane. »Gott sei Dank wird Goffredo mit seinen Leuten noch eine Weile wegbleiben. Denn dies ist nicht der richtige Zeitpunkt. Überhaupt nicht der richtige Zeitpunkt. Nun, geh ein bisschen langsamer, meine Liebe, ja? Ich bin ganz außer Atem.«

Isabel seufzte und blieb stehen. Anne Prattes kleine Brust hob und senkte sich so stark, dass sie eine schwache, verkrampfte Hand an ihre Kehle legte. Aber das besänftigte Isabel nicht so sehr, wie es das hätte tun sollen. Sie wusste, dass Anne Pratte ihre Schwäche als Waffe benutzte. Alice Claver musste sie losgeschickt haben, um Isabel nach Hause zu holen. »Ich kann nicht mit Euch kommen«, sagte Isabel bestimmt. »Ich muss Jane aufsuchen.«

Ihr Herz hämmerte. Sie hatte den gesamten Rückweg damit verbracht, sich Jane allein in ihrem Zimmer vorzustellen, wie sie auf die Glocken lauschte, vollkommen verloren, sich an niemanden wenden konnte, niemanden in der Nähe, der ihr sagte, was geschehen würde. Sich Janes Schmerz vorzustellen, machte sie benommen und sprachlos.

Sie musste über all die anderen Stimmen und die Glocken hinweg schreien. Überall läuteten Glocken, aus jedem Glockenturm derselbe tiefe, eintönige Klagegesang, so laut, disharmonisch und unheilvoll, dass man davon verrückt werden konnte. Niemand hatte gewusst, dass der König krank war, aber jetzt äußerten alle flüsternd Vermutungen. Er habe sich beim Angeln erkältet. Er habe beim Gedanken an den König von Frankreich einen Anfall bekommen. Sein Tod verursachte äußerstes Entsetzen. Überall, wo man hinsah, herrschte Chaos: Märkte schlossen Stunden zu früh, die Fensterläden an den Fenstern der Häuser wurden gegen die Mittagssonne geschlossen, junge Männer eilten unter Bergen von Stoffballen, Beuteln und Warenbündeln nach Hause. Und in jedem Kircheneingang den Ludgate Hill hinauf drängte sich eine kleine Traube von panischen Menschen. Niemand wusste, ob diese Nachricht das zarte Gewebe der Regeln zerreißen würde, die ihr friedliches Leben zusammenhielten. Alle fürchteten das Schlimmste.

Anne Prattes Züge sanken in sich zusammen. Sie sah mitleiderregend aus. »Haben die Lehrlinge die Läden geschlossen?«, fragte Isabel. Anne Pratte nickte widerwillig. »Ist alles richtig verriegelt und verbarrikadiert?« Anne Pratte nickte noch einmal. »Sind alle Mädchen drinnen und haben alle zu essen?« Ein weiteres klägliches Nicken. »Nun, dann wird alles gut. Ihr habt alles im Griff. Geht zurück. Ich werde kommen, sobald ich kann«, sagte Isabel.

»Aber, meine Liebe, du kannst in all diesem Chaos nicht allein umherwandern«, wandte Anne Pratte zitternd ein. »Alice würde es mir niemals verzeihen, wenn ich es zuließe, dass dir etwas passiert.« Sie hielt inne, als käme ihr eine Idee. »Ich weiß!«, rief sie strahlend aus. »Ich werde mit dir kommen.«

»Nein«, sagte Isabel.

Anne Pratte warf ihr einen forschenden Blick zu. Isabel erwiderte diesen Blick unbewegt. Die Frauen der Catte Street würden, wenn ihre Panik erst vergangen war, wahrscheinlich wissen wollen, wie es Jane ging, dachte sie. Isabel lächelte auf Anne Pratte hinab, blieb aber bestimmt. »Sagt Alice, dass ich in einer Stunde zurück sein werde«, bestimmte sie.

Sie erreichten die Old Jewry. Isabel pochte an Janes Tür und hörte nur halbwegs Anne Prattes kleinlautes »Also gut, meine Liebe« und ihre hallenden Schritte. Aber als sie in den Hof eingelassen wurde und sich umwandte, um dem Jungen ihre Zügel zu übergeben, sah sie, dass Anne Pratte nur bis zu ihrem Haus auf der gegenüberliegenden Seite der Straße ging, um Isabels Besuch abzuwarten.

Jane saß in ihrer großen Halle auf einem Stuhl neben dem Fenster, lehnte ihre Wange an die Bleiglasscheibe, noch immer in ihren leuchtenden Röcken, und beobachtete die Menschenmengen.
Sie erhob sich nicht, als ihr Blick auf Isabel fiel. Doch sie hob den Kopf an. Das Bleiglas hatte sich als rotes Gitterwerk rautenförmiger Abdrücke auf ihrer Wange eingeprägt. Sie musste dort schon Stunden sitzen, schon seitdem die Glocken zu läuten begonnen hatten.
Jane lächelte vage. »Einfach so«, sagte sie. Sie schnippte mit den Fingern und sah sie angesichts des lauten, scharfen Klangs dann überrascht an. »Fort.«
Es war unerträglich. Isabel eilte zu ihr und nahm Jane widerstandslos in ihre Arme. So wiegten sie sich gemeinsam eine Weile, lange genug, dass Isabel die ersten gegen das Glas schlagenden Regentropfen bemerkte, lange genug, dass sie erkannte, dass Jane noch immer über ihre Schulter hinweg durch das Fenster starrte, lange genug, dass sie erkannte, dass Jane nicht weinen würde.
»Sieh sie dir an«, sagte Jane. »Laufen umher. Alle so verängstigt.« Sie lächelte noch immer. Ihre Stimme klang hohl. »Aber niemand weiß, wovor er Angst haben soll.«
Isabel wusste nicht, wie sie Jane trösten sollte. Kurz darauf zog sie sich einen Stuhl heran und setzte sich.
»Wie kann ich helfen?«, fragte sie. Aber Jane sagte nur freundlich: »Du musst dir keine Sorgen um mich machen, Isabel. Ich brauche nichts. Ich hatte Glück.«
»Aber hast du Geld?«, fragte Isabel. Sie wusste, dass das Haus Jane gehörte und dass Jane finanzielle Unterstützung bekam, aber sie hatte niemals darüber nachgedacht, wie das funktionierte. Wenn der König tot war, würde diese Unterstützung dann aufhören?
Jane schüttelte den Kopf, als wollte sie jetzt nicht über solche

Dinge nachdenken. »Es geht mir gut, ehrlich. Ich bin wohl recht reich. Ich habe Mieteinnahmen, Geschäfte, ich weiß nicht einmal was alles. Vater hat das geregelt. Er hat es so eingerichtet, dass ich mir niemals Sorgen machen muss. Er zahlt meine finanzielle Unterstützung.« Sie lachte und zupfte an ihren Ringen. »Er hat immer gesagt, wie schlecht Edward mit Geld umgehen kann«, fügte sie hinzu. Sie riss bei ihren Worten die Augen weit auf, stockte aber nicht, weinte auch nicht, während sie sich korrigierte: »Konnte.«

»Was wirst du tun?«, fragte Isabel, um Jane zu zwingen, die Realität von König Edwards Hinscheiden zu erkennen. Die Realität dessen, dass sie hier allein zurückgeblieben war, auf irgendeine neue Weise ihre unsichere Zukunft gestalten musste. »Möchtest du zu mir kommen?« Doch sie wusste im gleichen Moment, dass das eine schlechte Idee wäre. Alice Claver würde sich nicht beherrschen können. Vielleicht sollte Jane für eine Weile zu ihrem Vater nach Somerset ziehen?

Jane schüttelte nur den Kopf. »Warum sollte ich fortgehen?«, fragte sie verständnislos. »Hier sind mehr Erinnerungen, in allem, was ich berühre und sehe. Dies ist mein Zuhause. Wo sollte ich hingehen?«

Es klopfte an der Tür. Schritte.

Jane sprang von ihrem Stuhl auf und lief durch den Raum.

Aus den Schatten außerhalb ihres Sichtfeldes, jenseits des Eingangs, hörte Isabel Janes Stimme rufen: »Ich dachte, du würdest niemals kommen!« und eine tiefe Stimme, die sie von irgendwoher zu kennen glaubte, mit tröstlichem Murmeln antworten.

Sie saß vollkommen still auf ihrem Stuhl, wagte es kaum zu atmen.

Als Jane den Raum wieder betrat, sah Isabel Tränen auf ihren Wangen glitzern. Nicht genug, um ihre Haut fleckig werden zu lassen oder sie zu verunstalten, nur einige Tautropfen auf ihren Wangen, aus ihren grünen Augen geflossen. Doch sie wirkte erleichtert und weniger steif. Und hinter ihr erschien Lord Hastings – glatt rasiert, ohne Kopfbedeckung und vom Ritt zerzaust, den tropfenden Hut in der Hand. Er wirkte noch immer jung.

Anders als der König war er schlank geblieben und in guter Verfassung. Isabel brauchte einen Augenblick, um zu bemerken, dass der beste Freund des toten Königs seinen Arm um Janes Taille gelegt hatte.

Hastings nickte Isabel vage anerkennend zu. Sie hatte diese Geradlinigkeit schon immer gemocht. »Mistress Claver«, sagte er zur Begrüßung.

Sie erwiderte sein Nicken. Mied Janes Blick. »Mylord«, antwortete sie, mit all ihrer möglichen Gelassenheit. Neutral an Jane gewandt, Hastings' Arm um ihre Taille ignorierend, sagte sie: »Ich sollte zur Catte Street zurückkehren. Meine alten Damen brauchen mich.«

Sie war erstaunt, als Janes Lippen zu zucken begannen. »Ich denke, du wirst Anne Pratte draußen vorfinden«, sagte sie nicht unfreundlich. »Sie sitzt schon an ihrem Fenster und beobachtet uns, seit du hierherkamst. Sieh sie dir an. Sie verschlingt uns regelrecht mit Blicken. Sie wartet auf dich. Sie sorgt sich.«

Isabel schaute zu dem Fenster hinüber, während sie zur Tür zurückging. Es stimmte. Am Fenster im Haus gegenüber war ein Schatten zu sehen. Jane hatte Anne Pratte vermutet. Sie war selbst noch aufmerksamer als Isabel. Warum hatte Isabel gedacht, Jane brauche Schutz?

Sie musste sich nicht umwenden, als sie den Raum verließ, um zu wissen, dass Jane Lord Hastings bereits küsste.

»Oh, da bist du ja, meine Liebe«, sagte Anne Pratte behaglich, als Isabel auf die nasse Straße hinauslief. Sie wirkte angesichts des Zufalls, dass sie hier war, als Isabel herauskam, äußerst unbekümmert. Sie hielt ein Bündel in der Hand und ein Stück Sackleinen über ihren Kopf. »Dann können wir zusammen zurückgehen. Ich habe gerade ein paar Sachen von Zuhause geholt.«

Isabel seufzte und nahm ihr das Bündel ab. In ihrem Kopf wirbelten so viele neue Gedanken umher, dass kein Raum für Verärgerung war. Aber sie ließ Anne Pratte nicht in allem ihren

Willen. Als die ältere Frau beiläufig fragte, während sie Seite an Seite gingen: »War das nicht Lord Hastings, der ins Haus deiner Schwester ging?«, tat Isabel so, als ob sie nichts gehört hätte, und hielt eifrig die Sackleinen über ihren Kopf.

Sie ging weiter, spürte, wie ihre Kleidung nasser wurde, ignorierte den Regen, der die ausgefransten Fäden am Rande des Sackleinens herab rann und in ihre Augen tropfte. Doch sie merkte sehr wohl Anne Prattes Seitenblicke.

»Du wirkst schockiert«, hörte sie die dünne, kleine Stimme sagen. »Das solltest du nicht sein.« Sie lief weiter. »Sie braucht einen neuen Beschützer.« Isabel ging weiter, als hätte sie die Stimme nicht gehört, und fragte sich, warum sich die Regentropfen auf ihrem Gesicht heiß und salzig anfühlten.

»Mädchen in eurem Alter verstehen üblicherweise nicht. Du bist nicht im Krieg aufgewachsen – wie könntest du also? Aber sie ist keine Närrin«, sagte Anne Pratte, fast als spräche sie zu sich selbst. Isabel merkte allmählich, dass sie ohne hinzusehen zuhörte. »Ich verstehe sie. Ich bin alt. Und wir alten Leute sind alle mit Angst aufgewachsen. Wenn Krieg herrscht, kann man jeden Moment von Unbekanntem überwältigt werden, und das vergisst man niemals. Ich war in dem Jahr, in dem du geboren wurdest, bereits erwachsen, als König Henrys Garnison im Tower ihre Waffen auf uns richtete, um London gewaltsam Lancaster einzuverleiben. Natürlich unterstützten wir dadurch York umso mehr. Bis auf den letzten Mann. Bis auf die letzte Frau. Wir hatten die Nase voll: Schiffe, die nicht eintrafen, die Höfe voller Grobiane, die Straßen voller Straßenräuber. Also zogen wir alle los, um für den Herzog von York zu kämpfen. Mein alter Vater war einer der Männer, die den Tower blockierten. Und als die französische Königin ihr Heer vor die Tore brachte – sie waren aus dem Norden, und es hieß, sie heulten wie die Höllenhunde, anstatt zu sprechen –, war mein Vater einer der Londoner, die hinausgingen und ihnen sagten, dass wir dieser Frau nicht die Tore öffnen würden. Niemand wusste, was geschehen würde. Es war erschreckend. Aber nicht so, wie es zuvor gewesen war, als wir uns vom Krieg geschlagen gaben. Wir warteten nicht mehr einfach auf den Tod. Wir taten etwas. Sie waren es, die letztendlich aufgaben, nicht wir: die aus dem Norden und die französische Königin. Sie gingen fort. Wir siegten – die kleinen Leute Londons. So tapfer waren wir. Und als der Herzog von York am Ende des Sommers mit seinem Heer kam, ließen wir ihn ein. Wir wählten ihn. So bekamen wir letztendlich den guten König Edward, Gott gewähre seiner Seele Frieden, und all die Jahre des Friedens und des Wohlstands, die wir bis jetzt genossen haben.« Sie bekreuzigte sich. »Und daher weiß ich, welche Angst man haben kann, wenn man nichts unternimmt, um sich selbst zu schützen.«

Isabel warf Anne Pratte einen verstohlenen Blick zu. Das Gesicht der kleinen, alten Frau war so ruhig wie ihre Stimme, aber ihre Augen waren seltsam beseelt. »Ich sollte niemals eine Seidenfrau werden, weißt du«, fügte Anne Pratte unerwartet hinzu. »Mein Vater wollte mich in ein Kloster geben – in die Minories. Aber dann starb meine Schwester. Alice hieß sie. Sie wurde von einem der Brandsätze getötet, mit denen uns die Leute aus Lancaster zu bombardieren begannen. Er traf ihren Arm, blieb stecken und fing Feuer. Man konnte es nicht abwaschen. Wir haben es versucht, aber Wasser ließ es nur noch stärker brennen. Ich werde nie vergessen, wie sie geschrien hat. Die ganze Nacht. Nachdem sie starb, Gott gewähre ihrer Seele Frieden, ging mein Vater hinaus, um den Männern am Tower zu helfen. Letztendlich erwischten sie den Kommandanten der Garnison: Lord Scales. Sie erwischten ihn, als er als Frau verkleidet die Themse hinab flüchten wollte. Die Bootsführer erkannten ihn. Sie ließen seinen Leichnam bei St. Mary Overy zurück. Mein Vater nahm uns mit dorthin, um ihn uns anzusehen. Überall Stichwunden. Fliegen. Spuckende Menschen. Auch meine Mutter spuckte. Ich war das einzige Kind, das ihnen noch geblieben war. Also schickte mein Vater mich als Lehrling zu John Large, anstatt mich eine Braut Christi werden zu lassen. Ich heiratete William.« Sie lächelte, aber ihr Gesicht nahm dennoch einen traurigen Ausdruck an. »Und ich war glücklich mit ihm.«

Sie fügte hinzu: »Es heißt, der Krieg sei wie der Wind. Er bringt die Sturmwolken heran, aber er bringt auch die Silberstreifen. Man fühlt sich im Schatten des Todes lebendiger. Man ergreift seine Chancen. Man denkt nicht zweimal nach. Und die Dinge ändern sich so schnell, dass andere Träume wahr werden, selbst wenn alles, was man zu haben glaubte, einfach so verschwindet. Wenn man entschlossen ist.

Deine Jane ist entschlossen«, beendete sie ihre Ausführungen und hakte sich bei Isabel unter. »Sie hatte schon immer ein großes Herz. Sie hat dir bei deinen Träumen geholfen. Uns allen. Vielleicht ist nun sie an der Reihe, dass ihre Träume wahr werden.«

Isabel nickte beim Gehen rhythmisch, den Blick noch immer strikt geradeaus gerichtet. Sie empfand die Wärme von Anne Prattes Arm als Trost. Dachte über wahrwerdende Träume nach.

William Hastings schloss einen Moment die Augen, nahm nichts mehr wahr außer Janes sanft über seine Brust streichenden Mund, ihr langes Haar sowie das erstaunliche Gefühl von Haut auf Haut. Er schloss seine Arme um sie, eine Ruhe, die zu unterbrechen nun niemand das Recht hatte.

Er war den ganzen Weg von Westminster hierher galoppiert, seine Männer hinter sich lassend. Er war schweißgebadet, als er durch die Tür schritt, auf und ab lief und die Erinnerungen des Vormittags in seinen Augen funkelten. Er hatte kein Wort gesagt, während er sie die Treppe hinauftrug. Aber das brauchte er auch nicht. Es war der Moment, auf den sie beide seit Jahren gewartet hatten.

Er öffnete seine Augen. Sie war noch immer da, so sanft wie ein Engel.

Also kein Traum, dachte er. Aber das bedeutete, dass der Rest, der geschehen war, auch nicht nur ein Albtraum war.

Er setzte sich auf, zog sie mit sich hoch, so dass sie wieder rittlings auf ihm saß. Seine Hand strich über ihren weißen, weichen Oberschenkel, und ihr Haar fiel über seine Schultern. Sie stieß einen kleinen Laut aus, wie ein leises Kichern. Doch der Blick, den sie ihm zuwandte, war ernst.

»Was ist los?«, murmelte Jane nun, seine Lippen mit zarten Küssen bedeckend. Sie duftete nach Blumen. »Was denkst du?«

Er wurde von den Erinnerungen an die Ereignisse übermannt. Er spannte Kinn und Fäuste an, versuchte, den Zorn, die Angst unter Kontrolle zu bekommen, die in seiner Kehle aufstieg.

Der König war tot – der König, mit dem er so viele Schlachten, Betten, Mätressen und Ungemach, so viele Momente des Krieges und der Begierde geteilt hatte. Noch bevor Edward König war oder es zu sein hoffte, und als Will Hastings, ein nicht sehr reicher, entfernter Cousin, anfänglich zu seinem jugendlichen Kammerdiener gemacht wurde. Sein engster Freund.

Schlimmer noch. Edwards Tod bedrohte den Frieden, der zwölf Jahre gehalten hatte.

Der Prinz von Wales – der neue König Edward V. – war erst zwölf Jahre alt, kein gutes Alter für die Königswürde, nicht einmal in den besten Zeiten. Der Junge hatte in Ludlow, an der walisischen Grenze, sein Quartier. Wenn sie in jeder Stadt, durch die sie kamen, all die feierlichen Messen über sich ergehen lassen müssten, würden sie Wochen brauchen, um hierherzugelangen. Und der Prinz stünde, bis er London erreichte, unter dem Einfluss seines Privatlehrers, Graf Rivers, diesem verschlagenen, bedächtigen, wohlriechenden Gelehrten mit seinen mandelförmigen Augen und seiner verdächtig vornehmen Ausdrucksweise: Königin Elizabeths Bruder – und ein Woodville.

Woodvilles hatten sich bereits in jeden Winkel und jede Ritze bei Hof eingeschlichen. Sie waren hinter ihrer Königin hereingekrochen wie Spinnen oder Skorpione. Von jetzt an würden sie noch gieriger werden. Sie würden die vollständige Kontrolle über den neuen König erlangen wollen, der jung, schwach und leicht beeinflussbar war und dessen Blut in ihren Adern floss.

Das konnte nur zu einem führen: einem tödlichen Kampf zwischen den Verwandten der Königin und den Verwandten des Königs – Englands wahrem Adel.

Hastings war der einzige Mann des Königs in London. Und der gesamte widerwärtige Schwarm von Woodvilles, angeführt von seinem alten Feind Dorset, war hier, um ihn zu jagen. Er

wäre dem neuen König gegenüber ebenso loyal wie zuvor dem alten König. Aber was wäre, wenn der neue König unter dem Einfluss des Woodville Dorset stand, der ihn tot sehen wollte? »Ich bin in Gefahr«, dachte er und merkte, dass er es laut ausgesprochen haben musste. Jane sah ihn an. Er drückte ihre Schultern und fügte hinzu: »In beträchtlicher Gefahr.«
»Was meinst du?«, flüsterte sie.
»Die Woodvilles«, erwiderte er, erhob sich und presste die Hände auf seine Augen, als könne das seine Panik bannen.

Hastings hatte erst heute Morgen die Ratssitzung einberufen: um zu besprechen, wie der König bestattet und der nächste gekrönt werden sollte. Aber sobald er die überheblichen Woodville-Augen am Tisch sah, die in dem Wissen glänzten, dass sie nun nicht mehr nur unerwünschte, angeheiratete Verwandte, sondern auch die neuen Blutsverwandten des Königs waren, spürte er, dass Schwierigkeiten drohten. Dorsets Augen zeigten offene Kampfbereitschaft. Aber sogar der dicke, kleine Dr. Morton, derzeit der Diener der Königinwitwe Elizabeth Woodville, war mit impertinentem Lächeln zu seinem Platz stolziert. Morton hasste Hastings und machte sich nicht die Mühe, es zu verbergen. Er würde niemals vergessen, dass es Hastings' Aufgabe gewesen war, ihn nach der Warwick-Rebellion für schuldig zu befinden. Irgendwie war er aus dem Tower entkommen und hatte sich gerettet, sich als Freund der Woodvilles neu etabliert. Hastings dachte, während er grimmig die Ansammlung wogender Niedertracht in Priesterroben vor ihm betrachtete: Ich hätte ihn rascher erledigen sollen. Ein weiterer Fehler.

Hastings bat den Rat, Richard, den Herzog von Gloucester, zum Protektor Englands zu ernennen, bis Edward fünfzehn würde und aus eigenem Recht regieren könnte. Das wäre richtig gewesen. Dickon war der Onkel des Jungen, der ältere Prinz mit York-Blut.

Aber sie hatten es abgelehnt. Sie hatten stattdessen für eine Art Regentschaftsrat gestimmt – natürlich von Woodvilles kontrolliert.

Hastings versuchte sich zu beherrschen, doch Dorset starrte

ihn provozierend an. Das Kinn vorgereckt. Über zusammengepresste Hände vorgebeugt. Er versuchte, Hastings mit dem Blick zu bezwingen. Dem Blick eines Mannes, der Tod im Sinn hatte und der den Augenkontakt so lange hielt, dass Hastings das Gefühl bekam, er könne auf der Stelle ein Schwert ziehen.

Doch tatsächlich sagte Dorset nur: »Nun sollten wir ein Datum für die Krönung festlegen. Ich schlage den Mittsommer vor. Die Johannisnacht.«

»Das können wir nicht entscheiden«, wandte Hastings ein. »Nicht ohne Gloucester.«

Aber Dorset hatte ihn nur böse angesehen. Er hatte die Lippen zurückgezogen und, sich jedes Wort abringend, gesagt: »Wir sind durchaus bedeutend genug, um Entscheidungen ohne den Onkel des Königs zu treffen.«

Nun stand Jane vor ihm und zog ihm die Hände von den Augen. Er merkte, wie angespannt seine Muskeln waren. Zu Jane sagte er: »Dorset will den König kontrollieren. Und er will mein Blut.«

Sie murmelte unbehaglich etwas. Aber sie hatte ihn erwählt, nicht Dorset. Er konnte ihr vertrauen.

Er fuhr fort: »Ich habe ihn im Rat angeschrien. Ich sagte ihm, er sei unverschämt und böse. Ich sagte, das Blut der Woodvilles sei zu schlecht, um England zu regieren. Und dann ging ich hinaus.«

Sie riss die Augen auf.

Das Schlimmste erzählte Hastings ihr noch nicht einmal. Er war voller Zorn gewesen, als er die Tür des Ratsraumes zuschlug. Er verspürte erst die wahre Gefahr, als ihm ein Schreiber im Vorraum still den Befehl zeigte, von dem Dorset eine ordentliche Abschrift haben wollte. Das Dokument – das Dorset mit »Halbbruder des Königs« unterzeichnen wollte – berechtigte Sir Edward Woodville, die königliche Flotte auf See zu führen. Wenn ein Woodville Kontrolle über die Flotte erlangte, wäre Hastings von seinem Machtstützpunkt in Calais abgeschnitten. Er wäre verloren. »Danke«, hatte er zu dem schwitzenden Schreiber gesagt. Er zerriss Dorsets Dokument und diktierte seinen Ge-

genbefehl für die Flotte – *Bleibt im Hafen*. Der Mann eilte mit Hastings' Münze in der Hand und einer Mischung aus Erleichterung und Angst in den Augen zu seinem Schreibpult zurück. Hastings wartete, machte sich an seinem Schwert zu schaffen. Er unterzeichnete, und dann ritt er mit dem schnellsten Pferd, das er bekommen konnte, im Galopp nach London, um in der Nähe des Themsehafens zu sein.

Er war hierher gekommen, weil Jane hier war. Aber er wusste auch, wenn er ehrlich war, dass er nicht zu seinem eigenen Haus an Paul's Wharf hatte gehen wollen. Allein der Gedanke daran ließ ihn sich gefangen fühlen, verursachte ihm eine Gänsehaut. Er hatte nur sein Gefolge dorthin geschickt. Er war bei Jane sicherer.

Aber dies waren keine Gedanken, die man teilen sollte. Er sagte nur: »Ich kann sie nicht alle bekämpfen. Ich bin allein. Ich muss Dickon benachrichtigen.«

Sie musste sich ohne Edward angesichts der Feinde ebenso allein fühlen wie er, ebenso verschreckt. Er schaute sie an, wünschte, er könnte die Welt vergessen und für immer hier bei ihr bleiben. Ihr Anblick ließ ihn sich alt fühlen: seines Amtes müde, des Kriegshandwerks müde, der Sorgen müde, des Verrats müde, der anscheinend auf jedermann einen Schatten warf, der geboren wurde, um Waffen zu tragen. Es hieß, es sei nicht gut, sich mit der Klasse der Handeltreibenden abzugeben, aber er hatte festgestellt, dass die Händler in Calais ehrlich und sympathisch waren. Und Jane war einmalig. Hastings' Ehefrau, inzwischen schon lange tot, war eine gute Partie gewesen: ein Mädchen aus einer guten Familie und mit 400 Pfund pro Jahr, die fünfte Schwester des Grafen von Warwick – so konnte er durch die Heirat Edwards Cousin ersten Grades werden. Er erinnerte sich kaum noch an sie. Sie hatte kein Haar gehabt, das wie gesponnenes Gold schimmerte, und sah ihn auch nicht mit glücklichen, smaragdgrünen Augen an. Sie sang niemals wie ein Engel. Konnte keine Scherze machen, die belustigten, ohne zu verletzen. Wie eine Göttin lachen. Wie eine Lerche im Flug tanzen. Nur Jane, sein zweiter Frühling. Er wäre nicht traurig gewesen, wenn das

Schicksal ihn zum bescheidensten aller Händler gemacht hätte, dachte er, wenn das bedeutet hätte, dass er sie hätte heiraten und frei sein können, für immer aus dem Schatten des Schwertes hätte heraustreten können.

Jane sagte sanft: »Ich hole dir Papier und Feder.« Ihre Stimme klang ruhig. Er zog Kraft daraus. Sie reichte ihm sein Leinzeug und streifte auch ihres über. »Nun kannst du deinen Brief schreiben.«

Isabel erwachte in der Nacht.

Die Furcht, die sie geweckt hatte, wollte nicht weichen.

Sie stand auf. Zündete mit der Glut des Feuers eine Kerze an. Ihre Angst nahm Gestalt an.

Da der König tot war – was würde nun mit dem Seidenwebervertrag geschehen? Und mit dem Haus?

Ihre Gedanken flogen nach Norden, dorthin, wo auch immer Dickon war. Wenn er nur hier wäre. Wenn er ihr nur raten könnte.

Sie biss sich auf die Lippen und sank auf die Knie.

Früh am Morgen besuchte sie Jane. Anne Pratte riet ihr, es zu tun – »Sie wird dich sehen wollen«, sagte sie, ohne ein Anzeichen der Anzüglichkeit, die Isabel veranlasst hätte, es zu verweigern – und ging mit Isabel erneut zur Old Jewry.

Als sie das Haus verließ, fragte Isabel so geradeheraus wie möglich: »Ist unser Vertrag mit dem König noch immer gültig, nun da er tot ist?«

Anne Pratte reagierte gleichermaßen gelassen. »Wir wissen es nicht«, erwiderte sie, geradeaus blickend. »Alice meint nicht.«

Also hatten sie bereits darüber gesprochen, dachte Isabel mit widerwilliger Bewunderung. Es gab noch immer Dinge, die sie von ihnen lernen konnte. Sie hatten die Erfahrung darin, im Aufruhr zu leben, die sie nicht besaß.

Sie spürte Anne Prattes klauenartige Hand auf ihrem Arm. »Aber noch wird niemand die Zahlungen einstellen«, fuhr die leise, kleine Stimme fort. »Alles wird einfach so weitergehen wie bisher, aus Trägheit. Und wenn die Dinge erst neu geregelt werden und sie uns nicht zupass kommen, hast du jetzt deine Beziehung zu Prinzessin Elizabeth. Du kannst sie um Hilfe bitten. Sie ist die Schwester des Königs: Das muss etwas wert sein.«

Isabel blieb beharrlich. »Was ist, wenn Goffredo bereits auf dem Weg ist?«

»Alice hat ihm gestern geschrieben und ihm gesagt, er solle sich Zeit lassen, bis sich die Dinge weiter beruhigt haben«, sagte Anne. »Wir werden mehr erfahren, wenn erst alle aufhören, wie ein Haufen kopfloser Hühner herumzulaufen.« Sie drückte Isabels Arm. »Hab Vertrauen«, sagte sie. »Das sage ich dir stets. Und denk jetzt nicht darüber nach. Es gibt zu viel anderes, um das wir uns sorgen müssen.«

Isabel nickte, durch Annes Zuversicht teilweise beruhigt, aber noch mehr durch das Vertrauen, das sie in Dickon setzte. Wie dem auch sei, Anne hatte recht: Sie konnte diesbezüglich im Moment nichts tun.

Mit dem Bemühen, die Angelegenheit aus ihren Gedanken zu verbannen, sah sie sich um. Es waren zu viele Leute auf den Straßen. Obwohl die Märkte geöffnet waren, arbeiteten viele Leute, so wie sie und Anne, heute nicht. Stattdessen wappneten sie sich für den Notfall. Auf den Straßen herrschte eine zielstrebige Atmosphäre: konzentrierte Überlegungen von Haushaltsvorständen, die darüber nachdachten, was sie essen könnten, wenn es keine frische Nahrung zu kaufen gäbe. Wie viele Essig-Eier waren noch von der Fastenzeit übrig, wie viel getrockneter Fisch, wie viel Brennholz, wie viel Mehl?

Joan Woulbarowe, die einen Sack Anmachholz zu ihrem Heim schleppte, blieb lange genug stehen, um ihnen zuzuzischen: »Ist das zu glauben? Es heißt, die Woodvilles seien ins Schlafzimmer des Königs geschlichen, als er noch tot auf dem Bett lag, und hätten all sein Geld und seinen Schmuck gestohlen. Der Marquess of Dorset. Das dreckige Aas.«

»Ich kann nur sagen, wir sollten hoffen, dass der Herzog von Gloucester hierherkommt, bevor noch mehr solche Dinge geschehen«, sagte Anne Pratte. »Er ist jetzt unsere größte Hoffnung. Er ist zumindest rechtschaffen. Und wirklich königlich. Es ist höchste Zeit, dass jemand ihnen allen die Köpfe zurechtrückt und die Dinge in Ordnung bringt.« Aber Joan war mit ihrer Last bereits in eine nasskalte Gasse entschwunden. Nur Isabel – die nachts für die Nachricht betete, dass Dickon auf dem Weg nach Süden sei – konnte es noch hören. Und sie schwieg. Sie wandte hastig den Blick ab, damit Anne Prattes scharfe Augen die Hoffnung nicht bemerkten, die Dickons Name in ihrem Herzen erweckte.

Janes Tür öffnete sich, bevor Isabel auch nur Zeit hatte anzuklopfen. Jane, angezogen, aber ohne Kopfbedeckung und blass wirkend, zog ihre Schwester rasch hinein. »Ich bin so froh, dich zu sehen«, murmelte sie, und Isabel erkannte, dass ihre Augen voller Herzlichkeit waren. »Danke, dass du zurückgekommen bist.«

Jane klammerte sich an sie. »Denk nicht schlecht über mich«, sagte ihre Stimme, von Isabels Schulter her. »Ich habe ihn schon immer geliebt. Es ist verrückt, aber ich bin so glücklich.«

Isabel küsste die wirre Schönheit ihres Haars. »Ich verstehe«, flüsterte sie.

Jane blickte scheu auf. »Wirklich?«, fragte sie und fügte versöhnlich hinzu: »Komm herein. Will Hastings ist hier.«

Er aß in der großen Halle gerade Brot und Käse. Sein Schild lehnte an der Bank. Er schob sein Essen beiseite, erhob sich und verbeugte sich, als er Isabel sah. Er war dünner, als sie ihn in Erinnerung hatte, mit leichten Silberfäden an den Schläfen, die sie gestern nicht bemerkt hatte. Aber er wirkte ebenso zornig, wie sie ihn gestern erlebt hatte. Ein Ausdruck, der auch Angst sein könnte.

»Mistress Claver«, sagte er förmlich.

»Mylord«, erwiderte sie ebenso förmlich. Ihre Augen signalisierten ihre Akzeptanz, ihn am Tisch ihrer Schwester zu sehen. »Bitte – esst weiter.«

Da lächelte er ihr zu, nahm sein Stück Brot und biss erneut hinein.

Jane hatte Hastings geweckt, als sie in der Dämmerung wieder ins Bett glitt. »Es war dein Bote«, sagte sie. »Ich gab ihm deinen Brief. Und er hatte dies für dich.«

Es war der Brief von Dickon, auf den er gewartet hatte, der die loyale Unterstützung für Edwards Sohn und Rückenstärkung für ihn selbst zusagte. Das beruhigte ihn, bannte seinen Schrecken, ließ ihn wieder er selbst sein.

Nun, als er Janes Schwester betrachtete – diese Eigentümlichkeit, dass das Mädchen fast so hübsch aussah wie seine Liebe, ihr Geist aber das Zählwerk einer Händlerin war –, stellte er fest, dass er wieder lächeln konnte.

»Ich bekam gerade Nachricht von Seiner Gnaden aus Gloucester«, erzählte er ihr, seine Worte durch den vollen Mund gedämpft. »Er hält in York eine Gedenkmesse für Seine Majestät ab und wird heute Nachmittag wieder aufbrechen, nach Süden.«

Er war erfreut zu sehen, dass sie eine Hand auf den Tisch legte, wie um sich abzustützen, mit unendlich großer Erleichterung auf ihrem Gesicht. Sie würde es den Leuten erzählen. Sie würde die Nachricht in der Stadt verbreiten.

Er sagte, nun rascher: »Er wird eine Weile brauchen, um nach London zu gelangen. Er muss viele Städte passieren und viele Messen abhalten. Aber er hat dem neuen König die Treue geschworen. Er hat dem Rat geschrieben, dass er den Treueschwur leisten wird, auch einer jungen Regentin gegenüber, wobei Gott verhüten möge, dass das jemals nötig sein sollte. Das sollte die Menschenmassen hier beruhigen.«

Die Prinzessin war in dem Brokatgewand erstarrt, welches sie, wie ihre Mutter beschlossen hatte, zur Krönung ihres Bruders tragen sollte. Sie hatte kein Wort gesagt, seit Isabel eingetroffen war. Sie sah Isabel, die vor ihr kniete und den Saum absteckte, nicht einmal an. Aber Isabel kannte ihre Art inzwischen besser und fühlte sich dadurch, dass sie ignoriert wurde, nicht erniedrigt. Die Prinzessin starrte durchs Fenster, dorthin, wo sich ihre Mutter, in schwarzem Samt dünn und angespannt, leise mit dem Marquess of Dorset unterhielt. Auch Isabel warf ihm einen heimlichen Blick zu. Er war noch immer genauso honigblond wie Jane, aber er wirkte ebenso verängstigt und erzürnt wie Hastings gestern Abend.

Sie trauern nicht. Sie haben Angst, dachte Isabel. Zur Prinzessin hinaufschauend, wunderte es sie nicht, dass sie so still war.

»Euer Hoheit«, sagte sie, »es heißt in London, der Herzog von Gloucester habe Seiner Majestät, Eurem Bruder, die Treue geschworen.«

Sie wollte die besorgte kleine Seele beruhigen, die sie hinter jenen ausdruckslosen Augen vermutete.

Sie fuhr fort: »Es heißt, er hätte sich sogar verpflichtet, dass er, wenn Euer Bruder, was Gott verhüten möge, sterben sollte, Euch die Treue schwören würde, wenn Ihr den Thron erben solltet.«

Sie hielt den Atem an.

Elizabeth blickte langsam abwärts. Isabel war einen Moment von der Kälte erschüttert, die sie in diesem jungen Gesicht sah. Sie musste verrückt sein, den Mund aufzumachen. Man würde sie bitten zu gehen, gerade jetzt, da sie die Prinzessin vielleicht wirklich brauchen würde. Sie hatte alles verdorben.

Dann erkannte sie, dass die Prinzessin weinte. Ihr Gesicht war regungslos. Doch schimmernde Spuren liefen ihre Wangen hinab.

Die Prinzessin sagte mit erstickter Stimme: »Aber Ihre Majestät meine Mutter hasst den Herzog von Gloucester. Sie sagt, er will sie und alle ihre Blutsverwandten vernichten. Ihre Brüder. Meine Brüder. Mich.«

Isabel wusste nicht, was sie antworten sollte, so erstaunt war sie. War das wirklich das verängstigte Kind? Dickon? Sie ergriff die kraftlose kleine königliche Hand vor ihren Augen und murmelte: »Nun, nun«, und »Es wird nichts Schlimmes geschehen.« Und, nach einer Weile, als keine negative Reaktion erfolgte: »Die Leute sagen, dass der Herzog alles in Ordnung bringen wird.«

Schließlich übertrug sich ihre Zuversicht. Sie spürte, wie der Druck ihrer Hand erwidert wurde. Elizabeth schluckte und suchte ihren Blick. »Sagt man das wirklich?«, fragte die Prinzessin flüsternd. »Ist es das, was Ihr glaubt?«

Isabel nickte, Erleichterung brodelte in ihr. Sie hatte doch nicht alles verdorben. Die Prinzessin öffnete sich ihr tatsächlich. Elizabeth schüttelte zögerlich den Kopf, obwohl Isabel nicht sagen konnte, ob aus Unglauben oder nur aus Unsicherheit darüber, wie sie die Tränen von ihrem Gesicht beseitigen sollte. Isabel reichte ihr ein Tuch. Die Schwester des neuen Königs wischte sich damit übers Gesicht und putzte sich die Nase. Allmählich versiegten die Tränen.

Isabel hatte in Westminster noch eine Aufgabe zu erledigen. Auf ihrem Heimweg besuchte sie die St. Stephen's-Kapelle und schloss sich dem Rest der Gläubigen an, die sich aufreihten, um vor dem Sarg des einbalsamierten Königs niederzuknien. Es wurde noch immer darüber gemurmelt, dass Dorset auf dem Totenbett seinen Schmuck und sein Geld gestohlen habe. Vielleicht stimmte es. Sie schaute in Edwards Gesicht, seines trägen Charmes beraubt, die ansehnlichen Zügen nun so ausdruckslos wie die einer Statue. Sie wunderte sich über seine unheimliche Stille. Danke, dachte sie und küsste den Boden. Sie dankte nicht dem Leichnam hier, sondern dem lebendigen König, den sie in Erinnerung hatte – dem Mann, dessen Gunst gegenüber Händlern in ihrem besonderen Fall zu fast unvorstellbarer Großzügigkeit geworden war. Sie betete dafür, dass Edwards großzügiger Vertrag mit ihr von seinem Sohn anerkannt würde. Und dass Dickon rasch hierhergelangte und ihre Seidenträume für die Zukunft sichern würde. Vor allem aber betete sie einfach nur noch, er möge schnell hierhergelangen.

In den folgenden Tagen schien sich Isabels Zuversicht, dass Dickon käme und alles in Ordnung brachte, auch auf andere Menschen zu übertragen.

Der König wurde rasch begraben (sein Leichnam war nicht gut genug konserviert, um warten zu können bis der neue König, oder der Herzog von Gloucester, nach London gelangten). Die Märkte wurden wieder wie üblich betrieben. Abgesehen von dem anfänglichen Gerücht, dass die Woodvilles versucht hätten, die Kriegsflotte an sich zu reißen, schien es, als würden sogar die Höflinge ihre Fehden aussetzen, während sie darauf warteten, dass in Gestalt eines neuen Königs wieder Normalität einkehrte.

Die einzigen Tränen, die Isabel danach noch für den toten König sah, waren die heimlichen Tränen, welche die Prinzessin bei späteren Anproben vergoss, während ihr Krönungsgewand angepasst wurde. Isabel ging mit Elizabeth sanft um. Sie könnte sie bald brauchen. »Lasst Eurer Trauer freien Lauf, dann werdet Ihr Euch besser fühlen«, murmelte sie, während die Prinzessin stocksteif dastand und die Tränen aus ihren Augen flossen.

Der Sommer lag in der Luft. Die Londoner waren beruhigt genug, um am Maitag um den Maibaum zu tanzen. Isabel, Alice und die Prattes durchschritten die bevölkerten Straßen, leckten sich Schweinefett von den Fingern, beobachteten die Tänzer und lauschten den hoffnungsvollen Gesprächen. Der König wird jetzt jeden Tag hier sein. Der Herzog wird jetzt jeden Tag hier sein. Wir werden eine Krönung erleben, noch ehe der Monat vorüber ist. Seid zuversichtlich.

11

Der Gedanke, dass der Herzog von Gloucester beim bevorstehenden Machtwechsel die größte Chance des Königreichs auf Sicherheit und Ordnung darstellte, hatte sich so stark festgesetzt, dass die Torwächter in Westminster am Morgen nach dem Maitag über die Geschichte, die kursierte, nicht einmal besorgt wirkten. Eine Menge Besucher des Torhauses lauschten, als Isabel vom Boot herankam.

Während der größte Teil des Landes unschuldig um den Maibaum tanzte, hatte der Herzog von Gloucester sein Heer rasch durchs Land geführt – und den König gefangengenommen. Gloucester und sein Freund, der Herzog von Buckingham, hatten die beiden Woodville-Onkel, die mit dem König reisten, in Haft genommen. Sie verkündeten, dass Graf Rivers und Richard Grey ihre Ermordung geplant hätten. Die Woodvilles und der Oberhofmeister des Königs, Thomas Vaughan, wurden mit einer bewaffneten Wache nach Pontefract geschickt.

»Der Herzog von Gloucester ist ein Mann der Tat«, sagte der Wächter bewundernd. »Er meint es ernst.«

Sein Gefährte sagte: »Wenn du mich fragst, ist es an der Zeit, allen Woodvilles die Köpfe abzuschlagen. Hast du von Dorset gehört, der einfach hinging und sich aus der Schatulle des Königs bediente, bevor der Mann überhaupt tot war?« Er zog einen Finger freudig über seine Kehle. Allgemeines anerkennendes Murmeln erklang.

Der Wachführer beugte sich zu Isabel hinüber, die noch immer Mühe hatte, die Geschichte zu begreifen. »Ich weiß daher nicht, warum Ihr hier seid, Missis, nicht heute«, sagte er und genoss ihren verwirrten Ausdruck. »Ihr denkt doch nicht, Eure Prinzessin wäre immer noch dort drinnen, oder?« Er schüttelte begeistert den Kopf. »O nein ... Ihre Mum ist viel zu klug. Sie ist eine Woodville, oder? Sie begab sich sofort zur Abtei ins Kirchenasyl, mit den Kindern und allem, sobald sie es hörte. Mitten in der Nacht. Es war ein rechter Aufruhr.«

Isabel ging auf die Zwillingstürme der Abtei zu, während ihre Gedanken rasten. Sie wusste nicht, was sie davon halten sollte. Ihre Zweifel und Ängste kehrten schlagartig zurück. Konnte es wahr sein? Hatte wirklich die Gefahr bestanden, dass Dickon ermordet würde? Was hatte er vor?

Es war im Moment leichter, sich auf das zu konzentrieren, was sie hier tun konnte. Königin Elizabeth Woodville würde sich im Haus des Abtes befinden, wo sie schon einmal Zuflucht gesucht hatte, während der Warwick-Rebellion, als sich ihr Ehemann auf dem Kontinent versteckte. Die Königin hatte ihren Sohn Edward in diesem Haus geboren, der Junge, der nun König war. Prinzessin Elizabeth könnte sich vielleicht sogar noch daran erinnern, wie sie als Kleinkind dort oben in freiwilliger Gefangenschaft eingesperrt war. Wie schrecklich es sein musste, dorthin zurückzukehren.

Es war unwahrscheinlich, dass die in Panik geratenen Woodvilles Elizabeths Krönungsgewand mitgenommen hatten, als sie durch Westminster flohen. Und es war noch unwahrscheinlicher, dass die Prinzessin jetzt im Kirchenasyl eine Anprobe durchführen wollte. Aber all jene stillen Tränen, welche die Prinzessin vergossen hatte, seit ihr Vater gestorben war, hatten in Isabels Herz ihre Spuren hinterlassen. Selbst wenn es keine Arbeit für sie gab, dachte sie, könnte sie zumindest zu ihrer königlichen Kundin gehen und ihr Trost anbieten.

Sie fürchtete sich jedoch davor, die Angst auf dem Gesicht des Mädchens zu sehen. Daher war es eine Erleichterung, in der Ferne die vertrautere Gestalt Will Caxtons zu sehen, die gerade um die nächste Ecke bog. Er hörte gerade einer Marktfrau zu, die beim Reden aufgeregt gestikulierte. Nickend und eindeutig beunruhigt kaufte er alles Brot in ihrem Korb und steckte es in den sich bereits ausbeulenden Lederrucksack über seiner Schulter. Sie beschleunigte ihren Schritt, war überrascht zu erkennen, wie schnell ihr Herz schlug, und schrie beinahe: »Will.«

Er lief atemlos neben ihr. »Habt Ihr es gehört?«, fragte er. »Graf Rivers. Mein bester Klient. Ein Gefangener.«

Sie warf ihm einen Blick zu. Sie hatte nicht über seine Position nachgedacht. Natürlich musste er es so sehen.

»Sie werden ihn töten, oder?«, fragte Caxton, in seinen eigenen Sorgen verloren. »Gloucester wird es tun.«

Isabel sagte zögernd: »Aber Rivers wollte den Herzog von Gloucester ermorden ... heißt es ...«

»Heißt es«, wiederholte Caxton verächtlich. »Ihr meint, Gloucester sagt das. Aber er würde es tun, oder?«

Das war absolut nicht das, was sie hören wollte. Nicht von Will, den sie stets um Rat bat, dessen Urteil sie vertraute. Nun nahm ihre vage Unruhe konkrete Gestalt an. Sie fühlte sich innerlich elend und blieb stehen. Sie sah ihn an und fragte: »Denkt Ihr, es sei eine Lüge?«

»Ich denke, er hat Mord im Sinn«, erwiderte Caxton, als sei er überrascht, dass sie sich überhaupt die Mühe machte zu fragen. »Natürlich hat er das. Warum sollte er nicht? Er ist ein ehrgeiziger, blutdürstiger Unmensch. Das war er schon immer. Und jetzt kann ihn niemand mehr aufhalten.«

Sie schüttelte den Kopf.

Caxton sah sie unnachgiebig an. Sie erkannte, dass sich seine Beunruhigung in Zorn verwandelte. »Schaut, ich weiß, dass jedermann in letzter Zeit so tut, als sei er der Fleisch gewordene Messias«, sagte er. »Obwohl nur Gott weiß warum. Aber Ihr seid nicht so dumm. Ihr wisst ebenso gut wie ich, was er ist. Wer, glaubt Ihr, hat den Herzog von Clarence ermordet? Und den alten König Henry?«

Sie schüttelte erneut den Kopf, weigerte sich, seinen Worten zu glauben. Das waren alte Gerüchte, die er wiederholte, nicht mehr. Doch sie spürte, wie Panik sich in ihrem Inneren ausbreitete und sie quälte.

Caxton sagte beharrlich: »Er wird Rivers töten, das sage ich Euch. Und nun hat er den König in seinen Fängen. Wer weiß, ob er ihn nicht auch töten wird?«

Beklommenheit überkam sie, so dass sie ihre Zunge kaum kontrollieren konnte. Sie murmelte mit belegter Stimme: »Nein« und »Ihr irrt Euch, bestimmt irrt Ihr Euch.«

Will Caxton richtete sich auf: ein großer, zäher Engel der Gerechtigkeit. Er sagte: »Verzeiht mir, meine Liebe, aber wie könnt Ihr da sicher sein?«

Zu Isabels Erstaunen und Entsetzen spürte sie, wie sich ihre Augen mit Tränen füllten und ihre Schultern zu beben begannen. »Weil ich ihn kenne«, wimmerte sie durch ihre Tränen hindurch. »Und ich weiß, dass er nicht ... nicht ...« Dann wurde sie vom Schluchzen überwältigt, so dass sie nicht fortfahren konnte. Will Caxton reagierte schnell. Bevor sie wusste, wie ihr geschah, bevor sie auch nur die Zeit hatte, den kurzzeitigen Ausdruck äußerster Überraschung in seinen Augen zu registrieren, hatte er schon seine Arme um sie gelegt, mit einem Taschentuch ihr Gesicht abgewischt und murmelte: »Nun, nicht weinen« und »Kein Wunder, dass unser aller Nerven bloßliegen« und, während er sie behutsam zu der Taverne an der Straße führte, »Was meint Ihr damit, dass Ihr ihn *kennt*?«

Will Caxton schwieg eine Weile, nachdem sie durch eine Flut von Schluchzern hindurch mit allem herausgeplatzt war: die versteckten Treffen, Dickons überaus pragmatische Gutmütigkeit, seine absolute Ehrlichkeit. Will saß nur da, einen Arm um sie gelegt. Sie schniefte und wischte sich Augen und Nase.

Als sie schließlich mit geschwollenen Augen aufzuschauen wagte, sah er sie mit einem Halblächeln auf den Lippen und sanft nickendem Kopf an. »Oh, ihr Lambert-Schwestern«, murmelte er kläglich. »Ihr könnt mit einem Blick töten, nicht wahr?«

»Ich hätte nichts sagen sollen«, murmelte sie, ihr Herz erneut rasend, als ihr die Torheit dessen, was sie getan hatte, bewusst wurde. »Ihr werdet es doch nicht Alice erzählen, nicht wahr? Oder Jane?«

Er schüttelte den Kopf. Sein Gesicht zeigte überaus große Freundlichkeit.

Auch wenn ein Teil von ihr entsetzlich verlegen war, erkannte sie nun, dass ihre Beschämung mit Erleichterung vermischt war. Will verurteilte sie nicht. Sie war mit ihren persönlichen Gedanken über Dickon so allein gewesen. Es war gut, einen Freund zu haben, dem sie vertrauen konnte.

»Ich habe mich so sehr bemüht, die Dinge nicht zu denken, die Ihr ausgesprochen habt, habe versucht zu vertrauen«, sagte sie als Entschuldigung. »Ich weiß, dass Ihr fast immer recht habt, Will, aber ich möchte so sehr, dass Ihr Euch irrt, nur dieses eine Mal. Das versteht Ihr doch, oder?«

Will betrachtete ihr ernstes Gesicht. Er nickte. »Ich habe mich einmal, vor langer Zeit, zum Narren gemacht, indem ich Euer Urteilsvermögen in Frage stellte«, sagte er ruhig. »Damals habe ich mich geirrt. Also werde ich Euch hierin vertrauen, werde versuchen, Euer Vertrauen zu teilen. Hoffen wir nur beide, dass Ihr recht habt.«

Hastings war lange genug Soldat, um sein Erschrecken über das zu verbergen, was ihm der Brief an den Bürgermeister von London offenbarte.

Er kannte Edmund Shaa gut. Der gewandte Goldschmied hatte mit ihm an der neuen Münzprägung gearbeitet. Hastings vertraute ihm. Er wusste nur nicht, ob er sich seines eigenen Urteils über die Worte, die vor ihm tanzten, oder der Gefahr, die er überall um sich herum spürte, sicher sein konnte.

Der Brief war von Dickon an die Oberhäupter der Stadt London gerichtet. Er besagte, dass Dickon und der König auf dem Weg nach London seien.

»Sie sind auf dem Weg nach London«, sagte Hastings ruhiger, als er sich fühlte, und legte den Brief wieder hin. Er hatte die Unstimmigkeit bemerkt. Shaa vielleicht nicht. Vielleicht könnte er es für sich behalten, während er darüber nachdachte, was es bedeutete und was am besten zu tun wäre.

Shaas Kinn zitterte. »Aber der Brief kommt aus Northampton,

während die Verhaftungen gestern näher an London stattfanden, in Stony Stratford«, sagte er und verbeugte sich mit geschmeidiger Händlerfreundlichkeit. »Was die Frage erlaubt – kommt er wirklich nach London? Er führt den König zurück, nicht voran.«

Ein langes Schweigen entstand.

Shaa blieb beharrlich. »Glaubt Ihr, der Herzog könne versuchen, den Thron an sich zu reißen?«

Nein, dachte Hastings.

Das konnte man unmöglich sagen. Er wollte nicht zustimmen. Und doch deutete alles darauf hin.

Wenn Dickon einen Coup landete, würde Hastings zwischen seinem alten Freund und dem Sohn seines Herrn, der jetzt der rechtmäßige König war, sowie seinem alten Freund und dem Bruder seines Herrn wählen müssen. Für einen Kindkönig zu kämpfen, kam einem Selbstmord gleich. Er wollte nicht sterben. Er hatte Jane. Aber es war dennoch seine Pflicht, das Kind Dickon vorzuziehen.

Er hob widerwillig den Blick, so dass Shaa seine Angst sehen konnte. Er sagte: »Ich weiß es nicht.«

Isabel konnte die Angst der Kinder fast riechen. Alle sechs königlichen Abkömmlinge vom Palast – Elizabeth, ihre vier jüngeren Schwestern und der dunkelhaarige Richard mit den großen Augen, der zehn Jahre alte Herzog von York – waren seit der Dämmerung in einem kleinen Gemach zusammengepfercht, das auf einen dunklen Küchenhof hinausging. Sie hatten nichts anderes zu tun als nachzudenken und stundenlang auf Küchenjungen und Abfall hinabzublicken. Becher und Essensreste waren noch nicht vom Tisch abgeräumt worden, als ob niemand daran gedacht hätte, ihnen in dem Aufruhr einen Dienstboten zu schicken. Irgendwelche angespannten kleinen Finger mussten die Umrandung eines der Kissen auf dem Boden zerrissen haben.

Aller Augen wandten sich Isabel zu, als sie hereingedrängt wurde, und folgten ihr wortlos durch den Raum. Zwei kleine Mädchen kamen hinter einem Wandbehang hervor. Sie standen mit hängenden Armen und ausdruckslosen Gesichtern da und sahen mit großen, runden Augen zu, als Isabel um sie herumging, um zu ihrer älteren Schwester zu gelangen. Prinzessin Elizabeth, die auf der Bank am Fenster saß, sah sie ebenfalls mit großen Augen an.

Sehr langsam, als wüsste sie nicht, was sie tat, erhob sich die älteste Prinzessin. Isabel stellte ihren Nähkorb ab, verfiel in einen tiefen Hofknicks und murmelte: »Euer Hoheit«, bemüht, das Mitleid in ihrer Stimme zu unterdrücken. Sie wirkten alle so hilflos.

»Gewiss wollt Ihr nicht, dass ich heute arbeite«, fuhr Isabel fort, da niemand sonst etwas zu sagen schien, »aber ich konnte nicht einfach nach Hause gehen, ohne Euch aufzusuchen ...«

Prinzessin Elizabeth erwiderte, fast entschuldigend: »Es war keine Zeit, das Gewand mitzubringen.« Sie presste die Hände zusammen. Sie wirkte schrecklich verängstigt. Aber sie gab sich Mühe, sich korrekt zu verhalten. »Wir werden morgen danach schicken. Sobald wir uns hier eingerichtet haben.«

»Nun, macht Euch darüber im Moment keine Sorgen«, sagte Isabel so beruhigend wie möglich. »Wollen wir heute etwas anderes tun?«

In ihrem Nähkorb befanden sich alle möglichen Dinge: Seide, Leinen, Garn, Stoffreste. Sie öffnete ihn. Die kleineren Mädchen pirschten sich näher heran. Prinz Richard blieb weiterhin auf dem Boden sitzen und spielte mit Würfeln, ließ sie jedoch nur ständig in der Hand klappern, ohne sie wirklich zu werfen, und sah Isabel mit ausdruckslosem Gesicht an.

»Wir könnten mit dem, was ich hier drinnen habe, einige Puppen basteln«, sagte Isabel, und der Kreis schloss sich ein wenig enger um sie. »Ich könnte sie dann bei euch lassen ... es ist ein wenig kahl hier drinnen, nicht wahr?«

Als sie eine Stunde später ging, hatte sie die Kinder dazu gebracht, drei grobe, ausgestopfte Körper mit aufgenähten Gesichtern sowie Röcke dafür zu fertigen. Sie wirkten erleichtert, endlich etwas mit sich anfangen zu können, sagten aber immer noch kaum ein Wort.

Erst als die jüngeren Mädchen zwei der fertigen Puppen nahmen und sie still miteinander tanzen ließen, wobei sie fast ein wenig lächelten, erhob sich der Junge schließlich und kam zu Isabel herüber. Sie saß noch immer im Schneidersitz neben ihrem Korb und räumte auf, bevor sie gehen würde, unsicher, ob sie geholfen hatte.

Der kleine Richard legte scheu eine Hand auf ihren Arm. »Wir wissen nicht, wo mein Bruder ist«, meldete er sich zu Wort. »Bitte ... habt Ihr etwas Neues gehört?«

Angesichts der Intensität ihrer Blicke sank ihr der Mut.

Prinzessin Elizabeth sagte, in demselben kühlen wie entschuldigenden Tonfall, als erkläre sie eine Unverfrorenheit: »Wir hören hier drinnen nichts. Wir sind so abgeschnitten.«

Eines der kleineren Mädchen plapperte und wirkte dabei über sich selbst erschrocken: »Sie haben uns einfach aufgeweckt, haben gesagt, wir seien in Gefahr und haben uns hierhergebracht. Im Dunkeln. In unseren Nachthemden.«

Nun sprachen alle durcheinander.

»Sie sagten, es wäre unser Onkel ...«

»Der Herzog von Gloucester ...«

»Und dass er unsere anderen Onkel verhaftet hat ...«

»Graf Rivers ...«

»Und unseren Bruder Edward abgeführt hätte ...«

»Niemand wusste wohin ...«

»Aber was sagen sie jetzt?«

Sie hatten Augen wie junge Hunde, herzerweichend und flehend.

Aber sie konnte ihnen eigentlich nichts Neues erzählen, was sie trösten würde, außer dem, was sie am Pförtnerhaus gehört hatte: dass ihr Bruder Edward auf dem Weg nach London sei, vom Herzog begleitet.

Sie nickten schweigend. Sie fragten nicht nach ihren Woodville-Onkeln.

»Habt Vertrauen«, sagte Isabel, den kleinen Jungen fast anflehend, dessen Hand noch immer auf ihrem Arm lag und dessen Augen sie so hungrig ansahen. »Euer Onkel Gloucester ist ein guter Mann. Jedermann in London glaubt das. Und niemand bezweifelt, dass er das Richtige tun wird. Er wird Euren Bruder sicher zu euch zurückbringen ... zu seiner Krönung ..., also versucht, Euch nicht zu sorgen.«

Der Junge nickte erneut, noch ernster. Isabel wusste nicht, ob er ihr glaubte – oder ob sie sich überhaupt selbst glaubte.

Sie konnte diese Augen nicht länger ertragen und erhob sich mühsam. Sie spürte, wie die Hand des Kindes von ihrem Arm glitt. Sie nahm die dritte Puppe auf, die noch immer auf dem Tisch lag, und gab sie ihm, damit er sie stattdessen festhalten konnte. Vielleicht würde ihn das trösten.

»Danke«, sagte er. Aber als sie sich umwandte, um vom Eingang aus einen letzten Blick auf die Kinder zu werfen, sah sie, dass er die Puppe hingelegt hatte und zu seinem Platz am Boden zurückgekehrt war. Er ließ die Würfel wieder in der Hand klappern, wie er es schon den ganzen Tag getan haben musste, und blickte ins Leere.

Doch die nächste Nachricht war eine gute Nachricht. Sie und Will Caxton eilten nur eine oder zwei Stunden später gerade zur Abendmesse in die Abtei, als sie den Ausrufer hörten.

»Der König und der Herzog sind in St. Albans!«, rief der Mann und läutete seine Glocke. St. Albans: nur dreißig Meilen von London entfernt. »Der König wird morgen in London eintreffen!«

Angespannte Aufmerksamkeit machte sich in der kleinen Menschenmenge breit, die nun nicht mehr hinhörte. Ein erster gedämpfter Hurraruf. Applaus. Das Flüstern breitete sich aus wie Feuer auf einem Stoppelfeld.

»Also«, murmelte Will Caxton ihr ins Ohr. »Es sieht so aus, als hättet Ihr recht gehabt.«

»O Ihr Ungläubigen«, erwiderte Isabel flüsternd. Demnach hatte sie sich umsonst geängstigt. Die Prinzessinnen würden zum Palast zurückkehren, und es würde eine Krönung stattfinden. Engel sangen in ihrem Kopf.

Sie gingen zum Essen ins Red Pale. Sie war zu erleichtert, um Hunger zu verspüren, sogar schon bevor ihr der Sohn des Wirts, der ihnen Rindfleischeintopf servierte, die Nachricht überbrachte. »Ein Mann hat mir gerade einen Penny gegeben, damit ich Euch ausrichte, der Hufschmied käme beim ersten Tageslicht hier vorbei«, rezitierte er.

Isabel spürte Will Caxtons grüblerischen Blick auf sich ruhen. »Nun, das Haus braucht ein neues Kaminbesteck«, begehrte sie auf, auf ihre Stiefel starrend, ohne etwas einzugestehen. Doch ihr war klar, dass er vermutete, diese Nachricht käme von Dickon. Sie konnte es nicht verhindern: sie wurde rot und strahlte dabei.

Sie liebte diesen leeren Raum mit seinen hellen, in das Licht der Dämmerung gebadeten Wänden: die Farbe des Glücks.

»Was ist geschehen?«, flüsterte sie zwischen Küssen. »Ich habe mir solche Sorgen gemacht.«

Dickon zog ihr das Hemd aus. »Später«, murmelte er. »Es ist zu lange her.«

Selbst als er sich nach ihrem Liebesspiel aufsetzte, das Laken um sich schlang und zu reden begann, glänzten seine Augen, und er war voller rastloser Energie. Er lächelte, als wäre es ihm gelungen, irgendein unerwartetes Wunder zu bewirken.

»Ich wusste, dass alles gut werden würde, wenn du hierher kämst«, murmelte sie, dankbar seine Hände küssend. Als sie das tief eingeprägte, schwarze Maßwerk von Falten darauf bemerkte, lachte sie und schob sie fort. »Obwohl ich dich bestimmt noch nie so schmutzig gesehen habe.«

Er lachte laut auf. »Nun, es war hart. Keine Zeit für Lavendelbäder. Ich bin erschöpft«, sagte er grinsend, als wisse er, dass sein Verhalten seinen Worten widersprach, »und der Junge ist auch halb tot vor Erschöpfung. Wir sind weit geritten.«

Er wurde nachgiebiger. »Er ist schon ein guter Junge. Er ist tapfer.«

Er erhob sich bereits, sprang umher und suchte die Kleidung, die er abgeworfen hatte. Nahm zerknitterte Teile hoch. Warf ihre wieder hin. Sie hatte ihn noch nie mitten im Feldzug erlebt, sein kämpferisches Ich. Seine Anspannung machte ihn fast zu einem Fremden.

»Es heißt, Graf Rivers und sein Bruder planten, dich zu töten ...«, sagte Isabel, den Blick auf ihn gerichtet, um ihn zum Innehalten zu bewegen. Sie atmete tief ein. Sie würde diese Unterhaltung mit Will Caxton nicht aus ihrem Geist verbannen können, wenn sie es nicht sicher wusste. »Stimmt das?«

Er sah sie mit klarem Blick an, während er das richtige Kleidungsstück hochnahm. »Verdammtes Woodville-Gesindel«, stimmte er ihr zu, während er sein Unterhemd überstreifte. Seine Stimme klang gedämpft daraus hervor. »Sie waren hinter mir her, das stimmt. Wollten mich anscheinend in Stony Stratford niedermetzeln.« Sein Kopf schob sich hindurch. »Aber Rivers' Mann kam zu uns. Erzählte uns alles. Also machten wir den ersten Zug.«

Dickon nickte entschieden. Er griff nach seinem Wams und steckte die Arme hindurch. »Hastings sagte, sie wären auch auf sein Blut aus. Hätten sogar versucht, die Flotte abzubeordern. Sie hätten wissen müssen, dass das niemals funktionieren kann. Natürlich hat er davon erfahren. Er ist beliebt.«

Sie atmete erleichtert aus. Sie glaubte ihm. »Aber Hastings war eine Weile besorgt«, sagte sie und lehnte sich glücklich in die Kissen. »Ich konnte es in seinen Augen sehen.«

Er schien ihren Zweifel nicht bemerkt zu haben. Er schien kaum zuzuhören. Seine Gedanken waren bei dem, was vor ihm lag. Er bedeutete ihr mit einer Kopfbewegung, dass sie aufstehen solle. Drängte sie. »Komm«, sagte er forsch. »Ich kann nicht bleiben. Und du auch nicht. Also hoch mit dir.«

Er setzte sich hin, um seine Hose anzuziehen. Sie hatte ihre Wäsche übergestreift, stand nun da und schloss ihr Hemd, als er plötzlich zu ihr aufschaute. Sein Blick war durchdringend. Er nickte, Belustigung in den Augen. »Aha ... dann bist du also Hastings begegnet, ja?«, fragte er fröhlich. »Ich habe mich schon gefragt, wen Jane Shore als ihren nächsten Beschützer auserwählen wird.«

Sie lachte. Nach alledem: ein Moment der Normalität. Es war wundervoll, ihn wiederzuhaben.

Er erhob sich, zupfte an dem Stoff seiner Kleidung. »Und

was ist aus Dorset geworden?«, fragte er, im gleichen neckenden Tonfall. »Er ist enttäuscht, oder?«

Er musste die Antwort darauf doch kennen, dachte sie mit einem erneuten Gefühl der Angst. Sie sagte: »Er ist bei der Königin. Sie haben in der Abtei Schutz gesucht. Wusstest du das nicht?«

Er nickte vage, aber sie konnte erkennen, dass seine Aufmerksamkeit mehr auf das Zubinden seiner Ärmel als auf sie gerichtet war. »Ich mache das«, sagte sie und half ihm. Sie brauchte seine Aufmerksamkeit. Es gab so vieles, was sie ihn fragen musste, und er wollte fortgehen. »Dickon«, sagte sie beim Zubinden, »du musst etwas wegen dieser Kinder im Kirchenasyl unternehmen. Sie haben solche Angst. Sag ihnen, dass Edward in Sicherheit ist. Bring sie dazu, herauszukommen.«

Er nickte. »Ich treffe sie jetzt«, sagte er, ihre Hände auf seinen Schultern betrachtend. »Die Königin. Ich werde sie beruhigen. Sie geriet in Panik. Dumm. Aber wir wissen alle, wie sie ist.«

Isabel griff nach dem anderen Ärmel und zog ihn über seinen Arm, während sie sich bemühte, in sein Lächeln mit einzustimmen. Aber der Gedanke, dass Königin Elizabeth Woodville guten Grund gehabt hatte, beunruhigt zu sein, als ihre beiden Brüder festgenommen wurden, schlich sich dennoch in ihren Geist. Sie versuchte, ihn aus ihrem Kopf zu verbannen.

Sie musste immer noch die wichtigste Frage stellen.

Auf der Matratze balancierend, liebkoste sie seinen Hals, ließ ihre Zunge seine Kinnlinie entlangwandern.

»Dickon«, sagte sie, ein wenig beschämt über den bettelnden Tonfall, der sich in ihre Stimme schlich, »das, worüber ich mir als Zweites, nach dir, am meisten Sorgen gemacht habe, war mein Vertrag. Das Seidenhaus. Die Weber. Ich weiß, du musst im Moment über zu vieles nachdenken. Aber wenn erst alles geregelt ist ... wenn du Zeit hast ... wirst du Edward bitten, den Vertrag anzuerkennen, zu den gleichen Bedingungen?«

Er nickte und legte seine Arme um ihre Schultern. Sie standen einen Moment still da, und seine Augen zeigten den sanften Ausdruck, den sie kannte. »Du brauchst dir keine Sorgen zu machen«, murmelte er, so leise, dass sie es kaum hören konnte. Ein samtiges Flüstern. »Du wirst dir niemals Sorgen machen müssen.«

Sie wollte nicht, dass dieser Moment endete. Es war der erste wahre Moment des Friedens, den sie seit Wochen erlebte. Doch er schob sie ruhig, aber bestimmt, von sich. Wandte sich ab. Griff nach seinem Brustpanzer, die Muskeln wieder angespannt wie Draht. Er sprach, über die Schulter, während er seine letzte Habe aufnahm, und blickte über Boden und Bett, um sicherzustellen, dass er nichts vergessen hatte. »Ich werde einige Nächte in Crosby's Place übernachten, wenn wir erst in London sind ... Mit Edward ... Es wird einige Tage dauern, bis sie die Prunkzimmer im Tower für ihn hergerichtet haben. Aber danach ...«

Er wandte sich vom Eingang her wieder zu ihr um. Begegnete ihrem Blick. Lächelte. Blies ihr einen unbeschwerten Kuss zu. »Ich sehe dich hier wieder.«

Er wollte gerade gehen, als ihm anscheinend ein letzter Gedanke kam. Er runzelte leicht die Stirn, einen Tonfall milder Überraschung in der Stimme.

»Worüber musste sich Hastings überhaupt Sorgen machen?«, fragte er. Dann war er fort.

Isabel ging etwas später an diesem Morgen auch ins Kirchenasyl der Woodvilles zurück, bevor sie mit dem Boot nach Hause fuhr. Sie hatte sich für die Wächter die Geschichte ausgedacht, dass sie einen Teil ihrer Arbeit zurückgelassen hätte. Sie wollte sicher sein, dass die Kinder entweder ruhiger waren oder bereits zurück zum Palast wollten, nun, da ihre Mutter mit Dickon gesprochen hatte.

Die Königin und ihre Familie befanden sich noch immer im Haus des Abtes, wobei jemand weitere Stickarbeiten zur Beschäftigung der Mädchen besorgt hatte. Prinzessin Elizabeth saß am Fenster und las still in ihrem Gebetbuch. Isabel konnte die Beine des kleinen Richard unter dem Wandbehang sehen. Er spielte dort wohl mit seinen Würfeln, kam aber nicht hervor. Die Mädchen blickten sie alle fragend an, sobald sie das neue Gesicht bemerkten. Sie kamen nicht auf Trost hoffend näher. Sie waren beschäftigt. Isabel spürte, dass sie weniger besorgt waren als gestern.

»Wir dürfen nicht zurückkehren«, sagte die Prinzessin, Isabels fragenden Blick beantwortend. »Ihre Majestät meine Mutter vertraut ihm noch immer nicht.«

Aber ihre Stimme klang ruhig. Die jüngeren Kinder stickten weiter und beobachteten.

»Aber ...«, stotterte Isabel.

»Wir bleiben hier«, sagte die Prinzessin. Sie zuckte die Achseln.

Dann tat sie etwas Seltsames. Sie sah Isabel an, sehr sorgfältig, durch verengte Augen. Und dann beugte sie sich vor, forderte Isabel mit plötzlich lebhaften Augen heraus und verzog das Gesicht. Eine Wasserspeier-Grimasse: die Augenbrauen hochgezogen, die unteren Lider mit den Fingern heruntergezogen und die Zunge herausgestreckt.

Isabel musste über die schiere Naseweisheit lachen, mit der die Prinzessin ihre Mutter verspottete. Sie fühlte sich geehrt, diesen kurzen Augenblick kindlicher Rebellion erleben zu dürfen, und erleichtert, dass die Stimmung der Kinder so viel besser war, welche Ängste auch immer die Königin noch hegte. Das Gesicht der Prinzessin war nun wieder ausdruckslos. Sie sagte, so traurig, als hätte sie niemals die Grimasse geschnitten: »Ihre Majestät meine Mutter sagt das.«

Hastings saß noch lange nach Sonnenuntergang mit Jane in ihrer Rosenlaube, bis lange nach dem Verklingen der Glocken zur Ausgangssperre von jedem Kirchturm in der Stadt. »Ich habe mir solche Sorgen gemacht«, sagte Hastings, lehnte sich auf der Bank zurück und streckte seine langen Beine aus. Ein Arm lag um Janes Schultern. Dort draußen bei den Vögeln, Stechmücken und den Obstbäumen fühlte er sich zum ersten Mal seit Jahren vollkommen im Frieden. »Ich hätte wissen müssen, dass man sich auf Dickon verlassen kann. Ich hätte mehr Vertrauen haben müssen.«

Sie fuhr mit der Hand durch sein Haar.

»Er hat keinen falschen Weg eingeschlagen«, frohlockte Hastings, das Kraulen ihrer Finger genießend. Alle Muskeln seines Körpers entspannten sich nach all diesen Tagen anstrengender Tätigkeit. Er würde heute Nacht gut schlafen. »Er hat es geschafft, aus der Regierung durch die Verwandten der Königin ohne großes Blutvergießen eine Regierung durch die Verwandten des Königs zu machen.«

Sie küsste ihn. Er liebte den vertrauensvollen Ausdruck in ihren Augen.

Als Lord Stanleys Bote um Mitternacht an die Tür pochte, war Hastings' erster Gedanke, als er durch das Fenster hinab und dann wieder auf Janes vollkommen friedlichen Schlaf blickte, den Mann fortzuschicken. Aber es war Mitternacht. Es musste wichtig sein.

Er öffnete das Fenster. Eine wohlklingend tiefe Stimme vermittelte leise Stanleys Nachricht. Er hörte zu, ungläubig. Stanley wolle ihm mitteilen, dass er einen Albtraum hatte. Es wäre ein Omen, erklärte der Mann. Hastings solle die Stadt mit seinem Herrn sofort verlassen.

Hastings bemerkte erst, dass er seine Stimme erhoben hatte, als er Jane verschlafen in seine Richtung blicken sah. Er hatte gefaucht: »Was meint Ihr mit einem Albtraum?« Aber er wollte Jane nicht ängstigen. Er lachte und senkte seine Stimme. »Sagt ihm, er soll nicht so abergläubisch sein«, bemerkte er friedlicher. »Ich gehe nirgendwo hin.«

»Was war das?«, flüsterte Jane, sich wieder an seine Brust kuschelnd. Von draußen in der Stille konnte er das schauerliche Bellen eines Fuchses hören. Er dachte ungeduldig: Warum ist Stanley so nervös? Der Mann war anscheinend entsetzt aufgewacht, nachdem er geträumt hatte, er und Hastings würden von einem Keiler gejagt. Einem weißen Keiler, Dickons Wappen, und zwar ein blutgetränkter Keiler. Aber die Erfahrung hatte gerade erst bewiesen, dass sie Dickon fälschlicherweise misstraut hatten. Stanley hätte aus seinem Albtraum erwachen und mit seinen Ängsten umgehen müssen, ohne Hastings zu belästigen.

Er legte seine braunen Arme um Janes weiße Schultern. Dabei dachte er: Nur das ist wichtig.

»Es war nichts«, antwortete er leise.

Sie schlief bereits wieder.

Drittes Buch

Schach

12

Freitag, der Dreizehnte

Ein weiterer Ruf weckte Hastings an einem heißen Morgen. Er ignorierte die Geräusche der Dienstboten, den Duft von Fischeintopf und die durch die Bettvorhänge, die er zu schließen vergessen hatte, hereinströmende Sonne. Doch die muntere Stimme, die von der Straße rief: »He! Langschläfer! Mylord Hastings! Rührt Euch! He!« konnte er nicht ausblenden.

Jane stöhnte und drückte sich an ihn. »Ist es Zeit aufzustehen?«, flüsterte sie, machte aber keinerlei Anstalten, die Augen zu öffnen. Er löste sich von ihr, erhob sich und streckte sich träge, genoss seine Freiheit, sie so lange er wollte anzusehen, und missachtete die Stimme, die draußen weiterhin erklang, noch einen Moment länger.

Er kannte diese Stimme. Es war Howards Sohn, Thomas. Er wollte ihn wohl zum Rat begleiten.

Ohne sich die Mühe zu machen, seine Nacktheit zu verbergen – wenn Thomas Howard wusste, dass er ihn hier finden konnte, würde er auch wissen warum, und Hastings war stolz darauf –, trat er ans Fenster und winkte. Der junge Howard lehnte an einem Baumstamm. Grüne Schatten spielten auf seinem Haar.

»In Ordnung«, rief Hastings und fand sich damit ab, diesen prachtvollen Morgen damit zu verbringen, Einzelheiten der Krönung im nächsten Monat zu bekritteln. Er persönlich war nicht in der Stimmung für Streit im Komitee. Der Junge konnte von ihm aus purpurfarbenes Sackleinen tragen, solange sie ihn rechtzeitig zur Kirche brächten. Aber er war sich sicher, dass

Morton und Dorset eine lange Liste von Punkten parat hielten, nur um Gloucester, den sie nun doch zum alleinigen Protektor gewählt hatten, zu zeigen, wie sehr sie auf das Protokoll achteten.

»Genug des Lärms. Ich bin gleich unten.«

Er zog die Wäsche vom Vortag an. Das würde genügen. Er sollte jedoch bald angemessene Vereinbarungen treffen und sich einige Kleider schicken lassen. Er tauchte seine Hände in den Wasserkrug und spritzte sich kaltes Wasser ins Gesicht. Es war reines Quellwasser. Er trank etwas aus seinen gewölbten Händen, fuhr sich mit den nassen Händen durchs Haar, um es zu glätten und beugte sich dann herab, um Janes Schulter zu küssen, die wie ein reifer Pfirsich schimmerte. Für immer mein, dachte er und fragte sich, ob er es wagen würde, sie zu heiraten.

Nun, das musste er nicht jetzt entscheiden. Er könnte einfach den goldenen Sommertag genießen. Er pfiff, als er den Fuß der Treppe erreichte.

Sie schlenderten kameradschaftlich durch die Straßen, Seite an Seite, Hastings noch immer pfeifend, der junge Howard noch immer lächelnd. Hastings konnte die Stadtbevölkerung in ihren flatternden Gewändern bei ihrem Anblick lächeln sehen. Und warum auch nicht? Diese beiden vollkommen sorglosen Adligen waren der lebende Beweis dafür, dass London sicher war.

»Pater Paul«, rief er dem auf ihn zukommenden Priester zu. Janes Beichtvater von St. Thomas of Acre. Das puddingartige Gesicht des Mannes zeigte ein Lächeln. Er änderte seine Richtung und überquerte die Straße, um sie zu begrüßen.

»Kommt schon«, hörte Hastings Howard neben ihm sagen, »Ihr braucht noch keinen Priester.« Und er warf den Kopf zurück und schüttelte sich vor Lachen.

Hastings fiel in das Lachen des jüngeren Mannes mit ein, der heute Morgen große Ähnlichkeit mit seinem Vater hatte – frische Wangen, strahlende Augen, strohblonde Haare. Er ließ sich weiterführen.

Aber dann blieb er stehen, um einen Gefolgsmann zu begrüßen. Er mochte den Anblick seiner eigenen schwarz-silbernen

Livree an dem Mann, vor dem Silberglitzern des dunklen Wassers am Tower Wharf. Und er schaute blinzelnd zum Palast hinauf. In diesem Licht heute wirkte sogar dieser große, bedrohliche Gebäudekomplex nicht mehr so abweisend wie sonst. »Sir Thomas, Mylord Hastings«, sagte der Mann und wandte sich von den Fässern ab, die er am Kai inspizierte, um sich tief vor ihnen zu verbeugen. Hastings hoffte, dass es die zusätzliche Weinlieferung war, die er für seinen Haushalt bestellt hatte, um damit die Ankunft des Königs zu feiern.

»Wie geht es Euch heute Morgen, Robert?«, fragte Hastings zugeneigt, ohne auf den neben ihm herumzappelnden Howard zu achten. Er konnte warten. Sie waren früh dran. Und Hastings' tapfere Kämpfer verdienten das Beste, immer.

Robert erwiderte sein Lächeln. »Umso besser, wenn ich all dies sehe, Sir. Und wie geht es Euch?«

Hastings sog tief die glitzernde Luft ein, nahm den Geruch des Flusses und das Knarren von Holz auf dem Wasser auf und dachte mit grimmigem Vergnügen an die Woodville-Gefangenen in der Burg Pontefract, die an diesem Tag hingerichtet werden sollten. »Mir?«, erwiderte er gut gelaunt. »Es ging mir nie besser.«

Die Übrigen waren bereits da und scharrten mit den Füßen wie Schuljungen, die auf den Unterricht warteten. Es waren nicht viele von ihnen da. Für die andere Hälfte des Rates fand in Westminster eine weitere Krönungsbesprechung unter Vorsitz von Bischof Russell statt. Die Woodvilles waren dort. Hier waren nur Erzbischof Rotherham, der widerlich verschlagene Morton, der Herzog von Buckingham und Lord Stanley anwesend, der nun wegen seiner törichten nächtlichen Nachricht höchst verlegen war und Hastings' Blick mied.

Nun, es war verständlich, dass er in Panik geriet, dachte Hastings versöhnlich. Stanley musste sich immerhin über mehr Dinge sorgen als die meisten anderen Menschen. Es konnte nicht leicht sein, mit der letzten Prinzessin aus Lancaster verheiratet zu sein, wie tief sich Margaret Beaufort auch auf dem Lande verbergen wollte. Kein Wunder, dass die Nerven des Mannes versagten.

Er schritt zu Stanley hinüber und schlug ihm auf den Rücken. »Thomas«, sagte er. Und als der andere Mann ihn mit großen, ängstlichen Augen ansah, zwinkerte er. Dann verbeugte er sich tief vor Buckingham, der kein Mann war, den man sich zum Feind machte. Er war bei seiner Jagd durch England bei Dickon gewesen, um den König von den Woodvilles zu befreien, der im letzten Jahr der Lord war und das Todesurteil des Parlaments für den Herzog von Clarence verkündet hatte – ein Mann, dessen harte Adlerzüge sich niemals entspannten. Hastings nickte sogar Morton zu.

Hastings erhob sich als Erster, als er Schritte im Gang hörte.

»Mylord Protektor«, sagte er und verbeugte sich tief, als Dickon eintrat. Es bereitete ihm Vergnügen, den Titel, den er für Dickon erkämpft hatte, nun von seiner Zunge rollen zu lassen und auch das angespannte Lächeln zu genießen, das er auf Mortons fettem, kleinem Gesicht sah.

Dickon blieb vor Hastings stehen. Hielt seinen Blick eine Sekunde lang fest. Dann verzog der Lord Protektor seine Mundwinkel zu einem Halblächeln und nickte. »Mylord«, sagte er leichthin. Hastings nahm das als vorsichtige Anerkennung seiner Loyalität.

Dickon nickte Morton und Stanley ebenfalls zu, hielt die Dinge im Gleichgewicht. Er war schon immer ein Diplomat gewesen. Dann sagte er, ebenso leichthin, zu der Gruppe: »Könntet Ihr ohne mich anfangen? Ich werde in einer Stunde bei Euch sein«, und ging ohne ein weiteres Wort wieder hinaus. Es war enttäuschend. Niemand wollte hierfür mehr Zeit verwenden als nötig. Aber Hastings musste unwillkürlich lächeln, als er Mortons Hand sah, die Liste bereits gezückt, bereit zu beeindrucken, die aber dann untröstlich wieder auf seine Robe hinabflatterte.

Mortons Enthusiasmus angesichts der vorliegenden Aufgabe verärgerte sie bereits alle, noch bevor Dickon kam. Hastings und Stanley hoben gereizt die Augenbrauen, während der Prälat einen umständlichen Vorschlag nach dem anderen machte, als wolle er das gesamte Ereignis selbst organisieren, bevor Dickon zurückkäme, um den Vorsitz zu übernehmen. Rotherham beschränkte sich darauf, mehrmals geduldig beipflichtend zu nicken. Buckingham saß still da und blickte ungeduldig aus dem Fenster, während der junge Howard, der den Herzog ständig von der Seite ansah, es ihm gleichzutun versuchte.

Hastings erhob sich mit einem unbekümmerten Lächeln der Erleichterung, bereit, Dickon eine spaßige Grimasse zu zeigen.

Doch der Protektor, der zu diesem Zeitpunkt durch die Tür schritt, war nicht in der Stimmung zu lachen.

Er war zornig – atmete rasch, war angriffsbereit, kampflustig. »Was«, bellte er und sah einen nach dem anderen reihum an, »sollte die Strafe für einen Plan sein, mich zu vernichten?« Erstauntes Schweigen folgte. »Mich, der dem König vom Blut her so nahe steht?« Wieder bedrückendes Schweigen. »Mich, den Protektor dieses Königreichs?«

Dickon reckte das Kinn. Er trat mit jeder Frage weiter vor. Er war bereit, sie weiterhin mit Worten zu geißeln, bis er Antworten bekäme.

Hastings erkannte am Scharren und der Bewegung um ihn herum, dass die anderen darauf hofften, er möge diesen unerwarteten Zorn abwenden. Er kannte den Protektor am besten und längsten. Er war einen Kopf größer als Dickon. Also tat er sein Möglichstes, kleiner zu erscheinen, kauerte sich in der friedfertigen Art der Dienstboten zusammen.

»Nun, Mylord«, sagte er beschwichtigend, »natürlich sollten sie als Verräter inhaftiert werden.«

Bevor Hastings fragen konnte, wer den Protektor so erzürnt hatte, begann Dickon mit der rechten Hand heftig an seinem linken Ärmel zu zupfen. Als er den störenden Ärmel nicht aufrollen konnte, zerriss er ihn. Darunter war die Narbe aus Schottland zu sehen, die Hastings schon kannte – ein dünner, weißer Strich auf dunkler Haut, vollkommen verheilt. Aber Dickon starrte sie entsetzt an, als hätte sie sich verändert. Um seine rollenden Augen war rundherum Weiß zu sehen.

»Sie haben mich geschwächt.« Es war halbwegs ein Knurren und halbwegs ein Heulen. »Sie haben mich verhext.«

Hastings drehte sich der Magen um. So war Clarence am Ende geworden: das irre Gerede über Nadeln und Puppen und Giftmorde. Er erinnerte sich, wie Dickon das Verhalten seines Bruders damals angesehen hatte, wie bedauernd er den Kopf schüttelte. Es überstieg seine Vorstellung, dass der besonnene Dickon nun denselben Weg gehen könnte.

Er war so besorgt, dass er vortrat und eine Hand auf den bekleideten Arm des Protektors legte. Er sagte flehend: »Dickon?«, ohne sich um das Protokoll zu kümmern, wollte einfach nur, dass sich dieser Fremde mit dem vertrauten Gesicht wieder in seinen alten Freund verwandelte.

Dickon wirbelte zu ihm herum, als sähe er ihn zum ersten Mal. Ein arglistiger Ausdruck lag auf dem Gesicht des Protektors.

»Ah«, sagte er, »du hast nicht gefragt, wer es getan hat, nicht wahr? Frag mich wer. Komm schon«, sagte er, sein Gesicht dicht an Hastings Gesicht. »Frag mich wer.«

Die anderen waren so still geworden wie vor einem Raubtier erstarrte Waldtiere. Es war, als wären nur sie beide im Raum verblieben.

Hastings fragte gehorsam: »Wer?«

Dickon erwiderte zischend: »Die geheimen Mächte hinter Königin Elizabeth Woodville und Jane Shore, die waren es.«

Anspannung breitete sich im Raum aus. Das ergab keinen Sinn. Jedermann wusste, dass die Königin Jane Shore hasste. Hastings sah aus den Augenwinkeln, wie Rotherham sich bekreuzigte.

Auge an Auge, fuhr Dickon mit demselben unheimlichen Zischen fort: »Ihr.«

»Was, ich?«, fragte Hastings. »Was?«

Dickon schlug mit der Faust auf den Tisch. Soldaten liefen herbei. Sie mussten draußen gewartet haben. Der Raum füllte sich mit Lärm und Schweiß: Schläge, Stöhnen, Boxhiebe und das Schaben umgestürzter Möbel. Stanley tauchte unter einen Tisch, aber sie stießen den Tisch beiseite, packten seine Füße und zogen ihn hoch. Sie nahmen ihn in einen Würgegriff, der ihn stöhnen und schwitzen ließ. Dann zerrten sie ihn davon, die beiden widerstandslosen Priester hinter ihm.

Rund um Hastings waren verschwommen um sich schlagende Glieder erkennbar, und plötzlich nichts mehr. Er öffnete die Augen, fand sich auf dem Boden wieder, die kräftigen Beine eines Soldaten zu beiden Seiten seiner Brust. Sie mussten ihn auf den Kopf geschlagen haben. Er hatte nicht gesehen, was sie mit Buckingham und dem jungen Howard gemacht hatten, aber beide waren fort. Als er aufschaute, konnte er die Unterseite von Dickons Kinn am Fenster erkennen sowie blanke Lanzen. Dickons Augen konnte er nicht sehen.

Das brauchte er auch nicht. Die Stimme genügte. »Mach deinen Frieden mit Gott, Verräter«, höhnte Dickon. Es war der hohe Schrei eines Mannes auf dem Schlachtfeld, der mit Worten die Ekstase im Blut der Männer um ihn herum entfachte, »weil ich erst wieder essen werde, wenn dein Kopf abgeschlagen wurde.«

Er fragte sich benommen, ob er und die drei Plantagenet-Brüder – Edward, Dickon und damals sogar George Clarence – dem Sohn Henrys VI. nach Tewkesbury so erschienen waren, als sie sich zu seiner Tötung um ihn schlossen. Nachdem Edward den Gefangenen mit einem Panzerhandschuh auf die weiche Jungenwange geschlagen hatte und sie ihn an die Segeltuch-Zeltwand gedrängt, ihn niedergeschlagen und, nur spielerisch, mehrere Male traten. Edward schob damals die Übrigen einen Moment beiseite und hob den sich immer noch wehrenden Mann vom Boden auf, um in das zerrissene Ohr des Prinzen aus Lancaster zu schreien: »Wie kannst du es wagen, hierherzukommen und in England Krieg anzuzetteln?«

Es war jetzt keine Zeit, an Jane oder das entsetzte Wissen in Stanleys Augen zu denken, als die Soldaten hereingekommen waren. An die stumme Anklage: Wir hätten davonlaufen sollen. Er musste Gott für all jene Kämpfe um Vergebung bitten, für die Male, in denen seine eigenen Augen von Tod erfüllt waren. Aber als die groben Hände ihn über die Steinplatten zu dem Grün draußen zerrten, erkannte er, was sie tun würden. Er wusste, er habe keine Zeit mehr zu beten. Sein soldatischer Instinkt übernahm die Führung. Er kämpfte. Boxte, trat, stieß und schlug mit Knien, Ellenbogen und dem Kopf auf sie ein, mit jedem Quäntchen Kraft, das er noch in sich spürte, mit Gras und Erde im Mund und in seiner Kehle aufsteigendem Entsetzen, als sie ihn zu dem Baumstumpf zerrten, der recht gut als Hinrichtungsblock dienen würde, und seinen Kopf niederdrückten. Sein Kinn schabte über Holz. Sie traten ihn, damit er aufhörte zu kämpfen. Doch er schlug noch immer um sich und warf den Kopf von einer Seite auf die andere, als die Klinge schon hoch über ihm aufblitzte.

Jane nähte in der Rosenlaube. Die Sonne schien heiß. Sie erschauerte hin und wieder in Erinnerung an die kurzen Momente der letzten Nacht. Sie fragte sich, ob sie das fade gekochte Huhn zum Abendessen nehmen oder nur ein paar Erdbeeren pflücken sollte, die sie rot und köstlich aus dem Kübel beim Stall hervorspähen sah.

Eine männliche Stimme unterbrach ihre Tagträumerei.

»Mistress Shoo-re«, rief sie kokett von jenseits der Mauer. Sie erkannte sie als dieselbe scherzhafte Stimme, die sie heute Morgen geweckt hatte, der Mann, der Will mit sich fortnahm.

Vielleicht war Will im Rat früh fertig geworden? Ihr kam der Gedanke, dass sie zum *Tumbling Bear* gehen könnten, wo so köstliches Essen angeboten wurde. Sie könnte auch diesen schneidigen Boten bitten. Warum nicht? Wenn sie nur seinen Namen wüsste.

Sie legte ihre Arbeit nieder.

»Kommt herein«, erwiderte sie höflich.

Aber niemand folgte der Aufforderung. Vielleicht hatten sie es nicht gehört. Sie schrie nicht gerne. Also ging sie selbst zum Hoftor und öffnete es mit einem nachsichtigen Lächeln.

Der Mann auf der Straße war jung. Er hatte rote Wangen, strahlende Augen und blondes Haar. Er nahm den Hut ab. Sie mochte den aristokratischen Respekt dieser Geste.

»Mistress Shore«, begann er.

Im gleichen Moment sagte sie, sehr freundlich: »Natürlich weiß ich, wer Ihr seid – ihr kamt heute Morgen, um Lord Hastings abzuholen –, aber ich fürchte, ich kenne Euren Namen nicht.«

Ein gedämpftes Schnauben erklang. Der junge Mann verlor die Fassung, wandte eine Sekunde den Blick ab. Jane schaute in dieselbe Richtung wie er, über seine Schulter hinweg. Sie brauchte einige Sekunden, um einen Sinn in dem zu erkennen, was sie sah. Ein halbes Dutzend Soldaten in Helmen und Lederwams waren bei ihm.

»Ich bin Sir Thomas Howard«, erwiderte er und verbeugte sich unwillkürlich, wirkte aber verlegen. Er fuhr mit leicht veränderter Stimme fort: »Mistress Jane Shore, ich bin mit einem Befehl des Lord Protektor von England hier, um Euch festzunehmen.«

Sie sah ihn an. Sie musste beinahe lachen. Das musste doch gewiss ein Scherz sein?

»Warum, um alles auf der Welt?«, keuchte sie, noch nicht wirklich ängstlich. Die Ruhe ihres Gartens gab ihr Halt. Und Will würde jeden Moment hier sein.

Er errötete bei den widersinnigen Worten »Hexerei« und »Verrat«, doch er brachte sie so heftig hervor, als wolle er sie dazu herausfordern, ihm zu widersprechen.

»Verstehe«, sagte sie verwundert. Sie trat vor, um die Männer zu betrachten: Ja, sie waren wirklich da. Sie erwiderten ihren Blick unverfroren. Einer von ihnen grinste ihr ins Gesicht. Andere zuckten mit den Lippen, stemmten Hände in Hüften. Sie erkannte mit sinkendem Mut, dass sie offensichtlich Gefallen an ihrem Opfer fanden. Es wäre klüger, sie zu ignorieren.

Sich wieder an den jungen Mann wendend, der diese Verbrecher befehligte, sagte sie sehr höflich und korrekt: »Sir Thomas, vielleicht könntet Ihr warten und Lord Hastings erklären, was vor sich geht? Er wird bald hier sein.«

Es entstand ein langes Schweigen, welches ihr signalisierte, dass sie wohl das Falsche gesagt hatte. Sir Thomas blickte auf seine Füße. Sein Gesicht war tiefrot. Seine Männer bebten, kurz davor, mit ihrem Scherz herauszuplatzen. Letztendlich antwortete der Mann mit den Händen in den Hüften. »O nein, das wird er nicht.« Die Übrigen kicherten und pfiffen.

Jane erkannte, dass sie nicht mehr erbitten durfte. Nicht mehr denken durfte. Sie konnte die Gefahr jetzt fast riechen. Sie betrachteten sie, wie Will gerne sagte, mit den Augen des Feindes. Sie wollten sie verletzen. Sie musste ihren Verstand beisammenhalten, durfte nur von Augenblick zu Augenblick denken. Ihr Körper wurde ruhig. Sie atmete flach, hielt den Blick auf Sir Thomas gerichtet. Er blickte auf. »Nun gut«, sagte sie, ruhiger, als sie sich fühlte. Und mit aufrechtem Rücken und ohne einen Blick auf den Garten zurückzuwerfen, trat sie auf die Straße. Aber bevor sie auch nur hinzufügen konnte: »Ich bin bereit«, wurde sie sich eines anderen Aufruhrs hinter ihr bewusst. Füßescharren. »Haut ab«, hörte sie einen der Männer sagen. »Na los. Hört auf«, sagte ein anderer, und: »He!«

Sir Thomas wandte sich um. Jane tat es ihm gleich. Sie sahen beide hin. Die Soldaten waren nicht mehr allein. Sie waren von Frauen umrundet. Robuste Frauen mit entschlossenen, misstrauischen Gesichtern und in die Hüften gestemmten Armen. Frauen, die aus dem Haus gegenüber – dem Haus der Prattes – geführt worden waren, von einer kräftigen Gestalt mit eisengrauem Haar und einem Stock. Mit unerwarteter Freude, welche sie bei ihrem Anblick niemals zu empfinden glaubte, erkannte Jane Alice Claver.

»Was, in Gottes Namen, glaubt Ihr hier zu tun, junger Mann?«, donnerte Alice Claver, schob sich an den plötzlich still gewordenen Soldaten vorbei zu Sir Thomas vor und versetzte ihm einen kräftigen Schlag auf den Arm. »Lasst sie sofort los. So eine Unverschämtheit.«

Er zuckte zurück, ließ Jane los, umklammerte seinen Arm und sah Alice mit dem schockierten Blick eines Kindes an, das von seinem Kindermädchen bei einem Streich ertappt wurde. »Und seht mich auch nicht so an«, fuhr die Seidenfrau unfreundlich fort, erhob ihre Stimme noch stärker und hakte sich schützend bei Jane ein. Ihre Frauen – es mussten inzwischen zwölf oder mehr sein, und weitere kamen, sowohl aus Anne Prattes Haus als auch aus dem nahe gelegenen Royal Wardrobe – warfen vernichtende Blicke auf die Soldaten, die sie umringten. Die Soldaten blickten zu Boden. Alice Claver dröhnte: »Wir haben Euch von jenseits der Straße beobachtet. Wir konnten genau erkennen, was Ihr vorhattet, also macht Euch nicht die Mühe, es zu leugnen. Ich weiß nicht, was Euch glauben ließ, Ihr könntet mit dieser Bande von Strolchen in der Stadt London umherstolzieren und jedermann einschüchtern, der Euch in den Sinn kommt. Doch lasst Euch von mir sagen, dass dem nicht so ist. Ihr brecht das Gesetz.«

Jane tat er fast leid. »Nein«, wimmerte er, nach seiner Geldbörse tastend. »Ihr versteht nicht ... Ich habe einen Befehl vom Lord Protektor ... hier ...«

Alice Claver verschränkte die Arme vor der Brust. »Ich will Euer Stück Papier nicht sehen«, sagte sie streng. »Ihr wisst ebenso gut wie ich, dass wir in der Stadt London kein räuberisches Verhalten dulden. Wenn Ihr hier jemanden verhaften wollt, müsst Ihr es nach Vorschrift tun. Geht zum Gildehaus. Bittet sie, einen Wachtrupp auszusenden. Sie werden die Verhaftung für Euch vornehmen, wenn Eure Papiere stimmen. Ihr könnt nicht einfach in unsere Straßen spazieren, Leute abholen und sie Gott weiß wohin bringen. Diese gute Lady«, sie deutete überschwänglich auf Jane, »ist eine freie Frau der Stadt London. Wie wir. Sie hat Rechte. Wir alle haben Rechte.« Sie reckte kampflustig die Nase empor. Sie war fast ebenso groß wie er und zwei Mal so breit. »Vergesst das nicht.«

Sir Thomas nickte schwach.

»Nun«, endete Alice Claver, kaum Atem holend, »ich denke, wir sollten besser sicherstellen, dass Ihr keine weiteren Fehler macht. Kommt mit«, sie deutete mit dem Finger in Richtung Gildehaus. »Wir werden Euch hinbringen. Es ist gleich um die Ecke.«

Die Frauen trieben die Soldaten vorwärts, wie Hunde, die nach den Fersen von Schafen schnappen, bis es so aussah, als wäre eher Sir Thomas' Truppe unter Arrest als Jane. Jane, inzwischen so benommen, dass sie nur die Ereignisse beobachten und die Füße voreinander setzen konnte, fand sich von Alice Claver und einer kleinen, weißhaarigen Anne Pratte flankiert. Alice Claver wedelte mit ihrem Stock weiterhin fordernd in Thomas Howards Richtung, der unmittelbar vor ihnen ging, als wäre sie darauf erpicht, ihn erneut auf Arm oder Bein zu schlagen.

Inzwischen flüsterte Anne Pratte Jane zu: »Sie werden Euch einsperren müssen, wenn er wirklich einen Befehl hat«, murrte sie. »Aber nur in einem richtigen Stadtgefängnis. Und vergesst nicht, als freie Frau könnt Ihr wählen in welches.« Jane nickte ausdruckslos. »Habt Ihr das verstanden, meine Liebe?«, fragte Anne Pratte schärfer, nahm dann Janes beide Hände in ihre, drückte sie und zischte dann: »Verlangt das Gefängnis Ludgate!«

So kam es, dass Jane eingesperrt wurde, nicht in einem verfaulenden, unterirdischen Verlies, sondern in einem hellen, kahlen Raum über Ludgate, in den die Geräusche des durch das unter ihrem Fußboden befindliche Westtor in die und aus der Stadt fahrenden Verkehrs hereindrangen. Ihre Zelle war auf der einen Seite in die steinerne Stadtmauer hineingebaut, auf der anderen Seite wies sie Holzwände auf. Sie hatte ein großes Fenster, durch das Jane auf die Menschen hinunterblicken konnte, die hereinkamen und den Ludgate Hill hinaufstiegen. Sie konnte bis nach St. Paul's blicken. Ein dünnes Seil war an einem Haken am Fenster angebracht, das sie herablassen konnte, für Besucher, die kamen, sich unten hinstellten und riefen, um ihre Aufmerksamkeit zu erregen. Sie konnten nach dem herabschwingenden Ende des Seils greifen und einen Beutel mit Essen daran binden, damit sie ihn hochzöge. Sie konnte wiederum ihre Wäsche hinablassen, damit ihre Freunde sie wuschen.

»Keine Sorge«, sagte Anne Pratte ermutigend, dort unten stehend, nachdem sie Jane einen Beutel mit einer Flasche Bier und etwas Brot hinaufziehen ließ. »Wir kommen wieder.«

Jane beobachtete, wie diese entschlossene, kleine Gestalt den Hügel hinaufstieg und in der Menge verschwand. Sie öffnete den Beutel nicht. Sie tat nichts. Es war, als hätte sie vergessen, wie man es handhabte. Sie saß einfach weiter da, ruhiger, als sie jemals für möglich gehalten hätte, sah hinaus, ohne wahrzunehmen, wie das Sonnenlicht auf dem Kathedralenturm golden leuchtete und später tiefrot wurde.

Isabel lief allein die Straße nach Westminster entlang, in einem so süßen Traum gefangen, dass sie nur vage das Dutzend Soldaten bemerkte, die heute Morgen durch die Felder patrouillierten. Was sie wirklich sah, war der Raum, in dem sie den gestrigen Nachmittag verbracht hatte, kühl und leer, bis auf Dickon und das zerwühlte Bett. Sie konnte ihn noch immer auf ihrer Haut riechen. Alles, was hier draußen geschah, in der Realität dieses heißen Sommermorgens, könnte ebenso gut nicht geschehen. Aber sie musste zur Prinzessin. Sie hatten ihr jetzt das Krönungsgewand in ihre Zufluchtsstätte gebracht. Die Prinzessin hatte um eine Anprobe gebeten.

Erst als sie zum Haus des Abtes kam, schwand ihre Hochstimmung.

Es standen doppelt so viele Soldaten wie üblich vor der Tür: kalte, unvertraute Gesichter. Das Flüstern, das sie hinter ihrem Rücken hörte, wurde im harten Tonfall des Nordens geäußert. Sie glaubte, durch die geöffneten Fenster Weinen zu hören. Sie strengte ihre Ohren an, aber es war nichts von der üblichen Geschäftigkeit eines großen Haushalts zu hören, nur Flüstern und ansonsten unheimliche Stille. Als Lady Elizabeth Darcey gerufen wurde, um Isabel hineinzuführen, sah sie, dass das lange und ungewöhnlich beherrschte Gesicht zuckte, rot gefleckt war und dass ihre Augen geschwollen schienen. »Ihr!«, sagte sie beim Anblick Isabels unkontrolliert überrascht, was seltsam war, weil Isabel zu dieser Zeit hergebeten wurde. Lady Darcey stotterte: »Ich dachte nicht ... nun, es schadet vermutlich nicht ...«, aber bevor sie Isabel ins Nähzimmer führte, zog sie sie beiseite und fügte hinzu: »Aber Ihr solltet wissen: Ihre Hoheiten sind ... Seine Hoheit Prinz Richard ist fort ...« Lady Darcys Gesicht verzog sich und sie fing an zu weinen.

Isabel legte wagemutig eine Hand auf ihren Arm und wurde mit einem dankbaren Blick belohnt. So verharrten sie eine Minute, als zöge die Adlige heimlich Trost aus Isabels warmer Hand. Dann trat Lady Darcey ein wenig zurück. »Ihre Hoheit wird sich freuen, Euch zu sehen«, sagte sie, beinahe so wie immer. »Kommt«, fuhr sie fort und eilte so rasch den Korridor hinab, dass Isabel fast laufen musste, um Schritt zu halten.

Die Prinzessinnen hatten alle geweint.

Die Augen von Prinzessin Elizabeth waren so gerötet und geschwollen, dass sie kaum etwas sehen konnte. Heute war keine Spur Kälte an ihr zu bemerken. Sie und ihre Schwestern zogen Isabel zum Tisch und forderten sie auf, sich hinzusetzen, als gehörte sie dazu. Elizabeth erzählte im Flüsterton.

Der Herzog von Buckingham war mit Lord Howard, dem Erzbischof Bourchier von Canterbury und dem Lordkanzler Bischof Russell hier gewesen. Sie hatten Königin Elizabeth gedrängt, sie solle ihren jüngeren Sohn herausgeben. Sie sagten, der kleine Richard, der Herzog von York, solle bei seinem Bruder Edward bleiben, der vor der Krönung in die Prunkgemächer im Tower zöge. Edward würde sich allein langweilen. Sie ließen Königin Elizabeth Woodville einen Moment Zeit, sich zu verabschieden. Dann nahmen sie ihn mit sich fort.

»Sie hatten solch furchterregende Augen«, sagte eines der kleinen Mädchen. Das löste auch die anderen aus ihrer Starre.

»Meine Mutter sagt, sie hassen uns.«

»Mein Bruder hat geweint. Er bemühte sich, es nicht zu tun, aber wir hörten ihn auf dem ganzen Weg den Gang hinab.«

»Er hat nicht einmal sein Spiel mitgenommen.«

Isabel tätschelte hilflos kleine Hände und Schultern und blickte auf die glänzenden Würfel, die sie ihr zeigten – das Spiel, das Richard zurückgelassen hatte. Die Lords, die gekommen waren, waren alles Dickons Männer, und sie wusste, dass sie ihm ebenso treu ergeben waren wie Hastings. Sie würden dem kleinen Jungen nichts antun wollen, nicht mehr als Dickon. Aber sie konnte sich mühelos vorstellen, wie sehr ihre angespannten Gesichter und ihr eiliges Gebaren die Kinder erschreckt haben mussten.

Sie murmelte: »Ihr armen Kinder« und »Ich sehe, dass ihr Angst hattet«. Sie nickten ernst, die unbeweglichen Augen auf ihr ruhend. Sie fügte sanft hinzu: »Aber wisst ihr, sie haben recht. Edward wäre einsam gewesen, wenn er niemanden zum Spielen gehabt hätte.«

Sie wirkten unsicher.

»Warum können wir Edward nicht hier sehen?«, fragte einer der kleinen Rotschöpfe. »Warum wollen sie ihn nicht zu uns lassen?«

»Meine Mutter sagt, unser Onkel Gloucester hat ihn gefangen genommen.«
»Und jetzt auch Richard.«
»Sie sagt, wir werden beide niemals wiedersehen.«
»Und unser Onkel Dorset ist auch fortgegangen.«
»Er ist in Wahrheit unser Halbbruder, aber wir nennen ihn Onkel.«
»Und Brigids Kindermädchen sagt, sie hätte gehört, dass sie unsere anderen Woodville-Onkel heute hinrichten werden.«
»In Pontefract.«
»Und dann werden sie uns holen.«
»Und uns in unseren Betten töten.«
Die kleine Brigid, die sich nach besten Kräften bemühte, der Unterhaltung zu folgen, verstand das perfekt. Sie brach in lautes Wehklagen aus. Die Übrigen sahen sie nur an. Sie waren es nicht gewohnt, sich um sich selbst oder umeinander zu kümmern. Wo war das Kindermädchen, fragte sich Isabel. Schließlich, widerwillig – was wusste sie denn über Kleinkinder? – nahm sie das weinende Kind hoch und setzte es auf ihre Knie. Brigid drückte sich, noch immer weinend, an ihre Brust.
»Nur ruhig«, sagte Isabel. »Ruhig.«
Sie dachte: Das ist alles der Fehler ihrer Mutter. Natürlich fühlte sich Königin Elizabeth Woodville jetzt verängstigt und allein. Aber es war dennoch falsch von der selbst ernannten Königin zu unterstellen, alle anderen handelten aus denselben habgierigen Motiven, die sie wahrscheinlich selbst hegen würde, wenn sie in Dickons Position gewesen wäre. Und es war falsch, ihre Kinder mit diesen albtraumhaften Erwartungen in Angst zu versetzen.

Die Königin verantwortlich zu machen beruhigte Isabel. Nachdem das Weinen des kleinen Mädchens zu Schniefen abgeebbt war, sagte Isabel freundlich, aber bestimmt: »Nur weil ihr hier seid, könnt ihr euren Bruder nicht sehen. Er muss in London in den Prunkgemächern des Königs bleiben, nun wo er König ist. Eure Mutter war ebenso verängstigt wie ihr, und da wir nicht wussten, wo er war, dachte sie, hierherzukommen sei die beste Möglichkeit, euch in Sicherheit zu wiegen. Das war ein kluger

Gedanke von ihr. Aber nun ist alles vorüber. Wir wissen, dass Edward in Sicherheit ist. Es gibt keinen Grund mehr für euch, Angst zu haben. Eure Mutter wird das nur allzu bald einsehen. Und dann werdet ihr hinausgelangen und wieder im Palast sein und mit Richard zu Edwards Krönung gehen.«

Sie sprach zu Brigid, aber alle Prinzessinnen hingen an ihren Lippen. Sie glaubte, dass ihre Panik abebbte. Sie bemerkte, dass Elizabeth einen Moment den Blick senkte, als sie von Edwards Krönung sprach. Ein Aufblitzen von etwas, was wie Neid erschien, war in ihren Augen erkennbar – aber auch das war positiv, dachte sie, ein Zeichen, dass langsam normale Empfindungen zurückkamen.

Jemand verbarg sich im Seidenhaus.

Isabel erkannte es, sobald sie hinging, um kurz nach dem Rechten zu sehen, durch den hüfthohen Wiesenkerbel an ihrer Tür strich. Diese war geschlossen und voller Spinnweben. Will Caxtons Dienstmädchen konnte nicht mehr hier gewesen sein, seit die Unruhen begannen. Aber im Inneren standen bereits ein Tisch, zwei Bänke, Eimer und Besen und in der Küche Schüsseln für die neuen Bewohner bereit. In der Werkstatt waren die halb montierten Teile der Webstühle an die Innenwand gelehnt und mit Sackleinen bedeckt. Außerdem wusste sie, dass sich oben gestapelte Matratzen und Decken befanden – für die Grundausstattung von Goffredos Arbeitsgruppen bereitgelegt. Sie konnte nur die beiden Fliegen hören, die in der Nähe des dunklen Fensters friedlich hin und her summten. Aber sie spürte ein Atmen.

»Wer ist da?«, rief sie, mit stockendem Herzen und Gänsehaut. Wenn dort jemand war, mussten sie lauschen.

Sie fragte sich einen Moment, ob sie zu Wills Haus laufen und sich Verstärkung holen sollte. Dann wappnete sie sich. Sie würde sich nicht anmerken lassen, dass sie Angst vor Schatten hatte. Vielleicht bildete sie sich alles nur ein. Sie ließ die Eingangstür offen und ging sehr schnell in die Küche.

Die Hintertür zum Hof stand ebenfalls offen. In den Schatten dahinter stand ein Mann. Er war groß, aber sehr still, schwitzte in dem dunklen Umhang, zur Flucht bereit, falls ihre Stimme feindselig klänge. Er war so still.

Es war Dorset.

Sie blieb abrupt stehen.

Er hatte die Hände einmal in ihr Gewand geschoben. Hatte gehöhnt und seinen Mund auf ihren gepresst. Sie wollte nicht mit ihm allein sein. Sie würde die Beleidigung in seinen Augen nicht leicht vergessen.

Aber jetzt stand nur Angst in diesen Augen.

»Seid Ihr allein?«, flüsterte er, aus der Sicherheit seines Eingangs. Sie nickte, von ihrem Eingang her.

»Was tut Ihr hier?«, murrte sie. »In meinem Haus?«

Er erkannte wohl, dass sie befürchtete, er würde sie vielleicht wieder zu bedrängen versuchen. Er schloss die Augen, schnaubte: »Ach, nicht *das*.« Dann charmanter: »Ich wollte Euch nicht ängstigen.«

Sie wartete, beobachtete ihn sorgsam. Hielt Abstand.

Plötzlich kam ihr in den Sinn, dass eine der kleinen Prinzessinnen gesagt hatte, Onkel Dorset sei fortgegangen. Sie hätte besser zuhören sollen. Wenn er das Kirchenasyl verlassen hatte, wäre er Freiwild für jedermann, der ihn zu verhaften versuchte. Und Dickons Lords waren heute bei der Königin gewesen und hatten den Jungen mitgenommen. Sie mussten erfahren haben, dass Dorset geflohen war. Bis zum späten Vormittag hatten Soldaten mit nordischem Tonfall und Hunden die Kornfelder rund um Westminster niedergetrampelt. Nun begriff sie. Sie wollten den Woodville-Marquess zur Strecke bringen. Sie wollten ihn töten.

»Ich bin in Gefahr«, sagte er. »Ihr müsst mir helfen.«

»Wie habt Ihr mich gefunden?«, konterte sie misstrauisch. »Hier?«

Niemand wusste von diesem Haus. Oder doch?

»Jane sagte …«, erwiderte Dorset, fuhr sich durch sein jungenhaftes Haar, sah sie mit seinem bittenden Blick an.

Ihre Augen verengten sich. Jane. Wie konnte sie es wagen?

»… dass ich, wenn ich ihr jemals eine dringliche Nachricht zukommen lassen müsste, sie Will Caxton geben sollte, damit Ihr sie mit zurück nach London nähmt. Sie sagte, Ihr hättet in der Nähe ein Haus. Also fragte ich. Und irgendein deutscher Druckergehilfe sagte, es sei dieses.«

Sie atmete aus.

»Aber warum seid Ihr immer noch hier?«, fragte sie wieder ruhiger. »Warum habt Ihr Caxton nicht einfach Eure Nachricht gegeben und seid gegangen?«

Seine Mundwinkel verzogen sich kurzzeitig zu einem abschätzigen Ausdruck.

»Weil ich den Ausrufer hörte«, sagte er mit sehr geduldiger Stimme und fügte hinzu: »Ist Jane in Sicherheit?«

»Jane?«, fragte sie töricht.

»Ihr habt den Herold nicht gehört, nicht wahr«, sagte er. Sie schüttelte den Kopf. Es entstand eine Pause. Sie konnte erkennen, dass er nicht wusste, wie er das, was geschehen war, ausdrücken sollte.

Draußen vor dem Haus erklang vom Red Pale ein Trompetenstoß. Er wirkte einen Moment erneut erschrocken, dann klärte sich sein Gesicht. »Da«, sagte er ruhig. »Er ist gekommen. Hört selbst.«

Er nahm sie am Arm. Sie erschauderte bei seiner Berührung kaum noch, denn sie erkannte, dass heute etwas völlig anderes geschah als die plumpe Nachstellerei von einst. Er führte sie auf den Lärm zu. Sie standen unmittelbar hinter den geschlossenen Fensterläden.

Die Bekanntmachung begann, aber Isabel brauchte eine Weile, um ihren Sinn zu verstehen. Die Stimme des Mannes sagte, dass Lord Hastings geplant habe, die Herzöge von Gloucester und Buckingham zu töten und den König zu ergreifen. Sie sagte, Lord Hastings habe den verstorbenen König Edward IV. zu Ausschweifungen verleitet.

Und sie sagte, nun sehr deutlich, dass Mistress Shore, mit der Lord Hastings die Nächte verbrachte, seine geheime Beraterin bei diesem abscheulichen Verrat sei. Etwas schloss sich fest um Isabels Brust. Sie konnte kaum atmen.

»Das zügellose Leben führte ihn zu einem unglücklichen

Ende«, sagte die Stimme. Ein weiterer greller Trompetenstoß erklang. Hufschläge entfernten sich. Sie konnten die unsicheren Kommentare der Zuhörer vernehmen.

Dorset flüsterte: »Seht Ihr, sie müssen ihn getötet haben. Aber was haben sie mit ihr gemacht?«

Sie beugte den Kopf. Kein klarer Gedanke wollte ihr gelingen, sie konnte es nicht glauben. »Ich verstehe nicht«, flüsterte sie. Aber als er ungeduldig sagte: »Gloucester ergreift die Macht«, nickte sie nur. Sie wusste das in Wahrheit auch. Dickon hatte sein Spiel begonnen. Nichts anderes ergab mehr Sinn.

Sie konnte nicht anders, als Dorset zu helfen, nach London zu gelangen. Sie konnte ihn nicht im Stich lassen.

Ihre Gedanken rasten, aber gleichzeitig wusste sie, dass sie alles unterdrücken musste, was nicht der unmittelbaren Situation galt. Sie borgte sich aus Will Caxtons Druckerei einen fleckigen Arbeitskittel und ein halbes Dutzend Kopien von Graf Rivers' *Curial* – der fremde Vorarbeiter schien nichts dagegen zu haben, sondern nickte nur, als sie lächelte und sagte, dass sie morgen alles zurückbrächte. Sie schmierte Dreck in das ansehnliche Gesicht des Woodville-Marquess' und hieß ihn, seine sauberen Fingernägel zu beschmutzen. Glücklicherweise empfand auch er die wortlose Dringlichkeit eines Mannes, der das tun musste, was auch immer nötig war, um sich zu retten. Sie steckte seinen teuren Umhang und sein Schwert in einen großen, groben Sack an ihrem Sattel, saß auf und bemühte sich, ihren hämmernden Herzschlag nicht noch zu beschleunigen. Sie bedeutete Dorset, den Kopf zu senken und die Bücher unter einen Arm zu nehmen. »Ihr seid ein deutscher Drucker. Ihr sprecht kein Englisch«, sagte sie nur zu ihm, und er nickte gehorsam. Sie ließ ihn das Pferd führen, durch das Tor, an den schwitzenden Soldaten auf den Feldern vorbei, an den Hunden vorbei, am Flussufer entlang, an den Bollwerken des Bischofs vorbei, die schmutzbedeckte Fleet Street entlang nach London. Sie bemühte sich, an nichts Beunruhigendes zu denken. Ein Teil von ihr fühlte sich durchaus sicher. Sie hatte immerhin ein Jahr damit verbracht, von allen großen Tuchhändlern, unter denen sie aufgewachsen war, unerkannt durch die vertrauten Straßen der Mercery zu laufen, indem sie das ärmliche Graubraun der Spinnerinnen und Näherinnen des Bezirks trug. Dorsets Verkleidung funktionierte jetzt genauso gut. Niemand beachtete sie, selbst Davey am Westminster-Tor nicht. Niemand war an dem schmutzigen, gebrochenen Schattenbild interessiert, zu dem Dorset geworden war. Dennoch war sie noch nie so froh gewesen wie jetzt, die Fleet Bridge und Ludgate vor sich aufragen zu sehen. Jedes Zucken des Pferdes unter ihr, jeder Atemzug, den sie tat, machte ihr bewusst, wie angespannt ihre Arme und ihr Rücken waren.

Eine Gruppe Seidenfrauen stand innerhalb des sicheren Bereichs hinter der Londoner Stadtmauer. Vertraute Gesichter: Joan Woulbarowe, Agnes Brundyssch und Isabel Fremely. Isabel war einen Moment bestürzt, sogar Joan Woulbarowes frühere Herrin, die Spinnerin Katherine Dore, hager, groß und einschüchternd, in der flüsternden Gruppe zu sehen.

»Schaut«, sagte Joan Woulbarowe, als sie Isabel sah, lief heran und ergriff ihren Arm. Diese eine Mal zeigte sie nicht lächelnd ihre schwarzen Zähne, sondern wirkte stattdessen entschlossen und eindringlich. Sie verschwendete nicht einmal einen Blick auf den schäbigen Mann, der Isabels Pferd führte, doch die Begegnung ließ Isabels Herz vor Entsetzen rasen.

»Nicht jetzt«, sagte sie kalt, ihr Gesicht verhärtend, und ritt weiter.

Joan trat beiseite. »Aber Mistress Claver sagte«, hörte Isabel sie jammern. Nun, Alice Claver könnte warten. Joan würde aufgeben. Sie hatte nicht mehr Kampfgeist in sich als ein geschlagener Hund. Aber die Stimme hinter ihr rief weiterhin. Anstatt verloren zu verklingen, nahm ihre Lautstärke zu. »Jane ist dort oben!«, rief sie.

Isabel wandte sich im Sattel um. Dorset, den Kopf gesenkt, drängte das Pferd noch immer voran.

Es war nicht nur Joan. Alle Seidenfrauen sahen sie mit ängstlichen Augen an und deuteten zur Mauer hinauf, zu der Stelle, wo sich oberhalb des Tores die Zellen des Ludgate-Gefängnisses befanden. Und sie alle riefen, verzogen die Gesichter und zischten so laut, wie sie es wagten: »Jane!«

Isabel schaute blinzelnd die Mauer hinauf. Sie konnte an keinem Zellenfenster jemanden sehen. Die Finger an ihren Zügeln waren feucht. Sie konnte ihren Atem und ihr Herz spüren. Sie nickte ihnen zu. »In einer Stunde«, rief sie, während das Pferd und Dorset weitergingen.

Sie wandten sich wortlos dem Hof in der Catte Street zu. Dorset schloss das Tor und sah zu ihr hoch. Ein zufriedenes Glitzern zeigte sich in seinen Augen. Sie empfand es ebenfalls. Es war gut, hinter einer Mauer und von der Straße fort zu sein. Aber sie wussten beide, dass es nur der erste Schritt war.

Isabel hatte sich bereits überlegt, was als Nächstes mit ihm geschehen müsste. Doch dazu brauchte sie Alice Clavers Zustimmung.

»Kommt mit«, sagte sie. »Folgt mir.« Und sie durchschritt mit Dorset das Haus, schaute in die große Halle, die Stube, den Vorratsraum, den Kräutergarten und sogar oben in die Schlafzimmer. Sie suchte Alice, wollte plötzlich jene breiten Schultern und dieses bodenständige Gesicht mit seinem bereitwilligen Stirnrunzeln und seinen seltenen Ausbrüchen von Heiterkeit sehen.

Die Erleichterung, Alices und Anne Prattes Köpfe in einer der Speisekammern über einen Beutel gebeugt zu sehen, war so groß, dass sie es kaum ertragen konnte. Sie atmete aus, spürte, wie die Empfindung, die sie im Zaum gehalten hatte, durch sie hindurchströmte und fragte sich, ob sie weinen müsste.

»Alice«, sagte sie, und ihre Stimme klang seltsam klein und unsicher. »Anne.«

Sie schauten auf. Und sie sah in ihren Augen, dass sie denselben Aufruhr empfanden, noch bevor sie beide alles stehen ließen und mit geöffneten Armen zu ihr eilten. Die Umarmung, die folgte, dauerte nur eine Sekunde. Alice Claver merkte, dass sie dabei ins Wanken geriet und zog sich zurück, ließ Anne Pratte Isabels Hand halten, als wollte sie sie niemals wieder loslassen, und mit sanfter Freude zu ihr hinaufschauen. Aber Alice Claver konnte nicht recht aufhören. Sie tätschelte weiterhin unbeholfen Isabels

Rücken, während sie murrte: »Wir haben uns Sorgen gemacht.« Isabel glaubte sogar, ein Schimmern von Nässe auf dieser runzeligen Wange zu sehen.

Hinter ihnen erklang ein Husten. »Wir haben einen Gast«, sagte Isabel, überrascht darüber, dass sie Dorset vergessen hatte. Er stand verlegen im Eingang, offensichtlich unsicher, ob er sich weiterhin wie ein alter Mann über seine Bücher beugen sollte, es aber einfach tat, um keinen Fehler zu machen.

Die Seidenfrauen zeigten sich der Situation souverän gewachsen. Kein übertriebener Respekt, keine Ehrbezeugungen. Das war nicht ihre Art und wäre es selbst dann nicht gewesen, wenn sie Bewunderer der Woodvilles wären. Aber sie brachten, nachdem Isabel alles erklärte, bereitwillig Brot und kaltes Schweinefleisch und eine Platte mit Gemüse sowie ein paar Krüge schwaches Ale auf den Tisch. Und während Dorset wie ein Verhungernder über das Essen herfiel und Isabel darin stocherte und redete, mit einer höheren und schnelleren Stimme als gewöhnlich, hörten sie zu.

Alice betrachtete Dorset nicht besonders herzlich. Er stellte ein zusätzliches Problem dar, das ihr nicht behagte. »Was habt Ihr also als Nächstes geplant, junger Mann?«, fragte sie. Doch sie hatte bereits eine Antwort parat, und es war zu Isabels geheimer Freude die gleiche Antwort, an die sie selbst schon gedacht hatte.

»Ihr solltet Euch am besten«, erklärte Alice Claver lebhaft, »Williams Reisegruppe anschließen.«

William Pratte reiste zur Messe nach Brügge. Während er englische Händler repräsentierte – eine offizielle Mission für das Gildehaus –, vertrat er inoffiziell Alice und sollte einige der Einkäufe tätigen, die sie zu dieser Jahreszeit normalerweise selbst erledigte. Sie hatte beschlossen, es dieses Jahr nicht zu tun, falls Goffredo früh zurückkehrte.

Anne Prattes Augen strahlten. »Ihr könntet sein flämischer Schriftführer sein«, sagte sie. »William kann Euch Kleidung borgen.« Sie betonte das Wort »borgen« – man wollte Adlige nicht in dem Glauben lassen, zu dem sie sehr neigten, dass man ihnen seine Habe einfach schenken wollte. »Wir werden das regeln,

Euch angemessen ausstatten. Aber wenn Ihr jetzt mit mir nach Hause kommt, solltet Ihr besser weiterhin diesen Arbeitskittel tragen, den Ihr da anhabt. Wir wollen keine neugierigen Fragen bewirken.«

Dankbarkeit überkam Isabel. Sie nahmen ihn in ihre Obhut. Sie war plötzlich müde bis auf die Knochen. Sie wollte nichts lieber als schlafen gehen. Das Denken konnte warten.

Alice Claver sprach streng auf den Marquess ein, während sie ihn aus der Tür drängte, ihn fast vorwärts schob. »Nun nehmt bitte diesen Beutel … Ihr seid jünger und stärker als Mistress Pratte hier … die Euch heute einen großen Dienst erweist, wie Ihr zu schätzen wissen werdet … und vergesst, um Gottes Willen, wenn Ihr nach draußen gelangt, niemals, dass Ihr ein Fremder sein sollt. Fangt nicht an, mit den Leuten zu reden, was auch immer Ihr tut. Wirkt einfach demütig und schweigt. Wirkt demütig. Könnt Ihr das behalten?«

Gähnend auf ihre Bank sinkend, dachte Isabel: Nun, sie hat die Menschen immer schon gerne heruntergeputzt. Isabel empfand kein allzu großes Mitgefühl für Dorset. Er hatte sich nicht einmal die Mühe gemacht, ihr dafür zu danken, dass sie ihn aus Westminster heraus und in sichere Hände gebracht hatte. Und er hielt auch nicht inne, um einen Gedanken an Jane zu verschwenden, obwohl er sich all diese Jahre öffentlich nach ihr verzehrt hatte – fast so lang wie Lord Hastings.

Isabel richtete sich ruckartig auf. Lord Hastings, dachte sie. Und voller Angst: Jane. Bevor es ihr bewusst wurde, war sie bereits wieder auf den Beinen und eilte zur Tür, wo sie auf Alice stieß.

Sie gingen zunächst zu Janes Haus. »Bevor wir wissen, wie uns geschieht, werden sie sich an ihren Sachen bedienen«, sagte Alice Claver weise. »Wir können ebenso gut versuchen zu retten, was zu retten ist.«

Das leere Haus war eine Fundgrube wunderschönen Tands sowie wunderschöner Bilder und Stoffe. Isabel sah sich um, als wolle sie alles in ihre Erinnerung einbrennen, in dem Bewusstsein, dass sie es vielleicht niemals wiedersehen würde. Aber sie nahmen nur Schmuck, Wäsche, ein Stundenbuch und zwei Röcke in gedeckten Farben mit und brachten ihre Ausbeute über die Straße zum rückwärtigen Stall von Anne Prattes Haus, der leer stand, seit ein lahm gewordenes Pferd verkauft worden war. Sie packten für Jane einen Beutel mit Essen aus ihrer eigenen Küche. Isabel konnte einige der frühen Erdbeeren, die ihre Schwester so gerne aß, aus einem Bottich beim Stall hervorlugen sehen. Sie pflückte einige und gab sie in einen Zinnkrug, mit Blättern bedeckt, damit sie nicht herausfielen. Alice – die grimmig Käse und Geselchtes in große, grobe Stücke schnitt, die Jane niemals essen würde, und eine Hälfte des großen Brotlaibs an sich nahm – lachte, nicht sehr mitfühlend, über Isabels Laune. »Du solltest besser nachsehen, welche anderen Wertsachen noch da sind«, sagte sie. »Hat sie keine Spardose?«

Sie hatte eine: eine wunderschön geschnitzte Eichenholz-Truhe, in deren Innerem Isabel, als sie sie öffnete, die Bilder eines Ritters und seiner Lady entdeckte, welche die Gesichter von Jane und Lord Hastings hatten. Sie war ihr schwer erschienen, und nun erkannte sie warum. Sie war bis zum Rand mit Goldmünzen gefüllt. »Da, siehst du«, sagte Alice Claver, die hinter ihr auftauchte, die Hände auf den Hüften, »sie wird dir dankbarer dafür sein, dass du das aus dem Weg schaffst, als dafür, dass du ihr Erdbeeren pflückst. Da drin müssen Hunderte von Pfund sein.«

Sie schleppten die Truhe gemeinsam über die Straße, unter dem Gewicht keuchend. Sie wollten wegen des Essens zurückkommen, aber Isabel hängte sich den Beutel noch im letzten Moment über die Schulter. Es war gut so. Bevor sie die Truhe auch nur in einer dunklen Ecke abgesetzt und mit moderigem Heu bedeckt hatten, hörten sie die Pferdehufe ruhig herannahen und vor Janes Tor haltmachen. »Siehst du?«, murmelte Alice Claver triumphierend. »Sie werden es bis zum Morgen leergeräumt haben.«

Sie gingen die Straße entlang, blickten strikt geradeaus und handelten wie jeder andere an der Old Jewry – als wenn die Männer mit Ledermänteln und Metallhelmen, die in Janes Haus schwärmten, nicht da wären. Alice Claver reckte den Kopf sehr hoch und behielt einen betont angewiderten Gesichtsausdruck bei, bis sie um die Ecke in die Cheapside eingebogen waren. Isabels Essensbeutel war so schwer, dass sie denselben Hochmut nicht beibehalten konnte. Außerdem war sie zu neugierig. Sie konnte nicht widerstehen, einen heimlichen Blick zur Seite zu werfen. Sie kannte den jungen Gentleman nicht, der Säcke an die Soldaten verteilte, bevor die Männer ins Haus gingen, doch sie wusste sofort, dass es der Schurke aus Alices Geschichte war. Er war groß, von jugendlich frischem Aussehen, wirkte mit Sommersprossen und seinem strohfarbenen Haar arglos.

Sie hatte es nicht erwartet, aber die Männer von Ludgate ließen Isabel mit ihrem Beutel Nahrung und Kleidung hinaufgehen. Sie waren Familienmenschen, mit müden, kindlichen Gesichtern, und sie schienen Mitgefühl für sie zu empfinden. »Wir kümmern uns um sie, keine Sorge«, sagte der Kahle, während er Isabels Vorräte durchsah. Aber dann schaute er sich um, sah seinen Kameraden nicken und öffnete ruhig die Tür zur Treppe. »Kommt«, sagte er und deutete mit dem Daumen aufwärts. »Rasch.«

Jane saß auf einer Bank und betrachtete das rötliche Licht auf St. Paul's. Sie wandte sich nicht um, als sich die Tür öffnete. Es berührte Isabel, einen kleinen Blumenstrauß am Fenster zu sehen. »Ich bin es«, flüsterte sie, da sie ihre Schwester nicht erschrecken wollte. Der Mann schloss die Tür hinter ihr, während Jane den leeren Blick hob, dann mühsam aufstand und sie umarmte.

Als sie sich lösten und nebeneinander hinsetzten, ihre Hände miteinander verschränkt und ihre Blicke dem Gesicht der jeweils anderen zuwandten, wusste Isabel nicht annähernd, was sie sagen sollte. Dann senkte sie den Blick und sah die Gruppe der Seidenfrauen noch immer dort unten stehen.

»Schau«, flüsterte sie, und Jane blickte hinunter und begriff nicht.

»Sind sie …?«, murmelte sie schließlich, mit einem Schimmer Hoffnung.

»Sie waren den ganzen Tag da«, sagte Isabel sanft. »Schon seitdem sie die Soldaten daran hindern wollten, dich fortzubringen.«

Jane sah weiterhin hinab und hob dann zögernd eine Hand. Murmeln erklang, dann winkten einige wenige Hände aus den Schatten zurück. Jane brachte ein wehmütiges Lächeln zustande. »Mein Heer«, sagte sie mit leiser Stimme, bevor die Tränen kamen.

Sie hatte die Herolde gehört. Sie wusste, dass Hastings tot war. Nach einer Weile, als die Tränen weiterhin ihr nasses Gesicht hinabliefen, erzählte Isabel ihr das Wenige, was Alice und Anne auf den Straßen aufgeschnappt hatten: wie das Ratstreffen zu einem Gemetzel geworden war und wie sich Sir Thomas Howard aus dem Gedränge davongeschlichen hatte, um Jane zu verhaften, während der Herzog von Buckingham nach Westminster eilte, um den kleinen Prinz Richard, den Herzog von York, von den Woodvilles zu holen, die dort Zuflucht gesucht hatten. Janes Miene war passiv, den Kopf auf eine stützende Hand gesenkt. Sie nickte nur hin und wieder. Sie zuckte hin und wieder zusammen.

Bei dem Gedanken an die gegen sie vorgebrachten Anklagepunkte senkte sie nur den Blick und zuckte hilflos die Achseln. Hexerei – was sollte man dazu noch sagen?

»Wir wissen alle, dass es lächerlich ist«, plapperte Isabel weiter, bemüht, ihr Bild von Dickon von gestern – nackt, den Kopf lachend zurückgeworfen – zu verdrängen, »jedermann weiß das ... es muss ein Versehen sein ... das Gildehaus wird den Fall vor den Rat bringen, sagt William Pratte. Sie werden darauf bestehen, dass freie Männer und Frauen nicht so behandelt werden dürfen ... es ist nicht so schlimm, wie es aussieht ... Du wirst sehr bald hier heraus sein ... Wir werden einen Weg finden.« Sie wusste, dass dies schwache Hoffnungen waren. Jane war wegen irgendetwas verhaftet worden, was man Hastings vorwarf, und er war dafür gestorben. Jane lächelte traurig, seufzte und schwieg.

Aber sie lebte bei der Nachricht auf, dass Dorset frei und auf der Flucht war, wirkte jedoch bei dem Gedanken daran, wie er das Land zu verlassen versuchte, ängstlich. »Versichere dich, dass er Geld bei sich hat«, sagte sie, ihr Blick schweifte zu den Mauern rundum. Sie drückte Isabels Hände. »Ich habe Geld. Zu Hause in meiner Truhe. Gib ihm fünfzig Pfund, wenn er sie braucht. Das wirst du doch tun, oder?«

Die Tür öffnete sich bereits. Die Zeit war abgelaufen. »Ich verspreche es«, sagte Isabel, warf sich in die Arme ihrer Schwester und klammerte sich an diesen flüchtigen Duft von Rosenwasser und Sonnenschein. Der Mann hinter ihr hustete leicht. Er war zu höflich, um sie zu unterbrechen.

»Ich will dich nicht in Schwierigkeiten bringen«, sagte Jane, löste sich von Isabel und wandte sich ihrem Gefängniswärter zu. Sie war selbst in dieser Zelle, in diesem schlechten Licht, wunderschön. »Danke, dass Ihr meine Schwester hereingelassen habt.« Und Isabel sah, wie sich seine Züge als Reaktion zu einem bewundernden Lächeln mit schwarzen Zähnen verzogen.

»Es ist nicht richtig«, murmelte er Isabel auf der Treppe zu, »und niemand denkt das. Eine hübsche, gutmütige Lady wie sie. Eine Hexe, also wirklich. Der einzige Grund, warum sie hier ist, ist die Politik. Es sind die da oben, die um die besten Brocken kämpfen, wie Schweine um einen Trog, oder? Nicht sie.« Er zog trotzig die Tür auf und ließ Isabel hinaus, wobei er auf die Seidenfrauen deutete. »Es kümmert mich auch nicht, wer mich hört. Wir wissen alle, was wirklich vor sich geht.«

Die gähnende Leere in Isabels Magen hielt sie nicht davon ab, sich auf ihr Bett zu werfen und einzuschlafen, sobald sie nach Hause kam. Doch sie erwachte mitten in der Nacht, setzte sich aufrecht, knirschte mit den Zähnen und starrte in die Dunkelheit.

Es war nicht nur der Gedanke an Jane in ihrer Gefängniszelle, der sie so panisch weckte. Auch war es nicht nur die wirre Hast des Tages, der von einer Katastrophe zur nächsten eilte. Es war das, was Dorset am Morgen gesagt hatte, die Worte, über die nachzudenken sie sich seitdem geweigert hatte. Dickon griff nach der Macht. Das war die einzige Erklärung, die irgendeinen Sinn ergab. Er wollte König werden. Lord Hastings war tot. Der kleine König und Prinz Richard befanden sich unter seiner Kontrolle. Niemand würde ihn aufhalten können.

Sie dachte: Königin Elizabeth Woodville könnte nach allem

doch recht damit gehabt haben, das Kirchenasyl nicht zu verlassen. Sie begann beinahe, sich um die königlichen Kinder zu sorgen. Aber es gab noch zu viel anderes Besorgniserregendes. Doch diese Tür hielt sie in ihrem Geist geschlossen.

Sie konnte es nicht glauben. Sie ging jeden Moment ihrer gestrigen Zeit mit Dickon noch einmal durch. Es hatte kein Anzeichen gegeben, überhaupt kein Anzeichen. Er hatte bei dem Gedanken, dass Jane und Hastings zusammen waren, gelacht. Er hatte bei dem Gedanken, dass Dorset enttäuscht wäre, gelacht. Etwas musste geschehen sein, seit er sie gesehen hatte. Etwas, das alles veränderte. Sie würde es doch erkennen, wenn er so etwas im Sinn hätte, oder? Er hätte es ihr gesagt. Er hätte Hinweise gegeben. Er hätte zumindest Jane verschont. Was hatte Jane mit alledem zu tun?

Dann dachte sie daran, wie eilig er ging und wie ruckartig er sich bewegte und aufgeregt sprach. Was bedeutete das?

Und sie dachte weiterhin, mit einem Schamgefühl, das ihre Wangen brennen ließ und ihr Magen sich verkrampfte: Warum sollte er denken, dass es mir wichtig wäre, Jane zu verschonen, wo ich doch stets so harte Dinge über sie gesagt habe? Wo er doch leicht denken könnte, dass ich sie hasse?

Je mehr sie sich quälte, desto verwirrter fühlte sie sich. Ein Reigen von hellen, ruhigen Bildern stand ihr vor Augen. Sie passten nicht zusammen: Dickon, wie er lachte. Dorsets entsetztes Atmen, als das Horn des Herolds erklang. Jane, unschuldig in ihrer Zelle, nach Rosenwasser duftend. Janes Haus, das von einem jungen, lächelnden, blonden Mann mit Soldaten ausgeräumt wurde.

Und allmählich drang ein schwacher, elender, hassenswerter Gedanke an die Oberfläche. *Sie hätte es tatsächlich nicht wissen müssen.* Was wusste sie wirklich über Dickon? Ein Geruch, der Geschmack seiner Haut, bestimmte Gesten, ein Schimmern in den Augen. Sie hatte es für Seelenverwandtschaft gehalten. Doch sie wusste nicht, wie er sich im öffentlichen Leben verhielte, was er tat, um sich und seine Verwandten zu schützen. Nichts außer dem Straßenklatsch, den jedermann kannte. Sie hörte, dass er ein guter Regent des Nordens und ein guter Soldat sei. Sie kannte das Gerücht, er habe die Witwen und Mütter von Männern aus Lancaster, die sich nicht wehren konnten, recht grausam behandelt (aber nicht grausamer, als andere Lords es taten). Sie vernahm den törichten Straßenklatsch, oder zumindest das, was sie stets für töricht hielt, dass er seinen Bruder und den alten König Henry im Tower ermordet habe. Sie meinte stets, sie kenne das wahre Wesen dieses Mannes, glaubte, sie seien verwandte Geister. Aber wenn dies die Realität war, dann war der Dickon, den sie kannte, ein verzerrter Schatten, nicht erkennbar, unkenntlich anders als der Prinz, den die Welt sah.

Die Dunkelheit, die sie umgab, war so trostlos, so überwältigend, dass sie sich gequält zusammenkauerte, die Arme um die Knie verschränkt, die Augen fest schloss und spürte, wie sich ihr Gesicht durch den Schmerz verzog. Sie versuchte, jede Erinnerung an seinen Körper zu verdrängen. Jedes leise Lachen in ihrem Ohr, jedes glatte Gefühl von Haut an Haut, die intensive Berührung, die eine Hand an ihrem Ellenbogen oder ein Streicheln an ihrem Nacken, die Art, wie er seinen Körper auf einem Ellenbogen aufstützte, um sie anzusehen, und dann mit einer Hand sanft durch ihr Haar fuhr.

Sie wusste, wie schmerzhaft die Erkenntnis war. Diese Dinge würden nicht mehr geschehen. Kein Zwinkern an der Tür des Red Pale mehr. Keine berauschenden Erwartungen, kein Kichern, während sie die Treppen hinauf flogen, um wiedervereint zu werden. Und auch keine Freude mehr.

Der Verlust raubte ihr den Atem. Aber was ihr noch mehr den Atem nahm, war der Gedanke daran, dass er, wenn er all dies gestern geplant hatte, was sicherlich der Fall war, gewusst haben musste, dass es das Ende von Isabels Vertrauen bedeuten würde. Er musste daran gedacht haben, dass es ihr letztes Zusammensein sein würde, und er hatte entschieden, dass es unwichtig war.

Niemand im Claver-Haushalt achtete am Morgen auf Isabels trauriges Gesicht oder ihr Schweigen. Sie war dankbar, wenn auch nicht allzu überrascht. Es geschah so viel anderes, dass keine Zeit für ein Gespräch war. Alice Claver nickte nur abwesend, als Isabel mit kontrollierter Stimme sagte: »Meine Ausflüge nach Westminster haben nun eine Weile keinen Sinn mehr, oder?« Sie konnte den Gedanken nicht ertragen, Prinzessin Elizabeth und ihren Schwestern gegenüberzutreten und die stumme Anklage in ihren Augen zu sehen. Es bestand kein Bedarf mehr, Krönungsgewänder zu nähen. Und Dickon war nicht da.

»Du wirst heute deine Schwester besuchen wollen«, sagte Alice. »Sie wird neue Wäsche brauchen. Und du kannst ihr sagen, dass ich ihretwegen mit William zum Bürgermeister gehe. Ich will dies geklärt wissen, bevor William abreist.«

Zur Mittagszeit, als Isabel mit dem Beutel mit den fünfzig Goldmünzen, die sie für Dorset abgezählt hatte, zum Gildehaus ging, hatten Alice und William dem Bürgermeister bereits ihre Petition vorgelegt und ihn gebeten, um Janes Freilassung zu verhandeln. Sie standen auf der Straße und warteten auf sie. Es war eindeutig nicht gut verlaufen. Alice kochte. Sie sagte, sie seien durch einen Gentleman aus dem Haushalt des Herzogs von Buckingham mit der Vorankündigung unterbrochen worden, was der Herzog dem Gildehaus zu Beginn der nächsten Woche über die Ereignisse des Vortages berichten wollte. So hatten sie, von der Delegation des Herzogs am Tisch des Bürgermeisters zusammengedrängt, die ganze Rede gehört. »Und man könnte sich wohl kaum schändlichere Verleumdungen vorstellen«, schnaubte Alice. »Wenn ich daran denke, wie wir vor all diesen Jahren auf die Straße hinausgegangen sind, für die Yorker gekämpft und Leib und Leben in Gefahr gebracht haben. Ganz London: bis auf den letzten Mann Yorkisten. Wenn ich an meinen Sohn denke …« Sie hielt einen Moment inne und bekreuzigte sich. Dann fügte sie, mit leiserer Stimme, hinzu »und an deinen Ehemann« und sah, beinah entschuldigend, Isabel an. Dann atmete sie tief ein, kehrte zu ihrer schrilleren Art zurück und kam zu dem Schluss: »Ich kann nur sagen: Das war es nicht wert.«

»Worum ging es in der Rede?«, fragte Isabel, von dieser widerwilligen Nebenbemerkung seltsam berührt.

Alice wurde so rot, dass Isabel dachte, sie bekäme einen Anfall. William Pratte war es, der zögernd nach Worten suchte. Er sagte, in der Rede sei der verstorbene König Edward beschuldigt worden, ein Frauenheld gewesen zu sein. Das war solch eine seltsame Anschuldigung, dass Isabel wider Willen fast lachen musste. »Nun, das ist nur allzu wahr«, sagte sie. »Aber was hat das mit diesen Ereignissen zu tun?«

Alice fauchte: »Weil es nirgendwo eine Frau gab, jung oder alt, arm oder reich, auf die er nicht ein Auge warf, zudringlich seinen Gelüsten nachkam und sie einfach nahm, zum großen Schaden manch einer guten Frau.«

Isabel sah sie an, erstaunt über die Beredsamkeit der älteren Frau, und noch mehr über die Bitterkeit, die durchklang. »Sie wollen König Edwards Andenken besudeln«, sagte William Pratte kopfschüttelnd. Die Worte »der Herzog von Gloucester« waren ihm nicht über die Lippen gekommen. Stattdessen fügte er hinzu: »Sein eigenes Blut. Edward war der einzige gute König, den wir jemals hatten.«

»Und dann nahm es seinen Lauf«, sagte Alice, ihrem eigenen Gedankenfluss folgend, »dahingehend, dass er ›Shores Ehefrau, einer niederträchtigen und verabscheuungswürdigen Hure, mehr Aufmerksamkeit zukommen ließ als allen Lords in England, außer denjenigen, die als ihre Protektoren fungierten‹.«

»Hastings?«, fragte Isabel.

»Und Dorset«, erinnerte sie William Pratte.

Danach schwiegen Alice und William und gingen. Es hatte keinen Sinn, in der Nähe des Bürgermeisters zu bleiben. Sie würden im Moment nicht weiterkommen. »Ich würde die Hoffnung jedoch nicht vollkommen aufgeben«, sagte William Pratte nachdenklich. Sie schauten rasch auf. William war der Diplomat unter ihnen. Er fuhr fort: »Vermutlich erkennen sie, dass sie mit ihrem Plan – Jane und Lord Hastings zu beschuldigen, Richard mit Zaubersprüchen verhext zu haben – nichts erreichen. Es ist bereits offensichtlich, dass niemand es glauben wird. Nicht hier, wo die Menschen sie kennen. Es ist zu töricht. Also werden sie davon ablassen müssen. Doch sie werden dumm dastehen, wenn sie sie einfach so freilassen. Also werden sie sie noch eine Weile im Gefängnis festhalten müssen. Und ich vermute, sie werden sie auch noch weiterhin als Hure verunglimpfen. Es ist sehr einfach, den Menschen einzureden, dass derjenige, wer auch immer der nächste König sein wird, weniger zu einem lasterhaften Leben neigen wird als der König, den wir gerade begraben haben – damit sie gut dastehen.« Er hielt inne und sagte dann trotzig: »Gott gewähre König Edwards Seele Frieden. Der Bürgermeister wird Jane gewiss helfen wollen, wenn sich die Dinge erst beruhigt haben«, fügte er sachlich hinzu. »Ich konnte den Ausdruck in seinen Augen sehen. Ich kenne ihn. Er wird nicht bereitwillig zulassen, dass eine freie Frau in all dies hineingezogen wird.«

Isabel konnte in seinen Augen die Beharrlichkeit eines Händlers erkennen, der gezwungen war, Seite an Seite mit seinen Lords zu existieren – Männer, die vom Schwert lebten und in ihrem ehrgeizigen Streben nicht fürchteten, durch das Schwert zu sterben. Sie spürte den Groll aller Londoner, die wussten, dass ihre friedlichen Märkte und Straßen und Kirchen in Gefahr waren, wann immer jene Lords den Drang verspürten, mit ihren Reiterheeren durch die Stadttore zu marschieren – fremdartige Wesen in Rüstungen und mit Waffen, die es sich jeden Moment in den Kopf setzen konnten, gewalttätig zu werden. Als sie seine gerunzelte Stirn sah, glaubte sie daran, dass auch der Bürgermeister diese Haltung der Londoner teilte und deshalb Jane größtmögliche Sicherheit gewähren würde.

»Ich werde dennoch nach Brügge reisen müssen«, sagte William Pratte. »Besonders jetzt, wo wir Dorset loswerden wollen. Du und Jane werdet dies ohne mich durchstehen müssen. Aber mein Rat lautet: Wartet ungefähr eine Woche. Zieht meinen Anwalt hinzu. Dann geht wieder zum Bürgermeister.«

Die Angelegenheit nahm Gestalt an. Die Händlerdelegation mit dem Ziel Brügge verzögerte ihre Abreise auf den eindringlichen Rat des Bürgermeisters hin bis Sonntagnachmittag. Er wollte, dass sie noch die Predigt hörten, die am Paul's Cross außerhalb der Kathedrale gehalten werden sollte.

Es war ein stürmischer Tag unter einem bedeckten Himmel. Eine gewaltige Menschenmenge versammelte sich, murrend und besorgt. Missmutig wirkende Menschen, die darauf warteten, die Ausreden der Mächtigen für einen Umbruch zu hören, der ihnen, wie sie vermuteten, nur schaden konnte, und besorgt darüber, wie sich ihr Leben verschlechtern würde. Isabel, Alice und Anne Pratte gingen gemeinsam mit der Händlerdelegation hin, die William Pratte später nach Brügge führen würde. Wohl wissend, dass die Blicke vieler auf Isabel ruhen würden, nahm Anne Pratte es klugerweise auf sich, sich bei dem ansehnlichen jungen flämischen Verwaltungsbeamten in tristem Kittel und Hose unterzuhaken. Er hob das Gesicht beim ersten Anblick Isabels an und lächelte leicht. Sie musste sich bewusst bemühen, nicht den Kopf zu beugen und »Mylord« zu murmeln.

Sie wartete, bis die Leute so dicht beieinander um die Kanzel standen, dass wahrscheinlich niemand mehr etwas sehen konnte, zwängte sich dann neben ihn und flüsterte ihm ins Ohr: »Von Jane, für Eure Reisen«, und ließ den Geldbeutel in seine Hand gleiten. Sie konnte an Dorsets Gesicht erkennen, dass er den Beutel mit den Fingern betastete, erkannte, dass er Münzen enthielt. Er war verwundert darüber, dass Jane daran gedacht hatte, für seine Bedürfnisse zu sorgen, selbst während sie in Ludgate eingesperrt war. Seine Augen weiteten sich.

»Ich danke Euch«, flüsterte er. Und dann: »Dankt ihr in meinem Namen.«

Sie war erleichtert. Vielleicht war er doch nicht so selbstsüchtig und undankbar, wie sie dachte. Dann hörte sie erneut seine Stimme: »Oder könnt Ihr mir dabei helfen, ihr selbst zu danken?«

Sie schüttelte erschrocken den Kopf. Doch dann, in dem Gefühl, vorschnell geurteilt zu haben, nickte sie zögerlich. »Wann reist Ihr ab?«, fragte sie. Die Delegation sollte später am Tag das Schiff nach Coventry nehmen. »Wir könnten später zu ihrem Fenster gehen. Ihr könntet winken. Sie würde Euch sehen. Das würde ihr gefallen. Hättet Ihr Zeit?«

Es war keine Zeit für mehr als ein Nicken. Die Menge regte sich. Isabel konnte den Prediger kaum auf die Kanzel steigen sehen. Zunächst hörte sie die gerufenen Worte nur halbwegs, die von dort erklangen. Und dann, als das Keuchen und Murmeln rund um sie herum lauter wurden, konnte sie sie fast gar nicht mehr vernehmen.

Doch sie hörte genug.

Der Prediger sagte gerade, dass England von einem Bastard regiert würde. Der Großteil der übrigen königlichen Familie sei ebenfalls unehelich. Jahre lasterhaften Lebens hätten das königliche Blut so verdorben, dass kaum noch ein Mensch geblieben sei, der es wert wäre, die Krone von England zu tragen.

»Bastard-Sprösslinge sollen sich nicht etablieren!«, schrie er, und der Wind trug Isabel diesen Ruf zu.

Es war zu verblüffend, um es sofort zu begreifen. Wie waren sie alle so plötzlich zu Bastarden geworden? Einige Leute, die ebenso perplex waren wie sie, griffen die Parole gehorsam auf. Andere wollten sie ärgerlich zum Schweigen bringen. Sie wollten die Begründung für diese außergewöhnliche Forderung hören.

Nun erklärte die Stimme, König Edwards skandalöse geheime Hochzeit mit Königin Elizabeth Woodville sei unrechtmäßig. Der König sei noch davor insgeheim verlobt worden, mit Lady Eleanor Butler. Und diese erste Verlobung sei bindend genug gewesen, um jegliche spätere Heiraten null und nichtig zu machen. Das bedeutete, dass Königin Elizabeth Woodville niemals wirklich Königin von England gewesen sei und ihre Kinder nicht Prinzen und Prinzessinnen genannt werden dürften. Der kleine König Edward, der in den Prunkgemächern im Tower seine Krönung erwartete, wäre ebenso wenig König Edward V., wie sein Bruder es wert wäre, den Titel Prinz Richard zu tragen. Sie wären der Bastard Edward und der Bastard Richard.

»Der Bastard Edward!«, nahmen einige wenige Stimmen den Ruf auf. Jedoch nicht viele.

Die Verwunderung über das Gesagte ließ eine neue Stille entstehen, während der Prediger mit noch schockierenderen Behauptungen fortfuhr. Nicht nur der neue König sei ein Bastard, sagte er. Der alte König Edward sei auch einer gewesen. Wie auch sein Bruder, der Herzog von Clarence. Ihre Mutter, die alte Herzogin von York, sei ihrem Vater untreu gewesen, während er auf einem Feldzug in Frankreich gewesen war. Ihre ersten beiden Söhne – große, stramme, strahlende Männer – stammten nicht vom Blut des kleinen, hageren, schwarzhaarigen Herzogs mit den scharfen Zügen ab, auch wenn sie ihn Vater nannten.

»Ich kann mir schon denken, was als Nächstes kommt«, murrte Alice Clavers Stimme hinter Isabel angewidert.

Ebenso der Rest der Menge. Als der Prediger sein triumphierendes Finale in den Wind schrie – »Nur Richard, der Herzog von Gloucester, ist der rechtmäßige Sohn seines Vaters!« –, gab es kein Keuchen oder Schaudern mehr, nur das Gefühl eines enttäuschenden Abschlusses. Einige wenige Stimmen riefen: »Richard Gloucester!« und »Gott schütze König Richard!«, während die restliche Versammlung allmählich nach Hause eilte. Überall waren bedrückte Gesichter zu sehen.

Daher war Isabel überrascht, als sie zu Dorset hochschaute und ihn lächeln sah. Er korrigierte seine Miene hastig. Aber seine Augen strahlten sie mit einem verborgenen Schatten von Belustigung an und erklärten seinen Gedanken. »Ich möchte nicht in Richard Gloucesters Haut stecken, wenn seine Mutter ihn erwischt«, flüsterte er kopfschüttelnd. »Ihre Ehre zu beschmutzen. Sie ist die furchteinflößendste Frau der Christenwelt. Das ist ihr Neville-Blut. Sogar meine Tante wirkt schüchtern im Vergleich. Wer würde König sein wollen, wenn die stolze Cecily sein Blut forderte.«

Isabel stellte fest, dass ihr Dorset unwillkürlich sympathisch wurde.

»Schsch«, sagte sie tadelnd, aber sie ließ ihre Augen in sein Lachen mit einstimmen. Dann flüsterte sie: »Wo geht Ihr von Brügge aus hin?« Sie könnte es Jane später erzählen.

»In die Bretagne«, sagte er. Er hatte dies offensichtlich gut durchdacht. »Zu Henry Tudor.«

Sie sah ihn an.

Sie hatte von Henry Tudor gehört. Er war der Graf von Richmond, und gewissermaßen ein Mann aus Lancaster. Er und sein Tudor-Onkel Jasper hatten Wales vor Jahren für den verrückten alten König Henry VI. mobilisiert, während der kurzen Wiedereinsetzung des Königs aus Lancaster durch den Grafen von Warwick. Sie wusste, dass Henry Tudor der Sohn Lady Margaret Beauforts aus einer frühen Ehe war, die letzte Prinzessin Lancasters, die nun die Frau von Thomas, Lord Stanley, war, der wiederum der Zweite Obersthofmeister des alten Königs Edward gewesen war. Sie wusste alles über sie, weil sie die Art Lords waren, über die man bei Geschäften Bescheid wissen musste. Sie wusste, dass Lady Margaret Beaufort häufig an König Edwards Hof gewesen war und manchmal Königin Elizabeth Woodvilles Schleppe trug, obwohl sie als das letzte Mitglied der rivalisierenden königlichen Linie noch immer mit Misstrauen betrachtet wurde. Sie wusste, dass Lord Stanleys Sohn eine Woodville-Nichte geheiratet hatte. Aber über Henry Tudor wusste sie nur, dass er in die Bretagne entkommen war und dort lebte, nachdem Warwicks Versuch, ihn zum König zu machen, vor Jahren gescheitert war. Einige Leute sagten, er sei fast ein Gefangener des Herzogs der Bretagne gewesen. Er war ein Niemand. Warum sollte jemand seine Partei ergreifen?

Dorset lächelte ein wenig traurig über ihre Verblüffung. »Es ist niemand sonst mehr übrig«, sagte er.

Sie nickte. Wie hilflos sie alle waren. Sie standen einen langen Moment unter dem merkwürdigen Himmel, vom Wind umweht. Seine Hand lag auf ihrem Arm. Sie stellte sich für einen Moment vor, wie die Kraft, die er in sich trug, auf sie überging, nun wo das Schlimmste geschehen war und er überlebt hatte. »Gott sei mit Euch«, sagte sie. »Passt auf Euch auf.«

Dann unterbrach sie seinen gemurmelten Dank, um ihn wieder Anne Prattes Obhut zu übergeben und mit ihr zu vereinbaren, dass er zum Ludgate hinuntergehen würde, um sich kurz von Jane zu verabschieden. Für mehr war keine Zeit.

Am nächsten Nachmittag traf Isabel den Anwalt, den William Pratte geschickt hatte. Als der Mann Alices Lagerraum betrat, sich herabbeugte, um durch die Tür zu gelangen – er war größer als die meisten der Leute, die zu diesem Frauenort kamen –, bemerkte sie, dass sie ihn anstarrte. War dies nicht schon zuvor geschehen?

»Kenne ich Euch nicht?«, fragte sie plötzlich unsicher.

Er lächelte und verbeugte sich. »Natürlich«, antwortete er. »Ich habe Euren Lehrvertrag aufgesetzt.« Und bei dem heiteren Glanz in seinen haselnussbraunen Augen brachen alle Erinnerungen an ihre Jugendzeit hervor: Wie Alice Claver ihn später anfauchte, er solle sich beeilen und einen Teil des Vertrages streichen, den er aufgesetzt hatte, seine gelassene Zustimmung. Er war einer der Lynom-Jungen, der nun erwachsen war, mit mehr Muskeln, das engelsgleiche, blonde Haar, weswegen alle Mädchen geseufzt hatten, nun dunkler und weniger fein, aber mit derselben belustigten Miene, an die sie sich von früher erinnerte. Der Gedanke, dass Janes Schicksal in den Händen Robert Lynoms läge, beruhigte sie.

Er verschwendete keine Zeit mit Plaudereien. Er drückte sein Bedauern über Janes Verhaftung aus. »Ihr müsst sehr besorgt sein. Aber«, fügte er freimütig hinzu, »ich denke, es besteht durchaus eine Chance, dass wir mit der neuen Verwaltung einen Handel vereinbaren und sie aus dem Gefängnis herausbekommen können. Nach der Krönung. Ich habe mit dem Bürgermeister darüber gesprochen. Er hat deutlich gemacht, dass wir darauf hinarbeiten sollten. Und wir halten es nicht für unmöglich zu erreichen, dass alle Anklagen fallen gelassen werden. Wir haben bereits eine informelle Vereinbarung getroffen, dass der Vorwurf der Hexerei nicht verfolgt wird. Dieser Fall ist für die Behörden zu einer Peinlichkeit geworden. Sogar«, er hielt vorsichtig inne, denn niemand wusste heutzutage so recht, wie er Dickon nennen sollte, »für Seine Majestät.«

»Ihr habt mit dem Bürgermeister gesprochen?«, fragte Isabel, von seiner klaren, direkten Ausdrucksweise beeindruckt. Ihm zuzuhören fühlte sich so an, als würde man Sonnenlicht durch Wolken brechen sehen. »So rasch?«

Er lächelte. »Es hat keinen Sinn, Zeit zu verschwenden«, antwortete er, »wenn wir wissen, was wir wollen.«

Der Machtwechsel war nun unausweichlich. Jedermann tat, was zu tun war.

Am Montag prangerte der Herzog von Buckingham König Edwards Moral beim Gildehaus an und behauptete, er habe England jahrelang durch Unterdrückung und Willkür regiert.

Auch Mitglieder eines Parlaments, das ein weiteres Jahr nicht zusammentreffen würde, versammelten sich, um eine Petition zu verfassen. Die Petition wiederholte die Rede des Herzogs von Buckingham. Die Parlamentarier prangerten den toten König als einen Satyr an, durch dessen Sittenlosigkeit jede ehrbare Frau und Jungfrau vergewaltigt und geschändet worden sei. Es hieß, die Hochzeit Edwards IV. mit Elizabeth Woodville sei geheim und gesetzwidrig gewesen – und obendrein durch Zauberkraft bewerkstelligt. Es hieß, alle aus dieser Ehe geborenen Kinder seien Bastarde. Genau wie der Herzog baten sie Richard von Gloucester, den Thron einzunehmen.

Am Dienstag bildeten der Herzog von Buckingham, Lord Howard, der Bürgermeister und die Ratsherren eine Abordnung und suchten den Herzog von Gloucester auf, um ihn zu bitten, den Thron zu besteigen.

Am Mittwoch wurde Richard von Gloucester zum König proklamiert. Isabel war nicht am Paul's Cross, als die Proklamation verlesen wurde, aber Anne Pratte gab jede Einzelheit weiter. Die Krönung war für den 6. Juli angesetzt.

Ein Junge kam zum Stand unter den Arkaden, wo Anne gerade ihre Geschichte erzählte. Er murmelte Isabel etwas zu und ging.

»Was war das?«, fragte Anne Pratte.

»Oh, nichts«, erwiderte Isabel. Sie merkte, dass sie unfreundlich wirkte. »Nur eine Lieferung von Brennholz zum Seidenhaus. Ich kann nicht hin.«

»Nun, du wirst dich bald wieder auf den Weg nach Westminster machen müssen. Ich kann mir nicht vorstellen, dass Königin Elizabeth Woodville dies nicht übersteht und nicht wieder an den Hof geht. Sie ist zumindest ehrgeizig genug, um es zu versuchen. Und du willst die Prinzessin nicht verlieren«, drängte Anne Pratte.

»Der Bastard Elizabeth«, sagte Isabel tonlos. Sie schüttelte den Kopf. Dann, als sie den tadelnden Blick der Seidenfrau sah: »In Ordnung. Morgen.«

»Du hast mich angelogen«, sagte sie gepresst und wich schaudernd an die verriegelte Tür zurück. Sie stieß Dickon fort. Sie war sich jedoch auch unbehaglich der Tatsache bewusst, dass sie sich von ihm die einfache Treppe hinauftragen und küssen lassen würde, sobald sie innerhalb der Tür gelangt wären. Sie würde Dickon niemals wiedersehen. Sie wusste das, bevor sie kam, und bemühte sich jetzt, daran zu klammern. Aber sie hatte auch spüren wollen, wie er sie berührte, nur einen Moment, nur noch ein Mal.

Er lachte. Trat einige Schritte zurück und setzte sich aufs Bett. Klopfte auf den Platz neben sich, eine Verzögerungstaktik. Als sie sich nicht auf ihn zubewegte, hob er in gespielter Unschuld die Arme. »Ich habe nicht gelogen«, sagte er sehr entschieden. Doch sie erkannte, dass er sich unbehaglich fühlte.

Sie wollte sich nicht von spitzfindigen Argumenten vereinnahmen lassen. Ihre Augen bohrten sich in seine. »Du hättest es mir sagen sollen.«

»Was sagen sollen?«, wich er aus. Ein halbes Lächeln lag um seine Lippen. Sie konnte nicht erkennen, ob es Besorgnis, Gleichgültigkeit oder sogar Triumph zeigte, aber was auch immer es war, genügte es, um sie die Fassung verlieren zu lassen. Sie hatte sehr wohl das Blut ihres Vaters in sich.

Die Hände in die Hüften gestemmt, zischte sie plötzlich, als verfluche sie ihn: »Dass du aus diesem Bett aufgestanden bist, um meine Schwester zu verhaften, ihren Geliebten zu töten, Mylord Dorset zur Strecke zu bringen und Prinz Richard seiner Mutter wegzunehmen, um ihn Gott weiß wohin zu bringen. Was denkst du dir dabei?«

Zu ihrem Entsetzen spürte Isabel, wie ihre Stimme brach. »Sie ist meine Schwester, Dickon«, murmelte sie und senkte hastig den Blick, um die heißen Tränen zu verbergen, die ihr in die Augen traten.

Es entstand eine bedrückende Stille.

Als sie es schließlich wagte, durch brennende, nasse, zornige Augen aufzublicken, sah sie furchtsam, dass auch er zornig war. Er stand nun aufrecht, wie sie. Erwiderte ihren Blick. Sein Kinn war vorgereckt.

»Reiß dich zusammen«, sagte er kalt. »Es geht hier nicht um deine Schwester, um Gottes willen.«

Er atmete ein. Sie spürte, wie er sich bewusst entspannte.

»Dies ist eine Staatsangelegenheit«, begann er in sanfterem Tonfall. »Wir müssen uns alle fügen …«

Aber sie konnte nicht zuhören. Sie unterbrach ihn mit zorniger Leidenschaft: »Es geht *sehr wohl* um meine Schwester! Wie kannst du behaupten, dass dem nicht so sei? Du hast sie ins Ludgate-Gefängnis gesperrt! Ich war dort, ich habe sie gesehen!«

»Was kümmert es dich?«, fauchte er zurück. »Du hast sie immer gehasst. Bist du plötzlich ihre Beschützerin?«

Sie verfiel in Schweigen, presste die Finger aneinander. Sie wusste nicht, was sie sagen sollte.

Seine letzten Worte ignorierend, beschwor sie den letzten Rest rechtschaffenen Zorns herauf, den sie noch besaß. »Du nennst sie eine Hure und deinen Bruder einen Frauenheld – aber du bist hier, triffst mich. Bin ich dann nicht auch eine Hure? Und bist du nicht auch ein Frauenheld – und obendrein ein Heuchler?«

»Schau«, sagte er ruhig, »Isabel. Fangen wir noch mal an.«

Sie schaute unwillig auf. »Ich bin kein Heuchler«, sagte er mit spröder Ruhe, ihren Blick mit seinem festhaltend. »Wenn du mein Hiersein mit dir in diesem Raum ansprichst, so warst du es, die stets sagte, dass das, was in diesem Raum geschieht, vom alltäglichen Leben getrennt sei. Du kannst die Regeln jetzt nicht ändern, nur weil dir der Sinn danach steht.«

Das traf sie. Er hatte recht, zumindest mit Letzterem. »Und wenn du das …«, er sah sie gleichermaßen streitbar wie wachsam an, während er nach dem richtigen Wort suchte, »draußen ansprichst, das, was draußen geschehen ist, dann hör um Gottes willen auf, dich wie eine Närrin zu verhalten. Das passt nicht zu dir.«

Er erhob sich, mit der vagen Drohung, die zu jeder seiner Bewegungen gehörte. »Dies ist einfach die Realität, Isabel«, sagte er. »Man muss für seine Verwandten alles tun, was einem möglich ist. Das habe ich schon immer gesagt, schon immer getan. Du kennst mich lange genug, um das zu wissen.«

»Aber du …«, stammelte sie, nun so aus dem Konzept gebracht, dass sie kein Wort hervorbrachte.

Er fuhr fort. »Du hast es auch getan, deine Verwandten beschützt. Um Jane Shores willen Verräter versteckt.« Sie wurde still. »Glaube nicht, dass ich nicht auch Gerüchte aus der Stadt höre«, sagte er, ein Seitenhieb, und nickte angesichts ihres Erschreckens mit frostigem Lächeln. Dann fuhr er fort: »Also solltest du verstehen. Ich tue nur, was ich tun muss, um meine Dynastie zu sichern.«

Sie stammelte etwas, aber selbst sie wusste nicht was. Er ignorierte es, sah sie weiterhin unverwandt an. Er sprach nun überzeugender, ließ sie seinem Argument folgen.

»Du musst begreifen, wie wichtig das ist. Diese Kinder sind unehelich. Daran besteht kein Zweifel. Der Bischof von Bath und Wells sagt das, und er war der Priester, vor dem Edward versprach, Eleanor Butler zu heiraten. Er hat jahrelang stillgehalten – vielleicht aufgrund der Summen, die Edward ihm zahlte, wer weiß? –, aber jetzt sind sowohl Edward als auch das heimliche Geld fort, und sein Gewissen hat ihn schließlich zum Reden veranlasst. Ich kann nichts anderes tun, als mich um die Konsequenzen zu kümmern. Gott weiß, dass ich nicht darum gebeten habe.«

Sie tat einen Schritt in den Raum hinein. Noch immer misstrauisch, aber zumindest bereit, ihm zuzuhören.

»Man kann kein uneheliches Kind auf den Thron von England bringen. Das wäre in den Augen Gottes Blasphemie und in den Augen der Menschen ein Verbrechen«, fuhr er fort, sie näher an sich ziehend, sichtlich zuversichtlicher, als sie weiterhin zuhörte. »Es ist schlimm genug, ein Kind als König zu haben, während jeder große Lord im Land es beobachtet und sich fragt, ob sein eigenes Blut nicht blauer und sein eigenes Heer nicht größer sei und ob es nicht ratsam sein könnte, die Macht zu ergreifen. Aber wenn erst bekannt würde, dass das Kind ein Bastard ist, wäre es Anarchie. Es entstünde erneut ein Bürgerkrieg, bevor man auch nur blinzeln könnte. Männer aus Lancaster würden sich vom Kontinent zurückstehlen, Feinde von überall hereinschleichen. Und wurde nicht bereits genug englisches Blut vergossen, in all den Kriegen, die niemand wollte? Um meines Landes willen ... um meiner Familienehre willen ... Ich hatte keine andere Wahl.«

Isabel wollte sich überzeugen lassen. Aber dies genügte nicht.

Sie sagte tonlos: »Aber du hast auch deinen Bruder einen Bastard genannt. Du hast *sein* Andenken besudelt. Das war nicht nötig.«

Er erwiderte ebenso tonlos: »Doch. Es ist wahr.«

Sie wirkte so skeptisch, wie sie es nur wagte.

Aber er fuhr mit derselben tonlosen, alltäglichen Stimme fort: »Wir haben es innerhalb der Familie schon immer gewusst. Mein Vater hat ein Jahr lang in Frankreich gekämpft, bevor Edward geboren wurde.«

Sie schmähte ihn noch immer mit ihrem harten Blick, aber es schien ihn nicht zu kümmern.

»Rechne es aus«, fügte er barsch hinzu. »Eine Schwangerschaft dauert nur neun Monate.«

In dem unbehaglichen Schweigen, das folgte, dachte Isabel: Er erscheint so sicher.

Sie fragte ihn nicht einmal, warum er Edward niemals beschuldigt hatte, ein Bastard zu sein, solange er noch lebte. Warum hätte er es damals tun sollen, da Edward der König war, und noch dazu der beste, zuverlässigste König seit Menschengedenken. Und da Edward seinem Bruder bereitwillig den gesamten Norden Englands übertragen hatte. Wenn er jetzt die Wahrheit sagte, hätte die Lüge in der Vergangenheit stattgefunden. Aber sie konnte verstehen, warum er bis jetzt geschwiegen hatte. »Als ich erst anfing, die Wahrheit zu äußern, gab es keinen Grund, nicht auch alle Wahrheiten auszusprechen«, fuhr Dickon fort, als stimme er mit ihrer unausgesprochenen Beurteilung überein. »Es klärt die Dinge.«

Dann seufzte er, und schaudernde Trostlosigkeit streifte sein Gesicht wie der Nordwind.

»Aber ich wusste, dass Hastings die Wahrheit über Edward niemals akzeptieren würde«, fügte er hinzu. »Er hatte sein Leben in dessen Dienst verbracht. Ich wusste, dass er sich gegen mich stellen würde, um Edwards Jungen die Krone zu sichern.« Nun wirkte er noch trostloser. »Also tat ich, was ich tun musste ... Er war mein Freund, aber ich hatte keine andere Wahl ...«

Der Abstand zwischen ihnen hatte sich verringert. War sie weiterhin auf ihn zugegangen? Er trat einen letzten Schritt vorwärts und stand nun vor ihr, den Kopf gebeugt, den Blick auf ihren gerichtet. Sie konnte seinen Atem auf ihrer Wange spüren. Sie wollte nach Rivers fragen oder nach Grey. Die Leute sagten, er hätte diese Woche auch die Woodville-Onkel der Prinzessinnen hinrichten lassen. Aber aus einem unbestimmten Grund tat sie es nicht.

»Ich möchte, dass du verstehst«, sagte er sehr sanft. »Ich füge den Unschuldigen keinen Schaden zu. Du kennst mich. Du weißt das. Die Jungen sind sicher, meine Neffen. Wie auch deine Schwester, wenn es soweit ist.« Sie hielt den Atem an. »Ich würde niemals eine Frau verletzen. Ihr wird nichts geschehen, das verspreche ich dir.«

»Aber du hast sie der Hexerei bezichtigt«, murmelte sie schwach, während sie gegen das Verlangen anzukämpfen versuchte, sich in seine Arme zu werfen. »Jane. Sie könnte dafür verbrannt werden. Und du kannst doch nicht meinen, dass es wahr ist.«

Er schüttelte den Kopf. »Es ist nur das, was die Menge hören musste, um zu wissen, dass es ernst ist. Sie wird nicht als Hexe verurteilt werden«, flüsterte er. »Vertrau mir.« Aber sein Blick schweifte ab. Und als sei er sich bewusst, dass er Schwäche zeigte, indem er eine Lüge zugab, fügte er gereizt hinzu: »Schau, es ist dasselbe, was du getan hast, als du deinem Vater seine Lehrlinge abspenstig gemacht hast – du zeigtest damit, dass du es ernst meintest. Sei nicht so zimperlich. Du weißt genau, warum ich es getan habe.«

Isabel wollte sich nicht so weit ablenken lassen, über seinen

Vorwurf genau nachzudenken. Es stimmte, sie hatte ein Triumphgefühl darob empfunden, überlegen zu sein, wie sie sich auch schuldig gefühlt hatte, nachdem sie Lamberts Angestellte abgeworben hatte und ihren Vater London bestürzt und geschlagen verlassen sah. Vielleicht strebte Dickon dieselbe Wirkung an, als er Jane als Hexerin denunzieren ließ. Vielleicht fühlte er sich auch schuldig.

Sie sah ihn beschwörend an und sagte: »Aber warum Jane? Warum sie überhaupt in all dies hineinziehen? Du sagtest es selbst. Sie hat nichts damit zu tun. Es geht nicht um sie.«

Er zuckte die Achseln. Sie dachte, er wäre vielleicht überrascht darüber, dass sie wieder auf Jane zu sprechen kam.

Seine Stimme wurde unbeschwerter. Sie wollte nicht darüber nachdenken warum. Er sagte: »Weil die Menschen eine klare Vorstellung davon brauchen, wer sie regiert. Sie wissen, dass Edward ein Frauenheld war. Nun können sie erkennen, dass das etwas Schlechtes war. Jane Shore hinter Gittern ist ein Bild, das jedermann versteht. Es zeigt ihnen: Von jetzt an leben wir nach den Regeln.«

Seine Stimme klang noch immer ruhig, aber entschlossen. »Nach meinen Regeln«, sagte er. Sie blinzelte.

»Die Menschen komplizieren die Dinge gern, aber ich bin ein sehr schlichter Mensch«, sagte er, und er sah sie so aufrichtig an wie je. »Dies ist einfach das, was man tun muss, um sicherzustellen, dass die Dinge, die geschehen müssen, auch geschehen. Nicht immer schön, aber notwendig. Man kann nicht gleichzeitig ein König und ein Ritter aus den Heldensagen sein.«

Sein Gesicht ragte nur Zentimeter über ihrem auf. Seine Hand streifte ihre Schulter. Sie konnte nicht in einer Welt leben, in der seine Hand niemals wieder ihre Schulter berühren würde. Ihr Körper schien zu ihm hingezogen zu werden. Ihr Verstand konnte nichts dagegen tun.

Sie spürte, wie ihr Körper zu ihm strebte. Hielt ihn in Schach. Er murmelte: »Niemand will einen weiteren Krieg. Ich musste die Parteien aufhalten … die Verschwörungen. Ich will der König eines friedlichen Landes sein.«

Seine Miene wirkte entsetzlich ernst. Er sah ihr intensiv in die Augen. Sie konnte erkennen, wie wichtig es für ihn war, dass sie ihm glaubte. Und ein Teil von ihr war unfreiwillig dankbar dafür, dass er so sehr ihre Zustimmung begehrte. Aber sie war inzwischen so von widerstreitenden Sehnsüchten erfüllt – wobei der Drang zu schreien und zu schlagen erneut dem Verlangen wich, sich in seine Arme zu stürzen und völlig ohne Worte zu handeln –, dass der einzige seiner Sätze, an den sie sich erinnern konnte, war: »Ich möchte König sein.«

»Vertrau mir«, flüsterte er.

Das tat sie nicht. Wie vertraut sein Gesicht auch war – und auch ihre Empfindungen –, erkannte sie doch, dass sie in die Augen eines Menschen blickte, der ein Fremder geworden war. Aber das hinderte sie nicht daran, ihn zu begehren.

Sie standen einander sehr nahe, die Arme an den Seiten, ohne sich zu berühren.

Als sie sich weiterhin nicht regte, murmelte er, und sie glaubte, einen flehenden Unterton zu bemerken: »Du weißt, dass ich die einzige Sicherheit bin, auf die dieses Land hoffen kann. Und ich habe mein Bestes getan, den Frieden zu erhalten. Das musst du begreifen, aus deiner eigenen Perspektive. Denk darüber nach. Dein Goffredo kommt zurück. Du weißt, dass dein Weberwagnis sicher ist, wenn ich den Thron innehabe. Jeder andere Unternehmer in London wird dieselbe Rechnung aufstellen.« Er sah sie strahlend an, eine Herausforderung. »Ohne mich, wer weiß?«

Wenn Goffredo kommt, dachte Isabel hoffnungslos. Seit all dies begann, hatte sie nichts mehr von dem Venezianer gehört. Was Dickon jetzt sagte, war nur allzu wahr. Aber es klang immer noch nach einem Handel mit dem Teufel – nach einer Bestechung. Akzeptiere mich, oder geh unter.

Dennoch könnte auch sie einen Handel eingehen, dachte sie um ihren Seelenfrieden wiederzugewinnen. Sie trat, allerdings sanft, zurück und sagte: »In Ordnung, aber lass Jane frei.« Jede Faser ihres Seins wollte bleiben. Sie war erstaunt über die eiserne Willenskraft, die sie fortzog. »Sie hat den Zweck erfüllt, den du bewirken wolltest, oder?«

Überraschung zeichnete sich auf seinem Gesicht ab, aber auch widerwillige Bewunderung. Er nickte – eine kaum merkliche Bewegung. Das leichte Lächeln kehrte auf seine Lippen zurück. Sie blieb im Eingang stehen. »Ich werde nächste Woche zur gleichen Zeit wieder hierherkommen«, fügte sie ruhiger hinzu, als sie sich fühlte. »Aber nur, wenn Jane frei ist.«

Isabel wollte Will Caxton heute nicht im Red Pale aufsuchen. Sie wagte es nicht, ihm in die Augen zu sehen, nachdem sie ihm erzählt hatte, dass sie Dickons Geliebte war. Er wäre vor Sorge außer sich, weil Dickon Jane eingesperrt hatte. Er könnte sogar, was unerträglich wäre, von ihr das Eingeständnis verlangen, dass ihre Urteilskraft durch Liebe getrübt werde, was insgeheim auch richtig war. Also hielt sie sich fern.

Dennoch glaubte sie, ihre Gefühle besser unter Kontrolle zu haben, als sie zum Haus des Abtes ging. Zu fordern, dass Jane freigelassen würde, gab ihr zumindest eine schwache Hoffnung, an die sie sich klammern konnte. Wenn an Dickons Litanei der Selbstrechtfertigung und Vorwände etwas Wahres wäre, würde er Jane aus dem Gefängnis frei lassen. Das wäre schon etwas.

Aber ihre Hoffnung genügte nicht, um sich den fünf Augenpaaren im Gemach der Prinzessinnen zu stellen.

Sie konnte sofort erkennen, dass sie mehr wussten als bisher, und das ängstigte sie. Vielleicht hatten sie herausgefunden, dass ihre Woodville-Onkel, Graf Rivers und Sir Thomas Grey, tot waren. Vielleicht hatten sie gehört, dass Lord Hastings' Dienstboten versucht hatten, die Prinzen Edward und Richard im Tower zu besuchen, aber abgewiesen worden waren.

Sie brauchte auch nicht lange, um zu begreifen, wie sie allmählich all das herausgefunden hatten. Elizabeth stellte dieses Mal die Fragen, nicht die kleinen Mädchen mit ihren lispelnden Stimmen und ihren verängstigten, rot geränderten Augen. Elizabeth machte es nun nichts mehr aus, um Informationen zu bitten. Sie hatte in ihrer gefährlichen Position erkannt, dass sie alles wissen musste – einfach um zu überleben. Sie hatte angefangen, jeden

Dienstboten und vorbeikommenden Priester zu fragen, was vor sich ginge. Prinzessin Elizabeth war in der vergangenen Woche dünner geworden. Sie war auch sehr blass, aber das passte zu ihr. Ihre Wangenknochen ähnelten immer mehr denen ihrer Mutter. Und sie entlockte Isabel heute Morgen mit dem Geschick einer Marktfrau Gerüchte.

»Sie haben die Brüder meiner Mutter *tatsächlich* getötet«, sagte sie ruhig, während sie Isabel hereinzog und zu einer Bank führte. Von dem Krönungsgewand war nichts zu sehen. Es musste irgendwo in einer Kiste weggeschlossen sein. »Der Beichtvater meiner Mutter hat es uns erzählt.«

Isabel nickte. Sie bekreuzigte sich. »Gott gewähre ihren Seelen Frieden«, sagte sie vorsichtig, ohne in diesen wirren Zeiten zu wissen, was Verrat bedeutete. »Ich habe es auch gehört. Es tut mir leid, dass Ihr bekümmert seid.«

Die Prinzessin hielt inne und fragte sie sanft: »Vielleicht wisst Ihr es – gibt es in London irgendeine Nachricht von *unseren* Brüdern?«

Isabel schaute zum Fenstersims hinauf, wo das staubige Würfelspiel des kleinen Richard noch immer auf seine Rückkehr wartete. Isabel wollte Prinzessin Elizabeth nicht anschwindeln. Sie und ihre Schwestern mussten befürchten, dass auch sie abgeholt würden. Es war nur natürlich, dass die Prinzessinnen alles herauszufinden versuchten, um ihre Gegenwehr entsprechend zu planen. Also erzählte Isabel ihnen zögernd, dass die Prinzen in den letzten Tagen beim Spiel außerhalb der königlichen Räume im Tower gesehen wurden und dass Lord Hastings' Männer abgewiesen wurden, als sie ihnen einen Besuch abstatten wollten. Es gab Gerüchte, dass sie befreit werden sollten. Sie schwieg jedoch über weitere Gerüchte, welche die Runde machten: dass die Jungen bereits ermordet worden wären.

»Es tut mir leid, dass ich keine besseren Nachrichten habe«, endete sie, an die still gebeugten Köpfe der Mädchen gewandt. »Sie sind wahrscheinlich einfach in eine andere Unterkunft gebracht worden.«

Sie erkannte, dass dies eine falsche Hoffnung war. Doch die

jüngeren Mädchen nickten ernst, als wollten sie es wirklich glauben. Und selbst Elizabeth wirkte, als wäre sie Isabel für ihre Bemühung dankbar.

Es ging Isabel ans Herz. Es musste etwas geben, was sie sagen konnte, was wirklich eine gute Neuigkeit für sie. Dann kam ihr eine Idee. »Ich habe gehört«, hörte sie sich sagen, »dass Euer Onkel Dorset in Sicherheit gelangt sei.«

Sie dachte, noch während sie sprach: Warum tue ich das? Ich täte besser daran, den Mund zu halten. Doch: wenn Dickon beim Belauschen der Stadtgespräche gehört hat, dass Dorset auf den Kontinent geflüchtet sei, warum sollte ich es dann nicht wissen? »Auf den Kontinent«, fügte sie hinzu. »Niemand weiß wie.«

Fünf Augenpaare, voll brennender Hoffnung, baten um mehr. »Ich weiß natürlich nicht, ob es stimmt«, fuhr sie fort. »Es ist nur das, was auf den Märkten behauptet wird. Aber es heißt, er sei in die Bretagne gegangen. Zu Henry Tudor.«

Sie saßen ganz still, wagten kaum zu atmen, während sie überall dies nachdachten. Isabel sah kurzzeitig ein zufriedenes Glitzern in Prinzessin Elizabeths Augen – dieselbe Zufriedenheit, die sie selbst empfunden hätte, wenn sie wertvolles Straßenwissen aufgeschnappt hätte, das bald von Wert sein könnte.

Sie saß auf dem Boot, erinnerte sich schmerzlich des stillen Raumes, den sie verlassen hatte, und wiederholte in Gedanken: Wenn Dickon Jane freilässt, wird das beweisen, dass er die Wahrheit gesagt hat. Und wenn er diesbezüglich die Wahrheit gesagt hat, warum sollte ich dann alles andere anzweifeln? Wenn Dickon Jane freilässt, kann ich nächste Woche zurückgehen.

Hoffnung war so grausam. Sie rief ihr wieder Trugbilder unschuldiger Momente mit Dickon in Erinnerung, Geschichten, die sie halbwegs kannte, durch ihn, deren Ende noch ausstand.

Sie waren erst vor wenigen Wochen gemeinsam draußen auf einem Boot gewesen und hatten sich gefragt, ob Dickon nach Frankreich gehen müsste, um Edwards Krieg auszufechten. Jene Geschichte war für immer vorbei, dachte sie, und Erleichterung mischte sich in ihre quälende Nostalgie. Es würde nun eine Weile keinen französischen Krieg geben. Gott sei Dank. Sie ließ ihre Gedanken schweifen. Da war auch die Geschichte mit dem sterbenden Neffen gewesen. Was war mit ihm geschehen? In jenem anderen Leben vor nur ein paar Wochen hatte Dickon Ärzte bestallt, die nach Norden ziehen und den kleinen George Neville behandeln sollten. Er hatte sich solche Sorgen um die Gesundheit des Jungen gemacht. Wenn George Neville stürbe, wäre Dickons Grundbesitz gefährdet. Sein Sohn würde nicht erben. Er hatte den König um Hilfe bitten wollen.

Was war danach geschehen? War der Junge gestorben? Vielleicht. Wie besorgt Dickon gewesen sein mochte, als auch König Edward starb, genau zur gleichen Zeit, dachte Isabel mit plötzlichem Mitgefühl – was wenn der Tod des Königs genau in dem Moment eingetreten wäre, als Dickon die Hilfe seines Bruders am nötigsten brauchte, um seine Ländereien zusammenzuhalten? Er musste dieselbe panische Angst empfunden haben wie sie wegen ihres Seidenweber-Hauses. Er war weit weg gewesen und nur der Onkel des zukünftigen Königs, den er kaum kannte. Und der Junge schien in Händen seiner übrigen Onkel, den Woodvilles, die er liebte, so sicher zu sein, und sie hassten Dickon ... Dickon konnte nicht darauf vertraut haben, dass der Kind-König Edward ihm geholfen hätte.

Sie zügelte sich. Warum sorgte sie sich darum? Der wahrscheinlichste Ausgang war der, dass sich das Neville-Kind schon vor Wochen erholt hatte. Dickon verschwendete wahrscheinlich keinen Gedanken mehr an diese Krankheit. Wenn der Junge genesen war, hätte sich Dickon bestimmt nicht weiter darüber geängstigt, wie er seine Ländereien zusammenhalten sollte, als König Edward starb. Sie schwelgte schlicht in einer Phantasie, sie und Dickon befänden sich in derselben verletzlichen Position, zwischen Königen. Sie sollte mit dem Tagträumen aufhören.

Streng sagte sie sich: Es ist nur eine weitere Geschichte, die nicht mehr wichtig ist. Dickon ist jetzt König. Was kümmern ihn die Ländereien des Herzogs von Gloucester im Norden? Um seinem Sohn ein paar gottverlassene Moore zu hinterlassen? Sein Sohn wird etwas Besseres erben: eine Krone.

Sie richtete sich im Boot auf. Sie bemühte sich, nicht wieder an Dickon in einem solchen Boot zu denken – wie er sie unter dem Umhang ausgezogen und gelacht hatte.

Sie rief sich zur Ordnung. Das durfte sie nicht, noch nicht. Alles war noch zu unsicher. Er würde Jane freilassen müssen, bevor sie auch nur wagen könnte zu hoffen.

Isabel konnte sich nicht vorstellen, was der Aufruhr bedeutete, den sie vernahm, als sie das Claver-Haus in der Catte Street betrat. Die Stimmen klangen zu tief für die Seidenfrauen, die Schritte zu kräftig.

Erst als sie in die große Halle kam, sah sie es. Ein Dutzend Fremde drängten sich darin, sahen sich neugierig zu Alice und Anne und den Wandbehängen um und bedienten sich hungrig von den Platten, die der Küchenjunge eilig herumreichte. Da waren sowohl Männer als auch Frauen, alle mit schwarzen Locken und glänzenden Augen, alle unbeschreiblich schmutzig. Isabel konnte kein Wort von dem verstehen, was sie sagten.

Überall standen Kisten und Taschen herum.

Erst als sie die Schale mit Granatäpfeln sah, durchfuhr sie eine Idee. Sie sah sich um. Sein Haar war ergrauter als zuvor, doch seine dunkelbraunen Augen, mit den langen Wimpern versehen, ruhten mit der gleichen verspielten Zuneigung auf ihr, an die sie sich erinnerte. Er öffnete gerade schwungvoll seinen Umhang. »Was bin ich für ein Narr, an einem Freitag einzutreffen. Kein Fleisch!«, sagte er auf seine heiter-großspurige Art. Seine Herzlichkeit war ansteckend. Sie warf sich vor allen in seine Arme, lächelte Alice über seine Schulter hinweg keck zu und rief: »Goffredo!«

Wenn Goffredos Rückkehr schon ein gutes Omen war, so sollte noch Besseres kommen. Jane wurde am Sonntagabend freigelassen, doch zunächst musste sie ihre Sünden bereuen. Sie zwangen sie, mit einer angezündeten Wachskerze barfuß durch die Stadt zu laufen. Und sie durfte nur ein Hemd tragen.

Eigentlich versammelte sich eine solche Menschenmenge, um

sie vorübergehen zu sehen, sie zu verhöhnen und anzurempeln, um ihren Rock hochzuziehen und unter ihr Hemd zu spähen und sie mit faulem Obst, Hundekot und Pflastersteinen zu bewerfen. Sie wollten den Anblick genießen, wie ihr zartes, weißes Hemd und ihre Haut schmutzig wurden, wie die Hure zusammenzuckte und vor Schmerz aufschrie. Aber nichts dergleichen geschah.

Stattdessen verfiel das Publikum in Schweigen und betrachtete ihre Schönheit. Sie gehörte zu ihnen, eine Londonerin. Einige beteten sogar mit ihr.

Vielleicht hatten sie bei den Hinrichtungen am Vortag, als vier einfache Londoner Bürger auf dem Tower Hill enthauptet wurden, genug Blut gesehen. Alles, was William Davy, Robert Russe, John Smith und Stephen Ireland tatsächlich verbrochen zu haben schienen, war, in verschiedenen Teilen Londons Feuer gelegt zu haben. Das Urteil sagte, das wäre nur der erste Schritt ihres Plans gewesen. Während die Garnison ausrückte, um die Feuer zu löschen, hieß es, wären die Männer in den Tower geschlichen und hätten die Prinzen ergriffen, um sie zu befreien. Niemand wusste es genau. Aber niemand glaubte wirklich an solch einen ungeschickten Plan. Niemand konnte aus dem Tower entkommen, besonders nicht vier betrunkene Tavernen-Rüpel.

Andererseits war Bischof Morton, den man verhaftet hatte, als Hastings getötet wurde, einem anderen Gerücht in den Tavernen zufolge gerade ein zweites Mal aus dem Tower entwischt, so dick, klein und rotgesichtig er auch war. Also war es vielleicht doch möglich. Vielleicht wurde jegliche kleine Abtrünnigkeit möglich – sogar die Augen vor einem Gefangenen zu verschließen, der aus der stärksten Festung der Welt hinaustapst –, wenn man nicht an seinen König glaubte.

Janes Gefängniswärter in Ludgate waren gewiss nur allzu froh, als Isabel, Alice Claver und Anne Pratte, von einer insgeheim triumphierenden Menge von Seidenfrauen flankiert, ihre Gefangene abholten. Es war unmittelbar nach Einbruch der Nacht. Jane wartete auf sie, in einem unscheinbaren, taubengrauen Gewand über dem Hemd, in dem sie durch London gelaufen war. Es war immer noch so schneeweiß, wie sie es am Vortag gebracht hatten. Sie betete gerade, als sie sie abholten. Sie hatte in ihrer Zeit in Ludgate häufiger gebetet, als sie es jemals zuvor getan hatte. Jane wirkte ruhig, als sie sich schließlich erhob. Sie schenkte den drei Männern im Torhaus all das Zuckerwerk, das ihr gebracht wurde, teilte es gleichmäßig auf. Sie schüttelte jedem die Hand und dankte ihnen für ihre Geduld mit den Besuchern, mit einer müderen Stimme als gewöhnlich, aber mit liebevollen Blicken.

Isabel gab dem Haupttorwächter einen kleinen Beutel mit Münzen, als sie gingen. »Ein Dankeschön an Euch alle für Eure Freundlichkeit«, murmelte sie. Und es berührte sie zu sehen, wie seine wässrigen Augen feucht wurden.

Er sagte schroff: »Ich bin froh, dass sie freikommt. Es war nicht richtig. Aber es wird ohne sie einsam sein. Wir hatten uns an die Menschenmengen gewöhnt.« Er räusperte sich immer noch verlegen und schnäuzte sich, als die Prozession der Frauen aufbrach.

Isabel dachte, John Lambert hätte zur Freilassung seiner Tochter nach London kommen sollen. Sie bemerkte voller Verachtung, dass ihr Vater, obwohl er Jane im Ludgate-Gefängnis geschrieben hatte, die Briefe mit Bedacht lieber in die Catte Street anstatt ins Gefängnis schickte. Er war nicht der Mensch, der in der Öffentlichkeit zu eng mit einem Feind des Königs in Verbindung gebracht werden wollte. Isabel schlug sogar vor, dass Jane ihn bitten sollte zu kommen, um seine Unterstützung zu zeigen. Doch Jane hatte nur versöhnlich gelacht, wann immer sich Isabel über die Feigheit ihres Vaters beklagte: »Aber er hat recht, Isabel. Er muss vorsichtig sein.«

Jetzt lachte Jane nicht. Sie blickte geradeaus, sah niemanden an. »Ich möchte so gerne nach Hause«, sagte sie. »Fort von den gaffenden Menschen.«

»Wir bleiben heute Nacht in der Catte Street«, erinnerte Isabel sie sanft. Vielleicht verstand Jane nicht, dass ihr eigenes Haus verriegelt, geplündert und konfisziert worden war?

Jane hielt inne, als denke sie nach. Dann nickte sie. »In die Catte Street«, erklärte sie sich mit leerem Blick einverstanden.

Sie brachten sie in Isabels Raum zu Bett. Sie war nachgiebig, ergeben und unnahbar. Sie sagte nichts, außer einem leisen »Gute Nacht« zu Alice und Anne. Aber als Isabel, die als Letzte ging, gerade die Bettvorhänge zuziehen und mit ihrer Kerze davongehen wollte, bat Jane: »Bleib eine Weile bei mir.« Isabel, die froh war, endlich ein Aufflackern von Leben in den Augen ihrer Schwester zu sehen, und die sie an diesem fremden Ort nicht mit ihren verstörenden Erinnerungen allein lassen wollte, stellte ihre Kerze ab, setzte sich auf die Decken und nahm Janes Hände.

»Sie sind noch nicht fertig mit mir, oder?«, fragte Jane schwach. »Sie sagten mir ... *dort* ... es hieße, dass ich wieder verhört werden sollte. Vom Anwalt des Königs.«

Sie klammerte sich an Isabels Hände, und es war Angst in ihren Augen erkennbar.

Isabel gefiel nicht, welche Empfindungen die Augen ihrer Schwester in ihr hervorriefen.

Sie wollte Jane ihre Neuigkeit erst erzählen, nachdem sie geschlafen hatte, doch vielleicht wäre jetzt der richtige Zeitpunkt, um sie zu beruhigen. Dies war das Beste, was Robert Lynom bisher getan hatte. »Ja, aber«, sagte sie munter, »rate mal, wer der neue Anwalt des Königs ist.«

Jane schüttelte den Kopf. »Ich weiß es nicht«, flüsterte sie, und Isabel fühlte sich noch schuldiger, weil sie versuchte, Ratespiele mit ihr zu spielen.

»Thomas Lynom«, erwiderte sie sanft. »Roberts Zwilling. Ein Freund.« Und sie beobachtete, wie sich als Reaktion langsam ein Lächeln auf Janes Gesicht ausbreitete, und blieb bei ihr sitzen, bis sie einschlief.

Sie würde Dickon wiedersehen.

Jane war verändert – angeschlagen, still, demütig –, aber zumindest war sie frei. Dickon hatte sein Wort gehalten. Sie könnte ihn sehen. Der Gedanke erfüllte sie mit Freude. Sie konnte es nur mühsam vor ihrer Schwester verbergen, die ihre Tage schlummernd im Bett verbrachte, welches sie sich wieder teilten wie damals als Kinder.

Isabel gelang es sogar, Will Caxtons Blick zu begegnen, als er zu Besuch kam. Er brachte einen kleinen Blumenstrauß für Jane mit. Sogar den größten Teil der Tintenflecken hatte er von seinen Händen geschrubbt. Sein knochiges, sommersprossiges Gesicht war voll banger Besorgtheit. »Sie ist so dünn geworden«, sagte er immerzu, nachdem sie kurz nach unten gekommen war, um ihm zu danken. »So blass.« Alice und Anne beköstigten ihn und wollten nicht von seiner Seite weichen, so dass eigentlich keine Gefahr unerwünschter Vertraulichkeiten bestand. Aber Isabel war auf jeden Fall dankbar für sein Feingefühl. In dem Moment, in dem sie mit ihm allein gelassen wurde und er sie offen ansah, tätschelte er nur ihre Hand und sagte: »Ihr müsst Euch solche Sorgen gemacht haben«, und fügte freundlich hinzu: »Ihr könnt unmöglich geahnt haben, dass dies geschehen würde. Ihr dürft Euch keine Vorwürfe machen.«

Es waren noch fünf Tage bis Freitag.

Am Montag wurden die Aufträge für den Ornat für die bevorstehende Krönung König Richards III. vergeben. Nach einer Stunde hektischen Drängens und Schiebens auf der Old Jewry, als man wartete, wer welche Aufgabe zugewiesen bekäme, kehrte wieder Frieden auf den Märkten ein. Die Tuchhändler, die Aufträge bekamen, zogen sich mit zufriedenem Ausdruck auf den Gesichtern in ihre Werkstätten zurück, um rund um die Uhr zu nähen, zuzuschneiden und zu sticken. Die Übrigen verschwanden nach drinnen, um ihre Enttäuschung zu verbergen. Das Haus Claver, in dem Gedränge von Isabel vertreten, schlug sich wacker. Es bekam einen Auftrag, Stoff für die Schleppe der Königin zu liefern. Und Anne Pratte wurde persönlich gebeten, drei Mantellitzen aus purpurfarbener Seide mit Quasten und Knöpfen aus demselben Material, von venezianischen Goldfäden durchzogen, zu fertigen sowie eine weitere Garnitur in Weiß – eine für den König und eine für die Königin.

Als Isabel nach Hause ging, den Moment genoss, stolz auf den wohlverdienten Ruf ihres Gewerbes, stieß sie zufällig auf einen der Londoner Italiener, der gerade St. Thomas of Acre verließ. Es war Dr. Gigli, behäbig in seinem schwarzen Samt.

»Ah, Mistress Claver«, sagte er gewandt. »Ich erkenne an Eurer Miene, dass Ihr Euch bei den Aufträgen wacker geschlagen habt.«

Sie lächelte und verneigte sich, in Erinnerung daran, dass Dr. Gigli der Arzt war, der mit Dickon nach Norden gegangen war, um dessen kränklichen Neffen zu behandeln.

»Ja, wir sind doppelt geehrt worden«, erwiderte sie mit sorgfältig bemessener professioneller Zufriedenheit. »Welch ein Kompliment für unsere Seidenfrauen.«

Er nickte, erwiderte ihr Strahlen und fragte sehr charmant nach Einzelheiten.

Nachdem die Claver-Aufträge zur beiderseitigen Zufriedenheit besprochen worden waren, wandte sie sich zum Gehen. Doch plötzlich fiel ihr etwas ein und sie fügte beiläufig hinzu: »Ich habe gehört, dass Ihr auf Reisen wart? Ihr seid wohl gerade aus Middleham zurückgekommen?«

Dr. Gigli verneigte sich. Er war zu sehr Politiker, um sich über ihre Kenntnis verwundert zu zeigen. Doch er wirkte traurig, als er den Kopf hob. »Es ist jetzt schon eine Weile her«, sagte er. »Zwei Wochen.«

»Ich hoffe, Euer Patient ist wieder bei guter Gesundheit?«, fragte sie besorgt. »Der junge George Neville …«

Dr. Gigli senkte den Kopf wieder. »Bedauerlicherweise …«, murmelte er. Er bekreuzigte sich.

Also war der Junge gestorben. Isabel hörte aufmerksam zu. Dr. Gigli hatte geglaubt, sein Patient habe nur einen Schüttelfrost. Er hatte ihn geschröpft und ihm eine spezielle Diät verschrieben, und die Verfassung des jungen George Neville schien sich auch zu bessern. Bis zu dem Abend, als sein Fieber mit solcher Macht zurückkehrte. Er war in der Dämmerung gestorben.

»Mylord Gloucester muss sehr betrübt gewesen sein«, sagte Isabel mitfühlend.

»Ah … aber er hat es nicht sofort erfahren … er war bereits auf dem Weg nach London, als es geschah«, erwiderte Dr. Gigli, der Dickon, wie sie selbst, noch nicht »Seine Majestät« nannte. Man hatte sich wegen des Aufruhrs der letzten Wochen noch nicht auf Namen geeinigt. »Ich musste ihm die Nachricht hier überbringen, persönlich, am Crosby's Place, nachdem ich erst in London eingetroffen war. Das war erst letzten Donnerstag ... am Tag bevor ...« Er zögerte, suchte die richtige Formulierung zur Beschreibung des Tages des Machtwechsels. Dann gab er es auf, sagte hilflos: »Vor all *dem*« und wedelte stattdessen mit seinen dick beringten Händen. »Er war natürlich betrübt. Der Junge war immerhin sein Verwandter. Aber er hatte auch drängende Staatsangelegenheiten zu bedenken. Als ich am nächsten Tag von ...«, er gestikulierte erneut, »von ... all *dem* hörte ..., begriff ich, warum er es so eilig hatte.«

Dr. Giglis fleischige Stirn begann sich zu kräuseln. Etwas musste ihn an der Art, wie Dickon die Nachricht aufgenommen hatte, die er ihm gewiss sehr schonend beibrachte, besorgt haben. Aber er fasste sich wieder. Glättete den schwarzen Samt über seinem Wanst und gewährte Isabel ein breites, prächtiges Lächeln. »Es war eine lange Reise«, fügte er hinzu und gähnte, »und ich bin immer noch ein wenig müde davon. Verzeiht mir.«

Isabel entließ ihn mit einer Verneigung sowie allem Lächeln und allem Zeremoniell, was sie aufbringen konnte.

Doch der Zweifel, über den er nicht hatte sprechen wollen, zerrte an ihrem brüchigen, neuen Glück. Wie Dr. Gigli wollte sie nicht darüber nachdenken, was die Geschichte bedeuten könnte. Sie eilte nach Hause, ließ sich keine Zeit für Fragen.

Am Dienstagmorgen brachte ein fröhlicher Goffredo seine italienischen Arbeitsgruppen zu Fuß nach Westminster. Ihre Kisten und Taschen wurden auf dem Fluss transportiert, doch so viele Fremde würden auf den Jollen Aufmerksamkeit auf sich ziehen. Es war sicherer zu laufen. Isabel sollte sie Freitagabend am Seidenhaus treffen. »Wir werden dir ein großartiges Abendessen kochen, *Cara*«, versprach Goffredo.

Während des restlichen Dienstags, des Mittwochs und des Donnerstags arbeitete Isabel mit Anne Pratte zusammen an den königlichen Mantellitzen für die Krönung. »Es wird dir helfen, etwas Normales zu tun«, sagte Anne Pratte bestimmt und überließ ihr die weiße Garnitur für die Königin. Isabel hätte lieber die purpurfarbene Garnitur gefertigt, die Dickon tragen sollte.

Doch sie fügte sich. Immerhin hatte sie etwas zu tun, um sich vom Denken abzuhalten. Und es war schon bald Freitag.

Draußen vor dem Red Pale war ein Zelter angebunden. Sie würde glauben können, dass er in besagtem Raum sei, wenn sie ihn dort sähe. Sie lief auf Zehenspitzen die Treppe hinauf, völlig still und schüchtern. Er saß auf dem Bett und las in seinem Stundenbuch. Er bemerkte sie nicht. Isabel sah ihn einen Moment regungslos an. So viel Glück verdiente sie gar nicht.

Eine Bodendiele knarrte. Er schaute auf. Sie konnte am Aufleuchten seiner Augen erkennen, dass er bezweifelt hatte, ob sie kommen würde. Sie sagte zögernd: »Ich bin da.«

Er öffnete seine Arme, und sie lief zu ihm.

Sie verlor sich scheinbar stundenlang in der Schönheit körperlicher Liebe. Sie wollte nicht aufhören. Es war zu viel Traurigkeit in ihrem Herzen. Sie wollte sie nicht herauslassen.

»Was denkst du gerade?«, murmelte er ihr ins Ohr, als sie nebeneinander lagen, einen Arm über ihre Brust gelegt. Er lächelte träge. Er musste noch nicht gehen. Es war Zeit für mehr.

Sie küsste ihn sehr zärtlich auf den Mund. Sie wusste, dass sie fragen musste. Aber eine traumverlorene Wehmut überkam sie, noch bevor sie die Frage stellte. Und sie kannte die Antwort, die er geben würde.

»Wann hast du herausgefunden, dass George Neville gestorben war?«, flüsterte sie.

Sie konnte es sich so gut vorstellen. Dr. Gigli, wie er sich trauervoll verbeugte, während er seine Nachricht überbrachte. Dickons Verstand, messerscharf, der dem Gedanken vorauseilte, wie seine Ländereien im Norden durch den Tod des Kindes beeinträchtigt würden. So von den Schwierigkeiten erfüllt, die ihm bevorstünden, dass er sich kaum dazu bringen konnte, den dicken Italiener zu würdigen. Dann die Erkenntnis, dass er noch einen anderen jungen Neffen zur Verfügung hatte, gleich hier und jetzt, und dass es vielleicht einen schnelleren, wirkungsvolleren Weg gäbe, seine Position zu stärken, als gegen Unmengen von Woodvilles anzukämpfen, um die Hilfe seines königlichen Neffen zu erbitten. Mit dem Gedanken: Wäre es nicht leichter, einfach den großen Preis zu ergreifen und aufzuhören, sich um Details zu sorgen?

Dickons Augen flackerten. Er wusste, was sie wusste. Ohne sich zu regen, sagte er: »Am Tag bevor ...« Selbst er wusste nicht, wie er den Tag bezeichnen sollte, an dem er die Macht ergriffen hatte. Er zögerte. Sie nickte. Es war genauso, wie sie dachte.

Er fügte hastig hinzu: »Aber das ist nicht der Grund dafür.«

Doch seine Augen erzählten eine andere Geschichte. Sie wussten es beide.

Sie sahen einander weiterhin an. Schier unendliche Zeit verging. Ich sollte gehen, dachte sie. Alles, was er mir erzählt hat, war eine Lüge. Alles, was ich vermutet habe, stimmt. Er hatte Hastings vorsätzlich ermordet, um die Macht an sich reißen zu können. Hatte Jane in Ungnade gebracht. Hatte vielleicht sogar seine Neffen ermordet.

Doch sie wusste, dass sie nicht gehen konnte. Und er wusste es auch.

Also hatte es keinen Sinn, Schuldzuweisungen auszusprechen. Die Traurigkeit in ihren Augen war, wie in seinen, nicht vergangen. Es war von seiner Seite ein Eingeständnis der Verbrechen, die er um der Macht willen begangen hatte, und von ihrer Seite ein Eingeständnis, dass es sie nicht kümmerte, was er tat, solange er da war. Sie trauerten gemeinsam um das eine Opfer, das sein Coup ihrem Herzen abverlangt hatte: ihre verlorene Unschuld.

Als sie schließlich aufstand und sich anzuziehen begann, beobachtete er sie vom Bett aus.

»Wirst du wiederkommen?«, fragte er, und seine Stimme klang demütig.

Sie nickte sanft. Sie hatte in die Tiefen seiner Seele geblickt. Sie war nicht davor zurückgeschreckt. Wie konnte sie da jetzt nein sagen?

Obwohl sie die heillose Freude, die sie durchströmte, selbst unerträglich fand, murmelte sie nur: »Freitag«, und schlüpfte in den lodernden Sommernachmittag hinaus.

Herbst 1483

»Gesundheit und Wohlstand und Glück für uns alle!«, verkündete Alice Claver und machte die fehlende Klarheit ihrer Stimme durch Lautstärke wett, und alle Pokale im Raum wurden ihr im flackernden Kerzenschein entgegen gehoben. Geflüsterte Übersetzungen erklangen, dann folgte freudiges Lächeln.

Es hatte bis zum Ende des Sommers gedauert, aber nun stand die Werkstatt und war in Betrieb. Die Schlafräume waren belegt. Die Kochtöpfe in der Küche brodelten vor warmen, fremdartig duftenden Kräutern, nun da die Ernte eingebracht war und sich der Michaelistag näherte. Niemand in London war den Clavers auf die Schliche gekommen, als sie die Italiener den Fluss hinab fortbrachten. Und keiner der Nachbarn in Westminster dachte sich bei den neuen Gerätschaften viel, die neben Will Caxtons Haus surrten, oder bei den neuen Fremden, die sich unsicher ihren Weg durch die Straßen erschlossen. Gott sei Dank, dass es Will Caxton gab, dachte Alice – nicht zum ersten Mal.

Die Gerätschaften erstaunten sie. Goffredo hatte Enormes bewerkstelligt. Mit den Webstühlen brachte er auch die beiden Vorrichtungen mit, über die sie im letzten Jahr gesprochen hatten und die, wie sie gehört hatte, in Venedig immer beliebter wurden und unsagbar viele Arbeitsstunden einsparten. Es waren zwei riesige, von der Decke herabhängende Holzrahmen. Eine solche Spule konnte, wenn man sie drehte, Dutzende Seidenfäden auf einmal direkt aus den abgekochten Seidenraupenkokons heraufziehen und sie zwirbeln. Die andere konnte Dutzende gezwirbelte oder gesponnene Fäden zusammen aufspulen, zur Benutzung bereit. So etwas hatte sie noch nie gesehen.

Aber Alice liebte die Webstühle am meisten. Liebte es zuzusehen, wie Gasparinos Bruder den ersten mit seinem zarten Spinngewebe aus dezent grauen und lohfarbenen Kettfäden sowie grauen Schussfäden bespannte, oder wie Gasparinos schmale, dunkle Hände zwischen der komplizierten Anordnung der Schnüre, Fäden und Spulen hin und her flogen, sie anhoben, sie schoben und entwirrten, bis der Stoff zu leuchten und mit Phantasiemustern zu fließen begann. Gasparino, Alvise, Marino und ihre Familien konnten noch nicht genug Englisch, um sich anders als durch Zeichen zu verständigen, so dass Goffredo half. »Für dieses Muster«, belehrte er Alice, die stets nach Erklärungen hungerte, »braucht man drei mal zwei Hauptkettfäden und einen Verbindungskettfaden. Die Hauptkettfäden sind eine Mischung aus lohfarbener und grauer Seide, und für den Verbindungskettfaden haben wir nur lohfarbene Seide genommen. Die Hauptschussfäden bestehen aus derselben Mischung grauer und lohfarbener Seide. Und der Musterschussfaden ist aus rein lohfarbener Seide.«

Alice nickte und versuchte angestrengt, die Einzelheiten des Webens aufzunehmen, die sie nicht selbst lernen musste, einfach weil sie es so liebte, wie der Stoff hervorkam. Alles, was sie wirklich wissen musste, war, dass Gasparinos Familie einer Gruppe Lehrlingen beibrachte, Damaststoffe herzustellen, dass Marino für Jacquard-Dekostoffe verantwortlich war und dass Alvise der dritten Gruppe die Geheimnisse des Samts zeigte. Isabel hatte die Londoner aufgrund ihrer geschickten Finger und, was fast genauso wichtig war, weil sie keine Familie hatten, ausgewählt: Joan Woulbarowe (»Nun Seidenbarowe!«, lispelte die Närrin stets durch ihre schwarzen Zähne); Katherine Arnold, die ohne Eltern in dem Gewerbe oder Kapital, um sich niederzulassen, ihr ganzes Leben lang eine Dienstbotin im Seidengeschäft gewesen war, die Spinnerin-Witwen Agnes Brundyssch und Isabel Fremely, die sich verändern und eine besser bezahlte Fertigkeit erlernen wollten; und natürlich die ehemaligen besten Arbeitskräfte ihres Vaters: Jane Cotford aus Derby, Mary Fleet aus Southwark und Ellen, die Witwe von William Lovell, einem Weinbauer, der in Schwierigkeiten geraten war. Alice seufzte. Sie wusste, dass es das Praktischste wäre, wenn sich nur Jane Cotford und Ellen Lovell um die technischen Einzelheiten kümmerten, welches Muster der Samt bekommen sollte; ob man ihn direkt auf einen Satinuntergrund legen und den Stapel geschnitten oder ungeschnitten lassen sollte, oder ob man mit zwei oder drei verschiedenen Höhen arbeiten sollte, um dem Muster mehr Bedeutung und Vielschichtigkeit zu verleihen; oder wie viele Kettfäden auf der Satinoberseite man vor der Unterbrechung für den Untergrund brauchte; oder wie das Verhältnis von den Enden des Kettsamts zu den Hauptkettfäden sein sollte. Alice staunte wie ein Kind über ihren wahr gewordenen Traum – die fliegenden Hände zu beobachten und zu sehen: So geschieht es also. Doch das eigensinnige Kind in ihr wollte das Schiffchen ergreifen, die Rahmen klappern lassen und selbst lernen, Schönheit zu weben.

Dieses Abendessen war Isabels Idee. Sie konnten keinen italienischen Priester bitten, das Haus zu segnen, argumentierte sie, da er nur loslaufen und es den lombardischen Händlern verraten würde, aber sie konnten als erweiterte Familie alle zusammen speisen. Die mit Basilikum gewürzten, venezianischen Salate essen. Den neuen Familien und den neuen Lehrlingen das Gefühl vermitteln, Teil eines Haushalts zu sein. Und Alice, Anne und William, der nur gelegentlich nach Westminster kam und es ansonsten Isabel und Goffredo überließ, das Haus zu führen, sowie Will Caxton, der sie geistig unterstützte, indem er jederzeit hereinschaute, konnten ihre Talente zeigen. Isabel hatte gesagt: »Es muss nicht aufwendig sein. Ein paar Hühnchen und ein Stück Rindfleisch sowie einige Salate und ein paar Obstkuchen. Es wäre ein Symbol. Ein neuer Anfang.« Ganz recht. Isabel war ein gutes Mädchen. Sie hatte vielleicht nicht so begonnen, aber so wirkte eine gute Ausbildung bei einem Mädchen eben.

Aber wo war Isabel? Alice blickte in die herabsinkende Dunkelheit – doch gewiss nicht noch in der Zufluchtsstätte der Prinzessin. Es war schön und gut, sich die Finger wund zu arbeiten, wie das Mädchen es jetzt tat, wo die Weber endlich hier waren: stand vor der Dämmerung auf, blieb über die Hälfte der Woche in Westminster und zog in den wenigen Tagen, die sie in London verbrachte, auch dort einige große Verträge an Land. Aber sie hätte dennoch hier sein sollen, da ihre Gäste warteten. Vor allem, da sie Alice und Anne die ganze Woche nicht sahen. Sie hätte sich beeilen sollen. Es war eine Frage des Respekts. Bei dem Mädchen galt es immer noch ein paar raue Kanten abzuschleifen.

Isabel betrat den Raum. Sie hatten bereits ohne sie angefangen.

Einer der Italiener zupfte gemächlich eine Laute, und die Übrigen tanzten den Basse Danse. Alice Claver, eher betrunken, flüsterte am Tisch mit William Pratte. Anne Pratte kam gerade aus dem Raum mit den Webstühlen und wirkte beeindruckt. Joan Woulbarowe tanzte mit Gasparinos Bruder Andrea – und sie tanzte recht gut. Die übrigen dünnen, zarten, unverheirateten Seidenfrauen tanzten ebenfalls mit lombardischen Männern. Sie hatten Glück, dass es nur drei Ehefrauen unter den Zuzüglern gab.

Isabel stellte mit Erleichterung fest, dass niemand über ihr verspätetes Eintreffen verärgert schien.

Doch ihr Herz schlug weiterhin zu schnell.

Sie hätte Dickon heute nicht treffen dürfen, da diese Gesellschaft danach kam. Sie brauchte nun nach jedem Treffen Stunden, bis sie sich nicht mehr beschämt und beschmutzt fühlte, bis sie nicht mehr vor den Menschen zurückscheute, weil sie immer noch glaubte, dass sie nach dem kräftigen Schweiß der Laken roch – der Beweis ihrer Schuld. Die nachklingende Schuld, mit der sie den ganzen Tag lebte, hielt sie davon ab, Jane überhaupt einzuladen. Jane, deren neue Zartheit für Isabel nach Unschuld aussah, deren sanftem, dankbarem Blick sie so schwer begegnen konnte. Während der Geruch der Verdammnis noch immer an ihr haftete, war sie jetzt noch nicht imstande, mit Alice zu reden, als sei nichts geschehen.

Alice sah sie nicht, da sie im Schatten versteckt war. Aber Will

Caxtons Augen leuchteten bei ihrem Anblick auf, wie auch Goffredos. Sie lächelte, wies aber beider Angebot zu tanzen zurück. Sie scheute sogar die beiläufige Vertrautheit des Tanzbodens, selbst mit diesen alten Freunden. Sie dachte sich, dass sie ablehnte, weil Will, den sie gemieden hatte, sie offen fragen könnte, ob sie Dickon weiterhin traf, und weil Goffredo versuchen könnte, sie in eine Tändelei hineinzuziehen, die nur halbwegs Spaß war. Doch sie kannte die Wahrheit. Indem sie sich entschied, Dickons Liebe zum Mittelpunkt ihres Lebens zu machen und ihn so zu akzeptieren, wie er war, konnte sie sich nur von den andern Menschen, die sie liebte, distanzieren. Sie mussten für sie ferne Schatten bleiben, wenn er real sein sollte. Es gab keine andere Möglichkeit. Sie musste mit Dickon zusammen sein. Sie durfte nicht zulassen, dass irgendjemand vermutete, wie die Scham ihre Seele befleckte. Dennoch war sie erleichtert, sich mit Will und Goffredo ruhig an eine Seite des Tisches setzen zu können und sie reden zu lassen, während sie ihre Fassung wiedererlangte.

Isabel konnte nicht hören, was William Pratte und Alice am Kopf des Tisches murmelten. Doch sie konnte es anhand ihrer trotzigen, kindisch ungezogenen Mienen vermuten. Nun, da es tatsächlich geschah, verunsicherte sie ihr Mut, diesen Betrieb errichtet zu haben, unglaublich. Die Seidenfrauen hatten im Verlaufe von Alices Leben so oft Petitionen beim Parlament eingereicht, um die italienischen Händler in London daran zu hindern, gefertigte Seidenwaren, welche auch die Londoner Seidenfrauen bereits so wunderschön herstellten, zu importieren, damit keine fremde Konkurrenz bestünde. Die letzte Petition, welche erst letztes Jahr zum Gesetz wurde, bedeutete nicht nur für jeden italienischen Händler, der fertige Waren einführte, Gebühren, sondern auch für jeden Londoner, der töricht genug war, von ihnen zu kaufen. Isabel sollte es wissen: Sie hatte die neue Klausel selbst eingefügt, nachdem sie Königin Elizabeth Woodville eine in Italien gefertigte Geldbörse hatte tragen sehen. Der Waffenstillstand mit den Italienern, der sich mit der Zeit entwickelte, sah folgendermaßen aus: Die Italiener stellten die fertigen Stoffe her und exportierten sie entweder zu Handelsmessen in Brügge, Antwerpen oder auch unmittelbar nach London, während die Londoner die Stoffe zuschnitten, nähten und nebenher die importierten Seidenfäden bearbeiteten. Aber der Claver-Betrieb brach jetzt alle Regeln, auf denen dieser Kompromiss beruhte.

Isabel begriff, wie beängstigend es sein musste, diesen gefährlichen Schritt zu tun. Die Lombarden waren das Herz des Seidenhandels. Und die Lombarden würden sie vernichten, wenn sie herausfänden, was hier geschah, bevor die Lehrlinge ausgebildet waren. Danach wäre es zu spät. Die Londoner besäßen das Wissen.

Selbst für Isabel, die so viel weniger Zeit damit verschwendete, den Italienern Respekt zu erweisen, war es nervenaufreibend. Sie dachte an die reichen Lombarden in der Luccha-Kapelle in St. Thomas of Acre: all jene großen Männer mit den Hakennasen, den Samtumhängen und den dunklen, stechenden Augen, diejenigen, welche die wagemutigsten Straßenjungen anfauchten, weil sie den besten Teil des englischen Handels für sich behielten und noch dazu die Ehefrauen englischer Tuchhändler verführten. Mancini. Bonvisi. Die Borromei-Bankiers aus Mailand. Die Conterini aus Venedig. Und Jacopo Salviati aus Florenz, dem es jetzt so gut ging, da die konkurrierenden Medici-Bankiers ihr Geschäft geschlossen hatten und ihr früherer Repräsentant, Gherardo Canigiani, die Witwe eines Londoner Tuchhändlers geheiratet hatte und sich Gerard zu nennen begann. Isabel war nicht ganz so wie die Jugendlichen, die ihnen mürrisch »fremde Bastarde!« hinterherriefen, wenn auch erst dann, wenn die Italiener außer Hörweite waren und sich nicht mehr kampfbereit umwenden konnten. Und dennoch hatte sie großen Respekt vor ihnen und vor der Macht, die jene teuren Umhänge, das formelle Gebaren und die etwas finsteren Augen repräsentierten.

Wer A sagt, muss auch B sagen, dachte sie. Es wäre das alles wert, wenn es funktionierte. Es war nicht nur so, dass sie über ihre kühnsten Träume hinaus mächtig und reich würden, obwohl mehr Geld und Macht stets willkommen wären. Das tatsächlich Wichtige war, dass die Engländer der Mittelpunkt des Handels würden, wenn sie ihre eigenen Stoffe fertigen könnten, und das Claver-Haus – ein Haus der Frauen – der Mittelpunkt des englischen Handels würde, so wie sie, Isabel, der Mittelpunkt des Claver-Hauses.

Wenn sie im Mittelpunkt all dessen stünde, sagte sie sich, könnte sie die Seidenfrauen beschützen.

Sie könnte sie zu einer rechtmäßigen Gilde formieren. Sie könnte die Tuchhändler zwingen, sie anzuerkennen. Oder sie könnte sie völlig von den Tuchhändlern abspalten. Die Tuchhändler verbrachten Jahre damit, unerbittlich alle kleinen Gruppen von Leuten, die Tuchhändlern ähnlichen Handel wie die Herstellung von Amtskleidung betrieben, streng in Konsumgemeinschaften zu vereinen und sie zu zwingen, der Tuchhändler-Gilde Abgaben zu bezahlen. Die Tuchhändler-Gilde war, zusammen mit den Fisch- und den Weinbaronen, eine der größten und mächtigsten Gilden in London. Aber die Zunftmitglieder in blauem Samt waren gegenüber den Seidenfrauen, mit denen sie verbündet waren, nachsichtig gewesen. Sie ließen es zu, dass sie sich fast als eigene Gilde organisierten, dass sie Lehrlinge für Geld annahmen, ihre eigenen Verträge aufsetzten, manchmal sogar unabhängig von ihren Männern handelten. Sie mussten nachsichtig sein. So viele der Seidenfrauen waren immerhin ihre eigenen Ehefrauen und könnten sie mit der Suppenkelle in der Küche umherjagen, wenn ihre Absichten durchkreuzt würden.

So mussten die Seidenfrauen nicht für ihre Privilegien bezahlen. Sie wurden in Ruhe gelassen. Und sie wurden fast eine Macht, mit der man rechnen musste. Weil sie aber nicht als Werkstatt aus eigenem Recht anerkannt waren, mussten sie immer noch unterwürfig zu ihren Kontaktpersonen bei den Tuchhändlern gehen – zum nachsichtigen William Pratte, wenn sie Glück hatten, oder zum weniger nachsichtigen John Lambert, wenn sie Pech hatten –, um mit der Außenwelt zu verhandeln. Sie konnten ohne die Einwilligung von Tuchhändlern, die sie unterstützten, nicht als Gruppe Anwälte beauftragen oder auf eine Debatte mit dem König oder dem Parlament drängen. Sie konnten sich die Freiheit der Stadt als Seidenfrauen nur verdienen, wenn sie einen Vater oder Ehemann hatten, der ihr Gesuch, eine freie Frau zu werden, befürwortete. Sie durften nicht einmal ein jährliches Festessen veranstalten, wie die Männer es taten. Sie lebten im Schatten. Isabel ärgerte sich schon seit ihrem ersten Zusammenstoß mit ihrem Vater über diese Ungerechtigkeit. Ihre Geschäftstüchtigkeit war ebenso ausgereift wie seine. Es gab eine gesamte jüngere Generation von Männern wie die Lynoms, die bereit waren, die Seidenfrauen zu unterstützen. Und wenn sie erst einmal einen großen geschäftlichen Coup wie dieses Seidenweber-Projekt durchführten, würde es doch gewiss kein Tuchhändler mehr wagen, den Seidenfrauen die formelle Anerkennung zu verweigern?

Und wenn sie erst so viel Gutes getan hätte, dürfte sie sich doch vielleicht nicht mehr so schuldig fühlen müssen?

Sie ertappte sich wieder beim Träumen. Wichtig war es jetzt, ruhig zu bleiben, sich nicht verunsichern zu lassen, einen Schritt nach dem anderen zu tun. Bisher hatte sie alles im Griff. Zum Beispiel, dass Alice und die Prattes heute die italienischen Arbeiter sahen. Und morgen, die Prinzessin zu besuchen und ihre neuen Spitzen in das violette Seidengewand einzusetzen. Danach sich auf dem Rückweg eine weitere Stunde mit Dickon zu stehlen. Dann arglos an seinem Tor mit Will Caxton über ihre Zeit mit der Prinzessin zu plaudern. Das alles war möglich, wenn man die Ruhe bewahrte. Alles konnte funktionieren.

Goffredo tanzte mit Joan Woulbarowe. Die Gesellschaft wurde laut. Caxton spielte den Dienstboten, goss Wein in Isabels Becher. Dann beugte er sich unter dem Schutz des Lärms auf der Tanzfläche vor. »Ich weiß nie, wie ich fragen soll«, sagte er nervös, »wegen dem ...«, er zögerte, »was Ihr mir einmal erzählt habt.«

Sie wandte den Blick ab. Doch es war unvermeidlich, dass er früher oder später nach Dickon fragte.

»Verzeiht«, sagte er. Aber sie konnte es nicht so stehen lassen. Ihn sich fragen und beobachten lassen, während sie Dickon unmittelbar vor seiner Nase traf. Also nahm sie allen Mut zusammen und sah ihm gerade in die Augen.

»Wichtig ist es, aus unseren Fehlern zu lernen, nicht wahr?«, sagte sie, wobei sie den Eindruck erweckte, dass das, worüber sie sprachen, fest der Vergangenheit angehörte. »Ich bin nicht stolz auf das, was ich getan habe.«

Sie sah die Erleichterung seine Augen erhellen. »Ja«, sagte er, in dem Glauben zu verstehen, »natürlich. Nach dem, was er Jane angetan hat, konntet Ihr nicht so weitermachen.« Er tätschelte ihre Hand. »Dafür respektiere ich Euch«, sagte er herzlich. »Ich werde es nicht wieder erwähnen.«

Sie war auch jetzt nicht stolz auf sich. Will Caxton war ein anständiger, ehrlicher Mann. Aber er musste getäuscht werden. Sie dachte ohne Gewissensbisse: einen Schritt nach dem anderen.

14

Das magere, bleiche Gesicht der Prinzessin, das so unbewegt wie Marmor sein konnte, war voller Leben. Isabel hatte sie in den ganzen fünf Monaten, seit sich Königin Elizabeth Woodvilles Töchter in ihrem freiwilligen Gefängnis eingeschlossen hatten, noch nicht so aufgeregt gesehen.

Elizabeths Augen leuchteten, und sie sah sich lebhaft um. Sie konnte eindeutig kaum erwarten, dass Lady Elizabeth Darcey sie allein ließe. Isabel empfand das als leicht beunruhigend.

Eine der Entscheidungen, die Isabel treffen musste, während sie ihren Frieden mit Dickon schloss, war es, ihre Haltung zu den enterbten Kindern König Edwards neu zu definieren. Sie durfte sich nicht mehr das Mitleid erlauben, das sie zu Beginn so stark empfunden hatte. Nachdem ihr klargeworden war, dass Dickon sich den königlichen Status, der rechtmäßig ihnen gebührte, unrechtmäßig angeeignet hatte, war sie notwendigerweise mitschuldig geworden. Sie musste ihr Herz den Prinzessinnen gegenüber verschließen.

Sie trat zum Nähkorb in der Ecke. Es ging nicht mehr darum, Gewänder zu ändern. Im Kirchenasyl erschien es so sinnlos. Alles, was man tun konnte, während man sich vor der Welt verbarg, war zu versuchen, nicht zu mürrisch zu werden und auf bessere Zeiten zu hoffen, wenn man wieder freikäme. Also arbeiteten Isabel und die Prinzessin nun jeden Freitagmorgen drei Stunden lang daran, ein unerwünschtes französisches Hochzeitskleid aus gemustertem, weißem Damast mit Perlen in zwei Sets weißer Tücher für den Altar der Jungfrau in der Abtei zu verwandeln – ein Dankeschön an den Abt dafür, dass er den Woodville-Frauen

Schutz gewährt hatte. Isabel entwarf die Stickerei: Ranken aus roten Rosen und roten Lilien auf jedem Set, zusammen mit einer weitaus komplexeren Stickerei für die Prinzessin: ein Bild von Mariä Himmelfahrt.

Elizabeth fühlte sich in Isabels Gegenwart wohl. Sie verbrachten viele Stunden gemeinsam mit ruhiger Näharbeit. Doch die jüngeren Prinzessinnen schlossen sich ihnen nicht mehr an. Sie spürten die Veränderung bei Isabel, und fanden einen anderen Zeitvertreib für sich. Sie hofften nicht mehr, dass sie Neuigkeiten bringen könnte. Niemand hatte seit dem Sommer irgendwelche Neuigkeiten über die Prinzen gebracht. Isabel erzählte ihnen, was sie ihnen laut Dickons Anweisung erzählen sollte: dass es auf den Märkten hieß, sie seien heimlich aus London fortgebracht worden, zu ihrer eigenen Sicherheit. Vielleicht glaubten sie das nicht, genauso wenig wie Isabel es glaubte. (»Sie sind in East Anglia«, hatte Dickon Isabel erzählt, »obwohl du Elizabeth das nicht sagen musst. Mit einem meiner Leute, der Söhne in ihrem Alter hat. Sie üben Bogenschießen.« Und er hatte gelacht, aber er hatte ihr nicht in die Augen gesehen.) Isabel hatte nicht einmal gefragt, was die Leute glaubten, was wirklich mit den Jungen geschehen sei, als sie neulich in London war. Sie dachte nicht gerne an sie. Sie bemühte sich, nicht zu den Würfeln zu blicken, die noch immer auf dem Fenstersims lagen und auf Richards Rückkehr warteten.

Isabel nahm ihr Stück weißen Damast auf. Sie fädelte einen Faden ein. Sie saß unter dem Fenster, dem Kamin gegenüber, und wandte dem herabgefallenen Laub und dem Regen den Rücken zu. Keine weiteren Stürme, betete sie.

Elizabeth setzte sich neben sie und nahm ebenfalls ihren Stoff auf. Sie begann zu nähen, als hätte sich nichts verändert. Aber Isabel bemerkte, dass Lady Darcey ihren Schützling ein wenig länger ansah als üblich, bevor sie die Tür hinter sich schloss.

Die beiden Nadeln blitzten still. Dann legte Prinzessin Elizabeth ihre Näharbeit hin. »Ich weiß, ich kann Euch vertrauen«, sagte sie.

Isabel nickte unverbindlich.

Sie wartete.

Elizabeth sagte leise: »Meine Mutter plant eine Ehe für mich.«

Isabel glaubte nicht, dass einem Mädchen, das offiziell als der Bastard Elizabeth bekannt war, viele Heiratsaussichten offen standen. Sie hob in ihrem demütig gesenkten Gesicht leicht eine Augenbraue.

»Mit der Mutter des Grafen von Richmond«, flüsterte Elizabeth.

Während sie sich gänzlich unsicher war, wie sie reagieren sollte, spürte Isabel auch, dass die Augen der Prinzessin forschend auf sie gerichtet waren. Der Graf von Richmond war Henry Tudor, der neue Anführer der Lancaster-Partei, der in die Bretagne verbannt war. Prinzessin Elizabeth könnte Henry Tudor doch unmöglich heiraten, es sei denn, der gegenwärtige König von England, der eine solche Verbindung niemals zulassen würde, wäre tot? Niemand hatte ihr jemals zuvor gestanden, dass sie vorhatten, einen Verrat zu begehen.

Sie hielt das Gesicht gesenkt. So kühl wie möglich, hob sie nur ihren Blick zu Elizabeths Gesicht.

Warum erzählst du mir das?, fragten Isabels Augen sie lautlos. Doch die Prinzessin bemerkte dies nicht. Sie hatte so lange keine Hoffnung mehr gehabt. Nun war sie ganz von dieser möglichen Flucht erfüllt.

Je mehr Isabel hörte, desto weniger gefiel es ihr. Es war ein vollständig ausgearbeitetes Komplott.

Die Idee der Heirat war Königin Elizabeth Woodville vom Herzog von Buckingham angeraten worden, der einen Boten gesandt hatte. Und er war wiederum auf der Straße nach Shrewsbury von Henry Tudors Mutter angesprochen worden (Lady Margaret Beaufort wollte, wie sie arglos erklärte, im Schein der Jungfrau in Worcester beten).

Anfänglich ging es darum, einen Heiratsplan für Elizabeth und Henry von Richmond wiederzubeleben, der zuerst vor einem Jahr vage entwickelt worden war, mit dem alten König Edward, nachdem Elizabeths französische Heirat fehlgeschlagen war. Ein harmloser Plan, der es Henry Tudor erlauben würde, nach England zurückzukehren, einige seiner Ländereien wiederzuerlangen und mit seiner Plantagenet-Braut ruhig auf den angestammten Ländereien seines Vaters in Wales zu leben.

Aber es dauerte nicht lange, bis die Königin-Witwe, Lady Margaret und der Herzog von Buckingham erkannten, dass der neue König Richard noch weniger als sein Bruder geneigt wäre, den letzten Lancaster-Sprössling zu Hause willkommen zu heißen. Davon zeigte sich auch die vierte Person überzeugt, die sie zu ihren Beratungen hinzugezogen hatten: Dr. Morton, der Bischof von Ely, der verschlagenste Mann in England, ein Mann, der die Unzulänglichkeiten jedes Komplotts ausfindig machte und ausmerzte, ein Mann, der seinen Feinden an die Gurgel wollte.

Isabel hatte viel Gerede über Dr. Morton gehört. Lord Hastings hatte ihn verabscheut. Morton war verhaftet worden, als Hastings enthauptet wurde. Gerüchte besagten im Sommer, dass er irgendwie aus dem Tower entkommen sei. Aber das erwies sich als falsch. Seine Freunde an der Universität Oxford waren so entschieden für seine Freilassung eingetreten, dass Dickon ihn der persönlichen Obhut des Herzogs von Buckingham übergab – ein lieber Freund, der Mann, der Dickon geholfen hatte, die Woodvilles aufzuhalten und die Kontrolle über den Bastard Edward zu übernehmen.

Damals hatte Isabel geglaubt, Dickons Idee, den Gefangenen heimlich Buckingham zu überlassen, damit er ihn in den Tiefen von Wales einsperrte, sei ohne Fehl. Aber jetzt, während die Prinzessin sprach, erkannte sie, was für ein gefährlicher Irrtum das gewesen war.

Dickon hatte nicht bedacht, dass der rundliche kleine Bischof von Ely dem großen, furchterregenden Herzog Schwierigkeiten bereiten könnte, besonders wenn sich die beiden Männer gemeinsam im entlegenen Brecknock Castle verkrochen. Er hatte nicht genug über Mortons helle, kleine Augen nachgedacht, die aus seiner roten Schwarte von einem Gesicht hervorbrannten, über seine Gabe, einen wohlgesetzten Scherz anzubringen und brüllend zu lachen, über die Energie und den Zynismus, mit denen der Bischof sein Redetalent einsetzen würde, um sich zu retten. Es war ihm nicht in den Sinn gekommen, dass Harry Buckingham, der stets nur mit anderen machtvollen Aristokraten zu tun hatte und den man kaum jemals anders als auf einem Pferderücken und bewaffnet erlebte, dem beständigen Strom schlitzohriger Plaudereien des Prälaten verfallen könnte. Fasziniert und überrascht erlag er dem Zauber von Dr. Mortons Beredsamkeit. Das war das Wunder, das Dr. Morton offenbar bewirkt hatte. Er brachte seinen Gefängniswärter dazu, die Seiten zu wechseln und sich den Woodvilles und der Lancaster-Partei zuzuwenden.

Nun da Morton beteiligt war, änderte sich der Plan. Er öffnete den beiden Müttern die Augen für weitergehende Perspektiven. Niemand wollte König Richard mehr davon überzeugen, dass er Prinzessin Elizabeth Henry Tudor heiraten lassen sollte. König Richard spielte in dem gegenwärtigen Plan nur als Leiche eine Rolle. Mortons Vorstellung war es, dass Henry in England einmarschieren, den Thron ergreifen, König Richard töten, Elizabeth retten und sie heiraten sollte.

»Einfach so«, sagte Isabel ausdruckslos.

Die Prinzessin hielt inne und sah sie mit leicht besorgtem Blick an.

Isabel lächelte, um die Prinzessin zu beruhigen. Aber hinter ihrem Lächeln dachte sie: Ich will keinen neuen König. Ich will keine Unruhe mehr. Ich will mich nicht wochenlang in meinem Haus verstecken, hinter Riegeln und Fensterläden, Regenwasser trinken, auf Schritte lauschen müssen. Ich will nicht, dass meine alten Leutchen durch Plünderer aus Kent halb zu Tode geängstigt werden. Und ich will ganz bestimmt nicht bei einem neuen König – einem Fremden – um eine neue Lizenz für das Seidenhaus bitten müssen, wo alles schon so weit gediehen ist. Ich will, dass die Dinge so bleiben, wie sie sind.

Aber am lautesten von allem schrie ihr Herz: Ich will keinen anderen König als Dickon. Sie erinnerte sich an seinen warmen Körper neben ihrem, bevor er zu seinen letzten Reisen aufgebrochen war, sie am Tavernenfenster an sich zog, um den Vollmond aufsteigen zu sehen, und sehr leise, mit einer Stimme, die Schauer ihren Rücken hinabsandte, während ihre Taille und Schultern an seiner Haut gewärmt wurden, sagte: »Genau das mache ich, wenn wir getrennt sind. Ich gehe nach draußen, betrachte den Vollmond und denke an dich, wo auch immer du bist. Du fühlst dich nicht mehr so weit weg an, wenn ich denken kann, dass du denselben Mond betrachtest.«

Sie schüttelte sich. »Nun, also ... wie ist er, Euer zukünftiger Ehemann?«, fragte sie und bemühte sich, herzlich zu klingen, ohne etwas offenkundig Verräterisches zu sagen. Wer konnte wissen, was die Prinzessin möglicherweise zu einem späteren Zeitpunkt über dieses Gespräch ausplauderte?

Elizabeth zuckte die Achseln. »Ich weiß es nicht«, sagte sie ruhig. »Schlechte Zähne, dünnes Haar: Das sagen die Leute. Es steht mir nicht an zu fragen. Meine Mutter würde jedermann für einen guten Fang halten, wenn er eine Chance darauf hätte, König von England zu werden ... Ich gehorche einfach.«

Sie sagte es mit vollkommener Ergebenheit. Sogar ein kläglisches Lachen war in ihren Augen erkennbar, als sie Isabel wieder ansah. Als wüsste sie, dass Isabel insgeheim die Perlen ihrer Erinnerung an Dickon zählte, für jede dankte und sich gesegnet fühlte, so zu sein, wie sie war – nicht mit dem königlichen Blut, das in Elisabeths Adern floss, sondern mit allen Möglichkeiten, Freiheit und Verdammnis selbst zu wählen.

»Sie wollen sich am St. Luke's Day erheben«, sagte Isabel deutlich. Es war wichtig, diese Einzelheit richtig zu formulieren. »Am achtzehnten Oktober. Aufstände im ganzen Südosten Englands. Männer aus Kent greifen London an. Der Herzog von Buckingham bringt ein Heer mit Männern aus Wales über den Severn. Ein Heer aus Südwestengland schließt sich ihm an. Dann werden beide Heere Henry Tudor treffen, der mit fünftausend Soldaten aus der Bretagne in Devon eintreffen soll. Schließlich marschieren sie alle nach Osten, um dich anzugreifen.«

Dickon bedeckte sein Gesicht mit den Händen und wandte ihr den Rücken zu, als sie erklärte, sein Freund Buckingham wolle ihn verraten. Aus dem zerknitterten Leinzeug war an der Stelle, wo sein Kopf war, ein Stöhnen erklungen. Aber sie sprach weiter zu seiner einen entblößten Schulter mit der geliebten, blassen Haut. Fühlte sich gerechtfertigt. Man musste etwas tun.

Als sie anfing, die militärischen Details aufzuzählen, wandte er sich ihr wieder zu. Sie sah das alarmierte Aufblitzen in seinen Augen, spürte, dass sich seine Gedanken auf sie konzentrierten. Er konnte nicht erwartet haben, dass sie dies wusste. Nun verschlang er sie mit seinem Blick, wog jedes Wort ab, beinahe lächelnd. Als sie endete, lächelte er tatsächlich. Aber er sagte nur: »Du wärest ein guter Soldat geworden.« Und dann lagen sie eine Weile schweigend da, hingen ihren Gedanken nach.

Sie hatte letztendlich keine Skrupel mehr.

Nachdem sie die Prinzessin verlassen hatte, war sie zum Seidenhaus zurückgegangen, um nachzudenken. Sie hatte eine Weile verstört dagesessen und beobachtet, wie Joan Woulbarowe ihren Lombarden, Gasparinos Bruder Andrea, recht hübsch anlächelte, ihre Lippen herabzog, um die schlechten Zähne zu verbergen, während das erste unsichere Muster in dem Damast zu erscheinen begann, an dem sie gemeinsam arbeiteten, langsam erkennbar wurde. Sie kicherte erfreut, als der dunklere, jüngere Mann ihr leise auf Italienisch antwortete: »*Benon, benon*«, aber vielleicht verstand Joan bereits mehr von dieser Sprache. Oder vielleicht mochte sie nur den verführerischen Tonfall. Isabel dachte: Schütze ich das Geheimnis der Prinzessin? Oder schütze ich diese Leute? Meine Leute?

Die Antwort war zu offensichtlich gewesen, um sich Gedanken darüber zu machen. Man musste sich um seinesgleichen kümmern. Es war nicht so schwer, wie sie vielleicht dachte, das Vertrauen der Prinzessin zu missbrauchen.

Dickon setzte sich im Bett auf. Das Stroh in der Matratze war frisch und weich und roch nach Sommer. Er wollte es ihr gegenüber offenbar herunterspielen.

»Nun, was denkst du?«, fragte er, seine Stimme höher als gewöhnlich. »Könnten sie siegen?«

Er hielt den Blick abgewandt.

»Ich bin kein Soldat«, sagte sie hilflos.

»Du bist meine ehrlichste Beraterin.«
Er wartete.
Sie sagte unsicher und an all jene Heere denkend, die in verschiedenen Teilen Südwestenglands herumirrten und einander belauerten. »Nun, es scheint ... schwierig.«
Sie glaubte nicht, dass die anderen Heere Dickons Truppen besiegen würden. Nicht allein. Aber was wäre, wenn einfachen Leute der Gedanke, diesen König loszuwerden, so gefiel, dass sie sich den feindlichen Heeren anschlössen? Es gab so viel Gerede, so viele Leute, die vermuteten, Dickon habe sich die Krone unrechtmäßig angeeignet, die Ehre seiner Mutter besudelt, seine Neffen getötet, und diese lehnten ihn deswegen ab.
Er nickte, als verstünde er den Gedanken, der sie zögern ließ. Die Härte, die auf seinem Gesicht stets sichtbar werden konnte, war plötzlich wieder da, in Linien rund um seine Wangen und Augen. Er plante, bewegte im Geiste Truppen.
Sie konnte sehen, dass er entschlossen war, keinen Schaden zu erleiden. Sorgen machte ihr nun der Schaden, den er anrichten könnte, während er für seine Sicherheit sorgte. Sie sagte, hastig: »Dickon.« Und als er sie ansah, mit abwesendem Blick, fügte sie hinzu: »Bitte, was auch immer du tust, verletze die Prinzessin nicht.«
Er antwortete nicht sofort. Sie wünschte, sie wüsste, was er vorhatte. Er küsste sie auf die Stirn, und ihr Herz flog ihm zu. »Natürlich«, sagte er, sanfter, als sie erwartet hatte. »Elizabeth trägt keine Schuld. Ich würde sie niemals verletzen.« Kurz darauf fügte er hinzu: »Ich würde niemanden von meinen Verwandten verletzen. Und ich würde niemals eine Frau töten. Das weißt du.«

London hörte nur die Geschichte, wie der Oktoberaufstand langsam niedergeschlagen wurde, stückweise, in Tavernen und auf Märkten, von Boten und Herolden, von fahrenden Händlern und vom Klatsch, während rauer Herbstregen die Blätter von den Bäumen und das Leben von den Straßen fegte.
Der Regen hielt das Heer des Herzogs von Buckingham auf,

als stünde Gott auf König Richards Seite. Ein Sturm trieb Henry Tudors kleine Flotte zum falschen Ort. Er landete nirgends an, sondern segelte wohlweislich in die Bretagne zurück. Die diversen Aufstände in Südwestengland verliefen im Sande, ohne dass Bündnisse zustande kamen. Buckingham wurde in Salisbury gefangen genommen und enthauptet.

Lady Darcey war bei Isabels nächsten Nähstunden anwesend. Isabel mied die geröteten Augen der Prinzessin, spürte die Abneigung, die man automatisch jemandem gegenüber empfindet, dem man Unrecht getan hat. Der Aufstand wurde nicht erwähnt. Drei Nadeln blitzten in der Stille auf. Der König befand sich seit Wochen in Südwestengland und sorgte für Ruhe.

Niemand fügte Prinzessin Elizabeth, ihrer Mutter oder ihren Schwestern Schaden zu. Dickon sagte zumindest diesbezüglich die Wahrheit. Keinerlei Straßenklatsch brachte sie mit dem vereitelten Komplott auch nur in Verbindung. Die Menschen auf der Straße fragten sich nur, warum der König Lady Margaret Beaufort, Henry Tudors Mutter, von der man wusste, dass sie in der Stadt Geld für den Aufstand aufgebracht hatte, nichts Schlimmeres angetan hatte. Sie stand unter Hausarrest, aber ihr Gefängniswärter war ihr Ehemann, Lord Stanley. Es war unerklärlich, sagten sie achselzuckend. Sie versuchte es doch bestimmt nur wieder. Die Sanftmut des Königs beruhigte sie nicht.

Der Mensch, den das Gerede über die Heere am meisten ängstigte, war Jane. Sie hatte endlich das Bett verlassen und fühlte sich kräftig genug, um jeden Morgen zur Kirche zu gehen und ihre täglichen Vernehmungen in Alices großer Halle über sich ergehen zu lassen. Thomas Lynom mochte ein königlicher Beamter sein, aber er schien recht freundlich, mit den gütigen Augen und dem guten Kern seines Bruders. Er zog vor Isabel den Hut und plauderte leutselig mit ihr, wann immer sie sich in der Halle begegneten, und sie spürte, dass er Jane freundlich gesinnt war. Aber als das Gerede über die Invasion zunahm, begann Jane, die am Tage sehr still war, nachts im Schlaf mit den Zähnen zu knirschen und aufzuschreien. Ihre schmalen Finger zupften an Dingen. Wann immer Isabel in London war und ein Bett mit Jane teilte, bemerkte sie Truhen, deren Seidenscharniere gebrochen waren, und zerrissene Kissen, deren Füllung halbwegs herausgezogen war. Aber sie fragte Jane nicht, was sie bedrückte. Sie konnte es nicht. Es stand ihr nicht zu, da Jane sich ihr nicht anvertraute. Isabel verdrängte die Verletztheit, die sie darüber empfand. Sie hoffte, dass sie sich vielleicht noch näher kommen würden, aber vielleicht war es auch gut, dass dies nicht geschah. Isabel traute sich in Bezug auf die Geheimnisse anderer Menschen selbst nicht mehr. Ihre Schwester könnte jederzeit etwas sagen, das sie zwang, es Dickon zu erzählen.

Doch Isabel hörte zu. Und eines Tages, als sie das Haus verließ, um zum Gildehaus zu gehen, wo sie die Clavers bei einer Zusammenkunft mit Händlern aus den Niederlanden vertreten sollte, hörte sie durch die geöffnete Tür der großen Halle Janes, dünne, schwache Stimme. »Ich habe solche Angst«, sagte ihre Schwester gerade, und sie klang, als würde sie gleich weinen. »Ich habe Albträume von Soldaten ... Ich wache in der Nacht auf und denke, sie holen mich.«

Eine beruhigend tiefe, männliche Stimme antwortete.

»Aber ich bin eine lebende Zielscheibe«, sagte Jane, ihre Stimme schriller werdend, bevor sie in Schluchzen ausbrach. »Und es wäre so leicht für ihn, es wieder zu tun. Mich für all dies verantwortlich zu machen. Mich eine Hexe zu nennen. Ein öffentliches Exempel an mir zu statuieren ... Ich habe solche Angst, solche Angst ...«

Isabel schlüpfte hinaus. Sie wollte nicht mehr hören.

Sie eilte nicht zurück und wollte sich Janes Schrecken nicht stellen. Doch als sie spät zum Abendessen zurückkam, hatte sich alles verändert. Alice und Anne waren nicht die einzigen Leute am Tisch, die eifrig aßen. Thomas Lynom war auch da, saß neben Jane, und es standen Blumen auf dem Tisch, und Jane, die seit Tagen kaum etwas zu sich genommen hatte, sah ihren Vernehmungsbeamten mit glänzenden Augen an, während er ihr Stücke Wildpastete in den Mund schob und zum anerkennenden Lachen der Seidenfrauen murmelte: »Nun, iss auf, iss. Du siehst wie ein sterbender Vogel aus. Es ist an der Zeit, dass wir dich aufpäppeln.«

Jane erhob sich, als sie ihre Schwester sah. Sie lächelte scheu. »Isabel«, sagte sie, und Isabel war erstaunt zu sehen, dass ihre Schwester, auf diese charmante, kokette Art, wie sie es früher getan hatte, mit den Wimpern klimperte und dann den Blick von den Händen in ihrem Schoß zu Isabels Gesicht hob. »Ich muss dir etwas sagen ...«

Isabel wusste, was es war, sobald sie Thomas ansah, der bis zu den Wurzeln seiner dunkelblonden Haare errötete und wie ein Narr wirkte, jedoch zu glücklich war, als dass es ihn kümmerte.

»Wir werden Ende des Monats heiraten. Ich werde aufs Land ziehen«, murmelte Jane, und ihre Augen, so klar wie der Sommerhimmel, forderten Isabel dazu auf, ihre Freude zu feiern.

Isabel brach zum ersten Mal seit langer Zeit in Lachen aus. Alice lachte ebenfalls schallend, und Isabel begegnete dem erleichterten Blick ihrer Meisterin. Sie hätte sich letztendlich keine Sorgen um Jane zu machen brauchen. Jane hatte ihre Widerstandsfähigkeit nicht verloren, ebenso wenig wie sie ihre alte Gabe verloren hatte, Männer zu bezaubern. Aber ihren Vernehmungsbeamten zu heiraten – nun, das war ein Geniestreich. Was würde Dickon wohl dazu sagen?

Es kümmerte sie nicht. Alles würde gut, jetzt wo es Jane gutgehen würde. Sie konnte nicht glauben, dass Dickon ihre Schwester dafür bestrafen würde, dass sie sich verliebt hatte. Also lief sie auf Jane und Thomas zu, umarmte beide und strahlte voller Dankbarkeit den unerwarteten Retter ihrer Schwester an. Dennoch gelang es ihr nicht so recht, mit dem Heucheln aufzuhören. Sie sagte keines der Dinge, die sie tatsächlich gerade dachte. Stattdessen fragte sie nur mit einem leichten Lachen, das ihre Sympathie für den ältesten verliebten Narren, den sie kannte, nicht ganz verbergen konnte: »Was wird nur der arme Will Caxton dazu sagen?«

15

Bevor er König wurde, hatte Isabel noch nie das Bedürfnis verspürt, bei ihrem Geliebten Vorsicht walten zu lassen. Aber nun träumte Dickon von einmarschierenden Heeren, die kamen, um ihn zu holen, und seine Träume verfolgten ihn bis ins wache Leben. Er hatte Frühwarn-Patrouillen auf den Klippen von Englands Südküsten mit Fackeln und Ponys postiert, um nach Schiffen aus der Bretagne Ausschau zu halten. Der neue König übernachtete lieber in Nottingham, mitten in England, als in Westminster oder London. Er sagte, er könne seine Heere besser in den Midlans ausheben, wenn der Feind käme.

Isabel sah ihn seltener als zuvor. Im Süden schlief er unruhig. Er schreckte hoch, wenn er in der Nacht eine Maus huschen oder eine Diele knarren hörte. Er erwachte, blass und benommen, Angstfalten auf der Stirn, die Isabel nicht vertreiben konnte.

Aber er konnte noch immer heiter – sogar unbekümmert – sein, wenn ihn die Stimmung überkam.

Als Isabel ihm sagte, dass sich der Vernehmungsbeamte, den er geschickt hatte, um Jane Shore zu maßregeln und ihr den Irrtum ihrer sündigen Art aufzuzeigen, stattdessen in sie verliebt hatte, lachte er.

Er lachte so sehr, dass er sich aufs Bett setzen und sich die Seiten halten musste. Er lachte, bis er Tränen in den Augen hatte, die seine Wangen hinabliefen. »Was für eine Frau«, schnaufte er. »Ich ziehe den Hut vor ihr. Sie gibt niemals auf, oder?«

Ein Schimmer wahrer Bewunderung lag in seinen nassen Augen.

Er lachte noch mehr, als Isabel sagte, Thomas Lynom zerbreche sich den Kopf über einen Brief an ihn, um ihn um seine Erlaubnis zu bitten, heiraten zu dürfen.

»Nun, ich sagte ihm einmal, er solle aus der Hure des Königs eine rechtschaffene Frau machen«, sagte er, »aber ich wollte nie, dass er mich so wörtlich nimmt.«

Sie hatte vorgehabt, ihn zu bitten, Thomas und seine Verlobte nicht zu bestrafen. Diese ungestüme Erheiterung hatte sie nicht erwartet.

»Also willst du, wirst du vielleicht«, flüsterte sie ermutigt, »ja sagen?«

Er rang um Luft, um antworten zu können. Er atmete einige Male tief durch und schloss die Augen. Aber auch als sein Körper nicht mehr vor Heiterkeit bebte, konnte er das schelmische Lächeln nicht von seinem Gesicht verbannen.

Während er sich noch um Fassung bemühte, sagte er selbstironisch: »Nun, ich werde natürlich mit meinem pflichtvergessenen Diener sprechen müssen. Aber wenn ich mir erst sicher bin, dass ich ihm seine Torheit nicht ausreden kann – und mir ist jetzt schon lieber, dass es nicht möglich sein wird –, sehe ich keine andere Alternative, als ihm seinen Willen zu lassen.«

Dann kicherte er wieder. Langsam begann auch Isabel zu lächeln.

Es war eine stille Winterhochzeit – nur das Paar und die Claver-Familie an der Kirchentür –, aber sie erfüllte Isabel mit Hoffnung.

Sie lebte das ganze Jahr über mit der Einsamkeit der Scham. Wenn Dickon um der Macht willen mordete und sie es wusste, aber nicht aufhören konnte, ihn zu lieben, war sie mitschuldig. Ihre Strafe bestand darin, von der Vertrautheit mit den Freunden abgetrennt zu sein, weil sie ihnen gegenüber nicht mehr das Gefühl hatte, ehrlich zu sein.

Doch nun setzte sich eine neue Idee in Isabels Herzen fest. Vielleicht waren Dickons Verbrechen nicht so unverzeihlich, wie sie zunächst geglaubt hatte. Wenn sie sich nur alle seine Taten zu ihrer eigenen Zufriedenheit selbst erklären könnte, dann könnte sie sich vielleicht doch vergeben, dass sie ihm verziehen hatte.

Was auch immer er während dieser Machtergreifung getan hatte, so dachte sie nun wieder, war Dickon im Grunde nicht grausam. Er konnte es nicht sein, nun wo er Jane freigelassen und ihre Heirat schicksalsergeben abgetan hatte. Er hatte auch Lady Margaret Beaufort mit dem Tudor-Aufstand glimpflich davonkommen lassen. Und er ließ die Woodville-Frauen in Frieden.

Es war auch nicht falsch von ihm gewesen, sich der Woodville-Onkel zu entledigen. Sie wollten ihn töten. Das hatte er gesagt.

Erst als Isabel den Tod von Lord Hastings bedachte, sank ihr der Mut, oder wenn sie sich an den dünnen, warmen, kleinen Arm des kleinen Prinzen Richard unter ihrer Hand erinnerte, so weich und verletzlich wie der eines Vogels, die verängstigten Kinderaugen auf sie gerichtet.

Sie wollte glauben, dass er und sein Bruder auf dem Lande in Suffolk inkognito aufgezogen wurden, wie Dickon sagte. Sie wollte glauben, dass Lord Hastings etwas ... verbrochen hatte.

Es war mühevoll, das alles zu glauben. Aber wie könnte sie je die Versuchung begreifen, die die Aussicht auf wahre Macht für jemanden darstellte, welcher der Krone so nahe stand? Wie sollte sie beurteilen, was sie nicht begriff? Und so verschaffte ihr dieser Glaube wenigstens ein wenig Seelenfrieden.

Jane und Thomas Lynom trafen Anfang April in London ein, nach einem Jahr Regierungszeit Dickons. Es war das erste Mal, dass sie ihr neues Herrenhaus in Sutton verließen. Alice Claver bereitete ein Festessen vor.

Die Eheleute Lynom waren bereits in der Catte Street, als Isabel eintraf. Im Mittelpunkt der Aufmerksamkeit, beide strahlend lächelnd, beide so golden wie Sommeraprikosen, wurden ihnen nach ihrem Morgenritt Wein und Erfrischungen aufgenötigt.

Jane hatte seit ihrer Heirat das nonnenhafte Grau und Braun abgelegt, aber sie war auch nicht zu ihrem alten eitlen Putz zurückgekehrt. Heute trug sie ein schönes und doch schlichtes, gemustertes Damastgewand in Gelb-, Braun- und Grautönen. Das laubartige Muster glänzte, wenn sie sich bewegte, jedoch so unaufdringlich, dass nicht einmal Alice Claver es wirklich missbilligen konnte. »Eine vornehme Dame vom Lande zu sein scheint zu dir zu passen«, fauchte Alice Claver, auf Janes Hände hinabblickend, die durch ihr neues Landleben verdächtig wenig angegriffen schienen. Trotz des scharfen Untertons in der Stimme der Hausherrin erkannten alle, dass sich Jane irgendwie in Alice Clavers Herz geschlichen hatte. Also sorgte sich niemand.

»Wie gut du aussiehst, meine Liebe«, sagte William Pratte liebevoll und trat geschickt an Will Caxton vorbei, um die Braut zu umarmen. Caxton hatte sich an Jane geheftet, seit er angekommen war, hatte Aufhebens gemacht und wie ein ergebener Hund gegrinst, der sich weigert, sich von seiner längst verloren geglaubten Herrin trennen zu lassen. Zu Thomas Lynom sagte er kaum ein Wort, aber der junge Ehemann nahm die Unhöflichkeit von Janes langjährigem Verehrer gönnerhaft auf.

»Schöner denn je«, deklamierte Goffredo, mit einem Rest seiner alten Tändelei. Goffredo war in letzter Zeit sehr still geworden. Seit die Londoner und die Venezianer im Seidenhaus ihre gegenseitige Sprache ausreichend gelernt hatten, um sich richtig zu unterhalten, stellte sich heraus, dass Goffredo in Venedig zwanzig Jahre lang eine Ehefrau gehabt, sie aber Alice Claver und ihren Freunden gegenüber nie erwähnt hatte. Die kinderlose Frau war im letzten Frühjahr an einem Fieberanfall gestorben, so dass er jetzt, letztendlich, offiziell Witwer war. Aber Alice und Anne neckten ihn wegen seiner sehr langen, halb scherzhaften Liebelei mit Isabel so grausam, dass er nicht mehr wagte, eine frivole Antwort zu riskieren oder ihr fast heiter mehrmals täglich die Ehe anzutragen. »Eine Frau in jedem Hafen«, sagten sie kichernd zueinander, oder: »Du weißt doch, dass die Strafe für Bigamie die ewige Verdammnis ist, nicht wahr?« Und der Blick des armen Goffredo flackerte, und sein Lächeln wurde unsicher. Isabel war zwar erleichtert darüber, dass er sich ihr gegenüber so zurückhielt, aber sie vermisste auch Goffredos alte Ausgelassenheit. Daher war sie froh, nun ein heitereres Glänzen in seinen Augen zu sehen.

»Ja, du strahlst, meine Liebe«, sagte Anne Pratte unmittelbar hinter ihrem Ehemann. Isabel bemerkte, dass Thomas Anne Pratte einen einzigen ruhigen Blick zuwarf und Anne Pratte das Lächeln arglos erwiderte, bevor sie den Blick senkte. Doch niemand sonst schien es bemerkt zu haben, da in diesem Moment Robert Lynom eintrat. Er war ebenso ein Freund wie ihr Anwalt geworden. Ihm war sogar das Geheimnis des Seidenweber-Unternehmens in Westminster anvertraut worden. Also fanden weitere Umarmungen statt, es herrschte Freude.

Sie ließen sich alle am Tisch nieder, und während die Gans zerteilt und die Pasteten und Gemüseplatten gekostet wurden, erzählte Thomas amüsiert, er sei, selbst Ehemann einer einstmals verräterischen Person, in einen königlichen Ausschuss berufen worden, um dort andere verräterische Personen in Essex zu befragen. Der König schenkte ihm für seine Mühen nun ein weiteres Herrenhaus, in Colmworth in Bedfordshire. Er und Jane waren zum ersten Mal auf dem Weg dorthin. Es bestand die Möglichkeit, dass er wieder versetzt würde, um eine Abteilung des aufwendigen, teuren neuen Küstenschutzes zu leiten. »Ich scheine derzeit glücklicherweise als ein Nordengländer ehrenhalber zu gelten«, sagte er behaglich. Jeder wusste, dass der König dem niederen Adel im Süden so sehr misstraute, dass er Hunderte von Schultheißen und anderen Beamten aus dem Norden berufen hatte, damit sie die Verwaltung des Südens leiteten. »Als ich vor fünf Jahren zum Arbeiten nach York ging, ahnte ich nicht, was für eine gute Wahl ich getroffen hatte.«

Thomas Lynom war so ungezwungen, fühlte sich so behaglich. Er war so anders als Dickon.

Wie angenehm hier alles geworden ist, wie ruhig, dachte Isabel dankbar.

Als Jane, eine Hand auf dem Arm ihres Ehemannes, schüchtern sagte: »Thomas und ich haben Neuigkeiten«, und aufgeregtes Plaudern darüber anhob, wann das Lynom-Baby geboren würde und wie es heißen sollte, ließ Isabel sich ebenso wie alle anderen von der Hoffnung hinreißen. Sie erhob ihr Glas: »Auf neue Anfänge«, sagte sie, »für uns alle.« Und alle lachten und klopften mit den Händen auf den Tisch, während Thomas Lynom seine Frau küsste.

Isabels Glück flackerte auf und verging, als sie und Will Caxton gegen Abend in Westminster ankamen und Glocken hörten.

Jemand war gestorben.

Sie sah das Erschrecken in Wills Augen. Ihr Herz hämmerte. Sie liefen schweigend durch den trauervollen Lärm zur nächstgelegenen Taverne, um herauszufinden, wer gestorben war. Die Taverne hieß *The White Boar*, wie Dickons Abzeichen. Darinnen befand sich eine aufgewühlte Menschenmenge.

»Es ist ein Zeichen Gottes«, sagte eine wohlbeleibte, ältere Dame in strengem Schwarz gerade und bekreuzigte sich. »Es muss so sein.«

Der Mönch, der bei ihr war, nickte. Er hatte dieselbe Stupsnase und die feisten Wangen wie sie und leerte einen Krug Ale. Er trank ihn ganz, bevor er mit Schaum auf dem Gesicht erwiderte: »Mmm. Bis auf den Tag ein Jahr. Von Unserem Gütigen Herrn in seinem gerechten Zorn niedergestreckt. Das ist die einzige Erklärung.«

Isabel betrachtete sie und dachte zögerlich: Es ist der neunte April. Sie brauchte einen Moment, um sich daran zu erinnern, was am letzten neunten April geschehen war. Dann erinnerte sie sich. Es war der Tag, an dem König Edward gestorben war. Der Tag, an dem sie zum ersten Mal dieses Getöse der Glocken gehört hatte, das den Ohren wehtat.

Als die Angst kam, war es, als ob sie ertrinken würde. Sie musste keuchen. Dickon?

»Aber wer ist tot?«, fragte Will Caxton gerade.

»Der Prinz von Wales«, sagte der Mönch. »Der Junge.«

»Gott gewähre seiner Seele Frieden«, flüsterte Will und bekreuzigte sich. Sie bekreuzigte sich auch, aber das Gefühl, das durch ihre Glieder strömte, war die süßeste Erleichterung. Erst als sie aufblickte und ein ganzer Kreis Zuschauer sie erstaunt betrachtete, erkannte sie, was sie gemurmelt hatte: »Gott sei Dank.«

Will sagte: »Sie befürchtete wohl, Ihr könntet über den König sprechen.« Er sprach rasch und abwehrend, bevor sich die Überraschung in Feindseligkeit verwandeln konnte. Sie nickte nur.

»Aber dies ist schlimmer«, rief der Wirt des *White Boar* aus, die Hände voller Krüge und wischte sich mit einem Unterarm den Schweiß von der Stirn. Die Menge nickte, und es war unterschwellig »Sündhaftigkeit« und »göttliche Strafe« zu hören. »Es gibt keine anderen Kinder. Keine Erben. Keine Töchter. Kaum ein Neffe lebt noch. Er sagte, sie sind alle Bastarde, oder? Wir wissen, was das für uns bedeutet. Wenn er stirbt, bricht ein weiterer Krieg aus. Und meine Frage ist: Was, verdammt, nützt irgend jemandem von uns ein lebender König, wenn sein Herrscherhaus tot ist?«

»Es heißt, die Königin sei darüber wahnsinnig geworden«, sagte Anne Pratte. »Vor Kummer.«

Alice seufzte heftig. Ihre Nadeln blitzten rhythmisch auf.

»Anne, also wirklich«, schalt William Pratte.

Es gab nur noch einen rechtmäßigen Yorker Erben. König Edwards Kinder waren Bastarde. Der Sohn des Herzog von Clarence war vom Thron ausgeschlossen, weil sein Vater als Verräter gestorben war. Blieb nur ein Cousin: John de la Pole, der Graf von Lincoln. Noch ein Neunjähriger.

»Der König auch«, fuhr Anne Pratte unbeirrt fort. »Es heißt, er schlüge mit dem Kopf gegen die Wand und risse sich die Haare aus. Büschelweise.«

Isabel zuckte innerlich zusammen. »Anne«, mahnte William Pratte.

Sie fixierte ihn mit kaltem Blick. »Ich weiß nicht, warum du so empfindlich bist, Lieber«, sagte sie. »Es ist nicht so, als wenn ich nur tratsche. Ich nenne es nicht Gottes Strafe, was auch immer jemand anderer sagt. Ich sage nur, wir haben ein Recht, uns Sorgen zu machen. Es heißt, es seien jetzt dreihundert rebellische Lords in der Bretagne. Sie werden auf so etwas gewartet haben. Wie lange wird es dauern, bis sie Ärger zu machen beginnen? Und was wird dann aus uns?«

Es war eine rhetorische Frage. Sie hatten Isabel oft genug

erklärt, was aus ihnen würde, wenn es wieder Krieg gäbe: die Verträge würden sich in Luft auflösen, die Fremden auch, die Weinflotte würde ausbleiben, die Preise würden ansteigen, wahnwitzige Kriegsabgaben würden erhoben, die Gerichtshöfe wären von ungehörten Fällen belegt, die Straßen wären voller Banditen, die Meere voller Piraten. Sie kannte die Antwort. Sie hatten es ja auch erlebt. Sie konnte die Angst in ihren Augen sehen.

Isabel hatte nicht erwartet, Dickon bald wieder zu sehen. Der Leichnam musste bestattet, die Verteidigungen des Königreichs verstärkt werden. Sie würde warten.
Aber er kam. Sie stand draußen in dem kleinen Garten, pflückte Levkojen für den Tisch, spürte die Sonne auf dem Rücken und wusste, dass heute Nacht Vollmond war, als sie das leise Pfeifen aus der Hecke hörte. Sie hatte bis dahin nicht einmal das Verklingen von Hufen bemerkt. Sie trat zum Tor, um nachzusehen, wer es sein könnte.
»Du«, sagte sie und fühlte sich von einem gewaltigen Glücksgefühl erfüllt.
Er wirkte staubig von der Straße und von seinem Schmerz gezeichnet – dünner, irgendwie eingesunken, mit dunklen Schatten unter den Augen, und Traurigkeit verzerrte sein Gesicht.
Sie hatten noch nie auf der Straße miteinander gesprochen. Sie war zu gut einzusehen, zu öffentlich. Ihre stillschweigende Absprache sah so aus, dass sie, sobald sie sein Pferd sah, über die Straße und die rückwärtige Treppe der Taverne hinaufschlich, um ihn in ihrem Raum vorzufinden. Wenn sie vorsichtig war, brauchte sie niemand je zu sehen.
Aber nun sprach er, unter den Fenstern, die voller Augen sein mochten, als kümmere es ihn nicht mehr, wer ihn sah. Er stieg ab und trat direkt zu ihr, bevor er auch nur sein Pferd angebunden hatte, so dass das menschliche und das tierische Gesicht zusammen über das Tor auf sie zukamen. Er küsste sie in einer herben Wolke aus Pferdeschweiß und Leder, ein seltsam sehnsüchtiger, unsicherer Kuss.
Als sie sich wieder trennten, sagte sie, durch diese neue Un-

kompliziertheit ein wenig erschrocken: »Es tut mir so leid für dich.«

Er sagte mit jener unheimlichen Ruhe, die ihn niemals zu verlassen schien: »Kannst du dir vorstellen, wie sehr ich ihn geliebt habe?«, und sie nickte. Wenn ihre Vorstellungskraft keine stärkere Liebe heraufbeschwören könnte als die bittersüße Freude, die sie hier und jetzt darüber empfand, mit Dickon zusammen zu sein, in diesem Moment gebraucht zu werden, wäre es genug. Verschränkte Blicke: ein langes Schweigen. Sie wollte die Augen niemals wieder abwenden. »Du kannst nicht wissen, wie sehr ich dich vermisst habe«, sagte er, und ihr Herz tat einen Satz. »Ich weiß, ich kann dir vertrauen. Komm und lass uns reden.«

Sie hielt noch immer die Levkojen im Arm. Sie öffnete das Tor und ging hinter ihm unmittelbar über die Straße, zur rückwärtigen Tür des Red Pale.

Die hellen Wände und das Stroh bewahrten noch immer eine Erinnerung an das Glück. Aber nun war sie vollkommen angezogen und hielt die Hand eines Mannes, der in staubiger Kleidung auf einer Matratze kauerte und sagte, er brauche sie, aber kaum zu erkennen schien, dass sie da war. Der über Schmerz sprach, wie zu sich selbst. Sie sah zu, wie ein lebendiges Gesicht vor ihren Augen zu altern schien, während er beschrieb, wie das Leben aus seinem Kind wich. Das leichte Fieber, der Ausschlag, die teilnahmslosen Tränen. Nichts. Ein kurzer, böser Traum. Aber am Morgen war Edward tot gewesen.

Sie konnte sich vorstellen, wie Dickon seinen Kummer verdrängt haben musste. Seine wundersame, tiefe, beruhigende Stimme eingesetzt hatte, um andere zu trösten, würdevoll, prosaisch und pragmatisch gewesen war. Sich auch ins Gebet zurückzog, oder einen seiner wilden, einsamen Galopps unternahm, die er so liebte, um das Gefühl nicht zuzulassen, wie sehr er seinen Kummer hinausschreien wollte.

»Da war einmal eine Seidenfrau, die für uns gearbeitet hat«, flüsterte sie, ihre Augen voll Mitleid und Tränen. »Ihr kleiner Junge starb. Sie verschwand einfach. Man hat sie eine Woche vergebens gesucht. Sie war in die Wälder hinausgegangen und hatte sich in einen Fuchsbau eingegraben. Als hätte sie versucht, sich zu begraben. Sie gruben sie aus und brachten sie zurück, aber sie wollte nicht mitkommen. Sie sagte immerzu: ›Lasst mich sterben, lasst mich sterben.‹ Es hieß, sie sei verrückt geworden, und man brachte sie drei Monate lang nach Bethlem. Seitdem ist sie nie wieder genesen ...« Sie hielt inne. »Aber du, du warst immer stark.«

Dickon sah sie zum ersten Mal, seit sie die Tür geschlossen hatten, direkt an. Er war so müde, dass sein Gesicht grau wirkte. Auch in seinem Haar war Grau erkennbar. Er verkrampfte die Hände ineinander, bis seine Knöchel knackten.

»Du weißt es«, sagte er. »Nicht wahr? Wie es Anne geht.«

Seine Frau. Die Königin von England. Sie zuckte zusammen, aber er schien es nicht zu bemerken. Er sprach weiter. Anne Neville wollte sterben. Sie konnte nicht essen. Sie konnte nicht schlafen. Ihre Knochen und Augen stachen hervor. Sie klagte und riss die Wandteppiche herab. Sie fiel Treppen hinunter, schnitt sich in die Handgelenke, schlug mit dem Kopf gegen die Wände. Sie hatten keine anderen Kinder.

Er sagte leer: »Es ist, als sei sie besessen. Ich kann nicht mit ihr zusammen sein. Aber ich kann sie auch nicht verlassen.« Isabel machte sich klein und schwieg. Sein Gesicht zuckte. Er fuhr eilig fort, ein Flüstern mit einem unterdrückten Schrei darin: »Sie will sterben. Aber ich kann das nicht zulassen. Sie erinnert sich ebenso an Edward wie ich.«

Welchen Trost konnte sie bieten? Sie drückte seine Hand. Er erwiderte den Druck. Er saß eine Weile schweigend da. Dann fasste er sich, betastete das Kruzifix, das er abgenommen und auf den Boden gelegt hatte, als er das Zimmer betrat. Er murmelte ein Gebet. Es war nicht sein übliches Kruzifix. Es war kleiner und kunstvoller, mit einem einzigen Rubinsplitter verziert. Er bemerkte, dass sie es betrachtete. Er sagte unbehaglich: »Es ist seines. Edwards.« Er sah sie nicht an, als er fortfuhr: »Sie erwarten mich. Ich muss gehen.«

Sie beobachtete, wie der Vollmond aufstieg, bevor sie den

Raum verließ, um über die Straße nach Hause zu gehen. Sie nahm die verwelkten Levkojen mit.

Will Caxton schaute aus einem Fenster im Obergeschoss, als ihr Tor quietschte. Er war im Nachthemd, streckte sich und lächelte, während er nach seinen Fensterläden griff. »Du bist spät draußen«, sagte er.

Sie hielt die Blumen hoch. Er war zu weit entfernt und es war, selbst im Mondlicht, zu dunkel, als dass er sehen könnte, wie verwelkt sie waren. Er würde vielleicht denken, sie wäre draußen gewesen, um sie bei Nacht zu pflücken.

Er nickte. »Sie sind hübsch«, sagte er freundlich. »Ist es heute Nacht nicht wunderschön draußen? Dieses magische Licht. Ich liebe den Vollmond. Du nicht auch?«

Da Isabel Will Caxton mochte, antwortete sie. »Oh ja.« Und während sie den Weg hinaufging und den Riegel ihrer Tür anhob, fügte sie hinzu: »Obwohl er manchmal traurig wirkt. So fahl und still.«

Wills Murmeln noch im Ohr, blieb Isabel unmittelbar hinter der Tür stehen. Sie konnte den üblichen abendlichen Tanz, die Musik und den Trubel hören, die hinter den geschlossenen Türen gegenüber hervordrangen. Vielleicht würde sie sich später den Webern anschließen. Es gab so viel Traurigkeit auf der Welt. Dickon war in Trauer. Aber er hatte seine Trauer zu ihr gebracht, zu niemandem sonst. Wenn sie daran dachte, konnte sie alles ertragen. Sie könnte vielleicht sogar tanzen.

»Habt Ihr draußen Truhen gesehen?«, fragte Prinzessin Elizabeth, und ihre Stimme schien hastiger und schärfer geworden zu sein. »Haben sie schon angefangen, sie fortzubringen?«

Isabel schüttelte den Kopf. »Truhen ...« Sie war verwirrt. Elizabeth war seit der fehlgeschlagenen Rebellion Henry Tudors so still, so korrekt, so hoffnungslos gewesen, als wäre das Leben in ihr ausgelöscht worden.

»Wir brechen auf«, sagte die Prinzessin ungeduldig, als begriffe Isabel zu langsam. »Nach Hause. Zum Palast zurück. An den Hof. Wusstet Ihr das nicht?«

Und dann fügte sie freundlicher hinzu: »In unseren Schlafzimmern herrschte stundenlang Chaos. Packen, Falten und Anheften und ich weiß nicht was. Überall Truhen. Ich dachte, Ihr hättet draußen bereits welche gesehen.«

Elizabeth hatte die blasse kupferfarbene Schönheit ihrer Mutter geerbt. Die Vorzüge ihres Gesichts waren ihre Wangenknochen und eine gerade, hübsche Nase. Der kleine Mund ihres Vaters war bei ihr zu dem hübschen Bogen eines Cupidos geworden. Und ein Leuchten umgab sie, das Isabel zuvor nicht gesehen hatte.

»Aber ... warum?«, fragte Isabel verwirrt. Sie konnte sich nicht vorstellen, wie sie die Frage taktvoller stellen konnte. Sie fügte klugerweise hinzu: »Wenn ich fragen darf?«

Die Prinzessin antwortete bereitwillig. »Wegen des Briefes«, sagte sie, setzte sich auf ein Kissen und klopfte auf den Stuhl neben sich. »Meine Mutter fühlt sich jetzt sicherer.«

»Ein Brief?«, wiederholte Isabel. Sie kam sich allmählich dumm vor. Welcher Brief könnte die Königin-Witwe Elizabeth Woodville möglicherweise davon überzeugen, ihre Zufluchtsstätte zu verlassen?

»Von meinem Bruder«, erklärte die Prinzessin mit der trägen Stimme eines Menschen, der mit den Einfältigen sanft umgeht, und, als Isabel sie weiterhin verständnislos ansah: »Richard. Ihr kennt ihn. Ihr traft ihn, oder? Hier, bevor sie ihn fortbrachten?«

Ein Brief von einem der verschwundenen Prinzen. Isabel fühlte sich schwindelig. Also lebten sie wirklich. Sie setzte sich plötzlich aufrecht hin, und eine Welle der Zärtlichkeit für Dickon überkam sie heftiger als jemals zuvor. Sie hatte sich nicht vorstellen können, dass es möglich wäre, ihn noch mehr zu lieben, als sie es bereits tat, und diese zusätzliche Woge des Glücks, welche die Zweifel hinwegschwemmte, stellte ihre verlorene Unschuld wieder her. Er hatte die Wahrheit gesagt. Sie hätte es wissen müssen. Sie hätte ihm vertrauen sollen.

»Oh«, sagte sie.

Die Prinzessin lachte über ihren benommenen Ausdruck. Aber sie hatte auch länger Zeit gehabt, über die Erschütterung hinwegzukommen. »Ja«, sagte Elizabeth so fröhlich und entspannt wie ein normales Mädchen. »Er hat uns geschrieben. Einfach so. All diese Monate, die wir uns gesorgt haben, und jetzt«, eine Sanftheit stahl sich auf ihr königliches Gesicht, »stellt sich heraus, dass es die ganze Zeit überhaupt nichts zu befürchten gab.«

Männer kamen. Zwei Truhen wurden geräuschvoll auf dem Boden abgesetzt. Isabel packte die Altartücher in Abdeckungen aus Segeltuch und nähte sie sorgfältig zu Päckchen. Sie fertigte auch getrennte Segeltuchpäckchen für die Perlen, die roten und grünen Seidenfäden und das venezianische Gold und nähte sie auf das größte der Hauptpäckchen. Und dann packte sie all die grob gefertigten Päckchen in die Truhen, zwischen Lagen Stroh, damit sie nicht zerdrückt würden. Und während der ganzen Zeit, in der sie arbeitete, lächelte sie. Und währenddessen saß die Prinzessin auf ihrem Kissen und redete.

»Sie haben London im letzten Oktober verlassen ... mein Onkel sagte, sie wären sicherer, wenn sie fern wären ... Suffolk ... Little Gipping ... Sehr abgelegen ... sie sind bei guter Gesundheit, zumindest gilt das für Richard, aber er sagt, Edward war krank ... sie sind bei einer Familie ... andere Jungen ... Tyrrell ... sie reiten ... kommen gut zurecht ... die Dienstboten wissen nicht, wer sie sind ... sie nennen sie ›Lord Edward‹ und ›Lord Richard‹... was nicht schlecht ist, auf jeden Fall besser als ›Bastard Edward‹... Ich werde mich vermutlich daran gewöhnen müssen, selbst ›Bastard Elizabeth‹ genannt zu werden ..., aber zumindest werde ich wieder am Hof sein, nicht hier drinnen eingepfercht ... Es ist komisch, nicht wahr? In Wahrheit ziehen wir nur über die Straße, ein paar hundert Meter weit, aber alles ändert sich, wenn man erst über die Straße gelangt ist, alles ... Es wird jedoch monatelang keine Tanzveranstaltungen geben, wegen der Trauer. Ich wusste nicht, dass mein Cousin Edward ... obwohl ich natürlich traurig bin ... Wir werden nicht dieselben Räume bekommen, aber es werden gute Räume sein ... Ich werde wieder reiten können ... Glaubt Ihr, es sei an der Zeit, wieder an meinem Hochzeitskleid zu arbeiten? Weil ich jetzt vielleicht doch eine gute Ehe eingehen könnte. Glücklich leben bis ans Ende.«

Isabel ließ dies über sich ergehen, genoss es. Aber als die Prinzessin über das Heiraten zu sprechen begann, schaute sie auf.

»Nicht Henry Tudor?«, fragte sie, bemüht, ihn zu einem gemeinsamen Scherz zu machen. Die Prinzessin lachte, ein leichtes, sprödes, geselliges Lachen. Aber sie nannte keinen Namen. Sie sagte nur »ah«, und ihr Gesicht zeigte einen rätselhaften Ausdruck, während sie mit dem Kruzifix um ihren Hals spielte. »Es wäre töricht, denselben Fehler zweimal zu machen, nicht wahr?«

Erst als sie das Haus des Abtes verließ, erkannte Isabel, was sie an diesem Moment am meisten störte. Elizabeths Kruzifix war mit einem einzelnen kleinen Rubin verziert. Es war das Gegenstück zu demjenigen, das Dickon am vorangegangenen Abend getragen hatte.

Dickons Blick war ebenso leer wie beim letzten Mal. Aber sie liebten sich. Er sprach nicht, sog nur bei ihrem Anblick einen tiefen Atemzug des Verlangens ein, schloss die Augen und legte seine Lippen auf ihre. Selbst als sie atemlos zusammen aufs Bett getaumelt waren, gesättigt, lächelte er nicht und brach sein Schweigen nicht. Aber er hielt sie weiterhin so dicht an sich gedrückt, so sehr, dass sie seinen Herzschlag spüren und die Tiefe der Einsamkeit ermessen konnte, der er zu entkommen versuchte. Es genügte.

»Ich mache mir Sorgen um dich«, flüsterte sie. Er küsste sie, als ob er sie zum Schweigen bringen wollte. Sie spürte, dass er heute vielleicht nur ihre Haut an seiner spüren wollte. Sie würde tun, was auch immer er brauchte. Sie entspannte sich an seinem Körper, küsste seine Brust mit leichten, kleinen Küssen, brachte ihn dazu, dass er die Augen schloss. Dann erinnerte sie sich an den Brief. Und konnte nicht an sich halten, ihre Dankbarkeit auszudrücken.

»Elizabeth ...«, flüsterte sie – sie konnte sie bei Dickon weder »Prinzessin« noch »Bastard« nennen – »Elizabeth war mit dem Brief von ihrem Bruder so glücklich.«

Er hatte den Brief vielleicht selbst gebracht. Aber er brummte nur. Hielt die Augen geschlossen.

»Ich auch«, hauchte sie. »Ich danke dir.«

Sie hatte das Vertrauen bewahrt. Sie hatte Zweifel gehabt, aber die Dunkelheit schwand.

Als sie sich selig an ihn schmiegte, schaute sie zu der Stelle am Boden, wo sein Kruzifix lag. Es war das übliche große mit Saphiren. Das Kreuz des toten Kindes war fort.

Sie lag mit einer Wange auf Dickons Brust und sah auf die Schatten auf dem Boden hinab.

Sie wusste nicht warum oder was sich geändert hatte. Aber sie war nicht mehr glücklich.

Viertes Buch

Liebe

16

Als sie nach dem Kruzifix fragte, seufzte Dickon nur. »Es ist dasselbe«, sagte er müde, rappelte sich hoch und legte sich seine Waffe um. »Ich habe es Elizabeth geschenkt, damit sie sich dadurch an ihn erinnert.«

Aber Elizabeth sagte doch, sie hätte ihren Cousin kaum gekannt. Warum sollte sie sein Kreuz haben wollen?

Isabel sah Dickon weiterhin an. Er runzelte die Stirn. »Sie waren Cousinen«, sagte er ausweichend.

Sie wandte den Blick nicht ab.

So verärgert, als verhöre sie ihn und zwinge ihn zu einem Geständnis, fügte Dickon hinzu: »Und ich habe sie als mögliche Ehefrau erwogen. Falls Anne sterben sollte.«

Sie wandte ihren Blick nicht von ihm ab.

Er sagte abwehrend: »Nun, das würde Henry Tudors Absicht, sie zu heiraten, unterbinden. Sie würde eine Krone bekommen, sogar als Bastard. Es würde ihre Mutter davon abhalten, sich an mir zu rächen. Es ergäbe Sinn.«

In das entstandene Schweigen hinein fauchte er: »Um Gottes willen. Hör auf, mich so anzusehen.«

Aber sie konnte nicht. Sie brachte nicht einmal die Kraft auf, das Laken aufzuheben, das von ihrem nackten Körper gerutscht war. Sie saß einfach in dem zerwühlten Bett, das Kinn auf den Knien.

Sie hatte bis jetzt alles hingenommen. Sie lebte mit ihren Ängsten. Sie hatte die Geschichten darüber gehört, wie Hastings um sich tretend und schreiend aus dem Ratsraum gezerrt und mit ausgestreckten Armen und Beinen über einen Baumstumpf gelegt wurde, um enthauptet zu werden, während Dickon zusah. Sie hatte ihren Geist vor diesen Geschichten verschlossen.

Aber dies fühlte sich schlimmer an. Es war Verrat. Sie konnte das nicht hinnehmen. Sie konnte nicht zulassen, dass er eine andere Frau liebte. Und sie glaubte nicht daran, dass sein einziger Beweggrund, Elizabeth zu heiraten, der wäre, ein gutes Bündnis zu schmieden.

Sie bekam den Gedanken nicht mehr aus ihrem Kopf, wie er dieses Kreuz um Elizabeths langen Hals schloss.

Sich beherrschend, setzte er sich wieder hin. Legte seine Hand auf ihre Hände. »Schau«, sagte er, doch sie spürte, dass seine Sanftheit Ungeduld verbarg. »Mein Sohn ist tot, meine Frau stirbt. Es ist meine Pflicht, darüber nachzudenken. Ich brauche einen Erben. Es wäre ein Bündnis, nicht mehr.«

Sie schwieg. Sie fühlte sich innerlich tot. War er dieses Mal in Wahrheit nach London gekommen, um Elizabeth zu sehen und Heiratspläne mit ihr zu schmieden?

»Elizabeth ist ein Kind«, sagte er, als würde sie das trösten. »Ich liebe sie nicht.«

Sie schwieg.

Er sagte: »Ich muss gehen.« Er fuhr morgen nach Nottingham und in den Norden.

Sie nickte.

Er küsste sie auf die Wange, bevor er ging.

Es sollte Wochen dauern, bis er zurückkäme: am Ende des Sommers. Sie wollte nicht einmal über das nachdenken, was er gesagt hatte. Sie konnte es nicht. Sie stürzte sich noch tiefer in ihre Arbeit.

Sie und Goffredo kauften für die italienischen Arbeitsgruppen Webmaterial ein, fuhren zu verschiedenen Zeiten zu den Londoner Märkten und achteten sorgfältig darauf, ihre Bezugsquellen zu wechseln. Die geschmeidigen Bahnen glänzenden Stoffs auf den Webstühlen wurden größer. Es würde nur noch wenige Monate dauern, bis die Seidenfrauen ohne Anleitung der Italiener weben könnten. Bald müssten sie planen, wie sie die Existenz einer Werkstatt im Gildehaus bekannt geben sollten. Wenn die Mercery ihnen zu handeln erlaubte, könnten sie vom nächsten Frühjahr an mit dem Verkauf beginnen.

In London, wo sie sonntags hinging, um die Hälfte der Woche mit den alten Frauen zu verbringen, schloss sie auch Geschäfte in den Arkaden ab, schrieb ihre Verkäufe in Alices Hauptbücher, folgte den älteren Frauen, um ihre Kunden zu unterhalten, und ging mit Alice und William Pratte zum Gildehaus. Niemand sonst konnte Wahrheit und Lüge so gut unterscheiden wie Isabel, selbst Alice nicht. Isabel wurde ständig vom Seidenamt angefordert, um importierte Seidenstoffe auf ihre Echtheit zu überprüfen. Die Tuchhändler verließen sich auf ihre Fähigkeit, eine Bahn Damast abzurollen und, nachdem sie sie befühlt und im Licht des Fensters begutachtet hatte, sie entweder als vollendet gearbeitet oder als stellenweise mangelhaft zu bezeichnen, als uneinheitlich oder als mit zu dünnen Kettfäden und zu wenigen Schussfäden gearbeitet, was den Stoff fester gemacht hätte. Oder um, nachdem sie an einem fragwürdigen Stoff gerochen hatte, zu sagen, er sei durch einen betrügerischen Exporteur künstlich verfestigt worden.

Sie kannte auch alle ausländischen Bestimmungen besser als jeder Beamte. Wenn der ausländische Importeur zornig von seinem Stuhl aufsprang und rief: »Aber es ist vollkommen legitim, *Gomma* zu benutzen!«, war es Isabel, die wusste und ohne Zögern erwiderte, dass die venezianische Regierung die Benutzung von Leim, während man ihn bei leichten Tuchen wie Satinstoffen redlich benutzen konnte, um die Farben zum Leuchten zu bringen und dem Stoff Beständigkeit zu verleihen, 1457 bei schweren *Parangon*-Stoffen für unrechtmäßig erklärt hatte und die Bestimmung seitdem strikt durchsetzte. London folgte der Anordnung Venedigs. Der Importeur konnte nichts anderes tun, als seinen Stoff zu nehmen und zu gehen.

Es hieß auf den Märkten, dass die Königin stürbe und der König für seine Sünden bestraft werde. Aber die Einkünfte der Clavers stiegen stetig.

»Du bist ein Wunder, du arbeitest so hart«, sagte Robert Lynom. »Aber willst du dich nie vergnügen? Geh und bleib bei Jane. Sie ist einsam. Thomas ist derzeitig ständig fort, um Truppen für den König auszuheben.«

Sie schüttelte den Kopf. »Es gibt hier zu viel zu tun«, sagte sie schroff.

Wenn sie aufs Land ginge, wie könnte sie dann in Westminster sein?

Isabel blieb an ihren drei Tagen in der Woche in Westminster lange auf. Im Seidenhaus ließ sie sich am Tage von den Seidenwebern die Grundlagen ihres Handwerks beibringen und tanzte abends, bis spät am Abend, mit den Lombarden.

Einmal in der Woche spazierte sie zum Palast zu den großen, hellen Gemächern, die den Fluss überschauten, wo Prinzessin Elizabeth sich mit Jagden und Vorbereitungen für die Tänze beschäftigte, die am Ende des Sommers erneut beginnen würden. Die Prinzessin wollte die Altartücher nicht fertigstellen, die sie an jene endlosen, elenden Monate in der Zufluchtsstätte erinnerten. Sie waren in die Stadt geschickt worden, um sie fertigstellen zu lassen. Aber sie und ihre Schwestern wollten Festkleider. Isabel übernahm einen einträglichen Auftrag von Lady Darcey und gab ihn als Unterauftrag an die Mercery weiter. Ihre Geduld mit den Prinzessinnen zahlte sich aus. Alice wäre erfreut.

Doch das war nicht länger der Grund, warum Isabel hierherkam. Sie kam, um sich selbst zu quälen, indem sie Elizabeth unbemerkt beobachtete: die Glätte der sechzehnjährigen Haut, die schmale Taille, den schlanken Hals, die weißen Hände und die hervorstehenden Augen abmaß, die sie einst für hässlich hielt, die aber jetzt vor Geheimnissen zu leuchten schienen. Sie versuchte, nicht an die feinen Linien um ihre eigenen Augen zu denken, an die hellen Strähnen in ihrem Haar. Aber sie kam nicht umhin, sich zu fragen: Wie könnte Dickon diese Nichte nicht lieben?

»Das ist ein wunderschönes Kreuz«, sagte sie, auf einem Knie, mit Heftarbeit beschäftigt.

Elizabeth blickte hinab, blinzelte in Isabels Richtung. »Das meines Cousins«, sagte sie leise. »Gott gewähre seiner Seele Frieden. Seine Majestät schenkte es mir.« Aber sie gab keine weiteren Informationen preis.

Um noch mehr zu erfahren, äußerte Isabel die Vermutung: »Wie erleichtert Ihr darüber sein müsst, dass Seine Majestät Eurer Familie so wohlgesonnen ist ...« Aber die Prinzessin nickte nur, mit einem unnahbaren Halblächeln. Sie hatte Vorsicht gelernt. Es war lange her, seit sie sich Isabel anvertraut hatte.

Wenn nur mehr Leute vorsichtiger wären, dachte Isabel verärgert, während sie ihrer Weberin Joan Woulbarowe nachlief.

»*Speta, Dotor Gigli! Drio de vu! Vienlo a Mesa*?«, trällerte Joan fröhlich. Sie wirkte derzeit hübscher als in all den Jahren, seit Isabel sie kannte. Sie hatte ihre nachlässige Haltung verloren. Ihr Haar war unter dem Kopftuch zurechtgemacht, ihre Lippen waren voll und rosig, ihre Augen glänzten, und ein hübsches, goldenes Herz war an einem roten Band um ihren Hals zu sehen. Die anderen Seidenfrauen in Westminster verbrachten ihre Abende mit Wetten darauf, wann der schüchterne, kleine Andrea di Costanzo den Mut aufbrächte, seinen Bruder Gasparino zu bitten, Goffredo zu bitten, Alice Claver zu bitten, ihm zu erlauben, Joan Woulbarowe am Ende ihres gerade begonnenen, zweijährigen Ausbildungs-Vertrages zur Seidenweberin zu heiraten.

Dennoch wäre Joan Woulbarowe, ob glücklich oder nicht, immer noch eine Närrin, dachte Isabel bitter, während sie hinter dem dicken Doktor, der in der italienischen Kapelle betete, aus dem dunklen Eingang von St. Thomas of Acre in die Sommersonne trat. Was bildete Joan sich ein, wenn sie an einem Sonntagmorgen in der Stadt London umherwanderte, in ihrem schlechten Italienisch mit den Lombarden plauderte und Aufmerksamkeit auf sich zog? Sie sollte in Westminster bleiben, um keinen Schaden anzurichten.

Isabel holte Joan Woulbarowe ein, tippte ihr auf die Schulter und unterbrach damit den wie auch immer gearteten, fröhlichen Kommentar, den sie dem Italiener gegenüber machte. Dr. Gigli war Priester und Mediziner, kein Händler, so dass weniger unmittelbare Gefahr bestand, dass Joans plötzliche Italienischkenntnisse irgendwelchen Marktklatsch auslösen könnten, aber es war das Beste, sie in jedem Fall rasch zum Schweigen zu bringen.

Joan wirkte bestürzt – und, dachte Isabel grimmig, trotz ihrer Indiskretion nicht einmal halbwegs schuldbewusst.

»Hattet Ihr eine Nachricht für Mistress Claver, Joan?«, fragte Isabel streng.

»Oh, nein, Mistress Isabel«, antwortete Joan arglos, »ich wollte gerade mein Tantchen Rose in der Lad Lane besuchen. Sie hat sich den Knöchel gebrochen. Sie sieht mich sonntags gerne.«

Isabel seufzte. »Nun, dann geht«, sagte sie, und Joan sah sie mit ängstlichem, verständnislosem Blick an, bevor sie sich abwandte.

»*Bexon' ndar caxa*«, sagte sie höflich zu Dr. Gigli und knickste, während sie ging. »*Ah, la vita l'è na fraxe interóta. S-ciào vostro*«, erwiderte er, gleichermaßen höflich.

Isabel stand unsicher da. Dr. Gigli blieb auch stehen und sah Joan nach. »Es ist lange her, seit ich Joan zuletzt sah«, sagte er herzlich. »Ihre Tante pflegte in meinem Haus zu arbeiten.«

Isabel lächelte auf eine »Sehr-interessant-aber-ich-muss-mich-beeilen«-Art, doch der füllige Italiener mit der interessierten Miene würde sie nicht so leicht gehen lassen. Er wandte seinen Kugelbauch in ihre Richtung.

»Sie hat Italienisch gelernt, wie ich bemerkt habe.«

Isabel verzagte innerlich. Aber sie verlieh ihrem Gesicht einen vertrauensvollen, wissenden, leicht anzüglichen Blick. »Sie ist verliebt«, sagte sie. »Soweit ich gehört habe.« Er nickte, so dass sein Doppelkinn schwabbelte. Zuversichtlich – es kam der Wahrheit so nahe, warum Joan Italienisch lernte –, schmückte sie ihre Geschichte aus, indem sie hinzufügte: »In einen Mann aus Lucca, heißt es.«

Sie bemerkte erst, dass er gleichzeitig gesprochen hatte, als es zu spät war: »In einen Venezianer, wie ich hörte. Sie spricht Venezianisch.«

»*El maestro de léngoa pì sicuro xe l'uso*«, fügte er nachdenklich hinzu. »Übung ist der beste Sprachlehrer.«

Isabel verfluchte sich. Warum hatte sie nicht den Mund gehalten? Sie war eine noch größere Närrin als Joan. Sie lächelte und schüttelte arglos den Kopf. »Oh, das weiß ich nicht. Ein Mann aus Lucca – das habe ich gehört«, plapperte sie, sich der Tatsache bewusst, dass sie töricht klang. »Aber vielleicht auch ein Venezianer. Ich will Euch nicht widersprechen. Ihr könnt das vermutlich erkennen, oder? Verschiedene Betonungen, Worte ...«

Nun sah er sie erneut an, blinzelte im Sonnenlicht. »Es gibt nicht so viele Venezianer in London«, sagte er nachdenklich. »Nur die Conterini und ihre Leute. Und ich. Und natürlich Euer Freund Goffredo D'Amico.« Isabel nickte höflich, wollte verzweifelt fort. »Obwohl«, fügte er hinzu, »stets noch die Rede von anderen ist.«

»Ich muss gehen«, sagte sie, unbehaglich lächelnd.

»Vielleicht habt Ihr die Gerüchte auch selbst gehört? Dass König Edward Italienern eine Genehmigung erteilt habe, hier das Seidenweben zu lehren? Venezianer? Signor Mancini behauptet schon seit Jahren, das am Hof gehört zu haben, vom Schreiber des«, er bekreuzigte sich, »verstorbenen Lord Hastings.«

Sie senkte den Blick. Er deutete zu St. Thomas hinauf, noch immer lächelnd. »Da Eure Dienerin meine Sprache so gut spricht, kennt Ihr das venezianische Sprichwort vielleicht selbst: *La mé religion xe sercar la verità 'nte la vita e la vita 'nte la verità*. Meine Religion soll die Wahrheit im Leben und das Leben in der Wahrheit aufspüren.«

Sie schüttelte den Kopf, bemühte sich, das Lächeln auf ihrem Gesicht zu bewahren.

»Wir sagen auch«, fuhr er höflich fort, »*Juteme a capir quel che ve digo e ve lo speigarò mejo*: Hilf mir zu verstehen, was ich sage, und ich werde es besser erklären.«

Er hielt ihren Blick fest. Sie erwiderte seinen Blick ausdruckslos. »Es geht sogar ein Gerücht, dass Euer Signore D'Amico Webstühle aus Venedig importiert habe«, fügte er hinzu. Seine Kinne kräuselten sich erneut. »Nicht dass es irgendwelche Anzeichen dafür gäbe, dass so etwas wirklich im Gange wäre. Dennoch, Ihr wisst, wie wir Venezianer sind – wir lieben Klatsch. Was wäre das Leben ohne ein gutes Gerücht, nicht wahr!«

Und er warf den Kopf zurück und brüllte vor Lachen. Isabel lachte auch, verneigte sich und ging, noch immer anmutig lächelnd. Als sie von der Cheapside abbog, um über den Markt zu gehen, sah sie Dr. Gigli noch immer vor der Kirche stehen. Er lachte nicht mehr, sondern sah noch immer in ihre Richtung.

Aber sie verdrängte Dr. Gigli aus ihren Gedanken, als sie in die Ruhe Westminsters zurückkehrte. Er war so weit weg. Und sie musste sich um zu vieles anderes Gedanken machen.

Sie ertappte sich bei Gedanken daran, wie sie die Prinzessin dazu bringen könnte, über Dickon zu reden. Sie würde auf diese Weise zumindest etwas herausfinden, oder? Sie wog so viele Möglichkeiten ab, um diese Unterhaltung in Gang zu setzen, aber sie schienen alle gekünstelt.

Sie wusste, dass etwas vor sich ging. Das Flüstern, das sie durch halb geschlossene Schlafzimmertüren in den Palasträumen der Prinzessin belauschte, erklang rasch und bedacht. Sie konnte nur nicht sagen, ob es mit Dickon zu tun hatte. Einmal hörte sie jemanden argwöhnisch murren: »Man sollte meinen, zehn Tropfen Laudanum pro Tag würden einen Ochsen fällen«, bevor die Prinzessin aus ihrem Gemach trat, um sie zu begrüßen. Es war eine weibliche Stimme gewesen, wenn auch so tief, dass Isabel nicht sicher sein konnte, dass es die der Prinzessin war. Doch was konnten solche Worte bedeuten? Die Witwe Elizabeth Woodville gewöhnte es sich an, zu den Anproben kurz hereinzuschauen, Isabels Näharbeit mit ihrem alten königlichen Gebaren zu inspizieren und durch die Nase zu atmen, die, wenn auch wunderschön, doch stets die weißen Flecke unterdrückten Zorns aufwies. Sie wartete auf etwas.

Isabel heftete gerade eine Ärmelspitze an, als sie schließlich den Mut aufbrachte, mehr herauszufinden.

»Euer hübsches Kruzifix ... Euer Geschenk von Seiner Majestät«, murmelte sie, und eine Hand Elizabeths flatterte zu dem Kreuz, eine wunderschöne Hand mit weißer, glatter Haut, vor

Ringen glänzend. »Es erinnert mich an das, was ich die Leute sagen hörte ...«, fuhr Isabel fort, und sie war sich Elizabeths geschärfter Aufmerksamkeit bewusst, ohne aufblicken zu müssen.

»... über die Absichten Seiner Majestät, wenn, Gott bewahre, Gott Ihre Majestät die Königin zu sich nimmt ...«

Elizabeth schwieg, aber ihre schmalen Nasenflügel bebten weiß. Wie ähnlich sie ihrer Mutter geworden war.

Isabel platzte heraus: »Es heißt, er könne erwägen, dann Euch zu heiraten.«

Sie war sich elendiglich der Tatsache bewusst, dass sie ihren einleitenden Schachzug nicht richtig angebracht hatte, noch bevor sie Elizabeths grüne Augen sich nachdenklich auf ihren gesenkten Kopf richten sah.

Sie sagte sanft: »Ihr scheint großes Interesse an seinen Absichten zu haben ...« Und sie hob eine Augenbraue und ließ ein ganz schwaches Lächeln auf ihre Lippen treten.

Isabels Augen weiteten sich, in der Hoffnung, dass sie eher arglos als erschrocken wirkte. Der Tonfall der Prinzessin klang nun kühler und wissender, als sie erwartete. »Oh, nein«, murmelte sie hastig. »Ich dachte nur ... Ihr würdet ... es zu schätzen wissen, vorgewarnt zu sein.«

Die Prinzessin nickte. »Ich danke Euch«, sagte sie und beendete die Unterhaltung damit.

Isabels Mund war so trocken, dass es sich anfühlte, als hätte sie Asche gegessen. War sich die Prinzessin so deutlich des Interesses einer anderen Frau an Dickon bewusst, weil sie ebenfalls verliebt war? Isabel trat um ihre Kundin herum, um mit der Arbeit an den Spitzen für die andere Schulter zu beginnen, und dabei bemerkte sie, dass Elizabeths Hand erneut zu dem roten, zwinkernden Auge des Kreuzes um ihren Hals wanderte.

Der Winter setzte in diesem Jahr früh ein. Am ersten Freitag im September war der Wind bereits schwer von der Fäulnis nasser Blätter und drohendem Schnee. Im Palast hing der Geruch von in den Küchen zubereitetem Fisch in der Luft.

Es hieß, der König sei auf dem Weg nach Süden.

Isabel und die Prinzessinnen setzten die fertiggestellten Abschnitte des Altartuches zusammen, das Isabel in der Stadt London hatte vervollständigen und zurückbringen lassen. Die Witwe Elizabeth Woodville wollte dem Abt, der ihr solche Gastfreundschaft gewährt hatte, die Tücher zum Dank als Weihnachtsgeschenk darbieten.

Elizabeth setzte sich nicht an die Arbeit. Sie war ruhelos. Als sie die Seidenfrau hereinkommen sah, nickte sie nur, eilte zu den Schlafzimmern ihrer Schwestern und forderte sie vom jeweiligen Eingang her auf, herauszukommen und die Arbeit zu beenden, die sie begonnen hatten. Dann rief sie Isabel zu: »Ich muss einen Brief schreiben. Ich werde mich Euch in Kürze anschließen«, und verschwand.

Isabel blieb mit den jüngeren Mädchen alleine, denen der Gedanke an die Näharbeit gar nicht gefiel, die aber zumindest die Gewohnheit nicht ganz verloren hatten, vertraulich zu plappern. Also nähte sie. Sie redeten. Sie hörte zu.

»Unsere Mutter ist so froh, wieder am Hof zu sein ...«

»Sie hat sogar begonnen, Onkel Dorset zu schreiben ...«

»Er ist ihr Sohn ... unser Halbbruder ... ihr Liebling, glauben wir ... sie vermisst ihn ...«

»Sie hat ihm gesagt, es wäre jetzt hier trotz allem recht sicher ...«

»Sie möchte, dass er Henry Tudor verlässt ...«

»Und nach Hause kommt ...«

»Und er denkt darüber nach ...«

»Er sagte, in der Bretagne sei es elendig ...«

»Kalt und spannungsvoll ...«

»Also sagt er, dass er vielleicht käme ...«

»Und wir fragen uns, ob er zu Weihnachten hier sein wird.«

Sie lächelte, wegen der Fröhlichkeit der Kinder, aber auch wegen des hoffnungsvollen Schauers in ihrem eigenen Herzen. Vielleicht war es das, worum es bei all dem Flüstern und den Briefen ging, die beendet wurden, wenn sie zu nahe kam. Vielleicht war die Verschwörung so arglos wie die Geschichten dieser Kinder. Vielleicht gäbe es keinen Grund für sie, sich zu sorgen.

Die Königin war nicht tot, trotz aller düsteren Gerüchte auf den Märkten. Dickon brauchte keine neue Frau. Die Königin würde genesen. Die Rebellen würden sich vom Kontinent zurückstehlen, wie Dorset. Dickon würde seine alte Zuversicht zurückgewinnen, über seinen Kummer hinwegkommen, seine Ängste verlieren. Sie musste nur das Vertrauen bewahren.

Den Kindern wurde langweilig, bevor die Arbeit getan war. Eines nach dem anderen brachten sie lispelnd ihre Entschuldigungen hervor und gingen in ihre Zimmer zurück. Isabel nähte weiter, allein, fühlte sich friedlicher, als sie sich den ganzen Sommer über gefühlt hatte. Sie brauchte nur Vertrauen, dachte sie. Alles würde gut werden. Hab Vertrauen, hörte sie sich flüstern, im Takt zu ihren Stichen. Hab Vertrauen.

Ein Schatten bewegte sich in der Nähe. Männliche Schritte hielten inne. Sie erkannte sie nicht. Es musste ein Dienstbote sein. Sie schaute nicht auf.

Die Schritte traten leise wieder fort. Es war kein Dienstbote. Der Mann trug Sporen, die klirrten. Als sie an ihrer Nadel vorbei zu Boden schaute, sah sie Schlamm an seinen Stiefeln. Die Sporen waren golden.

Sie erkannte erschrocken, wessen Stiefel das waren. So waren sie sich zum ersten Mal begegnet, nicht wahr? In einer Kirche, bei Kerzenschein, die Sporen glänzend.

Stille breitete sich aus. Er besaß auch damals die Gabe der Stille.

Ihr erster Impuls, bevor sie auch nur aufsah, war es, die Woge des Glücks, die sie durchströmte, einfach zu genießen. Sie hatte monatelang darauf gewartet, seine Hand wieder auf der Wölbung ihren Rückens zu spüren, die tiefe, tröstliche Liebkosung mit dem Handballen, die sie lebendig machte. Sorge auf seinem schmalen, dunklen Gesicht, in seinen verengten Augen, die nicht hart sein mussten. Die sanfte Bassstimme, die murmelte: »Ich habe dich vermisst.« Und nun war er hier.

Die Dinge, die sie unbewusst den ganzen Sommer über hatte sagen wollen, drängten sich nun auf ihre Lippen. Sie würde sagen: »Es tut mir leid.« Sie würde sagen: »Ich habe deinen Kummer nicht beachtet.« Sie würde sagen: »Ich habe falsch reagiert«, und: »Ich werde dich immer lieben.« Sie sprachen niemals über Liebe. Sie würde alles sagen, um es zurechtzurücken.

Die Last, die sie so lange getragen hatte, hob sich wundersamerweise von ihren Schultern. Alles konnte wieder in Ordnung gebracht werden, dachte sie glückselig, alles. Sie schaute auf.

Aber nichts von dem, was sie sich vorgestellt hatte, geschah.

Als sich ihre Blicke begegneten, fand sie ihn selbstsicher, angespannt, still und düster wie eh und je. Sein Gesichtsausdruck war zurückhaltend. Sein Blick verschleiert. Nicht einmal der Hauch eines Lächelns lag auf seinen Lippen. Sie dachte: Er ist verlegen. Er ist verlegen, weil ich hier bin.

Er ist gekommen, um zuerst Elizabeth zu sehen.

Er verbeugte sich leicht. Sie hatte ihn noch nie in Hofkleidung gesehen, in einer eng anliegenden Hose, in einem wunderschön geschnittenen, schwarzen Waffenrock aus Samt mit goldener Stickerei und einem daran baumelnden, mit Edelsteinen besetzten Kruzifix sowie einem aufwendigen, maulbeerfarbenen Hut. Er nahm den Hut nicht ab.

»Guten Tag«, sagte er ruhig, wandte aber den Blick ab.

»Du bist hier«, sagte sie. Es klang töricht. Aber sie verstand nicht. Warum hatte er ihr keine Nachricht geschickt?

Er sah sich zu all den geöffneten Eingängen um. Nickte, eher traurig.

»Um Lady Elizabeth zu sehen«, sagte er mit einer irgendwie festen, aber auch sanften Stimme, die Menschen bekamen, wenn sie schlechte Nachrichten überbrachten.

Sie streckte eine Hand aus. Ihre Augen waren so heiß und nass, dass sie ihn kaum sehen konnte. Sie konnte es nicht ertragen.

Er ergriff ihre Hand. Umfasste sie mit seinen beiden. »Isabel«, murmelte er. Und als es ihr irgendwie gelang, die Augen zu heben und kläglich zu ihm aufzublicken, allen Stolzes und Selbstrespekts beraubt, sah sie auch Schmerz in seinen Augen.

»Ich wollte auch zu dir kommen«, flüsterte er unbestimmt. »Ehrlich.« Sie konnte erkennen, dass er nicht wusste, wie er sie beschwichtigen sollte – nicht hier, wo jederzeit jemand kommen könnte.

Aber er war nicht zuerst zu ihr gekommen. Ihre Gedanken kreisten um diese Wahrheit. Er kam stets zum Red Pale, bevor er zum Palast ging. Der einzige Grund, warum er es vermieden haben könnte, sie dieses Mal zu treffen, war, dass er Elizabeth heiraten wollte – und, schlimmer noch, dass er Elizabeth liebte – und es Isabel nicht erklären wollte. Isabel kannte ihn zu gut, um sich täuschen zu lassen. Er musste erkannt haben, dass sie ihn durchschauen würde, wenn er zu lügen versuchte.

Nichts anderes ergab Sinn.

»Es ist nicht so, dass ich ...«, flüsterte er. Er hatte Mühe, die nächsten Worte zu äußern. Seine Zähne waren zusammengebissen. Er schloss die Augen. »... dich nicht will.« Er drückte ihre Hand, bis sie dachte, ihre Knochen würden brechen. »Du weißt, dass ich dich will. Aber ich muss dies tun.«

Es war keine Zeit für mehr. So leise ihre Stimmen auch waren, hatte Elizabeth doch etwas gehört. Sie tanzte durch ihren Eingang hervor, Sonnenschein auf ihren pfirsichweißen Wangen, und lief halbwegs, mit mehr Charme als Anstand, über die Bodenfliesen auf ihren Onkel zu.

Dickon ließ Isabels Hand beim ersten Geräusch aus dem Schlafzimmer rasch los. Dann wandte er sich seiner Nichte zu und umfasste stattdessen ihre Hände. Als er sich vor ihr verbeugte, sah Isabel den Blick, den er Elizabeth zuwarf – einen Blick äußersten, hingebungsvollen Entzückens. Da war nichts von der belustigten Art, wie seine Augen blickten, wenn er Isabel ansah. Dann war es vergangen, während er seinen Hut lüpfte und das zerzauste, schwarze Haar offenbarte, in dem Isabel, mehr als je zuvor, mit ihren Fingern wühlen wollte. Der Kopf, von dem sie in diesem Moment wusste, dass sie ihn niemals wieder berühren würde.

Die Prinzessin klimperte mit den Wimpern, sah wunderschön aus. Wandte sich unsicher Isabel zu, an deren Anwesenheit sie sich gerade erinnerte. »Dies ist meine ... Stickerin ... Mistress Claver«, murmelte sie an ihn gewandt, als zöge sie seine Aufmerksamkeit auf die Gegenwart eine Dienstbotin. »Seine Majestät«, fügte sie über Isabels Kopf hinweg hinzu.

»Euer Majestät«, sagte Isabel, mit gesenktem Kopf, damit niemand ihre zusammengebissenen Zähne bemerken konnte. »Ich wollte gerade gehen.«

»Nein«, sagte die Prinzessin höflich, »bitte bleibt. Es besteht keine Eile. Beendet Eure Arbeit, bevor Ihr geht.« Sie wandte sich Dickon zu und hakte sich bei ihm ein. Isabel betrachtete die beiden Arme, einer schwarz, einer von einem schimmernden Blau-Grün, die sich verflochten. »Ich hatte ohnehin gehofft, Seine Majestät würde mich auf einen Spaziergang begleiten ...?«

Er verbeugte sich erneut und führte seine Nichte hinaus. Keiner von beiden schaute zurück. Die Prinzessin kicherte auf hauchige, mädchenhafte Art. Sein Kopf war ihrem zugeneigt.

Isabel saß da und lauschte darauf, wie die Schritte verhallten, bis sie nur noch das Schlagen ihres eigenen Herzens hören konnte. Sie blickte auf die Rosen und Perlen auf dem Altarbild, aber ihr Blick war nicht konzentriert. Sie konnte nur ein vages Weiß erkennen, die Farbe von Wolken und Leichentüchern. Sie konnte sich noch immer atmen hören, seltsam ruhig atmen spüren. Aber sie verstand nicht, wie das sein konnte, da ihr Leben gerade geendet hatte.

Es war niemand sonst da, so dass Isabel die Räume, methodisch, zwanghaft, nach weiteren Beweisen absuchte. Es dauerte nicht lange. Elizabeth hatte in ihrem Privatraum einen Brief liegen lassen, der noch nicht beendet war.

Wie ein Spion betrachtete Isabel die Seite prüfend. Die Prinzessin hatte an den Herzog von Norfolk geschrieben – Lord Howards neuer Titel, eine Belohnung dafür, dass er Dickon im letzten Jahr geholfen hatte, die Macht zu übernehmen.

In dem Brief bat die Prinzessin den Herzog von Norfolk »für mich beim König als Vermittler zu fungieren, im Interesse der zwischen uns vorgetragenen Ehe«.

Die Prinzessin nannte Dickon »meine einzige Freude und mein einziger Schöpfer auf dieser Welt«.

Die Prinzessin schrieb, dass sie dem König gehöre, im Herzen und in Gedanken.

Dann hatte die Prinzessin aufgehört und die letzte Zeile ihres Entwurfes ausgestrichen. Aber Isabel konnte dennoch erkennen, was sich unter den launenhaften Tintenstrichen befand. Die Worte, die Prinzessin Elizabeth nicht zu schreiben beschloss, lauteten: »Der Winter hat bereits eingesetzt, und ich fürchte, die Königin wird niemals sterben.«

Mit dem Gefühl, in eine jenseitige, weiße Wolke eingehüllt zu sein, lief Isabel zum Red Pale zurück und wunderte sich, wie gewöhnlich ihre rhythmischen Schritte klangen, wie stetig ihr Atem.

»Vergesst ihn«, sagte Will Caxton wiederholt. »Wir machen alle Fehler. Lasst es hinter Euch. Lasst los.« Sie fühlte seine Hand auf ihrer bebenden Schulter. Sie spürte das raue Holz des Küchentischs an ihrer Wange. Er schien seit Stunden immer wieder dasselbe zu sagen, und seine Stimme war härter als seine Hände.

»Ich kann nicht«, schniefte oder jammerte sie abwechselnd. Sie konnte sich ein Leben ohne Dickon nicht vorstellen. Was würde bleiben?

Caxton sagte ernst: »Ihr müsst. Denkt nicht, Ihr könnt mit ihm ›Jane und Edward‹ spielen und keine Narben davontragen. Er ist nicht Edward. Edward war vielleicht ein Lüstling, aber er hatte zumindest ein gutes Herz. Er hat Jane aufrichtig geliebt.«

Isabel war innerlich zu geschunden, um den Zorn zu empfinden, den sie empfinden würde, wenn man sie mit Jane verglich. Sie hätte Will nicht erzählen sollen, dass Dickon niemals gesagt hatte, dass er sie liebte, ihr niemals Geschenke machte. Vielleicht war das der Grund, warum Will verärgert wirkte. Er war solch ein sanfter Mann. Er dachte, Liebe sollte aus Herzen, Blumen und Scherzen bestehen. Er konnte sich nicht vorstellen, dass es Verlangen war, was sie empfand.

Sie murrte nur trotzig: »Aber ich will keine Troubadoure und billigen Tand. Das ist nicht der Grund dafür, warum … ich nicht wie Jane bin. Ich will keinen König. Er war kein König, als ich ihn kennenlernte. Ich wusste nicht einmal, wer er war. Er war einfach ein Mann, jemand, der mir zeigte, wie man denkt, wie man Erfolg plant. Als ich sonst nichts hatte, als ich nur ein Lehrling war, als mein Vater mich verstieß. Ich dachte, die ganze Zeit, jahrelang, wie würde *er* in meiner Lage handeln? Ich habe ihn mir zum Vorbild genommen ...« Sie schniefte. »Und wenn ich ihn verliere, verliere ich, wozu ich mich gemacht habe. Was bleibt dann noch?«

Will sagte, ungeduldig: »Aber das ergibt keinen Sinn. Was bedeutet es schon, wenn er Euch Schach beigebracht hat? Ihr denkt jetzt gewiss nicht strategisch. Ihr verschließt Euch Euren Bedürfnissen. Ihr lasst es zu, dass er Euch verletzt. Ihr weigert Euch, die Wahrheit zu sehen: dass er, selbst wenn Ihr ihn liebt, kalt ist. Korrupt. Bis ins Mark verdorben. Ihr müsst das wissen. Lasst nicht zu, dass er Euch auch korrumpiert.«

Sie schüttelte den Kopf, wollte Dickon verzweifelt verteidigen. »Aber das ist er nicht«, stammelte sie. »Die Leute sagen, er sei niederträchtig. Aber das ist er nicht.«

Die Schatten der Kerzenflamme verliehen Caxtons sanften Zügen die Strenge eines Racheengels. »Schaut«, sagte er, »dies ist mit Abstand nicht das Schlimmste, was er getan hat. Ich weiß, es musste Euch verletzen herauszufinden, dass er eine Ehe mit seiner Nichte arrangiert, die er einen Bastard nennt, bevor seine Frau überhaupt tot ist. Aber warum seid Ihr darüber so viel aufgebrachter als über alles andere? Ihr könnt doch den Rest gewiss nicht einfach vergessen haben? Dass er Eure Schwester ins Gefängnis gebracht, ihren Geliebten ermordet, den Thron gestohlen und seine Neffen getötet hat.«

»Aber das hat er nicht, das hat er nicht«, schluchzte sie abwehrend. »Sie leben.«

Er sagte, sehr sanft: »Woher wisst Ihr das?«

»Weil die Prinzessin es mir erzählt hat.«

»Und woher weiß sie es?«

»Weil sie einen Brief von ihrem Bruder bekommen hat. Darum hat sie ihre Zufluchtsstätte verlassen.«

»Und wer hat ihr den Brief gebracht?«, fragte Caxton.

Dickon. Sie machte sich nicht die Mühe, das Wort auszusprechen. Sie konnte erkennen, dass Will es bereits wusste.

Er nickte, als hätte sie seinen Standpunkt bewiesen. »Seht Ihr«, sagte er freundlich. »Wenn Ihr das glaubt, hat er Euch bereits korrumpiert.«

Caxton empfand eine Spur Mitleid für die Prinzessin. »Sie wird es glauben wollen – ihre Mutter ebenfalls –, weil ihre einzige Chance, wieder in den königlichen Status aufzusteigen, darin besteht, dass sie seine Krone heiratet. Aber Ihr seid besser als das. Ihr braucht einer Lüge nicht zu glauben. Versucht einmal, klar zu denken. Es ergibt keinen Sinn, Euch das Herz bei der Frage brechen zu lassen, ob er sich in Eure Prinzessin verliebt hat. Worüber Ihr Euch Gedanken machen solltet, ist die Frage, was er von Euch will. Er hat Euch niemals geliebt. Er brauchte nur jemanden, der alle seine Pläne und Spiele und Machtmanöver guthieß, jemanden, der ihm das Gefühl verlieh, nicht niederträchtig zu sein. Aber das ist er. Ihr habt ihn nicht einmal genug gekümmert, dass er Eure Schwester nicht schikaniert hätte, wie es ihm passte. Könnt Ihr das nicht erkennen?«

»Aber ...«, schluchzte sie. Das alles stimmte. Will hatte recht. Dickons Niederträchtigkeit nagte an ihr. Aber es kümmerte sie nicht, solange sie ihn sehen konnte. »Er ist alles, was ich habe.«

Das machte Will wütend. Er hörte auf, ihre Schultern zu tätscheln. Er erhob sich, schob seinen Stuhl zurück. Er ergriff ihre Handgelenke und zog sie ebenfalls hoch. Die hellen Augen, die in ihre blickten, waren zornig. Sie zuckte zusammen.

»Er ist nicht alles, was Ihr habt«, sagte Caxton laut. »Das ist Unsinn. Unsinn. Ihr seid die Erbin eines der besten Seidenbetriebe in London. Ihr müsst Euch um Eure Weber kümmern. Und Ihr habt uns, die wir uns um Euch kümmern. Es gibt vieles in Eurem Leben. Vergesst das nicht.«

Es wäre ohne Dickon nie genug.

Doch dann sah Will bei diesem Gedanken die Scham in Isabels Augen, und er hörte auf, sie zu schütteln. Er ließ ihre Handgelenke los und ließ es zu, dass sie wieder hoffnungslos schluchzte. Sie weinte sich aus.

Als sie schließlich still war, schüttelte er den Kopf. »Es ist wie eine Krankheit, die Euch befallen hat, nicht wahr?«, fragte er. Seine Stimme klang traurig, aber auch kalt. »Geht nach Hause. Denkt über meine Worte nach, Isabel. Es ist Wahnsinn, dass Ihr diesen Mann liebt. Lasst nicht zu, dass er Euch zerstört.«

Frost lag auf den Sträuchern. Die Webrahmen kamen gerade zum Stillstand, als sie ihre Tür aufstieß. Sie konnte Stimmen hören. Joan Woulbarowes. Andrea schaute auf und lächelte. Er war ein verhutzelter Spinner. Seine Zähne waren so schwarz wie die seiner Braut.

»Schaut, Mistress«, sagte er und winkte sie herüber. »Es läuft sehr gut. Dieser Stoff«, er deutete auf den Webstuhl, den er gerade begutachtete, wo Joan in Abendlicht getaucht über einem blau-grün gewobenen Wunder an Blumen und Vögeln saß, »ist der Erste, den wir stolz zum Verkauf anbieten können.«

Isabel konnte sich nicht auf den Stoff konzentrieren. Er erinnerte sie an den Ärmel der Prinzessin, wie er sich an Dickons Arm rieb. Sie dachte, ihr würde übel, wenn sie hinsähe. Also lächelte sie. Es war ein fahler, grimmiger Vorwand eines Lächelns, aber es kostete sie mehr Mühe, als sie für möglich hielt. »Gut«, sagte sie schwach und war stolz auf sich, dass sie es versuchte. »Gut. Gut.«

»Ich werde ihn mit einem Goldfaden an der Webkante beenden«, sagte er wichtigtuerisch, »und mit dem Claver-Siegel. Dann können wir ihn ins Lagerhaus bringen, für den Handel bereit. So Gott will, werden wir bis zur Passionszeit zwanzig oder dreißig Stoffe dieser Qualität für den Handel bereithalten können.«

Sie sagte noch einige weitere Male »Gut, gut« und hielt dann inne.

Er sah sie neugierig an. »Ich glaube, wir sind dabei, sehr erfolgreich zu werden«, sagte er.

Sie murmelte erneut: »Gut.«

Er sah sie an. »Mistress Claver«, fragte er, »geht es Euch gut?«

Schauder lief ihren Rücken hinab, und sie spürte Schmerzen

in ihren Armen und Beinen. Was tat sie in diesem dunklen, kleinen Haus, mit den schwankenden Wänden, mit diesem dunklen, kleinen Mann, den sie kaum kannte?

»Nicht sehr gut«, murmelte sie. »Ich denke ... es bahnt sich eine Erkältung an ... ich werde mich hinlegen.«

Er winkte Joan und Agnes zu sich, die herbeieilten. Sie brachten Isabel besorgt in den Frauenraum hinauf, lockerten ihr Gewand und deckten sie mit allen Decken zu, die sie finden konnten. Jemand brachte ihr Brühe.

Sie lag mit glasigen Augen da, fühlte sich weit von der Geschäftigkeit entfernt, fragte sich, warum sie dies wollte – warum sie jemals gedacht hatte, Seidenweberei wäre wichtig oder dass sie glücklich sein würde, wenn sie diesen Betrieb zum Laufen brächte –, nun, da sie mit unerträglicher Klarheit begriff, dass das Glück irgendwo anders lag, irgendwo, wo sie niemals wieder hingelangen würde.

17

Es war Goffredo, der sie am nächsten Tag nach London zurückbrachte. Er kam meist gegen Ende der Woche, berichtete über den Fortschritt seiner Arbeitsgruppe und nahm an einem herzhaften Lombarden-Abendessen teil. Aber sobald er an jenem Dezembersamstag eintraf und hörte, dass sich Isabel unwohl fühlte, stieg er schon die Leiter hinauf, reckte seinen Kopf durch die Falltür und eilte hinüber, um seinen Kopf auch durch die Vorhänge zu strecken.

Sie hörte unten Wills Stimme, der gerade bedächtig, aber besorgt sagte: »Eine Erkältung … sie ist erschöpft …« Will würde das Schlafzimmer einer Frau niemals auf die Art betreten, wie Goffredo es nun tat – entschlossen und energisch. Will wäre zu verlegen. Und er war auf seine stille Art böse mit ihr.

Sie war froh, dass es nicht Will war, der nun hereinkam. Sie konnte ihm noch nicht gegenübertreten. Sie hatte sich ihm anvertraut, aber er trug nur noch zu ihrer Schuld und Scham bei. Sie würde ihm erst wieder in die Augen sehen können, wenn sie über seine Worte nachgedacht hätte. Sie musste nachdenken. Sie war überrascht darüber, wie erleichtert sie war, die Sorge und Zuneigung auf Goffredos kraftvollen Zügen zu sehen. Goffredo würde sich jetzt für sie um alles kümmern. Sie konnte sich entspannen.

Das tat er. Er machte sich an den Laken zu schaffen, zupfte an Dingen, räumte Schalen und Wasserkrüge fort, schüttelte ihre Kissen auf. Sie lag schlaff da und beobachtete ihn. Dann zwinkerte er ihr mit seinen von Lachfältchen umgebenen Augen zu und kniff sie in die Wangen. »Wir müssen hier wieder ein wenig

Farbe hineinbekommen«, sagte er forsch. Dann küsste er sie auf die geröteten Wangen. Er tat es keusch und mit großer Liebenswürdigkeit.

»Du hast zu lange zu hart gearbeitet, *Cara*«, sagte er sanft. »Das haben wir dir alle gesagt. Du musst dich richtig ausruhen. Ich werde sie bitten, dir jetzt etwas zu essen heraufzubringen. Und dann, wenn du gegessen hast, werden wir dich warm einpacken und zu Alice nach Hause bringen.«

Sie saßen im Boot, sein Arm beschützend um sie gelegt und sein Umhang um sie beide geschlungen. Schnee lag in der Luft und Schwärze im Wasser. Sie war gegen ihn gesunken, zu müde, um aufrecht zu sitzen, und genoss insgeheim seine Stärke und Wärme.

»Du solltest mich heiraten, weißt du«, sagte er. »Spaß beiseite. Es ist an der Zeit, dass sich jemand um dich kümmert.«

Sie fieberte. Sie erlaubte es sich, darüber nachzudenken, das Webergewerbe von dem Haus in Westminster aus mit Goffredo offen zu führen, in ein paar Monaten, wenn sie erst im Gildehaus registriert wären und bewiesen hätten, dass ihre Waren von akzeptabler Qualität waren, sie den Italienern die Stirn geboten hatten und Stoffe in den Arkaden und am Prince's Wardrobe verkauften. Zusammen über das Tagesgeschäft zu reden. Er würde stets lachen, was immer sie täten. Hereinzuschauen, um Will Caxton, den Nachbarn, ihren Freund, wiederzusehen, an Sonntagen das Boot nach London zu nehmen, um den Tag mit Alice und den Prattes zu verbringen. Goffredo war alt, aber freundlich, lustig und, nun wo sie ihn zum ersten Mal seit Jahren wieder betrachtete, noch immer gutaussehend. Sie konnte sich noch nicht vorstellen, mit ihm zärtlich zu werden, obwohl sie es versuchte, aber zumindest erschreckte sie der Gedanke nicht mehr. Wahrscheinlich könnte sie es. Und sie würde sich niemals so viel aus ihm machen, dass es weh täte.

Es war immerhin an der Zeit. Sie würde in wenigen Monaten achtundzwanzig. Das Geschäft wäre registriert. Sie könnten aufhören, ein Geheimnis zu hüten. Vielleicht könnte ihr Leben so einfach sein. Sie könnte Isabel Lambert Claver D'Amico sein, die mit ihrem Ehemann in Westminster einen Webereibetrieb führte. Es wäre fast dasselbe Leben. Sie musste zumindest versuchen, darüber nachzudenken. Vielleicht war es das, was Gott schon immer beabsichtigte.

Aber es wäre auch völlig anders: das Leben ohne Dickon. Sie würde niemals wieder auf Hufe oder Jungen mit Nachrichten lauschen. Die Taverne jenseits der Straße wäre nur wieder eine Taverne. Der obere Raum des Red Pale wäre nur der Ort, wohin die D'Amicos überzählige Gäste zum Schlafen schickten. Sie würde vergessen, dass sein Verputz und Stroh und honigfarbener Sonnenschein einst Glück bedeuteten.

Sie seufzte. Das Elend kehrte zurück. Die Tränen auch. Sie würde es nicht vergessen. »Du hast wahrscheinlich recht«, schluchzte sie an Goffredos kräftigem Brustkorb, dankbar für seine Stärke. Ihr Herz hämmerte. »Mit dem Heiraten.«

Sie wollte seine Gefühle nicht verletzen, indem sie weinte. Sie wollte nicht wissen, ob er das als ein mögliches Ja oder ein mögliches Nein nähme. Sie wusste nicht einmal, was von beidem sie meinte. Sie wusste nicht, was in sie gefahren war. Aber er sagte tröstend: »Denk jetzt nicht einmal daran. Später, wenn es dir besser geht. Zuerst sollten wir zusehen, dass du dich erholst.«

Der Gedanke, Goffredo zu heiraten, tauchte noch Wochen später immer wieder in Isabels Kopf auf. Während sie völlig kraftlos in ihrem Bett in der Catte Street lag und die beiden alten Frauen ihr heiße Getränke und Wärmepfannen brachten und sie warm zudeckten. Während ein verhaltenes, erwartungsvolles Weihnachtsfest gehalten wurde und während sie in den letzten Dezembertagen mit einem nervösen Thomas Lynom nach Sutton on Derwent fuhr, um mit der erstaunlich dicken Jane auf die Geburt ihres Kindes zu warten. Während des Blutens und Schreiens und der panischen Angst der Geburt. Und danach, als sie zusah, wie ihre Schwester das Kind hielt, ein runzeliges Mädchen, und die Zärtlichkeit in Janes Augen und Stimme bemerkte, eine Liebe, die ihre zerbissenen Lippen, das strähnig herabhängende, verschwitzte Haar, die blasse Haut, das blutige Laken und den schlaffen Bauch wieder in Schönheit verwandelte.

Julyan hatte nur einige wenige feine Strähnen Haar auf ihrem Kopf. Sie hatte hypnotische, runde Augen: nicht wie Janes grüne, sondern von einem noch helleren Blau als Thomas' Augen. Aber sie besaß bereits das wunderschöne Profil ihres Vaters: eine kurze, gerade Nase, hohe Wangenknochen, perfekte Proportionen, einen großzügigen Mund. Als Thomas sie hielt, war auch er verwandelt.

Ich könnte das auch tun, dachte Isabel. Vielleicht. Sie experimentierte weiterhin mit diesem Gedanken, versuchte Wege zu finden, sich von diesem düsteren, zermürbenden Schmerz zu befreien, den sie in sich trug. Sich mit Goffredo verheiratet, ein Baby im Arm, als Händlerfrau vorzustellen, hielt die Dunkelheit nicht völlig auf. Aber es half. Es hob zumindest ihre Stimmung, bis es nicht mehr schlimmer als freudlos grau war. Wenn sie es täte, dann später, viel später, nach einem Jahr, nach fünf, vielleicht nach zehn Jahren. Obwohl sie wusste, dass sie so niemals das Glück fände, könnte sie doch vielleicht zumindest Frieden finden.

Die Londoner kamen alle zu Mariä Lichtmess. Sie wollten Isabel nach dem Feiertag mit sich zurück nach London nehmen. Jane wurde am 1. Februar, bevor die Gäste eintrafen, wieder eingesegnet, einen Monat nach der Geburt, damit sie wieder Besucher empfangen konnte.

Inzwischen wollte Isabel nach Hause fahren. Sie hatte Zeit gehabt, sich zu erholen. Sie hatte auch Zeit gehabt nachzudenken, so dass sie, anstatt Wills Rat zu befolgen, Dickon zu vergessen, nur versuchte, sich davon zu überzeugen, dass sie nichts empfand. In Janes Haus war es nur allzu leicht, sich den Gedanken hinzugeben, sie hätte den geheimen Teil ihrer selbst, der von Dickon träumte, abgeschaltet. In Janes Haus schlief sie tief und erwachte freudlos, aber ruhig. Doch der Müßiggang ihres ländlichen Daseins begann sie zu langweilen. Sie sagte sich: Ich brauche Beschäftigung. Sie sehnte sich danach, über die Arbeit zu sprechen. Sie wollte zu den Webern zurückkehren.

Sie war davon überzeugt, jedermann wolle nur über das Webervorhaben sprechen. Daher war sie von den bewundernden Blicken, von der Stille überrascht. Sogar von Alice Claver.

Schließlich sah Goffredo Isabel lange genug an, um sagen zu können: »Wie dünn du geworden bist.« Doch sie musste fast normal ausgesehen haben, weil alle anderen nur Julyan betrachteten. Selbst nachdem die Geschenke der Besucher bewundert, nachdem die Essens- und Schlafgewohnheiten des Säuglings diskutiert worden waren, nachdem man das Glück der Eltern kommentiert und ihrer Wahl des Namens nach der Mystikerin von Norwich Lob gezollt hatte, bedurften Alice, William, Anne und Goffredo dennoch eines Anstoßes von außen, um den Betrieb zu erwähnen.

Isabel fragte Alice direkt: »Wann findet also die Registrierungs-Anhörung im Gildehaus statt?«, und Alice, die das Baby wiegte, sah kurz abwesend auf und dann wieder dorthin hinab, wo die kleinen Finger sich fest um ihren Daumen schlossen.

»Unmittelbar nach Mariä Verkündigung«, sagte sie. Flüsternd fuhr sie fort: »Als mein Thomas geboren wurde, konnte ich nicht glauben, wie klein seine Finger waren.«

Ende März, in ungefähr sieben Wochen. Isabel bemühte sich, Goffredos Blick auf sich zu ziehen, aber er sah ebenfalls hinab, als wollte er das kleine Kind in seinen weichen Leinenwickeln, das die Zehen beugte, mit den Augen verschlingen. »Goffredo«, sagte sie, und er schaute auf. »Wie viele Stoffe werden bis Mariä Verkündigung bereit sein?«

»Oh«, sagte er. »Genug. Dreißig?«

Er wollte erneut mit dem Baby spielen. »Goffredo«, sagte sie geduldig, und er schaute erneut und ein wenig schuldbewusst auf. Er sagte, in dem Versuch, sie dieses Mal mit einer eingehenden Antwort wirklich zufriedenzustellen:

»Wenn wir sie in Alices Läden einlagern und sie zu einem guten Preis anbieten, sagen wir zur Hälfte des Verkaufspreises italienischer Stoffe, werden sie wahrscheinlich schnell den Besitzer wechseln. Sagen wir, es dauert bis zum Mittsommer – bis zur Johannisnacht. Drei Monate. Bis dahin können wir dreißig weitere Stoffe fertig haben.«

Sie nickte, sehnte sich danach, sich wieder forsch und geschäftsmäßig und für etwas verantwortlich zu fühlen. »Und wir können auch allmählich weitere Lehrlinge annehmen, wenn wir erst registriert sind. Alle Webstühle, die du mitgebracht hast, in Betrieb nehmen.«

»Zwanzig Webstühle. Wir haben darüber gesprochen, vierzehn weitere Frauen einzustellen«, stimmte er ihr zu, sich zusammen mit ihr auf die Pläne, nicht auf das Baby, konzentrierend. »Sobald wir die Registrierung haben«, fügte er hinzu, »damit wir Lehrlinge einstellen können, ohne uns um die Conterini und die Salviati zu sorgen.«

Er wirkte jetzt enthusiastisch. Seine Begeisterung für den Traum, den sie alle schon so lange hegten, war wieder auf seinem Gesicht erkennbar. Sie seufzte erleichtert: Goffredo, ihr Partner. Er war ein guter Mann. Er würde wahrscheinlich auch ein guter Ehemann sein.

Isabel hatte geglaubt, sie wolle gern zurück nach London. Die freudlose Ungeduld, nach Hause zu gelangen, begleitete sie auf der langen, von ruckartigen Bewegungen und Hufgeklapper begleiteten Rückfahrt die Great North Road hinab. Aber als sie Moorgate voraus auftragen sah, jenseits der Fässer und der Gemüsegärten, mit den dahinter liegenden Dächern der Stadt, erinnerte sie sich allmählich daran, wie sich ihre Furcht angefühlt hatte. Ihr Urlaub vom Herzeleid war vorüber. Sie konnte nicht im Bett liegen bleiben, vorgeben, krank zu sein, und sich weigern, sich der Realität zu stellen. Sie würde wieder an die Arbeit gehen müssen. Zu den Arkaden, dem Gildehaus, dem Seidenhaus.

Heftige Kopfschmerzen pochten hinter ihren Augen. Sie wollte die Wandteppiche in ihrem Zimmer, die teuren Bettvorhänge, die bestickten Kissen, die Muster nicht sehen, Maulbeere und Apfelblüte und die Gerüche nach Lavendel und Rose nicht riechen. Sie wollte Stroh und einfachen Verputz, aber das würde sie, wenn sie vernünftig war, nie wieder haben.

Erst als sie dieses vertraute, staubige, beengende Schlafzimmer in der Catte Street betrat und davon überwältigt wurde, wie sehr es mit Kissen und Erinnerungen vollgestopft war, erkannte sie, dass sie jetzt auch wieder für die Prinzessin nähen müsste.

Nach Westminster zurückgehen, sich Will Caxtons Blick stellen, zum Palast gehen, wo Dickon sein könnte.

Der Gedanke daran trieb ihr keine Tränen mehr in die Augen. Sie war darüber hinweg. Aber sie trat ans Fenster und stand da, die Wange an das kühle Glas und Metall gelehnt. Glühend heiß. Atmete tief Luft ein.

»Nun«, dröhnte eine vertraute Stimme hinter ihr, und Alice Claver fegte in den Raum, ohne anzuklopfen, wie ein Wirbelsturm. »Da ist etwas, was ich dich fragen möchte.«

Isabel schloss die Augen. Es war zu viel. Sie konnte sich Alice ebenso wenig stellen wie diesen Gefühlen.

»Einer von diesen Jungen ist gerade gekommen«, sagte Alice, und ihre klugen Augen sahen bedächtig in Isabels. »Mit einer Nachricht über Brennholz.«

Isabel öffnete die Augen.

»Was meint ihr mit ›einer von diesen‹?«, fragte sie rasch.

Alice nickte vor sich hin, zwei oder drei Mal, als ob ihre Frage beantwortet worden wäre.

»Es kamen im Laufe des Winters einige«, sagte Alice, »während du krank und fort warst. Was seltsam ist, findest du nicht? Da wir alle wissen, dass Will Caxtons Koch das Brennholz kauft, nicht du.«

Isabel ließ den Kopf hängen. Sie schämte sich, Alice Claver anzusehen. Sie wusste nicht, was sie sagen sollte. Noch wollte sie Alice sehen lassen, welche Freude sie durchströmte, so wild und brennend, als hätte sie Wein in den Adern. Er hatte nach ihr geschickt.

Alice setzte sich schwer aufs Bett und bedeutete Isabel, sich neben sie zu setzen. »Ich werde nicht versuchen, es dir zu entlocken, weißt du«, sagte Alice. »Aber ich wäre eine Närrin, wenn ich nicht wüsste, was vor sich geht.«

Isabel spürte, wie sich ihr Gesicht und Hals mit tiefster Röte überzogen, aber in ihre quälende Verlegenheit mischte sich auch Erleichterung. Alice nickte erneut. »So«, sagte Isabels Herrin, in nicht unfreundlichem Tonfall. »Ich hatte also recht. Ich bin nicht bloß eine alte Närrin, nicht wahr?«

Isabel brachte sogar eine Antwort hervor. »Ihr wart niemals eine Närrin«, sagte sie widerwillig bewundernd.

»Ich war auch nicht immer alt«, sagte Alice energisch. »Und es gibt nichts, was ich über Mädchen, deren Herz gebrochen wurde, nicht weiß.«

Sie spreizte ihre großen Hände, legte eine auf jeden Oberschenkel und beugte sich tröstlich, wenn auch unelegant, vor. Ein nostalgischer Ausdruck stand in ihren Augen. »Du wirst dies von Caxton, Anne oder William nicht gehört haben, aber damals, als wir Lehrlinge bei Meister Large waren, genau hier in diesem Haus ...«, begann sie mit Begeisterung.

Die Stimmen in Isabels Kopf sangen noch immer: »Dickon hat nach mir geschickt. Er hat nach mir geschickt.«

Aber sie wandte Alice Claver ihr Gesicht zu und richtete sich aufs Zuhören ein.

»Ich weiß nicht, was in mich gefahren war«, sagte Alice Claver gerade, und ihr großes, rotes Gesicht wirkte sanfter, als Isabel es jemals gesehen hatte. »Der Meister selbst, der mich küsste ... Es war natürlich Wahnsinn. Wohin konnte das führen, da auch die Herrin im Haus war und wie ein Falke alles überwachte und die übrigen Lehrlinge jeden Moment des Tages und der Nacht bei mir waren? Es gab nicht einmal *irgendwo* einen Ort, wo wir hätten hingehen können, um zusammen zu sein. Wir taten es, was sich seltsam anhört, in einem Lagerschrank. Manchmal schafften wir es, uns an einer Straßenecke zu treffen. Und ich glaube, wir unternahmen einmal einen Spaziergang um Moorfields. Töricht, wirklich. Ein ganzes Jahr lang vermischten sich Himmel und Hölle. Ich konnte an nichts anderes denken. Ich war wie besessen.«

Sie sah Isabel kläglich an. Dann schnaubte sie vor Lachen. »Aber weißt du was?«, fügte sie hinzu. »Nachdem ich erst darüber hinweggekommen war, konnte ich mir nicht mehr vorstellen, was so lange in mich gefahren war. Er war einfach nur ein dicker, alter Mann, der langsam kahl wurde.«

Dies war außergewöhnlich genug, um Isabels volle Aufmerksamkeit zu erregen. Sie konnte kaum glauben, was sie da hörte. Sie hatte Alice Claver noch nie so reden hören.

Während sie sich bei näherer Betrachtung fragte, wie Alice Claver ausgesehen haben musste, bevor sie so breit und rotgesichtig wurde, fragte Isabel vorsichtig: »Aber wie seid Ihr darüber hinweggekommen?«

»Durch Arbeit«, erwiderte Alice Claver und presste die Lippen zusammen. »Natürlich. Das ist die einzige Möglichkeit. Er schickte mich zur Messe nach Antwerpen. Richard fuhr auch hin. Wir verbrachten dort einen Monat. Arbeiteten wie die Tiere. Ich war viel zu beschäftigt, um mich nach Liebe zu sehnen. Wir schlossen dort unseren ersten großen Handel ab. Der aufregendste Moment meines Lebens. Ließ ... das andere ... schlicht wie Torheit erscheinen, was es auch gewesen war. Wir feierten. Und dann war ich verlobt, bevor ich wusste, wie mir geschah.«

Sie verlagerte eine ihrer fleischigen Hände auf Isabels Bein und tätschelte es kräftig.

»Es ist an der Zeit, dass wir dich wieder an die Arbeit bringen«, sagte Alice herzlich. »Es wird zwischen jetzt und Mariä Verkündigung viel zu tun geben, wenn wir die Registrierung wohlbehalten durchbringen wollen.«

Isabel nickte eifrig. Sie war wieder voller Energie. Sie würde nach Westminster gehen, vielleicht schon morgen. Sie war so gerührt darüber, dass Alice ihr das Herz öffnete, dass es ihr unredlich vorkam, so zu denken, wie sie es tat. Aber in ihrem innersten Herzen wusste sie, dass sie, wenn sie dorthin gelangte, als Erstes einen Weg finden würde, Dickon zu sehen.

»Aber«, fuhr Alice fort, Isabels Bein noch fester tätschelnd, »ich glaube nicht, dass es dir gut genug geht, um schon eine halbe Woche in Westminster zu verbringen.« Sie sah Isabel angespannt an, und Isabel erkannte, dass ihr die ältere Seidenfrau schon wieder einen Schritt voraus war. Alice vermutete genau, was sie im Sinn hatte.

»Goffredo kann sich bis zur Registrierung um die Dinge im Seidenhaus kümmern«, sagte Alice forsch. »Und ich werde auch deiner Lady Darcey Nachricht schicken, dass du noch immer genest – du warst wirklich krank, weißt du. Wir haben uns Sorgen gemacht. Du bist Ausflügen in den Palast noch nicht wieder gewachsen.«

Isabel öffnete den Mund, und schloss ihn dann wieder. Sie wusste, dass Alice keinen Widerspruch dulden würde.

Es kümmerte sie nicht. Sie würde dies für Alice tun. Sie würde in Bezug auf Dickon den rechten Augenblick abwarten. Es würde nur allzu bald einen Moment geben. Sie besaß die Kraft und Ausdauer für alles, solange sie hoffen konnte.

Die Seidenfrau hievte sich hoch und schlug Isabel auf die Schulter. »Wir brauchen dich gerade jetzt in London. Wir werden erneut darüber nachdenken, dich nach Westminster zurückkehren zu lassen – später. Wenn wir Mariä Verkündigung hinter uns gebracht haben.« Trotz ihrer barschen Worte lag ein sehr sanfter Ausdruck in ihren Augen, als sie auf den Gang hinauseilte.

Die dreißig Seidenstoffe wurden eine Woche vor Mariä Verkündigung, glatt gebügelt und sorgfältig in einer Truhe aufbewahrt, zu Alices Haus gebracht. Die Stoffe, alle mit dem Claver-Siegel und einem Goldfaden durch die Webkante gekennzeichnet, waren sicher in einem Vorraum in der Wärme des Seidenlagerraums in der Catte Street verstaut, als der Ruf zum Gildehaus kam.

Der Brief war an Goffredo gerichtet – eine Aufforderung, sich morgen im Regierungszentrum der Stadt London einzufinden. Er wurde in der Catte Street abgegeben, obwohl jedermann wusste, dass Goffredo stets bei den Prattes weilte. Alice öffnete den Brief – es war immerhin ihr Haus – und schickte ihn, nachdem sie ihn gelesen hatte, zu Goffredo. Sie brauchte sich noch keine Sorgen zu machen. Wenn ein Problem aufkäme, vertraute sie darauf, dass das Gildehaus stets die richtige Entscheidung treffen würde. Aber sie hatte keine Ahnung, warum man Goffredo jetzt sehen wollte. Alle waren neugierig.

Goffredo traf innerhalb einer Stunde in der Catte Street ein und wirkte verwirrt.

»Haben sie die Registrierungs-Anhörung vorverlegt?«, fragte er. »Ist es das?«

»Das kann es nicht sein«, erwiderte Alice Claver. »Sonst wären wir alle einbestellt worden. Dies gilt nur für dich. Du hast doch keine Schwierigkeiten wegen einer anderen Angelegenheit, oder? Mindergewichte, mit deinen Dokumenten im Rückstand, Probleme mit Ladungen?«

Er schüttelte den Kopf. »Nichts«, sagte er. »Natürlich nicht.«

Die Prattes kamen später dazu. Aber sie wussten auch nichts. William Pratte hatte die meisten seiner Gildehaus-Komitees aufgegeben, bis auf das der Spekulanten für den Handel mit dem Kontinent. Er hatte von keinem Grund gehört, warum der Bürgermeister Goffredo befragen wollte. Und Anne hörte auch nichts in den Arkaden.

Es war gleichwohl beunruhigend. Besonders jetzt, wo die Registrierungs-Anhörung so bald bevorstand.

Isabel sagte: »Der Brief kam hierher. Vielleicht sollten wir morgen alle hingehen?«

Goffredo wirkte dankbar. Aber William Pratte schüttelte bedächtig den Kopf.

Isabel ging dennoch hin, ohne es den anderen zu sagen. Es schien richtig. Sie wartete am nächsten Morgen auf der Straße auf Goffredo. Er erschien in seiner besten, dunklen Samtkleidung, gewaschen und rasiert, und nur ein Zucken an seinem Kinn verriet seine Nervosität.

Seine Augen blickten verwundert, als er sie sah. »*Cara Isabella*«, sagte er sanft.

»Nun, ich habe heute Morgen frei«, murmelte sie, durch ihre eigene Geste in Verlegenheit geraten. Sie schob ihren mit blauer Seide bekleideten Arm durch seinen, als wären sie tatsächlich ein Paar, und ging rasch voran.

Sie keuchte, als sie den Raum betrat. Darin war es heiß. Er war voller Menschen. Voller sich regender Körper und Augen. Es sah so aus, als wären alle Zunftmitglieder Londons anwesend – bis auf William Pratte und Will Caxton. Sie konnte sogar ihren Vater mit seinem edlen Profil und seinem eifrigen Lächeln unmittelbar hinter dem Bürgermeister William Stokker – einem Textilkaufmann – stehen sehen. John Lambert musste eigens nach London gekommen sein. Wieso hatten die Prattes das nicht gewusst?

Goffredo sah Isabel an. Sie verstanden beide nicht.

Sie setzten sich an den Tisch auf dem Podest, neben den Bürgermeister und seine Leute, von Dutzenden von Augen beobachtet.

Dann trat eine weitere Delegation durch die gegenüberliegende Tür. Die Männer, die sich am anderen Ende des Tisches niederließen, trugen alle schwarzen Samt. Sie hatten dunkle Haut, dunkles Haar, kräftige Züge und trugen teure Juwelen. Und Isabel kannte sie. Sie hatte sie in der Luccha-Kapelle in St. Thomas of Acre beten sehen. Sie kannte einige ihrer Namen. Dr. Gigli. Jacopo Salviati persönlich. Zwei junge Männer von dem großen Gebäude der Conterini in der Botolph Lane. Und zwei weitere, deren Namen sie nicht kannte, die sie aber schon auf den Märkten sah: weitere fremde Händler aus Italien.

»Bleib ruhig«, flüsterte sie Goffredo zu, dessen Blick von einem Lombardengesicht zum Nächsten zuckte.

»Dies ist eine Falle«, flüsterte Goffredo zurück. »Und wir sind direkt hineingetappt.«

Es war kein Italiener, der den Rechtsfall gegen Goffredo vortrug. Es war ein unbedeutender Händler aus Southampton namens John Burdean, ein ungestalter Mann voller Groll und Verbitterung. Isabel konnte an der Art, wie sich seine und Goffredos Augen verengten, als sie einander sahen, erkennen, dass sie einst zusammen Geschäfte getätigt und sich entzweit hatten.

Das Blut pochte so laut in ihrem Kopf, dass sie kaum hören konnte, was John Burdean gerade sagte. Konzentriere dich, sagte sie sich, und richtete ihre Aufmerksamkeit auf John Burdeans bedrohlichen Wanst, seine knochigen Beine und die dünne, harte Stimme. Sie konnte ihm nicht in die Augen sehen.

Er sagte anscheinend, Goffredo schulde ihm Geld. Große Summen. Schulden, die Jahre zurückreichten. Geld, bei dem es sogar Isabel klar war, dass Goffredo nicht wirklich die volle Summe schulden konnte, weil einige dieser angeblichen Schulden zu einer Zeit in Southampton vertraglich festgelegt wurden, in der Goffredo, wie Isabel wusste, in Venedig war.

Aber die Italiener nickten, als hätten sie diese Ansprüche untereinander überprüft und für rechtens befunden. Nun erhob sich ein Lombarde nach dem anderen, um eine Anschuldigung hinzuzufügen. Goffredo habe einen Seidendamaststoff aus dem Conterini-Lagerhaus gestohlen und ihn betrügerisch an John Burdean verkauft, wobei er ihm erzählt habe, er habe den Stoff selbst importiert. Goffredo habe das Geschäft der Salviati in der Absicht widerrechtlich betreten, erneut zu stehlen.

Sie erfinden das Ganze, erkannte Isabel. Sie haben irgendeinen garstigen kleinen Mann mit einem Groll aufgetan und benutzen ihn, um Goffredos Namen zu beschmutzen. Wenn es Zweifel an Goffredo gibt, wird er in London nicht mehr arbeiten können. Und wir werden Schwierigkeiten haben, den Weberbetrieb nächste Woche registrieren zu lassen. Sie wissen nicht, wie weit wir gekommen sind, wie nahe wir daran sind, registriert zu werden. Aber sie versuchen, uns aufzulassen, bevor wir überhaupt beginnen können.

Der Gedanke machte sie zornig, aber nur einen Moment. Dann spürte sie, wie ihr Atem schärfer und kontrollierter wurde. Im Kopf ersann sie bereits Erwiderungen. Die Lombarden würden nicht so leicht siegen.

Jede Lombarden-Anschuldigung wurde von weiterem Murmeln und Flüstern gefolgt. Die Händler von London wussten nicht, ob sie überrascht oder wütend sein sollten. D'Amico sah immerhin nicht wie ein ausgemachter Schurke aus. Die meisten Leute im Raum tätigten mit ihm Geschäfte und erinnerten sich nicht, betrogen worden zu sein. Andererseits konnte man bei den Lombarden nie wissen. Sie waren verschlagen. D'Amico hätte sich sehr erniedrigt, wenn er seinesgleichen bestohlen hätte, in einem fremden Land. Wer wusste, welche anderen Verbrechen noch unentdeckt geblieben wären? Ihre Gesichter verdüsterten sich.

Der Bürgermeister erhob sich. »Ich habe die gegen Euch vorgebrachten Anschuldigungen gehört«, sagte er gerade, und Goffredo, der für einen so blassen Menschen seltsam bleich wirkte, schwankte auf seinem Stuhl. »Unter den Umständen«, sagte der Bürgermeister, »habe ich keine andere Wahl, als Euch«, er hielt bei dem fremden Namen inne und fuhr dann rundheraus fort, »George D'Amico«, und Goffredo zuckte zusammen, »unter Arrest zu stellen, vorbehaltlich einer vollständigen Untersuchung und Verhandlung.«

Die Italiener erlaubten sich ein vages Lächeln. John Burdean schwitzte. Er grinste und wischte sich die Hände an seinen Beinen ab. Er erhob sich, als wäre alles vorüber, setzte sich dann aber wieder hin. Die Londoner Händler murrten und warteten. Der Bürgermeister sprach erneut: »Euer Recht, in dieser Stadt Handel zu betreiben, ist bis auf Weiteres eingestellt. Eure Waren sind beschlagnahmt und müssen ausgehändigt werden. Ihr könnt weiterhin im Heim William Prattes wohnen, müsst Euch aber täglich beim Gildehaus melden …«

Isabel wollte Goffredo etwas zuflüstern, aber sie konnte ihn nicht dazu bringen, sie anzusehen. Er war erstarrt. Sie berührte seinen Arm, um seine Aufmerksamkeit auf sich zu ziehen. Noch immer auf seine Hände hinab starrend, murmelte er: »Sie haben uns. Sie haben zuerst gehandelt. Sie haben uns.« Dann ein Wortschwall auf Italienisch und ein Blitzen seiner Augen. Sie wollte nicht wissen, was es bedeutete. Es wäre nicht hilfreich.

»Goffredo«, flüsterte sie und wünschte, Robert Lynom wäre auch da, »kann ich etwas entgegnen?«

Er wirkte verwirrt. »Ihnen?«, zischte er. »Um gegen sie anzukämpfen?«

Sie nickte forsch. Sie beschloss, das als Erlaubnis zu verstehen.

»Euer Ehren«, rief sie laut, was den Bürgermeister erzürnte, und es wurde still im Raum. Aller Augen waren jetzt auf sie gerichtet. Sie war sich darunter des entsetzten Blickes ihres Vaters bewusst. Sie atmete tief ein, hörte ihre Stimme zittern und fuhr fort: »Im Namen Master D'Amicos sprechend, welcher der zuverlässigste ausländische Handelspartner des Hauses Claver ist, das ich repräsentiere, möchte ich die Aufmerksamkeit der sehr geehrten Gesellschaft auf gewisse Fakten bezüglich Master D'Amicos Arbeit lenken, die bisher von keinem der Sprecher erwähnt wurden – und die vielleicht einige der heute in diesem Raum vorgebrachten Anschuldigungen erhellen können …«

Der wahre Grund, warum Goffredo D'Amico heute auf der Anklagebank saß, berichtete sie ihnen, war nicht der, dass er John Burdean oder die Londoner Lombarden betrogen hätte. Sie hielt inne, um das Zittern ihrer Stimme zu bändigen. Es war ihr bange, aber sie war auch aufgeregt.

»Euer Ehren. Master D'Amico hat mit dem Hause Claver zusammengearbeitet, um eine Gruppe venezianischer Seidenweber in die Stadt London zu holen«, verkündete sie, mit rasendem Herzen. »Diese Weber haben englische Handwerkerinnen gelehrt, wie man Damaststoffe, Samtstoffe und Seidenstoffe webt« –, sie hielt inne und sah Dr. Gigli unmittelbar in die Augen –, »und zwar während der vergangenen zwei Jahre.«

Auf diese Worte hin erklang Keuchen. Gemurmelte Worte wie »zwei Jahre!« und »Seidenweberei!« und »In London!« und »Wo?« erklangen. Sie spürte Aufregung um sich herum. Sie konnte nicht innehalten, um zu sehen, woher das Keuchen erklang, aber sie hoffte, dass einiges davon erschreckten Lombarden-Mündern entwichen wäre.

»Die Ausbildung ist fast beendet. Sehr bald«, fuhr sie fort, »werden unsere englischen Weber – Londoner Frauen – Seidenstoffe anfertigen und verkaufen, die ebenso wunderschön, ebenso vollkommen – und ebenso kostbar – sein werden wie diejenigen, die in Venedig oder Florenz hergestellt werden.«

War das so etwas wie ein Beifallsruf? Sie ignorierte es. Sie sagte: »Diese Arbeit ist für England, und für die Stadt London im Besonderen, so wichtig, dass der König selbst sie unterstützt. Die

Weber und ihre Schüler werden unter dem Befehl des Königs beherbergt und versorgt, aus der königlichen Geldbörse. Seine Majestät erkennt, wie Ihr auch alle erkennen werdet, wie wichtig es für England ist, sich dieses neue Können anzueignen – wie es den englischen Handel aufwerten und das englische Ansehen fördern wird ...«

Sie sah sich um und richtete ihren eiskalten Blick auf die regungslosen Lombarden. »Tatsächlich, Euer Ehren«, fuhr sie fort, »werden die einzigen Verlierer bei der Vermittlung von Wissen, die Master D'Amico ermöglicht hat, die anderen fremden Händler Londons sein. Wir Londoner könnten bald urteilen, dass ihre venezianischen, florentinischen, sienesischen und Luccheser Stoffe als zu kostspielig oder zu grob oder im Vergleich zu Londons eigenen, im Inland hergestellten Seidenstoffen zu hässlich sind. Die fremden Händler, die Ihr vor Euch seht – unsere geehrten Lombarden-Gäste – werden nun viel härter arbeiten müssen, um die gleichen Gewinne zu erzielen, wenn sie uns ihre Seidenstoffe verkaufen wollen.« Nun lag entschieden Beifall in der Luft. Ihr Publikum wies ihr die richtige Richtung. »Kein Wunder, dass sie gekränkt sind, Euer Ehren«, endete sie. »Kein Wunder, dass sie böse auf Master D'Amico sind.«

Sie lächelte, und eine Mischung aus Johlen, Lachen, Keuchen und Klatschen brach im Raum aus. Die Menge stand hinter ihr. Goffredo hatte sich aufgerichtet. Die Italiener lächelten nicht mehr.

Sie nahm aus den Augenwinkeln das Gesicht ihres Vaters wahr. Erstaunter Respekt war darauf zu erkennen. Sie wünschte nur, sie hätte Zeit, es nun zu genießen. Aber sie musste aufmerksam bleiben.

Nach einer geflüsterten Beratung mit den Männern um ihn herum beugte sich der Bürgermeister vor.

»Wollt Ihr behaupten, Mistress Claver«, sagte er distanziert, »dass die Anklagen wegen Geldschuld und unbefugtem Betreten, die heute gegen Meister D'Amico vorgebracht wurden«, er rümpfte die Nase, »falsch sind?«

Isabel stand aufrecht da. Ihre Wangen waren leicht gerötet.

Ihre Stimme erklang laut und stolz. »Das will ich, Euer Ehren«, antwortete sie und war sich der Tatsache bewusst, dass erneut Stimmengewirr erklang und einige unumwunden böse Blicke vom italienischen Ende des Tisches auf sie fielen. Sie bemerkte auch Goffredo, der sie bewundernd ansah, über ihre Dreistigkeit den Kopf schüttelte und zu lächeln begann. Er würde ihr gleich einen Handkuss zuwerfen. Sie mochte ihn so sehr, dass sie fast lachen musste.

Sie fuhr triumphierend fort: »Ich bin kein Anwalt, Euer Ehren. Aber ich glaube, dass Master D'Amico und sein Anwalt, Master Robert Lynom, in Kürze Verbindung mit Euch aufnehmen werden, um darum zu bitten, dem Sheriff von London eine *corpus cum causa* übergeben zu dürfen. Wir wollen, dass die Beweggründe der Kläger in diesem Fall untersucht werden. Und wir wollen, dass alle Anschuldigungen gegen Master D'Amico fallengelassen werden.«

Isabel und Goffredo wurden auf dem Weg zurück in die Catte Street von einer Menge umringt. Alle in der Mercery wollten mehr über die geheimnisvollen Weber erfahren.

»Bald«, sagte Isabel als Antwort auf all die Fragen ruhig und schob den strahlenden Goffredo durch die Menge. »Wir werden Euch bald mehr zu erzählen haben.«

Als ihr Vater erschien, verfiel sie in einen tiefen Hofknicks und küsste seine Hand, wie eine Tochter es tun sollte. Sie fragte nicht, was ihn zu der Sitzung des Gildehauses nach London geführt hatte. Er erklärte es nicht. Aber als er ein wenig zögernd sagte: »Also hast du einen Weberbetrieb gegründet …?« und innehielt, auf eine pflichtbewusste, kindliche Antwort hoffte, deutete sie nur mit dem Kopf auf Goffredo und sagte, wie sie es schon zu den anderen gesagt hatte: »Bald, wir werden Euch bald mehr zu erzählen haben.« Aber sie legte eine Hand auf seinen Arm – diese sanfte Bewegung, die Jane so häufig benutzte, um hilflosen guten Willen zu vermitteln – und fügte hinzu: »Ich verspreche es«, und dann »lieber Vater.« Und sie war überrascht, einen zaghaften Ausdruck der Freude in seinen Augen zu sehen.

Sie konnte nicht mehr sagen. Sie war sich nicht sicher, ob es klug wäre, die italienischen Händler wissen zu lassen, wie kurz die Clavers vor dem Erfolg standen. Die Neuigkeit war nun offenbart. Sie zu verkünden hatte Goffredo einen Strafaufschub verschafft, während die Klagen der Lombarden und seine Gegenklage untersucht wurden. Das Webergeschäft gemeinsam zu registrieren wäre noch immer unmöglich, bis der Bürgermeister davon überzeugt wäre, dass Goffredo ehrlich war. Aber zumindest hatte sie eine wohlwollende Stimmung für ihn bewirkt und die Frage erhoben, was die anderen Lombarden wirklich vorhatten. Wenn alles andere fehlschlug, könnte sie noch den König um Gerechtigkeit bitten. Sie wusste, sie würde sie bekommen, was auch immer sonst nun zwischen ihr und Dickon stand. Und doch ließ sie der Gedanke, sich ihm zu nähern, verzagen. Sie wollte sich noch nicht damit beschäftigen. Sie hoffte, die Clavers könnten allein gewinnen.

Dennoch, dachte sie, wäre es klug, weiteres Gerede im Moment im Keim zu ersticken. Sie trat fort und hakte sich bei Goffredo unter, um gemeinsam mit ihm durch die Menge zu gelangen.

»Du hast«, sagte Goffredo mit seinem breitesten Lächeln, ihren Arm mit seinem drückend, »keine Angst vor Klatsch? Über dich und mich?«

Sie lächelte. Sie konnte sich kaum erinnern, sich jemals so obenauf gefühlt zu haben. Alles schien plötzlich leicht. »Nein«, sagte sie. »Warum? Es denken ohnehin alle, wir würden früher oder später heiraten. Es ist nur das, was sie erwarten. Es ergibt Sinn.« Da er nicht ganz glauben konnte, dass sie es ernst meinte, lachte er ungläubig und versuchte dann, als sie das Lachen nicht erwiderte, sie an sich zu ziehen. Doch sie schob ihn sanft von sich. Sie fuhr fort: »Nicht jetzt. Wir können reden, wenn dies alles vorüber ist.«

Sie hatte die schmerzliche Sehnsucht eine Weile vergessen, als sie sich erhoben hatte, um sich an den Bürgermeister zu wenden. Sie war beflügelt. Geist und Mund sprudelten vor Eingebungen. Aber der Schmerz kam zurück, als sich ihre Atmung wieder verlangsamte. Als sich die Eingangstür quietschend öffnete und sie wieder in die vertraute Düsterkeit im Inneren traten. Ihr glanzloser, ermüdender, dumpfer Schmerz: ein Schmerz, ihre geduldige Hoffnung, endlos aufgeschoben.

Sie saß da und schwieg, während Goffredo – der nun auch selbst Eingebungen hatte und aufgeregt war, mit den Armen fuchtelte und wie ein Wasserfall redete – Alice, Anne und William die Geschichte des Angriffs aus dem Hinterhalt immer wieder erzählte. »Ihr hättet Isabel hören sollen«, sagte er. »Ich habe zunächst eine klägliche Figur abgegeben. Aber sie war großartig.«

»Das hast keine klägliche Figur abgegeben«, erwiderte sie. »Du warst tapferer, als ich hätte sein können. Würdevoll. Du hast nicht ein Mal gewankt. Du hast einen kühlen Kopf bewahrt.« Sie unterbrach sein restliches großzügiges Lob. Sie wollte nicht lange aufbleiben, essen und reden. »Ich habe keinen Hunger«, sagte sie. »Ich bin müde. Es war ein langer Tag.«

Sie träumte, sie sei in dem Tavernenraum. Er war, bis auf das ungemachte Bett, leer. Die Laken rochen nach Dickon. Dann sah sie, dass er doch da war. Er schlief: eine dunkle Schulter, zerzaustes, schwarzes Haar. Ihre Stimmung hob sich. Sie trat auf Zehenspitzen zum Bett. Sie wollte seine Stirn küssen, ganz sanft. Das Erste, was er sehen würde, wenn er die Augen öffnete, wäre sie.

Sie erwachte, als sie sich zu ihm beugte. Sie wusste nicht, wo sie war oder was sich geändert hatte. Als sie erkannte, dass sie sich in der Catte Street befand, allein, weinte sie. Es war schlimmer, vom Glück geträumt zu haben und aufgewacht zu sein, als wenn sie den Traum überhaupt nicht gehabt hätte. Niemand sah oder hörte ihr Weinen. Das Haus schlief. Es war dunkel. Der Vollmond war untergegangen.

Während Isabel in dem Bewusstsein aufwachte, dass Dickon zu lieben bedeutete, niemals in der Lage zu sein, Goffredo oder sonst jemanden zu heiraten, erwachten die anderen in großer Nervosität. Alice rief die Prattes und Goffredo in die Catte Street. »Wir müssen von jetzt an sehr vorsichtig sein«, sagte sie streng. »Vorsichtiger. Sie werden uns wie Falken beobachten.«

Anne Pratte stieß laut Luft durch die Zähne. Sie sagte: »Ooh! Ich bekomme noch immer eine Gänsehaut, wenn ich daran denke, wie nahe sie gestern daran waren, unseren Betrieb stillzulegen.«

Sie klang stets, als amüsiere sie sich. Alice ignorierte sie. »Sie werden den Betrieb suchen«, fuhr Alice fort, sich ein Gesicht nach dem anderen ansehend. »Er ist nicht so schwer zu finden. Das müssen wir verhindern.«

William Pratte nickte. »Du hast recht«, sagte er und klang erleichtert. »Wir sollten aufhören, bis die Registrierung erfolgt ist. Die ersten Stoffe sind bereits fertiggestellt. Montieren wir die Webstühle ab. Bringen wir die Weber aus Westminster fort. Verhalten wir uns ruhig, bis dies alles vorüber ist.«

Es war schwerer zu wissen, wie man still verschwinden und dann wieder erscheinen könnte, als es schien. Der umständliche Plan, den Anne Pratte vorschlug, begann damit, dass Isabel nach Westminster ginge, wie sie es vor ihrer Krankheit jeden Donnerstag getan hatte, um die Nacht vor ihrer Freitagssitzung mit der Prinzessin im Haus zu verbringen.

Alice schüttelte den Kopf. Isabel sagte zögernd: »Aber ich war krank. Es ist sechs Monate her, seit ich im Palast gewesen bin. Sie werden mich nicht erwarten.« Sie hatte plötzlich Angst, wieder in diese andere Welt hineingezogen zu werden, wo all dies doch so dringlich war.

»Es geht dir jetzt besser«, erwiderte Anne Pratte fest, Alices stumme Warnungen ignorierend. »Wer wird glauben, dass du nach dem, was du heute getan hast, noch krank bist? Die ganze Stadt wird darüber reden. Es ist an der Zeit, wieder anzufangen. Die Prinzessin ist deine beste Kundin. Du solltest sie nicht verprellen.«

Alice nickte widerwillig. Es dauerte eine Weile, bis Isabel dies erkannte, aber normalerweise ließ sie Anne Pratte entscheiden, was in Krisenzeiten geschehen sollte.

Anne führte ihren Plan weiter aus. Sobald Isabel das Haus am Donnerstagabend erreichte, sollte sie den Seidenarbeitsgruppen verkünden, dass sie in Urlaub fuhren. Sie würde sie am Freitagmorgen verlassen, die Webstühle auseinandernehmen und die

Einzelteile an den Wänden aufstapeln lassen. Sie würde zum Palast gehen, dann zum Haus zurückkehren und die Freitagnacht in Westminster verbringen.

Die Übrigen würden London inzwischen einer nach dem anderen verlassen und am Freitag auf getrennten Wegen nach Westminster gelangen: Alice und Anne mit dem Boot, William auf der Straße, Goffredo später, mit einem anderen Boot. Würden sie gefragt, würden sie sagen, sie wären zu einem freitäglichen Abendessen bei Will Caxton eingeladen. Wenn sie erst in Westminster wären, könnten sie das Packen beaufsichtigen. Alice und Anne würden die kostbaren Vorräte an Seidenfäden auf Williams Pferd laden, das bereitstand, um sie nach London zurückzubringen. Jedermann würde auf die Abreise warten, während Isabel ihre Arbeit im Palast am Freitagnachmittag fertigstellte.

Sie würden im Haus gemeinsam etwas essen und sich dann aufteilen. Will Caxton könnte Williams Pferd reiten und die Seidenvorräte vor der Abendglocke nach London zurückbringen. Die beiden alten Damen könnten mit dem Boot zurückfahren, um sich am nächsten Tag wie üblich in der Mercery sehen zu lassen. Inzwischen könnten Goffredo und William die Seidenweber zu Fuß flussabwärts nach Chelsea führen, die Nacht in dem dortigen Gasthaus verbringen und in der Dämmerung zu Janes Haus aufbrechen. Wenn sich die Weber in Hertfordshire eingerichtet hätten, könnten die beiden Männer nach London zurückkehren. Goffredo wäre frühzeitig zu seiner Gildehaus-Anrufung zurück.

Isabel würde am Samstagmorgen nach London zurückkommen. Die Weber könnten fernbleiben, bis sie erfuhren, dass Goffredo von allen Anschuldigungen freigesprochen und der Betrieb formell anerkannt und im Gildehaus registriert wäre.

Jegliche Schnüffler, die das Westminster-Haus vorher fänden, würden nicht mehr sehen als bedeutungslose Teile von Holzrahmen, die an den Wänden lehnten, sowie Will Caxtons fremde Drucker nebenan, die in ihrer mörderischen Sprache auf sie einreden würden.

Isabel nickte. Sie reagierte nicht darauf, dass Goffredo lächelte und ihre Hand drückte. Sie hatte den dumpfen Schmerz des Erwachens noch nicht abgeschüttelt. Sie dachte kaum über die Auslagerung nach. Nun, da sie definitiv dorthin musste, löschte der Gedanke an Westminster und den Palast erneut alles andere aus. Sie fürchtete sich davor, Prinzessin Elizabeth aufzusuchen. Aber sie hoffte auch mit wilder Verzweiflung, dass es ihr vielleicht gelingen könnte, Dickon zu begegnen.

Sie hörte Alice mit ihrer dröhnenden Stimme, die sie in Menschenmengen stets auffallen ließ, gerade sagen: »Wichtig ist es, unauffällig vorzugehen.« Die Stimme schien weit entfernt.

Sie konnte nicht in Westminster sein, ohne Dickon zu sehen. Während sie das Pförtnerhaus, die Gänge und den Wachwechsel passierte, wünschte sie sich so sehr, dass er unvermittelt vor ihr auftauchen möge, dass ihr Verlangen sogar ihr selbst eine Art Magie zu sein schien: ein Zauber, eine Beschwörung, die ihn zu ihr zurückzogen. Er musste kommen, er musste.

Aber als sie ihn sah, wie er die Räume der Prinzessin verließ, während sie noch darauf wartete, hineingehen zu können, fühlte es sich so unwirklich an wie ein Traum.

Sie lächelte versonnen.

»Dickon«, flüsterte sie.

Er schaute nicht auf. Er verschwand bereits wie der Wind den steinernen Gang entlang. Doch er fuhr herum, als er ihre Stimme hörte.

Sie sahen einander einen Moment regungslos an.

Nach vorn starrende Wächter befanden sich hinter ihr, mit Gewänderteilen beladen, auf denen Edelsteine glitzerten.

Er zog sie ins Fenster. Er wandte seine müden Augen nicht von ihr ab. Verwunderung lag darin, und, so dachte sie froh, Dankbarkeit, Sehnsucht. Sie sah, dass er vollkommen bleich war. Sorge, oder Angst, hatte Spuren in seinem Gesicht hinterlassen.

»Ich dachte«, begann er flüsternd, »ich dachte, du wärst für immer fort.«

Sie spürte seine Hand auf ihrem Arm. Es ließ sie vor Freude strahlen. Sie schüttelte den Kopf.

Hoffnung keimte in seinem Gesicht auf, die sie nicht zu erwarten gewagt hatte.

Er schaute zu den Wächtern zurück. Ihre Anwesenheit störte ihn eindeutig.

»Kann ich dich sehen?«, murmelte er. »Später?«

Das war es, was sie schon so lange ersehnt hatte. Sie nickte rasch. Dann erinnerte sie sich.

»Nicht sofort«, murmelte sie. Sie würden heute Nachmittag im Seidenhaus zusammenpacken. Es wäre ein schreckliches Chaos. Sie würden es alle bemerken, wenn sie einfach verschwand.

Das Seidenhaus auszulagern erschien ihr plötzlich wie eine lästige Pflicht, ein Hindernis. Sie seufzte, dachte hektisch nach.

Aber wenn sie erst fort wären … Ihr Gesicht klärte sich.

»Spät«, hauchte sie.

Er nickte und machte auf dem Absatz kehrt.

»Geht es Euch wirklich gut?«, fragte die Prinzessin, nicht unfreundlich. »Ihr seht noch immer nicht wohl aus.«

Sie hatte Isabels Befinden niemals zuvor angemerkt. Warum sollte eine Prinzessin immerhin die Gesichtsfarbe ihrer Dienstboten bemerken, oder die Schatten unter ihren Augen?

Isabel fühlte sich durch diesen grüblerischen, meergrünen Blick entblößt. Sie kam sich beschmutzt und alt vor. Achselzuckend tat sie die Frage ab und hielt sich an dem Wissen fest, dass sie heute Abend mit Dickon zusammen wäre. »Ja«, sagte sie so bestimmt wie möglich, durch die Nadeln in ihrem Mund hindurch. »Es geht mir besser.«

Die Prinzessin selbst sah heute wunderschön aus. Erdbeergoldenes Haar, rötliche Lippen, Wärme in den Wangen, Leichtigkeit in der Bewegung der Taille und der weißen Finger, als wäre sie nun erwachsen genug zu wissen, welche Gestalt ihr Leben annehmen würde, und sei zufrieden damit.

Als Isabel hereinkam, hatte die Prinzessin sofort Arbeit für sie. Sie öffnete eine Schachtel und nahm drei Smaragde sowie ein starres Stück grünen Goldbrokat heraus. Sie waren ein Geschenk, sagte sie. Sie hatte sie für Isabel aufbewahrt. Sie wollte, dass sie ihr ein Täschchen anfertigte.

Und sie war anscheinend in Redelaune.

»Ich habe diesen Winter häufig über Euch nachgedacht«, sagte sie.

Isabel senkte den Kopf.

Die Stimme der Prinzessin fuhr freundlich fort: »Da ich erkannt habe, dass Ihr recht hattet.«

Sie verfiel in Schweigen. Isabel sagte durch ihre Nadeln hindurch undeutlich: »Womit?«

»Mit dem König, damit, dass er mich heiraten will, wenn seine Frau stirbt. Ihr hattet recht. Das tut er.«

Isabel schaute auf.

Sie sah betroffen den Blick der Prinzessin auf sich gerichtet. Prinzessin Elizabeth nickte und lächelte, als wüsste sie, dass der Gedanke an diese Heirat von Interesse wäre.

»All dies«, sagte die Prinzessin, mit triumphierendem Schimmern in den Augen auf sie herablächelnd und auf die kostbaren Materialien deutend, »ist ein Geschenk von ihm. Er möchte, dass ich seine Briefe immer bei mir trage ...«

Der Gedanke, der Isabel nun kam, war abscheulich: Prinzessin Elizabeth konnte nichts von ihr und Dickon wissen, oder? Diese wachsame Eindringlichkeit konnte nicht bedeuten – Dickon würde es ihr doch nicht erzählt haben?

»Meine Mutter freut sich«, sagte die Prinzessin ruhig. »Natürlich.« Dann ließ sie es zu, dass ein Schatten über die glatte Perfektion ihrer Stirn zog. »Obwohl mich mein Gewissen so etwas natürlich nicht einmal erwägen lässt, solange die Königin noch lebt«, fügte sie hinzu. Sie bekreuzigte sich tugendhaft.

»Weil mir scheint, dass die Königin einen weitaus stärkeren Überlebenswillen hat, als wir alle erkennen«, fuhr Elizabeth fort, ihre Augen bohrten sich über ihrem Lächeln intensiver denn je in Isabels. »Sie ist so schwach ... und doch hält sie so lange durch ... selbst mit all dem Laudanum, das sie ihr geben, das arme Ding.«

Ich bin immerhin nicht besser, dachte Isabel und fühlte sich so gelähmt wie ein Kaninchen, das den sich nähernden Fuchs anstarrt. Es genügte nicht, Gefahr zu spüren, es sei denn, man reagierte. Aber sie konnte nicht ermessen, welche Reaktion Elizabeth von ihr erwartete.

»Laudanum?«, wiederholte sie töricht.

Aber Elizabeth schüttelte nur den Kopf. »Ich hätte es wahrscheinlich nicht einmal erwähnen sollen«, sagte sie süß. »Obwohl es mich beunruhigt. Große Dosen ... genug, um einen erwachsenen Mann außer Gefecht zu setzen, ganz zu schweigen von dem wandelnden Skelett, zu dem sie geworden ist. Aber es heißt, sie würde sonst außer sich geraten. Und die Ärzte wissen es vermutlich am besten ...«

Und sie verfiel erneut in ein heiteres Schweigen.

Isabels Gedanken rasten. Sie war zu lange fort gewesen. Sie hatte ihre alte Gabe verloren, den einen Strang der Wahrheit aus einem wirren Gerücht herauszufiltern. Sie war sich nicht mehr sicher, wie sie die Realität in einem Netz von Lügen erkennen konnte.

Also wurde sie auch still. Sie nähte und dachte nach. Warum sollte die Prinzessin andeuten, dass die Königin vergiftet würde? Warum das Risiko eingehen, wenn es für Isabel so leicht und verführerisch wäre, das Gesagte in der Stadt weiterzugeben und ein verheerendes Gerücht zu verbreiten, das die Heirat verhindern könnte, auf welche die Prinzessin bauen musste? Der einzige wahre Grund, der Isabel einfiel, war, dass die Prinzessin sie von Dickon abschrecken wollte, Isabel zu verstehen zu geben, dass Dickon zu gefährlich sei, als dass eine bescheidene Seidenfrau mit ihm umgehen könnte.

Diese Folgerung ermutigte sie fast. Wenn die Prinzessin so dringend meinte, Isabel abschrecken zu müssen, konnte sie nicht mit ihm grausam über seine schmutzige Liaison mit einer Händlerin aus der Stadt gelacht haben. Sie musste spüren, dass auch Isabel einen Anspruch auf Dickons Herz hatte, dass sie, so einfach sie auch war, vielleicht eine Rivalin sein könnte. Aber dieser Gedanke wäre ihr allein gekommen – ohne Dickons Hilfe.

Isabel reckte ihr Kinn. Nun, sie würde sich nicht abschrecken lassen.

Die Stille blieb bis zum Ende der angesetzten Nähstunde bestehen. Isabel erhob sich und begann, ihre Sachen zu packen, die drei Smaragde in das kostbare Tuch eingefaltet. Sie durfte heute Abend nicht zu spät kommen.

Aber die Prinzessin ließ sie nicht sofort gehen. Stattdessen sagte sie, als wäre es etwas, worüber sie die ganze Zeit nachgedacht hätte: »Sie tut mir leid ... Königin Anne Neville.« Und ihr Blick umschmeichelte Isabel, forderte sie auf zu bleiben.

Königin Anne Neville hatte Isabel nie leid getan. Aber sie war es gewohnt, Dickons Ehefrau gegenüber sachlich zu bleiben. Sie hatte ihn so oft abschätzig sagen hören: »Es ist eine gute Ehe. Sie hat mich bereichert«, dass sie niemals das Bedürfnis verspürte, wahrhaft eifersüchtig zu sein. Und die Tochter des Grafen von Warwick war nicht der Mensch, der einem leid tat, wenn man ein Händler war. Sie war zu reich, zu unnahbar. Aber etwas an den heutigen Worten der Prinzessin ermöglichte es Isabel, die Königin als ein tragisches, hilfloses Opfer vieler Missgeschicke zu sehen. Die Rebellion ihres Vaters gegen den König war fehlgeschlagen. Ihr erster Ehemann, ein Prinz aus Lancaster, war getötet worden. Sie war von Dickons Bruder Clarence entführt worden, um Dickon daran zu hindern, sie zu heiraten. Ihr Sohn war gestorben. Sie hatte ihren Ehemann jahrelang kaum gesehen. Und nun wartete er auf ihren Tod.

»Er hat sie zunächst geliebt«, murmelte die Prinzessin. »Das hat er mir gesagt.«

Elizabeth hielt inne, um Isabel diesen Schlag verdauen zu lassen. »Er war immerhin mit ihr aufgewachsen ... Als sie vor Clarence davonlief, kam er nach London, um sie zu suchen.«

London. Dickon hatte Isabel diese Geschichte niemals erzählt. Doch sie konnte sich denken, wann das gewesen sein musste: der wichtigste Moment in ihrem eigenen Leben, als sich alles für immer änderte. Als sie vierzehn war und Dickon zum ersten Mal begegnete, als er an einem Aprilmorgen in der Kirche St. Martin-le-Grand betete, während König Edwards Heer an den Toren Londons stand. Als sie noch glaubte, er sei nur ein Gentleman des Heeres. Er hatte Schwarz getragen, ohne Insignien – die anonyme Art, in der er gerne reiste. Er spendierte ihr in einer Taverne an der Aldersgate, außerhalb der vertrauten Mercery – *The Bush* hieß es, wie sie sich noch erinnern konnte –, ein Abendessen. Er aß Schweinefleisch und sagte, sie solle Thomas Claver heiraten. Er sagte, er würde eine Ehe eingehen, die im Interesse seiner Familie läge. Daran erinnerte sie sich auch. Aber am besten erinnerte sie sich daran, dass sie gewusst hatte, dass sie ihn liebte, bevor er auch nur zwei Worte sprach. Sie dachte unbehaglich: Ich habe nie genau herausgefunden, warum er in London war, allein, zwei Tage, bevor das Heer hereinkam.

Sie musste gleich gehen. Alice wartete schon. Aber Isabel musste die Prinzessin erst zu Ende anhören.

»Er hat jede Zufluchtsstätte in London abgesucht«, sagte die mädchenhafte Stimme der Prinzessin gerade.

Isabel erinnerte sich jetzt – es hieß damals, das Kirchenasyl von St. Martin-le-Grand wäre mit Leuten aus York bevölkert, die auf König Edwards Eintreffen warteten. Tausende davon, nicht nur bei St. Martin's, sondern auch in jeder anderen Zufluchtsstätte in London.

Hatte Dickon wirklich nach Anne Neville gesucht?

Die Prinzessin sagte: »Er wurde immer verzweifelter. Sie schien nirgendwo zu sein. Er fand sie letztendlich zufällig – in einer Taverne an der Aldersgate, wo sie Töpfe schrubbte.«

Isabel fühlte sich, als hätte ihr Atem ausgesetzt. Aldersgate. »*The Bush* ...«, murmelte sie, und die Prinzessin nickte. »So ein Name war es.«

»Er sagt, es schien wie ein Wunder«, fügte die Prinzessin rührselig hinzu. »Es war fast dunkel. Es drohte zu regnen. Aber er lief mit ihr die Straße hinab zur Kirche, fand einen Priester und heiratete sie vom Fleck weg. Sie verbrachten die Nacht in der Taverne, wo er sie fand. Als das Heer meines Vaters ein oder zwei Tage später in London eintraf, waren sie Mann und Frau, und niemand konnte mehr etwas daran ändern.«

Isabel empfand Mitleid mit ihrem eigenen vierzehnjährigen Selbst, das darüber in Verzückung geriet, wie sich Dickons Hand auf ihrem Rücken angefühlt hatte, darüber, wie nahe er bei ihr gestanden hatte, darüber, wie nahe er daran gewesen war, sie zu küssen. In dem Glauben, dass ihres und Dickons gemeinsames Schicksal offenbart würde, während er bereits einen Priester dafür bezahlte, ihn mit jemand anderem zu verheiraten. Jemanden, wie er diesem Mädchen Jahre später erzählte, die er liebte. Es war fast komisch. Isabel hatte keine Bedeutung, selbst damals nicht.

»Es ist eine schöne Geschichte, nicht wahr?«, flüsterte die Prinzessin

Isabel schwankte. »Schön«, erwiderte sie schwach. Dann: »Wisst Ihr, Ihr hattet recht. Ich fühle mich nicht gut.«

Sie eilte durch den Nachmittag auf das Seidenhaus zu. Sie würden sich Sorgen machen. Sie würden warten. Sie kam so spät. Sie hatte nicht mehr auf die Zeit geachtet. Sie wusste nicht mehr, was sie fühlte. Sie konnte nur daran denken, was geschah, wenn ein Seidenstoff so alt, brüchig und dünn wurde, dass der Lavendel, mit dem man ihn erhalten wollte, nicht mehr wirkte. Wie er zu Staub zerfiel.

Es war bereits frostig. Ein Hauch von Flussnebel lag in der Luft. Sie glaubte, Verbranntes zu riechen, als zündeten die Menschen Feuer an, noch bevor die Dunkelheit niedersank. Sie erschauderte. Sie konnte hinter dem Armenhaus Rauch aufsteigen sehen.

Sie sah genauer hin. Es war zu groß für ein Lagerfeuer. Da war zu viel Lärm. Sie beschleunigte ihren Schritt.

Sie hörte eine aufgebrachte Menschenmenge.

Sie umrundete die Ecke. Sie sah bereits, dass ihr Haus in Flammen stand. Sie war jetzt nahe genug, um die Flammen prasseln und wüten zu sehen, unter Dachvorsprünge und Ziegel rasen zu sehen, erschütternd durch Fenster aufflammen zu sehen. Und sie war auch nahe genug, um die im Rauch umhertanzenden Schatten zu erkennen. Furchteinflößende Fremde. Londoner, keine Lombarden, den Stimmen nach. Sie zerbrachen Fenster. Schwangen Stöcke. Verhöhnten die flackernden, sich windenden menschlichen Gestalten, die man innerhalb der Fenster halbwegs ausmachen konnte. »Lombarden-Bastarde« und »Dachtet, ihr könntet euch an uns gütlich tun, was?« und »Nun werden wir uns an euch gütlich tun.«

Sie bekreuzigte sich. Alle Menschen, die sie liebte, befanden sich in jenem Haus.

Sie zwang ihre Beine, sich zu bewegen. Lief auf die Taverne zu. Aber bevor sie durch die Türen stürzen und um Hilfe schreien konnte, schwangen sie von selbst auf, und weitere Männer eilten in die wirren Schatten. Sie brachten einen Schwall klare Luft mit sich. Sie sah den Wirt. Sie sah ein Dutzend Wachtmeister. Einige von ihnen trugen Eimer. Einige hatten Seile. Die meisten hatten Stöcke. Dann hüllte der beißende Rauch sie alle ein, und es war nur noch Brummen, Rufen und das Schlagen und Klirren von aneinander geratendem Leder, Metall, Holz und Haut zu hören sowie das summende Gebet in ihrem Kopf.

Sie stand im Schatten der Taverne und weinte, zitterte und hustete.

Erst als das lauteste Krachen den Himmel mit einem gewaltigen Funkenregen erhellte, als ein Dach auseinanderbrach und Flammen aufstoben – und sie so erschrak, dass sie aufschrie –, erkannte sie, dass sie nicht mit einer johlenden Meute allein war.

Schritte eilten heran. Dann legten sich Arme um ihren Rücken. Sie schrie erneut auf, sprang zurück und schlug mit den Armen um sich, bevor sie zuhörte.

»Isabel«, erwiderte die Stimme schreiend. »Du bist in Sicherheit.«

Ein geschwärztes Gesicht blickte in ihres: weiße Augen, ein weißer Mund, der sich öffnete und schloss. Es dauerte eine Weile, bis sie erkannte, wer es war. Dann brach sie an Will Caxtons fleckigem Waffenrock zusammen und spürte, wie seine Arme sie aufrecht hielten, als ihre Beine nachgaben.

18

Isabel drängte sich mit Caxton und seinem Vorarbeiter Wynkyn sowie den anderen Holländern in der leeren Taverne zusammen und lauschte den Rufen, während der Himmel sich langsam schwarz färbte.

Die Aufrührer schienen ein ziemlich trauriger Haufen zu sein, nachdem sie erst aneinander gebunden im Schankraum zusammengepfercht waren. Sie waren nass, mit verschwollenen Augen, und zitterten. Ein Dutzend zwielichtige Gestalten. Einer war ein Bootsführer, zwei waren Dockarbeiter für die Conterinis. Sie alle stanken nach Ale. Sie hatten irgendwann zuvor genug Geld bekommen, um ein Trinkgelage zu veranstalten. Und sie stritten alles ab.

Caxtons Haus war nicht mehr zu retten. Wind kam auf, so dass sie das Gerippe herunterreißen mussten, damit sich das Feuer nicht ausbreitete. Er half. Sie alle halfen. Er war seltsam ruhig. Er sagte: »Nicht bevor meine Druckerpresse gerettet ist.« Vier der Deutschen brachten seine Druckerpresse und die Kisten mit Papieren und stellten sie in der Taverne ab, bevor sie an den Seilen zu ziehen begannen.

Isabels Haus war ebenfalls nicht mehr zu retten, selbst Stunden später nicht, als die Flammen zu ersterben begannen. Die verbrannten Dachsparren glommen weiterhin, Stücke Schutt fielen herab, Rauch vermischte sich mit dem herabsinkenden Nebel, und das Prasseln hielt ebenfalls an.

»Wir müssen sie herausbringen«, sagte Isabel. »Die anderen.«
Sie konnte es sich sagen hören. Sie fragte sich warum. Es war so offensichtlich, dass niemand darinnen mehr leben konnte.

»Zu gefährlich«, belehrte man sie freundlich, und »sie sind tot.« Sie würden die Ruine am Morgen niederreißen, wenn möglich, und die Leichen bergen.

Letztendlich ließ sie sich zu Bett bringen. Hamo, der Wirt, gewährte ihnen allen Unterkunft. Er meldete sich freiwillig, bei der Glut von Isabels Haus Wache zu halten. Sie bekam nicht Dickons Zimmer, sondern unvertraute Wände. Dafür war sie dankbar. Sie wiesen auch schlichten Verputz und eine mit Stroh gefüllte Matratze auf. Das galt für alle Zimmer. Und dieses roch nach Rauch.

Sie vergaß, dass sie hier heute Abend Dickon treffen wollte. Aber er kam in ihren Träumen zu ihr.

Sie träumte, er läge schlafend auf dem Bett. Sie wollte auf Zehenspitzen neben ihn treten, sich über ihn beugen und ihn mit einem Kuss wecken.

Nur dass sie es nicht konnte. Es war keine Zeit. Sie musste zu einer Beerdigung gehen. Sie musste vor den Italienern nach London gelangen, aber die Bootsführer waren nicht in ihren Booten. Sie dachte, sie müssten unten sein und trinken, aber niemand wollte zuhören. Auf jeden Fall lag noch ein weiterer Kopf neben Dickon auf dem Kissen: der Kopf einer Frau, ein Gewirr langer, roter Haare.

Das Nieseln löschte in der Dämmerung die Glut. Sie erwachte vom Klang murrender Männer und knirschenden Trümmern. Sie konnte sich nicht ansehen, was sie finden würden. Plötzlich verzweifelt nach Gesellschaft verlangend, floh sie, zerzaust wie sie war, die Treppe hinab, die Augen voller Staub und mit wirrem Haar. Aber der Schankraum war leer, nur aufgestapelte Ablagekästen für die Lettern sowie die halbwegs auseinandergefallenen Teile von Will Caxtons Druckerpresse. Es war auch kalt, in diesem grauen Licht, da die Tür geöffnet war, um den Rauch abziehen zu lassen. Doch so blies der Zug nur weitere Asche und mehr von dem Geruch, der in den Augen brannte, in einen Raum, der bereits voller Geister war.

Sie hatte mit Dickon unter den Bögen der Taverne gesessen. Als sie sich gerade begegnet waren, und ein zweites Mal, als ihr die Zunge am Gaumen zu kleben schien. Als er versucht hatte, ihr das Schachspiel beizubringen. Bevor er sie küsste. Ihre Erinnerungen waren so lebendig, dass der graue, sich über einen unberührten Laib Brot neigende Schatten im Vergleich unwirklich schien. Aber der Schatten war am Nebentisch, schaute aus wilden, rußigen Augen beklommen zu Isabel auf. Sie sagte mit plötzlicher Zärtlichkeit: »Will.«

»Geh nicht hinaus, Isabel«, riet er mit zitternder Stimme, in dem Versuch, sie zu beschützen. »Ich möchte nicht, dass du es siehst.«

Sie schüttelte dankbar den Kopf und machte sich mit Messer und Brett zu schaffen, schnitt Brot.

»Sie wollen, dass wir die Gefangenen identifizieren«, sagte er. Sie reichte ihm etwas Brot.

»Wir sollten sagen, dass sie für die Conterini arbeiten«, fügte er hinzu. »Oder nicht?«

Sie schnitt bedächtig ein weiteres Stück Brot für sich ab. Es hätte keinen Sinn, zu schwach zu sein, um klar denken zu können. Keinen Sinn zu weinen. Sie sollte etwas essen. Und ja, sie konnte sich vorstellen, dass sie beide all diese Dinge taten und sagten, bevor sie die Leichen ihrer Freunde nach London zurückbrachten und sich um ihre Bestattungen kümmerten. Aber alles wäre dennoch sinnlos.

Sie musste keine Wahrsagerin sein, um zu erkennen, was geschehen würde, wenn dieser Tumult im Gildehaus bekannt würde. Die Stadt würde zaudern und grollen, würde aber Frieden schließen. Männer wie ihr Vater würden die Hände ringen und dagegen argumentieren, die ausländischen Händler anzuklagen, die für Londons Wirtschaft so wichtig waren. Vor wenigen Tagen waren sie von den in London gefertigten Seidenstoffen begeistert gewesen, bei der Aussicht, die Handelsware könne bald auf die Märkte kommen, und im Bewusstsein wie mächtig die Clavers dann wären. Aber jetzt würden sie nichts mehr tun, um die Interessen toter Frauen mit einem toten Gewerbe vor den mächtigen, lebenden Lombarden zu schützen. Sie hätten Angst. Das lag den Händlern im Blut.

Doch Isabel wollte Gerechtigkeit für Alice, Anne, William und Goffredo und all die Weber einfordern, deren Leichen dort draußen lagen. Sie brauchte Schwerter an ihrer Seite. Das Claverhaus war vertraglich an den König gebunden gewesen. Sie dachte: Ich brauche Dickon.

Aber er war nicht gekommen. Sie hätte nicht gedacht, dass sie sich noch niedergeschlagener fühlen könnte. Ihre Augen brannten.

»Ich muss mich waschen«, murmelte sie und floh aus dem Raum und die Hintertreppe hinauf. Sie schämte sich zu sehr, um Will Caxton sie jetzt wegen Dickon weinen sehen zu lassen. Sie ging nicht zu dem Zimmer, in dem sie geschlafen hatte. Ihre Füße trugen sie stattdessen zu der Tür am Ende des Ganges. Dickons Tür.

Sie öffnete sie und schlüpfte hinein.

Sie erwartete nichts Besseres als Leere, einen Ort, an dem sie allein sein konnte, den kalten Trost der Erinnerung. Aber Dickon war da, stand in vom Schlaf zerdrückter Kleidung am Fenster, blickte vage zu den Männern, die dort gruben, wo das ausgebrannte Haus gewesen war.

Dankbarkeit durchströmte sie, das schlichte Gefühl der Liebe. Sie sagte: »Du bist gekommen«, und bewegte ihre müden Glieder auf ihn zu. Sie war so erschöpft. Aber er war hier, konnte sie trösten.

Dann hob er seinen Blick zu ihr. Und sie sah, dass seine Augen leer waren.

Er schien nicht bemerkt zu haben, was er dort draußen betrachtete. Er sah nicht einmal ihre wirre Kleidung.

Er sagte mit einer hohlen, unheimlichen Stimme, die sie niemals zuvor gehört hatte: »Anne ist gestorben.« Und er trat vor, um sie in seine Arme zu reißen.

Er wollte, dass sie ihn tröstete. Er vergrub seinen Kopf an ihrer Schulter. Sie hörte seine gedämpfte Stimme zusammenhanglos sagen: »Ich konnte es nicht ertragen ... als ich die Nachricht bekam. Sie war schon zwei Nächte tot ... Ich kam zu dir ... Ich muss wieder weg ... die Glocken ... sie werden die Glocken läuten müssen ...«

Sein Kopf war so schwer. Sie stand unter seinem Gewicht gerade, musste ihn fast aufrecht halten. Sie schaute auf das schwarze Haar hinab, das sie stets geliebt hatte. Nun empfand sie nur Taubheit.

Die Menschen, die sie wirklich liebte, waren dort draußen, tot.

Sie hatte sich einmal zu oft in Dickons Netz verfangen, saß zu lange mit der Prinzessin zusammen und lauschte auf ihre Anspielungen auf Dickon, verlor sich in dem Versuch herauszufinden, was sie beide wirklich von ihr wollten. Wäre sie eine Stunde früher hier eingetroffen, wie sie es Alice versprochen hatte, wäre das Seidenhaus vielleicht leer gewesen, als die Männer mit ihren Fackeln kamen. Sie hatte Alice Claver dieser Frau geopfert, diesem Mann.

Sie hob Dickons Kopf an. Er ließ ihn schwer in ihren Händen ruhen. Er wollte noch immer ihre Unterstützung. Aber sie konnte sie ihm nicht geben. Nicht einem Mann, der sagte, dass er niemals eine Frau verletzen würde, seine Ärzte aber anwies, seiner Frau mörderische Dosen Laudanum zu verabreichen. Er war jetzt vielleicht nur hier, um seinen Kummer zur Schau zu stellen, damit Isabel es später in London naiverweise verbreiten würde. Er hatte dieses Treffen mit ihr vielleicht erst arrangiert, nachdem er die Nachricht vom Tod seiner Frau erhalten hatte. Wie konnte sie wissen, was er wirklich im Sinn hatte? Da waren so viele Lügen gewesen, so viele Verwirrungen, so viele Manöver. Und ein Mann, der nicht aufhören konnte zu taktieren, konnte die Liebe nicht spüren. Er hatte nie gesagt, dass er sie liebte. Er kannte die Wahrheit nicht. Er war nicht der Mann, der Gerechtigkeit für Alice erreichen würde.

Das graue Licht draußen wurde heller. Isabel blinzelte, als erwache sie letztendlich.

»Warum weinst du um deine Frau?«, flüsterte sie. »Wenn du sie doch vergiftet hast.«

Er schüttelte den Kopf, jedoch schwach. Sie glaubte ihm nicht. Sie schob ihn sanft von sich.

»Geh zu deiner neuen Frau«, sagte sie.

Sie blieb im Eingang stehen und wandte sich um. Er stand sehr still, sah sie ungläubig an. Sie sagte, zum ersten und letzten Mal: »Ich habe dich stets geliebt.«

Sie erreichte den Fuß der Treppe und spürte das ruhige Tageslicht auf ihrer Haut. Will Caxton würde warten.

»Ich dachte ... Ich habe mir solche Sorgen gemacht«, murmelte Will und schlang seine knochigen Arme um sie. Er klammerte sich an sie wie eine Mutter an ein Kind, das vermisst war und wieder gefunden wurde. »Als du so davongeeilt bist ...«

»Es geht mir gut, Will«, sagte sie. Er hielt sie ein Stück von sich fort und sah sie prüfend an. Was immer er sah, musste ihn beruhigt haben.

Isabel war überrascht darüber, wie gefasst sie war.

Sie hatte nicht alles verloren. Will Caxton lebte noch. Sie hatte Jane und ihre Familie. Und sie hatte dreißig Stoffe in der Catte Street, die sie an die Weber erinnerten. Samtstoffe so weich wie Pelz, Damaststoffe, deren Muster mit Vögeln, Lilien, Blumen und Blättern wie Mondlicht schimmerten. Der letzte Stoff, den Joan Woulbarowe gewoben hatte, glänzte in den Farben des Sommers: Blau, Grün und Gold.

Sie hatte gerade begonnen, die Schönheit der Seide zu lieben. Sie hatte sich in dem gefährlicheren Traum der Macht verloren, die sie einbringen könnte. Sie hätte dabei bleiben sollen, aus Seide Schönheit zu gestalten.

Nun würde es keine Stoffe mehr geben.

Sie musste Gerechtigkeit für ihre Freunde einfordern, und für sich selbst, ganz allein.

Dennoch wusste sie genau, wo sie beginnen musste.

Ein Bild Dickons erschien blitzartig vor Isabels innerem Auge, wie er in dieser Taverne saß, vor langer Zeit, mit einer Schachfigur in der Hand. Er lächelte anzüglich, wie er es zu tun pflegte. Er sagte: »Das Ziel des Spieles ist es, den König zu töten.« Es war seine Idee gewesen, sie zu lehren, nach seinen Regeln zu spielen. Das hatte ihn einst belustigt. Isabel war keine Schachspielerin oder eine Kämpferin. Sie würde niemals eine andere Waffe haben als ihre Zunge. Aber sie wusste, dass diese Waffe für das, was sie vorhatte, genügte. Sie war Londonerin, auf den Märkten aufgezogen, wo der Wert jedes Händlers durch Gemunkel ermessen wurde und mit Worten bewertet wurde. Sie wusste, wie leicht Menschen durch ein Gerücht vernichtet werden konnten.

Sie hatte keine Zeit, sich lange zu unterhalten, während sie und Will Caxton sich durch Westminster schleppten, formell Aufrührer identifizierten, dann durch London liefen, im Gildehaus bei schwerfälligen Beamten, die sie nicht anhören wollten, eidesstattliche Aussagen machten – »Was können die Dienstboten eines Bürgermeisters, der Tuchhändler ist, davon verstehen?«, sagte Will Caxton verärgert, als sie herauskamen. Dann gingen sie zu St. Thomas of Acre, um dafür zu sorgen, dass die Leichen bestattet und die Kantoreigeistlichen verdingt wurden, damit sie Messen für die Seelen der Toten lasen.

Und Isabel sprach unterwegs mit ein paar Freunden.

Sie erzählte nicht vielen Leuten, dass Prinzessin Elizabeth glaubte, der König habe die Königin vergiftet, damit er sie heiraten könne.

Sie brauchte es nicht. Es waren nur ein paar lockere Zungen nötig.

Die Frau des Wirtes sagte: »Das traue ich ihm glatt zu. Er hat seine Brüder beseitigt, nicht wahr? Arme kleine Kerlchen. Dieses Mädchen ist seiner Gnade ausgeliefert. Sie muss Angst haben.«

Katherine Dore sagte: »Es kann kein Zufall sein, dass Gott ihm seinen Sohn genommen hat. Dessen bin ich mir sicher. Erinnert ihr euch, wie es immer hieß, er habe Clarence ermordet? Ihn in einem Getränkefass im Tower ertränkt? Und hat Anne uns nicht einst erzählt, sie hätte gehört, dass er Lady Oxford entführt und ihr Haus und Land gestohlen hätte?«

Isabels Vater kam sofort in die Catte Street, um zu kondolieren. Zu Isabels Überraschung hielt er ihre Hand. Er wirkte ihretwegen so bekümmert, als liebe er sie, was er vielleicht wirklich tat. Er lud sie ein, so lange sie wolle bei ihm in Sumerset zu bleiben. Er betrachtete ihr Gesicht, auf der Suche nach sichtbaren Zeichen ihres Schmerzes, und schien von ihrer zerbrechlichen Energie überrascht. Als sie ihm von dem Gerücht erzählte, sagte er weise: »Ah ... Vertrau niemals einem Mann, der seine Mutter eine Hure nennt. Es hat schon immer Gerede über ihn gegeben. Er war in der Nacht, in der der arme König starb, im Tower, nicht wahr? So heißt es.«

Und alle, mit denen sie sprach, setzten eine strahlende, geschäftige Miene auf, während sie zu ihren täglichen Geschäften davoneilten, erpicht darauf, die Nachricht zu verbreiten.

Als sich sämtliche Tuchhändler und ihre Familien am Sonntag in St. Thomas of Acre drängten – noch nicht zu den Beerdigungen (die Leichname wurden noch gesammelt und darauf vorbereitet, nach London verlegt zu werden) und nicht einmal, um die italienischen Gesichter zu sehen (die Lombarden fanden Gründe, sich eine Weile in Southampton aufzuhalten und sich um ihre Verschiffungsverträge zu kümmern), sondern nur um Isabel und Will Caxton hereinkommen zu sehen, würdevoll in ihrem Schwarz – sprachen alle nur über Isabels Gerücht über den königlichen Giftmord.

19

Isabel weinte nicht, als sie die Särge, die Hamo, der Wirt, für sie bestellt hatte, in die Ackerwagen luden, um ihre Fracht nach London zu bringen. Sie schaute nicht zu der verkohlten Ruine neben dem Red Pale, während sie ihn bezahlte, hielt ihren Blick nur auf sein großes, flaches Gesicht gerichtet. Seine Augen waren nicht so strahlend und lustig wie üblich. Sie waren vor Mitleid verdunkelt, und er dämpfte seine Stimme, tätschelte ihre Schulter. Er war ein freundlicher Mann. Sie würde ihn wahrscheinlich nicht wiedersehen. Sie überlegte, ob er vielleicht von ihr erwartete, dass sie trauriger wirkte. Es kümmerte sie nicht.

Will Caxton zog sich ins Haus der Prattes an der Old Jewry zurück, sobald alle Vorkehrungen getroffen waren. Er sagte, er sei müde, doch sie wusste, dass er sich nicht vor ihr, deren Augen so trocken waren, von seinen Tränen überwältigen lassen wollte. Vielleicht war er nur schüchtern, was seine Gefühle anging, oder er war vielleicht noch immer böse auf sie. Er würde es ihr niemals verzeihen, dass sie Alice und Anne und William einst für weniger wichtig hielt als ihre Liebe zu Dickon. Sie wünschte, sie könnte ihm sagen, dass sie frei sei. Sie wünschte, sie könnte mit ihm weinen, aber sie konnte es nicht.

Sie weinte auch nicht, als die Särge in der Halle in der Catte Street aufgereiht wurden. Sie lachte fast, als sie die Gesichter der Ackerwagen-Lenker sah, die sich nicht sicher waren, ob sie die Sargdeckel öffnen sollten. Sie konnte an ihren Mienen erkennen, dass die Leichname darinnen für sie zu schrecklich waren, um sich damit aufzuhalten. Sie wusste, dass sie nicht alle erkennbar waren. Der Leichnam Goffredos und der eines der Weber waren gar nicht gefunden worden. Es gab leere Särge. »Lasst sie so«, sagte sie. Sie öffnete ihre Geldbörse, zog weitere Münzen hervor und schickte die Männer zum Essen in die Küche.

Morgen ist Mariä Verkündigung, dachte sie, während sie am Kopfende jedes Sarges Wachskerzen anzündete, die Augen abgewandt. Zweiundzwanzig Särge. Zweiundzwanzig Deckel. Zweiundzwanzig Leichentücher. Mariä Verkündigung: Frühling lag bereits in der frostigen Luft. Der Quartalstag: ein neues Jahr. Sie wollte diesen Gedanken nicht zu Ende führen, nicht versuchen müssen, sich neue Anfänge vorzustellen. Sie hatte noch immer so viel zu tun. Sie hielt den Atem an. Sie hatte nicht daran gedacht, ihren Termin beim Gildehaus für die Registrierungs-Anhörung abzusagen. Er sollte am Tag nach Mariä Verkündigung stattfinden. Sie atmete aus, bemühte sich bewusst, sich zu entspannen. Der Termin war nicht mehr wichtig. Es hätte keinen Zweck, sich den Kopf zu zerbrechen. Sie musste für die vor ihr liegende Aufgabe einen kühlen Kopf bewahren: die Toten. Es waren keine anderen Frauen im Haus. Sie musste es tun. Aber sie konnte sich nicht dazu bringen, überhaupt in die Särge zu schauen. Sie konnte nur an die Leintücher denken. Da bereits so viele Leintücher nach Westminster geschickt worden waren, als die Weber kamen – wären da noch genügend im Haus?

Sie weinte nicht einmal, als sie das erste Klopfen an der Tür hörte. Oder als die Seidenfrauen, die sie kaum kannte, allmählich hereinschlurften und anboten, bei der Vorbereitung der Toten für das Begräbnis zu helfen. Oder als der Raum, bevor sie wusste, wie ihr geschah, von sanften, summenden weiblichen Stimmen hallte, die gemeinsam Totenlieder sangen. Eimer anhoben. Rhythmisch Tuchstreifen für das Einwickeln zerrissen. Es waren nicht genügend Leintücher vorhanden. Sie würden zurechtkommen müssen. Sie zögerte. Fiel in das Summen mit ein. Es war das erste Mal, seit alles geschah, dass sie von so viel weiblicher Emsigkeit umgeben war. Sie fragte sich, warum sie sich so leer fühlte. Dann erkannte sie es. Sie hatte nichts mehr zu tun.

»Setz dich hier hin, Liebes«, sagte jemand zu ihr. Sie kannte diese schnarrende Stimme: Rose Trapp. »Komm schon. Du wirkst erschöpft. Ich möchte nicht, dass du in diese Särge schaust. Ich habe meine arme Joan vorbereitet. Ich bereite auch deine Leute für dich vor, wenn du willst.«

Sie nickte. Sie war so dankbar, und so müde. Aber sie konnte sich nicht hinsetzen.

Stattdessen hakte sie sich bei Rose Trapp unter und führte sie aus der Halle und den Gang hinab zu dem dunklen Lagerraum, wo die dreißig Stoffe der Weber gelagert wurden. Rose Trapp stellte keine Fragen. Sie hielt nur das Licht, das ihr Gesicht von unten beleuchtete und ihre fröhlichen Runzeln in eine Hexenmaske von Schatten verwandelte. Isabel öffnete die Truhe. Sie nahm achtlos einen Arm voller Kostbarkeiten heraus. Es war jetzt nicht wichtig, ob die Stoffe zerdrückt wurden. Nicht da, wo sie hinkamen.

Sie nahm das Licht mit ihrer freien Hand hoch. »Nehmt Ihr den Rest«, sagte sie, und Rose Trapp hob die Stoffe aus der Truhe. Sie schimmerten zwischen den geschwollenen, alten Fingern: gesponnener Himmel und Meer und Mondstrahlen, die Wilden, Gezähmten und Zivilisierten. Rose Trapps Gesicht wurde in deren Widerschein weicher. Sie sagte unerwartet: »Wie flüssiges Gold, nicht wahr?«

Sie lächelten einander über das flackernde Licht hinweg zu. Sie verstanden die Magie.

Aber dann stellte Rose Trapp eine Frage: »Was werdet Ihr damit tun?« Ihre Stimme klang unvermittelt, als wäre sie gerade aus einem Zauber aufgewacht und wieder zur Vernunft gekommen. Isabel sah einen argwöhnischen Ausdruck im Gesicht der alten Frau.

»Sie als Leichentücher benutzen natürlich«, sagte sie abwehrend. »Sie mit ihnen begraben.«

Rose Trapps Gesicht wurde störrisch.

Isabel sagte: »Das Weben jener Stoffe hat sie getötet. Und es war meine Schuld. Ich will ihnen einen guten Abschied gewähren. Ich muss es tun. Es ist ein Zeichen des Respekts ... meine Entschuldigung.«

Sie konnte den flehenden Unterton in ihrer eigenen Stimme hören.

Aber Rose Trapp schüttelte noch immer den Kopf. »Was für einen Sinn hat das?«, fragte sie grob. »Es wird ihnen nicht helfen, wie Könige und Königinnen gekleidet zu sein, wenn sie ihrem Schöpfer begegnen. Es wird sie nicht zurückbringen, nicht wahr?«

Isabel sank auf einen Stuhl, die Seide um sie herum raschelnd. Rose kniete sich neben sie. Sie legte einen Arm tröstend um Isabel, und ihre Stoffe verschwammen zu einem vergessenen Haufen auf dem Boden.

»Ihr solltet auf die Lebenden achten, nicht auf die Toten, Mistress Isabel«, sagte Rose rau, aber ihre Stimme und ihr runzeliges Gesicht waren voller Freundlichkeit. »Das würde Eure Mistress Claver wollen, nicht irgendeine Zurschaustellung, damit Ihr Euch besser fühlt. Ihr habt vier Lehrlinge in diesem Haus, die zu verängstigt sind, um aus ihren Zimmern zu kommen, Mädchen, die nicht wissen, was sie mit sich anfangen sollen oder was als Nächstes aus ihnen wird. An sie solltet Ihr denken. Ihr müsst Vorkehrungen für sie treffen. Und es gibt noch viele andere Menschen, denen ihr helfen könntet. Die Mercery ist voll von ehrlichen, jungen, mittellosen Frauen. Frauen, die nicht heiraten oder ein Geschäft errichten können, weil sie zu arm sind. Frauen, die ihre Verwandten verloren haben und einem einsamen Alter entgegensehen. Ich zum Beispiel. Das wisst Ihr.«

Sie hielt inne und tätschelte Isabels Schulter, weil sie offensichtlich erkannte, dass diese zu beben begannen. »Nun weint nicht auf diese Seide hinab und hinterlasst Flecke darauf«, fügte Rose Trapp rau flüsternd hinzu. »Ihr werdet nicht einmal den halben Preis dafür bekommen, wenn sie verdorben ist ... wenn Ihr sie verkauft.«

Die alte Frau erhob sich, nahm die Stoffe und begann, sie wieder gefaltet in die Truhe zu legen. Isabel schlug die Hände vors Gesicht und überließ sich ihren Tränen.

Als sie in die große Halle zurückkamen, war es Rose, die sich durch das Stimmengewirr Gehör verschaffte. Sie brachte einen der Stoffe mit sich.

»Mädchen«, krächzte sie. »Wir brauchen euch am Montag. Nach den Bestattungen. Wir werden diese Seidenstoffe an Mistress Clavers Ständen verkaufen. Wir werden Hilfe brauchen.«

Isabel nickte gehorsam, so wenig überrascht, als hätte sie dies vorher mit Rose abgesprochen. Sie hatte ihre Tränen erstickt, aber sie war so voller Kummer, dass sie sich nur schwach der Ehrfurcht bewusst war, die sich in den Raum stahl: das Flüstern und die liebevollen Berührungen, als sich die Frauen um den Stoff in den Farben des Sommers zusammendrängten, der Joan Woulbarowes letzte Arbeit gewesen sein sollte.

Als sie fertig waren, als jeder Leichnam gewaschen und mit einer Mischung aus Gartenraute, Rosmarin und Rosenblättern besprüht worden und in Leintuch gehüllt war – sogar ihre armen, geschwärzten Gesichter –, gingen die Frauen so leise wieder, wie sie gekommen waren. Sie berührten Isabel beim Gehen: am Arm, an der Schulter. Rose Trapp legte den letzten Stoff in die Truhe. Dann setzte sie sich zu Isabel und hielt sie fest, während sie weinte und die Kerzen und die Holzscheite niederbrannten, bis Stille herrschte.

Isabel konnte leises Atmen hören. Es dämmerte fast. Die letzte Kerze zerrann. Es schien ihr einen Moment, als sei sie wieder fünfzehn und säße über einem anderen Leichnam in dieser Halle, dem ihres Ehemannes, und beobachte, wie das Gesicht einer jüngeren Alice Claver voll von Kummer einer Mutter zuckte. Alice murmelte etwas über Thomas vor sich hin, als er klein war. Wie er vor Lachen schrie, wenn sie ihn in ihren Armen umherschwang. Dass sie mehr Zeit mit ihm hätte verbringen sollen. Aber es war bereits zu spät für diese Reue.

Isabel erhob sich von ihrem Stuhl. Dieses Mal war es Rose Trapp, die in der Ecke schnarchte.

Sie konnte noch immer die vertraute Gestalt ihrer Schwiegermutter ausmachen, in ihrem Sarg, unter der Tuchabdeckung.

»Lebe wohl«, flüsterte sie ein wenig zögernd, stellte sich vor, dass Männer in einer Stunde hereinkommen und den Deckel über Alices Stille – über ihr Gesicht – nageln und den Sarg forttragen würden. Stellte sich den stillen Ansturm von Panik vor, den sie unterdrücken würde, wenn das geschähe. Oder wie das Haus ohne Alices schroffe Stimme und ihren festen Schritt wäre. Heute Abend.

Sie konnte es nicht. Sie spürte etwas Schreckliches in sich aufsteigen. Aber sie presste die Finger fest auf ihre Augen. Jetzt war keine Zeit dafür.

Die Särge wurden zuerst in die Dunkelheit getragen, eine lange Reihe, über dünnbeinige Lehrlinge in die Kirche schwankend. Die Gesichter anderer Jungen flackerten hinter Fackeln und Kerzen auf.

Sie ging als Nächste. Dann Will Caxton, mit Tränenspuren auf dem Gesicht. Dann Rose Trapp.

Sie dachte, die einzigen anderen Trauernden wären vielleicht die Drucker. Aber weitere traten aus der Menge hervor und schlossen sich ihrem mühevollen Gang zum Altar an. Ihr Vater. Jane. Thomas Lynom. Robert Lynom. Einige wenige der Seidenfrauen, obwohl weitaus mehr respektvoll zurückblieben, zu schüchtern, um sicher zu sein, ob sie als Hinterbliebene zählten.

Sie ignorierte die Blicke. Reckte das Kinn in die Luft, während die Särge aufgereiht wurden, während gelegentliche Stöße, Schläge und das Stöhnen schwitzender Sargträger die Stille unterbrachen. Sie wollte ruhig, würdevoll sein.

Sie musste noch eines tun, bevor sie trauern konnte.

Daher war sie fast über den Schmerz überrascht, als er kam.

»Es ist schlimm«, sagte Robert Lynom mitfühlend. »Ich weiß.«

Sein Arm hatte in der Kirche um ihren Rücken gelegen, als sie sich vornüber beugte und sich vollkommen dem Schmerz hingab, sich hineinfallen ließ. Sein Arm stützte sie, als sie auf dem Weg zu den Gräbern wankte. Sein Taschentuch, dann seine Brust, an der sie ihr Gesicht barg.

Robert Lynom trug sie danach die Treppe in der Catte Street hinauf, ungeachtet Rose Trapps gequältem Zittern in Höhe seines Ellenbogens und Will Caxtons gelegentlichem Schwanken irgendwo hinter ihnen. »Machen wir uns gerade jetzt nicht zu viele Gedanken über die Etikette«, sagte er beruhigend zu Rose, »dies ist einfach leichter für mich«, und Rose Trapp ergab sich wachsamem Schweigen. Er legte Isabel auf das Bett, noch immer in ihrem Gewand. »Ruh dich aus«, sagte er und legte eine große, kühle Hand auf ihre heiße Stirn. Eine Weile war nur Rose Trapp bei ihr im Erkerraum, murmelte viele tröstliche Worte, machte sich mit gichtigen Händen an Spitzen und Haken zu schaffen, um ihr Kopfbedeckung, Gewand und Hemd abzunehmen. Und dann war da nur noch Isabel, in ihrem fahlen Leinen, und das Zusammenkrümmen. Brennende Augen. Etwas Dampfendes auf dem Tisch. Ein weißer Himmel am Fenster. Und ein karger Trost im Trampeln der Stiefel unten, Trauernde bei der Mahlzeit, die Will Caxton selbst bezahlt hatte.

Will und seine Männer gingen später nach Westminster zurück. Er zögerte, aber sie konnte die Entfremdung in seinen Augen sehen. Er glaubte nicht, im Zusammensein mit Isabel Trost zu finden. Er konnte es nicht erwarten, sich zu beschäftigen, dem sinnlosen Schmerz der Erinnerung zu entfliehen. Er ließ Bauholz und Werkzeuge bestellen. Sie würden morgen früh beginnen, sein Haus wieder aufzubauen.

Und sie würde morgen die Stoffe verkaufen. Danach wäre sie allein.

Sie dachte eine Weile darüber nach. Stellte sich die weiße Stille vor, nur durch die beiden neuen Küchenhilfen unterbrochen, die sie kaum kannte. Tage mit Alices Lehrlingen, vier Mädchen mit rosigen Gesichtern aus der Provinz, von denen sie sich fernhielt, aus Angst, dass sie zu viel herausfinden würden.

Sie wollte nicht allein sein.

Sie war noch immer in einer Art Ruhe erstarrt, als sie das zum ersten Mal erkannte. Aber sie konnte die Angst aufkommen spüren, eine große Woge der Angst, die auf sie zurollte und auf sie einzustürzen drohte.

Dann hörte sie stattdessen Schritte. Robert Lynoms gemächliche Schritte auf der Treppe.

Die Erleichterung bei der Aussicht seiner verständigen Gesellschaft brachte sie in die Realität zurück. Die Angst würde warten.

Sie schlug einen Moment die Hände vors Gesicht – eine Reflexhandlung, als wolle sie Haut und Haare durch leichtes Klopfen wieder etwas herrichten. Dann hielt sie inne, und sogar das Innehalten war eine neue Art der Erleichterung. Es hatte keinen Sinn. Es kümmerte sie nicht mehr. Robert wusste das. Sie brauchte sich bei ihm keine Sorgen zu machen.

Das Einzige, worauf er sitzen konnte, war ein kleiner Stuhl. Er war viel zu groß dafür, selbst mit einem auf das andere Knie gezogenen Knöchel und seinen großen, sauberen Händen locker auf dem oberen Bein. Sie lächelte schwach und war sich selbst nicht sicher, ob es daher kam, dass er so ulkig verkrampft auf dem Stuhl saß, oder daher, dass seine Gegenwart einige ihrer Sorgen vertrieb.

Ohne danach gefragt worden zu sein, hatte er ihr versichert, dass sie nicht allein wäre. Jane hatte sich nach der Kirche um ihren Säugling kümmern müssen, sagte er. Julyan war nach der Reise erkrankt. Aber er glaubte nicht, dass es etwas Ernstes wäre. Die Lynoms blieben bei ihm. Aber wenn alles gut war, wollte Jane den Säugling herbringen, und später auch das Kindermädchen, und stattdessen bei Isabel bleiben, solange sich Isabel dem Tumult gewachsen fühlte. »Sie werden ihr eigenes Leinzeug mitbringen«, sagte er. »Ich habe genug.« Sogar daran hatte er gedacht.

Sie nickte, zu dankbar, um sprechen zu können. Er tat mehr als erwartet. Er nahm es auf sich, Rose dafür zu bezahlen, dass sie auch einige weitere Monate im Hause blieb. Rose konnte den Haushalt führen und die Küchenhilfen daran hindern, es mit dem Einkaufen zu übertreiben. Er hoffte, dass sie nichts dagegen hätte.

»Du hattest Pech«, sagte er gerade, jedes Wort eine Gewissheit. »Du hast das nicht verdient.«

Sie nickte, fühlte sich stärker.

»Es wird nicht anhalten«, sagte er. »Das Pech. Es wird vergehen.« Und sein kräftiges Gesicht strahlte solche Überzeugung aus, dass sie ihm fast glaubte.

Er sah nachdenklich zu ihr hinab. »Hättest du etwas dagegen, wenn ich jetzt etwas sagte, was über meine Berufung als dein

Anwalt hinausgeht?«, fuhr er fort und klang zum ersten Mal, seit sie sich erinnern konnte, ein wenig zögerlich. Sie nickte ihm aufmunternd zu.

»Es ist Folgendes: Im Leben geht es um mehr als nur um den Seidenhandel«, sagte er vorsichtig. »Du musst deine Tage nicht zwischen Cheapside, Soper Lane, Hosiers Lane und Pissing Lane verbringen, auf Tuchfühlung mit Massen anderer Menschen leben, die genau das tun, was du tust, und versuchen, einander darin zu übertrumpfen, es dir zur Aufgabe machen, jedes Detail ihrer Arbeit und ihres Privatlebens zu kennen, während du sie daran zu hindern versuchst, etwas über deine Person herauszufinden. Die Mercery ist sehr beengt. Es gibt auch eine Welt draußen. Ich habe es nicht bereut, hinausgegangen zu sein. Auch Thomas nicht. Oder Jane. Du hast dein Bestes gegeben, Isabel. Aber es könnte auch für dich mehr im Leben geben.«

Leidenschaft schwang nun in seiner Stimme mit. Ihre Augen stellten die Frage: »Was?«

Er spreizte die Hände, die Handflächen nach oben weisend. »Glück. Frieden.«

Vielleicht verschloss sich ihr Gesicht daraufhin. Jedenfalls zog er sich zurück, als wäre er überrascht darüber, dass er so weit gegangen war. Er sagte mit seinem normaleren, bodenständigen Anwaltstonfall: »Du brauchst dir keine Sorgen um Geld zu machen, wozu auch immer du dich entschließt. Du hast mehr als genug. Alice hat dir ein sehr einträgliches Geschäft hinterlassen. Du hast die Pacht für dieses Haus. Du besitzt die Waren im Lagerraum. Du hast Verträge, Kontakte und Lehrlinge. Du kannst die Dinge genau so belassen, wie sie sind, wenn du willst. Du kennst das Geschäft in- und auswendig. Ich könnte mir vorstellen, dass du sehr erfolgreich wärest. Aber es schadet auch nicht, darüber nachzudenken, dass du genauso gut verkaufen könntest. Dich zurückziehen. Sogar ans Heiraten und Kinderkriegen denken. Du hast Wahlmöglichkeiten.«

Er erhob sich. »Denk darüber nach«, sagte er. »Und nun schlaf etwas.«

Sie fürchtete die leere Dunkelheit der bevorstehenden Nacht, das Knarren und Rascheln in der Stille. Aber so würde es nach allem überhaupt nicht sein. Sie hatte Wahlmöglichkeiten. Ihre Decken fühlten sich warm an. Sie kuschelte sich schläfrig hinein und schlief beim Klang seiner sich auf der Treppe entfernenden Schritte ein.

Die Ruhe, die Robert Lynoms Vernunft in Isabel bewirkte, trug sie durch die schweigende Einsamkeit der nächsten Dämmerung.

Rose Trapp rief die vier Lehrlinge sowie die Übrigen zusammen, die beim ersten Tageslicht durch die Hintertür hereinkamen. Sie hielten nicht inne, um etwas zu essen. Sie hatten einen entschlossenen Ausdruck in den Augen, den Ausdruck von Frauen, denen eine unerwartete Chance im Leben geboten wurde, die sie eifrig mit beiden Händen ergreifen wollten. Rose Trapp hatte ihnen gesagt, die Hälfte der Einnahmen durch den Verkauf würde dafür verwendet, Alice und Anne ein Denkmal zu errichten. Die andere Hälfte würde dafür verwendet, verdienstvollen Seidenfrauen Aussteuern und Startkapital zu gewähren, und sie wären unter den ersten Anwärtern. Zwei der vier Mädchen, die Alice als Lehrlinge von Derby mitgebracht hatte – Annie und Janie, blonde Schwestern mit runden Gesichtern –, kamen zu Isabel, während Rose das Verpacken der Seidenstoffe in grobe Säcke beaufsichtigte, und drückten schweigend, nervös ihre Hand. Sie nickte, plötzlich dankbarer, als sie, wie sie wusste, Rose Trapp gegenüber gewesen war. Sie fragte sich, warum sie nicht von selbst erkannt hatte, dass Alice es für wichtig gehalten hätte, diese Mädchen auf ihren Lebensweg zu bringen.

Alices vertrauter Stand war leer. Rose Trapp beaufsichtigte das Auslegen der Stoffe. Isabel sah zunächst schweigend zu. Sie fühlte nichts. Sie würde gefühlstaub, bis all dies vorüber wäre. Aber nach einer Weile schüttelte sie sich und berief ihre Kraftreserven herauf. Sie schuldete es Alice Claver, diesen Verkauf erfolgreich zu absolvieren.

Sie bemerkte, dass sich Rose Trapp große Mühe gab, den hübschen Stoff ihrer Joan vorteilhaft auf dem Stapel darzubieten, ihn faltete und drapierte, damit seine Sommerfarben leuchteten. Es war eindeutig, dass es der Wunsch der alten Frau war, diesen Stoff zum besten Preis von allen zu verkaufen. Sie musste hoffen, dass die Einnahmen aus dem Verkauf vielleicht ihr zufielen, um ihr einsames Alter zu finanzieren.

»Rose«, sagte Isabel. Ihre Stimme klang in der Stille laut. Die alte Frau schaute auf, fast schuldbewusst.

»Dieser Stoff ist der schönste von allen«, sagte Isabel. »Nicht wahr?« Niemand würde leugnen, dass Joans Stoff ein Meisterstück war. Sie wusste, dass er für einen guten Preis verkauft würde, wenn der Markt erst für die Kunden geöffnet wurde: für zwanzig Pfund vielleicht, oder sogar mehr – genug für eine alte Frau, die in einem Mietzimmer wohnte, um den Rest ihres Lebens bescheiden weiterzuleben.

»Ihr tut also recht daran, ihn so darzubieten«, fuhr sie fort. »Ihm den Ehrenplatz zu geben.«

Rose Trapp wartete vorsichtig, mit der stummen Geduld der Armen, die nicht viel erhoffen können und deren kleine Hoffnungen so oft enttäuscht wurden. Ihre verkrümmte Hand berührte eine Ecke des grünen, goldenen und blauen Stoffes, als präge sie sich dessen Glanz ein, als fürchte sie, es könne ihr selbst das genommen werden.

»Er gehört Euch«, sagte Isabel beruhigend und sah, wie sich die geäderte Klaue entspannte. »Das weiß ich. Aber ich möchte Euch anbieten, ihn Euch abzukaufen. Ich werde Euch einen guten Preis bezahlen. Lassen wir ihn im Moment liegen. Er wird helfen, die Mengen anzuziehen. Aber verkauft ihn nicht für weniger als …« – sie hielt inne und dachte darüber nach, wie viel Joan Woulbarowes alte Tante brauchen würde, um finanziell abgesichert zu sein, ohne ihr das Gefühl zu vermitteln, Isabel böte ihr Almosen an – »fünfzig Pfund«, erklärte sie – ein Preis, der ans Phantastische grenzte – und beobachtete, wie Freude in jene blauen Augen trat. »Ich werde jedes Angebot bis zu dieser Höhe halten.«

Rose nickte und senkte den Blick. Sie pfiff leise, während sie die Stoffe und Münzen zu Ende auslegte.

Die Nachricht hatte die Runde gemacht. Innerhalb von Minuten nach der Eröffnungsglocke war der kleine Stand von Besuchern umringt, die erpicht darauf waren, die in London gewebten Stoffe zu sehen. Isabel und Rose stellten die Seidenfrauen an den Seiten auf, um die Menge zurückzuhalten, und ließen nur einen oder zwei Repräsentanten der Reichen auf einmal ein, um die Qualität der Stoffe zu erfühlen und die Wahl des Kettfadens und Schussfadens, die Anzahl der Fäden pro Zoll, das Gewicht und die Dichte des Goldfadens, die Anmut von Mustern und Farbe zu diskutieren. Die aufgeregten Stimmen jener, die noch immer warteten, wurden so laut, dass Isabel und Rose noch lauter sprechen mussten, um gehört zu werden.

Plötzlich erschauderte Isabel. Sie blickte auf und sah durch das kleine Fenster des Verkaufsbereichs nur Zentimeter entfernt Dr. Giglis fetten, schwarzen Samtwanst. Er beobachtete sie unverwandt, angespannt und nickte mit dem Kopf, als präge er sich die überraschende Kraft eines Feindes ein. Die Missgunst in seinen Augen verursachte ihr eine Gänsehaut. Aber sie reckte stolz den Kopf, begegnete seinem Blick und lächelte. Er wandte den Blick ab. Als sie das nächste Mal aufschaute, war er fort.

Danach vergaß Isabel sich und ihre Kümmernisse im Andrang. Es war ihre honigsüße Stimme, die alle hören wollten, ihr Wissen über ein Gewerbe, das sie alle gerne gelernt hätten, das sie anzog. Sie redete, überzeugte, bezauberte. Und sie genoss das Klimpern der Münzen, die in Rose Trapps Tasche fielen.

John Lambert kam und kaufte eine Länge braungrauen Brokat. Er brachte Bargeld mit. »Wir hätten uns doch zusammen selbständig machen sollen«, sagte er.

Sie küsste ihn und drückte seine Hände, sich der Tatsache bewusst, dass er einer Entschuldigung so nahe gekommen war wie für ihn möglich, und sie war ihm dankbar dafür. Und erkannte stillschweigend an, wie schwer es für ihn gewesen sein musste, heute zu diesem Markt zu kommen, nachdem er aus der Stadt gedrängt worden war. Sie erinnerte sich mit Scham, wie sie dabei geholfen hatte, ihn hinauszudrängen, indem sie seine Arbeiter abgeworben hatte. Sie sagte: »Ich bedaure es auch, dass wir es nicht getan haben.«

Isabel schüttelte nur den Kopf, lächelte und weigerte sich,

höflich zu antworten, wenn Fragen darüber gestellt wurden, wie das Feuer entstanden war, das ihren Betrieb zerstört und so viele ihrer Mitarbeiter getötet hatte. Ihr gerötetes, lächelndes Gesicht verdunkelte sich nur ein Mal, als potentielle Käufer auf Joan Woulbarowes Stoff boten. »Er ist nicht zu verkaufen«, sagte sie knapp, und die Kunden rückten, bedauernd nickend, vor, um die nächsten Stoffe des Stapels zu inspizieren.

Als das Drängen abnahm, atmete Isabel tief durch, sah sich lange genug um und bemerkte, dass andere Seidenhändler bereits ihre Stände zusammenpackten. Alle dreißig Stoffe waren verkauft oder zugesichert. Als Rose Trapp die Tasche voll mit Münzen aus den Verkäufen anhob, trat ein fast ulkiger Ausdruck der Verwunderung in ihre Augen, wie viel sie eingenommen hatten.

Es war geschafft. Alles war fort. Isabels Euphorie schwand. Sie war plötzlich schrecklich müde. Ihre Füße schmerzten vom Stehen. Ihr Gesicht schmerzte vom Lächeln. Sie wollte nicht hier sein, wo die Menschen sie ansahen. Sie musste den Blicken entfliehen.

»Hier«, sagte Rose Trapp, als wüsste sie Bescheid, und drückte Isabel die Tasche und den Stapel Kaufurkunden in die Hand. »Die Mädchen werden aufräumen und Euren Stoff einwickeln. Ich bringe Euch nach Hause.«

Es war der Anblick der Kaufurkunden, der Isabel zwang, die Realität zu erkennen.

Sie hatte ihren letzten Verkauf in der Mercery getätigt. Sie konnte den Claver-Seidenbetrieb nicht weiterführen. Sie hatte doch keine Wahlmöglichkeiten. Sie würde verkaufen müssen.

Sie ging nach Hause, ignorierte Rose Trapp, betrachtete die Kaufurkunden, fühlte sich benommen. Die Dokumente in ihrer Hand waren nur allzu harmlos – schlicht Zusicherungen, in ihrem Haus in London am Ende des Monats bezahlt zu werden, für den einzelnen Seidenstoff, für den der Vertrag galt. Aber sie waren auch eine Ermahnung, den notwendigen Schriftverkehr zu erledigen, damit der umfassende, internationale Teil ihres Geschäfts funktionierte – den sie niemals wieder aufnehmen könnte.

Sie müsste mehrmals im Jahr zu den Handelsmessen in den Niederlanden reisen, um Seidenstoffe zu kaufen, die sie in London weiterverkaufen könnte. Und um das zu tun, brauchte sie die Bankdienste einer der mächtigsten Lombardenfamilien Londons – einen reichen Italiener, der Kreditbriefe ausschreiben würde, wie diese Kaufurkunden, aber über weitaus höhere Summen, mit denen sie auf dem Kontinent Einkäufe tätigen könnte. Doch sie hatte den Hass in Dr. Giglis Augen gesehen. Sie wusste, dass jetzt kein Londoner Italiener mehr für sie bürgen würde, niemals wieder. Und ohne Geld konnte sie nichts kaufen.

Sie könnte noch immer versuchen, im Gildehaus um Gerechtigkeit zu kämpfen – die Italiener als für das Feuer verantwortlich zu benennen und bestrafen zu lassen, damit andere, die nachfolgten, ihr wieder etwas leihen würden. Aber sie wusste im Voraus, wie hoffnungslos das wäre.

Ihre Gedanken stolperten verzweifelt von schwacher Hoffnung zu schwindenden Möglichkeiten.

Im Lagerhaus befand sich noch immer ein Halbjahresvorrat Seidenstoffe, dachte sie. Sie könnte weiterhin eine Weile damit handeln und hoffen, dass sich die Dinge von selbst regeln und die Italiener ihre Feindseligkeit vergaßen. Aber sie wusste, noch während sie sich an diesen Gedanken klammerte, dass es sie nicht retten könnte. Stadtmenschen waren vorsichtig, aber sie waren gnadenlos, sobald sie bei anderen die Niederlage rochen. Sie hatte gesehen, wie ihr Vater sich zu lange an seine Stadt-Existenz geklammert hatte, nachdem er seine Stellung als Ratsherr verloren hatte. Sie hatte miterlebt, wie er durch Prozesse zermürbt wurde, ein Ziel für Opportunisten und Räuber wie sie selbst, bevor er die Niederlage schließlich akzeptierte und sich aufs Land zurückzog. Es wäre würdevoller, jetzt zu gehen, da ihr guter Name noch intakt war.

Oder sie könnte, dachte sie, etwas verkaufen und später als Partnerin ihres Vaters erneut beginnen – das Geld des Hauses Claver nutzen, um ein neues Haus Lambert zu finanzieren, mit John Lambert als Vorstand, dem die Italiener vielleicht etwas leihen würden.

Sie seufzte und versuchte sich vergeblich vorzustellen, mit ihrem Vater über neue Strategien zu reden. Er würde niemals zustimmen, irgendeine ihrer Ideen zu verfolgen. Sie würden nur streiten.

Sie schüttelte den Kopf. Morgen früh würde sie Robert Lynom sagen, dass sie sich zum Verkauf entschlossen hatte.

Sie war so müde.

20

Der Morgen war schon vorangeschritten, als Isabel aufwachte. Rose Trapp saß auf dem Stuhl an ihrem Fenster, in dem fadenscheinigen, braunen Gewand zusammengekauert, das sie stets trug. Sie hielt eine Näharbeit in den Händen. Sie nähte jedoch nicht, sondern blickte nur aus dem Fenster. Der Himmel war von einem vielversprechenden Hellblau, von silbrigen Wolkenfetzen durchzogen. Aber Isabel glaubte nicht, dass die alte Frau die Wolken betrachtete. Vielmehr schien sie zu lauschen. Isabel konnte auf der Straße laute Stimmen hören.

Rose Trapp blickte sich um und sah Isabels Blick auf sich gerichtet. Sie wirkte betreten.

»Habt Ihr Euch gut ausgeruht, meine Liebe?«, fragte sie rasch. »Ich muss sagen, Ihr seht ein wenig besser aus. Ihr wart gestern Abend totenbleich. Ich habe mir Sorgen gemacht. Eure Schwester ist hier, und das Kind. Ich habe sie letzte Nacht in Mistress Clavers Bett gesteckt. Ich hoffe, das ist in Ordnung. Sie hat eine Fuhre Leinzeug mitgebracht. Alles ist gut. Allen geht es gut. Nun bleibt Ihr einfach mal liegen. Ich sage ihr gleich, dass Ihr wach seid. Und dann bringe ich Euch gleich etwas zu essen.«

Rose Trapp erhob sich. Warum plapperte sie, als hätte sie etwas zu verbergen?

Isabel fragte besorgt: »Was reden sie dort draußen?« und deutete mit dem Kopf zum Fenster.

Rose Trapp wirkte gehetzt. »Keine Sorge, meine Liebe«, schnaufte sie. »Alles ist gut.«

»Sagt es mir«, bat Isabel schwach.

»Oh, nur irgendwelchen Unsinn ... Es gibt immer etwas, nicht wahr? Um ehrlich zu sein, kann ich es selbst nicht verstehen«, log Rose Trapp wenig überzeugend.

»Sagt es mir«, wiederholte Isabel, aber sie schlief wieder ein, noch während sie sprach.

Als sie das nächste Mal aufwachte, saß Jane bei ihr. Der Säugling lag in seinem Korb zu ihren Füßen. Jane nähte. Aber, wie schon Rose Trapp zuvor, beachtete auch Jane ihre Arbeit nicht. Sie hielt den Blick zum Fenster gewandt. Sie lauschte.

»Was sagen sie?«, fragte Isabel. Ihre Stimme klang laut.

Jane wandte sich erschreckt zu ihrer Schwester um. Ihr Blick wurde weicher. »Oh ... du bist wach ... und du siehst so viel besser aus ... Gott sei Dank.«

Dann schaute sie wieder hinaus, und ihr Seufzen der Erleichterung veränderte sich.

»Es ist schrecklich dort draußen. Ständig sind so viele Menschen auf der Straße. Ich gehe nicht mehr hinaus, besonders mit dem Baby nicht. Sie sind so aufgebracht. Ich habe Angst davor, was sie tun könnten ...«

Jane bemerkte Isabels verständnislosen Blick. Sie schüttelte den Kopf. »Wusstest du es nicht?«, fragte sie sanft. »Sie glauben, der König hätte die Königin vergiftet.«

Jane beugte sich vor und legte eine Hand auf die Wölbung der Decke, wo sich Isabels Knie befand. »Komm mit mir nach Sutton«, murmelte sie. »Bitte, Isabel. Lass Robert hier alles regeln. Lass uns London verlassen. Ich habe Angst.«

Sie nickte ermutigend und hoffte, sie könnte Isabel dazu bewegen, ihr Nicken zu bestätigen.

Es gab nichts, was Isabel lieber getan hätte als durch eine Wiese zu laufen, mit Butterblumen im Gras, und ihre Säume vom Tau durchtränken zu lassen. Aber noch nicht. Sie musste noch immer mit Robert reden: sicherstellen, dass er begriff, wie wichtig es war, neue Lehrverhältnisse für die vier Mädchen zu finden, sicherstellen, dass er wusste, wie sie die Geldmittel für die Seidenfrauen verwaltet wissen wollte.

Der König berief am nächsten Tag um die Mittagszeit in der Hall of Knights of St. John in Clerkenwell eine Sitzung ein, um zu Bürgermeister Stokker und den Bürgern Londons zu sprechen.

Der Raum war überfüllt, und Murmeln erklang. Einen solchen Anlass hatte es noch nie gegeben. Es gab nur eines, worüber König Richard sprechen könnte – seine Heiratspläne.

Jane, Isabel und Robert Lynom quetschten sich zwischen den Zunftmitgliedern in ihren mit Pelz besetzten Amtsgewändern und deren Ehefrauen in ihren feinsten Seiden hindurch. Da waren Apotheker, Bäcker, Barbiere, Bierbrauer, Färber, Fischhändler, Flaschner, Gipser, Goldschmiede, Gürtelmacher, Hufschmiede, Kerzenmacher, Korbmacher, Korduanschuhmacher, Lederzurichter, Messerschmiede, Messingschmiede, Modelltischler, Nadelmacher, Pelzhändler, Riemer, Sattler, Salzsieder, Schlachter, Schmiede, Steinmetze, Tuchhändler, Waffenschmiede und Wagner, Weber, Weinhändler, Wundärzte, Zahnärzte und Zimmerer. Es waren auch einige wenige Seidenfrauen da, an den Wänden des Raumes: diejenigen mit Vätern oder Ehemännern, deren Status ihnen den Eintritt in diese Halle erlaubte, oder die Wenigen, die wie Isabel als alleinstehende Frauen registriert waren und selbst für ihre Schulden einstehen mussten. Sie würden den anderen später erzählen, was geschah.

Als Dickon hereinkam, fast allein, mit einem Gefolge von nur drei ängstlich hinter ihm her eilenden Männern, verbeugte sich die Menge, richtete sich wieder auf und verfiel in Schweigen.

An seiner Tapferkeit war nichts auszusetzen. Er war blass, so blass. Seine Lippen waren zusammengepresst. Aber er wirkte gefasst.

Er kam direkt zur Sache. »Seit dem Tod meiner geliebten Frau Anne vor einer Woche«, sagte er deutlich, »wart ihr, die sehr geehrten Bürger Londons, natürlich besorgt über ein hässliches Gerücht. Dass ich Elizabeth, die Nichte meines Bruders Edward, bereits als meine nächste Frau erwählt habe. Und dass ich den Tod der Königin von England beschleunigt habe, um diese neue Ehe eingehen zu können.«

Man hörte rundum Murmeln. Einen Unterton widerwilliger Bewunderung im Flüstern. Wer hätte erwartet, dass der König so unumwunden sprechen würde?

»Ich bin hier, um euch zu sagen – das Gerücht ist falsch«, fuhr Dickon fort.

Tumult. Es kümmerte ihn nicht. Er wusste, wie man zu einer Menschenmenge sprach. Er nickte und wartete, bis sich der Lärm legte. Dann bat er mit abwärts gehaltenen Handflächen um Ruhe.

»Ich bin nicht – war es nie – könnte es niemals sein – froh über den Tod meiner Frau«, sagte der König. Er bekreuzigte sich.

Die meisten Zuhörer bekreuzigten sich ebenfalls. Der Mann im schwarzen Samt vor ihnen war so blass, so eindeutig in Trauer.

»Und«, er hielt inne, um sicherzustellen, dass vollkommene Stille herrschte, »ich hatte niemals – die Absicht – meine Nichte – zu heiraten.«

Lügner, dachte Isabel heftig. Aber es beunruhigte sie, mehr als nur ein paar zustimmender Laute um sich herum zu hören.

»Er hat Mut, das ist sicher«, sagte ein Mann in der Menge hinter ihr, während die Händler auf die Tür zuzudrängen begannen. »Aber ich sage noch immer, dass er sie getötet hat.«

Isabel schwieg. Sie bewahrte eine letzte Erinnerung an Dickon für sich selbst.

Sie hatte sich bei seinem Anblick wie betäubt gefühlt. Kein Schock, kein Schmerz, nur eine Kälte in ihrem Herzen. Sie sagte sich: Er ist für mich ein Fremder, war es immer gewesen. Dennoch hatte sie unwillkürlich seinen Blick gesucht, als er sich in der Halle umsah, bevor er ging. Sie sah ihm fest in die Augen, bis er sich abwandte. Und sie las das Eingeständnis der Niederlage in seinen Zügen. Er hatte verloren. Er hatte gelogen, und er wusste, dass sie es wusste. Das genügte. Sie wollte fort.

»Morgen«, sagte sie an Jane gewandt. »Lass uns London morgen verlassen.«

Sie packte gerade. Sie wunderte sich über die diffuse Leere, die sie empfand. Es dauerte eine Weile, bis sie den Anrufer an der

Tür auch nur bemerkte. Dann platzte Will Caxton in ihr Zimmer. Er drängelte sich einfach an Rose Trapp vorbei, ignorierte ihren gequälten Aufschrei: »Ihr könnt doch nicht dort einfach hineinplatzen! Bei einer Lady! Sie ist nicht einmal angemessen gekleidet!« Sie blickte überrascht an sich herab – es stimmte, sie trug nur ihr Hemd. Sie wollte gerade ihr Gewand wechseln. Will schnappte nach Luft, als wäre er den ganzen Weg vom Red Pale im Galopp geritten oder gerannt. Er trat unmittelbar zu Isabel, packte ihre Schultern und schüttelte sie. Er war unbeschreiblich schmutzig. Erde und Asche hatten sich in seinen Nägeln, Augen und seiner Kleidung festgesetzt. Seine letzten wenigen sandfarbenen Haare waren zerzaust. Sein hageres Gesicht war rot und verschwitzt. Ein wilder Glanz stand in seinen Augen.

»Will!«, rief sie aus und ließ das Leinzeug fallen, das sie gerade in ihre Truhe legen wollte. Sie verstand nicht. Wenn er zu aufgeregt war, um überhaupt die Ungehörigkeit seines Benehmens zu bemerken, konnte er nicht gekommen sein, um seinen Frieden mit ihr zu schließen.

»Ich kam selbst ...«, keuchte er. »Dich holen ... wichtig ... dich zurückbringen ... beeil dich ... jetzt.«

Sie sah ihn an.

Seine Ungeduld ließ ihn stottern. »Goffredo, sie haben Goffredo gefunden«, brachte er schließlich hervor. Sie zog eilig ihr Gewand an, bevor er auch nur sagte: »L-l-lebend.«

Doch Goffredo lebte nur gerade so. Sie hatten ihn an diesem Morgen im eingestürzten Keller des Seidenhauses gefunden. Die Ruinen waren über Nacht verrutscht. Das Kellerdach war eingesunken und hatte eine Mulde geschaffen. Als die Drucker hinabblickten, um zu sehen, ob sie noch etwas retten könnten, sahen sie in der Mulde Füße. Ein Balken war auf Goffredos Beine gefallen.

Er war bewusstlos. Seine Hände waren wund, seine Beine waren zerschmettert, und er hatte seit über einer Woche dort unten gelegen. Sie legten ihn auf eine Planke und trugen ihn zur Taverne. Hamo rief einen Wundarzt und einen Priester herbei.

Der Wundarzt schnitt seine Kleidung weg, wusch ihn und schiente gerade seine Beine, als Isabel und Will von ihren Pferden sprangen und hereinstürzten. Der Priester murmelte gerade über einer in Weiß gehüllten Gestalt die Sterbesakramente.

Hamo, der in einer Ecke stand und zusah, wirkte traurig, als er Will und Isabel sah. »Der Wundarzt kommt mit einem Breiumschlag zurück«, murmelte er. »Aber ...« Er schüttelte den Kopf.

Die verzweifelte, brennende Hoffnung in Wills Augen flackerte. Goffredo war sein letzter Freund aus alten Zeiten. Langsam, seufzend stieß er den Atem aus.

Er kniete sich neben den Priester. »Ich kenne dich schon seit dreißig Jahren«, hörte Isabel Will murmeln, ein Gebet, so inbrünstig wie das Latein jeden Priesters. »Dreißig Jahre.« Tränen rannen seine Wangen hinab.

Isabel kniete sich neben ihn. Sie befanden sich in Dickons Raum, wie sie bemerkte, ohne dass es ihr etwas ausmachte.

Sie beugte sich vor und blickte in Goffredos zerschnittenes, gequetschtes Gesicht. Sie wagte nicht, diese blutige Maske irgendwo zu berühren. Nun murmelte auch sie Gebete, aber sie glaubte nicht, dass er die Nacht überleben würde. Sie verabschiedete sich.

»Ihr solltet gehen«, sagte Hamo leise. »Eure Leute warten. Hier gibt es keine Hoffnung mehr.«

Sie nickte.

Will schaute von seinem Platz neben dem Bett auf. Auch er nickte. Er hatte geglaubt, diese Rettung würde gut ausgehen, aber dem war nicht so. Sie dachte: Er will nicht, dass ich hier bleibe und Goffredo sterben sehe.

»Er wird es Euch wissen lassen«, sagte Hamo, »wenn ...«

Sein Gesicht sagte: Wenn es eine Beerdigung gibt, zu der Ihr zurückkommen solltet.

Sie nickte. Ihre Kehle war wie zugeschnürt.

Sie kniete sich noch einmal neben Goffredo. Eine weitere Chance würde es nicht mehr geben. »Ich dachte immer, dieser

Raum hätte die Farbe des Glücks«, flüsterte sie und wünschte, sie könnte wenigstens seine blutigen Hände berühren. »Aber es war die falsche Art Glück. Ich wünschte, ich hätte deines erwählt.«

21

In Sutton senkte sich erneut ein gnädiger Schleier über Isabel. London und die vergangenen Ereignisse schienen so weit entfernt, dass Isabel für die Trauer um ihre verlorenen Freunde tröstlichen Ausdruck fand: Momente der Wehmut, abwesende Blicke in die Flamme einer Kerze in der Kirche und der Trost gemurmelter Gebete eines Kantoreigeistlichen. Das genügte im Moment. Sie wusste, dass der wahre Schmerz da war, auf sie wartete, bis sie bereit wäre.

Es war wichtig, die richtigen Dinge zu tun, in der richtigen Reihenfolge. Sie schrieb an die Prinzessin, ein kurzer Brief, der erklärte, dass es in ihrer Familie eine Tragödie gegeben habe und dass sie später im Jahr zum Verkauf ihres Betriebs nach London zurückkehren werde. Sie werde der Prinzessin die drei Smaragde und den grünen Brokat zurückbringen, sobald sie ihre Angelegenheiten erledigt hätte. Aber sie könne den Auftrag nicht zu Ende ausführen oder weiterhin für sie nähen.

Sie dachte nicht an Dickon. Ihr Herz war leer.

Sie hörte nichts von Will Caxton. Es kam keine Antwort auf die beiden Briefe, die sie ihm schrieb, worin sie nach Neuigkeiten über sein neues Haus und Goffredo gefragt hatte. In dieser neuen, benommenen Stimmung akzeptierte sie den Verlust des Druckers mit derselben vagen Traurigkeit, die sie allem anderen entgegenbrachte. Er hat Goffredo begraben und wollte mich nicht dabeihaben, erkannte sie. Er kann nicht seinen Frieden mit mir machen, jetzt, wo alle fort sind. Was geschehen ist, ist geschehen. Vielleicht hat er recht zu glauben, ich hätte meine wahren Freunde nicht genug geschätzt, solange ich sie noch hatte.

Sie erkannte, wie träge sie war, als Jane sie nach und nach im Sommer mit auf ihre Runden durch den Haushalt nahm. Jane war nun stets beschäftigt. Sie verbrachte ihre Tage damit, das Bierbrauen im Brauhaus sowie die Herstellung von Butter, Käse und Eiern in der Molkerei zu beaufsichtigen. Sie kontrollierte den Bauernhof des Gutes und das Spinnen der Schafswolle sowie das Weben und das Anfertigen der Kleidung. Sie kontrollierte die Äpfel, Birnen und Quitten im Obstgarten und die Weinranken, die an der Seite des Hauses wuchsen. Sie beobachtete, wie ihre Bienen in einem Blumengarten mit Margeriten, frühen Rosen und Lavendelbüschen, die gerade erblühten, Nektar sammelten. Sie kümmerte sich um ihre Kräuter, die sie sowohl für Arzneien als auch fürs Kochen verwendete, und überwachte das Pflanzen von Gemüse und Salatsprösslingen, die früher im Jahr aus Samen gezüchtet worden waren.

Jane plante die Mahlzeiten, kümmerte sich um den Einkauf und koordinierte das Gesinde. Sie bezauberte die Gärtner, Arbeiter, Milchmädchen, Brauer, Bäcker, Köche und Dienstboten, deren Arbeit sie überwachte, damit sie ihr Bestes taten. Sie legte Streitigkeiten bei. Sie stellte ein und kündigte. Sie war eine Geschäftsfrau in einem beeindruckend großen Betrieb. Wenn Thomas fort war, wurde von ihr sogar erwartet, sich um Rechtsstreitigkeiten zu kümmern und Testamente aufzusetzen.

»Wie hast du das alles gelernt?«, fragte Isabel. Jane hatte niemals zuvor etwas Anstrengenderes getan, als die Laute zu spielen, ihr Päckchen Karten zu mischen und wunderschön auszusehen. Die neue, geschäftige, mit einer Schürze bekleidete, unerschütterliche Jane mit den rosigen Wangen und mit Dutzenden Schlüsseln an ihrem Gürtel lachte bei der Erinnerung. »Von Mistress Lynom, natürlich«, sagte sie lebhaft. »Sie kam aus Dorset, um mich zu unterrichten. Sie ist dort aufgewachsen, als Tochter eines Gentleman. Sie ist ein Drachen. Dennoch, es ist nicht so schwer. Ich genieße es.«

»Aber du warst stets die Träge.«

»Dies ist nichts«, sagte Jane, und ihre Wangen wurden noch rosiger. »Es ist jetzt ruhig. Du solltest sehen, wie es im Herbst zugeht. Ich konnte kaum glauben, wie geschäftig wir da waren, als wir Schweine schlachteten, Fleisch pökelten, Schinken selchten und die Bienen für den Honig ausräucherten, Kerzen zogen und Beeren für die Marmelade aufkochten – neben all diesen Aufgaben.«

Sie beugte sich vor. Legte eine Hand auf Isabels Arm. Lächelte, als wollte sie ihrer Schwester ein Geheimnis entlocken. »Vielleicht wirst du dies alles, wenn du erst verkauft hast, auch tun ... dich um dich selbst kümmern ... ich weiß, Robert würde gerne ...«

Jane äußerte fast jeden Tag Hinweise auf Robert, der in London den Verkauf von Isabels Erbe organisierte. Aber Isabel blinzelte nur. Sie konnte nicht an Robert denken. Noch nicht.

Eine direkte Antwort wegen Robert meidend, sagte Isabel: »Aber du hast doch deine Zeit früher damit verbracht, dich auf Seidenkissen zu räkeln und auf die Falkenjagd zu gehen ... vermisst du das alles nicht?«

Jane schüttelte den Kopf. »O nein«, sagte sie fest. »Ich erkannte damals nur nicht, wie sehr mich das alles langweilte.«

An dem heißen Augusttag, an dem Robert schließlich eintraf, um sie zum Ritt nach London und zur Unterzeichnung der Dokumente für den Verkauf von Alices Vermögenswerten abzuholen, brachte er Isabel die ersten Neuigkeiten über Dickon seit Monaten.

»Ihr werdet es hier nicht gehört haben, aber in London kursieren viele Gerüchte. Es heißt, Henry Tudor sei wieder einmarschiert. Es heißt, sein Heer halte auf die Garnison des Königs in Nottingham zu.«

Isabel konnte sich nicht recht vorstellen, wie Heere durch das Land zogen. Nottingham schien so weit entfernt. Sie beschäftigte sich in Gedanken mit näherliegenden Angelegenheiten. Sie versuchte, nicht an den Tag zu denken, der schon so lange heraufdräute. Sie fürchtete die Reise nach London und die Erinnerungen, die sie wecken würde. Aber nun, da Robert tatsächlich hier war und es losging, merkte sie, dass ihre Sorgen wichen. Er war so sachlich. Er sah auch gut aus. Sie hatte vergessen, welch feine

Gesichtszüge er besaß, unter diesem Ausdruck ruhiger Belustigung. Auch seine langen, mühelosen Bewegungen oder seine Freundlichkeit fielen ihr nun ins Auge.

Jane bekreuzigte sich bei den Nachrichten und kümmerte sich dann um ihre Tochter. Nottingham schien auch ihr zu weit entfernt, für jedermann zu entlegen. Julyan lachte und zog an Roberts Haar. Robert koste mit ihr, fing Isabels Blick ein und forderte sie auf, auch zu lachen. Zuneigung lag in dem Blick, den er seiner Schwägerin zuwarf.

Robert sagte etwas übers Geschäft, versuchte erneut, Isabels Blick auf sich zu ziehen. Sie schaute auf und lächelte ihm zu. Er war so freundlich. Sie sollte ebenfalls höflich sein.

»… und ich habe einen Brief von Lady Darcey. Sie sagt, du hättest immer noch einige Gegenstände hier, die du der Prinzessin zurückzugeben versprochen hättest«, sagte er. »Sie sagt, die Prinzessin wolle, dass du sie bei deiner Rückkehr persönlich ablieferst. Wenn du willst, könnten wir das auf dieser Reise erledigen?«

Isabel sank der Mut. Aber sie wusste, dass sie es tun sollte. »Natürlich«, sagte sie, um Herzlichkeit bemüht.

Jane strahlte. »Ja, bring alles in Ordnung«, sagte sie glücklich. »Es ist an der Zeit …«

Isabel konnte genau vorhersagen, wie die Reise nach London ausgehen würde. Das war das Schöne an den Lynoms: Man wusste, was von ihnen zu erwarten war. Robert würde sie während des schmerzlichen Prozesses der Unterzeichnung beruhigen. Das Geld würde abgezählt. Dann, wenn er erst sicher wäre, dass Isabel ihren Platz in der Welt gefunden hatte, würde er um ihre Hand anhalten. Jane hatte das leerstehende Landgut in der Nähe ihres Zuhauses in Sutton bereits erwähnt, das Robert vielleicht kaufen wollte, wenn er sich erst mal etabliert hätte. Daher wusste Isabel sogar, wo sie leben würde. Sie musste nur zulassen, dass sich diese wohlgeregelte Zukunft entfaltete.

Die meisten Leute würden es als großes Glück ansehen, ein Vermögen zu erlangen, eine gute Ehe einzugehen, in den niederen Adel einzutreten und für immer zufrieden zu leben.

Aber Isabel konnte ein Seufzen nicht ganz zurückhalten.

Sie übernahm die Führung, als sie nach Westminster gelangten. Sie wollte nicht durch ihre alten Straßen gehen. Robert war zu einfühlsam, als dass er gefragt hätte, warum sie diesen unvertrauten Weg nahm. Er wusste, dass sie irgendwo entlang dieser Straße auch eine Taverne fänden, wo er warten könnte. Die Ziellosigkeit spürend, nahmen die Pferde die Sache schließlich selbst in die Hand und tauchten ihre Köpfe in den ersten Trog, den sie sahen.
»Machen wir halt«, sagte Robert. Gegenüber befand sich eine Taverne. »Das wird für uns genügen. Ich werde etwas zu essen bestellen, während ich auf dich warte.«

Es war ein weitläufiges Gebäude mit großen Ställen, die sich vom Hof aus erstreckten. Isabel glaubte sich daran zu erinnern. Sie war sich fast sicher, den bulligen Wirt zu erkennen, der mit einem Farbpinsel auf einer Leiter stand und das Schild nachbesserte. Der Junge neben ihm hielt einen Eimer mit blauer Farbe in der Hand.

Sie verstand nicht, was sie taten. Bei der Aussicht, die Prinzessin wiederzusehen, zog sich ihr Magen nervös zusammen. Sie wollte nicht darüber nachdenken, ob die Prinzessin wusste, dass Isabel ihre geheime Angst verraten hatte, der König habe die Königin vergiftet. Sie wollte nicht, dass Elizabeth sie hasste.

Robert begriff die Neubemalung sofort. Er trat vor, nahm seinen Hut ab und fragte den Wirt: »Blau?«

Erst als aller Augen auf das Schild gerichtet waren, sah auch sie hin. Der Wirt hatte die Silhouette eines weißen Ebers, der sein Schild noch vor einer Stunde geziert hatte – König Richards Emblem – mit blauer, glänzender, nasser Farbe übermalt. Es schimmerten noch Spuren des Weiß durch den neuen blauen Körper des Ebers. Der Wirt hatte einen blauen Farbfleck auf der Nase.

Er kratzte sich den Kopf. Er besaß den Anstand, ein wenig verlegen zu wirken. »Das Emblem des Grafen von Oxford«, murmelte er.

Der Graf von Oxford: Henry Tudors Mann. Robert lachte. »Also seid Ihr zum Haus Lancaster übergetreten«, sagte er und wartete.

Der Mann wand sich auf seiner Leiter unbehaglich. Aber Robert sah ihn weiterhin fragend an. Schließlich, als spüre er, dass dieser Fremde nicht einfach davongehen würde, aber keine Bedrohung bedeutete, lachte der Wirt ebenfalls und stieg die Leiter herab, ließ das Schild unvollendet. »Seht, ich weiß, dass ich nicht malen kann«, sagte er und nahm seine Leiter auf. »Ich habe mit einem Farbpinsel zwei linke Hände. Dies war das Beste, was ich spontan zustande bringen konnte.«

Es läuteten keine Glocken, dachte Isabel verwirrt. Wenn dieser Wirt die Spuren seiner früheren Treue zu König Richard und dem Hause York so eilig übermalen wollte, mit seinen eigenen ungeschickten Händen, musste er etwas gehört haben. Aber wenn es Neuigkeiten gab, warum läuteten dann keine Glocken? Dann klärten sich ihre Gedanken. Der Bote hatte hier haltgemacht, vielleicht die Pferde gewechselt. Der Wirt hätte es als Erster erfahren.

Robert unterbrach ihre unklaren Gedanken. Er klang noch immer höflich interessiert, als er zu dem Wirt sagte: »Also hat es eine Schlacht gegeben ...«

»Markt Bosworth«, antwortete der Mann nur allzu bereitwillig. »Gestern. Eine verheerende Niederlage. Er ist tot. Sie haben ihn niedergestreckt. Ihn nackt ausgezogen. Seinen Leichnam auf einem Esel in die Stadt getragen.«

Niemand musste fragen, von wem der Wirt sprach.

Der Mann spie aus, aber nicht zornig, nur mit stillem, allgemeingültigem Abscheu.

»Gottes Strafe«, fügte er nachdenklich hinzu. »Es war nur eine Frage der Zeit.«

Die Glocken läuteten, als Isabel in den Salon der Prinzessin geführt wurde: sie kündeten von überschäumender Freude, einem neuen Morgen.

Elizabeth stand am Fenster und lauschte den Glocken. Sie stand vollkommen still.

Isabel hatte mehrere Minuten draußen gewartet, erleichtert darüber, bis auf die bang blickenden Wächter allein zu sein, während sich stille Traurigkeit über die für immer verlorenen Dinge in ihr ausbreitete. Sie hatte geglaubt, sie könne vielleicht einen Abglanz dieser Sanftheit bei Elizabeth erkennen. Sie war beinahe froh gewesen, dass sie in diesem Moment zusammen sein würden, um ihren Verlust zu teilen.

Aber als Elizabeth sich umwandte, funkelten ihre grünen Augen.

Sie erwähnte die Glocken nicht. Sie sagte nur wenig überrascht: »Kommt herein, kommt herein«, setzte sich auf die Kissen auf dem Fenstersitz und klopfte beinahe herzlich auf den Platz neben ihr. »Ich hatte gehofft, dass Ihr zurückkommen würdet. Ich war so traurig, als ich von Eurem Verlust hörte.«

Isabel verneigte sich bestätigend. Aber sie konnte sich nicht hinsetzen. Die junge Frau vor ihr erschien ihr wie eine Fremde. Isabel konnte sich nicht vorstellen, worüber sie reden würden.

Isabel deutete unbeholfen mit dem Kopf zum Fenster und sagte. »Es tut mir leid, dass Ihr nun in Trauer seid.« Die Worte wurden von anfänglicher Scham begleitet. Sie griff noch unbeholfener nach ihrem großen Nähbeutel und entnahm ihm die Kostbarkeiten der Prinzessin. Sie lagen auf Joan Woulbarowes Seidenstoff, der den Beutel fast ausfüllte. Die Augen noch immer gesenkt, streckte Isabel den grünen Stoff und das kleine Täschchen mit den Smaragden aus.

Aber niemand nahm sie entgegen.

Als Isabel schließlich aufschaute, sah sie, dass die Prinzessin ihr, sehr ruhig, zulächelte und den Kopf schüttelte. Sie faltete die Hände im Schoß.

»Nein, behaltet sie«, sagte Elizabeth. »Als Zeichen meiner Dankbarkeit. Ihr habt mir gut gedient.« Sie lächelte breiter. »Vielleicht besser, als Euch bewusst ist«, fügte sie hinzu. »Wollt Ihr wirklich alles verkaufen und London verlassen?«

Isabel nickte. Sie streckte weiterhin den Stoff und das Täschchen aus, als würde sie ihr vielleicht doch noch jemand abnehmen. Sie sagte, als wünsche sie, dass ihre sichere Zukunft einträte: »Ich werde heiraten und in Hertfordshire leben, in Sutton on Derwent.«

Die Prinzessin nickte ein oder zwei Mal.

»Nun«, sagte sie nach einer Weile. »Das ist schade. Ich hatte gehofft, dass Ihr mein Hochzeitskleid nähen würdet.«

Die Glocken erklangen lauter.

»Weil es ...«, fügte die Prinzessin leise hinzu, »jenen Glocken nach zu urteilen, scheint, dass Henry gesiegt hat.«

Sie lächelte erneut, ein vertrauliches, selbstzufriedenes Katzenlächeln.

»Oder dass ich gesiegt habe«, fügte sie hinzu und lachte.

Isabel sah sie an. Die Prinzessin erklärte nüchtern: »Henry Tudor versprach am letzten Weihnachtstag vor seinem ganzen Hofstaat, mich zu heiraten, sobald er meinen Onkel besiegt hätte. Er ist seitdem, im Angesicht Gottes, mein Verlobter.«

Isabel stotterte: »Weihnachten?«

Sie rechnete zurück. Ja, die Prinzessin hatte ihr erst nach Weihnachten gesagt, sie habe Angst, der König vergifte seine Frau.

Sie starrte Elizabeth an, zu überrascht, um zu sprechen. War dies der Grund?

Elizabeths grüne Augen glitzerten erneut. Sie nickte sanft.

»Natürlich musste ich meinen Onkel Gloucester daran hindern, mich in der Zwischenzeit zu heiraten«, fügte sie hinzu. »Die Verbindung, die meine Mutter wollte ...«

»Aber«, sagte Isabel. Sie stellte sich Dickons Leichnam vor, blutig und nackt ausgezogen, über dem Rücken eines Esels hängend. Sie erinnerte sich an seine samtige Stimme, die vor langer Zeit sagte: »Wir enden alle gleichermaßen unten in einem Sack.« Das Mitleid überwältigte sie.

Es hatte keinen Sinn, direkt zu fragen, ob die Prinzessin die Geschichte mit der Vergiftung nur erfunden hatte. Isabel konnte sich das vornehme Achselzucken vorstellen.

»Aber warum?«, stammelte sie stattdessen. »Wo Ihr seine Königin hättet sein können ... wo er Euch doch liebte?«

Elizabeth zuckte bei dem Wort Liebe nicht zusammen. Sie sagte leichthin: »Oh, er wollte mich schon haben. Aber warum sollte ich einen Ehemann wollen, der mich zu einem Bastard erklärt hat? Ich wäre diesem Stigma nie entkommen, selbst wenn er mich eine Krone hätte tragen lassen.«

Sie lachte.

»Henry – nun ... Henry ist anders. Henry braucht mich. Ich habe in seinen Augen niemals aufgehört, eine königliche Prinzessin zu sein: Er betrachtet mich als das älteste überlebende Mitglied des Hauses York. Und er selbst ist nicht so königlich – er ist nur der letzte noch Lebende mit einem Tropfen Blut aus Lancaster in seinen Adern. Er wird dankbar dafür sein, mich zu haben.« Sie blickte versonnen zu Isabel hoch: »Ja, es war es durchaus wert, das Risiko des Wartens auf sich zu nehmen, um die Tudor-Königin zu werden.«

Sie erhob sich. Als wäre sie überrascht, dass Isabel noch immer das Stück Brokat und das Täschchen ausstreckte und nicht eilig in ihre Tasche steckte, vollführte die Prinzessin eine bezaubernde, scheuchende Geste. »Also nehmt Euer Geschenk, nur zu«, sagte sie, ein wenig ungeduldig. »Ich bin Euch dankbar.«

Elizabeth ging langsam auf die Tür zu. Isabel erkannte, dass sie entlassen war. Sie wollte gehen. Für sie war in diesem Palast kein Platz mehr. Sie war noch nie ausreichend Strategin gewesen, um diese Spiele zu spielen. Sie hatte lange gebraucht, um das zu begreifen.

»Was ist mit Euren Brüdern?«, fragte Isabel atemlos, hinter der Prinzessin herlaufend. »Ihr sagtet, sie lebten. Ihr sagtet, Ihr wüsstet, wo sie wären ...«

»Oh, sie sind sicher genug«, sagte Elizabeth. Sie öffnete die Tür. »Henry wird sie niemals finden. Und es ist ebenso gut für sie, dass dem so ist. Er würde sie töten, wenn er wüsste, wo er sie suchen müsste.« In dem unsteten Sonnenschein funkelten ihre Augen härter als Diamanten. »Aber ich bin das erstgeborene Kind eines Königs. Es ist mein Schicksal, Königin von England zu sein.«

Die Tür schloss sich. Die Wächter nahmen ihre Plätze ein, als hätten sie nichts gehört. Vollkommen benommen, ließ Isabel sich den Gang hinabführen. Erst als sie die nächste Tür erreichte, erkannte sie, dass ihre Hände noch immer starr das Stück Goldbrokat und den Beutel mit den Smaragden ausstreckten, welche die zukünftige Königin ihr geschenkt hatte. Offenbar sollte das ihr Lohn für die Aufgabe sein, die sie, ohne es zu ahnen, so gut erfüllt hatte. Sie schüttelte sich, um ins Hier und Jetzt zurückzugelangen, bedeutete den Wächtern zu warten, nahm den Arbeitskorb von ihrem Arm und verstaute die Schätze sorgfältig.

22

Es war ein weiterer strahlender Augusttag, als Isabel nach Westminster zurückkam. Sie bemühte sich, nicht zu der ausgebrannten Stelle zu blicken, wo einst neben der Taverne ein Haus gestanden hatte, aber sie bemerkte unwillkürlich, dass der größte Teil der kargen, verkohlten Balken bereits friedvoll überwachsen war. Alles, was sie wirklich sehen konnte, so spät im Sommer, war ein Gewirr von Kerbel und bunten Wiesenblumen, die im Wind wippten. Bienengesumm war zu hören. Sie schob Will Caxtons Tor auf.

Er stand im Hof bei einer Gruppe von Männern mit fleckigen Schürzen, die alle auf eine seiner Apparaturen blickten und sich beim Reden den Kopf kratzten. Er wandte ihr den gebeugten Rücken zu. In den Schatten des jenseitigen Innenbereichs befanden sich weitere Männer, die auf Stühlen saßen und kleine Metallblöcke klicken ließen. Sie mochte diese Geschäftigkeit, das leise Summen. Er hörte sie nicht.

Sie trat vor.

Nun schaute er auf. Er entschuldigte sich bei seinen Männern und kam rasch auf sie zu. Obwohl er lächelte, konnte sie erkennen, dass seine Augen skeptisch dreinblickten.

»Dann läuft es gut«, sagte sie.

Er nickte.

»Du hast das neue Haus schnell gebaut.«

Er nickte erneut.

»Ich habe alles verkauft«, sagte sie. »Mein Betrieb war recht viel wert, die Häuser auch.«

Er wartete.

»Aber es wird nicht mehr das Haus Claver sein. Also bin ich hergekommen, um mit dir darüber zu sprechen, für Alice und Anne ein Denkmal zu errichten. Etwas, wodurch sich die Leute gerne an sie erinnern werden.« Sie ergriff Will Caxtons trockene Hand. »Du hattest recht, Will. Sie waren die wichtigsten Menschen in meinem Leben.«

Auch wenn er nur nickte, merkte sie, wie sich seine Schultern entspannten. Er seufzte. Dann legte er impulsiv scheu einen Arm um sie.

»Du siehst ... besser aus. Ruhig«, sagte er, und das alte, freundliche Leuchten schien in seine Augen zurückzukehren. Es war an der Zeit, dass sie beide Frieden schlossen. »Was wirst du jetzt tun?«

»Nun, Robert Lynom hat um meine Hand angehalten«, erklärte sie. Seine Augen bewegten sich, spiegelten den hinter ihr vorüberziehenden blauen Himmel wider. »Er möchte sich in der Nähe von Jane und Thomas niederlassen, in Hertfordshire. Es ist ein gutes Leben. Jane ist auf dem Lande glücklich. Mein Vater wird sich freuen.«

Will sagte, noch immer in den Himmel blinzelnd: »Robert ist ein guter Mann.«

Und dann sagte er: »Aber wirst du die Seide nicht vermissen?«

Und dann: »Goffredo vermisst sie.«

Goffredo befand sich an der Rückseite des Hauses. Er saß auf einer Bank unter einem Apfelbaum, ein Stock neben ihm lehnend, und genoss die Sonne. Er beobachtete, wie eine Magd das Brot auf den Tisch vor ihm stellte, und summte.

Isabel erkannte die muntere Melodie und die bittersüße, venezianischen Worte. Die Weber hatten manchmal zu diesem Lied getanzt.

Zur Hölle mit dem Moos!
Ich sitze hier ganz zwanglos.
Bin sicher und arglos.

Muss nicht krepieren.
Darf durch's Leben marschieren.
Ich leb' hier voll von Lebensgier

Sie trat leise hinter ihn und legte ihm beide Hände auf die Augen. Sie sang ihm die letzte Zeile sehr leise ins Ohr: »*Sono qui, pervaso di brama die vivere.*«

Goffredo hatte schon immer so gerochen: nach Gewürzen und Sandelholz. Er zuckte nicht panisch zusammen, weil seine Augen bedeckt waren, wie Will Caxton es vielleicht getan hätte. Er wandte nur den Kopf, sanft, aber bestimmt, bis seine Augen von ihren Händen befreit waren, und sah zu ihr hoch. »Ich wusste es«, flüsterte er, und sie sah, dass sich sein kräftiges, dunkles Gesicht – nach dem Feuer wunderbar wiederhergestellt – bereits zu einem Lachen verzog. »Isabel.«

»Nun, ich muss es noch nicht sagen«, erklärte sie, während sie auf einem Stück Käse kaute. »Es ist eine wichtige Entscheidung. Ich bin schon so lange Witwe. Ums Geld brauche ich mir keine Sorgen zu machen. Ich kann mir Zeit lassen.«

Will schnitt einen Apfel auf. Goffredo schlug mit dem Taschentuch nach Mücken. Sie hatte sich seit Monaten nicht mehr so unbeschwert gefühlt wie jetzt, hier, mit ihrem italienischen Freund. Gerade lachte er entzückt, als sie erzählte, sie habe der Prinzessin Joan Woulbarowes Stoff als Geschenk geschickt, mit der Bitte, dass sie daraus ihr Hochzeitskleid nähen lassen möge, wenn er ihr gefiele. »Denk nur, wie sehr sich Joan gefreut hätte«, kicherte er, ohne ein Zeichen der Rührseligkeit. »Weberin der Königin von England.« Nun summte er wieder.

»Was ist mit dir?«, fragte sie ihn.

Goffredo breitete die Arme mit jenem ironischen, den ganzen Körper erfassenden Achselzucken aus, an das sie sich so gut erinnerte. Er lächelte, schüttelte aber gleichzeitig den Kopf.

»Ich bin mir nicht sicher«, sagte er, »aber ich sollte wohl fortgehen. Es geht mir wieder gut. Mich hält in London nichts mehr.«

Niemand in London wusste, dass Goffredo hier war. Er wollte nicht, dass die Conterini ihn fanden. Will hatte geschwiegen und ihn in Sicherheit bewahrt. Aber Goffredo wollte wieder arbeiten. »Ich sitze jeden Tag unter meinem Baum und betrachte unseren alten Freund hier«, sagte er und strich Will so liebevoll über die Schulter, dass dieser sich vor Verlegenheit wand, »der mit seinen Apparaten und seinen Plänen vollkommen glücklich ist, und ich beneide ihn. Ich bin nicht für den Müßiggang geschaffen.«

Er hatte natürlich Ideen. Goffredo hatte immer Ideen. Und er hatte schon immer so mit den Armen gewedelt, wenn ihn die Aufregung packte und seine gewaltigen, schwarzen Augenbrauen zu tanzen begannen.

Vielleicht würde er einfach nach Hause nach Venedig gehen. Aber es wären hohe Geldbußen zu bezahlen, wenn er ohne seine Arbeiter und ohne den Anteil der venezianischen Regierung an seinem englischen Wagnis zurückkäme.

Also vielleicht Spanien. Die glorreiche, alte Seidenherstellung der Mauren dort im Niedergang, seit die kastilische Königin ganz Spanien zum Katholizismus zu bekehren suchte. Die Christen, Morisken und *Conversos*, welche die Webstühle in Valencia und Barcelona übernommen hatten, wussten nur, wie man billige Kurzwaren herstellte, Stoffe von niederer Qualität, mit minderwertiger Seide, Flachs und Baumwolle vermischt. Italiener zogen zu, um in Konkurrenz zu treten. In Barcelona saßen die Toskaner und Ligurer. In Valencia befand sich eine Gilde italienischer Samtweber.

Oder vielleicht der Orient. Goffredos Vater war einer der venezianischen Händler gewesen, die früher das Schwarze Meer bereisten, um in Tana, Trebizond und Konstantinopel persische Seide zu kaufen. Dieser Markt war im Laufe der Zeit durch die türkische Eroberung von Byzanz zum Erliegen gekommen. Aber die Seiden waren weiterhin nach Westen gelangt, mit Karawanen, von Persien nach Syrien, die Türken umgehend. Die Märkte von Damaskus und Aleppo florierten. Dort ließen sich hohe Gewinne erzielen. Und Goffredo konnte sich auf Persisch verständigen.

»Denk nur«, flüsterte Goffredo, »ich könnte in Tripolis sein, mit der Sonne im Rücken, eine Fracht Seidenstoffe aufladen, die schöner sind als alles, was die Christenwelt kennt ... tun, was Gott vorsah.«

Seine schönen Augen leuchteten. Während Isabel ihm zuhörte, konnte sie fast das Salz im Wind riechen, konnte fast das Holz der Galeeren knarren, die Seile schlagen hören und fast die eingeölte, verwitterte Haut der Seeleute sehen.

»Seiden vom Kaspischen Meer«, flüsterte sie als Erwiderung. »Ghilan, Schiraz, Aserbaidschan.«

Allein diese Worte auszusprechen ließ sie sich wieder lebendig fühlen, erfüllte sie mit einem Zauber, an den sie sich aus alten Zeiten erinnerte.

Sie fuhr aufgeregter fort: »Du kennst die Häfen, die Leute, die Märkte dort drüben genauso gut wie hier. Du kennst beide Seiten des Seidenhandels. Wer sonst weiß alles das, was du weißt?«

Sie hielt inne. Sie spürte, wie eine neue Idee Gestalt annahm. »Goffredo«, sagte sie, sich leicht benommen fühlend. »Du wüsstest, wie man Seide direkt einführen kann, vom Orient nach London ... ohne die ganzen Formalitäten in Venedig ... oder?«

Er nickte. Er ließ sich von ihrer Aufregung anstecken. Seine Augen glänzten.

Sie hielt den Atem an, fügte hinzu: »Du könntest es tun, die Zwischenhändler umgehen. Italien umgehen. Wie Alice das gefallen würde. Du bräuchtest nur ein wenig Kapital.«

Sie sah aus den Augenwinkeln, wie sich Will Caxtons Kopf bewegte. Aber sie achtete nicht darauf. »Denk nur an die Gewinne«, murmelte sie und sah Goffredo in die Augen, bemerkte, wie sich seine Mundwinkel anhoben. »Wenn es funktionieren würde.«

Goffredo erwiderte ihr Lächeln. Und obwohl seine Lippen sagten: »Wahnsinn, reiner Wahnsinn«, stand Freude in seinen Augen, und er nickte.

Während sie ihn beobachtete, kam Isabel unwillkürlich eine Erinnerung in den Sinn. Eine Erinnerung an Alice Claver, von einem staubigen Sonnenstrahl in einem Seidenraum beschienen, der von der Pracht des Orients erfüllt war, wie sie ihre Schwiegertochter die Namen der Fäden aus Persien und Syrien lehrte. Die Namen genüsslich über die Zunge rollen ließ – *Ardassa, Rasbar, Castrovana, Safetina* – und mit dem Kopf nickte, während sie jeden Schatz mit Worten beschwor.

Plötzlich wusste Isabel, was Alice für sie gewollt hätte. Sie erkannte, dass alles einfacher war, als sie für möglich gehalten hatte, und sie fühlte sich so wunderbar erhellt, als stünde sie in eben diesem Sonnenstrahl. Sie wusste nun auch, was sie für sich selbst wollte.

Es gab nur eine richtige Verwendung für das Geld, das sie aus Alice Clavers Betrieb erlöst hatte. Es musste in den Seidenhandel zurückgeführt werden. Und auch sie musste dorthin zurückkehren, und zwar zusammen mit Goffredo. Ein neues Geschäft aufzubauen wäre riskant und vielleicht gefährlich. Sie wusste nicht, wie der Orient war. Sie war niemals weiter gereist als bis Brügge. Aber sie konnte ihrem Scharfsinn vertrauen, und auch Goffredos. Sie waren einander sehr ähnlich. Sie kannte seine Erinnerungen, genauso wie er ihre kannte. Sie wusste, wie sein Verstand arbeitete. Und er wusste, wie man glücklich war. Gemeinsam mit diesem Mann wollte sie Abenteuer erleben, seine sicheren Bewegungen und die bereitwillige Art, wie seine kräftigen Züge unter den großartigen, schwarzen Augenbrauen zu einem verschmitzten Lachen aufbrachen, genießen, mit ihm gemeinsam lachen.

Sie legte eine Hand auf die von Goffredo. Sie würde kein Leben wollen, in dem seine Hände – schmal, vornehm und geschickt, wenn die Handrücken jetzt auch helle Narben vom Feuer trugen – nicht in Reichweite wären.

Goffredo betrachtete ihre Finger einen Moment und schloss sie dann mit seiner vernarbten zweiten Hand. Er hob ihre Hand an seine Lippen und küsste sie. Er wartete, sah sie strahlend und gespannt lächelnd an und fragte sich vielleicht, ob sie ihn zurückstoßen würde.

Aber Isabel staunte zu sehr über das Kribbeln, das die Berührung seiner Haut bewirkte, um ihre Hand fortzuziehen. Sie blieb, wo sie war, atmete Gewürze und Sandelholz ein: der Duft des Abenteuers, der Duft des Glücks.

Eine große Ruhe legte sich über beide. Aber dann breitete sich erneut ein Lächeln in seinem Gesicht aus, bevor Isabel sprach, als hätte er bereits vermutet, was sie nun sagen würde: »Nimm mich mit.«

Erläuterungen

Mittelalterliche Jahreszeiten
2. Februar: Mariä Lichtmess
23. März: Frühlingstagsonnenwende: Mariä Verkündigung (gilt als Jahresanfang: einer von vier Quartalstagen)
Ostern/Passionszeit (im Jahre 1483 der 30. März)
1. Mai: Maitag
24. Juni: Mittsommer/Johannisnacht/Fest von Johannes dem Täufer (einer von vier Quartalstagen)
1. (oder 6.) August, Lammas: Feiertag in England und Schottland, der Laib-Messe bedeutet, da dies der Tag war, an dem von der ersten Kornernte Brotlaibe gebacken und als Opfer auf die Kirchenaltäre gelegt wurden. Es war ein Tag, der für die »ersten Früchte« und die frühe Ernte stand.
25. September: Michaeli (einer der vier Quartalstage)
1. November: Allerheiligen
25. Dezember: Weihnachten (einer der vier Quartalstage)

Mittelalterliche Gebetszeiten – die Stunden

Der Tag war ein weiterer liturgischer Kreis. Kirchenglocken läuteten die Stunden des Offiziums. Die Stunden beginnen mitten in der Nacht: Vigils oder Matutins (in drei Teile unterteilt, um 9 Uhr abends, um Mitternacht und um 3 Uhr morgens), bei Tagesanbruch Laudes, dann die vier »kleinen Stunden«: Prime (ungefähr um 6 Uhr morgens), Terz (ungefähr um 9 Uhr morgens), Sext (um die Mittagszeit) und None (ungefähr um 3 Uhr nachmittags), dann die Abendvesper (zwischen 5 und 6 Uhr abends) und das Komplet, das Nachtgebet, (zwischen 7 und 8 Uhr abends). Für die Klostergemeinschaft bestand die wahre Gottesarbeit (opus dei) darin, »ohne Unterlass zu beten«. Der Wunsch, von diesem endlosen Gebet zu profitieren, war es, der die Klöster reich machte, da die Adligen für das zukünftige Wohlergehen ihrer Seelen sorgten, indem sie Kirchen und Klöstern Ländereien stifteten, damit sie diese spirituelle Arbeit weiterführen konnten.

Ahnentafel der Häuse

EDWARD III.
(1312–1377)

Mehrere Brüder   John, Herzog v. Lancaster
(1) ∞ Blanche   (2) ∞ Katharine Swynford
                                        (Mätresse)

HENRY IV.
(1399–1413)

HENRY V.   John, Graf v. Lancaster
(1413–1422)
∞ Katharina von Valois

HENRY VI.   John, Herzog v. Lancaster
(1422–1461)
∞ Margaret von Anjou

Edmund Tudor ∞ Margaret Beaufort
(Sohn von Owen Tudor und Katharina, Witwe von Henry V.)

HENRY VII.
(1485–1509)
∞ Elizabeth
(Tochter von Edward IV.)

ancaster und York

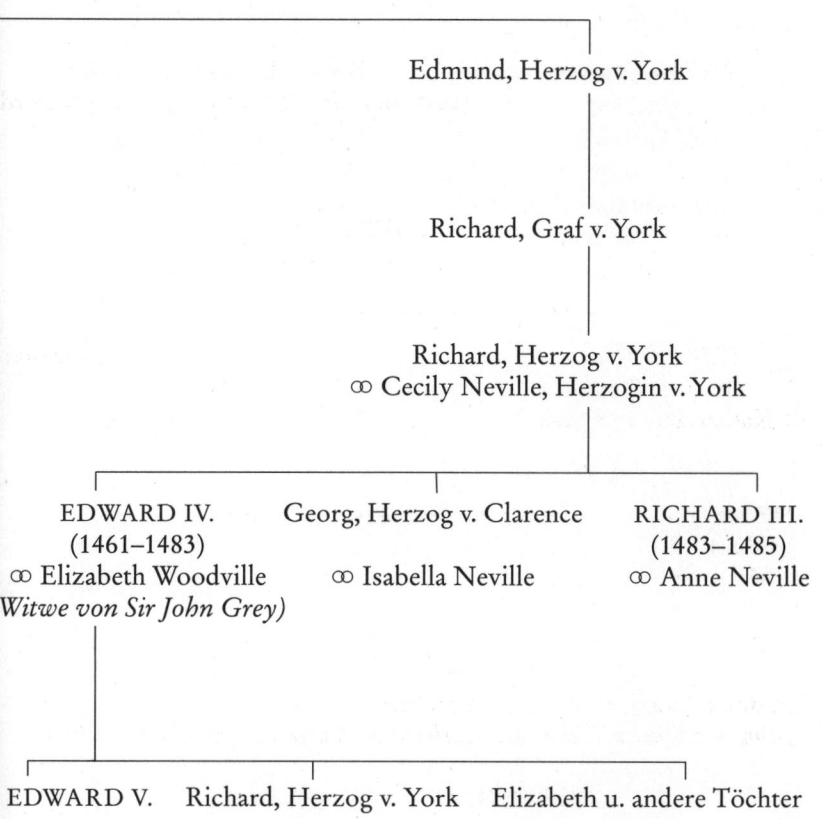

Danksagung

Herzlichen Dank an alle, die mir halfen, dieses Buch zu schreiben, angefangen bei Susan Watt und ihren Kollegen bei Harper Collins, Tif Loehnis und den Ihrigen bei Janklow & Nesbit, bis zu Lodovico Pizzati für seinen Rat bei den schwierigeren Stellen des Venezianischen und natürlich Chris McWatters, meinen Ehemann, für seine Ideen, seinen Rat, seine Geduld und seine Ermutigung.

Vanora Bennett
Bildnis einer jungen Frau
Historischer Roman
Aus dem Englischen von Karin König
Band 17623

Es ist das Jahr 1526. Hans Holbein soll Thomas More, den Kanzler Heinrichs VIII., malen. So begegnet er Meg, der schönen Ziehtochter Mores. Sie, die kluge, medizinkundige junge Frau, fasziniert den ehrgeizigen Maler. Aber sie ist einem anderen versprochen. Meg wird einen der beiden Männer heiraten und den anderen lieben. Und nur in Holbeins Gemälde wird das Geheimnis auf immer bewahrt ...

»Bennett schildert den historischen Hintergrund hervorragend. Dieser Roman steht weit über den üblichen – er ist Liebesgeschichte und Thriller zugleich, ausgezeichnet geschrieben und spannend erzählt.«
The Times

»Bennett versteht es,
die frühe Neuzeit aufleben zu lassen.«
Frankfurter Neue Presse

Fischer Taschenbuch Verlag